ETRanGeR

에뜨랑제

— 개혁 —

3

임허규 장편소설

그래픽노블

ETRANGER

Episode Ⅲ

개혁
(改革)

1장
소요
逍遙

뿌우…….

뿌우…….

산양을 모는 소년들의 뿔피리 소리가 산등성이에 길게 울렸다. 이
제 하루 일과를 마치고 내려가야 할 시간이다. 산허리에서 굽이쳐 내
려오는 대초원과 광활한 숲이 석양의 붉은 빛과 어울려 푸근하면서
도 넉넉한 저녁 시간을 예고하고 있다.

배고픈 목동들은 흥얼거리고 노래를 부르고 짐승들을 보채며 그
렇게 집으로 향한다. 궁핍해야 할 봄이지만 먹을 것은 풍족하고 걸음
은 여유롭다. 거리는 안전하고 활기에 차 있으며 사람들은 친절하고
다정하다. 바쁘고 할 일은 많지만, 활기와 생기가 넘치는 곳. 이곳은
이 세상과는 별로 친하지 않았던 평화와 안식이 드물게 자리를 잡아
가는 곳이다. 최근 들어 '북부의 성군(聖君)'이라 불리며 그 이름이
점점 알려지고 있는 에센 백작의 영지다.

"허…… 정말 재미있는 곳이군."

하늘색 모자를 산뜻하게 비껴 쓴 젊은 무사가 말을 타고 백작가의 진입로에 접어들고 있다. 그 뒤에는 이동성을 강조한 가벼운 마차 하나와 네 필의 말이 여유롭게 따라가는 중이다.

"소문만큼 대단하지는 않을 거예요. 소문은 부풀려지기 마련이니."

날렵하고 편한 복장을 한 여자가 가볍게 대꾸했다. 오랜 여행에 피곤한 표정이다. 그렇지만 입구에 도착하면서 그들의 눈빛은 조금씩 생기를 찾고 있었다. 그들의 눈에 비친 백작가의 모습은 처음부터 무언가 다른 냄새를 풍겼다. 들어서는 입구에는 삼엄한 성벽이나 초소 대신 잘 단장된 정원이 꾸며져 있고 정원을 가로지르는 넓은 다리 위에는 특이한 양식의 출입 사무소 건물이 세워져 있다.

"재미있어…….”

"귀족에게까지 출입 관리라…….”

"희한한 양식의 정원인데…….”

"해자(垓子)를 겸한 방어 설계라…….”

여섯 사람은 각자 보고 싶은 것만을 보고 있다. 그들은 영지 관리인의 안내로 말에서 내린 후 출입 사무소를 향해 걸어갔다. 출입 사무소는 다리 위 3층 구조로 된 목조건물에 설치되어 있는데, 내부는 의외로 넓고 채광이 잘되어 있어서 꽤 밝은 분위기였다.

그들은 급할 것 없는 걸음걸이로 실내를 천천히 둘러보았다. 실내 장식이 무척 특이하다. 영지 전역을 보여주는 그림들과 목탄으로 그린 듯한 간략한 묘사화, 유명한 작가들이 기념으로 남기고 간 수많은 시화(詩畵)들 그리고 영지민들이 직접 만든 것으로 보이는 공예품과 묘한 맵시가 눈길을 끄는 추상적인 문양이 새겨진 작품 들이 전시되어 있다.

'이런 식으로 영지 간 경계를 꾸밀 수도 있구나…….'

그들이 처음 본 것은 커다란 벽에 붙은 피지(皮紙)와 종이 안내문이었다. 그 곁에는 글을 모르는 사람을 위해 안내원이 대기하고 있다.

"열린 마을이라…….''

"노예도 없고, 시종도 없고…… 필요하면 고용 계약을 해라?"

"회원제가 뭐야?"

"출입 절차라니?"

그들은 고개를 갸웃하며 계속 걸었다. 그 길의 끝에는 출입 통로가 있었다. 그 앞에서 필요한 수속을 해줄 것을 요청받았다.

"여기 방명록을 쓰시고 이름표를 받아 가시면 됩니다."

세련되고 단정하게 차려 입은 안내원이 명랑한 소리로 그들을 맞이했다.

"여기는 신분 확인도 안 하나?"

하늘색 옷을 입은 남자가 물었다.

"하지 않습니다. 해도 큰 의미가 없어서요."

안내원이 가볍게 미소를 지으며 대꾸했다.

"호오…… 신분을 모르는데 이름은 방명록에 써라? 그건 무슨 의미지?"

청년들은 연신 고개를 갸웃했다. 무언가 이상한데 그게 무엇인지를 모르겠다. 안내원들의 태도? 정중하지만 그렇다고 바짝 얼어서 복종하는 모습은 아니다. 출입 수속 절차? 귀족으로 태어나 그런 것은 해본 적이 없다.

그런데…… 하라는 대로 해야 할 것 같다. 일이 너무도 자연스럽게 흘러가긴 하는데 왠지 많이 거슬린다. 손해 보는 듯한 기분도 약간 섞였다.

"이건 뭐지?"

"명찰입니다. 가슴에 다시면 됩니다. 그리고 여기에 방명록과 똑같이 서명을 해주시면 됩니다."

"꼭 달아야 하나? 내 이름을 다른 자에게 밝히기 싫은데?"

"그러면 익명으로 하시면 됩니다."

"익명도 싫다면……?"

"달지 않으셔도 상관은 없습니다. 단지 영지에서 다소 불편한 생활을 감수하셔야 합니다."

"불편한 생활?"

"보호받지 못하니까요. 없는 사람과 마찬가지로 대접한다고 보시면 됩니다. 또한 대부분의 물건들을 살 수 없게 됩니다. 물건을 사려면 본인의 서명이 필요하거든요."

"우린 원래 보호가 필요 없는 사람들이거든…… 그런데 그것들이 여기 규칙인가?"

"아닙니다. 권장 사항이지요. 이 지역에서 생활하기 위한 기초 예절에 가깝습니다. 참고로 이곳은 바깥세상의 신분을 인정하지 않는 분위기가 자연스럽게 조성되어 있습니다. 물론, 굳이 신분을 주장하셔도 상관은 없습니다만…… 만약 물건을 사신다면 전표에 서명하는 것은 반드시 지켜야 하는 규칙입니다. 세금과 관련되어 있거든요."

"기초 예절이라……."

사내 '기빈'은 안내원을 똑바로 쳐다본다. 안내원은 두 사람이다.

하나는 남자, 다른 하나는 여자. 시종이라고 하기에는 지나치게 자유롭고 표정이 밝다. 묘한 양식의 복장은 산뜻하고 깔끔한 느낌인데, 화사한 봄 날씨와 꽤 잘 어울린다. 분명히 평민인데도 어려워하는 느낌이 없다. 두려움도 없어 보인다. 즉 싸가지가 없다.

"감히 그럴 수 있을까? 힘이 없는 규칙은 별 쓸모가 없을 텐데?"

"힘이 있으면서도 규칙을 지키려는 사람도 많이 있으니까요."

"그래? 내가 알기론 많지는 않을 거야."

사내가 안내원을 빤히 쳐다보다 같이 온 동료를 향해 빈 명찰을 흔들며 말했다.

"어이! 자네들은 어떻게 생각하지? 나는 별로 안 끌리는데?"

"그런 우스꽝스러운 짓을 할 수는 없어요. 나는 달지 않을 겁니다. 시골 백작 따위가 정한 규칙을 우리가 따르라니! 아무리 재미라고 해도 그런 건 따르고 싶지 않네요. 별명이라도 나를 함부로 부르는 건 싫어요."

다른 여자 '기영'이 고개를 저었다. 또 한 명의 남자 '동영'과 그의 곁에 있던 여자 '동하' 역시 얼굴을 약간 찡그린 채 고개를 저었다. 많은 곳을 돌아다녔지만 무례하고 소란스러운 것은 질색이다.

"그대들은 생각이 다른 모양이네?"

기빈이 마지막 두 사람을 쳐다보자 그중 여자가 말했다.

"글쎄, 나는 재미있을 것 같은데. 어쨌든 특이하잖아?"

비교적 수수하게 차려 입은 여자가 종이를 받아 들고 자신의 이름을 썼다. 게다가 본명이다. 옅은 베이지 색으로 물들인 수수한 차림새를 하고 있지만 손목을 감싸고 있는 커프스에 울트라마린 블루의 최고급 염료가 들어간 것을 보니 이 여자 역시 만만한 신분은 아니라는 것을 알 수 있다.

"'레인'이 하겠다면 나도 따라가 봐야지.

어디 가서 이런 재미를 찾을 수 있을지 모르는데…….'"

사내 '건'이 밝게 웃었다. 그 역시 자기 본명을 썼다. 그래도 본명인지 알아낼 사람은 없으니…….

그들은 안내원의 말대로 마지막 절차를 진행했다.

"만약 환전을 하시고 싶으면 저쪽의 '은행'을 이용하시면 됩니다."

"환전? 은행?"

"물건을 사러 오신 것이 아닙니까?"

"그건 아니고…… 아니 그런데?"

"이곳 화폐로는 거래가 안 되는 물건도 있습니다."

"그래서?"

"적절한 비율로 그쪽 돈으로 바꾸어주는 곳입니다."

여섯 명의 청년은 서로를 바라보며 고개를 갸웃했다.

"뭔 소리래?"

"글쎄요? 돈을 돈으로 바꾼다고? 왜 그런 우스운 짓을 하지?"

안내원은 옅은 미소를 머금은 채 묵묵히 그들을 바라보았다.

'하기야 우리 중에서도 이해하는 사람은 아무도 없었지…… 그분들이 처음 말씀하셨을 때는…….'

***

"황당하군…… 이런 경우가 있나?"

기빈이 식식거렸다. 기영은 입술을 꾹 깨물며 화를 삭이고 있었다.

다른 동행인 동영과 동하의 처지도 비슷하다. 다만 명찰을 붙인 레인과 건은 사정이 많이 달랐다.

"물건을 팔지 않는다고? 왜?"

"이름 없는 사람에게는 팔지 못하게 되어 있네. 이건 우리도 어쩔 수 없어."

"돈을 준다는데도?"

"세금 포탈 혐의로 열흘 동안 추방당해서 장사 못 하는 것보다야 낫지. 그리고 제국 화폐는 필요 없어."

"근데 자네 말이 심하게 짧네?"

"자네도……."

"……."

잠시 대화가 멈췄다.

"난 기장가의 기빈이다. 네 신분은?"

"난 회원이야."

"……."

"미안하군. 이름 없는 방문자들을 위한 숙소는 따로 마련되어 있다네."

"어디지?"

주인의 손가락 끝은 언덕 너머 큰 집을 향하고 있다.

"저쪽 집단 숙소로 가봐. 공중 욕탕과 화장실은 있으니 쓸 만할 거야."

"돈을 더 준다는데도 여긴 왜 안 된다는 거지?"

"사람이 불확실하면 그가 가진 돈도 불확실하지."

"우리가 누군지 알고 감히 이러는 거냐? 이 복장과 문장을 모르나?"

"알고 싶지 않은데? 당신이 밝히기 싫다고 한 것을 내가 왜 알아야 한다고 생각하지?"

"당신? 나에게 한 소리냐?"

"그럼 누구라고 불러드릴까? 익명조차 쓰기 싫어하는 사람 아니었나? 자네 혹시 글을 모르나? 그래도 이상하네…… 안내소에서 이름 대필도 해주는데? 결국 그대가 거절한 것 아닌가? 그런데 왜 나한테 화를 내지?"

"그래도 들어간다면?"

"저쪽에 앉아 있는 한선가 무사들이 매우 기뻐하겠지. 요즘 무척 심심해했거든."

"한선가?"

"너무 묵직하다 싶으면 저쪽에 야벌에서 오신 분도 있지. 조금 더 짜릿할 거야."

"야벌?"

기빈과 동료들은 주위를 천천히 둘러보았다. 그들의 감각을 건드리는 기세가 하나둘씩 반응해주고 있다. 특급의 끝자락에 오른 자의 적극적인 반응들이다. 제발 사고 좀 쳐달라고 긁어대는 약올림 같은 것…… 기빈은 눈을 껌뻑였다.

"워든 님! 이 숙소는 요금이 얼마죠?"

일행 중 명찰을 단 여자가 여관 주인에게 물었다. 주인의 태도가 갑자기 달라졌다. 주인은 만면에 웃음을 띠며 여자의 가슴에 붙어 있는 이름을 읽고 바로 답했다.

"아! 레인 님이시군요. 하루에 1통보를 받습니다. 만약 이 마을에서 10통보 이상 물건을 사신 경우에는 규칙에 따라 하루 숙식이 무료입니다."

"안에 욕실은 구비되어 있나요?"

"데운 물이 있는 개인 욕실은 물론 숙녀용 화장실까지 별도로 구비되어 있습니다. 원하실 경우 식사를 방까지 배달하는 서비스도 해 드리지요."

"그거 괜찮네…… 나는 여기에 묵도록 하겠습니다. 저쪽 공동 숙소보다는 훨씬 좋을 것 같은데요? 오늘은 이만 헤어지죠?"

레인이 일행을 쳐다보며 말했다. 그녀의 입꼬리는 장난기로 잔뜩 올라가 있었다.

"제길…… 가자!"

사내, 기빈이 얼굴이 붉어진 채 소리쳤다.

"어디로?"

"명찰 파러……."

그들의 뒷모습을 바라보던 여관 주인 워든은 하얀 이를 드러내고 웃었다.

'그분들 세상에서는 '로그인'이라고 불렀다고 했던가? 그 간단한 게 이렇게 힘든 사람도 있구먼…….'

정말 그랬다. 그때는…….

한선가의 '한정', 동명가의 '동인'와 함께 대륙의 차차기(次次期)를 이끌 '다섯 전설'의 하나, 기장가 역사상 최고의 천재 전귀(戰鬼) 기빈은 이 오지에서 그렇게 망가지고 있었다.

* * *

숙소에 여장을 푼 레인은 발코니에 앉아 잠깐 휴식을 취했다. 주인에게 부탁하여 가져온 사롱차의 향기가 향긋하게 방 안에 퍼져간다. 꽃을 탐하는 노란 나비들이 창가 화분에서 정신없이 춤을 추고 있다.

그녀는 깊이 숨을 쉬어본다. 기분이 많이 나아졌다.

'이곳…… 생각보다 괜찮아. 원하는 걸 찾을 수 있을지도 몰라…….'

스승의 이야기를 전해 듣고 결정한 여행이지만 큰 기대는 전혀 없었다. 오는 길은 힘들었고 이런 벽지에 무슨 대단한 사람이 있을까 싶은 생각도 들었다. 그렇지만 지금은 이곳에 오기를 잘했다고 느낀다. 이미 보고 느낀 바가 적지 않았다.

그녀는 안락의자에 기대어 봄기운이 무르익어 가는 저녁의 전원 풍경을 바라보았다. 얼굴을 만져본다. 어색한 화장이 먼지와 섞여 손가락에 묻어 나왔다. 식사도 했으니 오늘은 더 이상 덧칠할 일도 없으리라. 이제 쉬어야지…….

들녘에서 불어오는 저녁나절의 훈훈한 봄바람이 그녀의 머리카락을 가볍게 날렸다. 그녀의 머릿속에서 오늘 보고 들은 것들이 체계적으로 정리되고 있었다. 에센 영지의 안쪽은 한마디로 별천지였다. 우선, 인종의 전시장이라고 해도 좋을 만큼 이(異)종족이 많았다. 더구나 이곳에서는 인간과 온갖 지능종이 사이좋게 어울리고 있었다. 하늘을 나는 비족과 물과 뭍 모두에서 살 수 있는 아쿰은 물론이고, 전설이나 신화에나 나올 법한 종족들을 어딜 가나 쉽게 발견할 수 있다. 그들이 모두 이 영지에 있는 자기만의 가게에서 장사를 하고 있었다. 그것만으로도 구경거리가 넘쳤다. 모든 상점은 놀라울 정도로 깨끗하고 잘 꾸며져 있었다.

그녀가 가장 놀란 것은 거래 방식이었다. 가격과 비용이 모든 사람에게 투명하게 제시되어 있다. 심지어 경쟁 가게 사이에서도 모든 정보는 공개되어 있었다. 이 밖에 포장과 운송 비용, 대량으로 살 때의 가격은 표로 명시되어 있었다. 그럼에도 불구하고 더욱 놀라운 것은 상인들 간의 다툼이 전혀 없다는 점이었다. 손님이 찾는 물건이 없을 경우, 오히려 다른 가게까지 안내하는 일도 흔했다. 어떻게 이런 일이 가능한가?

이곳에는 세상에서 처음 보는 것이 많았다. 아니, 거의 모든 것이 처음 보는 것이었다. 이 세상에서 만져보지 못한 물건이 거의 없을 레인에게도 이곳에서는 모든 것이 생소했다. 이곳의 물건들이 원재료가 아니라 대부분 '가공'되어 제작된 것이기 때문이었다. 재료와 가공 과정을 알 수 있는 것은 하나도 없었다. 그러나 한눈에 봐도 유용한 것들이었다. 당연히 이 오지에 상인들이 떼로 몰려들었고 그것도 대형 상단을 중심으로 협상을 하는 모습이 너무도 흔했다.

에센 백작은 대체 이런 일을 어떻게 이룩했는가? 그는 대가급 무사도 아니고, 이런 복잡한 거래를 지킬 만한 무력도 자금력도 가지지 못했다. 레인은 흔들의자의 팔걸이를 손가락으로 톡톡 두드렸다.

대체 지난 2년간 무슨 일이 벌어졌는가?

지금 에센 백작의 영지는 매우 광대하다. 노리안 후작이 제거된 후 그의 영지는 백작령으로 넘겨졌다. 외교적으로 문제가 될 수 있는 행위였음에도 불구하고, 동명가와 한선가가 흔쾌하게 지지했다. 무슨 이유에서인지 최대의 피해자인 기장가도 이의를 제기하지 않았다.

아마 매우 척박하고 골치 아픈 지역이기 때문에 신경 쓸 여력이 없었을 것이라는 것이 세간의 판단이었다.

백작은 영지를 계속 확장했다. 노리안 후작령의 합병 이후에도 주변의 마적들과 광대한 숲과 사막에 걸쳐져 있는 무장 자치 세력들이 백작령에 속속 흡수됐다. 이 과정에는 한선가와 야벌의 힘이 컸다.

이렇게 사방 100킬로미터에 이르는 북부 산악 지대와 그 주변 지역은 처음으로 하나의 세력으로 통합됐다. 게다가 미묘한 무력 세력들의 이해관계와 얽혀 사상 유례없는 안정과 평화의 시대로 접어들어 있었다. 그리고 그 미묘한 이해관계의 중심에는 이 모든 것을 조화시키고 지휘하는 세상에 알려지지 않은 특별한 존재가 있다고 했다. 아는 사람은 알고 모르는 사람은 모르는……

그것은 비밀도 아니었다. 그러나 정확히 아는 사람도 없었다.

레인은 그것을 확인하러 왔다.

그것이 그녀의 문제를 해결할 수 있을 희망이 될지는 아직 아무도 몰랐다.

* * *

아직도 산속에는 채 녹지 않은 얼음이 켜켜이 쌓여 있고, 아래쪽 개울에는 손이 얼얼할 만큼 차가운 물이 세차게 흘렀다. 계곡과 폭포를 거치며 물의 양은 많아지고 물살도 점점 도도해졌다. 그 물길은 커다란 물레방아를 한 바퀴 빙 돌리는 노고를 베푼 후 아담한 여울로 합쳐져 흘러내려 갔다. 물레방아를 돌리던 맑은 물이 아래로 떨어지며 튄 물방울에 햇빛이 반사되어 작은 무지개를 만들었다.

물길은 계곡을 따라 바위 절벽을 끼고 커다란 암석 지대로 이어졌다. 그 기슭에는 자연과 어울려 눈에 잘 띄지 않는 목조 건물 여러 채가 제법 너른 지역에 걸쳐 아담하게 자리 잡고 있다. 이곳에서는 에셴 백작가의 전경이 한눈에 보일 뿐 아니라 계곡 좌우로 펼쳐지는 풍광이 가히 동양 수묵화의 한 장면 같다.

앞쪽 여울 근처에는 봄에 물오른 연두색의 능수버들이 늘어진 모습이 느릿하고도 포근한 아취를 풍기고 있었다.

"받아야 할 돈이 얼마지?"

"30전보입니다."

"그중 세금은 얼마지?"

"3전보입니다."

"그러면 네 몫은 얼마가 되나?"

"음…… 27전보입니다."

"정답이다. 훌륭하다."

산의 굵은 목소리가 울렸다.

"오늘 수업은 이걸로 끝이다."

"재미있게 배우고!"

반장이 소리쳤다.

"즐겁게 생각하자!"

아이들이 후렴처럼 받았다.

"고맙습니다."

모든 아이들이 일어서서 꾸벅 인사를 한다. 산 역시 같이 일어서서 아이들을 향해 정중하게 마주 인사했다. 깨끗하게 면도한 얼굴에 미소를 가득 담은 채…… 그는 그렇게 아이들이 자리를 정리하고 배움에 썼던 자료와 재료들을 모두 정돈하고 돌아갈 때까지 끝까지 자리를 지키며 쳐다보고 있었다.

산은 전체적으로 탄탄하고 균형 잡힌 몸을 가졌다. 상의는 간단한 운동용 티셔츠를 걸치고 아래쪽에는 청바지 모양을 낸 바지를 간편하게 입었다. 사실 꽤 비싼 알칸의 가죽을 재료로 썼지만 알아보는 사람은 없을 것이다.

"준비하셔야죠?"

늘씬한 모습의 비연이 작은 분홍색 양산을 펼쳐 들고 문가에 살짝 기댄 채 그를 기다리고 있었다. 모직으로 짠 감청색 터틀넥과 발목 위를 약간 덮는 짙은 인디고 블루 색깔의 스커트를 입었다. 별로 좋은 조합이 아닌데도 소박한 장식과 어울려 꽤 세련되어 보인다.

산이 눈을 조금 크게 떴다가 원래대로 돌아왔다. 갑자기 어지러움을 느낀다. 요즘 들어 이런 종류의 어지러움이 잦아졌다. 그래도 큰 문제는 아니다. 잠시 아득할 뿐이다…… 이 사소한 문제의 원인은 저 여자다. 조금 더 심각한 문제는 저 여자가 항상 자신의 곁에 있다는 것이다. 그녀의 웃음은 뇌를 부수는 듯하다. 문득 뇌쇄적(惱殺的)이라는 생소한 단어가 잠깐 산의 뇌리를 스친다.

"드디어 김비연이 마음에 드는 사람을 찾은 모양이다?"

산이 옷깃을 털며 퉁명스럽게 중얼거렸다.

"아저씨! 봄이 왔답니다. 여자가 자신을 꾸미는 건 당연한 겁니다."

비연이 소매 끝의 향수가 너무 진하지 않은지 이러저리 냄새를 확인하며 대꾸한다.

"나는 요즘 네가 뭘 연구하고 있는지 매우 그리고 미칠 듯이 궁금하다?"

"원하는 이미지를 상대의 마음속에서 동기화(同期化)하는 기예를 개발하고 있습니다."

"그건 이미 성공했다고 했잖아. 그런데 용도가 아주 심오하게 불량한 것 같거든?"

"필살기로서는 완전하지 않습니다. 저는 아직 한 남자한테조차 성공시키지 못하고 있습니다."

비연이 하늘을 쳐다보며 작은 주먹을 꼭 쥐어 보인다. 작은 주먹이 부르르 떨렸다. 그 시각 산은 자신의 몸도 같이 떨리는 이상한 경험을 하고 있었다. 산은 입을 가볍게 다문 채 앞을 쳐다보았다. 그의 앞에 매우 현대적인(?) 차림으로 오똑 서 있는 여자의 모습을 물끄러미, 그리고 찬찬히 살펴보고 있다. 비연은 자신의 몸을 훑어가는 산의 시선을 흥미롭게 따라갔다.

그는 언제나 자신의 선(線)의 흐름을 살핀다. 그리고 면(面)의 윤곽을 찾는다. 체(體)의 실감을 더듬는다. 온몸 구석구석까지 눈길이 닿지 않은 곳은 없다. 그렇지만 그 시선에는 사내에게 의당 있어야 할 끈적함이 없다. 그 시선이 어느 쪽인가 하면 인간 자체에 대한 담백한 감상 같은 느낌이다. 그게 그의 방식이며 그녀라는 '인간'을 대하는 솔직한 태도다. 디자이너가 잘된 작품을 감상하는 것과 차이가 없다. 결코 거절하고 싶지 않은 그런 시선이다.

비연의 모습을 아래위로 바라보던 산은 눈을 비볐다. 왠지 눈이 부셨다. 그래도 약간의 한숨이 저절로 나오는 것은 막을 수는 없었다. 이 부작용을 어찌할 것인가?

최근에 몇 가지 문제가 풀렸다. 아직은 초보 수준이기는 하지만 실루오네의 굴레에서 벗어날 중대한 단서를 잡았고 의미 있는 진보가 이루어졌다. 그와 함께 제법 많은 변화가 있었다. 물론 그 변화 중에는 별로 원하지 않던 것도 있었다.

'변화가 결코 좋은 것은 아니야…….'

그 변화 중의 하나가 바로 저 외모다. 얼굴의 모양은 거의 그대로 유지하고 있지만, 선이 바뀌었다. 웃음 하나, 표정 하나의 변화에서 사람의 혼백까지 아득하게 만드는 선이 사정없이 흐른다. 그 선이 흔들리면 마음이 흔들린다.

'저 비법만 알면 대한민국 성형의사는 쫄딱 망하겠군…….'

잠시 동안 치열한 정적이 흘렀다. 곁에서 시녀장 유미아의 조심스러운 목소리가 들렸다.

"저…… 원장님?"

"응?"

"백작님 오찬에 늦을 것 같은데요?"

"벌써?"

"특별한 손님이 왔다고 했는데!"

두 사람의 목소리가 한꺼번에 나왔다. 그리고 다음 동작은 놀랍도
록 빠르게 이어졌다. 사내가 성큼 앞장서서 걸었고 여인은 잠깐 사
라지는 듯하더니 어느새 사내의 옆에서 팔짱을 끼고 있다. 그 일련의
동작은 너무도 자연스러워서 아무도 이상하게 생각하지 않을 정도
다. 하지만 여유로운 걸음과는 대조적으로 두 사람의 머리카락과 하
늘빛 스카프 자락은 뒤쪽으로 세차게 휘날리고 있었다.

배웅하며 뒷모습을 쳐다보던 시녀장 유미아의 입가에는 환한 미
소가 번졌다.

'항상 기도한답니다. 언제까지나 우리와 함께하셨으면 하는 바람
으로……'

*　*　*

"안녕하십니까!"

"안녕!"

"'도노'의 성적이 많이 올랐어! 축하하네."

"예…… 감사…… 에…… 그러니까?"

위사 도난이 황급하게 인사를 했지만, 두 사람은 벌써 그를 열 걸

음은 지나쳐 있었다.

"어머니는 좀 나아지셨나?"

"예? ……아! 예…… 고맙습니다. 어어…….”

율사(律士) '아논'은 고개를 푹 숙이며 방금 스쳐 지나간 사람들에게 고마움을 표했다. 그들은 항상 이런 식이다. 바람을 몰고 와서 바람과 함께 멀어져간다.

"몰라보게 예뻐졌네? 여랑에게서 청혼이라도 받았나 봐?"

"어…… 예……, 어제 그렇게 됐는데…… 그게…….”

데인은 그들의 뒷모습에 대고 고개를 꾸벅 숙였다. 이들 덕택에 꿈꾸던 사랑을 이룬 처녀다.

"그 사람들이 이제 오는군요."

머리를 단정하게 빗은 장년의 사내가 3층에서 창밖을 내다보며 말했다. 무인다운 풍채와 탄탄한 근육질의 몸을 가졌지만 전체적인 인상은 어딘가 인자하며 푸근한 느낌을 준다. 복장도 화려하지 않다. 간단한 가죽 재킷에 편한 바지를 차려 입은 모습이다. 대륙 어디에도 없는 양식의 복장이지만 그를 지원하는 세련된 후원자 덕택에 그 편리함을 다른 이들보다 먼저 누리고 있는 중이다. 이곳에서는 그를 에센 백작이라고 불렀다.

"저 젊은 사람들이……?"

함께 있던 젊은 여인, 레인이 짧게 중얼거렸다.

"정말 의외군. 아무리 봐도 촌뜨기들인데. 차림도 아주 인상적이야. 저렇게 천박하다니…… 백작의 오찬에 오는 사람 맞아?"

옆에서 있던 사내 건이 고개를 갸웃했다.

"글쎄…… 그렇기는 한데…… 속단하기는 이르지 않을까? 이 영지에서 해낸 일을 보면…….”

레인이 대꾸했다.

“별로…… 나라면 남부 해안의 도시국가를 찾겠어. 훨씬 다양하고
도 탁월한 인재가 많아.”

“그만하지? 너한테 따라와 달라고 하지 않았거든?”

“이거 섭섭하네, 그래도 너를 보호하며 여기까지 동행한 내 노고
는 인정해줬으면 좋겠는데?”

건이 어깨를 으쓱했다. 장난기가 가득한 표정이다.

“나는 요청하지 않았어. 너는 네 원래 목적에 충실하면 되겠지? 안
그래?”

“…….”

그때 에셴 백작이 두 사람의 말을 자르며 조용하게 끼어들었다.

“주제 넘는 말이지만 제가 두 분께 충고 하나 할까요?”

“네?”

두 사람은 대화를 멈춘 채 시선을 백작에게 고정시켰다. 건은 노골
적으로 불쾌한 표정을 짓고 있었다. 지방 하급 귀족 따위가 감히……
그러나 건은 자신을 보는 레인의 사나운 표정을 보고 입을 다물었다.
레인은 백작에게 계속하라는 뜻의 손짓을 했다.

“아둔한 저로서는 왜 그들을 찾으셨는지 잘 모르겠지만 부디 부
탁하건대, 저 두 사람을 시험하거나 강요하지 마십시오. 그들은 그런
걸 매우 싫어합니다.”

백작이 말했다.

“지혜로운 사람이라 하지 않았나요?”

레인이 물었다.

"그럴 겁니다."

"그럴 겁니다? 아직 확신이 부족한가요?"

"결코 부족하다고 생각하지 않습니다."

"지혜로운 자들은 논쟁을 좋아할 텐데 그것도 안 되나요?"

"말이 많은 것을 별로 좋아하지는 않습니다."

"그런데 어떻게 지혜롭다는 것을 알지요?"

"시간이 지나면 저절로 알게 되더군요."

"저절로? 그대가 고용했다며? 참 무책임한 대답이군."

건이 다시 빈정거렸다.

"딱하게도 저는 아둔해서 아직도 알 수 없었습니다. 제가 확실히 아는 것은 저 사람들의 마음을 얻지 못하면 두 분은 결코 원하는 걸 얻지 못할 것이라는 사실입니다."

백작이 쓴웃음을 지으며 다시 말했다.

"갈수록 가관이군. 이봐요, 시골뜨기 백작님. 그들에게 거절할 권리 따위는 없어. 백작 그대는 정말 그렇게 생각하나? 이 오지에서 세력을 조금 확장하더니 너무 세상 물정을 모르는 것 아닌가? 백작은 고용할 수 있고 우리는 고용을 못 한다? 자네, 정말 그렇게 생각하는 거야?"

"건! 그만하지? 이건 내 일이라는 걸 명심해줬으면 좋겠어!"

레인이 낮은 목소리로 말했다. 건은 레인을 힐끗 쳐다보더니 고개를 홱 돌렸다. 레인은 입구 쪽을 쳐다보고 있었다. 그곳에서는 이미 떠들썩한 웃음소리와 함께 두 사람이 오찬 장소에 들어서고 있었다.

***

"오랜만에 뵙습니다."

산이 밝은 표정으로 백작에게 인사를 건넸다.

"열흘 만이지요. 산 님 표정이 좋아 보이는군요."

"까다로운 숙제를 끝냈더니 홀가분합니다."

에센 백작의 시선은 곧이어 비연에게 이어졌다. 백작 역시 눈을 약간 크게 떴다가 잠시 뒤에 평정을 찾았다.

"이것 참…… 비연 님은 볼 때마다 아름다워지십니다. 무슨 비결이 있나요?"

"저는 세 끼를 끝까지 챙겨먹어야 한다는 생각을 가지고 있습니다."

"네……?"

백작이 잠시 비연을 쳐다보다 채신머리없이 큭큭 웃었다. 이미 익숙해진 화법이다.

"아침에 인접 영지에서 수입한 고기가 아깝다고 기어이 먹더니 이 친구 상태가 조금 좋지 않습니다."

산이 걸어가며 한마디 툭 던졌다. 비연은 산을 흘겨보며 슬쩍 미소를 지어주었다. 그렇지만 그녀의 눈길은 백작의 뒤쪽 한곳에 한참 동안 머물러 있다. 이어서 산과 비연은 백작가의 가족들과 반갑게 인사를 나눴다. 열흘에 한 번씩은 꼭 같이 모여서 식사를 하는 사이다. 백작가의 아이들은 물론, 백작가에 소속된 하급 귀족까지 남녀노소가 가장 기다리는 시간이었다. 그만큼 두 사람과의 모임은 유쾌했으며, 새롭고도 설레는 문화적 경험을 하는 시간이기도 했다. 물론 그 자리는 정치적으로 새로운 혁신과 시도를 실어 나르는 여론 형성의 장이기도 했다. 그들을 설득해야 백작의 일이 수월해진다. 물론 지금은 백작가의 가장 훌륭한 후원자가 되어 있다. 덕분에 넘쳐나는 부로 매일 정신이 없을 지경이다.

함께 오찬이 시작되는 식탁으로 이동하기 전에 칵테일파티처럼 꾸며진 공간에서 삼삼오오 서로 인사하며 짤막한 대화를 나누었다. 시종들이 음식들을 나르고 있다.

비연의 눈이 반짝 빛났다. 아까부터 그녀의 예민한 신경을 자극해 온 어떤 '관찰자'가 드디어 다가오고 있다. 강하거나 위협이 되는 인간은 아니다. 그렇지만 뭔가 생소한 냄새가 난다. 이 세계에 와서 아직까지 대해보지 못했던 짙은 종이 냄새와 비릿한 먹물 냄새. 산은 커다란 글라스 바닥에 찰랑거릴 만큼 과실주를 따른 후, 두어 발자국 물러나 벽에 기대섰다. 고상한 대화에는 별 취미가 없다. 어느새 그의 옆에는 스무 살의 처녀가 된 예실과 훨씬 성숙해진 예리아, 그리고 예킨 부부가 다가와 있었다.

"비연 님이시군요."

비연의 앞까지 똑바로 걸어온 레인이 먼저 말을 건넸다. 레인의 뒤에는 건이 여전히 그녀를 따르고 있었다. 무심결에 비연을 쳐다보던 건은 눈을 약간 크게 뜨더니 곧 가늘게 좁혔다. 약간 가빠진 숨을 고르느라 호흡을 길게 가져가며…… 이어서 건의 눈길은 저 여자와 함께 있던 사내를 찾았다. 수컷의 어떤 본능 같은 것이었다. 그 사내는 구석에서 백작가의 사람들과 조용한 대화를 즐기고 있었다. 이쪽은 별로 신경 쓰지 않는 모습이다. 뭐…… 신경 써도 달라질 것은 없겠지만. 건은 처음으로 이 오지에 따라오기를 잘했다고 생각했다.

"레인 님…… 이름의 느낌이 참 좋군요. 본명인가요?"

비연은 과자를 한입 베어 물며 자연스럽게 대답했다. 입꼬리에 가루가 약간 묻었다. 레인은 그런 모습까지도 묘하게 귀엽고 예쁘게 보이는 아주 이상한 경험을 하고 있었다.

"본명입니다. 본명이래도 이름으로 불러주는 이가 아무도 없어서 생소하지만……."

레인이 입을 가리며 웃었다.

"그거 안됐네요. 이름은 분명히 내 것이지만 사용은 남이 하는 것인데…… 이름을 불러줄 사람이 없다면 그렇게 사는 게 썩 재미있을 것 같지는 않네요."

"왜 그렇게 생각하세요?"

"둘 중 하나이니까요. 함부로 부르면 안 될 만큼 무서운 지위로 원래의 이름을 감춘 사람, 혹은 부를 필요가 없을 만큼 존재감이 하찮은 사람이겠죠."

"재미있는 관점이네요. 그런데 그런 삶이 재미없나요?"

"그 두 사람의 공통점은 자신의 이름을 걸고 할 수 있는 게 별로 없다는 거죠. 레인님은 아마 앞의 경우겠지요? 이 과자 드시겠어요? 무척 맛있네요."

"과자?"

"세 가지 곡식으로 만든 건데 아주 고소하고 맛있죠. 황궁에서는 물론 더 맛있는 것도 많겠지만 이것도 별미로 먹을 만할 겁니다."

비연이 과자를 하나 집어 들고 권한다. 엉겁결에 받아들던 레인의 입이 잠깐 벌어졌다 닫혔다. 무언가가 찌르르 등줄기를 타고 흘러내렸다.

"어떻게?"

"설마 고귀한 분께서 제게 무슨 볼일이 있으신 건 아니겠지요?"

비연이 물었다. 레인은 과자를 손에 든 채 비연의 눈을 응시하고 있었다.

"볼일이 있으니 여기까지 왔겠지요. 비연 님은 그 이유를 짐작하고 있을 것 같은데요?"

"제게 남의 머릿속을 들여다보는 재주는 없답니다."

레인은 여전히 비연의 눈을 똑바로 쳐다보고 있었다. 온몸의 감각이 한꺼번에 솟아오르는 느낌이다. 그동안 그녀에게 도전해왔던 수많은 사람들이 한번에 자신을 주목하는 것 같다. 입에 침이 약간 고였다.

"나는 사람을 찾고 있답니다. 불행하게도 아직 찾지 못했어요. 그렇지만 이곳에 오면 찾을 수 있을 거라고 어떤 사람이 이야기하더군요."

"아마 한씨 성을 가진 사람이겠군요." 비연이 말했다.

"확인해줄 수 없어서 미안하군요."

"아주 속 좁은 노인네입니다. 그 노인 이야기는 새겨듣지 마세요. 그리고 사람을 찾아주는 것은 저희가 하는 사업이 아닙니다. 그런 건 야벌이라는 곳에 의뢰하시면 친절하게 대해줄 겁니다. 그곳에서는 집 나간 개도 잘 찾아서 주인에게 보내드려요. 미안하군요. 전 이만……."

비연이 생긋 웃으며 식사 장소로 걸음을 옮겼다. 그녀의 눈에는 경악에 찬 얼굴로 자신을 쳐다보고 있는 여자와 집 나간 개처럼 그녀를 따라다니던 사내의 얼굴이 겹치고 있었다.

"'아피안'을 찾으신다고요?"

문득, 레인이 낮게 중얼거렸다.

비연이 우뚝 섰다.

멀리서 산이 이쪽으로 시선을 돌렸다.

"아피안이라…… 글쎄요…… 늙으면 찾아볼 만하겠지요?"

비연이 걸음을 잠깐 멈춘 채 고개를 갸웃하더니 짧게 말하곤 다시 걸음을 옮겼다.

'아무 반응이 없네?'

레인의 얼굴에 가벼운 당혹감이 스쳐갔다. 그녀의 머릿속에 자신에게 충고를 했던 어떤 노인의 얼굴이 잠시 떠올랐다가 사라졌다. 처음 떠오른 그의 모습은 인자했지만 사라질 때의 모습은 흥미롭게도 '잘 구겨진' 얼굴이다. 레인의 얼굴도 약간 구겨졌다. 그 표정에 무슨 의미가 담겨 있었던 것일까?

'뭔가 있다…….'

그녀가 알기로 그의 스승은 제국에서 가장 현명하다고 일컬어지는 사람이다. 그녀 역시 자타가 인정하는 대단한 재녀 아닌가? 그때 그 노인이 끝에 약간 흘렸던 기묘한 표정이 레인의 마음자리를 불편하게 '툭' 건드리고 지나갔다. 반드시 들어야 할 무언가가 더 있었을 것이라는 불안감이 들었다.

레인은 꿈에도 모른다. 그 현명하다는 제국의 스승, 한영이 지금까지 저 시골 여인과 엮여서 좋은 꼴을 본 적이 한 번도 없었다는 사실을. 그리고 그 노인 또한 다른 사람을 애꿎게 엮는 데 재능이 있는 사람이라는 것도…….

약간 떨어진 곳에 있던 산의 시선은 레인에서 잠시 머문 후, 걸어가는 비연의 뒷모습을 향했다. 눈빛은 잔잔했지만, 그 깊숙한 속에는 무언가가 느릿하게 출렁거리고 있었다. 그는 입맛을 다신 후, 비연을 따라 식사 장소로 천천히 발걸음을 옮겼다. 그 옆을 백작가의 청년들이 따랐다.

"그대의 용건은 다 끝난 거지?"

사내 건이 빙긋 웃으며 멍하게 서 있는 레인의 곁을 지나쳐 비연을 쫓아갔다. 레인은 쓴웃음을 짓는다. 문득 고개를 돌려 뒤쪽에 서 있을 또 하나의 인물을 쳐다보았다. 묘한 복장의 사내다. 그리고 운수도 참 나쁜 사내다. 그는 이제 자신의 여인을 지키기 힘들 것이다. 건이 선택했다면 상황은 나쁜 쪽으로 끝난 거다. 건의 언행은 정말 마음에 안 들지만 자신도 막을 수 있는 상대가 아니다. 그리고 지금은 그럴 처지도 못 된다.

사실은 비연이라는 낮은 신분의 여자가 자신을 대하는 꼴을 봐서는 별로 도와주고 싶은 마음도 생기지 않았다.

'내 신분을 알면서도 어떻게 그렇게 무례할 수 있지?'

레인은 눈을 살짝 가늘게 떴다. 그녀가 언뜻 본 저 '평범한' 사내의 얼굴에는 어떤 불안감도 없었다. 레인은 가볍게 한숨을 쉬고 발길을 옮겼다.

'귀한 것을 가지려면, 그것을 지킬 수 있는 능력도 있어야 하겠지. 그렇지만 능력이 있어도 안 되는 사람이 있거든. 어쨌든 두고 봐야지. 이 정도 문제도 해결을 못 한다면 나와는 인연이 없다고 할 터. 나중에 내가 적당한 보상을 마련해줘야지. 세상의 연장 달린 세상 사내란 것들이 다 그렇지 뭐……'

***

　"비연이라…… 이름이 참 특이하네? 본명인가?"

　건이 옆을 바라보며 말을 꺼냈다. 자리에 앉은 그는 발을 건들거리고 있다.

　"……."

　건은 비연의 옆모습을 빤히 쳐다보며 인내심 있게 대답을 기다렸다. 오찬을 위한 음식들이 하나하나 식탁에 채워지고 있었지만 달그락거리는 소리조차 들리지 않는다. 서른 명이 넘는 사람들이 모두 입을 다문 채 건을 쳐다보고 있었다. 백작 부처는 비연의 앞쪽에 앉아 있고 산은 왼쪽으로 떨어진 구석에 자리를 잡았다. 묘하게도 그의 옆에는 레인이 앉아 있었다. 한마디로 짝이 바뀐 형국이다. 원래 의도했던 좌석 배치와는 매우 다른 상황이 되어버렸다. 산이 앉아야 할 자리에 건이 먼저 앉아버렸기 때문이다. 주인의 인도에 따라 좌석을 찾아가는 것이 예의이겠으나 백작은 건의 행동에 어떤 제지도 가하지 않았다. 아니, 할 수 없었다는 것이 더 정확한 표현이 되리라.

　그의 공식 이름은 '대라건' 이다. '대라'라는 성은 이 세계를 실효적으로 지배하는 유일의 제국(帝國)이자 초강대국인 다문 제국 황실만이 쓸 수 있는 성이다. 이 다문 제국을 외곽에서 호위하는 제후국 중 최강의 군사력을 가진 실세는 제1위국(衛國)이다. 제1위국은 '대라준경'이라는 이름을 가진 제2황자가 지배하는 영역이고 대라건은 바로 그 황자의 둘째 아들이다. 요컨대 그는 황제의 직손 중 하나다. 현재도 엄청난 권력자이며, 세상 사람이 믿고 있듯이 만약 그의 아비 대라준경이 차기 황제가 된다면 그의 권력은 '무소불위(無所

不爲)'라는 말로밖에는 표현할 수 없을 것이다. 그런 그가 이 북쪽 오지에 나타난 것 자체가 대단한 사건인 셈이다.

건은 빙그레 미소를 지으며 상대의 대답을 기다리고 있었다. 그에게 이런 일은 한두 번 있었던 것이 아니다. 그는 여자를 안다. 자신의 신분이 어떤 권능을 가졌는지도 안다. 그리고 그 권능을 숨기고 들추고 비비면서 어떻게 조합하면 어떤 재미있는 일이 벌어지는지도 매우 잘 안다. 그래서 여자가 강한 척하는 이 게임은 더욱 즐겁다. 특히 밟아주는 재미가 각별하다.

비연은 대답을 하는 대신 자그마한 가죽 가방을 뒤지더니 무언가를 꺼냈다.

"살펴봤어? 그래 어때?"

건은 갑작스럽게 날아온 여자의 말에 눈을 크게 떴다. 그러나 이 여인은 자신을 향해 이야기하는 것이 아니었다. 그녀는 허공에 대고 이야기하고 있었다. 아니, 작은 나무 조각 같은 것을 귀에 대고 혼자 떠들고 있다.

"음…… 이름은 대라건. 황제의 손자이자 차기 강력한 황권 후보의 둘째 아들……이고? 고 녀석…… 보기보다 꽤 신분이 높네?"

건이 눈을 더욱 크게 떠졌다. 분명히 자신에 관한 이야기다. 그의 눈길은 빠르게 좌중을 살폈다. 그 와중에도 여자의 독백(?)은 이어지고 있다.

"고귀하고 수려한 인상? 농담해? 기름에 튀긴 쥐새끼처럼 느끼하고 얍삽하게 생겼구먼……."

건은 다시 고개를 획 돌렸다. 이젠 입술을 꽉 깨물고 주먹을 쥐고 있다.

"이제 스물둘이야? 대가리에 피도 안 마른 애네…… 돈은 많아?"

흔들거리던 건의 다리가 멈췄다. 칼을 잡으며 일어서기 전에 그는 차갑게 가라앉은 눈길로 오찬에 참석한 다른 사람을 찬찬하게 둘러보았다. 그렇지만 그가 기대했던 반응은 어디에도 없었다. 누구도 긴장하지 않았고 누구도 그의 표정을 두려움으로 쳐다보지 않는다. 심지어 자신을 아는 에센 백작마저도 멀뚱한 표정으로 비연을 쳐다보고 있었다. 황실 이야기가 나왔는데도! 이것들이 단체로 뭘 잘못 먹은 것일까?

레인은 집어 들던 수저를 다시 내려놓았다. 손이 떨려서다. 그녀의 눈가가 파르르 떨렸다. 눈 안쪽이 서늘하게 가라앉아 있다.

그 와중에서도 비연의 혼잣말은 태연하게 이어졌다. 그 소리는 아주 조용해진 실내에서 명료하고도 또렷하게 울려 퍼졌다.

"지위를 악용하여 치부(致富)한 것도 꽤 되고? 얼마나? 최소 420만 통보? 젊은 놈이 엄청 부자네…… 여색을 '매우' 밝히고, 주변에 건드리지 않은 여자가 없다. 이런……? 그중엔 친족도 있어? 성격은 제멋대로고 사악하여 사람도 내키는 대로 죽여왔고…… 그중에는 동생도 있다? 머리는 똑똑하지만 가볍고 경망스러워 사람됨에 신용이 없고…… 대관절, 이 인간에게는 장점이란 없는 거야?"

"……."

"결론은 인간이 되다 만 개막장 인생이자 말종이라는 이야기군. 응? 그건 무슨 소리지? 아니…… 그 판단은 일러. 그리고 판단은 우리가 알아서 할게. 레인? 와 있지. 그 사람에 대해서는 다음에 이야기하도록 하지. 지금 그 덜떨어진 친구가 옆에 있거든? 응? 수수료? 신도 500이면 되겠지?"

비연이 휴대전화를 탁 소리가 나도록 닫았다. 옆자리의 건은 이미 자리에서 벌떡 일어나 거친 숨을 고르고 있는 상태다. 비연 역시 숨을 고르고 있었다. 한 사람은 분노 때문에, 다른 한 사람은 분통 때문에…….

레인 역시 일어서 있었다. 그녀의 눈길도 모든 사람을 향하고 있었다. 몸이 감기에 걸린 것처럼 으슬으슬 떨리고 있다. 결코 보통 사태가 아니다.

'우리는 어제 도착했다. 이곳에 들른 것도 거의 충동적인 결정에 가깝다. 그런데 어떻게 우리를 아는가? 저 정도의 정확성은 내가 데리고 있는 황실 정보대도 불가능한 수준이야.'

"내 나이는 스물여섯. 네 짝으로는 적합하지 않아. 그리고 너같이 난잡한 아이는 취향이 아니거든? 이제 자리를 비켜줄래? 여기는 너 같은 아이가 나댈 수 있는 자리가 아니란다."

비연이 서늘한 목소리로 낮게 말했다.

"네 년은 누구냐? 어떻게…… 어떻게 나에 대해 그렇게 잘 알 수 있는 거지? 감히 황실에게 그따위 태도를…….."

건의 목소리가 벌벌 떨렸다. 손이 떨려서 칼은 뽑지도 못한 채 자루만을 꽉 쥐고 있다.

"그건 영업 비밀이라서 가르쳐주기가 어렵네. 이제 가라. 두 번 이야기 안 한다. 더 이상 치근거리지 않으면 아무 일도 없을 거야. 어서 가봐."

"못 한다면?"

"매우 불행해지지. 황실이건 뭐건 이 깡촌에서 너 하나 소문 없이 묻어버리는 건 일도 아니야."

비연은 건을 향해 고개를 천천히 돌렸다. 그녀는 '압도의 공식'을 재현한다. 간결한 메시지, 느릿한 확인, 단호하기보다는 무심하고도 섬뜩한 표정, 그리고 평생 처음 겪는 광폭한 기운……

"흐……으."

건은 그 다음에 무슨 일이 일어났는지 기억하지 못할 것이다. 쓰러지는 와중에서 누군가가 등을 받쳤고 이어 장난스러운 대화 소리가 귓전에서 맴돌았을 뿐이다.

"어린아이에게 너무 겁을 준거 아냐? 오줌까지 지렸네."

"이놈은 정말 죽이고 싶었다고요! 이걸 정말……"

건은 확실한 기절의 길을 택했다.

* * *

오찬은 원만하게 진행됐다. 무례한 친구가 별 이유 없이 갑자기 기절해서 그냥 실려 가는 바람에 같이 온 귀인이 한쪽 구석에서 쓸쓸하게 식사를 했을 뿐, 모든 것은 정상적으로 마무리됐다. 식사는 유쾌했으며 대화는 상쾌하게 흘러갔다. 놀랍게도 백작가 그 누구도 그 끔찍한 역모에 준하는 제국에 대한 모독 행위를 기억하고 있지 않았다.

레인은 다시 냉정을 되찾기 시작했다. 아무리 황권이 미치지 않는 변방이라지만 이들의 행동은 상식을 벗어나 있었다. 그녀의 머리가 바쁘게 돌아갔다. 자신의 생각을 수정하면서 이 상황을 냉철하게 이해하려고 애를 썼다. 그렇지만 천재인 그녀로서도 정말 쉽지 않은 일이었다. 그녀는 원인을 찾아냈다. '두 사람'을 판단하는 데 가장 큰 장애는 바로 자신이 가진 방대한 상식이었다. 레인은 상식을 버리기로 했다. 그렇게 하니 새로운 것이 보이기 시작했다. 겸손하게 경청하고 합리적으로 말하고 누구에게나 호의부터 내보이는 것…… 그것이 이들의 대화에서 그녀가 발견한 이곳의 상식이었다.

레인은 기록을 시작했다.

첫날, 첫 번째 질문: 그들의 이 끔찍한 정보력은 어디에서 나오는가? 제국의 정보는 안전한가?

(사실1) 단 하루 만에 이름 하나만으로 개인정보와 과거의 이력까지 파악할 수 있다.

(사실2) 원거리 통신 수단 ? 파악 불명

(사실3) 사실1, 2가 파악된 전부가 아님. 상대는 더 많이 알고 있다.

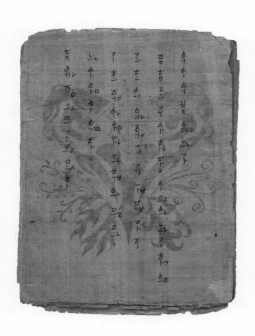

그들은 누구인가?

(사실1) 제국의 무상(武相), 한영의 진술로는 대가의 경지에 오른 무력 보유. 과소평가일지도 모른다.

(사실2) 상식을 뛰어넘는 발상과 생각들…… 그러나 모두 옳은 생각으로 판명됨. 예외는 없었다고 함.

(사실3) 우호세력

…… 한선가, 야벌, 각종 지능종, 그 외 파악된 바 없음.

  그들의 목적은 무엇인가? 자기 영지의 구축, 확장?
  그 가능성은 2할.
  왜? 권력을 추구하는 것 같지는 않다.

  결론: 내 머리로는 알 수 없다.

  '젠장…… 저런 능력자들이 대체 왜 여기서 저렇게 꼬질하게 살고 있는 거냐고?'
  현 다문제국의 황제의 서른두 번째 딸이자, 제국의 모든 문서와 정보를 총괄하는 비서감(秘書監) 제2차석(次席), 황실 최고의 천재 '대라레인'의 위대한 비망록의 첫 장은 여기에서 시작되고 있었다.

＊ ＊ ＊

  "네 의견은 어때?" 사내 '동영'이 물었다.
  "아직은 잘 모르겠어. 단순한 관찰만으로는 알 수 없는 것이 너무 많아. 사실은…… 도무지 이해할 수 없는 곳이야. 행동도, 규칙도, 사고방식도 너무 달라. 전혀 딴 세상이라고 해도 될 거 같아. 솔직히 그동안 조사한 자료가 무의미한 것 같다는 생각이 들 정도야."
  '동하'가 대답했다. 매우 이지적인 아름다움과 약간은 서늘하고도 날카로운 눈매를 가진 여자다. 청색의 날렵한 모자를 쓰고 발목까지 끌리는 하늘색 키톤 위에 폭넓은 솔을 어깨에 감아 돌려 걸친 모습이다.

두 사람은 백작령을 한눈에 조감할 수 있는 언덕에 서 있었다. 동하는 발밑으로 광대하게 펼쳐진 풍경을 물끄러미 쳐다보았다. 그곳은 커다란 정원 같기도 했고 놀이터 같기도 했다. 곳곳에 아기자기한 모양의 목조 건물들이 집처럼 혹은 탑처럼 쌓이고 있고 용도를 알 수 없는 장비들이 여기저기 설치되고 있다. 백작령을 가로지르는 하천에서 자연스럽게 물길을 이끌어 여기저기 수로를 트고 그 수로를 따라 작은 배와 뗏목 들이 무언가를 실어 나르고 있다. 대단히 많은 사람들이 조직적으로 공사를 하고 있다. 건설 속도는 비상식적으로 빨랐다. 그들이 지켜보는 겨우 한나절 동안에도 서너 채의 건물과 장비들이 세워졌을 정도다. 마치 어린이가 여러 종류의 나무 조각을 가지고 장난감을 조립하며 노는 모양과 비슷했다. 몇 개의 조각이 이리저리 움직이는가 싶더니 순식간에 집이 만들어지기도 했고 10미터를 훨씬 넘기는 망루가 생기기도 했다.

"확실히 평범하지는 않군. 만약에 저런 방식을 군사용으로 사용한다면 정말 위협적일 수도 있겠어. 대체 한선가와 야벌, 정보력으로 둘째가라면 서러울 그자들이 이곳에서 뭘 본 것일까? 이 별난 곳에 뭔가가 있다는 건데…… 대체 뭐냐고…….'

동영이 손에 쥔 금속 구슬을 굴려가며 중얼거렸다. 유사시에 치명적인 무기가 되는 구슬이 사내의 손 안에서 서로 부딪쳐 까르륵거리는 소리를 내고 있다.

"아무래도 꽤 오래 머물러야 할 것 같은데? 하루이틀 봐서 파악될 일은 아냐. 저기를 보라고! 주택과 작업장을 만드는 공사일 가능성이 커. 우리가 묵고 있는 여관이나 근처 집들도 최근에 만든 것들이었어."

"저 정도의 대규모 공사라면 무엇을 의미할까?"

"아마 급격한 인구의 증가를 대비하고 있다는 뜻일 텐데……."

동하는 입술을 굳게 다문 채 고개를 들어 먼 하늘을 바라보았다.

"그래…… 머물긴 해야겠지만 참 골치 아픈데? 우리 동명가만 이곳에 관심이 있는 게 아니니까……." 동영이 머리를 긁었다.

"어쨌든 한선가와 야벌이 먼저 합작 사업을 벌이고 있다는 것. 그것만으로도 뒤집어질 사건이잖아? 제국의 정치 권력을 장악하고 있는 정통파 절대무가와 어둠의 세계를 아우르는 재야파의 대표 야벌이 대놓고 손을 잡을 줄 누가 예상이나 했겠냐고!"

"문제는……?" 동영이 다시 낮게 말했다.

"우리 동명가가 한선가나 야벌과는 별로 친하지 않다는 거야. 지금 이곳에서 무언가가 벌어지고 있는 거는 같은데, 이렇게 직접 와서 두 눈 뜨고 들여다봐도 뭐가 뭔지 모르겠다는 게 무엇을 의미할까? 희한한 게…… 상대는 숨기려 하는 것 같지도 않고 오히려 내놓고 자랑하고 있는 것 같거든? 무슨 의미인 것 같아?"

동하가 한숨을 쉬었다.

"결국 동예 숙부 충고대로 해야 하는 상황이 아닌가 싶은데. 그래도 참…… 나는 영 내키지 않아."

동영이 어깨까지 내려오는 긴 머리를 뒤로 넘기면서 씁쓸하게 말했다.

"그 '두 사람'을 찾아서 협력을 타진하라고 했었지?" 동하가 다시 물었다.

"최대한 예의를 갖추라고도 했고……."

"신분은 모르고 고급 귀족으로 추정되는데, 숙부 말로는 확실한 대가라고 했어. 사내는 30대, 여자는 20대? 그 나이에 대가라니. 여러 가지 증거는 있지만…… 그래도 너는 그게 믿겨?"

"동예 숙부의 말이니 믿어야지 어쩌겠어? 그래도 직접 확인은 해 볼 필요가 있어. 출신도 분명하지 않은 자들인데 우리가 먼저 고개 숙이면서 알아서 길 필요는 없잖아? 동명가의 자존심이 있지."

"그러자. 만약 진짜 대가라는 게 확인되면 그때 대접해주지 뭐……."

둘은 그렇게 합의를 봤다.

북부에서 한선가와 야벌이 갑작스럽게 팽창하기 시작하자 가장 긴장하고 있는 세력이 바로 동명가다. 이 두 사람은 그 동명가의 본가에서 직접 '선정'하여 보낸 요원들이다. 이미 무통(無痛) 암검의 경지에 올랐고 이제 대가의 경지를 꿈꾸는 특급무사들이다. 또한 동명가 정보 조직에서 가장 빠르고도 지혜로운 요원들이기도 하다. 그들은 지금 자신도 모르는 운명을 향해 달려가고 있었다. 아마도 그들 인생에서 잊을 수 없는 경험이 준비되어 있을지도 모른다.

* * *

"네가 본 걸 풀어봐."

기빈이 귀를 후비며 물었다. 시선은 엉뚱한 곳을 향해 있고 질문하는 태도도 매우 불량하다.

"경악할 정도입니다."

기영이 침을 삼키며 조심스럽게 답했다. 장난을 좋아하는 다정한 오빠이지만 이런 분위기를 풍길 때는 정말 조심해야 한다. 그 속에는 셀 수도 없는 자아(自我)들이 도사리고 있다. 저 몸에서 어떤 '기빈'이 튀어나올지는 누구도 모른다. 그중에는 정말 위험한 기빈도 있다. 그 자아들의 총체가 저 기빈이라는 불세출의 대천재를 구성하고 있다. 한선가의 천재 한정이 그랬듯 스물아홉에 이미 대가의 경지에 접어든 사내다. 아직 세상에 이름이 아직 알려지지는 않았지만…….

"뭘 보고 그렇게 생각했지?"

기빈이 흥미롭다는 표정으로 기영을 쳐다본다. 비록 어머니는 다르지만 가장 믿을 만하고 똑똑한 동생이다. 올해 스물넷으로 여섯 살 차이지만 이놈과는 말이 통한다. 최소한 말귀는 알아듣는다. 그래서 박박 우겨서 이곳까지 데려왔다.

"글을 모르는 자가 없습니다."

"호오…… 잘 봤네. 그리고?"

"도량형이 통일되어 있더군요. 게다가 매우 엄격하게 적용하고 있습니다. 측정 방법과 도구도 철저하게 통일되어 있고요."

"제법이야…… 또?"

"아이들이 교육을 받고 있었습니다."

"점점 마음에 드는데? 더 가볼까?"

"외곽까지 도로가 나 있었습니다. 그 폭이 세 걸음이 넘었습니다. 그리고…… 모든 아이들이 신발을 신고 있더군요."

"흠…….."

"아이들은 모두 명찰을 달고 있습니다."

"아이들만?"

"어른들도 달고 있지만 자기 이름은 아니었습니다."

"외지인도 포함되던가?"

"그렇습니다."

"점점 무서워지는데?"

"그리고 결정적으로…….”

"결정적이라…… 뭘까? 기대되네.”

기빈의 눈길이 기영에게 잠시 고정됐다. 입가에는 옅은 미소를 짓고 있었다.

"옷을 파는 가게가 있더군요."

기빈의 입가에 웃음이 사라졌다.

"애? 어른?"

"양쪽 다입니다."

"가공된 완성품이던가?"

"그렇습니다."

"이거, 떨리는데?"

"예…… 저도 무섭습니다."

기빈이 엉덩이를 툭툭 털면서 일어나며 물었다.

"그래서…… 종합하면?"

"3년 내에 북부에 군사 경제 강국이 등장할 가능성이 3할 이상이라고 봅니다."

"그뿐인가?"

무심해 보이는 기빈의 눈길이 기영의 눈 속을 살피고 있었다. 기영은 소름이 약간 돋았다.

"바보……."

기빈이 씩 웃었다. 어느새 다가왔는지 기영의 귓가에 대고 작게 속삭였다. 기영은 갑자기 밀려든 간지러움에 몸을 움찔한다.

"10년은 더 공부해야겠구나. '전장의 새벽별' 기영?"

"예……."

기빈은 손가락 하나를 뻗어 기영의 머리를 슬쩍 밀치며 앞으로 성큼 나섰다.

"내가 보기엔……."

"……?"

"제대로 된 낚시터야……."

기빈의 걸음이 빨라졌다.

"어디로 가십니까?"

기영이 자기 물건을 챙긴 후 종종 걸음으로 따라가며 물었다.

"낚시꾼 만나러……."

봄날 석양이 따사롭게 내리쬐는 대지를 따라 두 개의 그림자가 우쭐거리며 걸어가기 시작했다.

* * *

"입질할 때가 됐는데……."

산은 길게 드리운 낚싯줄을 물끄러미 쳐다보며 하품을 했다. 물기가 가득 낀 그의 뿌연 시선 앞에서 붉은 석양이 장엄하게 무너지는 중이다. 저녁 낙조(落照)가 물들고 있는 호숫가에는 잔잔한 물결이 넘실거렸다. 아직 새파란 싹이 물가로 머리만 내밀었을 뿐 전체적으로는 누런빛을 띤 갈대가 봄인지 가을인지 모르게 흐느적거렸다. 하지만 왼쪽과 오른쪽 산등성이에 복사꽃 같은 연분홍 띠가 세력을 확장하며 가을이 아니라 화사한 봄날임을 주장하고 있다.

"요즘 애들은 영리해져서 쉽지 않을걸요. 한잔 더 하실래요?"

맑지만 조금 나른한 소리가 등 뒤에서 흘러나왔다. 간편하지만 산뜻한 차림새의 비연이 산과 등을 마주 대고 기댄 채 무언가를 쓰고 있다. 어깨를 사내의 등에 비스듬하게 기댄 채 오른발은 앞으로 자연스럽게 주욱 뻗고 왼쪽 무릎을 세워 편하게 책을 받치고 있다. 가죽끈으로 만든 날렵한 샌들 사이로 언뜻 드러난 발가락이 유난히 희다.

"그것도 좋지……."

산이 중얼거렸다. 산은 비연이 건네주는 유리잔을 받아 들고 손을 앞쪽으로 쭉 뻗어 석양에 술잔을 가려보았다. 빨간 과실주가 찰랑거리며 석양에 투영되는 모습이 놀랄 만큼 아름답다. 사내는 잔에 입을 맞추며 살짝 잔을 위로 들어올렸다.

"우리 비연의 완전한 회복을 위하여!"

비연은 고개를 살짝 들어 하늘을 쳐다보았다. 파란 하늘을 배경으로 저녁 뭉게구름이 양 떼처럼 흘러간다. 한없이 평화롭다. 그녀의 입가에는 엷은 미소가 그려졌다. 지금도 충분히 행복하다.

이 공간에 내가 있고, 그가 있다. 인터넷도 TV도 라디오도 없다. 너무 흔해서 시끄러운 줄도 몰랐던 유행가와 찌라시도 없다. 그래서 시간은 남고 생각도 남는다. 아파트 생활과 다르게 사람의 손길을 요구하는 번거로운 것들이 너무도 많지만, 그 모든 것을 돌보고도 시간은 언제나 남는다. 참 이상하다. 그 편하다는 한국에서의 생활은 왜 그리도 바빴을까…… 이곳에는 익숙한 전자음 대신 익숙하지 않은 새소리와 물소리, 사람 소리가 있다. 그리고 저 사나이와 끊임없이 나누는 속 깊은 대화가 있고 두 사람이 같이 집필하고 있는 책들만이 시간을 따라 하나하나 만들어지고 있다. 그래서 이곳은 유리된 고독의 공간이지만 찬란한 창조의 공간이기도 하다. 그리고 치료와 치유의 공간이다. 그래서 그들은 이곳을 택했다.

비연의 눈길은 뭉게구름을 넘어 이제는 바다처럼 시퍼렇게 짙어진 창공을 응시한다. 자신의 '병'은 반드시 나을 것이다. 비연은 뒷머리를 사내의 등에 찧었다. '쿵' 하는 좋은 쿠션감이 먼저 대답해왔다. 뒤이어 산의 굵은 소리가 울렸다.

"왜?"

"그냥……."

"죽을래?"

"아직은 싫은데요……."

"자식이 실없기는…… 그만 들어갈까?"

"아뇨…… 공기가 참 좋아요. 조금만 더 있다가 가요."

비연의 입가에 다시 미소가 그려진다. 이곳에 다시 도착한 게 지지난해 가을이니 이제 1년하고도 반이 지났다. 그동안 있었던 일들이 슬라이드처럼 머릿속을 찰칵거리며 지나간다. 마룡 실루오네가 몸에 설치한 마감이라는 '병'을 고치기 위한 처절한 노력, 저 사내의 눈물 겨운 헌신, 그것은 처음 광장에서 넥타를 극복했을 때와는 비교도 안 되는 고통과 위험…… 그것은 아직도 진행형의 사건이다. 두 사람은 지난 2년간 가만히 기다리지 않았다. 가혹한 운명에는 끝없는 도전으로 대항했고 시련에는 온몸으로 저항했다. 온 세상의 지식을 가진 존재가 설치한 '마감'이라는 정체불명의 폭탄을 치우기 위해, 또한 도청과 측정 장치라는 족쇄를 풀어버리기 위해 그들은 할 수 있는 모든 시도는 다 해봤다. 지금 그들의 몸에서 진행 중인 변화는 바로 그 과정에서 나온 부산물이다. 안타깝게도 그들의 시도는 아직 성공하지 못했다. 그렇지만 해결의 실마리를 나름대로 찾아가고 있었다.

산과 비연은 그저 소망했다. 몇 달이 걸릴지 몇십 년이 걸릴지 모르지만 마룡 실루오네가 낸 문제라는 것도 결국 그들의 지혜와 힘으로 풀 수 있는 것이기를…….

2년간의 시행착오 끝에 문제는 정의됐고 희망은 다시 생기고 있다. 그리고 이번에도 그들의 접근이 옳았던 것 같다. 문제의 해법은 용은 모르고 사람은 아는 곳에 있을 것이다. 두 사람의 추리로는 그 해법은 일원의 속성이라고 추정되는 원초의 천진(天眞)한 상태를 재현할 때만 보일 것이었다. 아니라면? 일원과 직접 접속이라도 할 수 있어야 한다. 소망하고 기도하고…… 결국 그런 것들이 접속의 방법이 아닐까?

두 사람은 제작자의 이름이 '일원(一元)'이라 한 것을 떠올렸다. 그것은 '오래된 하나'를 의미한다. 그 존재는 세계를 만든 '원리(principle)'와 '절차(procedure)'와 '방법론(algorithm)'을 모두 가진 자였을 것이다. 그것이 무엇과 가장 닮았는지도 생각했다. 그것은 동양에서 말하는 '태극(太極)'일 수도 있었고 서양 신화에서 말하는 '혼돈(混沌)'일수도 있었다. 그렇지만, 그런 머리 복잡한 단어보다는, 현대인인 그들의 솔직한 감각으로 '알'이라는 단어가 일원의 이미지와 가장 닮았다고 여겨졌다. 두 사람은 이 개념을 사용하면서 가능성 높은 가설을 다시 세우기 시작했다.

'마감'이라는 병이 유전자를 건드려 급속한 노화를 촉진하고 재생을 금지하거나 조절하는 것이라면, 병의 치료는 당연히 그와는 반대로 폭발적인 생성과 제한 없는 복제를 의미해야 했다. 그것도 어떤 기관으로도 재현될 수 있는 만능 세포를 만드는 것이다. 그것은 '수정란' 혹은 줄기세포의 성격과 매우 닮았다. 두 사람의 숙제는 그 '알'을 올바르게 '수정'해야 하는 것이었다. 단순한 육체적 교합(sex)의 문제가 아니라 원리와 방법론까지 올바르게 찾아야만 한다. 즉, 물리적인 교합과 정신적인 교합의 특별한 조화가 해답이 될 수 있다는 것이다.

이 문제를 풀기 위해 산과 비연은 지구를 지배해왔던 거의 모든 종교가 '영생'과 '내세'라는 상품과 교환하기 위한 필수 과목이라고 떠들었던 어떤 제안을 떠올렸다. 그 제안의 이름이야 무엇이든 상관없을 것이다. 그게 '사랑'이건 '자비'건 '믿음'이건, 그 뭐라고 이름 붙이든 말이다. 그리고 다행히도 그 원리는 두 사람이 매초, 매분마다 치열하게 실천하고 있는 '사랑'이라는 상태와 도무지 구별할 수 없을 만큼 비슷했다.

그 치열한 투쟁의 와중에 산과 비연은 여섯 번째 가속, 이 세계 무가 기준으로 4품 대가의 단계를 돌파하고 있었다. 그렇지만 두 사람은 자신이 풀어내고 있는 이 소박한 해법이 이 세계에 어떤 영향력을 행사하고 있는지 몰랐다. 또한 그들의 투쟁 과정이 결과적으로 인간을 숙주로 해 '신'과 '악마'를 이루는 강력한 종족들을 탄생시키는 원리를 제공하고 있다는 사실에 대해서도······.

비연은 눈을 깜짝였다. 파아란 하늘이 너무 시려서 그런지 하품을 하지 않았는데도 눈가에 물기가 맺힌다. 비연은 유리잔을 들었다. 반쯤 고여 찰랑거리는 과실주가 향기롭다. 비연은 손을 쭉 뻗었다.

"내 사랑을 위하여!"

"드디어! 걸렸다!"

산이 소리쳤다. 하늘로 치고 올라가는 낚싯줄에는 성격 이상한 피라미 사촌 넷이 서로의 꼬리를 문 채 줄줄이 딸려 나오고 있었다.

"콜록……."

비연이 기침을 했다. 그 시간에 그들의 거처에는 네 사람이 찾아와 문을 두드리고 있었다.

* * *

네 사람의 젊은이가 시녀장 유미아의 안내를 받으며 집안으로 들어왔다. 안내는 매우 자연스러웠다. 마치 약속이라도 미리 잡아놓은 것 같았다.

그들은 도착하자마자 비싼 유리와 목재 가구로 잘 꾸며진 제1접견실로 안내됐다. 접견실에 도착한 그들은 또 방명록에 서명을 했다. 이어 다과가 나왔고 시종장 네스로부터 이곳의 유래에 대해 설명을 들었다. 그리고 이곳에서의 행동 규칙과 예절, 요령에 대해 '교육(?)'을 받았다. 마지막으로 안전과 보안에 관한 설명을 들은 후에야 자유시간(?)을 가질 수 있었다.

"그러면 편하게 쉬고 계십시오. 주인께서는 약 한 시간 뒤에 오실 겁니다."

"그대의 주인은 우리가 온 것을 알고 있나?"

"알고 있습니다. 기빈님. 잘 모시라는 분부가 있으셨습니다."

"……."

"그러면 혹시 불편한 일이 있으시면 이 종을 울려주시면 됩니다. 저는 10분 뒤에 다시 오겠습니다."

시녀장 유미아가 물러갔다.

"우리가 지금 뭘 한 거지?" 동하가 눈을 동그랗게 뜨고 기빈을 쳐다보고 있다.

"글쎄…… 워낙 창졸간에 일어난 일이라……." 동영이 고개를 빙빙 돌렸다.

"뭔가 하기는 했는데……."

기빈이 입맛을 다셨다. 다른 세 사람은 우두커니 서 있었다. 모두가 서성거리고 있을 뿐 무엇을 해야 할지 모르는 표정이다. 마치 촌에서 막 올라온 사람 같다. 여기의 그 누구도 이렇게 남이 시키는 대로 착하게 따라 해본 적이 없었다. 그렇지만 곧 이들의 입가에는 불쾌감보다는 진득한 미소가 떠올랐다. 새로운 것에 대한 호기심, 미지의 상대에 대한 약간의 호승심 같은 것. 이 팽팽한 긴장감이 살 떨리도록 재미있다. 고급 정보는 고급 외교에서 나오는 법이다.

'외교적 절차에 준하는 접견 절차. 이곳이 '국가'라는 의미인가?'

네 사람은 자리에 편하게 앉는 대신 실내와 회랑을 배회하며 이리저리 서성거렸다. 동하는 밖으로 이어진 유리창을 조심스럽게 만져보고 있다. 유리는 놀랍도록 투명하다. 기영은 벽에 걸린 묘한 문양과 여러 가지 매듭과 실로 짠 편물(編物) 그리고 무엇을 그렸는지 알 수 없는 그림 들을 쳐다보고 있다. 그것들은 단순하면서도 예뻤지만 그 이상의 뭔가가 있어 보였다. 기빈은 가죽제 소파에 엉덩이를 슬쩍 걸친 채 비치된 책을 읽기 시작했다. 온갖 기호와 패턴이 그의 시선을 끌었다. 수수께끼를 푸는 것처럼 무척 진지한 표정이다. 동영은 벽에 설치된 조명과 거울, 기묘한 조형물과 장식 들을 살피고 있다. 한시도 쉬지 않고 놀려대던 그의 손가락질이 멈췄다. 기묘하게 설계된 문손잡이, 전신이 비치는 거울, 촛불이라고 보기에는 차갑지만 밝은 실내조명, 묘하게 마음이 끌리는 벽걸이 그림들…… 무언가 탄맛인 듯하면서도 구수하고도 뜨거운 음료…….

'대체 뭐지? 이런 기분은?'

'주눅이 들고 있는 거야? 내가?'

실내는 답답할 정도로 조용하다. 이 지식인들의 마음은 대단히 위축되어 있었다. '아는 만큼 본다'는 격언을 염두에 두고 보면 이들이 이 공간에서 느꼈을 위축감은 상당할 것이다. 그리고 지금 본 것들이 향후 이들이 내릴 판단을 심하게 '왜곡'시킬 수도 있을 것이다. 그리고 그것이 이 집을 설계한 사람이 원하는 바일 것이다.

'이 비싼 유리를 이렇게 투명하고도 편편하게 만들 수 있나? 아까 들어올 때 밖에서는 안쪽이 보이지 않았었는데 안에서는 밖을 볼 수 있잖아? 무슨 마법의 일종인가?'

'묘한 그림 문양들인데…… 어떤 통일성이 있어. 이 지역 지도를 이렇게 표현한 건가?'

'이 책들은 대체 무엇에 관한 건가? 숫자가 있는 것을 보아서는 계산이나 수리(數理)에 관한 논문 같은데…… 이 기묘한 도형과 기호들의 행렬은 뭘 의미하는 걸까?'

'이 원통형 조형물은 대체 뭐지…… 왜 양쪽에 유리를 달아놓았을까…….'

저마다 보는 것은 달랐지만 네 사람의 의견은 하나로 수렴하고 있었다.

'무슨 일이 일어나도 놀라지 않을 테다.'

'절대로 내가 먼저 묻는 일은 없을 거야. 하늘이 두 쪽 나도!'

"이건 뭐지?"

동영이 말했다. 그는 서류를 들고 물끄러미 유미아를 쳐다보고 있었다.

"면접 방법에 관한 설문입니다. 각 문항 중 하나를 선택하시면 됩니다."

"면접?"

"오신 분들마다 방문 목적이 다르기 때문에 가장 적절한 상담 방법을 정하기 위해서입니다."

"왜 그래야 하지? 뭐가 이렇게 번거로워? 그냥 만나서 이야기하면 안 되는 건가? 무슨 왕을 접견하는 것도 아니고. 너무 심하잖아. 그렇게 대단한 사람이야?"

"미리 약속을 하시고 오셨습니까?"

"이곳에 온 김에 인사차 방문했다. 그러면 안 되는 건가?"

"아…… 그러셨군요. 그러면 그렇게 전하겠습니다. 다른 분도 같은 입장이시겠지요?"

유미아가 방긋 웃었다. 이어 대답을 기다리지 않고 허리를 살짝 굽혀 인사하며 뒷걸음으로 물러났다. 동영의 표정이 묘하게 변했다. 그 표정에 담긴 것은 뜬금없는 '불안'이었다. 첫날 영지 출입 사무소의 황당했던 일이 갑자기 뇌리 속에서 흘렀는지도 모른다.

"잠깐!" 기빈이 소리쳤다.

"그대의 주인은 인사차 방문하는 손님을 어떻게 대하지?"

"보통 차 한 잔 정도 같이 마시며 담소를 나눕니다. 보통 10분 정도 걸리지요." 유미아는 걸음을 잠깐 멈추며 대답했다.

"다른 깊은 이야기는 안 하는가?"

"주인들은 준비되지 않은 이야기는 나누지 않습니다. 어설픈 대답은 애써 찾아오신 손님에 대해 큰 결례라고 생각하시지요. 깊은 이야기를 하시려면 다시 약속을 잡으셔야 할 겁니다. 지금 대기 순서로 보면 열흘 뒤가 좋겠네요. 오늘은 일부러 약속을 비워놓은 것 같았는데……."

기빈은 유미아를 빤히 쳐다보더니 손을 불쑥 내밀었다.

"서류 줘!"

* * *

"젠장… 뭐 이리 많아"

"질문이 백 가지가 넘어요. 그런데, 이 필기구는 참 특이한데요? 기름인 것 같은데. 편리해…… 좀 얻어갈까?"

"호구 조사하나? 이런 것도 적어야 돼?"

"누구 소개로 왔냐고? 알아서 뭐하게?"

"우리가 어떤 길로 왔더라?"

"내가 뭘 좋아하는지 왜 알고 싶어 하지?"

"가고 싶은 곳?"

"주인과 논하고 싶은 주제로 3제(題)라……."

"다섯 가지 중 가장 선호하는 것? 싫어하는 것?"

"이런…… 계산까지 해야 되는 거야?"

네 사람은 여기저기 쭈그리고 앉아 설문을 작성하고 있었다. 그들은 정말 착실하게 답을 적었다. 설문은 정교했다. 다섯 가지 보기 중 하나를 고르는 문제와 간단하게 적어야 하는 문제가 섞여 있었다. 비슷하지만 미묘하게 다른 문제가 중복되어 있다. 어떤 질문은 답을 낼 수는 있지만 질문의 의도를 짐작하기 어려웠다.

정보를 다루는 그들에게도 이런 형식의 조사는 처음이었다. 그 점이 그들의 경계심과 호기심을 동시에 자극했다. 그 호기심은 그들을 이 설문을 낸 자가 의도하는 바를 추측하고 회피해 가려는 사고 게임으로 나아가게 했으며, 경계심은 그들을 결코 솔직해질 수 없도록 만들었다.

"여기 있다. 이제 됐나?"

기빈의 문서를 마지막으로 설문 작성이 끝났다.

"예, 이제 약 20분 정도 더 기다리시면 오실 겁니다."

유미아가 환하게 웃으며 각 설문을 차곡차곡 정리한 상태로 들고 나갔다. 돌아선 그녀의 입꼬리는 슬며시 올라가고 있었다.

'감춰진 것은 드러날 것이며, 꼬인 것은 바르게 펼쳐질 것입니다. 여태까지 한 번도 예외가 없었답니다. 이 시험의 감춰진 특징이기도 하지요.'

이로써 오백서른세 번째 방문한 중요 인물들의 프로파일이 그들 자신의 손으로 만들어졌다. 그들의 취향과 배경, 성격, 인맥, 습관, 필체, 지문, 신뢰도, 정보력, 지식, 계산 능력, 판단력에 대한 평가와 특별하게 설계된 유리창 밖에서 관찰한 그들의 초상과 관심 분야도 덤으로 함께……

* * *

　네 사람은 유미아를 따라 면담 장소로 자리를 옮겼다. 전경이 양쪽으로 확 트인 회랑을 지나 실내 연못을 거쳐 구름다리를 넘어 아직도 불을 켜놓은 채 많은 사람들이 분주하게 작업 중인 공작실과 실험실 몇 개를 가로질러 사무실로 들어갔다. 그곳에는 온갖 기계와 도구들이 놓여 있고 송진 냄새, 쇠 냄새, 시큼한 화학물질 냄새가 섞여 있었다. 저녁 무렵 어둑해지는 문틈 사이로는 전기 스파크가 간간히 하얗게 밖으로 흘러나온다. 언뜻언뜻 보이는 간판에는 유리공방, 도자기공방, 숯공방, 가죽, 섬유공방 등이 있었으며 각종 계량기와 측정 도구들이 안팎으로 설치되어 있다. 그리고 누가 부르고 연주하는지 천상에서 울리는 듯한 음향이 모든 공간에서 조용하게 흐르고 있었다.

　'연금술사……?'

　'전기와 화학공방들……'.

　'금속공방? 야벌 사람들?'

　'묘한 음향…… 대체 무슨 음악인가?'

　"귀한 분들이 찾아오셨군요. 반갑습니다. 나는 산이라고 합니다."

　"오래 기다리셨나 봐요? 미리 연락을 주셨으면 준비를 했을 텐데. 나는 연이라고 해요."

　주인이 먼저 인사를 건넨다.

　"소문은 많이 들었습니다. 나는 기빈, 이 사람은 기영이라고 하오. 기장가에서 왔소."

　"동명가의 동영이요."

"동명가의 동하입니다."

딱딱하고도 의례적인 인사말이 오갔다. 주인 두 사람은 여유가 있었고, 손님 네 사람은 약간 긴장한 모습이다. 서로 예의는 갖추지만, 결코 자신을 함부로 낮추지도 않는다. 한 가문의 주권(主權)을 대표하는 외교관이 가져야 할 기본 소양이다. 그들이 아는 주권이란 주인의 권리, 그 이상의 권력은 인정하지 않는다는 가장 지고한 권리로 정의된다. 개인의 자격일 경우 스스로 낮춰 나의 예의 바름을 알리는 행동을 하더라도 말리지 않는다. 그러나 그가 가문과 국가의 사절이나 대표의 신분일 경우는 이야기가 다르다. 대표가 고개를 숙일 때 지고한 주권이 다른 주권 앞에서 고개를 숙이고 있다고 생각해야 할 것이다. 다른 권력을 상위로 인정했으니 스스로의 주권을 부정한 것이다. 따라서 주권과 주권이 만날 때 협상은 존재하지만 겸손은 존재하지 않는다. 또한 주권은 절대이며 평등하다. 작은 주권이란 없다.

비연은 옅은 미소를 지은 채 상대를 살핀다. 과연 자존심이 강한 청춘들이다. 청춘이라…… 이곳에서 나이 스무 살이면 제대로 된 가정을 이룬다. 자신도 애 둘 정도는 기본으로 있을 나이다. 물론 무사들은 예외지만…….

'절대 무가의 청년들이라…… 글쎄 조금 다를까?'

비연은 동년배의 이 젊은 무관 귀족들의 지적 수준과 사고방식에 강한 호기심을 느끼고 있었다. 반면 네 사람은 가문의 위신을 고려하여 자존심이 허락하는 최소한의 범위 내에서 경의를 표하고 있었다. 그들이 지금 산과 비연에게 표현한 수준은 대가의 격을 가진 존재에게 의당 표현해야 하는 매우 형식적인 헌사(獻詞)다.

기빈의 시선은 두 사람을 끊임없이 좇고 있었다. 기빈이 보기에 두 사람은 지나치게 '평범'했다. 사내는 준수했고 여자는 아름다웠다. 그뿐이었다.

'이거 어떻게 봐야 돼? 대가의 느낌이…… 하나도! 없어. 패기(霸氣)도 없고, 독특한 체향(體香)도 없어. 4품 대가까지 구별하는 내 감각을 의심해야 되는 거야? 이거…… 찜찜하군. 사기는 아닐 텐데?'

기빈은 눈을 깜빡였다. 가문이 자신을 이곳에 보낼 때 잠깐 만났던 기누 숙부의 당부와 간곡한 경고가 머릿속에 계속 울리고 있었지만, 자신이 갈고닦은 식별 감각은 자꾸 그 충고를 배신하고 있었다. 기빈은 산과 비연을 번갈아 바라보며 머리를 굴렸다.

'저 '평범한' 자가 과연 작년 노리안을 공개적으로 죽였고, 당시 노리안을 돕기 위해 파견했던 2품 대가 기누 숙부를 압도적인 능력으로 제압했다는 건가? 저 여자가 기장가의 특수 3대(隊)가 개입할 기회조차 없도록 한선가를 움직여 개입시키고 결국 알토란같은 후작령을 에센 백작 따위에게 헌납하게 만든 사람이라는 건가?'

기빈의 시선이 산과 얽혔다. 산은 빙그레 웃고 있었다. 기빈 역시 어색하게 웃었다. 아직 태도를 정하지 못한 어정쩡함이 배어나는 웃음이었다.

한편 기영은 주인 여자, 비연의 넉넉한 표정에서 강한 불편함을 느꼈다. 그녀는 입술을 자근자근 깨물며 앞의 여자를 쳐다보았다. 자기 또래쯤 되는 여자다. 평민 같은데 그 이상의 절제와 품위가 있다. 그런데 왜 이리 불편하고 기분이 상하는 것일까? 기영은 문득 옆의 동하를 쳐다보았다. 비슷한 또래의 동명가 여자다. 정보 전략의 전문가로서 선수들 사이에서는 잘 알려진 인물이다. 둘의 눈길이 마주쳤다. 서로 어색한 웃음을 짓는다. 거의 비슷한 기분을 느꼈나 보다.

기영은 숨을 천천히 골랐다. 기분은 전혀 나아지지 않고 있다. 그것은 '억울함'이라는 느낌과 매우 닮았다. 대관절 이곳에 와서 자신이 제대로 한 일이란 것이 뭐가 있단 말인가. 선택권은 자신에게 있었고 그래서 선택을 했다. 그것도 안 해도 된다는 것을 억지로 우겨서 했다. 그런데 하고 보니 자신이 원했던 게 아니었다. 이게 대체 뭐냐고……?

'다시는 말려들지 않을 거야…….'

기영은 작은 주먹을 꾹 쥐어본다.

"어떻게 할까요? 식사를 먼저 할까요, 아니면 면담을 먼저 할까요?"

비연이 물었다. 편하고도 자연스러운 태도다.

"면담을 먼저 하는 것이 좋겠습니다."

기영이 말했고, 일행은 동의했다. 당연한 질문이었고 가벼운 대답이었다.

"면담은 어떻게 할까요? 같이 할까요? 아니면 두 가문별로 각각 따로 시간을 가질까요?" 비연이 웃으며 다시 물었다.

"그거야 각 가문별로 하는 것이 좋겠지요." 기영은 또 대답을 해버렸다. 다른 사람들도 고개를 끄덕였다.

"어느 가문부터 할까요?" 비연이 다시 물었다.

기빈과 기영, 동영과 동하는 서로를 쳐다보았다. 순서는 깊게 생각하지 않았지만 이제 순서의 의미를 짚어봐야 할 때다.

"우리부터 하지요."

동영이 말했다. 기빈이 고개를 끄덕였다. 아무래도 기장가 쪽이 할 말이 더 많으리라. 쌓인 것도 많을 것이고. 비연이 가볍게 오른손을 들어 면담 장소를 가리켰다. 그녀는 밝게 웃었고 산은 고개를 끄덕였다. 비연이 앞서 걸었다. 그들의 걸음은 경쾌했고 표정은 유쾌하다. 따라가는 네 사람의 발걸음도 역시 빨라지고 있었다. 왠지 모르지만, 기분도 조금 나아졌을 것이다.

앞서 가는 비연의 얼굴에는 유쾌한 미소가 배어 있었다. 역시 어느 세계에서나 아는 것이 많고 지킬 것이 많은 친구들은 이래서 좋다. 비연은 걸어가면서 객관식 선다형 문제의 특징과 장단점을 생각한다. 반드시 답이 있다는 것. 그리고 출제자의 의도와 적대할 의사가 없는 한 그가 제시한 대안 중 하나만을 고르게 되어 있다는 것. 그리고 선택이 합리적으로 보일수록, 그 대안을 선택한 사람들은 더 적극적으로 자신의 판단을 변호하게 되어 있다는 것. 심지어 동료에게 선택을 강요하기까지 한다는 것. 마지막으로 정보의 가치를 아는 사람들은 항상 대안을 가지고 있으며, '기회비용(Opportunity Cost)'에 민감하다는 것까지. 그래서 매력적이지만 포기해야 할 대안을 적당하게 섞어놓고, 대안들을 제시하는 순서와 조합을 조작함으로써 다양하게 상대의 심리를 몰아갈 수 있다.

이런 협상술은 정말 사악하지만 효과적이다. 21세기 지구에서 극단적으로 똑똑한 한국 소비자 심리의 복잡성을 다스렸던 홈쇼핑의 방법이다. 또한 이것은 똘똘한 선수들을 다루는 협상 전문가의 워게임(War Game) 방법이기도 하다.

'일단 일찌감치 둘로 나누는 데는 성공했고…… 이제는 경쟁을 시킬 차례인가?'

비연은 걸어가며 생각을 정리했다.

　　　　　　　　　　　　＊ ＊ ＊

　동영과 동하는 본격적인 회의 전에 잠깐 볼일(?)을 본 후 회의실에
서 자신의 생각을 정리하고 있었다.

　'정말 이해할 수 없는 곳이군.'

　'그렇게 희한한 화장실은 처음 봤어…… 어떤 원리로 그렇게 만들
었을까?'

　'이것 참 난감해졌군. 난데없는 협상이라…….'

　무엇에 홀렸는지 탐색이라는 당초의 방문 목적은 어딘가로 가버
렸고, 이제 협상까지 해야 하는 상황으로 진도가 나가 버렸다. 협상
해야 할 의제도 엉겁결에 작성하여 이미 제안해놓은 상태다. 요컨
대, 시간은 없고, 중요한 이야기를 해야 하는 상황이다. 당연히 준비
가 제대로 됐을 턱이 없었다. 그렇다고 다시 무르자고 하소연할 수도
없다. 자신들이 준비되지 않았다는 사실을 드러낼 수는 없었다. 옆에
기장가도 있으니…….

　어쨌든 이제 믿을 것은 평소의 실력과 순발력이다. 적어도 기장가
보다 덜 떨어진 모습을 보여서도 곤란하다.

　그들은 협상에 임하기 전 자신의 임무를 떠올렸다.

　첫째, 한선가와 야벌의 협력 사업의 배경과 지향하는 목표를 알아
올 것. 가문의 북부 전략에 중대한 변수가 될 수 있으며, 세력 판도에
어떤 영향을 미칠지 모르는 사안임.

　둘째, 에쎈 백작가가 한선가, 야벌과 대등하게 사업을 할 수 있었
던 배경을 알아내고 배후 인물로 파악된 두 사람의 남녀 대가에 대

해 철저하게 조사할 것. 특히 그들의 주력 기예와 그 강약점을 파악할 것. 만약 위협이 된다면 미리 제거해야 할 것임.

셋째, 동명가가 참여할 수 있는 사업을 검토하고, 반드시 참여할 것. 필요하다면 파견 무가(武家) 설립을 추진할 것. 향후 에셴 백작가가 한선가의 식민(植民) 사업지가 될 가능성까지 대비하도록 할 것.

그들은 떠나오기 전 방문했던 숙부 동예의 당부도 떠올렸다. 그는 유일하게 두 사람을 직접 만났던 대가다.

'가문이 부여한 임무를 수행하는 것을 내가 말릴 수 없겠지만 확신이 서지 않는다면 결코 무례하게 행동하거나 경거망동하지 말라. 내가 그들과 서약한 사정이 있어서 자세한 이야기해줄 수 없지만 이 한 가지만은 명심하라. 그들은 동명가의 적이 되어서는 안 되는 인물들이다. 특히 그들 앞에서 전기의 술은 결코 쓰지 말 것이며 할 수 있다면 그들의 기예를 배워 오도록 하라.'

동영과 동하의 문제는 자신들이 가문에서 처음 보낸 사람이 아니라는 것이었다. 그리고 전임 정보원들이 보내온 정보는 전혀 만족스럽지 않았다. 또한 정보원을 보낸 곳이 동명가뿐만이 아니라는 점도 부담이 크다. 오는 길에 기장가의 인물들과 황실의 인물을 만난 것도 결코 우연이 아닐 것이다. 정보로 먹고사는 예민한 집단들이 모두 이곳에서 암약하고 있다고 보면 정확하다. 그만큼 황실과 군부를 장악한 한선가의 움직임은 언제나 주목을 받고 있다. 동영은 손가락을 우두둑 꺾었다.

'동명가가 축출된 이곳에서 과연 동명가의 세력을 어떻게 재건할 것인가?'

* * *

산과 비연 두 사람이 회의실로 들어섰다. 곧이어 숨 돌릴 사이도 없이 회의가 시작됐다. 회의는 기겁할 만큼 빠르고도 신속하게 진행됐다. 두 사람의 난생처음 겪는 대화법은 충격의 연속이었다. 질문은 직설적으로 치고 들어왔으며, 애매한 태도에는 얼굴이 벌겋게 될 정도로 신랄하고도 단호한 대응이 터져 나왔다. 회의는 지나칠 정도로 효율적으로 진행됐다. 흔히 외교관이 구사하는 화려한 수사도 없었고 상단의 의례적인 찔러보기도 없었다. 말을 빙빙 돌리고 상대의 의도를 재고 넘겨짚는 것도 없었다. 그들은 건조한 말투로 깔끔하게 요약된 사실만을 이야기했다.

"그대들의 요구 사항은 잘 읽어보았습니다. 먼저 귀 가문의 질의에 답변을 드리지요. 에센 백작은 다음과 같은 법을 작년에 제정하여 공표했습니다. 영지 내 무가의 설립은 자유지만 다섯 가지 항목은 반드시 지켜주셔야 합니다. 첫째, 무가에서 파견된 무사는 영지의 법과 규칙을 준수하고…… 둘째로 무사 간 차별을 금지하고…… 셋째로 세금을 내야 하고…… 넷째로 무력의 사용은 사전 허가를…… 다섯째로 영지 내 봉사 활동은 정기적으로…… 마지막으로 이 항목에 대한 이행 서약은 신전에서 공개적으로 하되 그 증거금으로 10만 통보를 디아나 신전에 예치하도록 합니다. 참고하시기 바랍니다. 그 계약의 대행은 우리가 하도록 위임받았습니다. 하시겠습니까?"

"……"

동영과 동하는 입을 딱 벌렸다. 곧바로 비연의 이야기가 이어졌다.

"참고로 현재까지 이 조건을 수용하고 들어오겠다는 가문은 한선가 외에는 없었습니다."

"생각할 시간이 필요한 것 같소."

"언제까지 답을 주시겠습니까?"

"본가에 물어봐야 하니……."

"결정권이 없으신가요?"

"그건 아니지만……."

"그러면 의향이 없으신 것으로 알겠습니다. 한선가는 수련장을 계속 증설할 계획이라고 알려왔습니다. 우리는 승인해줄 것입니다. 그러면 다음 의제는……."

"하, 하겠소."

"사냥 사업은 에센 백작과 우리 '산연 학원'에서 공동 출자하여 운영하는 사업입니다. 한선가와 야별은 외주 계약에 따라 1년간 사냥을 하게 되어 있습니다. 3달 후면 1년째가 되니 그때 계약을 변경할 수 있을 겁니다. 동명가도 참여하기를 원한다면 제안을 해주시기 바랍니다. 참고로 작년 한선가는 5년 장기 계약에 연간 50만 통보, 연인원 100명의 무사 파견을 제안했었지만 일단 1년 계약으로 기간을 제한하여 체결했습니다. 하시겠습니까?"

"……."

"참고로, 이 지역은 북부의 대수림과 연결된 유일한 통로가 있는 곳이며 알친, 알곤, 알핀은 물론 매우 희귀한 알칸의 출몰이 잦아지고 있습니다. 물론 이곳 에센에서만 발견되는 희귀종들입니다. 그중 알칸의 뼈와 가죽은 정말 비싸지요. 현재는 한선가에서 사냥을 독점하고 있습니다."

비연의 설명이 이어졌다.

"한선가가 이곳에 진출한 목적이 무엇인지 우리도 알아야 될 것 같습니다만?"

동하가 비연의 눈을 빤히 쳐다보며 물었다. 그녀 역시 독이 오른 상태다. 말투가 직설적으로 변하고 있다.

"그들은 오직 사냥물의 독점만을 원한다고 했습니다."

"겨우 짐승 사냥 때문에 이렇게 어마어마한 투자를 했다는 사실을 믿으란 건가요?"

"믿어달라고 말한 사람은 아무도 없답니다. 관심이 없으면 접고 끊으면 그뿐 아닌가요?"비연이 빙긋 웃었다.

"귀하는 그 사냥물에 그만한 가치가 있다고 생각하나요? 한선가가 그 정도로 관심을 가질 만큼?"

동하가 비연의 눈을 쳐다보며 물었다. 눈싸움하는 것처럼······.

"충분히······."

"왜죠? 동명가가 알아서는 안 되는 이유인가요?"

"한선가에 물어보시죠?"

"······."

동영과 동하의 눈이 다시 마주쳤다. 불가능한 일이다.

"한선가는 물건을 누구에게 팔고 있습니까?" 이번에는 동영이 산에게 물었다.

"아마 팔지 않을 겁니다."

"자체 소비한다? 물건이 위험하다는 건가요?"

"그렇다고 생각합니다."

"얼마큼?"

"매우 그리고 극히."

"누구에게 위험하지요?"

"한선가를 제외한 모든 무가에게, 특히 대가가 많은 큰 무가일수록."

"대가와 관련이 있습니까?"

"말하지 않겠소."

꿀꺽. 침 삼키는 소리가 들릴 정도로 지독한 정적이 흘렀다.

"그대는 어떻게 알지요?"

"내가 직접 보여줬으니까……."

"우리에게도 보여주실 수 있습니까?"

"불가(不可)합니다."

"왜?"

"영업 비밀이고 신용 문제가 있어서 그 이상은 어렵습니다. 3개월 뒤 계약이 만기가 됩니다. 이제 새롭게 계약을 갱신해야 할 입장이라 귀 가문에게 조금 더 알려줬을 뿐입니다. 가치 있는 물건은 그 가치를 아는 자만이 얻을 수 있겠지요? 우리도 한선가가 지나치게 독점하는 것은 곤란하다고 생각하거든요. 뭐…… 급할 건 없으니 세 달 뒤 알칸의 가치와 위험성을 같이 보여드릴 수는 있을 겁니다. 물론 한선가의 어떤 영감님이 팔팔 뛰겠지만……."

"선정 방식은?"

"선입선출(先入先出), 먼저 제안을 한 선수부터 협상합니다. 조건이 같다면 앞의 선수가 유리하겠죠?"

"만약 계약을 이행하지 않을 경우에는?"

"대가를 치르게 되겠지요."

"절대무가를 상대로? 그대 둘이서 가능하다고 생각합니까?"

"훨씬 큰 손해를 보게 해줄 수는 있겠지. 명성을 키우는 건 어렵지만 망가뜨리는 건 쉽지 않겠소? 한선가는 우리 말을 잘 듣던데?"

"……우리 동명가도 계약을 제안하겠소."

* * *

협상은 기장가로 이어졌다. 기빈과 기영 역시 정신을 차릴 수가 없었다. 불과 30분간의 협상인데도 심력의 소모가 만만찮다. 협상이 어려워서가 아니라 협상의 결과를 예측할 수 없기 때문이었다.

"그래서…… 노리안의 복수라도 하러 온 건가?"

산이 가볍게 물었다. 이번에는 처음부터 하대다.

"그 정도로 어리석지는 않습니다."

기빈이 툭 받아 넘겼다. 그 역시 강단과 지혜를 겸비한 사내다.

"확실히 그 정도보다는 조금 덜 어리석군." 산이 웃었다.

"무슨 뜻이지?" 기빈의 눈빛이 조금 날카로워졌다.

"기누 대장이 이야기를 안 했던가?"

"그대를 조심하라고 하더군." 기빈이 으르렁거렸다.

"그래…… 알았으면 조심해야지."

"……무슨?"

"그 하찮은 촉수(觸手)를 아무데나 들이대지 말라고…… 몸이 간지러워서 영…… 기분 나쁘네. 그쯤 하고 거둬주겠나? 비연, 얼마쯤 되길래 이렇게 나대나? 이 어린 친구는?"

"대충 훑어보니 세 번째 가속으로 이제 1품 대가를 넘어갔군요. 그래도 두세 가지 기예를 갖춘 선무대가로 보이니 꽤 드문 천재라고 할 수는 있겠군요. 힘자랑할 만한데요?"

"기장가는 집안이 원래 그런가? 지난 번 기누 그 친구…… 그렇게 타일러 보냈는데도. 더 때려줄걸 그랬나?"

"……."

기빈은 눈을 크게 뜬 채 주먹을 꽉 쥐었다. 꾹 다문 이가 턱과 함께 덜덜 떨리고 있었다. 대가의 기량을 측정하는 자신의 촉수 선(線)을 감지하는 저 인간도 놀랍지만 스승도 모르던 자신의 정확한 경지를 그대로 읽어내는 저 여자는 대체 뭐라는 괴물이냐?

'뭐……뭐냐…… 대체 이 인간들은……?'

단 한 번의 충격으로 기빈은 입을 꾹 다물었고 이제 기영이 질린 표정으로 어렵게 대화를 이어가고 있다. 그녀 역시 역량을 발휘하기에는 상황이 너무 좋지 않았다.

"의류 사업은 가죽의 가공을 주로 하지만 조만간 면과 마직의 생산 체계가 갖춰지는 대로 다른 영지와 무역을 할 생각입니다. 옷과 신발의 설계와 제조는 우리가 하고 유통은 야벌이 담당하게 될 것입니다. 만약 그대 가문이 관심이 있다면……."

"관심이 있습니다."

"착수금은 5만 통보부터 시작하지요?"

"화약과 총알의 제조와 관련하여 우리는 지금 야벌의 연금술사와 전기술사들이 동명가 물건 성능의 8할 정도는 달성하고 있습니다. 조만간 무기 체계는 완성될 것입니다. 그렇지만 총기의 공개는 하지 않을 생각입니다. 만약 그대 기장가에서도 무기 개선에 관심이 있다면……."

"물론 관심이 크지요."

"10만 통보 되겠습니다."

"저희 결정은 닷새 후에 알려드리겠습니다."

"사흘 뒤에 동명가와 계약할 겁니다."

"사흘로 하겠소."

"이제야 끝났네…… 같이 식사를 하십시다."

산이 툭 털고 일어나며 활짝 웃었다. 비연은 서류를 챙기며 악수를 청했다.

그렇게 모든 협상은 한 시간 만에 끝났다. 그렇지만 그 짧은 시간에도 할 이야기는 다한 듯했다. 동명가와 기장가의 인물들은 엄청나게 지쳐 있었다. 한 달은 쏟아야 할 심력을 다 퍼부은 것 같다. 그들은 이제야 그 동안 이곳을 염탐했던 선수들이 왜 제대로 된 정보를 얻지 못했는지 알 수 있었다. 모든 정보는 공개되어 있고 항상 알 수 있었다. 그렇지만, 결정적인 정보는 알 수 없었다. 정보전의 극한은 과거에 만들어진 정보가 아니라 '미래에 만들어질 정보'를 미리 아는 것에 있다. 그것은 결정권자의 머릿속에만 존재하는 정보다. 하수들은 가장 중요하고 결정적인 정보가 될 '결정'에 참여하지 못한다. 결정권자의 결정이 내려지는 자리에 참여하는 것은 가장 새로운 정보에 접속됐음을 의미한다. 물론 그 자리에 참여하기 위해서는 일정한 자격이 요구된다. 다행스럽게도 여기 네 사람은 결정을 내리기에 충분한 호기심과 진실성, 그리고 권한을 가지고 있었다.

"결정할 놈이 걸릴 때까지 낚싯줄 걸고 기다리고 있었던 거지. 물고기가 무슨 선택권이 있겠어?"

훗날 기빈이 피 토하듯 쏟아낸 절규였다.

이로써…… 에센 백작가에서는 대륙을 지배하는 정통파 무가 계열의 3대 절대무가와 재야파 무벌 계열의 야벌이 팽팽한 균형을 이루면서 평화를 지지하는 체제가 완성되어가고 있었다. 거대 무력 조직들은 국방과 치안의 중요한 축이 될 것이다. 또한 이토록 열악하고 지리적으로 고립된 환경에 엄청난 다양성이 유입될 수 있는 시장 환경을 조성함으로써 이 지역에는 꽤 장기간에 걸쳐 돈이 들어오게 될 것이다.

그로써 된 거다. 부자가 되는 것이 목적이 아니었으니…….

두 사람은 백작과의 약속을 완성시켜가고 있었다. 이 세상에서 그래도 살 만한 곳으로 만들어 주겠다고 한 약속, 적어도 태생부터 불행한 사람은 없도록 해주겠다고 한 약속. 아마 그들이 떠난 후에도, 혹은 최악의 경우 절대무가와 상단이 모두 철수한다고 해도 지금 건설하고 있는 사회 간접 자본, 방어 체계, 교육 체계, 그리고 문화와 가치라는 네 축이 이 영지민들을 단단하게 결속시키고 스스로를 지키게 할 것이다.

* * *

"뭐가 제일 하고 싶으세요?"

"여행."

비연이 묻자 산이 답했다.

"여행?"

"음, 그냥 여행…… 너와 둘이서."

"……."

"……."

"레인이 면담을 요청했어요."

비연이 화제를 돌렸다. 눈치 없이 이마에 마구 솟아오르는 땀을 소매로 닦으며…….

"레인? 무슨 일 같아?"

"권력 투쟁."

"한영, 그 할아버지 작품이겠군? 이제야 생각이 든 건가?"

"가봐야 할 것 같아요."

"왜지?"

"아피안에 대한 단서가 있을지도 모르잖아요."

"그것뿐인가?"

"황궁을 구경하고 싶고요."

"그리고?"

"멋진 귀족들도 만나보고 싶지요."

"그리고……?"

"근사한 황궁 음식도 먹어보고…… 파티도 참석하고."

"그리고……?"

"음…… 재미있을 것 같아요. 조금 위험하겠지만."

"가자."

"언제쯤?"

"한 달 후. 그 정도면 이곳 일은 대강 각이 잡혀 있을 거야."

"준비해야 할 사항은요?"

"반지 하나 정도……?"

"……네?"

＊＊＊

"대체 언제 떠날 거냐고?" 건이 물었다.

"너 먼저 가라고 한 것 같은데?"

레인이 쳐다보지도 않은 채 대꾸했다. 그녀는 책상에 앉아 무언가를 쓰고 있었다. 건은 똥 마려운 강아지처럼 왔다갔다 그 앞을 서성거리며 불안하게 중얼거리고 있다.

"넌 무섭지도 않나? 그 요망한 연놈이 우릴 죽일지도 몰라. 언제 무슨 술수를 쓸지 모른다고!"

"죽이려면 벌써 죽였을 거야. 그들은 우리가 누구인지 확실하게 알면서도 매우 무례했지. 무슨 뜻인 것 같아? 그만큼 믿는 게 있다는 거야."

레인은 펜에 먹물을 찍으며 건성으로 대답한다.

"그러니까 제대로 미친 연놈들이라니까! 빨리 가서 황궁의 고수를 불러야 된다고. 그리고 한선가 본가에 강력하게 항의해야 돼. 한선가 놈들이 감히 우리 요청을 깨끗하게 묵살했어. 대체 이게 있을 수 있는 일이야? 에쎈 백작 이 새끼는 더 악질이야. 이놈들은 역모로 다스려야 돼! 아예 군대를 몰고 와서 씨를 말려버릴 거야. 이 개새끼들!"

건이 식식거렸다. 레인은 천천히 고개를 돌리며 건을 쳐다본다.

"제발 '우리'라는 말은 좀 빼줄래? 난 아니거든?"

그녀의 표정에는 약한 경고와 비웃음이 함께 깔려 있었다. 서성거리던 건이 걸음을 멈췄다. 그의 시선은 레인을 향했다. 분노를 주체하지 못해 이글거리는 눈 속에 레인의 얼굴이 들어왔다. 그의 얼굴은 일그러졌고 입술은 비틀려 올라가 있다. 건은 성큼성큼 걸어서 레인의 곁으로 다가간다. 그가 오는 모습을 본 레인의 몸이 딱딱하게 굳으며 잠시 몸서리를 쳤다. 곧 뒤쪽에서 갑자기 '훅' 하고 귓가로 다가오는 더운 숨결과 함께 낮은 소리가 귓속으로 흘러들어 온다. 그 소리는 땀에 전 것처럼 끈적하다.

"건방 떨지 마라. 네 처지에 내게 이러면 매우 곤란하지. 네 어미와 함께 아예 끝을 보고 싶나?"

"……."

펜을 잡은 레인의 손에 힘이 꾹 들어갔다. 펜 끝이 종이 속으로 파고들며 먹물이 종이 위에 시꺼멓게 퍼져간다. 건의 목소리가 낮게 이어진다.

"너도 황실에서 살길을 찾아야지? 내게 그 길이 있다고 생각하지 않나?"

레인은 귓불과 머리카락을 만지작거리던 건의 손을 툭 치며 천천히 일어섰다.

"먼저 네 속병부터 고쳐야 할 것 같은데?"

"뭐?"

"입 냄새가 무척 역겨워. 고기 썩는 냄새가 나서 견디기가 아주 힘드네."

"이런……."

건의 얼굴이 벌겋게 물들었다.

레인은 먹물이 번져간 종이를 집어 들고 몇 걸음 더 걸어 창가로 다가갔다. 창밖에는 아침 식사를 마친 사람들이 분주하게 일을 나가고 있다. 아이들의 힘찬 노래 소리, 절도는 없지만 질서 있어 보이는 사람들의 행렬, 밝은 표정으로 인사하는 사람들…….

"잘 들어둬. 너를 위한 충고야."

레인이 창밖에 시선을 고정시킨 채 낮게 말했다.

"뭐?"

"이곳에서 떠나는 순간 너는 죽어."

"뭐라고?" 건이 소리를 질렀다.

"너는 머리가 나빠서 잘 이해하지 못할 거야. 그렇지만 이곳이 그나마 너에게는 가장 안전한 곳이야. 내게도 그렇고……."

"그게 무슨 궤변이냐?"

"궁금하면 혼자 가면서 시험해봐. 나는 안 가."

건은 멍한 얼굴로 레인을 쳐다본다. 곧 그의 눈빛이 조금 심각하게 가라앉기 시작했다.

"네 말이 옳다고 치자. 그러면…… 지난번 내게 먼저 가라고 했던 것은, 나보고 죽으라는 뜻이었나?"

"……."

"맞지? 적절한 해명을 안 하면 아주 곤란해질 거야. 왜 그렇지?"

레인은 짧게 한숨을 쉬었다. 새삼 피곤함이 밀려왔다. 건의 사고 수준은 그녀가 아는 이 시대 고급 귀족들의 평균은 될 것이다. 자신이 너무 유별난 것이다. 그래서 여태까지 이런 청년들과의 대화에 별 불만은 없었다. 맞춰주면 그만이었으니.

반면 황궁에서의 생활은 암투와 술수만으로 이루어진 현실이었다. 그곳에서 푹 찌든 그녀의 사고는 인간에 대한 어떤 편견을 가지게 됐다. 그녀가 보는 인간은 불신, 불쾌, 불안, 불만스러운 존재. 그 이상도 이하도 아니었다. 황궁에서 벌어지는 혈육 간의 추악한 암투에 비하면 어린 고모에게 치근거리는 건의 이런 모습은 차라리 애교에 가깝다. 그러나 이곳에 와서 사람에 대한 생각이 조금씩 바뀌고 있는 것을 느낀다. 왜냐고? 모르지. 지금부터 알아보려 하니까. 한 가지 확실한 것은…….

'밝다는 거지. 당당하면서도 유쾌하고 그토록 솔직한데도 전혀 어리석어 보이지 않아. 이곳 사람들은 모두…….'

레인이 천천히 입을 열었다. 철없는 아이가 무슨 짓을 저지르면 골치 아픈 것은 자신이다. 무릇 머리가 나쁘면 손발이 고생하는 법…….

"너도 봐서 알겠지만, 이곳은 다양한 외지인에게 활짝 열려 있지. 치안은 놀랄 만큼 잘되어 있고 질서는 자발적으로 지켜지고 있어. 영지 곳곳에는 게시판이 있고 게시판의 게시물에는 조그만 쪽지가 빽빽하게 붙어 있었지. 너도 내용을 봐서 알겠지만 글을 게시한 사람들은 누가 시켜서 한 일이 아니야. 너는 보고 무엇을 느꼈지?"

"온갖 시시껄렁한 것들이 다 붙어 있더군. 남녀 간 정담도 있고 무슨 건의도 있고 지들끼리 토론도 하고…… 간혹 고관에 대한 욕도 눈에 뜨이더군. 백작은 왜 그런 불온한 걸 가만 놔두지?"

"그래, 놀랍지 않니? 이곳에는 비밀이 없어. 사소한 일도 금방 알려지고 무슨 일이 일어났는지 금방 알 수 있게 되어 있어. 게다가 대륙 각지에서 온 정보원들도 많아. 무슨 뜻인지 알겠니? 여기 지도자들은 이곳에서 대형 사고가 나기를 바라지 않을 거야. 밖에 알려지면 그들 사업에 지장이 많을 테니까."

"그래서 이곳은 안전하다? 그러면 우리가 떠나면 왜 죽는다는 거지?"

"다시 강조하는데, 우리가 아니라 너야. 너는 그들의 정보력이 어떤 수준이라고 생각하지?"

"엄청……나지."

"그래…… 정말 소름 끼치지. 그런 그들이 방금 이야기한 너의 증오심과 그 알량한 보복 계획을 짐작하지 못하고 있을까? 나는 그렇게 생각하지 않는데? 너는 진짜 안심하고 이곳을 떠날 수 있겠어?"

"그럴 리가!"

건이 짧게 소리쳤다. 그의 불안한 시선이 방 안을 어지럽게 돌아다닌다.

"게다가 이 지역은 야벌과 관련이 있었어. 너 야벌에 대해 들어는 봤나?"

"물론…….."

"진짜 전국적인 암살 조직이라고. 네가 여기에서 무사히 탈출한다고 해도 아마 황실에 도착하기 전에 쥐도 새도 모르게 죽을 거야. 야벌이 왜 무서운지는 들어서 알고 있겠지?"

건의 얼굴이 붉어졌다가 다시 파랗게 질려가고 있다.

"내게는 강력한 호위무사들이 있다. 그중에는 대가도 있어. 올 때도 무사히 왔는데 돌아가지 못할까?"

"그때는 표적이 아니었잖아?"

"……"

"설령 무사히 돌아간다고 해도 평생 밤낮을 안심하고 살지는 못할 거야. 이제 네 처지가 어떤지 감이 잡히나? 내가 너라면 정신건강을 위해서라도 아예 적대할 생각을 가지지 않는 편을 택할 거다. 너는 이미 늦은 감이 있지만…….."

"그……그렇다면…… 이제 어떻게 해야 돼?"

건이 당황한 얼굴로 레인을 바라보았다. 레인은 건의 얼굴을 물끄러미 쳐다본다. 증오와 경멸의 표정이 잠깐 얼굴에 어렸다가 사라졌지만 아마 눈치채지는 못했을 것이다. 이놈은 정말 골치 아프면서도 혐오스럽다. 그러면서도 어찌할 수 없는 자신의 처지가 한심스럽다.

"그들은 아마 프리고진으로 가게 될 거야. 그때 같이 동행해. 그게 네가 살길이다."

"뭐라고? 지금 농담하나?"

"아니, 무척 진지해. 나도 그렇게 할 생각이니까."

"미친…… 무슨 수작이냐? 혹시 나를 인질로 잡겠다는 생각이냐?"

"천만에, 그 반대야. 네가 동행한다면 그들이 오히려 기겁을 할걸. 불필요한 오해를 사지 않으려면 죽으나 사나 너를 보호해야 할 테니까. 너 하나 죽이는 건 문제가 안 되겠지만 그 뒷감당은 아주 골치 아프거든. 황실에 관련된 일은 무섭지?"

"그게…… 그렇게 되나……?"

"너는 존재하는 것 자체가 만인에 대한 민폐잖아?"

* * *

레인은 혼자 생각에 잠겨 있다. 사람을 보내서 그 두 사람에게 면담을 요청했다.

'완곡하게 표현했지만 내 뜻은 분명히 알 거야.'

레인의 눈길이 아래 1층 쪽으로 향했다. 계단 난간에서 건이 백작과 무언가 이야기하고 있었다. 레인의 입가에 웃음이 담겼다. 약간 비틀린 웃음이다. 사람들이 조소(嘲笑)라고 하는 것…….

레인은 황제의 딸이고, 건은 황제의 손자다. 직계 고모가 되는 자신에게 아주 자연스럽게 하대를 하는 놈이다.

'이것이 내 운명이자 내 현실…… 시녀 출신인 어머니의 낮은 지위 때문에 내 자신의 온전한 위계조차 지킬 수 없는 거지.'

레인은 문득 건의 배경을 떠올린다. 자신과 비교하면서 자연스럽게 떠오른 현실이다. 극복해야 할 적과도 같은 것.

'건의 아버지는 차기 황제가 될 가능성이 가장 높은 인물, 어머니는 제국 국무대신(國務大臣) 중하씨(氏) 집안의 고명딸. 중하씨는 막강한 무력과 함께 황실의 행정, 인사 조직을 장악한 대공(大公)가의 가문…… 누구도 건드릴 수 없는 곳이다. 다른 황후들 가문도 마찬가지고…….'

레인은 스스로의 입지를 돌아본다. 이 궁벽한 곳까지 올 수밖에 없었던 절박함도 다시 되새겨 보며…….

'황실 최고의 천재, 권력의 중추, 그러나 세력도 없고 기댈 곳도 없는 위험한 자리.'

레인은 작게 한숨을 내쉰다. 역시 어렵다. 다른 가문은 모친 가문의 후광으로 엄청난 자원과 인재를 동원할 수 있다. 그 상황에서 레인은 결코 주목 받을 위치의 인물이 아니었다. 그렇지만 황제의 필요에 의해 새로운 직책이 만들어졌다. 불운한 천재에게 어울리는 파격적인 인사였다.

비서감(秘書監)은 황실 내부의 업무를 총괄하는 기획 관리 기구다. 중국으로 치면 태감(내시)이 했던 역할과 가장 비슷할 것이다. 현대의 기업으로 보면 종합 기획실과 비슷한 기구다. 비서감은 황실의 내밀한 정보를 다룬다는 이유로 황제의 딸, 즉 미혼의 공주들이 맡는다. 황제의 딸들은 그 화려해 보이는 운명과는 달리 행복하지 않다. 그들은 정략결혼을 위한 매우 유용한 자원에 불과하다. 게다가 황녀들은 결혼을 하고도 고급 정보원 역할을 요구받는다. 정보원이라는 직업은 몸만 팔아서 감당할 수 있는 일이 아니다. 그래서 황녀들은 정보를 수집하고 해석하는 교육과 훈련을 제대로 받아야 한다. 그곳이 비서감 산하의 비서실이라는 곳이다.

그중에서도 장기간 위험한 정보를 다루게 되는 수석과 차석은 혼인이 금지되어 있다. 그녀들에게는 임기가 없다. 당금(當今) 황제와 운명을 같이한다. 수석과 차석은 각각 다른 황후가 낳은 공주들로 선임된다. 이들 지도부는 서로 협력하지만 가문의 이해가 걸린 일에 대해서는 살벌하게 견제하는 역할도 한다.

레인은 불과 20대 중반에 제2차석이 됨으로써 자신의 존재를 황실 전체에 알렸다. 황제가 떨구어놓은 새로운 임무는 그녀의 의사에 상관없이 레인을 권력의 한가운데로 밀어 보냈다. 영민한 레인은 그 일의 성격과 위험성을 바로 알아차렸다.

비서실의 업무는 황제가 결재할 문서를 사전에 검토하고 정보의 진위와 적합성을 따지는 것이다. 이 일에 대해 레인이 내린 평가는 업무 자체가 엄청난 권력이라는 것이다. 비서의 펜대가 돌아가는 방향에 따라, 어떤 정보를 어떻게 평가하느냐에 따라 사안의 경중이 결정되고 사람의 목이 날아간다. 그리고 권력의 지도가 바뀐다. 더욱이 비서실의 일은 곧 황제의 결정이기 때문에 사후에 검증하기도 힘들다. 어느 간 큰 놈이 황제의 정보력과 결정에 이의를 제기할 것인가? 요컨대 그녀의 관심사가 곧 황제가 겨누는 칼날의 방향이 될 것이다.

'이 자리는 칼 위에서 춤추는 것과 같지. 더욱 불행하게도, 내가 담당한 분야는 권력의 핵심이라는 인사(人事)와 재무(財務)…… 황제가 나를 지목한 가장 큰 이유는 복잡한 숫자를 다룰 수 있는 능력이 있기 때문이었을 것이고…….'

건조하고도 퍼석한 레인의 웃음이 더욱 짙어져 간다.

'아니…… 그건 표면적인 이유에 불과해…… 폐하가 나를 선택하게 된 이유가 또 숨어 있을 거야. 그것은…… 나에게 배후세력이 없어서겠지. 이번 임무는 바로 차기 황제를 노리는 둘째 오빠의 처가인 중하씨 가문의 일을 들여다보는 일이니까…….'

황제는 자신의 후계자를 믿지 않고 있었다. 아니면 레인을 미끼로 혹독한 후계자 시험을 치르게 하는 중일지도 모른다. 레인에게 주어진 새로운 임무는 성급하게 황권을 준비하는 아들과 그 외척에 대한 현 황제의 견제와 경고를 의미하는 것일 수도 있다. 당연히 레인의 모든 행보는 대라준경과 중하씨 가문 모두의 주목을 받아왔다. 그것은 가문에서도 내놓은 인간 말종, 개차반 대라건이 그녀의 여행에 따라붙은 것에서 나타난다. 아마도 가문에서는 그가 사고를 제대로 한 번 쳐주기만을 고대하고 있을지도 모른다.

레인이 빙긋 웃었다. 웃는 얼굴을 타고 눈물이 흘러내린다.

'아마도 살아서 이 일을 끝내지는 못할 것이다. 일을 무사히 끝내도 살아남지 못할 것이다. 어느 누구도 자신의 치부를 잘 아는 형제를 원하지 않을 것이니까. 심지어 아버지마저도…… 나는 그저 머리 좋은 소모품에 불과한 거야.'

황제에게 이 임무를 받을 때도 레인은 웃었다. 그러나 가슴속에는 통곡이 강물처럼 흘렀다. 자신이 죽을 줄 알면서도 죽을 곳으로 끌어들인 아버지와 제1황후가 축하한다며 웃고 있었다. 레인은 그들의 웃음소리에서 쇳소리를 들었다. 어쨌든 레인은 자신에게 주어진 일을 시작했다. 하지만 이해관계가 거미줄같이 얽힌 황실에서는 모든 것이 꼬여 있었다. 그리고 황실에는 그녀가 절실하게 필요로 하는 '결정적인 무엇'이 없었다.

그것은 '사람'이었다. 정보를 다루는 직업인데도 정보원이 없었고 있어도 자기 사람이 아니었다. 그들은 모두가 이중첩자였고, 레인이 다루는 황실의 정보를 거의 실시간으로 누군가에게 전달하고 있었다. 그들을 색출하고 쫓아내는 순간 아마 자신은 죽게 될 것이다. 아니, 색출 자체도 안 될 것이다. 그것은 결코 레인이 원하는 것이 아니었다.

레인은 첫 번째 단계로 자신만의 조직을 꾸리기를 원했고 황제는 이를 승인했다. 그녀가 원하는 사람은 이미 정해져 있었다. 어떤 위협에도 굴하지 않을 강력한 배포와 무력을 가져야 하고, 정보의 수집과 해석 능력이 뛰어나야 하며 동시에 어떤 정치적 배경도 가지지 않아야 한다. 마지막으로 정말 믿고 맡길 수 있는 신뢰가 있어야 한다.

'세계에 인재는 많다. 그렇지만, 절대무가를 빼놓고 그런 사람을 찾을 수 있을까?'

답은 '아니오'였다. 절대무가와 그 아래 13대 무가는 이 세계의 대학(大學)이다. 이 세계에서 창출되는 모든 무력과 지식과 지혜는 무가로 모인다. 독학으로 그런 성취를 이루기란 거의 불가능하다. 그러나 무가 출신은 곤란하다. 그 자체가 세력이자 배경이기 때문이다. 상단은? 상인은 믿을 수 없다. 무벌은? 체계적으로 배우지 못한 뜨내기들이다. 쉽게 배신할 것이다. 용병 지휘관? 머리에 근육이 들어선 도살자들이다. 신전? 정치적으로 통제가 불가능하다.

레인은 취임 후 6개월 동안 한 사람도 찾지 못했다. 그녀는 좌절했다. 사람 없이 무슨 일을 할 수 있을 것인가?

결국 레인은 제국의 무상(武相) '철학자의 검' 스승 한영을 찾았다. 유일하게 대화가 통하는 사람이자 마음을 터놓을 수 있는 사람이다. 또한 제국의 병권을 쥐고 있는 군부의 실세다. 대륙 최고 무사이자 전설로 불리는 한선가의 가주 한혁과 함께 한선가의 2군(君)의 하나로 대접받는 인물이다. 한영은 그 어마어마한 무력을 가지고 있음에도 불구하고 온화하고 지혜로워 모든 사람의 존경과 두려움을 받고 있다. 레인은 그 천재성으로 인해 어릴 때부터 황실의 대스승이었던 한영의 눈에 들었다. 황실의 교육을 맡고 있는 한선가의 가장 지혜로운 스승과 가장 지혜로운 학생이 만나는 것은 매우 자연스러운 일이었다.

'무상께서는 마침 그러한 사람이 있다고 기대해도 좋을 거라고 했지. 그렇지만 그들을 설득하고 제국의 수도 프리고진으로 데리고 오는 것 자체가 가장 어려운 시험이 될 거라고도 했어. 선택은 내가 아니라 그들이 할 거라고 했던가? 그래도 그건 지나친 이야기 아닌가? 나는 상전을 찾는 것이 아닌데……, 하하.'

레인은 자리를 털고 일어나며 눈가의 물기를 닦았다. 이제 움직일 때다. 오늘은 가장 좋은 옷을 차려입었다. 은은한 봄 내음이 가득한 좋은 향수에 담근 스카프를 목에 두르고 머리카락은 곱게 빗어 넘긴 후 빨간색 모자를 맵시 있게 썼다. 너무 튀지 않는 색의 수수한 드레스를 걸치고 샌들을 신은 발끝이 드레스 밖으로 약간 나올 정도로 사뿐사뿐 걷는다.

그녀는 오늘 시험을 치르게 될 것이다. 누가 누구에게 문제를 내는 것인지 따지는 것은 의미가 없으리라.

* * *

레인은 접견실을 나오면서도 확신이 안 서는 얼굴이었다. 뒤에서 산과 비연이 따라 나오며 그녀를 배웅했다. 레인의 얼굴은 흥분으로 발그레하게 물들어 있지만 그렇게 기쁜 표정은 아니었다.

그들의 대답은 간결하고도 명료했다. 그래도 그녀는 여전히 어리둥절한 상태다. 천재답지 않은 모습이기도 하다. 그들은 조금 전 이런 대화를 나눴다.

"이곳은 언제 떠날 생각입니까?"

산이 차를 한 모금 마시고, 찻잔을 탁자에 내려놓으며 처음 꺼낸 말이다. 만나자마자 언제 떠나느냐고? 비연은 의자에 앉아 있고 사내는 그녀가 앉은 의자 등받이에 팔을 걸친 채 자연스럽게 서 있었다. 반쯤 열린 뒤쪽 문 뒤로 아이들이 부산하게 돌아다니는 모습이 언뜻 보였다. 레인은 소파에 엉덩이를 반쯤 걸친 채 엉거주춤하게 허리를 세운 어정쩡한 자세로 그들과 이야기를 이어가고 있었다. 황녀의 자세로서 아름다운 모습은 아닌데 어쩌다 보니 그렇게 되어버렸다.

"일이 있으니 오랫동안 머물지는 못합니다. 한 15일 정도?"

레인이 찻잔을 입에서 떼며 답했다.

"한 달 뒤에 같이 가십시다."

산이 툭 던지듯 말했다.

"예?"

"우리도 제국의 수도를 구경하고 싶어서……."

비연도 배시시 웃으며 말했다.

"둘이서 하고 싶은 것도 많고……."

비연의 어깨를 꾹꾹 주무르며 산이 거들었다.

레인은 두 사람의 얼굴을 번갈아 쳐다보았다. 자기들끼리 정말 잘 노는 남녀다. 내가 여기 왜 왔더라…… 황녀로서의 신분과 위엄은 대체 어디로 출장 가버렸을까?

"무슨 의미지요?"

레인이 조심스럽게 물었다.

"그대는 협력을 원한 것 아니었나요?" 비연이 되물었다.

"협력……?"

"서로가 원하는 것을 찾는 것. 그대는 우리가 가진 능력에 관심이 많고 우리는 이 세계 지리와 인문(人文) 지식에 관심이 많습니다. 대강 맞지요? 우리는 서로 도울 수 있을 거예요."

비연이 말했다. 레인은 비연과 산의 얼굴을 번갈아 가며 쳐다보다 고개를 끄덕였다.

"이제 남은 것은 신뢰군요."

산이 두 손을 살짝 펼쳤다가 다시 둥글게 깍지를 끼며 환하게 웃었다. 레인은 갑자기 현기증을 느꼈다. 갑자기 훈훈하고도 뜨거운 것이 가슴속에서 치밀어 오른다. 얼굴이 뜨거워진 것 같다. 이런 솔직 담백한 느낌은 정말이지…….

"목숨을 걸어야 하는 일입니다. 그대들은 나를 어떻게 믿지요? 또한 내가 그대들을 어떻게……?"

레인이 먼저 말했다. 목소리에는 힘이 없었다.

"믿는다고 동네방네 크게 떠들면 믿어줄 거요?" 산이 껄껄 웃었다.

"……."

"믿어요. 내가 조금 더 살아봐서 아는데…… 그냥 닥치고 믿으면 믿음이 생깁디다. 인생 뭐 별거 있나? 서로 등을 맡기고 사는 거지."

"네?"

"한 달 뒤 출발할 생각이니 그동안에 재미있는 일이나 생각해두세요. 황궁까지는 가는 데 빨라도 석 달이 걸린다면서요? 내일부터 같이 계획을 세워봅시다. 재미있을 거야. 그렇지?" 사내가 물었다.

"벌써 마음이 심하게 설레는데요?" 비연이 빙그레 웃으며 받았다.

"그러면 우리는 애들을 가르쳐야 할 시간이라서…… 오늘은 이만 실례하겠습니다. 문밖까지만 배웅해드리지요."

그들과의 첫 만남은 그렇게 싱겁게 끝났다. 딱 차 한 잔 마실 시간이었다. 아직도 입에서 그윽하고도 향기로웠던 차 내음이 숨결을 타고 스며 나온다.

레인은 걸음을 옮겼다. 처음 한 걸음은 신중하게, 다음 걸음은 경쾌하게. 입가에 저절로 말간 웃음이 돈다. 아침 바람이 참으로 상쾌하고 싱그럽다고 느꼈다. 끈적했던 마음이 한꺼번에 날아가며 보송보송하게 갠 것 같다. 벽을 따라 휘감아 돌아가며 얽히고설킨 장미 덩굴들이 이슬을 머금은 채 찬란한 개화를 기다리고 있다.

*　*　*

"생각보다 갑갑해졌네."

산이 얼굴을 약간 찌푸렸다.

"이곳에는 택배가 없었⋯⋯군요. 편의점도⋯⋯ 에휴⋯⋯."

비연이 쌓여가는 짐을 쳐다보며 한숨을 지었다.

"그래도 사람답게 살아야지⋯⋯ 우리 결코 사람이기를 포기하지 말자." 산이 주먹을 꾹 쥐었다.

"그렇죠. 이제는 얼굴이 많이 팔려서 전처럼 망가지는 것도 쉽지 않습니다."

기본적인 것만 챙겨도 저렇게 많다. 새삼스럽게 한국에서의 생활이 얼마나 편리했었는지를 깨닫는다. 산과 연의 여행 계획은 당초와 많이 달라져 있었다. 일단 여행을 할 것이라는 이야기가 그들의 입 밖으로 나간 순간부터, 상황은 그들이 예상했던 것과는 훨씬 다른 곳으로 흘러가기 시작했다.

일단 1년에서 2년 정도의 여정을 잡았다. 이 행성의 지리적 특성과 인문지리적 정보를 제대로 얻으려면 훨씬 많은 시간이 소요될지도 모른다. 황궁에는 그들이 원하는 지도와 정보가 있을 것이다. 그렇지만 에센 백작가에 구축한 이 근거지가 정말 마음에 들었다. 앞으로도, 아마 가능하면 평생 동안 이곳을 축으로 움직이려고 마음먹었다. 이곳에서 쉬고 충전하고, 그리고 움직일 것이다.

매우 다행히도 이곳에는 천혜의 자원들이 많다. 그리고 자의든 타의든 야벌의 주력이 들어와 있다. 재야파에는 '암기(暗器)의 야벌'이 있다는 말이 과언이 아니었다. 그들의 무기 수준은 동명가를 따라잡고 있었다. 특히 전기와 화학, 생화학에 관한 그들의 실험과 경험 자료는 놀라울 정도로 많았다. 산이 보기에도 그들은 연금술과 전기와 관련하여 상당한 수준의 기술력을 축적하고 있었다. 오랜 경험을 바탕으로 다양한 실험을 할 수 있는 단계까지 진도가 나갔다. 야벌의 고참 기술자들은 물질의 성질을 알고 있을 뿐 아니라 나름대로의 분류와 경험적 체계를 잘 세우고 있었다. 그러나 반응의 원인과 결과를 일관성 있는 법칙으로 연결하지 못하고 있었다. 가설은 많았지만 변수를 적절하게 다루지 못했고 실험은 어설프고 정확하지 못했다.

산과 비연은 발 빠르게 행동에 나섰다. 두 사람은 학생 시절 공부했던 것들을 기억해내야 했다. 고등학교 수준의 기초 화학, 전기전자, 제어와 계측 관련의 이론과 지식을 재구성했다. 기억나는 모든 법칙과 원리는 이곳 세계의 종이 위에 지구의 기호와 연산 체계로 다시 쓰였다.

기초적인 원리와 방법론이 기술자들의 경험 위에 더해지자 폭발적인 혁신이 일어나기 시작했다. 그 성취는 산과 비연조차 놀랄 정도였다. 그렇지만 그들을 쳐다보는 야벌 간부들의 놀람과는 비교도 할 수 없었다. 그들은 정말 '신탁'을 받았다고 느꼈다. 예측과 실험의 일치는 그만큼 놀라운 것이다. 연금술사의 신비(神秘)가 사라진 곳에 과학자들의 신경(神經)이 자리 잡았다. 그 신경은 서로를 건드리며 폭발적으로 각성하기 시작했다.

"기술 개발 속도가 정말 빠르군. 이래도 되는 거야?"

산이 감탄했다. 그의 손에는 여러 가지 장비가 들려 있었다. 강철로 만든 가위가 제법 매끄러운 소리를 내며 손에서 사각거렸다. 볼트와 너트를 돌려보니 아직 뻑뻑하지만 제대로 아귀가 맞아 들어간다. 이 정도면 구동체(驅動體)를 구현하기 위한 강도를 확보하는 것도 멀지 않을 것이다. 그 밖에도 물질의 표면 처리와 성형, 소결, 연마, 절삭 등 각종 기반 기계기술에서 동시 다발적인 발명이 일어나고 있는 중이다.

전기 분야에도 진보가 있었다. 어설프게 시작한 배터리와 전자석도 이제 상당한 성능을 내고 있었다. 종이와 자석을 엮어 우습게 만든 스피커도 이제 가져온 MP3에 연결하여 음악 소리를 낼 수 있는 정도다. 이 정도면 전기적 방법을 이용해 폭발물을 원격으로 격발시키는 장치도 제작 가능할 것이다. 반도체를 다룰 줄 알게 된다면 초보적인 증폭과 정류 장치도 실험실 수준에서는 구현이 가능해질 것이다.

"원리를 알면 응용은 쉬워요. 원리는 요리법과 같거든요. 발명은 힘들게 하지만 그 발명을 보고 베끼는 건 아주 쉽잖아요? 그만큼 새로운 아이디어를 발견하는 것은 힘들 거예요. 우리는 이미 알고 있는 것이 많아서 쉽게 갈 수 있었던 겁니다." 비연이 말했다.

"그래도 네 접근 방식이 아니었으면 이 정도로 빠른 발전은 어려웠을걸? 참 인상적이었어."

"어떤 방식이 그렇게 인상적이셨나요?"

비연이 산을 쳐다본다. 칭찬은 사람을 기쁘게 만든다. 그리고 가끔 확인하고 싶게 하기도 한다. 경청(敬聽)하는 사람에게는 경의(敬意)가 따라가는 법이다.

"척도부터 정했잖아? 자, 저울, 유량계 그리고 지금은 전압, 전류 계측 장치까지 만들고 있고."

"그리고요?"

"도구부터 만들었지. 생각해보니 그게 제대로 된 순서였던 것 같다. 언어와 방법을 통일시킨다."

"그렇지요?"

"그래……."

두 사람은 대화를 멈추고 상대의 눈을 바라보았다.

—어제, 현자 실(Sil)이 왔던 것은 아시죠?

—마감 '약'을 가져온 것 말고, 다른 용건도 있었나?

—정기신체 검사를 받으라고 하더군요.

—벌써 시간이 그렇게 됐나?

—세월 참 빠르지요?

산은 묵묵하게 비연의 머리카락을 어루만졌다. 비연은 그런 산을 빤히 쳐다본다.

—내게 이야기하지 않은 것이 있나?

—별로…….

—그래……? 네가 그렇다면 그렇겠지.

—…….

비연은 산의 어깨에 고개를 기댔다. 바람이 따뜻하다. 손을 들어 눈을 비벼본다. 봄볕에 온갖 생명들이 뛰어다닌다. 푸른 숲, 연두색 대지에는 따스한 기운이 충일하다. 비연은 왕성하게 퍼져가는 초록빛 대지가 눈부시다고 생각했다.

* * *

"이건 뭐지?"

"약초입니다."

"무슨 약초?"

"좋은 겁니다."

"뭐가?"

"그냥 드세요. 그러면 여기 두고 갑니다."

"뭘 어쩌라고?"

"저도 가고 싶습니다."

첫 번째 부하 유렌이 머리를 긁적이며 말했다.

"왜?"

"세상을 보고 싶습니다. 제가 필요하실 겁니다."

"고달프고 위험할 텐데?"

"짐이 되지 않을 만큼 실력도 키웠다고 생각합니다."

"후회할 텐데?"

"안 따라가면 더욱 후회할 것입니다."

"짐 챙겨봐."

"고맙습니다."

"유렌이 같이 간다고 들었습니다?"

3중대장이었던 라론이 숨을 헐떡이며 서 있었다.

"그런데?"

"차별받기 싫습니다."

"너는 싸움을 잘 못 하잖아?"

"이제 할 만큼 합니다. 장사는 유렌보다 훨씬 잘합니다. 큰물을 보고 싶습니다."

"사흘 후다. 물건 정리를 해놓도록."

"감사합니다."

"이거 어찌하다 보니 어제의 용사들이 다시 뭉쳤군."

산이 호탕하게 웃었다. 그의 앞에는 열 명이 넘는 사람들이 눈을 초롱초롱하게 뜨고 그를 쳐다보고 있었다. 그때의 음유시인도 있고 상인도 있었다. 이제 2단계 가속을 넘어 암검의 경지에 오른 예킨도 자신의 칼을 점검하고 있다. 비연의 부하를 자청한 예리아 역시 자신의 장비를 점검하고 있다. 그들은 근 6개월을 두 사람과 동고동락하며 새로운 세계를 경험한 사람들이다. 목숨이 오가는 곳을 헤치며 치열하게 주어진 문제를 해결하며 동료의 등을 서로가 책임져 가며 그들은 사람 사이(人間)를 체득했다. 처음에 예감했듯 그것은 끊기 어려운 마약 같았다. 새로운 모험, 새로운 세계, 그리고 새로운 삶에 대한 희망은 누가 막는다고 막힐 것이 아니었다. 그때와 달라진 것이 있다면 그들은 지금 무척 강해졌다는 것이다. 자신도 놀랄 정도로. 그들은 새로운 이야기를 쓰게 될 것이다. 이제는 자신의 이야기를 세상에 남기게 될 것이다. 아들에게 그리고 손자에게…….

"새덤이 많이 바빠지겠어. 그나저나…….." 비연이 중얼거렸다.

"저 친구들은 하필 왜 지금 가는 거지……?"

산의 시선은 레인과 건의 마차 뒤쪽 너머, 제법 떨어진 곳에서 동명가와 기장가의 젊은이 넷이 마차에 올라타는 모습을 향하고 있었다.

2장
탐색
探索

　봄이 무르익어 이제는 아침에도 제법 덥다. 밤에 한차례 비가 쓸고 가더니 아침에는 눈이 부시도록 맑은 하늘이 열렸다. 잎사귀에 맺힌 빗방울이 햇빛에 반사되어 여기저기 보석처럼 빛난다.

　대자연!

　앞쪽으로 먼지 하나 없는 푸른 하늘 아래 시리도록 맑은 정경이 눈부시게 펼쳐져 있다. 오른쪽에는 거대한 오롬 산맥이 병풍처럼 달려간다. 얼마나 멀리 뻗었는지 눈이 닿는 곳까지 끝이 보이지 않는다. 왼쪽에는 '천 개의 언덕'이라고 이름 붙인 고원 지대가 울퉁불퉁 펼쳐져 있다. 그 너머 아득히 멀리에는 사막 지대가 이어진다고 한다. 아쉽게도 이곳에서 사막은 보이지 않는다. 대신 지평선 너머 하얗게 빛나는 빙하를 이고 있는 수천 미터짜리 거대한 바위산 꼭대기만이 아스라이 보인다.

　산맥과 고원의 가운데 있는 낮은 평원에는 이어질 듯 끊어질 듯 구불구불 길이 지나간다. 그 길은 지평선이 보이는 곳까지 펼쳐진 평원 지대를 헤집고 나아가며 사람 사는 곳으로 이어진다. 길은 모든 것을 인간과 이어주는 생명선일지도 모른다.

그 길을 따라 행렬 하나가 느긋한 걸음으로 이동하고 있었다. 아담한 마차 두 대와 말을 탄 열다섯 명 정도의 사람들. 상단이라고 하기에는 짐이 너무 적었고, 용병이라고 하기에는 행색이 너무 우아하다. 무사라고 하기에는 행동에 절도가 없고 지나치게 여유롭다. 그렇다고 귀족들의 행차라고 보기에는 가볍고도 수수한 차림이 거슬린다.

"오늘이 며칠째지?"

맨 앞에서 일행을 이끄는 사내가 곁의 동료에게 물었다.

"20일 하고도 8일이 지났습니다." 그가 대답했다.

"얼마나 남았지?"

"아직 두 달은 더 가야 합니다. 왜 무슨 문제가 있나요?"

"유렌과 내기를 했거든."

"무슨 내기요?"

"나는 저분들의 태도가 바뀔 거라는 데 1통보 걸었지."

예킨이 뒤쪽을 힐끗 쳐다보며 말했다. 그곳에는 눈이 반쯤 풀린 채 뒤처져 일행을 따라오고 있는 건이 보였다.

"프리고진에 도착할 때까지 말입니까?"

라론이 눈을 동그랗게 뜨고 작게 물었다.

"응. 너는 어떻게 생각하지? 내기할 텐가?"

"흠……."

라론은 눈을 깜빡였다. 상인답게 생각이 깊고 신중하다.

"저는 바뀌지 않는다는 데 1통보 걸겠습니다."

"그래? 왜 그렇게 생각했지?"

"잘은 모르지만, 황족은 완전히 다른 세계의 사람입니다. 이번에는 안 통할 겁니다. 게다가, 이번에는 별 시련도 없는 여행이 될 테니까요?"

"흠…… 팽팽하네."

"예?"

"이로써 6대 7이라는 이야기야. 다들 흥미진진하게 기대하고 있다는 뜻이지."

"하기야, 저도 자신은 별로 없습니다. 우리 역시 불과 2년 전만 해도 이런 모험을 자청하게 될 거라고 생각한 사람은 아무도 없었잖아요? 사실은 저 두 고귀한 분들의 지금 심정이 너무 궁금하거든요."

라론은 뒤를 힐끗 다시 돌아보았다.

＊ ＊ ＊

"다 죽여버릴 거야! 개새끼들…… 황궁에 가기만 하면."

건은 앞을 쳐다보며 이를 갈고 있었다. 눈에는 벌겋게 핏발마저 맺혔다. 현재 그는 전혀 대접을 받지 못하고 있다. 하지만 차라리 대접받지 못하는 것은 참을 수 있다.

먼지 때문에 더러운 그의 손에는 사흘 전에 들렀던 조그만 귀족 영지에서 구입한 육포와 마른 빵이 들려 있었다. 얼마나 딱딱한지 이빨이 아파서 더 씹지도 못할 정도다. 건은 소금기가 맺힌 입을 계속 우물거리며 육포와 함께 분노를 씹어 삭이고 있었다. 속에서는 온갖 생각이 들끓고 있는 중이다.

"일을 해야 밥을 준다고? 미친 새끼들, 내가 누군데 그 따위 천한 일을 하라고?"

"아니…… 이것들은 생각이란 걸 안 하는 거냐? 황궁에 간다면서
도 내가 두렵지 않은 걸까?"

"혹시…… 가다가 쥐도 새도 모르게 죽이려고 하는 계획이 아닐
까?"

"그래도…… 노는 모양이 꽤 재미가 있기는 한데……."

"황족 체면에 같이 어울릴 수도 없고……."

"젠장……."

"……."

"배고파……."

* * *

레인은 마차에 앉아 바깥쪽을 내다보고 있었다.

이제 초여름에 가까운 날씨, 아침나절 덜 깬 잠과 함께 식곤증이
몰려오는지 무척 졸리다. 레인의 입가에는 작은 미소가 걸렸다. 식사
는 아주 만족스럽다. 야외에서 직접 조리해 먹는 것이 이렇게 맛날
줄이야. 맵고 짭짤하며 독특한 냄새가 나는 반찬들도 이제는 적응이
되어 먹을 만하다. 이제는 오히려 입에서 침이 돈다. 처음 보는 '면'
이라는 길쭉하고 괴상한 음식도 만만치 않은 풍미가 있었다. 처음에
는 모양도 냄새도 이상해서 기겁을 했었지만, 이제는 식사 시간만을
기다리는 상황이다.

"발효 음식이라고 했지? 보관을 쉽게 하고 낭비하지 않도록 일부
러 삭혀서 먹는다고? 조그만 음식 하나하나에도 뚜렷한 의미와 목적

이 있다……?"

덜컹거리는 마차의 진동이 기분 좋게 잠을 재촉한다. 레인은 고개를 약간 옆으로 젖히고 턱을 고인 채 눈을 가늘게 떠본다. 바람에 흐트러진 머리카락을 뒤로 젖혔다. 볼에 언뜻 비치는 햇살이 간지럽다. 공기는 따사롭고 바람은 싱그럽고…… 자신도 모르는 새 눈을 살짝 감았던 것 같다.

"응……?"

턱을 고였던 손이 덜컹 하고 비껴 나갔다. 레인은 게슴츠레 눈을 떴다. 초점이 잘 잡히지 않는다. 손바닥이 약간 끈적하다. 이런…… 품위 없게도 입술 사이로 침이 흘렀나 보다. 화들짝 놀라 주변을 쳐다보았다. 옆자리에 앉은 비연은 무릎에 딱딱한 종이 묶음을 가지런히 놓고 뭔가를 적다가 물끄러미 밖을 쳐다본다. 그 모습에는 절제된 품위가 배어 있다. 레인은 머쓱하게 눈길을 밖으로 돌렸다. 경치가 많이 바뀌었다. 잠깐이지만 단잠을 깊게 잔 것 같다. 레인의 입가에 어색한 미소가 감돈다. 눈을 비볐다.

'편안해. 이렇게 마음이 홀가분하고도 생기가 충만했던 시간이 있었던가? 신변에 위협을 느끼지 않고 자유로우며 타인의 시선에 부담을 느끼지 않는 이 해방감…….'

레인은 문득 다시 눈만 힐끗 돌려 비연을 쳐다보았다. 이제는 조금 익숙해졌다. 자신의 곁에서 이토록 당당했던 사람이 있었던가? 같은 여자이지만 자신이 알았던 여자라는 종족과는 전혀 다른 사람이다. 무엇이 그렇게 달랐을까?

예쁘기는 하지만 자신의 기준으로 보면 평균보다 조금 나은 편이다. 눈, 코, 입을 하나하나 뜯어보면 그저 평범하다. 그러나 이 모든 것을 합쳐놓으면 이야기가 달라진다. 그것들은 머릿속에서 놀랄 만한 방법으로 결합된다. 초점을 조금 뒤로 물리면 모든 것이 갑자기 하나처럼 융합되며 살아 움직인다. 그것도 전부는 아니다. 비연이 움직일 때 드러나는 동선(動線)의 미학(美學). 그것과 비교될 수 있는 것이 거의 생각나지 않을 정도다. 그녀의 동선은 모든 시선을 순식간에 장악한다. 몸에서 자연스럽게 풍기는 기품이 거침없이, 그리고 도도하게 공간을 따라 같이 흐른다. 레인은 그것을 '생동감(生動感)'이라고 이름 붙였다. 잘 꾸민 인형과는 차원이 다른 것. 그래서 그녀가 마음먹고 움직일 때면 어느새 숨이 가빠진다. 거침없는 자유…… 그리고 설렘 같은 것. 같은 여자이지만 질투가 날 정도다.

'그렇지만 그건 그거고…….'

레인은 한숨을 쉬었다. 솔직히 지금은 '잘 모르겠다'라고 생각하고 있다. 아직도 비연에 대한 태도를 정리하기 힘들었다. 그것도 레인 입장에서는 최대로 양보한 아주 완곡한 표현이다. 사실은 정말 불편하다. 같이 있는 것 자체가 고약한 가시방석이라고 느껴질 만큼……

이 여자에게는 숙녀가 마땅히 갖춰야 할 것이 없었다. 대신 경망스럽게 웃고 부하들과 함께 진흙탕에서 껴안고 뒹군다. 물을 만나면 가슴을 다 드러내 놓고 부하들과 같이 멱도 감는다. 온갖 이상한 경기를 스스로 고안하고 자신도 직접 참여하여 서로 드잡이질을 하면서 위엄을 함부로 망가뜨린다. 사실…… 그 자유롭고 거침없는 모습이 '아주 조금' 부럽기는 했다.

아무튼 요약하면 저 남자나 이 여자나 대원들이나, 이 인간들의 공통점은 남을 매우 불편하게 한다는 것이다. 저 사내도 마찬가지다. 윗사람에 대한 예의는 없고, 아랫사람을 지휘하는 방법은 너무 파격적이다. 대원들도 배웠는지 닮았는지 자기들 대장과 비슷하게 '싸가지'가 매우 없다. 황궁에서처럼 아니, 최소한 다른 영지에서처럼 고개를 수그리고 눈빛을 약간 깔아주는 예의만을 갖춰줘도 이제는 정말 감사할 것 같다.

'이들을 대체 어떻게 다뤄야 하나?'

영민한 레인은 자신이 신분을 스스로 포기하고 낮은 곳으로 '기꺼이' 임해야만 이 고통에서 벗어날 수 있다는 사실을 알아가고 있었다. 제국의 황녀라는 신분을 가진 레인으로서는 평생 동안 한 번도 해보지 못했던 난감한 도전이다. 레인은 잠시 생각을 멈추고 잠깐 떠오른 상념에 몸서리를 쳤다. 매우 불편한 상황이 다시 왔음을 떠올린다. 그것은 여전히 진행형이었으며 지금부터 약 한 시간 뒤에 또 겪어야 할 일이다.

"레인 님은 어떤 일을 잘 하십니까?"

"예?"

"밥을 먹고 싶으면 일을 해야 합니다. 밥값은 해야겠지요?"

첫날 식사 시간 두 시간 전에 비연이 찾아와 처음 꺼낸 말이다.

"내가요?"

"음……."

비연은 대답 대신 레인을 빤히 쳐다보더니 고개를 옆으로 갸웃하고는 그냥 돌아서서 가버렸다. 레인 역시 고개를 갸웃하며 편안한 휴식을 계속 취했다. 특별한 일은 아니었다. 그러나 그날 레인은 건이 건네준 딱딱하게 마른 빵과 육포를 먹으면서 눈물을 흘렸다. 아무도 그녀를 초청하지 않았다. 자신의 자리가 마련되어 있지 않은 곳에 갈용기는 더욱 없었다. 아무도 그녀에게 음식을 가져오지 않았다. 식사가 끝난 후 모든 것은 가차 없이 치워졌다. 냄새는 미치도록 좋았다. 레인은 그날 처음 눈물을 흘리면서 이를 뿌드득 가는 묘한 경험을 했다. 물론 그녀는 혼자가 아니었다. 위대한 황손 건은 그녀의 곁에서 그가 할 수 있던 모든 쌍욕을 다 퍼붓고 있었다.

이틀이 지나자 공포가 엄습했다. 대책을 세우지 않으면 정말 굶어 죽을지도 모른다. 지금 정도의 이동 속도라면 일정은 세 달도 짧을 지경이다. 게다가 그들이 정한 경로에는 마을이나 도시는 거의 없었다. 대부분 야영을 했고 길은 거칠고 험했다. 그동안에 어떻게 이 난제를 해결할 것인가? 밥 달라고 부탁하는 것은 죽어도 못할 짓이다. 레인은 심각하게 고민했다. 이 정도의 모욕을 당하고도 이들과 과연 같이 가는 것이 옳은 판단일까? 문득 곁을 쳐다보았다. 건 역시 고민하는 표정이다. 건의 호위 무사들이 은밀하게 따라오고 있을 것이다. 그와 같이 가면 안전할 수도 있다. 그러나 레인은 고개를 저었다. 그건 차악(次惡)이 아니라 최악의 선택이다. 오히려 위험하다. 레인은 앞서가는 두 사람을 바라보며 생각을 정리했다.

'나는 저 둘이 어리석은 사람이라고 생각했던 건가?'

레인은 퀭한 눈으로 퍼석하게 웃었다. 지혜로운 자들이 벌이는 상식적이지 않은 행동에는 언제나 이유가 있는 법이다. 문득 자신을 여기로 보내며 의미심장하게 웃었던 스승 한영의 모습이 떠올랐다. 레인은 마음을 고쳤다.

'그대들이 내게 뭘 원하는지 몰라도 그 대가는 작지 않을 것이다. 나는 이 정도로 물렁하지는 않아.'

일행은 서두르지 않았다. 별일이 없으면 평균 사흘을 이동하고 하루를 쉬었다. 그 하루 동안 사냥을 하고 식용 식물을 채집했다. 나머지 시간에는 미리 정한 교육과 훈련을 병행했다. 모두가 참여하는 시간이었고 믿을 수 없을 만큼 유쾌한 자리였다. 아주 배가 고프다는 사소한(?) 문제만 빼면.

레인은 무려 사흘간의 고민(사실은 굶주림) 끝에 자신이 할 수 있는 일을 찾기로 했다. 우아하며 품위가 있으며 황족으로서 권위를 지킬 수 있는 일. 그리고 결국 결정했다. 우아하고 품위 있게 잘 마른 나무를 주워 오는 것으로!

그날 레인은 처음으로 식사다운 식사를 앞에 두고 남몰래 눈물을 흘렸다. 이곳에서의 밥값은 황녀의 위엄보다 비쌌고, 자존심은 굶주림보다 쉽게 무너졌다. 고마움보다는 분노가 불쑥불쑥 치밀어 올랐다. 원망과 미움이 쑥쑥 자랐다.

'먹을 것 가지고 사람을 협박하는 것이란 얼마나 치사한 일이란 말인가!'

그러나 레인에게는 마음속으로 미워할 기회조차 주어지지 않았다. 비연이 대원들에게 한 마디를 툭 던졌다.

"동료들의 피와 땀과 정성이 깃든 음식이다. 결코 남기지 마라."

"남기는 놈은 다음 밥 없는 거 알지?"

산이 한마디 더 거들었다. 레인은 자신의 몫으로 할당된 식사를 힐끗 쳐다보았다. 갑자기 눈앞이 침침해졌다. 그 순간만큼 저 사내가 얄밉게 보인 적도 없었다. 사내는 벌써 식사를 마치고 트림을 하고 있었다.

그래서…… 레인은 맛만 보고 절반 이상을 버리던 황족의 우아한 식사 습관을 이곳에서 처음으로 개선하는 과업을 이룰 수 있었다. 물론 그 뒤에 이어진 다른 사정까지 생각하지 않는다고 해도. 그래도 이들을 아주 미워할 수는 없었다. 대장을 포함해서 누구도 놀지 않았으니까. 결정적으로…….

'하루는 세 끼니까…….'

어쨌든 시간은 흐른다. 그 흐름이 인생의 장면을 바꾸며 사람의 많은 부분까지 바꾸어놓는다. 일단 첫 번째 일을 시작하자 다음 적응이 시작됐다. 스스로 눈높이를 낮추니 아주 색다른 세계가 보였다. 레인은 참여자의 눈으로 새로운 세계를 보았다. 관찰자의 입장에서는 결코 보이지 않았던 것.

'이런 거친 일이 이렇게 재미있을 수도 있나?'

일은 정말 많았다. 그러나 혼자 할 수 있는 일은 거의 없었다. 사냥하고 물고기를 잡고 천막을 세우고 배수로를 파고 불을 피우고 식기를 세척하고 식단을 정리하고 재료를 다듬고…… 레인은 이런 것도 재미가 될 수 있다는 것은 처음 알았다. 이런 것이 저 두 사람이 살았던 세계에서는 돈 많은 사람만이 즐길 수 있는 고급 유희라는 사실을 알면 아마 놀랐을 것이다.

그렇게 하루하루가 지날수록 레인은 자신도 모르는 사이에 이들에게 가까이 다가가고 있었다.

* * *

저녁 시간이다. 오늘은 저녁 토론이 진행되고 있었다. 이틀에 한 번 열리는 저녁 행사다.

레인도 참석했다. 이번에는 관전자의 입장이다. 그녀는 토론과 변설에 익숙한 사람이다. 제국 최고급의 지식인들과의 토론이 그녀의 일상이었고 레인은 거의 언제나 승자의 위치에 있었다. 그런 그녀도 이들의 토론에는 반드시 참석하고 있었다. 동명가와 기장가의 네 인물들도 보였다.

격렬한 토론이 끝났다. 토론을 흥미로웠고 내용은 불온했다. 상하가 아예 없는, 거침없이 발가벗기는, 격식이 없는, 그러나 토론에서 지킬 것은 확실하게 지켜주는 수위의 발언들. 그런 자유로움에 처음에는 기겁할 정도로 놀랐다. 하지만 지금은 이들의 독특한 접근 방식이 그저 흥미로운 정도다. 마지막으로 비연이 나섰다. 다음 토론을 위한 주제 발표다. 비연이 이야기하는 시간은 토론보다 조금 더 특별하다. 토론이라기보다는 교육에 가깝다. 일종의 사례 연구라고 할까? 레인에게는 가장 흥미로운 시간이기도 하다.

"어느 곳에 보석과 황금이 산더미같이 쌓여 있는 큰 동굴이 있었다. 그곳은 금은보화가 너무 많아서 한 사람이 평생을 퍼 가도 남을 정도였지."

대원들은 눈을 말똥하게 뜨고 이야기를 듣고 있다.

"혹시…… 우리는 지금 그곳으로 가고 있는 건가요?"

상인 출신 라론이 물었다. 여기저기서 웃음이 터져 나왔다.

"자네만 빼고 간다. 그리고…… 한 번만 더 떠들면 여기서 더 좋은 곳을 구경하게 해줄 수도 있는데…… 혹시 생각 있나?"

비연이 씩 웃으며 대꾸했다. 라론이 목을 움츠렸다. 웃음소리가 조금 더 커졌다. 레인도 웃음을 삼켰다. 무척 익숙한 풍경이다.

"비유를 들었지만 내가 있던 세계에서의 실화를 각색한 것이다. 그러니 신중하게 듣고 생각해주기를 바란다."

비연의 이야기가 계속됐다.

"동굴을 향해 세 사람이 출발했다. 같은 시간에 출발했고 자기가 원하는 크기의 자루를 챙길 수 있었으며 갈 때까지 누구도 다른 사람을 방해하지 않기로 했다."

"……."

"길은 무척 멀고도 험했다. 그래서 '병'이라는 사람은 더 가기를 포기하고 중간에 정착하기로 했다. 그러나 나머지 두 사람은 천신만고 끝에 결국 동굴에 도착했지. 둘은 같은 시간에 도착했다."

"……."

"'갑'이라는 사람은 작은 주머니를 가져왔다. 그는 황금만을 골라 주머니에 채워서 동굴을 먼저 빠져나왔다. 그렇지만 '을'은 아주 큰 주머니를 준비했지. 그래서 아주 크고 귀한 보석과 보물을 가득 담아 들고 기분 좋게 동굴을 나설 수 있었다."

모두들 조용히 다음 말을 기다렸다. 이제 문제가 나올 차례다.

"누가 더 현명할까? 왜 그렇게 생각했지?"

비연의 질문은 열려 있었다. 항상 이런 식이다. 이야기에서 제공된 정보는 부족하고 질문은 단순하다. 그러나 그래서 많은 상상력과 논리를 요구한다. 답이 꼭 정답일 필요는 없다. 레인을 비롯한 이 시대 지식인들에게는 아주 생소한 방식이다.

대원들이 웅성거렸다. 발언이 시작됐다. 대체로 을이 현명하다는 쪽으로 기울었다. 을은 위험에 대한 대가를 챙겼으며, 그의 욕심은 합당하다고 이야기였다. 반면 갑은 준비가 부족했으며 안목이 부족하다고도 했다. 갑을 옹호하는 의견은 거의 없었다. 레인도 속으로 고개를 끄덕였다. 그렇지만 어딘가 씁쓸한 표정이다.

'아마 어떤 함정이 있겠지만 뒤집혀 주는 재미도 있겠지. 그렇지만

어떻게 이야기가 나갈지는 대충 짐작은 되는데?'

비연이 씩 웃으며 다음 말을 이었다.

"갑은 짐이 가벼웠다. 그는 매우 빠른 걸음으로 가장 가까운 가게에 금방 도착할 수 있었다. 그 가게는 바로 병이 낸 가게였지. 갑은 그곳에서 말을 한 마리 샀어. 말을 사기 위해서 가진 황금을 모두 지불해야 했지. 그래도 비용이 모자라서 병에게 외상으로 빌렸어. 그리고 말을 타고 다시 떠났지."

여기저기서 기침 소리가 들렸다. 갑을 잡은 대원들이 옆 사람에게 뭔가를 속삭이고 있었다. 레인은 속으로 훗 하고 코웃음을 쳤다. 코끝이 점점 위쪽으로 향하는 느낌이었다.

비연의 이야기는 계속된다.

"을은 짐이 무거웠다. 그래서 걸음이 느렸지. 을은 돌아오는 길에 다시 동굴을 향해 말을 타고 달려가는 갑을 만났다. 을이 병의 가게에 도착했을 때 갑은 벌써 동굴을 열 번이나 더 왕복한 상태였지."

뒤늦게 갑을 잡은 사람들이 허탈하게 웃고 있었다.

"운이 나쁘게도 을은 병의 가게에서 말을 살 수 없었다. 병이 환금성이 떨어지고 비싼 보석을 살 수 없다고 했기 때문이지. 그래서 을은 더 큰 도시가 나올 때까지 오랫동안 돌아가야 했지. 그러는 동안 황금만을 골라 나르던 갑은 이제 강력하고 큰 마차를 살 수 있게 됐다."

"……"

"을이 보석을 팔아 커다란 마차를 장만하여 동굴에 다시 도착할 무렵, 갑은 이미 100대의 마차를 부리고 있었으며 군대를 고용하여 그 동굴을 막고 있었다."

비연이 다시 물었다.

"누가 현명한 사람이지? 이유는?"

대원들은 멋쩍게 웃었다. 박수라도 칠 기세다. 레인은 빙그레 웃었다. 자신의 예측이 맞았다. 만족스럽게 비연의 얼굴을 바라본다.

"갑이요! 이유는 속도입니다."

그러나 모두의 예상과는 다르게 비연이 고개를 저었다.

"아닌데. 결과는 달랐거든⋯⋯?"

대원들의 고개가 한쪽으로 기울었다. 레인은 얼굴을 조금 찌푸렸다. 무슨 소리?

"병이 최종 승리자였다. 그러므로 그가 가장 현명한 사람이라고 할 수 있었지. 갑은 동굴을 장악하기 전에 벌어들인 모든 돈을 병의 물건을 구입하는데 써야 했었지. 병은 갑이 벌어준 돈을 투자하여 가게를 더욱 크게 확장했고 군대를 동원하여 안팎으로 향하는 모든 진입로를 장악했다. 갑은 동굴을 완전히 장악한 후에도 병의 도시에서 번 것들의 대부분을 써야만 했지."

비연이 빙긋 웃었다. 모두들 입을 벌리고 있었다. 비연은 결론을 내렸다.

"결국 병은 갑의 돈으로 시장을 만들었고 그 시장을 지배하며 돈을 벌었다. 반면 갑은 돈을 많이 벌었을지 모르지만, 매번 위험이 큰 투자를 해야 했지. 실패 비용까지 생각하면 그다지 많이 벌지도 못했지. 우린 이 사례에서 무엇을 생각할 수 있을까?"

"결국 길목을 장악해야 한다는 뜻인가요?"

라론이 조심스럽게 물었다. 비연이 레인을 잠깐 바라보았다. 묘하게 눈이 마주쳤다. 비연은 잔잔하게 웃으며 말을 끝냈다.

"비슷하다. 을은 오직 생산과 수확에 힘을 썼으니 농업이라 할 것
이고 갑은 속도와 위험에서 이득을 보니 상업이라 할것이다."

비연은 잠깐 말을 멈췄다. 대원들은 생각에 잠겼다.

"그러면 병은 무엇이 될까? 그것이 바로 여러분이 앞으로 우리의
사업을 위해 고민해야 할 과제가 될지도 모른다. 자! 과연 병이 확보
한 무기는 무엇이었을까? 이 주제로 다음 토론을 했으면 좋겠다. 오
늘은 여기까지 한다."

토론이 끝났다. 레인은 한참 동안 자리에 앉아 있었다. 머리가 멍
했다. 단순히 장사꾼의 수완에 대한 이야기로 이해하기에는 시사점
이 너무 많았다. 마치 자신에게 보낸 메시지 같은 느낌이 든 것은 지
나친 생각일까.

'작은 힘으로 큰 힘을 제어하는 것……, 화폐와 정보. 그것은 곧 권
력을 이루는 두 개의 축.'

* * *

건은 동명가와 기장가의 인물들과 함께 있었다. 다섯 사람은 서로
는 잘 어울렸지만 에센의 사람들과는 어울리지 않았다. 그들끼리 식
사를 했으며, 일정한 거리를 두고 따라왔다. 레인은 자의반 타의반으
로 에센의 사람들과 깊게 엮여가고 있다. 사실은…… 그게 훨씬 재
미있었다. 그러나 하루하루 날이 지나갈수록, 그리고 이들의 분위기
에 익숙해질수록 레인은 자신이 아주 새로운 세계관을 접하고 있다
는 사실을 깨닫기 시작했다. 그것은 이들을 고용했을 때 자신이 반드
시 풀어야 할 숙제와도 같았다. 이들의 일자리는 마련해주어야 할 테

니…….

'이 사람들을 강압과 복종으로 다스리는 것은 불가능하다. 문제는 저 두 사람이 에센 사람들을 떼놓을 생각이 없다는 것이지…… 두 사람의 능력도 아직 검증된 것이 아니고…….'

레인은 황실의 분위기와 정보대의 요원들을 생각했다. 모두가 자존심 강한 정예 중의 정예들이다. 레인은 고개를 저었다. 두 사람은 몰라도 이 시골 대원들까지 황실에 들이기엔 수준 차가 너무 크다. 반발도 클 것이다. 황실의 일꾼들은 어느 누구도 만만하지 않다. 그만큼 사람을 가린다.

레인은 끊임없이 대원들을 관찰했다. 그들이 받고 있는 교육 훈련 과정에도 빠짐없이 참석했다. 시간이 흘러가면서 그녀의 의견은 점점 수정되고 있었다. 그녀는 메모를 시작했다.

－대원 중 글을 못 쓰는 사람이 없다. 기초적인 삼단논법은 물론, 고도의 연역과 귀납법까지 제대로 구사한다. 이들은 논리학을 어디서 배웠는가? 보고 능력: 중상급.

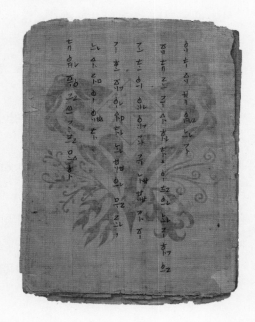

－계산을 못하는 사람이…… 하나도 없다. 게다가 계산법은 나 자

신도 처음 보는 것들이다. 그 방법이 감탄할 정도로 효율적이다. 계산능력: 상급.

　―조사와 분석 능력은 검증이 필요하다. 판단 유보.

　―무력 수준은 미정. 기초 체력과 기술은 중급 수준.

　―태도는…… 최악.

　―조직 충성도는…… 모르겠다. 판단 유보.

　레인은 숨을 한 번 크게 들이쉬었다. 기분이 조금 나아졌다. 저 정도면 황도 프리고진에서도 어느 대공(大公)가의 일자리 하나는 그런대로 계약할 수 있을 것이다.

　'대체 저 두 인간은 어디서 온 사람들일까?'

　그러고 보니 사무적인 것 외에는 별로 이야기를 나눈 적이 없다. 서로 아는 것도 없고, 알려고 하지도 않았다. 앞으로 생사를 같이할 사람들과 이름밖에 아는 것이 없다니! 레인은 그래도 묻지 않았다. 그것은 미묘한 자존심 같은 거다. 스스로 말을 해줄 때까지 인내를 필요로 하는…….

　'그래도…… 무례한 것은 매우 나쁜 것이다. 언젠가 반드시 혼내 줄 테다!'

　마차가 멈췄다. 레인은 공책을 덮었다. 이제 일하러 나갈 때다. 두 팔을 길게 뻗어 기지개를 켰다. 봄이 간다. 여름이 온다. 인생의 처음을 푸른 봄, 청춘(青春)이라고 했다. 이제 성하(盛夏)의 계절이 올 테지…….

　'내 인생의 여름은 치열하고도 아름답기를…….'

* * *

"이거 어째 조용하다 싶었다."

산이 일행을 세운 채, 눈을 가늘게 뜨고 앞을 쳐다보고 있었다.

그의 시선이 향한 먼 곳에는 제법 규모가 있어 보이는 상단의 깃발이 보였고 그 상단의 짐을 노리는 집단이 전투 준비를 끝냈는지 이미 말을 몰아가고 있었다.

"약탈인가요?"

어느새 산 옆으로 다가온 비연이 물었다.

"비슷한 상황인 것 같군. 두고 봐야 하겠지만."

산이 눈길을 고정시킨 채 답했다.

"어찌하실 생각인가요?"

"우리가 지나갈 길에서 생기는 일이다. 단순 약탈이면 그냥 지나가야지. 자네가 보기엔 어떤가?"

비연은 대답을 하기 전에 앞을 찬찬히 살펴보았다. 상단의 규모는 50명 정도였고, 그중 호위무사들은 30명 정도 되는 것 같다. 이들을 향해 달려 들어가고 있는 집단은 대략 20명 정도다. 적어도 3분 내에 전투가 벌어질 것이다.

"단순 약탈은 아니군요."

"그런가?"

"작은 수로 큰 수를 공격하고 있습니다."

"개개인의 무력이 강하다는 뜻인가?"

"공격 조는 크게 3조로 나뉘어져 있군요."

"분산 후 타격이라……."

"무기가 매우 기괴하고, 꽤나 경제적인 공격 경로를 택했습니다."

"결론은?"

"잘 준비된 전투 조직입니다. 사냥에 가깝군요. 일단 싸움이 시작하면 상단 사람들은 살아남기 힘들 겁니다."

"흠……."

산은 광경을 응시하며 생각에 잠겼다. 그의 모습은 한결같다. 생각은 깊고 결단은 짧다. 비연은 그런 산의 얼굴을 쳐다본다. 이런 결정을 내리는 것은 주로 그의 몫이다. 그리고 이런 상황은 언제나 흥미롭다.

이 세계에는 나름대로의 규칙이 있다. 그들은 이 세계에서 이방인이다. 세계는 언제나 문제를 낸다. 이제 문제가 주어졌으니 문제를 풀어야 한다. 그의 해법이 자신의 해법과 같지 않을 수 있다. 그러나 뭐가 됐든 그 결정이 틀렸다고는 이야기하지 않는다. 세상에서 던져지는 문제는 시험지 따위를 푸는 것이 아니다. 정답은 없고 해법은 난무하기 마련이다.

그렇지만 이곳에서는…… 두 사람의 생각이 법이고 행동은 언제나 정답이다. 법을 어겼다고 지랄할 놈도 없다. 어떤 선택을 하든 그저 '후회'만 남기지 않으면 될 터다.

'우리가 무시하면 저 사람들은 모두 죽을 것이다. 그로써 상황은 끝난다. 사람이 죽을 테니 찜찜한 기분만이 남겠지. 반대로 개입하면 사람을 꽤 살릴 수도 있을 것이다. 대신 우리의 위험이 커진다. 이 사내의 선택은 무엇이 될 것인가?'

비연은 문득 웃음을 지었다. 약간 마르고도 씁쓰름한 웃음이다. 뜬금없이 영화의 주인공이 생각났다. 영화라면…… 정의감에 불타는 영웅은 이 상황을 그냥 넘기지 않을 것이다. 쫄쫄이 바지, 삼각팬티에 망토 하나 어깨에 두르고 쉭 날아가서 악당을 무찔러야 진짜 영웅의 모습 아닌가? 비연의 심상에서 어떤 영웅과 저 사나이의 이미지와 겹쳐졌다. 비연은 눈을 비볐다.

'흑…… 상상해버렸다…….'

비연의 맑은 웃음은 오래가지 않았다. 표정이 조금씩 탁해지고 있다. 아직도 적응하기가 쉽지 않다. 이 세계의 도덕률이라는 것에는. 이 세계에 와서 모든 가치관이 깨졌다. 교과서에서 배웠던 내용은 쓸모가 없었다. 결국 21세기 지구에서 보편적인 것이 이곳에서도 '참'은 결코 아니었던 거다.

사회정의? 계몽? 그것들은 다 개소리였다. 비연은 처음으로 '사상(思想)'이라는 것이 엄청난 '폭력'이자 '전염병'이라는 사실을 알았다. 그리고 불과 19세기까지도 자유, 평등, 민주가 역사상 가장 위험하고도 혐오해야 할 불온사상이었다는 사실을 상기한다.

이곳에서는? 살인과 폭력, 전쟁? 숨 쉬는 것만큼이나 일상적인 일이다. 결투는 장려되고 복수는 미덕이다. 원수를 사랑하라? 그게 무슨 외계어인가?

인권? 7할이 노예 경제로 돌아가는 곳이다. 옆 동네 쳐들어가 노예를 만드는 것이 이곳에서는 공인된 경제활동이다. 인권은 존엄하다? 그래서 무엇을 이야기 하려는 건데? 노예가 없으면 내가 노예가 된다고!

자유와 평등? '자유'라는 단어는 발설하는 것 자체가 죽음과 동의어다. 하지만 귀족에게는 자유가 넘쳐흐른다. 고로 자유를 이야기하는 사람은 아무도 없다. 평등? 이 단어처럼 이곳 사람들에게 이해시키기 어려운 단어도 없었다.

법과 정의? 이 세계 사람들에게는 서로 합의한 가치가 없다. 따라서 입법의 정신이나 법철학도 정립되어 있지 않다. 사법체계는 불안하기 그지없다. 행정관이 사법관까지 겸임하는 구조다. 법을 제멋대로 고치고 판결은 그때그때 다르다. 죄의 기준이 없는데 무슨 잣대로 무슨 죄를 어떻게 심판할 수 있을까?

"무슨 생각을 그렇게 골똘히 하나?"

"예?"

비연이 깜짝 놀라 산의 눈을 쳐다보았다. 눈빛이 형형하다. 결심이 선 모양이다.

"여기서 가장 가까운 도시가 어디지?"

"대략 네 시간 거리에 쿠란트라는 도시가 있습니다. 인구 5000 정도로 중간 규모 도시인데, 교통의 요지라고 알려져 있습니다."

"쿠란트로 이어지는 길은 이 길 하나인가?"

"하나입니다. 그렇지만 쿠란트에서 부채 모양으로 길이 갈라진다고 하더군요."

"흠……."

"결정을 내리셨나요?"

"개입하는 게 좋겠어. 아무래도 모양이 찜찜해. 우리가 안전하다는 보장도 없고, 최소한 확인이라도 해봐야 할 것 같다."

"혼자 가실 건가요?"

"같이 가면 더 좋지."

"다른 사람들은요?"

"저 뒤에 빵빵한 가문에서 온 친구들이 있으니 괜찮을 거야. 천천히 오라고 하지?"

두 사람이 달리기 시작했다. 말은 뒤에 남겨 두고 오직 두 다리로만 달린다. 허리에 칼을 차고 손에는 장갑을 단단히 끼고 구두끈을 동여맸다. 바위를 넘어 수풀을 지나 지름길로 질러서 간다. 속도는 말보다 빨랐고 동작은 제비처럼 날렵하다. 툭툭 차고 죽죽 뻗어나가는 발걸음이 시원하면서도 경쾌하다. 그렇지만 두 사람은 빵빵한 가문의 친구들을 과소평가하고 있었다.

"개입하려는 건가?" 동영이 앞쪽을 보며 중얼거렸다.

"천천히 오라는데?" 동하가 웅얼거렸다.

"그러면……?" 기영이 기빈을 쳐다보았다.

"천천히 가지 뭐." 기빈이 말에 박차를 가하며 먼저 튀어나갔다.

"어쨌든…… 빨리 달린 건 말이지 내가 아니니까. 나는 그냥 말 위에 앉아 있었다고!"

영문을 모르는 건과 레인은 마차에서 나와 언덕 아래를 불안하게 바라보았다. 에셴의 대원들은 어느새 전투 준비를 갖추고 마차 주변을 경계하고 있다. 산들바람이 정오의 뜨거운 대지와 어울려 아래쪽으로 넘어가며 거세지고 있었다.

* * *

상단의 다섯 번째 호위무사가 말에서 굴러떨어졌다. 칼날이 그의 목 위를 정확하게 잰 듯이 찌르고 곧바로 빠져나왔다. 그의 발치에는 두 앞다리를 모두 잘린 말이 머리부터 주저앉아 고통스러운 숨을 거칠게 내쉬고 있다.

"이놈들은 대체 무엇 때문에……."

호위무사장 특급무사 가탄이 신음 소리를 흘렸다. 마적과는 완전히 다른 놈들이다. 그 흔한 위협도 없었고 서로 역량을 재며 대치하는 상태도 없었다. 그냥 거침없이 달려와 창부터 찔러왔다. 대비를 했음에도 불구하고 벌써 무사 다섯이 변변한 저항도 못하고 창에 찔려 쓰러졌다.

"흑……."

가탄은 몸을 크게 비틀며 상대의 창을 옆으로 쳐냈다. 동시에 날아드는 칼이 보호모 위를 스치고 지나갔다. 가탄은 숨을 들이킨다. 다른 놈의 창이 연이어 찔러 들어왔다. 오른쪽에서는 또 한 사람의 호위무사가 말과 함께 무너졌다. 눈이 튀어 나오고 이가 저절로 갈린다. 이놈들은 상대하기 정말 까다롭다. 오른손에는 날을 길게 벼린 장창을 왼손에는 폭이 좁고 끝이 뾰족한 장검을 들었다. 두 발만 말 등에 밀착시킨 상태로도 균형을 유지하며 양손을 능란하게 다 쓰는 놈들이다.

오른손 장창이 말의 다리를 노리고 왼손 장검은 반대편에 말을 탄 사람을 노린다. 하나를 피하면 하나가 걸린다. 도저히 피할 수 없다. 가탄은 절망하고 있었다. 무사들의 뒤에서 전투를 쳐다보던 도하 상단의 피부노 지점장 도벨의 얼굴은 흙빛이 되어갔다.

"일방……적인 도륙이야! 우리를 다……다 죽이겠다는 거야. 저놈들은……."

그의 이빨이 서로 부딪치며 딱딱 소리를 냈다.

"대체 왜……? 보통 약탈은 해도 죽이지는 않는데요!"

도벨의 옆에서 그의 조카 도요가 겁에 질린 얼굴로 바들바들 떨었다. 상단의 짐을 책임지는 직원들도 모두 불안한 모습으로 숨을 죽인 채 앞을 응시하고 있었다.

상단을 노리는 적들은 많다. 그러나 호위무사가 따르기 때문에 전투까지 이르게 되는 경우는 드물다. 호위무사와 마적들은 다른 점보다 공통점이 더 많다. 몸이 전 재산인 그들은 서로 다치기를 원하지 않는다. 한번 다치면 최소 3개월은 일을 못 하기 때문이다. 또한 서로가 남에게 고용된 처지기 때문에 목숨을 걸고 극렬하게 싸우기보다 기세 싸움 끝에 타협하는 것을 택한다. 결국 일부 물건을 떼어주는 것으로 타협을 보곤 한다.

가탄은 부들부들 떨며 좌우를 살폈다. 벌써 여덟 번째 무사가 무너졌다.

"단 한 놈도 못 잡고⋯⋯!"

두 놈이 그의 앞으로 짓쳐 달려온다. 그중 화려하고 유별난 복장을 한 놈이 아마 적의 대장일 것이다. 네 개의 무기가 오로지 자신과 말을 노리며 직선으로 다가오고 있다. 이것은⋯⋯ 막을 수도 피할 수도 없다. 가속된 그의 눈에 놈의 장창이 오른쪽 하늘을 가르며 다가오는 모습이 보였다. 칼을 들어 비스듬히 부딪쳐간다. 동시에 뒤통수에서 바람 소리가 잡힌다. 가탄은 고개를 옆으로 젖혔다. 힐끗 쳐다본 아래쪽에는 날카로운 칼날이 말의 다리를 잘라가는 궤적이 선명하게 보였다. 그는 눈을 감았다.

깡.

픽.

갑자기 시간이 멈춘 듯 조용해졌다. 가탄은 머리를 들었다. 아직도 몽롱한 시야에는 어리둥절한 모습으로 두리번거리며 주위를 탐색하는 마적 두 놈이 보인다. 한 놈은 창을 잡았던 손을 쥐락 펴락 하고 있었다. 무언가가 가죽장갑을 뚫고 나간 듯 찢긴 구멍 사이로 피가 흘러나오고 있다. 대장인 듯한 놈은 얼굴을 찡그린 채 어깨를 꾹꾹 주무르며 한곳을 응시하고 있었다. 갑자기 모든 전투가 멈췄다. 모든 사람들의 눈길이 같은 곳을 향했다. 그곳에는 더 이상의 전투를 못하도록 방해하는 무언가가 있었다. 문득 온몸에 소름이 돋으며 오싹해진다. 숨 막히는 압박감. 온몸을 저릿하게 만드는 짜릿한 공포.

덩치 큰 마적 대장이 찡그린 얼굴을 갸웃하며 다가오는 상대를 향해 말했다.

"이게 누구야? ……오랜만이네? 그 살벌한 패기는 여전한데?"

"우리가 구면이던가?"

산이 대답하며 천천히 걸어 들어왔다. 던지고 하나 남겨둔 조약돌이 허공에서 놀다가 다시 그의 손으로 떨어진다. 그 곁에는 날렵하게 생긴 여자가 칼을 쥔 채로 다가오고 있다.

"그 3년도 넘은 나이키 모자는 아직 안 버렸나 봐?"

비연이 한마디 거들었다.

* * *

바람이 분다. 바람은 더 이상 친절하지 않다. 세차게 평원을 감아 돌아가며 미친 듯이 사방으로 요동쳐 간다. 허리까지 자란 풀잎들이 거대한 파도처럼 대지 끝까지 일렁거리며 퍼져간다. 시퍼런 초록의 풀잎은 바람의 얼굴을 대지에 그렸고 시커멓게 모여드는 구름은 바람의 성난 표정을 하늘에 그렸다.

"나이키 모자라고……?"

말에 탄 덩치가 작게 중얼거리며 모자를 벗었다. 빨간 챙이 있는 모자의 옆에 단순한 로고가 수놓여 있다. 낡고 헐어버린 하얀 상표가 유난히 도드라지게 보였다. 눈부시게 흰 것을 보면 아마도 수없이 손질하고 세탁했을 것이다.

"미안한데. 자네의 이름을 기억 못 해서."

산이 씨익 웃었다.

"아마 비검이라고 했었던 것 같은데…… 맞나? 모자를 그렇게 간직한 걸 보면 희미하게나마 고향에 대한 기억은 있는 모양이네."

비연이 무표정하게 거들었다.

"비검이라…… 그래…… 그렇지. 그게 내 첫 번째 이름이었었지. 까맣게 잊었었어. 이곳에서는 아무도 그 이름을 불러주지 않아서 말이지."

비검이 창을 아래쪽으로 느슨하게 내린 채 산을 응시한다. 산은 칼로 땅을 짚고 두 손을 편안하게 손잡이 끝에 올려놓았다. 산은 그 상태로 말 위에 앉아 있는 비검을 올려다보았다.

"불길 속에서도 용케 몸은 건졌네?"

"재생하느라 꽤 고생했지…… 그런데 내가 너에게 죽은 것이 벌써 3년 전이던가?"

"대충 그 정도 됐겠지? 그런데 나한테 별 감정이 없나 보네?"

"아아…… 그런 것도 기억하나? 한두 번 죽었어야 말이지. 그래도 내가 죽인 놈은 훨씬 더 많거든. 굳이 기억할 필요도 없잖아? 무슨 좋은 추억이라고……."

비검이 모자를 손가락에 걸고 휘휘 돌리며 말했다.

"그렇지만 너희들은 예외였어. 그러니까…… 너희가 제27구역이 었지? 그때 내 전생에서 제일 짜릿하고도 허망하게 죽었던 순간이었 으니까. 그건 내가 열세 번째 죽었을 때였어. 아무튼 그때 먼저 죽는 바람에 직접 보지는 못했지만, 너희들은 아예 27구역 전체를 완전히 박살 내버렸다지?"

"뭐…… 어쩌다 보니 그렇게 됐더라고." 산이 싱긋 웃었다.

"영상 기록을 보니 정말 대단했더군. 소환자들 사이에서도 너희는 무지 유명하거든. 그런데 여긴 웬일이래? 그것도 둘이서. 그곳을 나 온 다음에 마룡 실루오네에게 잡힌 것으로 알고 있었는데……."

"그럭저럭 타협을 봤어. 많이 아네?"

"그럴 줄 알았지. 이 세계에서는 피할 곳이 없어. 지금은 누구 밑에 있나? 실루오네?"

산은 대답을 생략했다. 대신 시선을 주변으로 돌려 무표정하게 굳 은 얼굴로 비검이 휩쓸고 지나온 전장 전체를 살폈다. 그의 차분한 시선은 마적들을 먼저 걸러내고 그 곁에 낭패한 얼굴의 호위무사들 을 살폈다. 다시 호위무사장 가탄을 힐끗 보고 상단의 주인인 도벨과 도요를 눈 속에 담고 난 후, 그의 시선은 다시 비검을 향했다. 산이 본 마지막 장면은 무표정한 얼굴로 발끝으로 땅바닥에 튀어나온 돌 을 툭툭 치고 있는 비연이었다.

상단의 호위무사장 가탄은 멍한 얼굴로 둘의 대화를 듣고 있었다. 그들의 대화를 이해할 수 없었다. 새로운 인물이 등장했음에도 불구 하고 전혀 긴장을 풀 수 없었다. 오히려 그들의 대화를 들으며 절망 감만 커졌다. 이제 스무 명으로 줄어든 호위무사들도 대오를 정비했 지만 누구도 섣부른 행동을 자제하고 있었다.

'저 남녀도 마적과 같은 족속이란 말인가?'

상단의 지부장 도벨은 주먹을 꽉 쥐었다. 부들거리며 떨리는 다리가 여전히 진정이 안 된다. 조카 도요는 오히려 침착한 얼굴로 사태를 주시하고 있었다.

'어쨌든 저 사람들이 싸움을 멈추게 했어…… 더 이상 나빠질 건 없을 거야…….'

스물둘의 용감한 상인 처녀 도요의 생각이었다.

비검은 산의 시선을 그대로 받아내고 있었다. 산은 비검을 노려보며 한 발을 꾹 앞으로 내디뎠다. 비검 대신 그가 타고 있던 말이 잠시 움찔했다. 산이 물었다.

"여기서 뭘 하는 거지? 약탈은 아닌 것 같고……."

"숙제."

짧막한 대답이 바로 돌아왔다.

"이제는 사람 사냥이냐?"

산은 앞으로 한 걸음을 더 옮겼다. 비검은 여유 있는 동작으로 말을 옆으로 돌렸다. 일곱 걸음 정도의 사이를 둔 공간에 팽팽한 긴장감이 조성되고 있다. 반면 비연은 외곽으로 한 발 물러나 있었다. 그녀의 눈길은 뒤쪽 마적들의 움직임을 조용하게 좇고 있다.

"비슷해. 먹을 게 아니니 생체 표본 수집이라고 해야 더 정확하지. 그래도 죽이는 것보다는 훨씬 까다롭다고."

"그 짓…… 앞으로 안 하면 안 되겠나?" 산이 담담하게 물었다.

"왜 그래야 하지? 나는 정말 재미있거든. 아니, 이젠 너무 재미있어서 빠져나올 수 없을 정도야."

비검이 혀로 입술을 축이며 손을 천천히 들었다. 뒤쪽 마적들의 눈빛이 시퍼렇게 변했다. 장내에는 약간의 흥분이 맴돌기 시작한다. 서서히 끓어오르는 광기(狂氣).

"저 뒤에 있는 맛 간 놈들도 너와 같은 동호회 회원들인가?"

산은 턱으로 뒤를 가리키며 물었다.

"아니, 내가 죽였던 친구들이야. 현재는 내 의지의 통제하에 있지. 계약노예라고 보면 돼."

"계약노예?"

비검은 산의 질문에 고개를 갸웃했다. 뒤쪽의 마적들은 이미 기운을 키워가며 천천히 움직이고 있었다. 놈들의 움직임은 상단을 공격할 때와는 완전히 달랐다. 마치 한 사람의 의지로 움직이는 것 같다.

"이상하네. 이런 기초 상식도 정말 모르나? 그러면 너희들은 소환된 이후 한 번도 죽어본 적이 없다는 거냐?"

"글쎄, 죽을 뻔한 고생은 꽤 많이 했지. 아마 네가 죽은 횟수보다 많을걸?"

비검은 처음으로 눈을 크게 떴다. 한 번도 죽지 않았다고? 정말 대단한 놈들이다. 그때도 그랬지만 자신과는 격이 다른 놈들이다. 비검은 칼에 힘을 주며 말을 이었다.

"정식 결투를 통해서 죽은 자는 산 자의 노예가 되지. 계약 기간은 1년. 1년이 지나면 다시 생사를 걸고 붙는다. 누가 죽든 노예가 되는 거야. 센 놈들은 그렇게 많은 노예를 확보하고, 그 의지를 장악하지. 나는 그만큼 강해진다. 그 몸과 정신은 내 것이 되거든. 맨 위쪽에는 신(神)이 있고, 그 밑에 사도(司徒), 그 아래에는 사제(司祭)가 있지."

"피라미드 판매 조직과 비슷한 거네?" 비연이 물었다.

"아주 비슷하지. 그만큼 효율적인 선교 방법은 없거든. 우리 세계에서도 비슷했잖아?"

마적들의 진용은 이미 갖추어진 듯했다. 산을 중심으로 양쪽으로 부채처럼 펼쳐져 있다. 최단 거리로 최단 시간에 힘을 모으는 진형이다. 기운이 다른 기운을 증폭한다. 어차피 죽음을 잊은 놈들이니 생체에서 발휘할 수 있는 모든 힘을 뽑으려고 할 것이다. 그 힘들이 하나로 모일 것이다.

비검이 말 등에서 허리를 약간 숙인 상태로 산을 바라보며 씩 웃었다. 그는 나이키 모자를 다시 눌러썼다. 이제 준비가 된 것 같다.

"저 친구들은 내가 죽였던 아이들 중 일부야. 이제 200명을 모았으니 나도 '사제'가 된 셈이지. 사제면 이 바닥에서는 꽤 높은 거야. 우리는 신의 은총을 받은 인간을 교도(敎徒)라고 하거든. 영적(靈的)으로 통제할 수 있는 교도 수가 100명이 넘으면 사제라고 칭하지. 1000명이 넘으면 사도가 되지. 사도 개인으로도 대가와 맞먹는 힘을 쓰지만, 거기에 1000명의 힘을 빌려 쓰기 때문에 정말 무섭지. 너희들 혹시 생각 없나? 너희 정도면 사도부터 시작할 수 있을 텐데."

"그런가?" 산이 칼등을 손바닥에 놓고 툭툭 쳤다.

"여기는 천국이 틀림없어. 생각해보라고! 이 세계에서 나는 영원히 죽지 않아. 그러니 겁날 게 없어. 할 수 있는 건 다 할 수 있다고! 살인, 강도, 강간, 약탈, 식인, 흡혈, 뭘 저질러도 간섭하는 놈이 없었어. 놀랍지 않아? 이건 정말 게임 속 세상과 똑같다고. 죽어도 내 분신(Avatar)이 죽을 뿐이야. 그뿐이라고!"

"참, 좋겠구나." 비연이 차갑게 빈정거렸다.

"물론이지! 전생의 기억도 모두 다 남아 있고 몸은 더욱 강해져서 재생되지. 누가 이런 걸 만들었는지 정말 기막혀. 나는 너무나 자유

롭다고. 단 하나, 신의 의지만 거역하지 않으면 돼. 게다가 신의 의지
조차도 내 생각과 구별이 안 될 정도로 거부감이 없어. 그리고……."

"개소리는 그만하고. 누가 네 몸을 차지했지?"

산이 말을 끊으며 칼을 천천히 뽑았다. 기세가 피어오르기 시작한
다. 그의 침착한 눈길이 주변을 다시 살핀다. 언뜻 멀리 언덕 기슭까
지 내려와 있는 네 명의 고귀한 무사가 보인다. 그리고 그 뒤에 천천
히 다가오는 마차도 보인다. 산의 고집 센 입꼬리가 잠깐 찌그러졌다.

"흐흐…… 과연 배짱이 대단해. 알려줄까? 전신(戰神) 카미제가 내
주인이야. 첫 번째 죽었을 때 그의 씨가 내 몸에 들어왔거든. 그와 계
약을 했지. 어때? 무려 전쟁의 신이다. 그의 권능은 크고도 가장 무섭
지. 이제 겨어보겠나? 나도 3년 전과는 많이 다를 거야."

"……"

산은 대답 대신 중간에 끼어 있는 호위무사장 가탄을 물끄러미 쳐
다보았다. 가탄은 현실과 환상의 경계에서 전혀 정신을 못 차리고 있
다. 둘 사이에서 감도는 기운은 정말 범상치 않다. 특급무사인 그가
보기에도 함부로 끼어들 만큼 만만한 기운들이 아니었다. 게다가 갑
자기 땅 위 곳곳에서 먼지 회오리가 일어났다. 맑았던 하늘에 먹구름
이 가득 끼며 사방이 점점 캄캄해진다. 먹구름이 번져가며 틈 사이로
햇빛이 사라진다. 하늘이 비명을 지르고 있는 듯하다. 그 광경은 모
두에게 마왕이 강림하는 듯한 두려움을 안겨주었다. 멀리서 천둥소
리와 함께 짐승 울음소리가 아스라이 들렸다. 산이 호위무사 가탄을
향해 손을 들었다.

"저쪽으로 사람들을 옮기는 게 좋겠습니다."

가탄은 산의 손끝이 닿는 곳을 쳐다보았다.

"예?"

"지금 가세요. 가급적 빨리…… 그대가 사람들을 더 오래 보고 싶다면!"

가탄은 산의 얼굴을 잠깐 쳐다보았다. 그러나 사내의 단호한 표정은 그의 질문을 효과적으로 뭉개고 있었다.

"알겠습니다."

가탄이 신속하게 움직여 무사들을 물렸다. 무사들이 뒤로 빠지는 동안 양쪽 아무도 움직이지 않았다. 바람이 더욱 거세졌을 뿐…… 움직여 가는 가탄의 뒤통수에 사내의 목소리가 다시 울렸다.

"나무 뒤로 바위 뒤로 바닥으로 안전한 곳으로 사람들을 옮겨요. 가급적 낮은 곳으로 이동하고 몸의 자세를 낮추고 어떤 일이 일어나도 함부로 나서거나 움직이지 마시오."

"알겠소."

"또한 저것들은 살아 있는 사람이 아니니 전투 중 어떤 일이 벌어져도 놀라지 말 것이며……."

"살아 있는 사람이 아니라고……?"

가탄은 세찬 바람 소리에 가려진 사내의 마지막 말을 되뇌었다.

비연은 경쾌하게 왼쪽으로 걷기 시작했다. 세찬 바람 속에서 머리카락이 안쪽으로 휘감겨 흩날린다. 옷이 바람에 날리며 몸에 휘감기고 부풀어 오르며 몸의 곡선이 여기저기 드러난다. 흰빛의 오라가 몸에서 흘러나온다. 어두운 가운데 그녀의 주변만 서서히 밝아지고 있다.

산은 칼을 비스듬히 세웠다. 다리는 반쯤 굽힌 상태다. 결의에 찬 눈동자가 광기에 온몸을 떨고 있는 마적 떼를 침착하게 노려보고 있다. 이윽고 그의 온몸에서도 하얀 빛이 새어 나온다. 동시에 눈부신 광채와 함께 어마어마한 기세가 사방으로 터져 나가기 시작한다.

번쩍.

하늘에서 마른번개가 쳤다. 스무 명의 시각을 공유하고 있는 거대한 신의 의지가 드디어 눈을 뜬 것이다. 전신 카미제의 의지가 이방인 사제 비검의 몸을 통해 스무 명의 분리된 개체를 하나의 통일체로 통합시켰다. 이 신은 상대하기 매우 까다로울 것이다. 사람의 몸을 써서 전투를 치르는 방법을 가장 잘 아는 신일 것이니. 이로써 스무 명의 몸과 한 개의 의지로 형성된 불사인간(不死人間)과 자유로운 정신이 결합된 두 명의 불패인간(不敗人間)의 매우 '우발적인 전투'가 막 시작되려 하고 있었다.

* * *

"진짜 저것들과 싸울 생각이네?"

동영이 중얼거렸다. 긴장한 얼굴이다. 그것도 매우…… 그는 품속에서 총과 비슷한 원격무기를 꺼내 들었다. 그리고 단거리 전투에 유용한 긴 장갑을 끼고 특수한 장비를 장착한 갑옷을 겉옷 위에 걸쳐 입었다. 지금 도움이 될지는 모르겠지만.

"저것들은 대체 뭐야?"

동하가 새하얗게 질린 얼굴로 입을 가렸다. 그녀 역시 장갑과 무기를 챙겼다. 동하는 고개를 저었다. 손끝이 벌벌 떨린다. 자신의 손끝이…….

"이건…… 뭐…… 대체…….." 기빈은 말을 더듬고 있었다.

그들 앞에서는 이미 전투가 벌어지고 있다. 그들의 경험과 상상을 아득하게 초월하는 수준의 전투가…….

* * *

산은 싸울 상대를 응시하며 침착하게 옆으로 돌았다. 일단 탐색부터 시작한다. 놈들은 사제 비검을 축으로 전투의 판을 짜고 있다. 비연은 약간 떨어진 곳에서 놈들 뒤쪽의 움직임을 경계하는 모습이다. 두 사람은 결코 서두르지 않는다. 그들이 개발한 전투의 법칙은 매우 간단하다.

보통 두 사람은 Plan(계획하고)-Do(치고)-See(결과를 본다)의 PDS 사이클을 충실하게 따른다. 그렇지만 가끔은 Do(저지르고)-See(간을 보고)-Plan(비로소 영점을 잡고 계획을 짠다)의 게릴라전 특유의 DSP 방법도 즐겨 쓴다. 상황에 따라 조건에 따라 순서는 바뀐다.

비연은 생각했다. 지금은 적이 무엇을 가지고 있는지 짐작이 되지 않는다. 적절한 가설을 세우기가 어렵다면 이번에는 두 번째 방법이 맞지 않을까? 산과 대략의 전술은 합의를 본 상태다. 그들 앞에서 괴물이 생성되고 있었다. 산전수전 공중전까지 겪은 두 사람도 처음 보는 형태다.

'이런 것이 군체(群體)조작이라는 건가……?'

비연은 흥미로운 눈으로 상황을 살폈다. 놈들이 둘을 경계하며 서서히 움직이기 시작했다. 언뜻 보면 완전한 개인들이 각각 말을 타고 각각 움직이는 것 같다. 원래 마적 조직과 별 차이가 없다. 그러나 자세히 보면 마적들과 말의 몸에서는 미세한 색색의 선들이 흘러나와

서로를 연결하고 있었다. 수백만은 넘을 엄청난 숫자의 실들이 씨줄과 날줄처럼 엮여가며 점점 반투명의 막(membrane)과 같은 모습을 띠기 시작한다. 잠시 뒤 스무 명 마적단 전체를 거대한 해파리가 감싼 듯한 모습이 완성됐다. 중심부에 위치한 마적은 몸이 해면처럼 흐물흐물해졌고 투명한 푸딩과 같은 끈적한 것들이 놈들 전체를 감싸고 있다.

MRI와 같은 원리로 놈을 스캔(scan)하던 비연의 얼굴은 조금 굳어졌다. 이것은 새로운 생명이다. 그것도 사람과 말을 부품으로 써서 만들어진 '임시 네트워크 생명(Ad hoc Networked Creature)'이다. 원래의 생명을 엮어 새로운 생명을 조합하는 방식. 모두가 모두에게 연결되어 있지만 그 연결이 전체의 움직임을 방해하지 않는다.

비연의 얼굴에 놀란 표정이 언뜻 스쳐간다. 결국 이 놈은 40개의 눈, 80개의 다리, 무기를 든 40개의 손, 그리고 20명을 서로 연결하는 조합의 개수만큼 강력한 공격과 방어 체계를 가진 놈이다. 그것도 실이 연결될 수 있는 거리까지 방어와 공격 능력이 더해지고 능력도 그만큼 확장될 것이다.

─별게 다 있군.

산이 중얼거렸다.

─이건 최소 몇백 미터짜리 괴물이나 마찬가지입니다. 그것도 모든 부분이 각각 지능을 가지고 대응하는.

─뭐가 있을까…… 맛은 좀 봐야겠지?

─조심하세요.

핏.

산의 몸이 예고 없이 놈들을 향해 튕기듯 들어갔다. 기습적으로 치고 들어갔는데도 놈의 반응 속도는 대단히 빨랐다. 첫 번째로 말을 탄 놈이 산과 마주치며 장창을 휘둘렀다. 옆쪽에 있던 마적들이 창을 날렸다. 세 개의 칼과 두 개의 창이 동시에 산을 향해 날았다. 산은 허공에서 멈칫했다. 칼끝이 산의 코앞을 간발의 차이로 가르며 지나 갔다. 쎄액 하는 바람 소리가 찢어지게 울렸다. 산은 그것들을 슬쩍 옆으로 흘려보내고 그대로 위쪽 수직 방향으로 솟아오르며 왼쪽 방향으로 휘어들어 갔다. 산이 상하좌우로 호쾌하게 칼을 휘둘렀다. 가지치기 하듯 칼끝이 돌아갈 때마다 후두둑 소리와 함께 잘린 어깨와 손목, 머리, 칼, 창들이 바닥으로 떨어진다. 빠르게 놈을 가르며 파고들던 산이 고개를 갸웃했다. 절단된 부분에서 피가 나지 않는다. 잘려진 것들은 수백 개의 실들로 연결되며 회수됐고 신속하게 다시 몸통에 접착되고 있다.

　―이거…… 꽤 골치 아프네. 재생하는 종류인데?

　―가운데는 어떨까요?

　―간격은 어때?

　―0.5초, 시행은 최소 3회.

　산이 놈의 위쪽 대각선 방향으로 길게 도약한다. 직경 60미터가 넘는 원형 진형의 중앙 부근. 스무 개가 넘는 창이 산을 향해 미사일처럼 날았다. 이어 수많은 칼끝으로 이루어진 돌기들이 해파리 촉수처럼 전 방향을 차단하며 좁혀들어 왔다. 그 모습은 마치 벌레를 잡기 위해 빠르게 닫혀가는 파리지옥을 연상시킨다. 산이 그 속으로 힘없이 툭 떨어졌다. 동시에 몸을 수평 방향으로 빠르게 회전시켰다. 회전하며 쭉 내뻗은 칼날에 걸리는 모든 것들을 쓸어간다. 첫 번째 회전에 반경 5미터에 이르는 곳에 있던 말들의 다리가 잘렸고, 두 번째 회전에 말과 마적이 상하로 양단되며 바다으로 무너져 내렸다. 세 번째에는 땅을 박차며 공중으로 스크루처럼 솟아올랐다. 뒤늦게 쏟아진 창들이 땅바닥에 박혔다.

여기저기 툭툭 뛰어다니며 중앙, 좌측, 후방까지 치고 빠지는 산의 연결 동작은 너무도 자연스러워 마치 거센 물결 사이를 거슬러 나가는 물고기 같았다. 비좁은 공간에 떨어진 데다 시퍼렇게 날 선 창칼이 마구잡이로 난무하고 있는데도 그의 동작은 여유가 있었고 아직까지 몸에 닿은 공격은 없었다.

- 어때?

- 힘 좀 쓰셔야겠는데요?

- 기준은?

- 2단계부터입니다.

산의 얼굴이 신중해졌다. 땅에 발을 디디며 우뚝 속도를 줄였다. 놈도 호흡을 고르는 느낌이다. 서로가 상대의 전투력을 가늠해보는 탐색전을 끝낸 모습이다.

산이 다시 치고 들어갔다. 이번에는 느린 속도였다.

깡.

첫 번째 격돌이 있었다. 산이 얼굴을 약간 찡그렸다. 엄청난 힘! 타격의 반동으로 몸이 뒤로 죽 밀렸다. 이번에는 놈이 반격해 들어온다. 놈의 창 세 개가 동시에 짓쳐들어왔다. 아래쪽 두 개는 흘리고 손을 뻗어 나머지 하나를 잡았다. 창대가 부르르 떨린다. 산은 버티지 않고 그대로 몸을 돌려 옆으로 흘려버렸다.

- 몇 개지?

- 최소 열 개체가 합쳐진 힘입니다.

―열이라…….

산이 놈의 공격을 피하며 다시 뛰어들어 갔다.

―약점은?

―컨트롤 센터를 파괴해야 합니다. 그런데 분산되어 있군요.

―봤나?

―아직…… 어느 놈 머리인 것 같은데요.

―아주 성가신 놈이네…… 휘저어 볼 테니 확인해봐!

산은 속도를 높였다. 공중에서 빙글 휘어들어 가며 말 머리에 발을 디딘다. 말머리가 퉁 하고 오른쪽으로 홱 돌아 튕겨 나갔다. 그 반동으로 산은 왼쪽으로 빠르게 이동한다. 그렇게 오른쪽에서 왼쪽으로 자연스럽게 이동해가며 산의 칼이 마적의 머리를 갈랐다. 순식간에 다섯 놈의 머리가 허공을 날았다.

―테스트, 전격…….

비연의 의념이 잠깐 울렸는가 싶더니 하얀 빛 다섯 줄기가 잠깐 번쩍하며 산의 전투 공간을 향해 짜르르하게 퍼졌다. 커다란 막의 일부분이 흠칫하며 출렁거렸다. 그러나 전격을 맞고 잠시 멈칫하던 머리들은 다시 주인의 몸에 연결됐다. 신경을 다시 연결하느라 눈을 희번덕거리는 모습이 기괴하다. 마치 그리스 신화에 나오는 '히드라'라는 괴물이 실제로 있다면 아마도 이랬을 것이다. 산의 칼이 현란하게 날았다.

그때 산이 얼굴을 찌푸렸다. 놈의 반응이 갑자기 빨라졌다. 공격이 자주 막히고 반격은 거세졌다. 아주 나쁜 소식이다. 놈은 학습을 한다! 더구나 전투가 진행될수록 몸 전체가 경화되며 물리적 충격에도 별 변화가 없다. 칠 때마다 금속성이 울려 퍼졌다. 공격하는 동작의도 점점 자유로워진다. 20개체의 힘이 제대로 뭉친 듯 엄청난 기운이 웅장하게 흘러나왔다. 산이 입술을 질끈 깨물었다.

그는 허공에 거짓말처럼 멈췄다. 아래에는 빽빽한 창칼의 숲이 만들어져 있었다. 그렇게 잠깐의 정적이 흘렀다. 산이 씩 웃더니 목을 좌우로 꺾었다.

─확인했나?

─대강 알 것 같습니다.

─이제 제대로 해보자고. 일단 두들긴다. 능력의 한계치까지는 가 봐야지.

─…….

비연은 뒤에 약간 떨어져 팔짱을 낀 채 산의 전투를 묵묵하게 쳐다보고 있었다. 표정은 스포츠 감독의 얼굴처럼 그저 침착하다. 그렇지만 그녀의 맑은 눈동자는 광활한 공간을 이리저리 툭툭 튀어 다니며 여기저기 찔러보는 사내의 모습을 끊임없이 쫓고 있다. 사내의 기세가 바뀌었다. 바야흐로 진정한 전투가 시작됐다.

"아아……."

레인은 입을 벌린 채 짙은 신음 소리를 흘렸다. 얼마나 꽉 쥐었는지 작은 주먹이 부들부들 떨리고 있다. 건은 반쯤 눈이 풀린 상태로 아래쪽에서 벌어지는 광경을 멍하게 바라보고 있었다. 그의 뇌리는 하얗게 비어 있었다. 그만큼 언덕 위에서 바라보는 전투의 광경은 그들에게는 난생처음 보는 기괴한 것이었다.

눈이 닿을 수 있는 모든 하늘에는 악마가 현신한 듯 불길한 먹구름이 가득 껴 있다. 컴컴한 대지 위에는 보랏빛 어둠 속에서 새하얀 광기가 넘실거린다. 전투가 벌어지는 현장에서는 여기저기 폭격을 맞은 듯 시커먼 회오리가 솟아올랐고, 파랗게 잘린 풀잎들이 거센 회오리에 말려들어 가며 하늘 높이까지 요동쳤다. 잿빛 먼지들이 미쳐 돌아간다. 그 가운데에는 생전 본 적 없는 거대한 괴물이 요동치며 사납게 포효하고 있다. 고막이 터질 듯한 굉음, 사람과 짐승이 얽혀 마치 1000명의 여자가 통곡하듯 대기를 찢는 소리. 놈이 내뿜는 충격파는 멀리 떨어진 이곳에 있는 그들의 옷을 부풀게 할 정도로 강력하다. 소름이 쫙쫙 끼쳤다.

'대체 저게 사……사람의 능력일까?'

그곳에서 한 사내가 괴물과 싸우고 있다. 믿을 수 없을 정도로 거대하고 강력해 보이는 괴물. 항상 거칠고 실없게 보였던 사내가 두려움도 없이 단신으로 그 괴물과 맞서고 있었다.

레인이 보기에 사내는 마치 허공을 자유롭게 날아다니는 새 같았다. 그가 하얀 칼을 휘두를 때마다 커다란 바위가 사방으로 터져 나가고 폭풍과 폭염이 그 뒤를 따랐다. 시커먼 하늘을 쪼갤 듯한 섬광과 벼락이 번쩍거렸다. 그때마다 거대한 괴물의 몸이 산산이 쪼개지고 분리되며 곳곳에 밝은 균열이 생겼다. 마치 천신이 강림한 것 같았다.

공격은 쉴 새 없이 이어졌다. 사내의 속도는 눈으로 따라잡지 못할 정도로 빨라졌으며, 괴물은 찢어진 천처럼 너덜거리며 고통스러워하고 있었다. 전투는 바야흐로 마지막으로 치닫고 있었다.

"우리도 전투에 참여하는 것이 맞지 않을까?"

동영이 말했다. 그러나 그 목소리에 자신감은 없었다. 그는 암검의 경지에 오른 특급무사다. 같은 특급이라고 해도 동명가의 특급은 격이 다르다. 하지만 지금의 그는 심하게 주저하고 있다.

"우리가 뭘 할 수 있을 것 같은데?"

동하가 간단하게 고개를 저었다. 고운 얼굴이 하얗게 질려 있다.

'지금 주변에 튀는 돌멩이조차 맞을까 봐 무서워 죽겠다고 이 사람아⋯⋯.'

그녀가 차마 입 밖으로 내지 못한 고백을 삼켰다.

기빈은 침을 삼켰다. 그는 대가의 전투를 많이 보았고 그 위력도 알고 있다. 그 자신도 1품의 대가를 이루었다. 게다가 누구에게도 드러낸 적은 없지만 이미 세 가지의 기예를 개발하고 있는 선무대가다. 그러나 그 강건한 몸이⋯⋯ 그 건강한 정신이⋯⋯ 지금 주인의 의사와 상관없이 떨리고 있다. 기빈은 눈을 비볐다. 어느새 약한 물기가 묻어 나왔다. 입술 끝에서는 피가 자작하게 배어 나오고 있다.

"나는 지금 대체 뭘 보고 있는 거지?"

기영은 눈을 질끈 감았다. 거센 먼지바람을 피해 눈을 가늘게 뜬다. 그러나 곧 그마저도 견딜 수 없어 고개를 뒤로 돌렸다. 돌아선 그녀의 눈에 언덕 위에 멈춰 있는 마차가 들어왔다. 그곳에서 레인의 '불안'을 보았고, 건의 '공포'를 확인했다. 그러나 그 옆쪽으로 시선을 돌면서 그녀는 눈을 조금 크게 떴다.

"저 대원들은 뭘 하고 있는 거지?"

에셴에서 온 사람들은 전투를 대비하여 무기를 챙겨 들고 모여 있었다. 그렇지만 그들의 태도에는 뭔가 이 상황과는 어울리지 않는 것이 있었다. 그들은 서로 모여 점잖은(?) 대화를 하고 있었다.

"5분"

"10분"

"15분"

"20분."

"25분? 더 없나?"

"농담하나?"

"자, 1통보씩 걸어!"

기영이 굉음 때문에 듣지 못했던 그들의 대화였다. 레인이 그들을 쳐다보며 고개를 갸웃하고 있다. 건은 코를 벌름거리고 있다.

─마무리하시죠?

─이제 됐나?

─허브(Hub)가 네 곳입니다. 명령 중추가 가장 활발한 곳은 좌표 ……입니다.

─형태는?

─토폴로지(Topology)…… 별 모양 네트워크입니다.

─최소 강도는?

─5단계입니다.

─최소 0.1초 간격으로 동시에 끝내야 합니다

─열을 세겠다.

─접수했습니다.

─하나, 둘, 셋…….

폭발적으로 공격을 가하던 산의 동작이 갑자기 멈췄다. 10미터 정도로 솟아올라 칼을 아래로 늘어뜨리고, 허공을 밟은 채 오연한 눈길로 아래를 바라보고 있다. 바람이 갑자기 멈췄다. 빽빽거리던 소리도, 굉음도 갑자기 사라졌다. 갑자기 모든 공간에 진공 같은 적막이 찾아들었다. 비검이 고개를 들어 하늘을 쳐다본다. 너울지던 막이 파르르 떨리며 불안하게 흔들린다. 그곳에는 허공을 밟고 있는 사내가 웃고 있었다.

―여섯, 일곱…….

"잘 놀았다. 공부도 많이 했고. 꽤 괜찮았어. 진보가 있더군. 카미제에게 이건 칭찬이라고 전해줘."

산이 비검을 바라보며 빙그레 웃었다. 그의 몸에서 옅은 빛이 번지고 칼에서는 영롱한 빛이 툭툭 터져 나온다. 비검의 표정에 진한 의문이 번졌다.

―여덟…….

비연이 한발을 앞으로 옮겼다. 그녀를 끝없이 경계하던 막이 파르르 진저리를 치며 모든 단말에 경계경보를 울렸다. 가장 신경 쓰이던 강적 하나가 드디어 움직인 것이다. 막 전체에는 팽팽한 긴장이 다시 감돌고 있다. 광기가 다시 치밀어 오른다. 말들의 신음 소리가 메아리처럼 울렸다.

―아홉…….

"까짓 거…… 쓰는 김에 한 번 더 죽어주지?"

산은 칼을 아래쪽을 향해 비스듬히 세웠다. 비검의 얼굴에 불안감이 스쳤다. 동시에 뭔가를 예감한 전신 카미제의 의지가 최후의 일격을 준비한다. 창과 칼이 활처럼 팽팽하게 뒤로 당겨졌다. 막이 팽팽해지며 끝없이 하늘로 치솟는다. 동시에…….

―열!

비연의 몸이 튕겨 나갔다. 제비같이 그들 속으로 스며들어 간다. 한 손에는 칼, 한 손에는 권총이 들려 있다.

탕.

첫 번째 총성이 울렸다. 총알은 왼쪽 외곽에 있던 한 놈의 머리를 그대로 관통했다. 외곽이면서도 움직임이 가장 느렸던 놈이다. 동시에 팽팽히 퍼져가던 왼쪽의 막이 축 늘어졌다. 비연의 왼손에 있던 단검이 허공을 가르며 날았다. 스크루 드라이버처럼 회전하는 단검은 중앙에 있던 흐물흐물한 놈의 머리를 뚫어버리고 이어 그 뒤에 있던 말의 머리를 그대로 관통하며 뇌를 헤집어버렸다. 중앙에 있던 다섯 기의 마적들이 갑자기 마비된 듯 동작을 멈췄다. 다시 오른손의 권총이 불을 뿜었다. 총알은 오른쪽에서 멀어지던 놈의 목을 뚫고 나갔다. 찰나간 오른쪽 모든 마적의 동작이 그림처럼 멈췄다.

셋.

비연이 움직이는 순간, 산은 동시에 비검을 향해 칼을 던졌다. 파랗게 빛나는 알칸의 뼈 칼은 믿을 수 없는 속도로 허공을 가르며 비검의 이마에 꽂혔다. 칼끝은 이마를 뚫고 목까지 잇는 선을 통과했고 칼자루는 얼굴을 그대로 밀어붙이며 비검을 말 위에서 떨어뜨렸다. 칼은 두개골의 두꺼운 뼈를 반쯤 부수고서야 비로소 멈췄다. 갑자기 모든 마적의 움직임이 마술처럼 멈췄다. '신'이 억지로 붙였던 것들이 이제 고통을 호소하며 땅바닥에서 주저앉았다. 신체 능력의 극한까지 끌어올렸던 기운도 급격하게 소진되어버렸다. 막은 녹아 없어지는 것처럼 스르르 사라져버렸다. 문득 비연은 하늘을 쳐다본다.

먹구름이 서서히 개고 있었다. 깡마른 먼 하늘에서 번개가 친다. 찢어발기는 듯한 천둥소리가 연이어 울린다. 한순간에 매체(媒體)를 잃은 전신 카미제의 의지가 분노하고 있는 듯…… 산은 칼을 천천히 집어 들었다. 왼손과 오른손 양손에 하나씩 칼을 쥐고 서서히 전진한다. 자기 앞의 공간에서, 신이 사라진 공간에서 인성(人性)을 포기한 '것'들을 향해 전진한다. 그리고 하나하나 알뜰하게 해체하기 시작했다. 그것은 삶보다 죽음을 호소하는 이상한 '존재'들에 대한 강력한 조소다. 신에 대한 비웃음이다. 제작자에 대한 조롱이다. 죽음을 행복해하는 기묘한 존재를 죽이면서도 산과 비연은 지독한 슬픔을 느꼈다. 그들은 반드시 물어볼 것이다. 이 세계를 창조한 자에게.

"이 따위 빌어먹을 세계를 만들고도 행복했냐? 그렇게 보기에 좋더냐?'

곁에서는 그 잔혹한 행위를 보고도 살아남은 자들이 구토를 하고 있다. 지독하게 해체되어 대지에 널브러진 삶의 파편들, 죽음의 흔적에 대한 그들의 첫 반응이다. 살아 있다는 증거를 확인하는 그들 나름의 고통스러운 배설이다.

하늘이 다시 열렸다. 찬란한 태양이 생명이 충만한 대지를 보듬는다. 다시금 다사로운 풍경이 펼쳐졌다. 산과 비연은 새롭게 바뀐 바람을 맞으며 길 위에 서 있었다.

─애쓰셨습니다.

─네 덕택이지. 꽤 까다로웠어.

─신의 권능은 정말 대단하네요.

─확실히 그랬지…… 그렇지만…….

─그렇지만?

─나는 네가 더 무서워.

─왜죠?

─그걸 이겨나가니까. 신을, 그 절대(絶對)라는 것들을…….

─…….

─장수해라. 이제 몸도 좀 사리고…….

─여자가 더 오래 산답니다.

─그래야지…….

비연은 멍하게 그의 뒷모습을 바라본다.

하늘은 놀랄 만큼 맑게 개고 있었다.

* * *

'어서 위엄을 갖춰야 해! 황녀로서…… 고귀한 사람으로서…….'

손은 여전히 부들부들 떨렸다. 다시 어깨 위에 머무는 햇볕은 이토록 따사로운데도! 한쪽 코에서는 말간 콧물까지 주르륵 흘러내렸다. 내면에 도사린 자존심이 내지르는 호소가 가슴 아프게 울렸다.

"이제 내려가셔야죠? 바닥이 찹니다."

레인은 흠칫 고개를 들었다. 한 사내와 눈이 마주치고는 살짝 고개를 옆으로 돌렸다. 예킨이라는 청년 무사다. 에센 백작의 둘째 아들이라고 했던가…… 주변을 살폈다. 모두 먼저 내려간 듯하다. 그는 아마 자신 때문에 아직까지 남아 있는 것이리라. 레인은 새삼 자신의 모습을 돌아본다. 꼴사납게 다리가 풀려 바닥에 풀썩 주저앉아 있다.

'이 무슨, 의연하지도 못하고 아름답지도 못한 모습이람!'

그녀는 분연히 일어나고자 했다. 그렇지만 허약한 다리가 아직 주인의 명령을 받을 처지가 안 된다고 알려왔다. 레인은 품에서 손수건을 꺼냈다. 호흡을 가다듬으며 얼굴을 천천히 닦았다. 눈물과 땀과 콧물이 먼지와 함께 까맣게 묻어 나왔다. 턱을 만져본다. 얼마나 악물었는지 턱과 이가 얼얼하다. 그러나 레인의 시선만은 여전히 한곳에 멈춘 채 흔들리지 않았다. 그곳에는 상단의 인물들과 자연스럽게 이야기하고 있는 사내와 약간 떨어진 곳의 바위에 편하게 앉아 뭔가를 적고 있는 여자가 있었다. 그간 참 익숙해진 모습이다. 그러나 레인에게 그 평범한 모습이 이제 너무도 생소했다. 문득 아까의 장면이 겹쳐지며 다시 등 뒤에서 도는 오싹한 소름에 레인은 진저리를 쳤다. 손을 살짝 뻗자 예킨이 그녀를 부축했다. 레인은 일어서는 와중에서도 생각했다. 이 엄청난 사건 앞에서도 이 백작가 사람은 의연하구나. 표정은 부드럽고 움직임은 능숙하다. 아마 이런 경우가 처음이 아니라는 것이겠지…….

몸의 떨림이 조금씩 진정되자, 멈춰 있던 머리가 다시 돌아가기 시작했다. 이제 상황이 보이고 계산 본능이 작동하기 시작한다. 그 본능은 이 상황을 반드시 기억하라고 충고한다. 천재, 레인의 시선이 비로소 주변으로 찰칵거리며 서서히 돌아간다. 동명가의 인물들이 보였다. 전투가 끝났는데도 거의 움직이지 않는다. 그들의 시선은 사내보다도 여자에게 많이 머물고 있었다. 무기의 동명가라…… 그 옆에 있는 사람은 기장가의 인물들…… 기빈은 서 있고 기영은 앉아 있다. 둘은 매우 심각한 표정으로 대화를 하고 있다. 조직의 기장가라고 했던가?

레인 자신이 보기에도 불가사의한 상황이었다. 저런 괴물이 존재한다는 것 자체도 놀라운데 그 괴물은 사내가 뿜어내는 그 어마어마한 공격에도 죽지 않고 재생되는 불사신이었다. 그런데 저 여자가 전투에 개입하자마자 그냥 무력하게 해체되어버렸다. 대체 무슨 일이 있었던 것일까?

그리고…… 에센의 대원들. 그들은 어느새 아래로 내려가 있었다. 이미 조별로 무장한 채 전투 현장의 뒷정리를 하고 있다. 부상이 가벼운 마적들이 다시 저항을 시도했지만 모두 제압되고 상황은 정리된 후다. 그들은 의연해 보였다. 마치 항상 즐기던 경기처럼 마적들은 너무도 간단하게 처리됐다. 조직적으로, 깔끔하게, 그리고 아주 빠르게…… 그런 대원들의 모습은 놀랍도록 자연스러웠고, 이상한 느낌이지만 참으로 늠름해 보였다. 레인은 눈을 깜빡였다. 촌스럽고 순박한 시골 무사가 무기 하나 들었다고 저렇게 바뀔 수도 있는 건가? 그러면 그동안 자신이 보았던 것은 대체 무엇일까?

마지막으로 그녀의 옆자리에 있을 건. 그가 아마 가장 많이 놀랐을 것이다. 레인은 눈살을 조금 찌푸렸다. 건이 없었다. 눈으로 그를 찾았다. 건은 제법 떨어진 언덕에 쭈그리고 앉아 있었다. 아래쪽을 바라보고 있다. 그가 바라보는 쪽에서 두 사람이 말을 몰아 천천히 다가오고 있는 중이다. 레인의 눈이 가라앉았다.

'저 녀석의 수호무사인 세염과 세겸 형제이겠군. 한선가 출신의 대가라고 들었는데…… 그런데 왜 지금 모습을 드러낸 걸까? 멀리서는 지킬 수 없다는 판단이 선 건가?'

* * *

"저 친구들, 생각보다 참을성이 없네." 산이 중얼거렸다.

"그러게요. 많이 불안했던 모양입니다." 비연이 대꾸했다.

"한선가 영감님에게서는 별다른 이야기가 없었나?"

"그냥 알아서 하라고 했답니다."

"골치 아픈 친구야. 골려먹는 재미는 나름 있지만……."

"이제 어쩌실 건가요?"

"어떻게 하겠어. 일단 떠안고 가야지. 그다음에 받을 건 받아야지.

그런데 어째 네 표정이 어둡다?"

비연은 손끝으로 메모장을 툭툭 쳤다. 흑연으로 그리던 소묘에서 검은 가루가 떨어져 내렸다.

"오면서 줄곧 생각했었습니다. 비검의 이야기를 들으면서 문득 어떤 생각이 떠올랐습니다. 그래서 소설을 써봤죠."

"소설? 주인공은?"

"우리 둘이죠. 조연은 제작자, 신, 용, 그리고 이 동네 사람들……."

"판타지 소설이겠군……, 우리 이야기가 재미있을까?"

"그런대로……."

"결말은? 해피엔딩이냐?"

"해피보다는 개피에 가까워지던데요?"

잠시 대화가 멈췄다.

"난 비극은 안 봐!" 산이 짧게 말했다.

"비극보다는 SF 서스펜스 스릴러에 가깝습니다."

"소설 시놉시스부터 들려줄래?"

* * *

"제발 나를 데려가 줘! 더 이상은 견딜 수가 없다고!"

건이 절규했다. 먼지와 땀이 범벅이 된 얼굴은 시커멓게 죽어 있다. 공포로 새하얗게 질린 표정이 안쓰러울 정도다. 공황 상태에 이른 몸은 아직도 부들부들 떨고 있었다. 호위무사 세염이 한숨을 쉬었다. 한선가 출신의 1품 대가로 그 정도면 고귀한 황태손의 호위로 부족함이 없는 사내다. 그는 신중하게 고개를 저었다.

"공자의 처지는 이해가 갑니다만 우리가 결정할 사항은 아닙니다."

"저놈들은 나를 죽일 거야! 봤잖아! 저건 진짜 괴물이라고! 사람이 아니야. 사람일 수 없어. 틀림없다고! 제발! 데려가 줘. 아무리 아버지의 명령이지만 난 살고 싶다고!"

건은 아예 무릎 사이에 고개를 묻고 흐느끼고 있었다.

"이것 참…… 난감하군."

곁에 함께 온 무사 세겸이 입술을 꾹 깨물며 형 세염을 쳐다본다. 그 역시 한선가의 대가다. 그렇지만 온갖 극악한 전투를 겪었던 백전의 용사인 그들도 이번에는 충격을 많이 받았다. 하물며 이 어린 황족이 받았을 충격이야…….

"국왕의 명령은 지엄합니다. 공자의 아버님은 제국의 다음 황제가 되실 가능성이 높은 분. 정녕 그분의 명을 어기실 생각이십니까? 한 번 어긋나면 다음 기회는 없습니다."

"나보고 더 이상 어쩌라는 말입니까? 레인과 동행하는 것은 그렇다고 해도 저들은 대체……."

"저 사람들이 레인 황녀님이 고용한 사람들인가요?"

"그렇다고 들었습니다. 저런 괴물들을 말이오! 이제 내가 할 일은 없다고!"

세염과 세겸은 서로 의사를 교환했다. 결론은 곧 나왔다.

"일단 우리 두 사람이 공자의 곁에서 같이 동행하도록 하겠습니다. 그 정도로 타협을 하시지요."

건의 얼굴은 조금 밝아졌다.

"뭐…… 두 분께서 곁에서 함께하신다면……."

***

"계속 따라가야 할까?" 동영이 물었다.

"자존심과 호기심 사이에서 선택을 해야 할 상황이지."

동하가 한숨을 쉬었다. 에센 영지에 머물며 여러 세력들의 상황을 밀착 감시하라는 것이 가문의 특명이었다.

"포기한다!"

동영이 바지를 툭툭 털며 일어났다. 동하가 팔을 잡았다.

"뭘?"

"가문에서 욕먹더라도 나는 따라갈 거야. 그러지 않으면 도저히 궁금해서 미쳐버릴 거야. 너는 혼자 돌아가든지 마음대로 해."

"이거 왜 이래? 나 혼자 미치라고 하면 곤란하지? 저들에게는 우리가 모르는 무엇인가 있어. 이 기회를 내가 놓칠 것 같아?"

***

"너는 무엇을 봤느냐?"

기장가의 기빈이 묻자 기영은 눈을 깜빡였다. 오빠의 목소리에는 약간의 떨림이 섞여 있었다. 정말 흥분하고 있다는 뜻이다.

"거대한 전투 조직을 보긴 했는데 뭔지 잘 모르겠습니다. 그런 방법으로 전투를 할 수 있다는 점에서 충격을 받았습니다."

"몇 개의 중심을 보았지?"

"두 개. 그게 제 능력의 한계였던 것 같습니다."

"그 완벽한 조직이 왜 깨졌을까? 단 네 방에 깨졌거든? 어떻게 그

취약점을 찾아냈을까? 궁금해 미치겠네."

"저들도 '통신의 능(能)'을 쓰지 않았을까 하는 생각이 드는데요. 솔직히 전혀 모르겠습니다. 오빠는 이제 어떻게 하실 생각이죠?"

"물론 따라가야지!"

기빈은 단호하게 말했다. 이 여행은 그가 생각했던 것보다 훨씬 재미있다. 그의 예민한 본능은 냄새를 맡고 있었다. 뭔가 새로운 것. 뭔가 흥분되는 것. 뭔가 위험한 것이 이 세계에서 태동하고 있을지도 모른다. 그리고 그것이 그가 반드시 봐야 할 것임을 예감했다.

* * *

"이 세계로 소환된 사람이 얼마나 될까요?" 비연이 물었다.

"글쎄…… 수백, 아니면 수천?" 산이 머뭇거렸다.

"정황으로 봐서 이 소환 작업은 적어도 몇백 년 이상, 아니면 1000년 이상 동안 진행된 초장기 프로젝트입니다."

"그렇겠지."

"비검은 소환자 모두가 우리를 알고 있다고 했습니다. 모두에게 정보가 공유되고 있다는 이야기지요. 우리만 빼놓고……."

"우리는 이상한 곳에서 이상하게 뜬 건가?"

산이 빙그레 웃었다. 썰렁한 농담에 비연의 굳은 얼굴이 조금 풀어진다. 그들은 곧바로 채널을 전환했다. 낮말은 신이 듣고 밤말도 신이 듣는다.

―비검을 보니 다른 소환자들도 비슷하겠죠?

―그렇겠지. 꽤나 강해졌더군. 사제가 그 정도면 완성된 사도는 정

말 강할 거야. 이제 비검은 왜 그냥 뒀지? 아예 태워버리면 부활도 안
될 텐데?

―카미제라는 신과 부딪치는 건 아직 사양하고 싶거든요.

―하긴…….

―상호 간의 전투력 측정이었다고 하면 카미제도 별로 억울하지는
않을 겁니다.

―그런데…… 그 판타지 소설은 어떻게 돼가냐?

―궁금하세요?

―그럼. 우리 운명이 어떻게 될까…… 참 궁금하지. 그게 소설이든
뭐든 상상을 할 수 있다는 게…….

비연은 잠시 생각을 정리하더니 어색하게 웃었다. 의념으로 이야
기 하는데도 자신감이 별로 없다.

―실루오네는 입장이 대강 이해가 되는데, 마스터의 행동은 전혀
이해가 안 가요. 용과 신들에게 넥타와 소환자를 공급하는 목적을 모
르겠고, 어떤 의도를 가졌는지도 모르겠어요.

―글쎄…… 그걸 알면 우리가 이러고 있겠냐?

산이 턱을 쓰다듬었다. 두 사람은 지금까지 제법 많은 정보를 모았
지만 핵심은 아직도 오리무중이다.

―그런데 마룡 실루오네는 일원이라는 존재에 대해 분명한 적대감
을 가지고 있었어요. 우리는 일원과 비슷한 향을 가졌다는 죄로 실험
용 모르모트 신세가 된 거고요. 마스터는 분명히 실루오네의 작업을
돕고 있습니다. 그것은 마스터도 일원 쪽은 아니라는 의미죠.

―결국은…… 뭐냐? 마스터와 용과 신이 연합하여 일원에 대한 쿠
데타라도 꾸미고 있다는 건가?

―비슷해요. 그리고 저는 선자(善者)라는 미지의 존재가 마음에 걸려요.

―선자?

―디테가 처음에 말했던 사탄, 파순, 로키, 세트라고 부르는 초인들이요. 실루오네가 인간의 몸을 가진 일원의 화신들이라고 말했던 자들과 동일한 존재들일 거예요. 최소 9단계의 가속을 넘겼다는 인간들. 실루오네는 우리를 분석하면서 그 힘의 비밀을 발견하고 싶어 했죠. 저는 마스터가 그들 중 하나가 아닐까 생각했어요. 일원의 힘을 가진 자들이니까요.

―흠…… 그건 일리가 있어.

산이 생각에 잠겼다.

―그러면 그 선자들이 이 프로젝트의 최종 보스일까?

―그렇다고 해도 문제는 남아요. 첫째는 일원의 화신인 그들이 왜 일원을 배신했느냐이고, 둘째는 일원은 왜 그들을 통제하지 못했을까 하는 겁니다. '마감'이라는 좋은 수단도 있었을 텐데요.

―그래서 네 생각은 어때?

―여기부터는 완전히 상상입니다. 사탄을 비롯한 선자들은 마감을 당한 상태였을 겁니다. 그렇지만 어떤 원인에 의해 다시 부활한 겁니다. 마감은 못 막지만, 부활은 가능하다고 했거든요.

―부활?

―지구에 등장한 신이나 성인(聖人)들을 보면 굉장히 짧은 기간 동안 활동하다 사라졌어요. 그렇지만 어느 신화에나 부활에 관한 이야기는 꼭 나와요. 우리가 이 세계에 와서 가장 황당했던 것이 부활이라는 사건이 실제로 일어난다는 것이었죠?

―하기야 여기서는 개나 소나 잘도 부활하더군. 그런데 누가 부활시킨 거지? 설마 일원은 아닐 거고?

―저는 용이라고 생각했습니다.

―용? 용이 왜?

―실루오네는 일원으로부터 독립하기를 원하고 있었습니다. 일원에게 뭔가 죄를 지었기 때문이 아닐까요?

―용에게 부활시킬 능력이 있나?

―어디선가 얻었을지도 모르죠. 수천만 년 동안 유전자를 가지고 놀다가 우연히 발견했을지도 모르고요.

―그럴듯한데? 그런데 선자가 부활했다면, 그 겁나게 센 놈들이 왜 직접 나서지 않았을까? 용도 잡을 수 있는 권능을 가진 자들이라 하지 않았나?

―우리와 같은 처지 아닐까요? 마룡이 바보가 아니라면 선자들을 부활시키기 전에 뭔가 장치를 해놓았을 겁니다. 결국 선자들도 용에게 뭔가를 의존하는 존재일 확률이 크다는 거죠. 아니면 아직 능력이 불완전하거나…….

―마스터는?

―그래서 모르겠다는 겁니다. 마스터가 선자라고 하면 다른 모순이 생겨요. 선자가 여전히 살아서 활동하고 있었다는 건데, 천사 리누엘과 가파엘은 일원의 화신은 아직 강림하지 않았다고 했거든요. 그리고 천사는 거짓말을 못해요.

―마스터가 용일 가능성은 없을까?

―용은 다른 세계의 존재를 소환할 권능이 없다고 했어요.

―참…… 어둠 속에 있는 미지의 존재군. 최종 보스답다고 할까?

마스터가 일원 자신일 가능성이 있나?

　—사실이라면 일원은 심각한 정신분열증이라고 봐야 할 거예요. 하기야, 모르죠. 우리가 모르는 어떤 심오한 뜻이 있었는지도.

　—소설의 주인공은 어떻게 되나?

　—우리요? 마스터가 누구든 다시 만나게 될 겁니다. 그리 오래 놔둘 것 같지 않거든요. 우리는 준비를 해야 되고요. 그에게서 해방될 수 있는 무기를 만들며!

　—9단계면 되나?

　—그 이상까지 가야 할 겁니다. 만약 마스터가 선자급 이상이라면.

　—결국 실루오네가 원하는 대로 놀아줘야 한다는 거네?

　—그것도 그 이상을 해야 합니다. 실루오네가 제게 걸어놓은 마감을 해체해야 하니까요. 만약 제 생각이 맞다면…….

　비연은 눈을 가늘게 떴다. 침을 꼴깍 삼키는 소리가 크게 들렸다. 의념의 출력이 아주 낮아졌다. 비밀스러운 이야기를 할 때 비연의 버릇이다.

　—우리가 진행해온 마감 해체 작업은 현자와 선자들을 해방시키는 데 아주 큰 도움이 될 겁니다. 만약 성공한다면 그들은 일원이 걸어놓은 족쇄로부터 자유롭게 풀리게 될 것입니다.

　—결국 마룡들이 우리를 보호하게 된다는 건가? 만약 우리가 해체에 성공하면?

　—아마도…… 제작자가 직접 수습하러 나서게 되겠죠? 통제가 안 되는 강대한 것들이 세상에 풀려버릴 테니…….

　산이 눈을 크게 떴다.

　—야! 이건 진짜…… 판타지 소설이다. 신들의 전쟁인가? 라그나뢰

크(Ragnarök) 같은 거?

　─창조주가 등장하는 대목이니 아마겟돈, 최후의 전쟁이 더 어울리죠.

　─누가 착한 편일까?

　─이기는 편이겠지요. 독재자와 혁명가의 싸움일지도 모르고요.

　─우리는 뭐가 되는 거지?

　─아무것도 아니죠. 잘해야 보기 드문 표본 정도? 이 세계에서는 누구도 우리의 존재를 축복해줄 것 같지는 않네요.

　─아마도…… 일원이 제일 미워하겠군. 빨리 튀어야 되겠네.

　산이 껄껄 웃었다.

　─애써 일원을 찾는 것도 정답은 아닌 것 같습니다.

　─시한부 삶에다 실험용 쥐새끼에, 이 집 주인에게 걸리면 역시 죽는다? 우리 신세도 참 처량하군…… 아피안도 아니라면…… 이 세계에서 우리가 갈 곳이 없다는 건가?

　─그런 셈이지요.

　둘은 대화를 멈췄다. 돌아갈 수 없다는 증거는 어디에서든 튀어나왔다. 운명을 저당 잡힌 삶, 철저한 이방인. 약간 떨어진 곳에서 에센 대원들이 유쾌한 웃음소리가 들렸다.

　산이 물었다.

　─그러면, 신은 어떤 입장이지? 우리 편이 될 수 있나?

　─신은 믿을 게 못 됩니다. 철저한 중립을 지킬 겁니다. 믿음을 먹고 사는 존재의 특징이죠. 불안과 불확실성이 커질 때 신들의 사업은 번성합니다. 전쟁과 혼란은 가장 좋은 사업장이고요.

　연이 싸늘하게 답했다.

―그렇게 되나? 별로 좋은 동맹은 아니군.

두 사람의 표정은 담담하다. 그 속에 아픔의 흔적은 있었지만 슬픔
은 없었다. 그들은 슬퍼하지 않는다. 그들의 길은 언제나 막다른 골
목으로 이어져 있고 퇴로는 끊겨 있었다. 지금이라고 다를 게 있나?

―그래서…… 네 생각은?

산이 물었다.

―선택은 세 가지입니다.

―첫째는?

―실루오네에게 붙는 것.

―장점은?

―비검처럼 불사의 몸과 극한의 쾌락을 누리면서 영원히 살게 될
겁니다.

―단점은?

―스스로의 존재 자체를 증오하게 될 겁니다.

―둘째는?

―일원과 협상하고 다시 지구로 보내달라고 하는 것.

―장점은?

―귀환할 가능성이 크다는 것.

―단점은?

―모든 것이 불확실하다는 것입니다. 우리를 이 세계로 불러온 목
적이 이루어지기 전까지는 협상조차 어려울 겁니다.

―자네 선택은?

―세 번째입니다.

두 사람의 눈이 마주쳤다. 비연은 미소를 짓고 있었다. 산은 그 미

소가 어느 때보다도 싱그럽다고 생각했다.

─정면 돌파겠지? 인간으로서…….

─그렇습니다. 여태까지 우리가 그랬듯이.

─우리 자신을 믿자? 용과 대적하고, 신을 이용하고, 제작자를 견제하며…….

─지상에 인간의 영역을 구축하는 것이지요. 아무리 약해도 아무리 작아도 인간으로서 싸울 겁니다. 이곳 인간 각성자들과 연합도 하고…… 호호.

비연이 크게 웃었다.

─진짜 스릴러 맞군. 재미있겠다…….

─재미있는 게임입니다. <워크래프트>는 저리 가라예요.

비연이 작은 주먹을 꼭 쥐었다. 산은 작게 하품을 했다. 쓱 닦아낸 손등에는 물기가 조금 묻어 나왔다. 터덜터덜 앞서가던 산이 아주 작게 중얼거렸다.

"고맙다."

"무슨 말씀을…….."

산과 비연은 또 결정해버렸다. 두 사람의 가정과 추정이 옳지 않을지도 모른다. 그릇된 전제에서 출발한 결론 역시 엉뚱하게 났을지도 모른다. 그렇지만 그들은 상상을 멈추지 않는다. 두 사람은 상상을 통해 진실에 접근해가고 있었다. 그렇지만 그 진실조차도 진실이라고 보증할 근거는 어디에도 없다. 정확한 1미터는 이 세계에 존재하지 않는다. '참값'을 설정할 수 있을지는 몰라도, 참값을 측정하는 것은 불가능한 법이다.

비연이 기지개를 폈다. 이제 밥 먹을 시간이다.

* * *

"어떻던가요?"

여자가 물었다. 명료하면서도 어딘가 나른한 느낌의 목소리다.

"귀하가 헤아리신 바와 같았습니다. 신체적 능력은 물론이고, 정신적으로도 커다란 진보가 있었더군요. 많이 놀랐습니다."

남자가 답했다. 그의 눈길은 탁자를 톡톡 두드리는 여자의 손끝에 멈춰 있었다. 손가락은 하얗고 적당히 길다. 두드리는 소리에 묘한 박자가 있다. 그 박자에는 아마도 깊은 고민이 함께 실려 있을지도 모른다.

"카미제는 많이 실망했겠네? 그래도 명색이 전쟁의 신인데, 첫 번째 전투 실험에서 그렇게 일방적으로 깨졌으니…… 호호."

여자가 찰랑거리는 긴 머리카락을 뒤로 넘기며 밝게 웃었다. 흑단같이 빛나는 머리카락이 어깨를 감아 돌며 아래로 흘렀다. 금속성 광택이 도는 검정 원색으로 약간의 계조(階調)만 있는 드레스셔츠가 깔끔한 느낌을 준다. 여자의 하얀 얼굴과 갸름한 목선을 거쳐 가슴으로 이어지는 선에서 미묘한 볼륨감이 느껴진다. 옷차림은 단순하지만 값싸게 보이지는 않는다. 아마 지구 20세기 후반을 지배했던 미니멀리스트가 그녀를 보았다면 환장하며 박수를 쳐주고 싶을 것이다.

"그럴 겁니다. 같이 소환된 인간들인데도 능력 차가 너무 크게 벌어졌어요. 카미제는 조급할 겁니다. 그래도 매우 요긴한 전투 자료를 얻었으니 또 크게 진보하겠지요."

40대쯤으로 보이는 사내가 검은 턱수염을 쓰다듬었다. 수수한 차림으로 보이지만 이 시대의 귀족이 즐겨 입는 붉은 광택의 고급 비단으로 만든 값비싼 옷이다.

"실루오네가 보내온 자료는 어떻습니까? '가속'의 기제(mechanism)는 어느 정도 규명이 됐답니까? 지난번 결과는 아주 흥미롭던데……."

여자가 다시 물었다. 손가락은 여전히 탁자를 두드리고 있다.

"급진전을 보이다가 지금은 소강 상태에 있다고 합니다. 1차와 2차 가속은 인간의 물리적 한계를 끌어내는 것이기 때문에 구현 구조가 비교적 간단했습니다. 그렇지만 3차부터는 많이 다릅니다. 정신과 육신이 서로 공명해가면서 새로운 진화를 촉발하는 방식으로 전개됩니다."

"그렇지요."

"문제는 정신과 육신의 결합 방법이 너무 많아서 통일성 있는 규칙을 찾아내기 어렵다는 것이지요. 사실은 무한대에 가깝습니다. 무예뿐만 아니라 공방, 예술, 학문, 심지어 상업에서까지 이론적으로 각성자가 존재할 수 있습니다."

"그런데 뭐가 문제지요? 새삼스러운 이야기는 아닌데……."

"그 두 인간 표본은 기존 방법과는 다른 접근 방식을 보였습니다. 아주 달라요. 결과는 놀랍습니다. 동시에 구사할 수 있는 기예가 최소 다섯 가지를 넘었어요. 그런데 지금 6단계 가속까지 진전되고 나서 진도가 거의 제자리를 맴돌고 있다는군요."

여자의 표정이 조금 변했다. 처음으로 관심을 보였다.

"호오…… 벌써 6단계라. 정말 빠르네요. 그렇다면 어떤 규칙을 발견했다는 이야기인데…… 구조를 분석해보셨나요?"

"구조라고 하셨나요?"

"규칙이 있다면 반복되는 구조(構造, structure)가 있다는 것이고 구조가 있다면 구성 요소(要素, element)가 있다는 것입니다. 우리는 그 요소가 무엇인지 찾아내야 합니다. 말씀하신 대로 그들이 다섯 가지 이상의 서로 다른 기예를 한꺼번에 보여줬다면 그들이 '가속의 구조'를 알고 있다는 증거입니다. 그것은 그들이 이미 '법칙'을 찾아냈을 가능성이 높음을 시사하지요."

"법칙이라…….."

"영악하군요. 의도적으로 감추고 있는 겁니다. 그것을 이끌어 내려면 보다 높은 수준의 실험이 필요할 겁니다. 이미 6단계를 돌파했다면, '전투현자'를 보내서 잡아들여야 하지 않나 싶은데……."

"그건 곤란합니다." 사내가 고개를 저었다.

"그래요?"

사내를 바라보던 여자의 입꼬리가 약간 올라갔다. 그녀가 진중한 어조로 말을 이었다.

"어쨌든 그대 현명한 종족의 판단대로 하시겠지만, 이것만은 명심하세요. 가속의 단계를 높이는 것도 중요하지만, 모든 가속을 관통하는 통일 이론을 찾아내는 것이 더욱 중요합니다. 그 힘이야말로 진정한 의미에서 일원과 맞설 수 있는 핵심입니다. 창조의 힘이죠. 그건 그렇고, '마감'은 언제까지인가요?"

"그것이…… 바로 그것 때문인데, 사실은 아주 흥미로운 결과가 나왔습니다. 여자 표본의 몸속에 설치한 10년 기한의 마감이 꽤 이상한 거동을 보이고 있더군요."

"어떤……?"

여자가 눈을 조금 크게 떴다. 탁자를 두드리던 손끝이 멈췄다. 여자의 눈길을 정면으로 받은 사내는 눈을 가늘게 떴다. 이 여자의 저런 눈빛을 정면으로 받을 수 있는 존재는 아마 거의 없을 것이다. 그의 시선이 여자의 손가락 끝에 다시 멈췄다.

"첫째, 생체시계의 속도가 매우 불규칙합니다. 약을 먹였을 때도 반응의 형태는 미묘하게 달랐습니다."

"생체시계의 진행 상태가 불규칙하다? 수명을 10년으로 정했다고 했었나요? 너무 짧지 않았을까요?"

"일단 인간의 한계라고 알려진 7단계가 각성의 최종 단계라고 봤을 때 10년 정도면 필요한 모든 자료를 얻을 수 있을 것으로 봤었습니다. 유사시 현자의 약을 쓰면 계속 연장이 가능합니다."

"그런데…… 어떤 경향을 보이던가요? 속도가 불규칙하다는 건 고정된 마감 주기를 무언가로 조절하고 있다는 이야기인데……? 설마?"

여자의 눈빛이 갑자기 초롱초롱하게 빛났다. 이건 확실히 커다란 사건이다. 만 년을 산다는 용도, 일원의 화신이었던 선자도, 일원이 베푼 마감의 권능에 관한 한 그 어떤 방법으로도 그 진전을 늦출 수 없었다. 100년에 한 번씩 허락된 용의 난자에서 추출한 극미량의 아주 특별한 약으로 마감을 연장하는 방법 이외에는…… 그래서 수백 년간 개체 수를 늘리기 위한 필사적인 노력이 진행 중이다. 그 역할 때문에 용의 설계와 번식의 기제를 알고 있는 이 여자의 활동이 크게 제약을 받고 있는 상황이다. 그런데 인간이 스스로의 힘으로 그 속도를 변화시켰다고?

"측정상의 오류는 없었습니까? 약의 투입량은? 가속에 따라 연장된 수명의 보정은?"

"없었습니다. 우리 현자들은 그렇게 어설프지 않습니다." 사내가 단호하게 말했다.

"그렇다면 그들이 마감의 속도를 조절할 수 있는 무언가를 발견했다는 의미가 되나요?"

"그렇게 보고 있습니다. 문제는 그게 우연이었느냐 의도적이었느냐 하는 부분이지요."

"의도적이라고 보십니까?"

"설마…… 그 정도라고 생각하지는 않습니다. 그렇지만 그것도 확신하지 못하고 있습니다. 그 두 인간은 언제나 우리의 예측을 뛰어넘었습니다."

여자가 사내를 빤히 쳐다보고 있다. 그녀의 고혹적인 입술이 움직였다.

"이건 정말 놀랍군요."

"아직은 가능성이지만. 그래서…… 저는 그들이 근본적인 문제를 해결할 가능성을 가진 희망이라고 보입니다."

"우리의 족쇄를 근본적으로 풀어줄 희망이라…… 그럴 수도 있겠네요. 변수가 늘어나면 분석이 힘들지…… 참 역설적입니다. 결국 그토록 극복하고 싶었던 인간에서 우리가 살 수 있는 해답을 찾는다. 호호…… 재미있군요. 어찌 '그분'은 이리도 잔인하실꼬……."

여자가 하얗게 웃었다. 그 웃음이 잔잔하게 퍼져나갔다.

현자의 왕 '나쿤'은 몸을 약간 떨었다. 어쩐지 그 웃음이 처절하게 들렸다. 여자는 웃음을 멈췄다. 그리고 한참 동안 허공을 응시하다가 다시 입을 열었다.

"이 사실을 그대 나쿤 말고 누가 알고 있습니까?"

"실루오네, 그리고 우리에게 동조하는 용들은 알고 있습니다. 그렇지만 그들도 이미 마룡으로 변이하고 있는 중이니 정보가 새어 나갈 위험은 없습니다."

"다른 현자의 왕, 세눈은 아직 태도를 정하지 않았습니까?"

"설득 중이지만 아직 유보적인 태도를 보이고 있습니다."

"그가 『현자의 서』를 가지고 있지요?"

"그렇습니다."

"만약 아피안이 움직인다면 세눈을 가장 먼저 찾겠군요."

"아마도…… 그럴 겁니다. 『현자의 서』를 회수해야 할 것이니……."

"그대가 회수할 방법은 전혀 없습니까? 그대 역시 현자들의 왕이 잖아요?"

"세눈은 강합니다. 나와 그 둘 중 하나가 소멸하게 되겠지요. 또한 『현자의 서』에 기재된 '일원의 장(章)'은 세눈과의 합의 없이는 나조차도 열람이 금지되어 있습니다."

여자는 다시 손가락을 탁자에 톡톡 두드렸다.

"그 두 표본의 이름이 강산과 김비연이라고 했나요?"

"예, 285 세계에서 온 자들이지요."

"만약에 말입니다……."

"만약에……?"

여자는 나쿤의 얼굴을 빤히 쳐다보며 물었다.

"만약이지만, 그들이 정말 마감을 해체한다면 어찌하실 생각입니까?"

"전혀 새로운 차원의 초인이 스스로 태어나는 셈이지요. 자료 수

거 후 폐기해야 합니다."

"위험도는 어떻게 평가했지요?"

"만약 선무대가 상태로 7단계를 돌파했을 경우 최고급 '전투현자' 하나는 필패(必敗), 둘은 반반, 셋이면 신승(辛勝)으로 보고 있습니다."

"두 사람이니 최소 넷에서 여섯의 현자는 희생시켜야 한다는 뜻입니까?"

"그것은 각개 격파했을 때의 추정입니다. 둘이 함께라면 적어도 열은 가야 안전할 겁니다. 두 사람이 융합된 전투력은 우리도 짐작하기 어렵습니다. 지금까지의 전투 방식도 전혀 처음 보았던 종류고……"

"열이라…… 그 정도로 엄청난 피해를 예상하나요? 최고급의 전투현자라면 제작 기간만 200년이 걸리는데, 현재 마룡 측의 2000 정도 되는 현자 중 7단계에 이른 최고급 전투현자는 30이 넘지 않을 것이고…… 그러면, 나쿤 현자께서 보시기에는 그들의 전투력이 선자들의 현재 역량과 비슷하다고 판단하는 거군요? 가능한 이야기일까요? 일원의 화신이었던 선자와?"

"최악의 경우를 가정했을 때 그렇다는 것입니다. 하지만 그럴 가능성은 적다고 봅니다. 어쨌든…… 그들에게서 일원과 유사한 냄새가 나는 것은 확실합니다. 아마 그대가 제일 예민하게 느끼셨겠지만……"

"글쎄요? 내가 듣기에는 선자들이 나서주기를 원하는 것처럼 들리는군요. 아닌가요?"

"둘 중 하나를 우리가 맡으면 피해를 크게 줄일 수 있겠지요. 그것이 공평하지 않을까요?"

여자는 빤히 사내의 얼굴을 쳐다보더니 턱을 고인 채 눈을 감았다. 생각에 잠긴 모습이다. 현자 나쿤은 그녀를 힐끗 쳐다보다 밖으로 시선을 돌렸다. 밖에는 여름이 왔다. 꽃이 피지 않는 나무들이 무성해지고 있다.

세눈과 함께 최고의 현자라고 불리는 나쿤 역시 의자에 깊이 몸을 묻은 채 눈을 감았다.

다른 현자들의 평가와는 달리, 그는 앞의 여자가 정말 무서운 존재라고 평가한다. 이 여인은 부활한 선자 중 가장 신비롭고 부드럽지만 가진 능력조차 거의 알려지지 않은 존재다. 그렇지만 나쿤은 본능적으로 이 가녀리고 예쁜 여자가 어떤 포악하고도 무서운 선자보다도 훨씬 대하기가 어렵다고 느낀다.

'사탄'이라…… 맨 처음 태어난 인간이라고 했지…….'

* * *

"다들 모였으니 이제 이야기를 합시다."

산이 입을 열었다. 그의 표정에는 약간의 짜증이 묻어 있었다. 그는 뒷짐을 지고 앞을 천천히 주위를 쓸듯 눈길을 돌렸다. 그의 눈과 마주칠 때마다 사람들은 찔끔 움츠러들고 있었다.

지금은 저녁이다. 이곳은 쿠란트 시 외곽에 위치한 고급 여관이다. 우발적인 전투 후 반나절을 이동하여 이곳에 여장을 풀었다. 고위급 귀족(다른 사람들에게 레인과 건은 표면적으로 대공가의 귀족이라고 알려져 있다)과 왕족(절대무가)의 인물이 포함된 일행이니 쿠란트 시장이 직접 나서서 숙소를 배려해주었다.

산과 비연 일행도 엉겁결에 따라 들어갔다. 그들은 이곳에서 며칠 묵을 계획이었다. 일행은 짐을 풀고 막 저녁 식사 준비에 에 나섰다. 어두워져서 파장하기 전에 필요한 물건도 사야 할 것이고, 정비도 해야 한다. 그 바쁜 와중에 산은 대원을 보내 모든 사람이 앞마당에 모여달라고 전했다. 대부분 이러한 강압적인 태도에 불만이 있었지만 결국 일단 모여서 두 남녀 대장의 동정을 살폈다.

* * *

쿠란트 시는 산악 지대인 북부에서 비옥한 대평원으로 이어지는 중부로 접어드는 길목과 같은 곳에 위치한 국경도시이다. 이곳에서 신흥 군사 강국으로 떠오르는 서부의 피부노 후국(侯國)과 전통적으로 부자 나라로 통하는 동부 포란 왕국의 국경선이 만난다. 후국과 왕국이 인접한 국경을 따라 남쪽으로 내려가면 호리병 모양의 광대한 분지가 나오는데, 그곳은 양국의 완충지대로서 용병의 제국이라 부르는 절대무가 기장가가 위치해 있는 곳이다.

30여 명의 눈동자가 산의 입을 주목하고 있다. 그들은 여기저기 엉거주춤 선 채 떨떠름한 표정으로 사내의 이야기를 듣고 있다. 에센 백작가에서부터 함께 온 14명의 대원, 동명가와 기장가에서 합류한 4명, 황족과 그 호위 4명, 그리고 오는 길에 봉변을 당한 상단의 무사와 상인들이다. 그들은 산의 사나운 표정을 보고 점점 긴장하기 시작했다. 14명의 에센 대원은 이미 오른쪽으로 다섯 걸음 정도 빠져 있다. 산은 왼쪽에 모여 있는 사람들에게 시선을 돌렸다. 다들 고귀한

신분들이다.

"여기서 확실하게 해둘 것이 있습니다. 그전에 뭐 좀 묻겠소."

"……?"

"우리 에센 사람들의 목적지는 프리고진이요. 그런데 여러분의 목적지는 어디요? 왜 따라오는 거요? 우리가 이 여관에 굳이 그대들과 같이 묵어야 할 이유가 있는지? 이곳에 와서 그대들이 안내하는 대로 오긴 했지만 매우 불쾌하거든……?"

느닷없는 질문에 그들은 눈을 크게 떴다.

"우리는 프리고진에 갑니다. 동행을 원합니다. 서로 이로운 일 아니겠습니까?"

한 사람이 질문과 동시에 씩씩하게 말했다. 사람들의 눈길이 그에게 쏠렸다. 기빈이었다. 기영이 옆에서 고개를 심하게 끄덕이고 있다.

"우리도 프리고진에 볼일이 있습니다. 같이 가기를 청하오."

동영과 동하가 질세라 바로 따라붙었다.

"그대들은?"

산의 눈길이 황실의 호위무사 세염과 세겸을 향했다.

"나는……."

건이 더듬거렸다.

"우리도 프리고진으로 갑니다. 이왕이면 같이 가면 좋지 않겠소? 짐은 되지 않을 겁니다."

세염이 건의 말을 자르며 간단하게 말했다.

"나는 청한 적이 없으니, 이미 짐이 되고 있습니다. 그쪽 상단도 마찬가지입니까?"

산은 세염의 말도 간단하게 무시해버리고 상인 도벨을 향했다.

"저희도 프리고진까지 상품을 가져가야 합니다. 호위무사를 여덟이나 잃었습니다. 저희도 동행하기를 청합니다. 물론 대가는 충분하게 치르겠습니다."

상단 지점장 도벨이 공손하게 말했다.

"거…… 재미있군. 우연히 만났는데 행선지가 죄다 같다? 이걸 어떻게 봐야 해?"

산이 비연을 향해 물었다.

"다들 갈매기 우는 사연이 있겠죠. 그나저나 밥값은 해야 되는데 일은 제대로 할지 몰라."

비연은 그들을 쳐다보지도 않은 채 시큰둥하게 말했다. 사람들이 잠시 움찔했다. 역시 여자가 더 무섭다는 느낌이 척수를 주르륵 훑고 지나갔을지도 모른다.

"여러분의 생각이 그러하다면 나도 반대하지는 않겠소. 뭐…… 제 발로 따라온다는데 내가 말릴 자격은 없겠지. 그렇지만 낮에 겪었듯 우리가 가는 길에는 어떤 일이 생길지 모릅니다. 또한 우리 에센 사람들에게는 가급적 안전하며 짜증 나지 않고 유쾌한 여행이 되어야 하기에 그대들에게 몇 가지 약속을 좀 받아야겠소."

"무슨 약속인지 먼저 들어봐도 되겠습니까?"

상인 도벨이 떠듬거리며 물었다. 상인의 본능이다.

"내 제안에 불만이 있다면 같이 가지 않아도 좋습니다. 가고 안 가고는 잘난 여러분이 선택하기 나름일 거요. 어때? 공평하지요? 또한 만약 동의하지 않는다면 우리 일행과 최소 두 시간 거리는 유지해주기를 바라오. 그러지 않는다면 우리에게 비우호적인 집단으로 간주할 거요. 여기서 비우호적이라 함은 적대적이라는 의미까지 포함합니다. 자…… 이제 내용을 들어보겠습니까?"

"듣겠습니다."

"첫째, 서로 존중하는 분위기로 여행할 것. 특히 신분을 내세워 놀고먹는 것은 용납하지 않습니다. 만약 우리 대원이 여러분에게 하인이나 노예처럼 부당한 대접을 받았다면 나 역시 그대들에게 똑같은 대접을 할 것입니다. 나는 아까 숙소에서 그대들처럼 뒷짐 지고 실실 놀면서 우리 대원들에게 함부로 일을 시키는 꼴은 못 봅니다. 이 약속에 불만 있는 사람은 뒤로 빠지시오!"

산이 내뱉듯이 말하고 사람들을 쳐다보았다. 아무도 움직이지 않는다. 마치 석상이라도 된 것 같다.

"둘째, 그대들이 평소 뭘 하든 상관하지 않겠지만 유사시 혼자 빠지는 것 역시 용납하지 않습니다. 특히 전투가 벌어지거나 대책을 세워야 할 때 혼자 빠지는 행동은 결코 용서하지 않을 겁니다. 나는 성질이 더러워서 뒤로 빠지는 사람은 사람 취급을 안 하거든? 아마 미친개처럼 두들겨 맞을 수도 있겠지. 어떻소? 같이 하겠소? 싫은 사람은 뒤로 빠져주시오."

"……."

"셋째, 모든 일정과 계획은 철저하게 우리 에센 사람들에게 맞춰주시기 바랍니다. 물론 협의는 언제나 가능하고, 계획은 모든 의견을 반영하여 합리적으로 결정할 것입니다. 불만이 있을 경우, 중간에 빠지는 것은 말리지 않습니다. 두 시간 거리만 지켜준다면…… 어떻습니까?"

"……."

"넷째, 나와 대원들은 모든 수단과 방법을 가리지 않고 여러분의 생명과 재산을 지키기 위해 노력할 것입니다. 같이 있을 동안은 여기 누구든지 형제자매처럼 대할 것이며 우리 자신을 지키는 것과 같은 중요도로 여러분을 돌볼 것입니다. 여러분도 우리에게 그렇게 해야 합니다. 하시겠습니까?"

역시 말이 없었다.

"마지막으로, 어떠한 경우라도 프리고진까지 가는 동안에 생긴 일로 앙심을 품고 우리를 핍박하거나 해롭게 하지 않는다는 서약을 해주셔야 하겠습니다. 이 서약은 여러분의 명예를 걸고 보증할 수 있는 형식으로 해주시길 바랍니다. 쉬운 말로 서로 뒤통수를 치지 않겠다는 약속을 하자는 겁니다. 나도 약속하겠소. 결코 여러분들과는 적대하지 않을 것이오. 그러나 약속을 어기는 사람에게는 반드시 대가를 치르게 할 것입니다. 어떻습니까? 하겠습니까?"

반대는 없었다. 빠지는 사람도 없었다. 다들 목적이 뚜렷한 사람들이다. 그렇지만 마음은 결코 유쾌하지 않을 것이다. 어쩌면 고귀한 신분으로 누려왔던 모든 태도와 습관을 바꿔야 할지도 모른다. 또는 무가에서 수련생도였을 때의 고달픈 수행을 떠올리게 될지도 모른다. 전혀 익숙하지 않은 계급의 사람들과 '평등'한 입장에서 동행한다니…….

산은 정말 모두에게 서명을 받았고, 그 자신도 서명을 했다. 산의 모습은 진지하고도 엄숙했다. 그의 태도는 견고했으며 그 자리에 있는 모두의 의심을 차단했다. 사람들은 마치 전쟁에 임하는 사람들처럼 엄숙하고 굳은 표정들로 서약에 임했다. 서약이란 원래 그런 것이다. 형식이 어찌됐든 사람과 사람 사이를 '공식적인 관계'로 전환하는 것을 뜻한다. 가벼운 서약이란 존재하지 않는다. 약속을 가볍게 어기고 오해를 밥 먹듯이 생산하는 하찮은 존재는 있을지 몰라도.

─일단은 정리가 된 것 같네요. 그런데 너무 세게 나가신 것 아닌지요?

─그렇지 않아. 이번에는 대가가 셋이나 포함된 무리다. 꼴을 보니 대가란 놈들은 장군급이야. 통제가 불가능한 자유를 누리는 것 같더군. 왕족의 예우를 받는 절대무가 사람들도 사정은 마찬가지고. 그런 자들이 합류했다는 건 우리에게 원하는 것이 크다는 거지. 목적을 위해서라면 아마 뭐든 할걸? 초장부터 기강과 기율을 제대로 잡지 않으면 우리 조직은 그냥 주눅 들며 와해될 수 있어. 순식간에 개판 되는 거라고. 우리는 그런 꼴 못 보잖아?

─이제 대원들 기를 살려야 되겠네요.

─저 친구들? 더 살릴 게 있나? 이미 충분히 간이 부어서 이제 눈에 뵈는 게 없을 정도인데?

─저들은 우리와 다른 사람들입니다. 서로 적응이 필요하다고요.

─적응?

비연이 방긋 웃으며 손을 흔들었다. 그녀는 뒤돌아 경쾌하게 걸어가더니 흥얼거리며 손을 흔들어 대원들을 부른다.

"오늘은 파티를 해야 되겠습니다. 향기로운 술을 준비하죠. 모닥불도 크게 피워야겠죠. 맛있게 구운 고기도 돌리고요. 악사는 악기를 준비하고, 무뚝뚝한 대장에게는 노래를 부르게 하고! 새로운 동료들의 이름을 기꺼이 부르며! 이제 우리 얼음을 깨야죠!"

"얼음…… 소주 칵테일……."

산이 중얼거렸다. 입맛을 다시며…….

"그런데 이번엔 뭘 부르나?"

초여름 저녁의 싱그러운 산들바람이 꽃을 피우지 않는 나무에 걸려 있다. 무성해진 잎이 바람결에 사각거리며 노래한다. 어스름한 어둠이 깔리는 조그만 정원 마당에서는 작은 모닥불 두 개가 소담하게 피워져 있고 사람들이 둥글게 앉았다.

두 대의 통기타가 경쾌하게 울렸다. 음유시인들은 새로운 연가(戀歌)의 형식으로 지은 노래를 새로운 방식으로 불렀다. 이윽고 함성이 울린다. 이어 남녀의 목소리가 어우러진 아름다운 화음이 퍼져나간다. 많은 손님들이 창밖으로 고개를 내밀고 있다. 1층의 벽돌 담장을 넘어 2층 테라스에서 사람들은 발끝을 세우고 얼굴을 앞으로 내밀며 연인의 손을 꼭 잡고 모여든다. 넉넉한 공간에 넉넉한 마음으로…….

"허…… 이것 참 난감하군."

시장의 행정집사가 고개를 흔들었다. 오늘 저녁에는 귀한 손님만을 위한 쿠란트 시장의 만찬을 제안하러 온 집사의 가슴이 가장 아플 듯하다.

* * *

일행은 쿠란트에서 5일을 더 머물렀다. 이곳까지 오는 데만 30일이 걸렸다. 쿠란트는 그들이 여행길에서 처음 맞이한 중견도시다. 제법 번화한 이곳에서 그들은 망가진 바퀴를 고치는 등 이것저것 정비도 하고 앞으로 함께할 새로운 일행과 함께 새로운 분위기도 다져야 했다. 적지 않은 인원이 함께하는 길이라 그 밖에도 챙겨야 할 일은 많았다. 무엇보다도 산과 비연에게는 시간이 필요했다. 부담 없이 시작한 여행이지만 그들은 결코 경계를 풀지 않았다. 새로운 모험을 시

작하기 전에 두 사람은 자신들의 목표를 재점검하고 전략을 정리할
필요성을 느끼고 있었다. 그들 입장에서는 다른 사람들의 생각이나
계획에 별로 관심이 없었다. 따라오고 싶으면 오는 것이고 가고 싶으

면 가는 것이다. 그들은 자신이 해야 할 일의 순서를 결코 잊지 않는다. 결코 방심하지도, 서두르지도 않는다. 한 발씩 그들 자신의 의지를 담아 또박또박 전진할 뿐이다.

반대로 레인은 극도로 긴장되는 나날을 보내고 있었다. 조금 과장하면 그 황제를 보좌한 이래 가장 심각하고도 불편할 정도의 긴장감이었다.

"이제 해야 할 일을 같이 준비해야 할 것 같소만……."

도시에 머문 첫날 아침 식사 후 산이 레인에게 처음 한 말이었다.

"어떤 준비를 원하시나요?"

레인이 침착하게 물었다. 대체 여기서 무엇을 준비한다는 말일까?

"먼저 공부를 해야겠지요." 비연이 대신 말했다.

"공부?"

"어떤 공부를 해야 할지 알려줘야 문제를 풀 수 있지 않나요?"

레인은 비연을 빤히 쳐다보았다. 그리고 고개를 약간 기울였다.

"그대들이 지금 내게 무엇을 요구하고 있는지 알고 있나요?"

"어느 정도는."

비연이 시큰둥하게 받았다. 레인의 입가에 보일락 말락 주름이 잡혔다가 펴졌다.

"황실에 관한 정보는 매우 엄중히 관리되고 있습니다. 그래서 함부로 알려줄 수 있는 것이 아닙니다. 나 역시 모든 것을 알지 못합니다. 내가 알고 있는 것들은 아직 확인된 것들이 아닙니다. 단지 추측일 뿐이지요. 여러분이 도와줄 일 중 대부분은 그것들을 확인해서 나에게 알려주는 것입니다. 그 이상을 넘어가면 위험합니다. 그대들이나 나나. 그렇지만……."

그때 레인은 슬쩍 비연의 표정을 보았다. 비연은 다른 곳을 보고 있었다. 이번에는 사내 쪽을 쳐다보았다. 사내가 고개를 끄덕거리고 있다. 그들은 서로 쳐다보며 빙그레 웃었다.

"거 봐라. 별거 아니잖아. 무슨 대단한 일인 줄 알았냐?"

사내가 여자에게 한 말이다.

"놀고먹는 유익한 여행이 되겠네요. 그 영감님도 참 호들갑은 여전해요. 생긴 풍모는 참 근사한데……."

"무슨……?" 레인은 말을 더듬었다.

"아! 모처럼의 휴식을 방해했습니다. 그럼 계속 편안한 휴식을 취하시길!"

사내가 밝은 목소리로 인사를 하며 돌아섰고 여자는 손을 흔들었다. 그리고 뒤도 돌아보지 않은 채 방을 나가 버렸다. 레인은 멍하니 그들이 사라진 곳을 바라보았다.

사실 레인이 앞서 한 이야기는 뭔가 중요한 것을 이야기할 때 무게를 잡기 위해 관습처럼 먼저 꺼내는 통상적인 말머리였다. 그것이…… 본론이 우아하게 나오기도 전에 그냥 까불다 밟힌 채 황천을 맴돌고 있다. 그것은 천재 레인이 겪은 첫 번째 좌절이었다. 레인은 교훈을 얻었다.

'이 사람들에게 허식과 허례는 딱 그 가치만큼만 대접을 받게 된다는 것.'

그날 오후 레인은 산과 비연이 있는 곳을 찾았다. 그리고 먼저 물었다.

"무엇을 알고 싶은가요?"

"일단 빈칸을 채웁시다."

두 사람은 바쁘게 움직이며 대구했다. 레인은 또다시 눈을 크게 떴다. 그들의 작업 공간에는 생전 처음 보는 것들이 꽉 채워져 있었다. 커다란 지도와 표, 그림, 여러 상징과 표식이 걸려 있고 중앙에는 모래와 흙, 나무 조각, 돌로 만든 사각의 틀이 자리 잡고 있었다. 수북하게 쌓인 종이 뭉치와 계산 도구들이 한 켠에 쌓여 있었고…….

"이것들은 대체 뭔가요?"

"처음 보시는 건가요? 이것들은 판단을 효과적으로 할 수 있게 도와주는 사고(思考) 도구들이랍니다. 여기 평면적인 도구는 '상황판'이라고 하고 이것 입체적인 것은 실제 지형지물과 거리를 이해하기 위한 '전술 모형틀'이라고 하지요. 꽤 쓸 만합니다."

"그대들은 내가 이리로 올 것을 알고 있었나요?"

비연은 대답 대신 고개를 갸웃하며 그녀를 빤히 쳐다보았다.

"왜 묻나요? 그리고 어떤 대답을 원하시나요? 그 대답에 어떤 가치가 있을까요?"

"……."

레인은 다시 숨이 턱 막혔다. 그야…… 당연히 알고 있었겠지. 그런데 자신은 왜 이렇게 허망한 질문을 했을까? 애써 확인한다고 바뀔 게 뭐가 있었을까? 알량한 자존심이 조금 상한 것? 레인의 얼굴이 다시 붉어졌다. 그때야 새삼 뭔가를 느꼈다. 자신이 습관적으로 입에 달고 다녔던 지독한 식언(飾言)들. 그리고 이 사람들은 그 짙은 화장을 병적으로 혐오하는 사람들이라는 것. 그리고 보니 이들의 화법은 정말 간결하다. 하지만 준비는 철저하고 행동은 과감하다.

레인은 두 번째 좌절을 느꼈다. 이들은 전문가다. 이들 세계의 표현으로 진정한 '프로'다.

"일단 앉으시지요."

사내가 의자를 권했다.

"……."

레인은 엉거주춤 앉았다. 그리고 진짜 전쟁 같은 3일이 폭풍처럼 흘렀다.

* * *

레인은 휴식을 취했다. 그들이 선물로 준 거울을 말끄러미 쳐다본다. 다른 것은 몰라도 이 거울은 정말 마음에 든다. 이 시대에도 귀족들만 쓰는 동판으로 만든 거울이 아니다. 어떻게 만들었는지 누런 빛깔도 없이 정말 맑고도 깨끗하다. 그 속에 익숙한 여자가 자신을 쳐다본다. 그 여자의 눈가에는 검은 띠가 둘러져 있다.

'폭풍 같은 3일이었어.'

레인은 문득 몸을 떨었다. 그러나 왠지 포만감이 느껴졌다. 레인은 작은 손가락을 꺾었다. 오도독 소리가 기분 좋게 울렸다.

"믿을 수 있겠어."

같이 작업을 하면서 두 사람의 작업 방식을 볼 수 있었다. 그녀의 예측과는 달리 그들은 직관과 감각으로 움직이는 무사들이 아니었다. 사실은 완전히 그 반대편에 있는 사람들이었다. 그들은 철저하게 기획(企劃)을 하고 그 기획을 현실화시킬 수 있는 계획(計劃)을 세워 일하는 사람들이었다.

그들은 문제를 먼저 정의했다. 문제가 무엇인지 파악하는 데 거의 반 이상의 시간을 투입했다. 어떤 정보도 무시하지 않고 어떤 징후도 그냥 지나치는 법이 없었다. 모든 것을 모아 가설을 세우고 예상 줄 거리를 만들어 집요하게 확인한다. 그리고 예상되는 줄거리별로 모든 가능성을 한꺼번에 늘어놓고 토론한다. 그 과정은 지나칠 정도로 치밀했고, 인과를 따지면서는 지루할 정도로 집요했다. 빤하게 보이는 문제도 그냥 지나치는 법이 없었다. 어떤 가설과 가능성이라도 허투루 다루지 않았다. 너무나 사소해 보이는 문제도 그들 스스로 납득이 될 때까지 파고들었다. 황실의 역사와 권력 구조, 정치, 경제, 사회, 교육, 예술, 문화, 의사 결정 체계, 사법 체계, 하다못해 주방에서 일하는 잡부들의 생활사까지…….

"이렇게까지 할 필요가 있을까요?"

레인이 조심스럽게 물었다. 사실은 엄청나게 짜증스러웠다. 너무 당연한 것을 집요하게 물어오는 이들이 혹시 장난을 치는 게 아닐까 의심까지 했다. 결코 자신보다 어리석지 않을 텐데도.

"필요? 어떤 필요를 말하는 겁니까?"

산이 되물었다. 그의 표정은 엄숙했다. 레인은 잠깐 고민했다. 어떤 필요라니?

"너무 당연한 것을 굳이 확인하는 것은 시간낭비가 아닐까요? 시간을 낭비할 '필요'가 없다는 의미입니다."

"당연한 것이라……?"

산은 주머니에서 동전 하나를 꺼냈다.

"이게 뭐죠?"

"동전입니다."

"어디에 쓰는 거지요?"

"거래를 할 때 씁니다."

산이 동전을 한 번 튕기더니 그대로 나무 벽에 던졌다. 동전은 쌩 날아가며 그대로 나무에 박혔다. 주변이 파르르 떨린다. 아마 사람이었다면 즉사했을 것이다.

"나는 나무와 거래를 했습니까?"

"……."

"다시 한 번 묻지요. 이게 뭐라고 생각하나요?"

산이 다른 동전을 꺼내 들고 물었다. 레인은 입술을 꼭 깨물었다.

"모르……겠습니다."

"동전으로서 당연한 역할을 하지 않았군요."

"……."

"참고하세요. '필요'는 쓸 사람이 정의합니다. 물건이나 사람이나 그 자체로 용도가 미리 정해진 건 없습니다. 우리는 책상머리에 앉아 이미 알고 있는 사실 따위를 해석하려고 이 짓을 하는 것이 아닙니다. 그리고 우리가 하는 일이 사람 하나를 더 살릴 수 있다면 또한, 내가 조금이라도 살아남을 확률이 커진다면 나는 얼마든지 시간을 더 낭비할 수 있습니다."

사내는 단호했고 레인은 반박할 수 없었다. 머릿속에서 무언가에 금이 가고 있었다. 완고하게 자리 잡은 선명한 그림들이 갑자기 흐릿해지고 속절없이 부서져버렸다. 과연 '필요는 사람이 만든다'는 말에 동의할 수밖에 없었다. 사람의 의도에 따라 어떤 것도 다른 모양이 될 수 있고 어떤 행동도 다르게 해석될 수 있다. 당연한 말이지만 그 당연함이야말로 이 사람들의 적에게는 결정적인 빈틈이 될 것이다. 당연함이란 곧 예측할 수 있음을 의미할 테니…….

닷새째 되는 날에 기본 계획이 완성됐다. 기획은 간명했고 계획은

치밀했다. 그리고 치열한 토론과 정리의 과정을 거쳐 머릿속에 일목
요연하게 요약되어 있었다. 레인은 숨을 크게 들이쉬었다. 그녀는 처
음으로 자신이 포함된 '거대한 판'을 보았다. 그 판에서 처음으로 자
유를 느꼈다. 다시는…… 다시는 스스로 천재라는 말을 입에 담지
않으리라. 토론은 생각했던 것보다 훨씬 위대하다.

'나도 살 수 있을지 몰라…….'

그들의 계획을 보고 나서 레인이 표현할 수 있었던 단 하나의 감
상이었다.

* * *

동산에 아침 햇살 구름 뚫고 솟아와
새하얀 접시꽃잎 위에 눈부시게 빛나고
발아래는 구름바다 천 길을 뻗었나……
산 아래 마을들아 밤새 잘들 잤느냐
나뭇잎이 스쳐가네 물방울이 날으네
발목에 얽힌 칡넝쿨 우리 발길 막아도
노루 사슴 뛰어간다. 머리 위엔 종달새
수풀 저편 논두렁에서 아기 염소가 논린다
가자! 천리 길! 구비구비 쳐가자
흙먼지 모두 마시면서 내 땅에 내가 간다
출렁이는 밤하늘 구름엔 달 가고
귓가에 시냇물 소리 소골소골 얘기하네
졸지 말고 깨어라. 쉬지 말고 흘러라

새 아침이 올 때까지 어두운 이 밤을 지켜라
가자! 천리 길 구비구비 쳐가자
흙먼지 모두 마시면서 내 땅에 내가 간다
- 285 에피소드, 위대한 음유시인 김민기, '천리 길' 중

* * *

찬란한 태양이 들판의 아침 이슬 위로 반짝 빛난다. 행진곡 풍의 노래를 흥얼거리는 소리가 작게 퍼져나갔다. 앞에는 다섯의 무사, 가운데에는 두 대의 마차, 뒤에는 스무 기가 넘는 무사들이 말을 타고 천천히 이동하고 있다. 볕은 따갑고 길은 끈질기게 이어진다. 해가 떠오르자 금방 땅바닥이 후끈 달아올랐다. 서쪽에서 불어오는 메마른 바람에 벌써 목이 칼칼하다.

일행은 피부노 후국의 국경을 지난 다음 몇 개의 영지와 도시를 더 지났다. 거친 산악과 계곡을 넘어가야 했고 지금은 메마른 땅을 지나 '잊힌 교국(敎國)'으로 접어들고 있었다. 들판에는 건조한 지역에서 자라는 잡풀이 자란다. 붉은 바위산이 양쪽에 버티고 있고 그 앞쪽에는 선인장과 비슷한 종류의 식물이 드문드문 군락을 이루고 있다.

"잊힌 교국이라……."

산은 낡은 이정표의 먼지를 털어내며 중얼거렸다. 얼마나 오래됐는지 살짝 만졌는데도 이정표의 모서리가 가루처럼 부서져 내렸다. 산은 손을 탁탁 턴 다음 눈을 가늘게 뜨고 앞을 쳐다보았다.

아스라이 먼 거리에 고색창연한 건축물이 보인다. 한때는 웅장하

면서도 장대했겠으나 오랜 세월에 온갖 풍상을 겪어 그저 회벽처럼 잿빛으로 보인다. 아침 햇살에 반사되는 부분만이 하얗게 빛났다.

'꽤 번거로운가 보네⋯⋯.'

산은 길가의 작은 바위에 걸터앉아 비연을 기다리고 있다. 그녀는 정찰을 나가 있다.

"우린 저주를 받을 거야⋯⋯."

뒤쪽에서 휴식을 취하고 있던 건이 혼잣말로 중얼거렸다. 그의 얼굴은 흙빛으로 죽어가고 있었다. 그의 곁에서 세염이 입맛을 다셨다. 세겸도 마찬가지였다.

"다른 길을 놔두고 왜 이쪽으로 왔을까? 그것도 하필 이곳으로⋯⋯."

"이것 참⋯⋯ 돌아가야 하나?" 세염은 입맛을 다셨다.

"무섭나, 기영?" 기빈이 물었다.

"예. 솔직히……." 기영이 손가락을 꼼지락거렸다.

"나는 재미있다. 온몸이 흥분돼."

"예?"

기영이 고개를 들어 오빠를 쳐다보았다.

"바로 이런 것이 진짜 모험이라고 하는 거지. 내가 하고 싶었던 것."

기빈이 주먹을 꾹 쥐며 호흡을 골랐다. 기영은 여전히 앞쪽에 장대하게 펼쳐진 잿빛 건물을 쳐다보고 있었다.

"불안해할 필요 없다."

"예?"

"여태 겪고도 모르나? 저들은 승산 없는 일은 하지 않아. 만약 저들이 멍청했다면 내가 따라오지도 않았을 거야."

"그렇다고 해도……."

"그만! 하물며 저 시골 출신 대원들도 저토록 의연하다. 기장가의 사람으로서 마땅히 갖춰야 할 기개를 잊지 말도록!"

"예……."

"전설로만 들었던 이곳에 직접 오게 될 것이라고 누가 상상이나 했을까? 예리아는 어떻게 생각해?"

레인은 작게 한숨을 쉬고는 앞을 힐끗 쳐다보았다. 그녀 앞에는 예리아가 무언가를 뒤적이며 열심히 계산하고 있었다.

"……."

예리아는 대답하지 않았다. 듣지 못한 듯하다. 비연에게 '잘' 배운 덕택에 이제 익숙해졌지만 그래도 계산은 매우 집중력을 요하는 작업이다. 레인은 그 모습을 물끄러미 쳐다보며 자신도 그 일을 해야 한다는 사실을 상기한다. 그녀가 가장 잘할 수 있는 일이 행정 업무다. 처음에는 이 여행에서 무슨 계산과 분석을 필요로 하는 작업이 있을까 했지만 곧 생각을 고쳐야 했다. 계산할 것은 차고도 넘쳤다. 측정과 측량, 지나친 지역의 특징에 대한 인문 지리학적 정리, 대원들이 관찰하고 수집한 자료들을 분류하고 집계하는 일들…….

'필요한 것들이겠지…….'

레인은 그렇게 생각을 정리했다.

"최악의 경우라도 죽기밖에 더하겠어요?"

계산을 마친 예리아가 고개를 들며 한마디를 보냈다. 레인은 대답하는 대신 입을 다물었다. 그 말투가 정말 아무렇지도 않다는 데 충격을 받았다. 또한 '정말 그렇겠다'라고 동의하고 싶었던 그 자신에 대해서는 더욱 충격을 받았다.

"어쩌실 생각입니까? 더 이상 나가면 곤란합니다. 지금이라도 돌아가야 합니다."

호위 무사장 가탄이 상단주인 도벨에게 말했다.

"글쎄요…….."

도벨이 수염을 쓰다듬었다. 그는 갈등하고 있었다. 그의 시선은 이 정표를 지나 아득하게 이어지는 길을 따라갔다. 그 길은 부채꼴처럼 양쪽으로 좁아지며 단 하나의 거대한 문으로 인도한다. 계단처럼 아래로 이어진 길을 따라 양쪽의 절벽이 만든 사잇길을 지나면 돌로 만든 대문이 나온다. 일단 이 길로 접어들면 다른 길로는 갈 수 없는 구조다. 그 뒤쪽은 '절대금역(絶對禁域)'이라고 알려진 신비의 영역으로 이어져 있다. 도벨은 이 길에서 기회와 위기를 동시에 보았다.

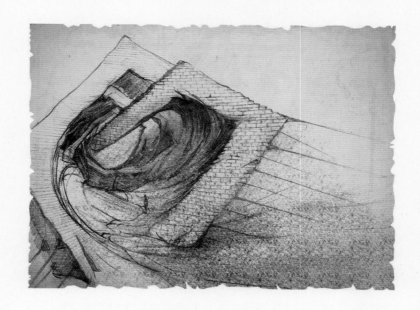

그것은 상인의 본능과도 같은 것이다. 상인은 가치 있는 물건을 찾는다. 위험이 크면 대가도 큰 법이다.

사내와 여인은 이곳에서 무언가를 본 듯하다. 영웅적인 능력을 보여준 사람들이다. 도요는 옆에서 손가락을 꼼지락거리며 앞을 쳐다보고 있었다. 그 시선에는 불안감과 기대감이 담겨 있다. 아울러 그녀와 유적 사이의 공간을 장악하며 이제 모두에게 커다란 존재감으로 자리 잡은 묵직한 사내에 대해서도.

*　*　*

잊힌 교국(敎國)!

이곳은 인간에게서 버려진 곳이다. 언제 지어졌는지, 언제 사람이 살았는지는 누구도 모른다. 다만 정말 오래된 곳이라는 것밖에는 알 수 없다. 수천 년에서 수만 년 혹은 수십만 년 전에 지어졌을 것이라는 설도 있다. 인간에 의해 버려졌을지라도 그 이름만큼은 잊히지 않았다.

이 세계에는 이런 곳이 네 군데 있다고 한다. 인간이 구축한 건물이지만 누구도 그 용도와 이유를 모르는 곳. 이곳에 대한 설들이 아마 수천 가지도 넘을 것이다. 그중에는 사실도 있겠지만 대부분은 음유시인이나 영웅담을 전하는 사람들의 상상과 전설이 빚어낸 허구들이다.

이곳에 대해 확실한 것은 세 가지다. 첫째, 대단히 위험하다는 것. 둘째, 인간의 역사가 생긴 이래 아무도 이 지역을 점령한 세력이 없었다는 것. 마지막으로 지금까지 모든 모험가들이 이곳에 들어간 뒤 소식이 끊겼다는 것.

출처가 확실하지 않은 전설과 신화들은 끊임없이 만들어졌다. 일부는 사람들의 상상으로 그려낸 것들이지만 일부는 이곳에서 나왔다는 물건들과 이곳에 관한 이야기를 전해준 '현자'라는 사람들에 대한 이야기였다. 또한 이야기 중 일부는 배타적이고 비밀스러운 의식을 중시하는 종교의 경전에서 나온 것이라고 했다. 전설에 의하면 이 지역의 역사는 까마득한 태곳적 '철족(鐵族)'이라는 강력한 종족이 지배했던 시기로 거슬러 올라간다. 당시에는 지금과 같은 사막이 아니라 대단히 풍요로운 숲과 호수가 있었다. 이 유적은 그때 건설된 철족의 신비한 신전 중 하나라고 한다. 철족은 전설 시대의 '황금족(黃金族)'에 이어 이 세계의 패권을 장악한 두 번째 종족이었다. 그들은 스스로를 수호자라고 칭했다. 또한 창조주로부터 다른 세계에서 온 사악한 신으로부터 세계를 지켜달라는 부탁과 함께 특별한 재능을 허여(許與) 받았다고 자랑했다. 그러나 이들은 너무도 오만했고 결국 인간을 잡아 실험을 감행했다. 그리고 창조주의 권능을 얻어가며 스스로 신이 되는 길을 택했다. 그리고 인간의 세계를 정복하기 시작했다. 철족은 꺼지지 않는 불과 신기한 쇠로 엄청난 위력의 신기(神器)들을 만들 수 있었으며 용과도 겨룰 정도로 실로 강하고도 용감했다고 한다. 그러나 그들의 행동은 창조신의 노여움을 샀다. 그들에 의해 세계의 멸망이 임박했을 무렵, 창조신은 초인으로 변해 세상에 내려왔고, 초인은 인간의 힘을 규합하여 이들을 패배시켰다고 했다. 그 다음부터 평인족(平人族)이라고 불리는 인간의 세계가 열렸다.

산은 비연을 기다리며 주머니에서 무언가를 꺼내 하나하나 넘겨

가며 찬찬히 살펴보고 있었다. 쿠란트 시의 골동품상에서 구입한 것이다. 이 근처 지층에서 발굴한 고대의 유물 중 하나라고 주장하던 아주 낡은 물건. 그러나 아무도 용도를 몰랐던 것.

'미국 동전 1다임(dime)이라…… 그것도 여러 개…… 대체 이 세계에는 무엇이 있었던 거냐?'

* * *

비연은 빠르게 이동하고 있었다. 그녀가 달리고 있는 곳은 유적을 한눈에 볼 수 있는 높은 바위 언덕이다. 이 근처에서 유적의 대강을 볼 수 있는 곳은 이곳뿐이다. 그래도 5킬로미터도 넘는 먼 곳에 있어서 윤곽만 아스라이 보인다. 대략 반경 10킬로미터에 이르는 지역 여기저기에 유적들이 세워져 있다. 그것은 마치 나스카의 유적처럼 누군가 하늘에서 그려놓은 듯 기하학적으로 배치되어 있었다.

'길은 거의 외길이라고 봐야겠군.'

유적으로 이어지는 길은 거의 직선으로 뻗어 있다. 길의 좌우에는 5미터 정도 높이의 절벽이 있고 절벽 지대를 지나면 양쪽으로 거친 바위 지대가 이어진다. 그곳으로는 말과 마차를 이끌고 갈 수 없다. 유일한 길은 계속해서 거대한 개선문과 같이 생긴 문을 지나 철골 구조물을 늘어놓은 것 같은 기묘한 폐허로 이어진다. 길 양쪽으로는 아즈텍 문명의 피라미드 같은 모습을 한 첨탑이 여러 개 배치되어 있다. 길은 오각형의 거대한 건물로 이어졌다가 다시 건물을 관통해 나와 뒤쪽 지평선까지 아득히 뻗어나가 있었다. 나가는 길의 양쪽에도 거대한 선인장 군락과 험악한 사암(沙巖) 지대가 이루어져 있어서 우회할 수 있는 길은 없었다.

비연은 바위 위에 편안하게 걸터앉아 건물의 모양과 배치를 응시했다. 가끔 고개를 들어 하늘을 쳐다보고 나침반을 들어 방위를 확인한다. 정찰한 내용을 스케치한 뒤 몇 가지 메모를 해두었다.

사람이 살기에는 불가능한 곳이다.

만약 주변에 숲이 있고, 물이 있었다고 해도 사람이 살 수 있을까?

바위산을 파헤친 흔적들이 곳곳에 있다. 석재를 채취한 것일까? 광물은?

주거지가 아니라면, 건물의 용도가 과연 뭘까? 신전? 요새?'

햇빛을 반사하는 것은 유리인가?'

미국 동전……, 오각형의 건물…… 펜타곤과 관련이 있나?

수로(水路)가 있다면 대체 어디냐? 지표수가 없으니 지하수인가?

메모를 마친 비연은 한숨을 쉬었다.

"이것 참…… 절묘하네. 전혀 각(角)이 안 나와. 우회할 수 있는 방법은 없어. 골치 아프네"

어쨌든 산과 비연은 반드시 들어가 봐야 할 곳이다. 문제는 다른 사람들인데…….

* * *

"이 결정에 불만이 있을 것으로 압니다. 그래서 마지막으로 확인을 하려고 합니다."

산이 일행을 다시 모았다.

모든 사람이 심각한 표정으로 산의 얼굴을 바라보고 있다. 조금 떨어진 곳에서는 비연이 무심한 표정으로 메모를 정리하는 모습이 보인다.

"보시다시피, 우리 앞에는 오른쪽 길과 왼쪽 길이 있습니다. 둘 다 프리고진으로 이어진다고 이정표에 표시되어 있군요. 나와 비연은 유적이 있는 오른쪽 길로 갈 생각입니다. 이것은 전적으로 우리 두 사람의 결정입니다. 이 선택이 매우 위험할 수도 있다는 것을 우리도 잘 알고 있습니다. 지금이라도 빠지고 싶은 사람은 말씀해주시기를 바랍니다."

산의 말투는 진중하고도 정중했다. 명령이 아닌 '제안'이었기 때문이다.

"왜 굳이 그 길을 택했는지 알려줄 수 있겠소?"

한선가의 대가 세염이 물었다. 사각형 턱에 선 굵은 턱수염이 수북히 난 사내다. 건이 극히 불안한 표정으로 그를 쳐다보고 있다. 그러나 세염은 뚜렷한 표정을 드러내지 않았다.

"우리도 알아야 할 자격이 있다고 생각합니다. 보물입니까?"

곁에 서 있던 세겸이 거들었다. 그는 세염과 쌍둥이 같은 용모의 소유자다. 그 역시 칼을 쓰다듬으며 산의 대답을 기다리고 있었다.

"반드시 확인해봐야 할 일이 생겼습니다. 우리 두 사람이 이 세상에서 헤매게 된 이유에 관한 것이지요."

산이 간단하게 대답했다.

"그 이유가 여기에 있다고 어떻게 확신하시죠?"

이번에는 동명가의 동하가 물었다. 그녀는 초롱초롱한 눈빛을 빛내고 있다.

"확인된 것은 없습니다. 그렇지만 우리 세상에서 익숙한 물건들이 이곳 근처에서 발견됐습니다. 그래서 반드시 가봐야겠다고 생각했습니다. 우회할 길이 있으리라 생각했지만 아쉽게도 외길밖에 없었습니다. 이곳이 마지막 갈림길입니다. 이제 선택을 하셔야 합니다."

이번에는 정찰을 마치고 돌아온 비연이 말했다.

"우리에게는 그 어떤 것보다 중요한 일입니다. 저희 입장을 이해해주기 바랍니다. 이제 어떻게 하시겠습니까? 그리고…… 이것은 레인님과 우리 에센의 식구에게도 해당되는 질문입니다."

비연이 쓸쓸하게 말했다. 두 사람은 이곳에 와서 처음으로 고향에 대한 단서를 발견했다. 아무리 약속이 중해도 직접 확인해야 한다고 생각했다. 비록 이곳 생활에 적응해가고 있다고 해도 이 원하지 않았던 초인 놀음을 앞으로도 계속할 생각은 추호도 없다. 이 침착한 사내도 며칠간 잠을 이루지 못할 정도로 흥분하지 않았던가?

"나는 안 가! 여러분도 마찬……."

건이 발작적으로 소리 지르다가 문득 주변을 돌아보았다. 그리고 입을 굳게 다물었다. 사람들의 반응은 그가 기대했던 것과는 매우 달랐다.

"이런 기가 막힌 모험에 기장가가 빠지면 섭섭하지."

기빈이 가장 먼저 건의 말을 밟았다.

"동명가가 무서워서 빠졌다고 소문나면 집에 가기도 전에 맞아 죽을걸……."

동영과 동하가 두 번째로 건의 말을 끊었다.

그 밖의 사람들은 자신의 입장을 밝히기 전에 일단 에센의 대원들을 바라보았다. 무사라고 하지만 가장 약한 사람들이다. 사실은 잡졸 수준으로 보였다. 그들을 짐꾼 이상으로 여기는 사람은 없었다. 하지만 이 두 사람과 생사고락을 같이하던 대원들의 반응이 궁금했던 것이다. 이들이 없으면 자신들이 매우 불편해진다는 현실적 이유도 있을 것이다.

"잠시 회의를 좀 하겠습니다."

예킨이 대표로 말했다. 조금 뚱한 표정이다.

"기다리지!"

산이 간단하게 말했다. 레인은 그 모습을 지켜보며 씁쓸한 표정을 지었다. 그렇지만 현명하게도 함부로 속단하지 않았다. 그들과 생활하면서 상식과 고정관념은 이미 신물이 날 만큼 깨져봤다.

상인 도벨과 도요, 그리고 가탄을 비롯한 호위무사들은 결단을 유보하고 있었다. 대원들의 반응은 그들의 예측 범위 내에 있었던 것이다. 사람들은 쓴웃음을 지었다. 그들의 모습은 주인의 의사에 확연하게 반대하는 행동으로 보였다. 그것은 이 세계에서 상상할 수 없는 일이었다. 마찬가지로 그들은 산과 비연의 대응 방식도 이해할 수 없었다. 만약 무가였다면 불복종의 죄를 물었을 것이다. 불복종이라면 그 처벌은 실로 엄중하다. 그것보다도 부하들에게 신뢰를 잃은 대장이라면 어떻게 그 인물됨을 믿을 수 있을까?

산은 무심한 표정으로 하늘을 쳐다보고 비연은 약간 떨어진 곳에 털썩 주저앉아 뭔가를 메모하고 있다. 한마디로 별로 신경 쓰지 않는 모습이다. 하늘은 눈이 부실 정도로 푸르고 맑았다. 그렇게 시간은 흘렀다.

* * *

"결과를 말씀드리겠습니다."

무려 한 시간의 난상토론 끝에 예킨이 찾아와 말했다. 눈을 아래로 깔고 발로 땅을 툭툭 차면서 약간 건들거리는 모습이다.

"결심이 섰나?" 산이 빙긋 웃었다.

"애초부터 반대하는 사람은 없었습니다. 단지 준비운동이 조금 필요하겠다는데요?"

"다시는 이 세상을 못 볼 수도 있다. 전설 속의 이야기라고 해도 험악한 소문이 퍼진 데는 반드시 이유가 있었을 거야. 이번엔 우리도 어떤 위험이 있는지 전혀 파악하지 못했다. 지켜주겠다는 보장도 할 수 없어. 그래도 가볼 텐가?"

산이 예킨의 얼굴을 빤히 쳐다보았다.

"출발할 때부터 각오했던 것들입니다. 지금에 와서 새삼 달라질 게 있을까요?"

"그래, 어떤 준비가 필요하다고 하던가?"

"건조한 지역에서 생활하기 위한 필수품들도 준비해야 하고, 나름대로 손발도 맞춰봐야 하고, 가져온 신무기들에 조금 더 익숙해질 수 있는 훈련 시간을 달랍니다. 물론 대장께서 가르쳐주셔야 하겠습니다."

"얼마나 필요한가?"

"5일입니다."

"좋군…… 그래, 그동안 많이 놀았지? 혹시 모를 전투에 대비한 최적의 몸을 만들도록. 나는 3일쯤 뒤에 합류하겠다."

"알겠습니다."

예킨이 목만 까닥하고 돌아섰다. 돌아서는 그의 귓전에 사내의 굵직한 음성이 스쳐간다.

"고맙다."

"별말씀을……."

모든 사람이 그들의 대화를 듣고 있었다. 레인은 침을 삼켰다. 그래도 목이 칼칼하고 자꾸 말라서 침을 일부러 만들어 내서 삼킨다. 날씨가 건조한 탓인가? 그렇지는 않을 것이다. 그들의 대화는 대단히 간결하고 거칠다. 그러나 레인은 느낄 수 있었다. 이런 것이 '가슴'으로 말한다는 말일까? 진짜 '신뢰'란 이런 느낌을 말하는 걸까?

상인 도벨은 여전히 묘한 불편함을 느꼈다. 대화를 이해하지 못해서가 아니다. 그가 주목한 것은 산과 비연의 방식이었다. 왜 아랫사람의 의견을 물었을까? 또한 두 사람에 비하면 한없이 하찮아 보이는 아랫사람의 태도는 더욱 이해할 수 없었다. 왜 저렇게 하나같이 거칠고 불량한가? 그가 보기에 저들은 기강이 잡혀 있는 집단이 아니다. 그렇다고 조직력이 없는 것도 아니다. 아니 짧은 시간 동안의 동행이지만 저 사람들은 그가 아는 어떤 조직보다 효율적으로 움직여왔다. 자신이 모르는 것은 무엇인가? 도벨은 마지막 결심을 굳혔다.

'이해할 수 없는 두 사람. 그리고 기묘한 태도의 대원들. 대체 이곳에서 무엇을 보려고 하는 것일까? 나는 그것이 알고 싶다. 어차피 모두 이 길로 간다면 다른 대안도 없지 않은가?'

레인 역시 입장을 정했다. 그들의 신뢰를 요구하기 전에 자신이 신뢰를 먼저 보여줘야 할 것이다. 그녀 자신의 가치가 이런 일에 목숨을 걸기에는 너무 비싸다는 생각도 들었지만…….

'대원보다도 신뢰할 수 없는 사람이 되어서는 곤란하겠지?'

* * *

"아직도 이해할 수가 없네."

동영이 작게 중얼거렸다. 머리를 쥐어뜯었는지 머리 모양이 아름답지 않다.

"저것은 무슨 무기일까…… 장난감도 아니고. 손 화살인 것 같은데 용도를 모르겠어. 위력도 전혀 없고…… 사거리도 그렇게 길지 않은데. 대체 뭐냐? 미치겠네…… 궁금해서."

동영이 연신 중얼거렸다. 그는 대원들의 훈련 장면을 보고 있다.

"글쎄, 대단한 것 같지 않은데?"

동하가 눈을 찌푸렸다. 조금 짜증이 묻어나는 목소리다.

에센의 대원들은 4인 1조의 3개조로 움직이고 있었다. 각 조는 칼, 창, 활, 그리고 특별한 화기(火器)를 보유하고 있다. 그들은 스스로 계획을 세워 훈련을 시작했다. 그렇지만 무가 출신의 무사들의 세련된 안목에는 대원들의 전투 연습이 너무도 조악하고 불필요해 보였다. 무기는 2급 이하의 초보 생도들이나 사용하는 목검과 몽둥이였고, 훈련 방식이 조금 특이하기는 했어도 실전과는 거리가 멀었다. 전투력이 떨어지는 음유시인 세실과 악사 혼비가 사용하는 무기가 그나마 동명가 무사들의 눈길을 끌었다. 그들은 왼쪽 팔에 현악기와 비슷한 무기를 장착했는데, 오른팔로 작은 화살 같은 것을 바꿔 끼우면서 손가락을 움직여 발사하고 있었다. 그렇지만 누구도 그것이 무엇인지 알 수 없었다. 원격무기임에는 틀림이 없지만 어떤 타격을 입힐 만한 위력은 없었다. 아마 견제 위협용일 것이다. 관심은 거기까지였다.

'명백한 시간 낭비다. 그런데 저 두 사람은 무슨 생각을 하고 있을까? 그것도 5일이나 기다려서 무슨 도움이 될 거라고…….'

날이 바뀌고 시간이 흘러갔다. 대원들의 훈련은 여전히 진행되고 있다. 그러나 그들을 짜증스럽게 지켜보던 사람들은 6월의 폭염 속에서 점점 추위를 느끼기 시작했다.

에셴 대원들의 자세는 아직도 어설프다. 동작은 어색하며 전투 방식은 엉성하기 그지없다. 정해진 식(式)도 없었고, 무가들이 자랑하는 아름다운 선(線)도 그리지 못한다. 새로운 시도는 우스꽝스러워 간혹 웃음까지 터져 나왔다. 그렇지만 이틀이 지나자 그들을 보며 웃는 사람은 아무도 없었다. 그리고 대륙을 지배하는 절대무가의 사람들이 하나둘씩 자리를 털고 일어나기 시작했다. 열린 장소임에도 불구하고 그들도 자신의 기예를 마구 드러내며 진지하게 연습하기 시작했다.

기영은 땀을 닦고는 힐끗 곁을 쳐다보았다. 그곳에는 에셴의 대원들이 훈련에 열중하고 있었다.

'제압할 수 있을까?'

기영은 기장가의 전투 조직을 떠올렸다. 조직의 기장가. 셋이 모이면 아홉의 전투력을 뽑아낸다는 조직전투에 특화된 집단. 기영은 처음으로 진지한 질문을 스스로에게 던지고 있었다.

에셴의 대원들은 훈련을 진지하게 대했다. 자발적으로 하는 것이 분명한데도 불구하고 훈련의 강도는 실전과 같았다. 그들은 포기를 몰랐고 성취를 향한 탐욕을 결코 숨기지 않았다. 그리고…… 폭발적인 진화가 시작됐다. 집단 전술 운용은 유연해졌으며 동작은 잘 벼려진 칼날처럼 세련되게 변해갔다. 자신들만의 연락 수단과 통신 체계를 갖춰가면서 새로운 무기들의 성능을 실험하기 시작했다.

사흘 뒤 산과 비연이 훈련에 합류했다. 이제 기본 스케치가 끝났고, 채색이 시작될 것이다.

"몸빵만큼 좋은 공부는 없다."

"실패의 아픔은 항상 지금 만들어라. 뒤엔 더 아프다."

"작은 성공은 중요하다. 성공이 다른 성공을 부를 것이다."

대원들이 지난번 원정에서 배웠던 것은 관찰과 묘사였다. 지금 배우고 있는 것은 '창조적 사고'였다. 대장은 여전히 효율과 효과를 끊임없이 강조하고 있었다.

"무기는 온몸이다. 온몸으로 싸워라."

"전투의 목적은 이기는 것이다."

"겉멋에 현혹되지 마라. 살아남은 놈이 멋있는 놈이다."

"단 한 동작에 끝내라. 제대로 관찰했다면 한 동작에 두 개의 목표까지 담아봐라."

"오감을 극한으로 열어놓아라."

"건방져져라. 끝없이 담대해라. 비굴한 것보다 백 배는 강해지리라."

그들이 선보이는 무술은 조직에 의한 '일격필살의 살상 기예'로 수렴하고 있었다. 한칼에 하나씩. 혹은 그 이상까지! 가장 경제적인 전투를 향한 진화. 지켜보던 무사들은 처음으로 등줄기가 서늘해지는 두려움을 느꼈다. 그들은 이제야 대원들이 무엇을 목표로 했는가를 보았다. 대원들은 사고방식까지 대장을 닮았다. 그들은 행동에 앞서 목표부터 명확하게 했다. 목표는 적을 쫓아가 죽이는 것이 아니다. 그들 자신이 다치지 않고 끝까지 살아남는 것! 그것이 이번 작전에서 대원들 스스로 세운 목표였다.

불과 5일 만에 '방어' 조직은 점점 매끄럽게 돌아가기 시작했다. '무기'와 '무사'와 '조직'이 혼연일체가 되어 목표를 향해 움직여가는 종합적인 체계가 드러났다. 산과 비연이 합류하며 그들과 호흡을 맞췄다. 이 정도면 정말 압도적인 적이 아닌 한 누구도 쉽게 죽지 않을 것이다. 설사 여기에 있는 절대무가의 사람들일지라도.

"정말 대단해…… 저들은 진짜 동료를 위해 '목숨'을 걸고 있다고! 누가 시킨 것도 아니야. 우리 가문의 무사들은 어떨까? 정말 나를 위해 저 정도로 최선을 다해서 준비해줄까? 아니 나는 그렇게 생각하지 않아! 지금 나는 진짜 조직을 보고 있는 거야!"

기빈이 기영에게 한 이야기다. 그는 눈가에 습기를 묻힌 채 약간 울먹이고 있었다. 훗날 모든 전쟁기술을 지배하는 전략의 귀신이자 다섯 전설의 하나, 그리고 전귀(戰鬼)라고 불리게 될 기빈은 이 여행에서 그에게 맡겨질 운명을 어렴풋이 예감하고 있었다.

기빈 역시 자신의 전투를 준비했다. 그는 매우 신중하다. 이곳은 정말 위험한 곳이다. 50년 전 다섯의 대가와 300명으로 이루어진 강자들이 의기투합하여 도전했지만 그들 역시 소식이 끊어졌다. 그중에는 기장가의 대가도 포함되어 있었다고 한다. 그 이후 이곳에 도전하려는 모험가는 없었다. 그곳을 지금 두 남녀 대가와 절대무가 대가 셋, 그리고 특급무사들과 상인이 포함된 일행이 다시 돌파하려고 하고 있다.

***

　모든 사람이 한 장소로 모였다. 작전 진입 전 마지막 브리핑이 시작됐다. 지난 5일 동안 아침에는 정찰, 낮에는 훈련, 밤에는 토론이 벌어졌었다. 그 토론들은 아주 특별했다. 기장가와 동명가, 그리고 한선가의 인물들, 상인들, 황족인 건뿐 아니라 심지어 이미 토론을 경험했던 레인조차도 숨을 죽이고 들어야 할 만큼 충격적인 지식과 관점들이 난무하는 자리였다.

　그리고 지금 그 마지막 결론이 내려질 것이다.

　"종합하면."

　비연이 입을 열었다. 앞에는 그동안 정찰을 통해 수정하고 보완한 이 지역의 지도가 있었고, 각종 표식과 메모가 빽빽하게 표시된 차트, 그리고 숫자와 그림이 적힌 종이도 걸려 있었다.

　"최소 100년간 정기적인 왕래는 물론이고 이 길을 이용한 사람도 없었던 것으로 판단을 내렸습니다. 그러나 유적들을 포함한 일부 건물은 누군가에 의해 관리되고 있는 것이 확실합니다. 그중 뒤쪽의 오각형 건물과 진입로에는 최근까지 사용한 흔적이 있습니다."

　사람들은 숨을 삼켰다. 비연의 브리핑은 이어진다.

　"그러나 유적 내부를 포함해서 이곳까지 움직이는 생명의 흔적은 찾아내지 못했습니다. 이곳을 중심으로 주변의 생태 구조, 수질, 기후를 분석한 결과, 생명에 의한 신진대사의 증거는 없었으며 어떤 의미 있는 생태계도 형성하지 못한 것으로 판단됩니다."

　"그렇다면 건물을 관리하고 있는 것은?" 산이 물었다.

　"생명이 아닐 가능성이 큽니다."

"다른 가능성은?"

"세 가지 가능성이 있습니다. 첫째, 우리와 전혀 다른 먹을거리를 취하는 생명이거나, 둘째, 우리의 조사 영역 밖에 있는 건물의 내부 지하에 생태계가 형성되어 있거나, 셋째, 생명이 아니면서 움직일 수 있는 '무엇'이거나…….

"하나를 택한다면?"

"저는 셋째 가능성에 혐의를 두고 있습니다."

"움직이는 무엇이라…… 기계를 말하는 건가?"

"그것도 스스로 움직이는 기계일 가능성이 큽니다."

"로봇이군."

"판타지니까 골렘(Golem)이라고 불러야 맞을 것 같은데요?"

"이거야…… 원. 나올 놈은 다 나오는군. 왜 그렇게 생각했지?"

"이 지역 자체가 철광과 비철금속, 희토류(稀土類, rare earth)가 매장되어 있는 거대한 광산입니다. 비가 거의 안 오고 습기도 없어서 금속이 산화될 염려가 없고 햇빛과 바람이 항상 강해서 동력을 얻기가 쉽습니다. 게다가 설치류(齧齒類)가 없어서 망가질 염려도 없을 겁니다. 또한 전설에 따르면 철족이 불과 쇠를 다루는 종족이라고 했으니 그쪽에 가능성을 더 두게 되더군요."

"다른 가능성은?"

"유적 자체가 지능을 가지고 있을지도 모릅니다. 유적은 하늘 높이에서 쳐다봐야 전체 모습이 파악이 되는 기하학적 패턴들로 이루어져 있습니다. 수요자가 하늘에 있다는 의미지요."

"하늘의 존재에게 필요한 것이라면?"

"정보, 통신, 광대역 방어 체제 등등을 생각할 수 있는데, 확실한 것은 가봐야 알겠습니다. 휴대전화 감도로 보면 이 위쪽에 정지궤도 위성이 있을 것 같기도 한데. 신이라면 아마 또 인사를 해야 하지 않을까 싶습니다."

비연이 환하게 웃었다. 그렇지만 이 자리의 다른 사람들은 까맣게 침묵하고 있었다. 무슨 소리인지 도통 알아듣기 어려웠을 것이다. 단지 움직일 수 있는 '어떤 것'이 있을 것이라는 추정에 동의할 수 있을 뿐이다. 아울러 이 사람들은 대체 무슨 존재인가 하는 의구심도 커져가고 있었다.

"상대가 기계라면 뭘 더 준비해야 하지?"

"대원들에게 몇 가지 준비를 시켜두었습니다."

"출발 시간은?"

"아무래도 오후가 좋겠습니다. 태양광을 동력으로 사용할 가능성이 큽니다."

* * *

−매복은 없습니다.

−부비트랩은?

−감지 범위 내에는 없습니다.

탁탁탁.

산은 빠르게 달렸다. 대원들이 그 뒤를 따라 달려가고 있다. 한 조가 짧게 전진하고 경계를 서면 바로 다음 조가 이동한다. 군대에서 익숙해진 구간 전진 방식이다. 커다란 대문으로 이어지는 길 양쪽에는 5미터 가량의 절벽이 병풍처럼 둘러져 있다. 절벽 위에서는 비연이 경계를 서며 혹시 있을지 모르는 위험에 대비했다. 자외선과 적외선을 감지하는 대가의 눈으로 대문에서부터 모든 접근로에 혹시 깔려 있을 장치들을 면밀하게 탐색한다.

대문까지는 모두 무사히 도착했다. 대문은 열려 있었다. 가까이 와서 보니 거의 20층 건물 정도의 높이다. 산은 통과하기 전에 대문을 찬찬히 살폈다. 대문 위쪽에는 양각으로 돋을새김한 문양들이 보인다. 아치 모양의 위쪽에는 부분과 전체가 같은 모양으로 이루어진 프랙털로 구성된 무늬들이 보인다. 그 무늬들은 오랜 세월이 지났음에도 불구하고 선명한 모습을 갖추고 있다. 산은 아래에 새겨진 초석(礎石)에서 눈길을 멈췄다. 그의 눈이 가늘어졌다. 그곳에는 아주 익숙한 문자가 새겨져 있었다. 아주 흐릿하고 몇 개의 글자가 풍화되어 사라졌지만 그것은…….

Holy Mech★★★c wo★d
1★ Nov★★ber 2★81

"빌어먹을……." 산이 얼굴을 확 찡그렸다.
"이 문자를 아십니까? 전설 시대의 것으로 알려져 있는데……."
어느새 다가온 기빈이 물었다.
"약간……."
산이 장갑 낀 손으로 입을 스윽 닦으며 말했다. 그답지 않게 매우 당혹스러운 표정이다.
"무슨 뜻이죠?"
"글쎄, 지워진 글자가 많지만, 대강 '신성한 기계의 숲'쯤 될 것

같은데? 아래쪽은 이 건물을 세운 날짜인 것 같고 2천 몇 년 11월 쯤…… 이건 또 무슨 뜻이야…… 미국?"

기빈은 눈을 크게 떴다. 새삼 이 사람의 정체가 궁금해졌다.

"자네는 다른 곳에서 이런 문자를 본적이 있나?" 산이 물었다.

"가문의 노획물 보관 창고에서 비슷한 걸 본 적은 있습니다."

"그런가?"

산의 눈길은 대문 너머로 보이는 건축물들로 옮겨가고 있었다. 작열하는 오후의 태양이 땅바닥을 데우면서 아지랑이가 잔뜩 피어오른다. 이글거리는 아지랑이 사이로 건물들이 일그러지며 이리저리 움직이고 있다는 착각이 들 정도다. 대문을 지나 쭉 뻗은 길은 잘 포장되어 있었으며 그 길을 따라 좌우로 위쪽이 평평한 피라미드 모양의 거대 건축물들이 도열하듯 서 있다. 그 사이로 한줄기 먼지바람이

한가롭게 쓸고 지나간다. 일행은 산이 인도하는 길을 따라 조심스럽
게 나아가기 시작했다.

* * *

- 주의해야겠습니다.

어느새 대문 위쪽으로 올라가 있던 비연이 경고했다.

- 특이점은?

- 풍향과 풍속, 위쪽과 아래쪽 공기의 흐름이 뭔가 어색합니다. 아
지랑이는 위쪽 수직 방향으로 흔들리는데 먼지는 오른쪽으로 날리고
있습니다

- 추정되는 원인은?

- 착시, 환각, 기온 차이에 의한 대기 불안정 등이 있겠습니다.

─재미있군…… 찔러볼까?

─그러면…… 매우 유익하겠죠.

산은 저벅저벅 걸어서 길 가운데 섰다. 그리고 잠시 전방을 응시한다.

쿵.

그가 거침없이 발을 굴렀다. 그 소리는 마치 웅장하게 울리는 선전포고와도 같았다. 어차피 서로가 드러난 처지일 터. 묵직한 꿍음과 함께 화강암 타일이 산산이 부서지며 먼지와 함께 돌 조각들이 하늘로 붕 떠올랐다. 그중에서 산은 주먹만 한 것을 잡아채며 그대로 건물을 향해 던졌다.

쐐액.

오른쪽 건물 벽이 터져 나갔다. 맞은 자리에서는 먼지가 뽀얗게 피어올랐다.

쌔액.

뒤이어 돌멩이 하나가 다시 날았다. 이번에는 왼쪽 건물이다.

"……."

"엥?"

돌은 공간에서 그대로 소리 없이 사라져버렸다. 건물이 그냥 낼름 삼켜버린 듯.

"오오! 이럴 수가……!"

누군가의 신음이 울렸다. 마치 마법같이 보였다. 이해할 수 없는 그 광경에 사람들 사이에 두려움이 급속하게 퍼지고 있었다. 미지(未知)는 언제나 공포(恐怖)를 낳는 법이다. 그렇지만, 기지(既知)는 주로 공허(空虛)를 낳는다.

―쯧…… 왼쪽은 홀로그램이군요.

―시공을 초월해도 사기꾼 새끼들이 하는 짓은 똑같군…….

―호오…… 이제 반응이 오는데요.

둥.

멀리서 육중한 소리가 한 번 울렸다. 그 소리는 마치 지저(地底) 깊은 곳에서 울리는 듯 깊고도 묵직하게 가슴을 흔들었다. 지진처럼 바닥에서 발로 전해지는 느낌이 매우 불길하고도 불안하다.

둥.

바로 두 번째 소리가 이어졌다. 사람들이 무기를 꽉 쥐고 전방을 두렵게 쳐다보았다.

가슴이 터질 듯 묵직한 굉음이 계속해서 울렸다. 발밑이 크게 흔들렸다. 건물 뒤쪽에서 거대한 화염의 벽이 병풍처럼 서서히 치솟고 있다. 그 뒤로 화산이 터지듯 시뻘건 불꽃과 불덩어리가 모든 방향으로 분출하기 시작한다. 이제 사람들의 얼굴에는 새하얀 공포가 번져갔다. 이어 멀리 건물 뒤에서 거대한 것들이 속속 솟아올랐다. 뽀얗게 피어오르는 먼지와 함께 괴수들이 건물 뒤에서 서서히 그 모습을 드러낸다. 대체 어디에서 튀어나왔는지 모를 괴수들은 평균 30미터가 넘는 것들이 수두룩하고 작다고 해도 10미터쯤 되는 것들이 수십 마리 이상이다. 그것들이 대가리를 흔들거리며 서서히 일행을 향해 다가오기 시작했다. 특이한 것은 허리 아래쪽에는 가죽이 아니라 금속성으로 보이는 다섯 개의 다리가 달려 있다는 것.

"대체 저게 뭐야……?"

"어디서 나타난 거야?"

열풍이 불어온다. 매캐한 냄새와 함께 얼굴이 화끈할 정도의 뜨거운 열기가 일행을 덮쳤다. 사람들은 손을 들어 얼굴을 가렸다. 가슴이 울렁거릴 정도의 묵직한 굉음이 계속 울렸다. 땅이 심하게 흔들거려 몸의 중심조차 잡기 어렵다. 무사들은 이미 전의를 잃고 공황 상태에 빠져들어 있었다. 이런 것을 어떻게 대적한다는 것일까? 오직한 사람, 기빈만이 고개를 갸웃하고 있다.

그때 그들의 귓전에 두 사람의 대화 소리가 아주 또렷하게 파고들어 왔다. 들어도 별로 이해되지는 않았지만 두 사람이 나누는 느긋한 대화는 모두에게 공유되고 있었다.

"얼쑤…… 아주 지랄들을 하세요……."

"꽤 정교한데요?"

"실사(實寫)냐? 애니메이션이냐?"

"반반입니다. 그냥 B급 괴수영화쯤……."

"특수효과는?"

"좋은데요? 입체 서라운드 8개 채널. 바닥에는 진동 효과까지 넣었습니다. 후각과 촉각 등 오감을 정교하게 자극하는 효과도 개발됐군요. 정말 실감 나는데요."

"위험한가?"

"저것들이 위장한 뒤쪽에 무기가 있습니다. 공격을 해온다면, 아마도 위험하겠죠."

"액세스 포인트(Access Point)는?"

"명확하지 않습니다."

"알아보겠다. 엄호해줘!"

"접수했습니다."

산이 손을 들었다. 몇 가지 수신호가 빠르게 이어졌다. 그들의 대화를 들으며 정신을 수습한 대원들이 빠르게 산개했다. 대원들은 미리 준비한 간이 방패를 들고 마스크를 써서 코와 입을 가렸다. 나머지 사람들도 일사불란하게 대원들과 같은 행동을 했다. 산과 비연의 의연한 대응은 대원 외의 사람들도 자연스럽게 그들을 지휘관처럼 따르게 만드는 힘이 있었다.

오직 기빈만이 산과 일정한 간격을 벌리고 전투를 준비하고 있었다. 한선가의 대가 세염과 세겸은 건과 레인을 뒤에 세우고 앞에 섰다.

"강단이 있는 친구군." 산이 기빈을 보며 한마디 툭 던졌다.

"감각도 있거든요? 아무래도 저건 사기 같다는 말씀이야."

기빈이 짧게 답했다. 이어 앞으로 전진하려 했으나 산이 손을 들어 막았다.

"급하긴…… 잠깐 기다려봐. 일단 패는 까봐야지."

산은 한 손에 칼을 들고 다른 한쪽 팔에는 기묘한 장비를 장착하고 있었다. 대원들이 썼던 그 장난감이다. 기빈은 고개를 갸웃하며 자세만 낮췄다. 긴장을 유지하기 위한 자세다.

세차고도 후끈한 바람이 가열된 모래먼지를 몰고 온다. 노출된 피부가 불에 닿은 것처럼 따갑다. 무엇인지는 몰라도 먼지에는 정신을 아찔하게 만드는 것이 섞여 있었다. 아마도 환상 효과를 극대화하기 위한 환각 성분일 것이다.

맨 앞의 다족(多足) 철갑 괴수들이 50미터쯤 전방에서 멈췄다. 가까이서 보니 훨씬 위압적인 모습이다. 이마에 빽빽하게 박힌 거대한 겹눈들, 안테나처럼 세워진 더듬이, 그리고 보기에도 섬뜩한 금속제 칼날들이 발톱을 대신해서 빛나고 있었다. 그것들이 이빨을 드러내며 투레질을 하는 모습은 가히 공포 그 자체다. 비연이 준비가 됐음을 알렸다.

－일발 장전!

"좋아!"

산이 움직였다. 기빈이 거의 동시에 따라 움직였다. 산이 앞서가고 기빈이 두 발 뒤쪽에서 따라가다 다시 한 발 오른쪽까지 따라붙었다. 협공과 조직 공격에 능한 기장가의 천재답게 가장 적절한 2인용 전투 포진을 택했다. 오른손을 쓰는 앞사람의 사각을 보완하고, 전방 전투력을 극대화할 수 있는 위치다.

쉬잇.

위쪽 하늘에서 괴물을 향한 첫 화살이 날았다. 앞이 뭉툭한 화살이다. 비연은 한발을 날린 후 다시 침착하게 화살 하나를 장전했다. 사람들은 까마득히 솟아 있는 거대한 문 위에 우뚝 서서 화살을 날리는 비연의 존재를 그제야 발견한다. 그러나 이해는 하지 못했다. 세염과 세겸도 고개를 갸웃했다. 화살촉도 없는 허약한 화살로 무엇을 하려는 것일까? 저 거대한 괴수를 상대로!

첫 번째 화살은 포물선의 궤적을 그리며 괴수들의 몸에 명중했다. 그러나 화살은 그대로 몸을 통과하며 무의미하게 삼켜졌다. 괴수는 아무런 타격을 입지 않은 듯 대가리를 들어 화살이 날아들어 온 방향을 천천히 탐색했다. 마치 비웃는 것 같다. 산은 신속하게 전진하다 30미터를 나아간 다음 잠시 멈췄다. 괴수는 이제 불과 20미터도 안 되는 거리에 있다. 기빈은 입을 악물었다. 익숙한 감각은 분명히 놈들의 존재를 경고한다. 잔주름까지 접히는 선명한 모습, 어질한 노린내와 기름 냄새, 바로 앞에서 식식거리는 소리…… 그러나 대가의 다른 감각은 '걸리는 게 별로 없다'고 주장하고 있었다.

앞의 사내가 다시 이동한다. 속도가 빨라졌다. 대담한 것인가, 무모한 것인가? 그를 따라가면서도 자신의 능력에 대한 회의감 같은 감정들로 범벅이 되어 기빈의 표정은 더욱 굳어갔다.

두 번째, 세 번째 화살이 연거푸 괴물에게 날아들었다. 비연의 사격은 정교한 표적사격이 아니라 지역사격이었다. 화살은 이곳저곳 여러 곳에 산개하며 계속 찔러대고 있다. 그러나 모든 화살은 괴수에게 어떤 타격도 입히지 못한 채 허망하게 통과했다.

"대체 무슨 의도지?" 기빈은 얼굴을 찌푸렸다. 그때…….

펑펑펑.

기빈은 눈을 크게 떴다. 갑자기 괴수들의 몸이 허공에서 산산이 흩어지며 뒤쪽이 '보였다.' 그 괴수들의 몸이 마치 희뿌연 안개처럼 열어지고 있었다. 다시 재생되기는 했지만 불붙은 먼지가 자욱하게 퍼져지면서 괴수의 모습은 다시 먼지처럼 부서졌다. 불붙은 먼지가 빛을 산란시키며 입체 영상을 해체하는 것이지만 이곳 사람들에게는 어떤 마법으로 괴물의 재생을 막는 것으로 보일 것이다.

슛.

비연의 마지막 화살이 날았다. 이번에는 그 이동 궤적의 처음과 끝이 모든 사람의 눈에 선명하게 잡혔다. 화살은 이미 흐릿하게 흩어진 괴수의 허상을 뚫고 땅바닥에서 터졌다. 끝에 나트륨을 부착한 뭉툭한 화살이 함께 포장된 물과 반응하며 격렬하게 터지고 그 영향으로 바닥의 먼지와 인화성 분진이 하늘로 자욱하게 피어올랐다. 분진에는 곧바로 불이 붙었고 화염은 사방으로 퍼져갔다. 이윽고 광학(光學)으로 창조해낸 괴수 홀로그램이 모두에게 앙상한 실체를 드러냈다. 미친 듯이 요동치는 화염 분진 속에서도 괴수들의 형상은 다시 회복되고 있었다. 하지만 이제 누구도 그 환상에 공포를 느끼지 않을 것이다.

"결국 허깨비였다는 거지…… 두려워할 필요는 없다."

비연의 짤막한 설명이 모든 사람들 귀에 울렸다.

"아아……."

사람들의 입이 벌어졌다. 이해할 수는 없었지만 괴수들이 허깨비라는 사실은 분명해 보였다.

"열 보 앞으로 전력 질주!"

동시에 비연의 급박하고도 날카로운 목소리가 울렸다. 익숙한 원통형의 무언가가 대원들을 향해 움직이는 모습이 보였다. 명령이 떨어지자마자 대원들은 주저 없이 앞으로 달려 나갔다. 신물이 나도록 연습했던 동작 중 하나다.

"3번 진형으로 대기!"

방금 대원들이 있었던 바닥에 무언가 터지며 뾰족한 것 수십 개가 박혔다. 괴수가 사라진 곳에 뼈대만 앙상하게 남은 10여 기의 기계에서 불이 뿜어져 나왔다. 괴수의 입이 있었던 위치다. 만약 괴수의 모습이 남아 있었다면 입에서 불과 폭탄을 뿜어대는 무시무시한 용의 모습으로 보였으리라.

산은 비연이 벌어준 시간을 놓치지 않았다. 괴수의 허상을 걷어낸 자리에는 다섯 개의 다리를 가진 놈이 움직이고 있다. 약 2미터 길이의 다리 위에는 가로세로 5미터 정도 크기의 탱크 같은 육각형의 탑이 있다. 탑은 360도로 회전할 수 있는 구조였다. 탑 위로는 마치 놀이터에 흔히 있는 정글짐처럼 생긴 3차원 공간격자(lattice) 모양의 철골 구조물이 있다. 사방 어디로든 사격할 수 있도록 설계된 것이다. 그중 큰 구조물의 높이가 20미터 이상이다. 아까 괴수의 입이 있던 곳일 것이다. 철골 구조물의 곳곳에는 관절이 있는 유연한 기계 팔들이 채찍처럼 빠르게 움직이고 있었다. 그 끝에는 날카로운 칼날들이 발톱처럼 시퍼렇게 빛났다. 구조물의 가운데에는 열풍을 일으키며 팬(fan)이 회전하고 있었다. 오각형의 각 면에서 촉수처럼 뻗어나온 많은 선들은 아마 감지 장치이고 날개처럼 좌우로 뻗은 구조물은 아마 태양전지일 것이다. 산은 혀를 찼다.

"이거…… 아주 경제적으로 만들었네. 자넨 일단 뒤를 경계해."

산이 가속하며 폭발적인 추진력으로 튀어 나갔다. 기빈 역시 극한으로 가속하며 기계의 주변을 경계했다. 뒤에서는 동명가의 동하와 동영이 자신의 무기를 들고 뛰어들어 오고 있었다. 한선가의 두 대가도 거의 주저 없이 칼을 빼어 들고 기계를 향해 짓쳐 들어가고 있다. 적의 눈속임이 제거되고, 초라한 실체가 확인되자 두려움은 거짓말처럼 사라졌다. 그들의 전투 본능이 깨어났다. 먼저 전투에 뛰어든 기장가 기빈의 용감한 모습에 약간은 부끄러움을 느꼈을 터였다. 기회가 오자 적극적으로 전투에 참여하는 모습이었다. 오각형의 기계가 빙글빙글 돌며 적들을 맞이했다.

"위쪽은 대인 살상용 무기, 아래는 제어 장치다. 경거망동하지 말도록. 전투 준비."

"1조, 2조, 3번 장비 준비!"

"3조, 4조, 4번 장비 준비!"

"좌측 구간 전진!"

한편 뒤에서는 비연의 고함이 들렸다. 대원들이 한쪽 팔목에는 방패를 고정시키고 방패 가운데에 만든 작은 문을 열어 시야를 확보했다. 팔목과 수직이 되도록 장착한 장비에 작은 화살을 여러 발 장착하고 레버를 팽팽하게 당겼다. 대원들이 조별로 발을 빠르게 움직이며 전진하기 시작했다. 구간전진 방식으로 나아가며 지그재그로 방향을 바꿔 적의 조준사격을 회피한다. 그들의 목적은 살아남는 것, 그리고 레인과 건의 보호, 마지막으로 적극적인 회피다. 레인은 파랗게 질린 얼굴이지만 연습한 대로 행동하고 있었다. 사실 지금은 살길이 그것밖에 없기도 했다.

"이놈…… 가장 약한 곳이 어디냐?"

산이 작게 중얼거리며 한 놈에게 빠르게 다가간다. 접근과 동시에 놈의 길고 날카로운 강철 발톱이 채찍처럼 휘감아 들어왔다. 괴수는 다섯 개의 다리를 굳게 고정시킨 채 우뚝 서서 허리 위쪽의 포신처럼 생긴 갑판만을 빙글 돌려 다가오는 적을 견제했다. 강철로 된 다섯 개의 다리는 어른 팔뚝 굵기 정도이고 세 개씩 관절을 가지고 있었다. 다연발포같이 생긴 총신들은 움직이는 적을 향해 연신 조준간을 변경하고 있다. 그러나 적이 너무 빨라서 탄착점 계산이 힘들 것이다.

－다리, 세 개의 관절, 운동 부분, 허리의 회전 구동부는 5축 제어……

산은 진행 방향을 빠르게 바꿔가며 적의 제원(諸元)을 침착하게 살폈다. 가끔 빈틈이 생기면 툭 치고 들어가서 칼로 다리를 쳐보기도 하고 발로 힘껏 밀어보기도 한다. 위쪽 갑판 쪽으로 튀어 올라가기는 어려워 보였다. 위쪽에는 고슴도치처럼 너무도 많은 강철 칼날들이 빼곡하게 박혀 있었다.

기빈은 두 개의 단창을 연결시켜 조립한 긴 창을 들고 산의 반대편에서 한쪽 강철 팔을 상대하고 있었다. 그러나 부딪칠 엄두가 나지 않았다. 단단한 나무로 된 창대는 저 강철 채찍과 마주치는 순간 속절없이 부서질 것이다. 한참을 이리저리 찔러보던 산이 갑자기 멀찍이 물러났다. 기빈 역시 빠르게 물러났다.

"이놈…… 제법 까다롭네…… 이크!"

산은 급하게 옆으로 피했다. 거리를 주자마자 괴수의 화기가 불을 뿜었다. 감지 능력과 순간 조준사격은 제법이다. 산은 다시 빠르게 움직이며 생각한다. 같은 속도로 움직이는 것도 안 된다. 놈은 궤적을 예측한다. 다행인 점은 다른 놈들은 그들의 전투에 개입하지 않고 있었다는 것이었다. 담당 구역이 정해져 있다는 의미다. 공격보다는 방어에 치중한 배치…….

"우선 다축(多軸) 관절부터!"

주욱 물러났던 산이 땅을 박차며 다시 치고 들어간다. 그에 맞서 강철 팔이 휘어들어 온다. 산의 칼이 하늘을 가르며 돌았다. 칼은 정확하게 괴수의 팔 관절 운동 부위 쪽을 헤집고 들어갔다. 예상대로 다축으로 휘어지는 관절 부위는 힘없이 잘려 나갔다. 다른 팔이 휘어들어 온다. 산은 짧게 끊어서 치고 빠지기를 반복한다. 근접전투용으로 설계된 강철 팔은 산의 칼끝에 마디마디 해체되기 시작했다. 이로써 한쪽 면에 자유가 생겼다. 산은 강철 다리 쪽으로 이동했다. 아까 툭툭 쳐본 결과 안쪽은 비어 있다. 위에 얹힌 무게를 고려하면 관절이 감당하는 힘은 크지 않다. 신속하게 뛰어들어 가며 1미터 높이에 있는 관절 부위를 바깥에서 안쪽으로 그대로 즈려밟았다.

콰직.

느낌이 좋다. 커다란 소리와 함께 관절 부위가 그대로 아래로 늘어지며 한쪽 다리가 무너졌다. 갑자기 한쪽 균형이 깨진 괴수가 다른 다리를 돌려 평형을 잡으려 했다. 그러나 그것이 바로 산이 원하던 것이었다. 산은 슬라이딩하듯 발을 움직여 안쪽에서 바깥으로 움직이는 괴수의 다리를 걷어냈다. 놈의 평형감각은 아까의 공격처럼 바깥에서 밟아올 것을 대비하느라 중심을 바깥으로 이동하고 있었다. 그러나 산의 일격에 강철 다리가 바깥으로 튕겨 나가며 모든 균형이 깨져버렸다. 그 순간 산은 반대쪽으로 이동하며 이미 떠 있는 괴수의 나머지 다리를 손쉽게 들어 올렸다.

쿵 소리와 함께 균형을 잃은 기계가 옆으로 무너졌다. 강철 구조물이 옆의 건물을 덮치며 찌그러졌다. 다섯 개의 다리를 허공에서 버둥거리고 있었지만 다시는 스스로 일어나지 못할 것이다. 장착된 무기들도 휘어진 철골 사이로는 조준점을 찾기 어려울 것이다. 산은 기계의 본체 위로 가볍게 뛰어 올라가 접합부를 빠르게 살폈다. 다른 놈이 움직이고 있었다. 산은 몇 군데를 이리저리 툭툭 치더니 한쪽에서 손잡이처럼 생긴 무언가를 잡아 뜯었다. 안쪽이 보인다.

─흠…… 역시 무인(無人)인데?

─서두르십시오.

산은 한쪽 팔에 장착된 작은 활을 안쪽에 겨냥한 채 그대로 레버를 당겼다. 화살이 그대로 쏘아져 들어간다. 아까 비연이 사용했던 나트륨 폭탄이다. 소금물이기 때문에 전자 장치라면 아마 치명적인 합선 쇼크를 일으킬 것이다.

펑 소리가 들렸다. 매캐한 연기와 함께 기계는 그대로 멈췄다. 그렇게 첫 번째 놈이 이 세상을 하직했다.

3장
탐험
探險

　전투가 본격적으로 시작됐다. 기계 괴수들이 사방으로 산개하며 움직여갔다.

　산이 한 놈을 쓰러뜨린 것은 찰나간에 이루어진 일이다. 그렇지만 고급 무사들이 기계 괴수들을 어떻게 다루어야 하는지 깨달음을 얻기에는 충분한 시간이었다. 무사들은 생전 처음 보는 적에 대한 막연한 두려움을 벗었다. 성공한 사례를 보여준다는 것은 그만큼 무서운 것이다. 이제 그들은 전투에 임하면서 다른 팀보다 뒤떨어지는 것을 더 두려워하게 될 것이다.

　"이게 무슨 의미……?"

　비연은 고개를 갸웃한다. 어느새 대문에서 내려온 그녀는 기계들이 처음 원거리 공격을 했을 때 땅에 흩어진 파편들을 이리저리 살폈다. 그리고 전투 상황을 침착하게 응시한다.

　전방에서는 무사들이 전투를 진행하는 중이다. 상단 사람들은 안전한 건물 뒤에 숨어 있었고, 대원들은 그 앞에서 방패를 든 상태로 방어하고 있었다. 산은 벌써 전방 깊숙한 곳까지 나아가 가장 위험해 보이는 기계들부터 때려잡았다. 비연은 조용히 손을 들어 대원들에게 신호를 보냈다. 대원들은 지시에 따라 조별로 천천히 이동한다. 비연의 침착한 시선은 여전히 전투 현장에 고정되어 있었다.

앞쪽에는 한선가와 기장가, 그리고 동명가의 무사들이 마치 경쟁하는 것처럼 전투를 벌이고 있다. 3대 절대무가의 사람들이 자신의 기량을 내보이며 한꺼번에 전투를 수행하는 모습은 경험 많은 무사들도 평생 한번 구경하기 힘든 일대장관이었다.

왼편에서 기빈과 기영이 기계들을 해체해나갔다. 기장가의 주력 무기는 창이다. 대규모 집단전투나 마상전투에서 창만큼 효율적인 무기는 없다. 창술에 관한 한, 기장가의 무사들은 가히 발군의 용사다. 그러나 단거리 육박전에서는 창은 매우 불리한 무기다. 그래서 평소에는 긴 손잡이가 달린 단창(短槍)을 쓴다. 창은 칼보다 날이 짧고 자루가 매우 길지만 기장가는 양손을 동시에 쓰는 기예를 개발하면서 그 단점을 보완했다. 유사시에는 단창 두 개를 정밀하게 연결하여 장창(長槍)으로 만들어 쓴다. 양쪽에 날이 서 있는 창은 다루기가 매우 어렵다. 그렇지만 기빈 정도의 대가라면 대량의 적을 한꺼번에 쓸어버리는 데 이만큼 마음에 드는 무기를 찾기는 어려울 것이다.

지금은 대가 기빈의 창이 허공에서 막대한 기운을 뿜어대고 있었다. 그의 동작은 믿을 수 없을 만큼 빠르고 유연했다. 3미터가 넘는 매우 긴 창이지만 그의 양손에서는 장난감처럼 자유롭게 놀고 있었다. 창을 빙글빙글 돌리다가 갑자기 찔러나간다. 베고 찌르고 휘두르는 기세가 놀랄 만큼 거세다. 그렇게 격렬하게 움직이는 가운데서도 정교하게 표적을 찾아간다. 그에 대항하는 기계의 동작은 대가의 움직임에 비해 너무 느렸다. 취약한 기계의 관절이 그의 창에서 하나씩 해체되고 있었다.

기영이 어느새 전투로 스며들어 왔다. 그녀는 기빈의 반대편에서 빠르게 움직여가며 기계의 판단을 혼란시키고 있었다. 전투에 도움이 되지 않는 긴 머리는 주머니로 싸서 틀어올렸고 몸에 착 달라붙는 소재의 회갈색 전투복으로 갈아입었다. 그녀는 굴곡이 선명하게 드러나는 늘씬한 몸으로 곡선을 그리며 전장을 휘저었다. 특급무사답게 빠르고 현란한 움직임이다. 기영의 무기는 단창과 소형 쇠그물이다. 그물은 상대의 움직임을 멈추게 하고 동작을 교란시키며 전투 판단을 흐리게 한다. 기계의 팔에는 이미 그녀가 던진 쇠그물이 칭칭 감겨 있었다. 이제 날카로움을 덮어버린 그 날에 맞아도 베이는 일은 없을 것이다.

기장가의 무사들은 서로 교신을 한다. 산과 비연의 하는 것과 원리는 같다. 이런 집단전투에 필수적인 '통신의 능(能)'이야말로 단순한 기예를 중첩시켜 기하급수로 위력을 증폭시키는 '중첩의 능(能)'과 함께 '조직의 기장가'를 만든 핵심 기예였다. 기장가의 무사들은 가속을 느끼는 1단계부터 모든 형태의 기호와 표현 방법을 습득한다. 기장가의 대가는 이 통신의 능을 극단적으로 진화시킨 존재다.

기빈처럼 예민한 감각을 가진 사람은 상대의 능력을 측정하고 정신계의 흐름까지 간섭할 수 있다. 어떤 경지에 오르면 정령을 다스리며, 조직 전체의 의지를 조작하는 단계까지 나아간다. 신의 권능과 유사한 점이 많은 능력이다. 바로 그 때문에 기빈은 이방인 두 사람이 벌였던 대신(對神) 전투를 보고 극도의 충격을 받았다.

'전신 카미제가 마적의 몸을 빌려 구현한 '합성 생명'이라는 것. 그것은 바로 기장가의 방식이었다. 신의 권능과 인간 각성자 간에 걸쳐 있는 이 유사성은 과연 우연의 일치인가? 신성(神性)이라는 것이 대체 뭐지?'

그렇지만 그 충격은 두 사람의 남녀가 그것들을 장난처럼 깨버렸을 때의 충격에 비할 것이 아니었다. 각성하고 난 후 처음으로 기빈은 등줄기에 소름이 돋았다. 신이 구현한 조직은 정말 강해 보였다. 중심을 네 개 운영한다면 3품 이상의 기예다. 그것을 현장에서 파악하고 격파할 수 있는 존재…… 저들이 만약 가문의 적이 된다면……?

기빈의 창이 석양을 받아 찬란하게 빛나며 허공을 갈랐다. 첫 번째 기계가 옆으로 무너지기 시작했다. 무너지는 파편 사이로 먼지가 피어오르며 석양의 벌건 태양을 가렸다. 어느새 비연의 지휘 아래 출동한 에센의 대원들이 나트륨 폭탄으로 마무리를 하고 있다. 기빈은 창을 비껴들고 다른 전투 현장을 둘러보았다.

오른쪽에서는 동명가 무사들의 색다른 파괴 작업이 진행되고 있다. 동명가는 무기에 관한 한, 가히 제국의 지위를 이룬 무가다. 비연이 베푼 사전 브리핑을 통해 그들은 이미 기계와의 전투를 염두에 둔 준비를 해왔다. 유적에서 기계가 나올 가능성이 크다는 이야기를 들었을 때 이 두 사람만큼 흥분한 사람도 없을 것이다. 동영과 동하, 두 사람의 특급무사는 최고의 군장을 갖추고 전투에 임했다. 그 모습은 마치 전투의 화신과도 같았다. 날렵한 기장가와 다르게 동명가 무사들의 복장은 매우 복잡하고 무거워 보인다. 마치 현대 유격전을 벌이는 군인과도 같은 군장이다. 그러나 무기를 중시한다고 해서 그들의 개인 전투력이 약할 것이라고 생각하면 큰 오산이다. 동명가의 기예는 기본적으로 공방(工房) 출신의 무사에서부터 출발한 것이다. 무기와 재료에 대한 깊은 이해를 바탕으로 무기와 일체를 이루는 수준의 '고유수용감각(固有收容感覺)'을 연장한 데다 이를 활용하기 위한 순발력, 체력, 집중력도 엄청나다. 또한 다양한 재료를 가지고 폭발물과 화학물질을 합성할 수도 있다. 가속을 다루게 되는 특급무사의 경우 몸의 내부에 무기를 장착하기도 한다. 대가의 경우에는 전기와 화학 반응을 다스릴 수 있는 육신으로 각성하기 때문에 무기가 없어도 광범위한 범위에 걸쳐 피해를 입힐 수가 있다. 요약하면 온몸이 무기인 사람들이다.

지금 두 사람은 기계의 물리적인 공격 범위에서 약간 떨어진 곳에서 천천히 움직이며 정교한 폭격을 가하고 있다. 동영이 가진 무기는 가연성 분말을 사용한 작은 화염 분사기 같은 종류다. 지근거리에서는 그대로 분사하지만, 10미터를 넘지 않는 거리에서는 포탄처럼 발사할 수 있게 설계된 것이다. 동하는 구경이 큰 권총 같은 무기를 들고 사격을 하고 있었다. 화학탄이 툭툭 터져 나가며 기계의 곳곳에 강력한 화학적 타격을 입혔다.

동명가의 무사들이 맡은 기계 역시 옆으로 무너지기 시작했다. 영리하게 표적사격을 집중시킨 덕분에 취약한 시각 감지센서들이 가장 먼저 제 기능을 잃었고 다리 쪽 연결 부위들은 화염 공격에 코팅이 볼썽사납게 녹아내리며 앙상한 연결 구조를 드러냈다. 여기에 접합부를 급속하게 녹이는 강산(强酸) 캡슐과 접착제(glue)가 연타로 터지면서 한쪽 구조가 완전히 무너져버렸다

마지막으로 한선가. 그들의 전장은 중앙부였다. 대가 세겸과 세염 형제는 벌써 기계 두 대를 처리한 다음이다. 1품 대가에 오른 그들의 동작은 신속하고도 빨랐다. 칼의 움직임은 눈으로 궤적을 쫓기 어려울 정도로 현란하다. 칼에 실린 위력은 다른 절대무가의 2품 대가 이상으로 강력하다. 위력만으로는 거의 산이 보여준 수준을 따라갈 정도다.

한선가답게 개인 전투력은 막강하다. 한선가는 칼을 쓰는 것에서 끝장을 보는 무가다. 모양은 단순하지만, 칼이야말로 역사상 인간이 발명했던 모든 무기 중 가장 개인 전투에 최적화된 무기라고 할 수 있다. 그리고 가장 아름답고 종류가 많은 무기이기도 하다. 칼을 다루는 것은 쉽지만 '잘' 다루는 것은 정말 어렵다. 경탄할 정도로 고된 수련과 끝없는 정진을 요구하는 일이다. 또한, 예술 수준의 미적 감각과 균형 감각을 가지지 않으면 결코 '칼'을 통해 대가로 각성하지 못한다. 그래서 한선가의 무사들은 개인 차원에서는 최강의 무력을 가진 것으로 평가받는다. 또한 공평무사하고 생각이 반듯하기 때문에 제국의 인재로서 널리 쓰인다. 특히 군과 치안을 담당하는 관료로서 그들의 입지는 대단하며 무사로서의 자부심도 강하다.

전투가 끝나 갔다. 거대한 태양이 지평선에 걸려갈 무렵이다. 그들이 전진해야 할 땅에는 매캐한 연기와 함께 검은 땅거미가 길게 드리워져 있었다. 그 대지 위에 망가진 기계들이 하나씩 더해졌다. 대원들을 이끌던 비연이 산과 함께 절대무가 무인들의 전투를 지켜보고 있었다.

─절대무가라는 말이 장난은 아니었군. 대단한 전투력이야. 기대 이상인데?

─조직의 기장가, 무기의 동명가, 무사의 한선가라고 하는 말이 가장 정확한 표현이었네요. 참 여러 가지로 의미심장합니다.

─뭐가?

─'사람됨'을 규정하는 세 가지 측면이 무가에도 나타나는 걸 보면 말이죠. 인간으로 완성된 개인(個人), 개인을 확장하여 도구와 일체화된 확장인간(擴張人間), 그리고 네트워크와 커뮤니케이션을 통해 조직을 이룬 법인(法人), 그 세 가지 인간형이 쟁패(爭覇)를 겨루는 세계라니…….

─그렇게 되나? 듣고 보니, 의미가 있어 보이기는 하네.

산이 머리를 긁적이며 잠시 생각에 잠겼다.

─너도 나와 같은 걸 느꼈겠지?

─우리가 개발한 전투 기술들과 많이 겹치고 있어요. 한선가야 늘 봐왔지만, 동명가와 기장가도 예외가 없네요. 놀라울 정도로 일치합니다.

─놀랍지…… 저들은 우리가 어떻게 보일까?

─예?

─우린 3대 절대무가가 개발한 기예들을 한몸에 가졌어. 예감이 별로 좋지는 않아. 이들의 세계에 들어갔을 때 우리 입지가 어떻게 될지…….

─…….

비연은 말없이 고개를 저었다. 환영은커녕 어디서 칼 맞지 않으면 다행일 것이다. 가문을 지탱하는 핵심 비밀을 알고 있는 사람을 누가 방치해둘까?

─우리 팔자도 참 더럽지…… 기껏 인간 세상으로 기어 나왔더니

여기서도 또 꼬일 줄이야.

산은 싱긋 웃으며 비연을 바라본다. 그들에게 좌절이란 없었다. 다만 대책이 있을 뿐이다.

—선택의 여지가 오히려 크지 않을까요? 그들을 이용하거나, 회피하거나. 물론 상황 봐가면서요.

산이 고개를 끄덕였다. 마지막 기계가 무너지는 모습이 보인다. 거대한 불 벽과 괴기스러운 분위기를 조성하던 홀로그램이 완전히 사라졌다. 유적의 풍경이 다시 드러나며 사방이 밝아지는 느낌이다. 산이 발걸음을 옮기며 씁쓸하게 말했다.

"그러고 보면 이곳에서는 우리 존재 자체가 반칙일수도 있겠다. 아니면 저 홀로그램처럼 실체가 아닌 환상일수도 있고…… 이 세계에서 우리는 의미가 있는 존재일까? 잉여인생일지도 모르지."

"멀쩡한 사람이죠!"

비연이 눈을 동그랗게 뜨고는 단호하게 말했다.

"저는 '가진 것'이 사람의 자격을 결정한다고 생각하지 않습니다."

"……"

"우리가 스스로 포기하지 않는 한, 사람이라는 사실에는 변함이 없어요. 막말로 우리가 짝퉁이라고 해도 그게 우리의 사람다움과 무슨 관계가 있나요? 그것이 우리 삶을 가볍게 여길 근거가 될 수 있을까요?"

산은 고개를 천천히 돌렸다. 매우 단아한 여자가 발갛게 달아오른 얼굴로 눈을 동그랗게 뜨고 자신을 응시하고 있다. 산은 허리를 약간 숙여 비연과 눈을 맞췄다.

"누가 가볍게 여긴다고 했나?" 산이 조용히 대꾸했다.

"……"

"이곳에 오면서 흥분하고 있구나? 어떤 단서를 기대하고 있겠지? 혹시 돌아갈 수 있다는 희망이라도?"

비연이 그와 눈을 맞춘 채 고개를 작게 끄덕였다.

"설령 가능하다고 해도 누가 곱게 돌려보내 줄까? 그 위대하신 일원이 그런 수고를 해줄까? 왜? 아무 대가 없이?"

비연은 여전히 눈을 맞춘 채 고개를 천천히 저었다. 약간 격앙됐던 표정이 조금씩 정상으로 돌아오고 있었다. 산은 동전을 꺼내 들었다.

"돌아가면 누군가 우릴 반겨줄까? 그런데…… 만약 아니라면 우린 어쩌지?"

"……"

"또 만약에…… 진짜 만약에 말이다. 아마 너도 차마 말은 못 했으리라 생각하지만…… 지구도 일원이 설계한 작품이라면? 또한 우리가 짐작하는 대로 어떤 종교 속의 '창조주'가 일원과 동일한 존재라면?"

"……"

"그리고 이 '잊힌 교국'에서 우리가 발견한 이 미국 동전은 뭘까? 서기 2천 몇 년에 세워졌다는 이 유적의 초석은 또 뭐고? 여긴 지구일까? 아닐까? 영화 〈혹성탈출〉을 생각나게 만드는 이 웃기지도 않는 장면은 또 뭐지?"

비연이 눈을 질끈 감았다. 눈가에 생긴 주름 사이로 물기가 반짝였다. 산은 물끄러미 파괴의 흔적을 바라보고 있었다.

"하기야…… 판타지 소설이라며? 우리 이 소설의 엔딩을 보기로 했지? 둘이 같이?"

"……."

"그런데 생각을 바꿔야 할 것 같아."

"……?"

"엔딩 따위는 안 봐도 돼. 그건 우릴 소환한 놈들의 목표야. 놈이 궁금한 걸 우리가 왜 풀어줘야 하지? 나는 그런 배역에 동의해준 기억이 없어."

"그러면……?"

"이 소설이 끝나면 우리도 끝나. 그런 생각이 안 드나?" 산이 씨익 웃었다.

"이제부터 우리의 운명, 우리의 엔딩은 우리가 설계해보자고. 이 액션 서스펜스 스릴러 어드벤처 SF 막장 판타지의 끝에서 우리가 선택해야 할 것만을 고민하는 거야. 우리는 주인공이 아닐지도 모르지. 나중에 등장할 주인공을 위한 조연일 수도 있고 혹은 중간에 죽어야 하는 악역일 수도 있겠지. 그러나 확실히 해야 할 것은 때려죽여도 우리가 원하는 삶을 살아야 한다는 거야. 작가를 쥐어 패서라도 말이지. 그러므로……."

꼴깍. 비연이 침을 삼키는 소리가 들린다.

"우리는 쪽팔리게 그냥은 돌아가지 않는다. 모험을 하는 거지. 놈을 만날 때까지. 왜 이런 꼴을 당해야 했는지 알아야겠어. 너는 어때?"

"아뇨…… 전 동의하지 않습니다."

비연이 고개를 저었다.

산이 눈을 가늘게 떴다.

"저는 주인공이 될 겁니다. 엔딩을 꼭 볼 거예요. 절대로 중간에 비명횡사하지는 않을 겁니다."

"어련하겠냐?"

산이 피식 웃었다.

"그래, 절대로 나보다 먼저 죽지 말도록! 이건 부탁이 아니라 명령이야."

* * *

첫 전투가 끝났다. 광장에는 치열한 전투의 흔적이 흉물스럽게 남아 있었다. 날은 서서히 어두워지며 사막의 차가운 밤을 예고한다. 벌써 대낮의 열기가 물러가고 선선한 느낌이 들었다.

─생각보다 싱겁네.

─처음에 환상을 쓰는 모양을 보고 감은 잡았죠. 저것들은 전투용이 아닙니다.

─경계용인가? 공격력이 많이 취약하던데…… 그런데 넌 뭘 본 거지?

─놈들이 처음에 발사한 것들은 살상용이 아니었습니다.

─그러면……?

─마취제가 섞여 있었어요. 아마 이곳에 방문한 사람들은 공포와 환각에 빠진 와중에 대부분 생포됐을 겁니다. 공기 중에도 약한 환각제가 섞여 있었습니다.

─왜 그렇게 했을까?

─모르죠. 경제성 때문이 아닐까요? 작은 병력으로 기나긴 세월 동안 뭔가를 지키려면 저라도 이 방법을 썼을 겁니다. 제대로 된 전투력

을 유지하려면 유지보수 비용이 많이 들죠.

─앞으로는 어떻게 될 것 같나?

─1차 방어선이 무너졌으니, 더 센 전투력이 있는 놈을 보내거나, 협상을 시도하거나 둘 중 하나겠지요.

─자네 생각은?

─방어적이면서도 고립되는 것을 택한 애들이니⋯⋯ 저라면 협상인데⋯⋯ 어? 뭔가가 나오는데요?

무사들과 대원들이 그 놀라운 광경을 쳐다보고 있었다. 새까만 그림자가 드리워지기 시작한 사막의 건물에 불이 하나하나 켜지기 시작했다. 수천 년, 혹은 수십만 년 만에 처음으로 켜지는 빛일지도 모른다.

"저기!"

그들이 가야 할 길을 안내해주는 것처럼 오각형의 대형 건축물로 이어지는 길의 가로등이 켜졌다. 건물 입구에서 흰옷을 입은 사람이 뒷짐을 지고 이쪽을 바라보고 있다. 이윽고 건물마다 불이 켜지면서 흰옷을 입은 사람이 하나둘씩 나타났다. 건물 사이로 나른하고도 관능적인 음률이 은은하게 흐른다. 피아노 소리와 관악기 소리, 까만 어둠에 약한 불빛, 나른한 음악, 하얀 옷의 유령 같은 것들이 어우러지니 의도를 종잡을 수 없는 그로테스크한 분위기가 조성됐다.

"이건 또 뭐냐?" 산이 중얼거렸다.

"이제 알아봐야죠. 오랜만에 들으니 재즈도 괜찮은데요." 비연이 덤덤하게 대꾸한다.

레인은 숨죽인 채 두 사람을 힐끗 쳐다보았다. 다른 사람들도 마찬가지다. 이제는 미지의 상황에 직면하면 두 사람을 바라보는 일이 습관처럼 되어버렸다.

* * *

　"무례한 방문자로군. 재산상의 피해가 큰걸…… 쯧쯧……."

　노인이 덤덤하게 말했다. 흰옷을 입은 그는 백인의 외모를 가지고 있다. 그는 일행의 정면에 자연스럽게 서 있었다.

　"소통하려는 노력이 부족했지. 좋은 말로 해결될 분위기는 아니었잖아?"

　산이 퉁명스럽게 받았다. 노인이 어깨를 으쓱한다.

　"겁만 주려고 했었지. 설마 죄다 부술 줄은 생각도 못 했어. 손해가 막심해."

　"깡통 몇 개 부쉈다고 쪼잔하긴……."

　산이 노인을 향해 눈을 흘겼다. 다른 사람들은 숨죽이며 그들의 모습을 바라보고 있었다.

　"하기야, 그렇기는 해. 자네들은 이곳을 꼭 보고 싶었겠지?"

　노인이 호탕하게 웃는다.

　"당신이 이곳 주인인가?"

　비연이 물었다.

　"주인이 아니라 대리인이라고 해두지. 게으른 주인 덕택에 임시 주인 노릇을 하고 있지만……."

　노인이 다시 어깨를 으쓱해 보였다.

　"우리가 이곳을 둘러본다고 하면 허락할건가요?"

　"자네들이라면 언제나 환영이지. 단지 어렵지 않은 몇 가지 부탁만 들어준다면."

"우리를 아나?"

산이 물었다. 그의 손끝이 칼자루를 만지작거렸다. 눈빛이 다시 매서워지고 있었다.

"자네들은 꽤 유명하니까."

"부족해. 그냥 묻자. 여기서 낚싯줄 걸고 우릴 기다린 건가?"

"서두르지 않아도 곧 알게 될 거야. 질문은 그것뿐인가? 이곳에 오기로 했다면 꽤 궁금한 게 많았을 텐데……? 따라올 텐가?"

노인이 안쪽으로 돌아서며 발을 옮겼다. 두 사람이 그의 뒤를 따랐다. 다른 사람들도 주춤거리며 두 사람을 따르기 시작한다.

"이곳은 고대의 유적인가요?" 비연이 물었다.

"고대에 만들어졌지만, 유적은 아니지. 지금도 움직이니까."

"이곳과 미국과는 무슨 관계지?" 이번엔 산이 물었다.

"미국? 미국이라…… 아! 그 285 에피소드에 나오는 과학문명 시절의 국가를 이야기하는 것이라면 맞아. 이 건물 중 일부에는 그때 건설된 부품들이 꽤 포함되어 있지"

"285 에피소드?"

"약 30만 년짜리 아주 짧은 철족(鐵族) 에피소드였지. 인류의 집단 진화 과정과 개체진화 간의 균형이 깨져서 결국 자멸했던 케이스였어. 그때 미국이라는 나라가 세계의 영구 패권을 장악했었지. 그렇지만 인간들의 탐욕을 지나치게 해방시켰어. 불행하게도 더 이상 에피소드 진행이 안 됐던 걸로 기억하네."

산은 마른 침을 삼켰다. 비연의 얼굴은 눈에 띌 정도로 하얗게 변하고 있었다. 모든 것이 더욱 혼란스럽다. 그들은 서로 약속했던 내용을 떠올리며 확인을 거듭했다.

"그럼…… 지금은 몇 번째 에피소드지?"

"314번째."

"에피소드가 뭐지? 그건 어떻게 구분하는 거지?" 비연이 물었다.

"일원은 에피소드를 '순서가 정해진 사건(event)의 묶음'이라고 정의했어. 보통 에피소드 내의 사건들은 시간 순서로 배열해. 가끔 일부러 순서를 뒤바꿔 인과율(因果律)을 흔드는 경우도 있지만 그런 비선형(非線型) 작품은 아주 드물지."

"작품?"

"그렇지만 에피소드와 에피소드는 시간 순서로 분류하지는 않아. 가령 너희가 속했던 285 에피소드가 지금의 314 에피소드보다 꼭 시간적으로 앞설 필요는 없다는 의미지. 너희 감각으로는 이해하기는 어려울 거야. 그냥 에피소드는 한 생명집합의 진화 기록이라고 이해하면 된다고 할까?"

"어렵네. 그러면 에피소드는 어떻게 끝나나?" 산이 물었다.

"마감을 지었을 때. 또는 우리가 '심판의 날'이라고 부르는 사건이 끝난 후…….."

"에피소드는 반복될 수 있나?"

"아주 드물지만 있기는 하지. 필름이 재활용되는 것과 마찬가지라고 생각하면 돼"

"당신의 이름은 뭐지?" 비연이 물었다.

"'세눈'이라고 하네. 자네들이 미워하는 용들의 대표라고 할 수 있지."

산은 비연을 쳐다보았다. 비연은 세눈을 바라보고 있었다.

"마룡 실루오네와는 어떤 관계냐?"

"동족이었지"

"지금은 아닌가?"

"그는 일원과 뜻이 달랐어. 그래서 스스로 변이하면서 마룡이 되어버렸어. 많은 동족들이 새로운 삶을 택했고 나는 동족들의 결정을 존중하고 있다. 나 역시 선택을 해야 하는 상황이지."

"일원은 용들에게 인심을 많이 잃은 모양이군. 왜 그렇지?"

"그것까지 너희들에게 알려줄 이유는 없어. 다만 인간에 대한 견해 차이라고 해두지."

"당신은 왜 변이하지 않았지?"

"일원을 직접 만나서 그의 의지를 확인한 후 선택해도 늦지는 않다고 생각했거든."

"그게 언제지?"

"지금은 가르쳐줄 수 없어 그렇지만 너희들이 간절히 원한다면 만날 방법은 있을 거야. 그는 거래를 즐기지. 인간을 너무 좋아해서 탈이지만……."

"우리가 뭘 해주면 되나?"

"일원은 몇 가지 안배를 필요로 해."

"무슨 안배?"

"자신이 올 길을 예비하는 것. 어때? 해볼 텐가? 참고로 자네들이 처음은 아냐."

두 사람의 걸음이 잠시 멈칫했다. 그들은 커다란 건물의 입구를 지나고 있었다.

"협력하면…… 어떤 대가를 기대할 수 있나?" 비연이 물었다.

"너희들이 원하는 것을 얻겠지. 내가 할 수 있는 범위 내로 국한되 겠지만." 세눈이 답했다..

"뭘 달라고 하면 좋을까? 이렇게 보기 드문 산신령을 만났는 데…… 금도끼? 은도끼?"

산이 시름하게 웃으며 비연에게 묻는다. 둘의 얼굴에는 뭐라 표현 하기 어려운 복잡하고도 다양한 표정이 그려지고 있었다. 침착, 냉 정, 열정, 희망, 절망, 그리고 차가운 분노…….

"하수상한 시절에는 그저 현찰이 최고죠. 한 30억만 땡길까요? 퇴 직금으로?"

비연이 진지한 얼굴로 대꾸한다. 그러나 그녀의 시선은 주변을 세 밀하게 살피고 있었다.

"달러보다는 금이 더 안전할걸? 무거워서 얼마 못 챙기는 게 단점 이긴 하네."

산의 눈길도 건물의 천정과 계단을 천천히 쓸어가고 있다.

"그럼 보석이 더 낫지 않을까요?"

"장물은 곤란해……."

"그럼 역시 부동산 불패 아닐까요? 강남에 땅 사놓는 게……."

"부동산 버블 터지면서 세상 망가지는 걸 보고도 그런 소리가 나 오나?"

"차라리 온라인으로 송금해달라고 하죠?"

"위험 분산을 위한 자산 포트폴리오를 먼저 생각해야 된다고!"

"……."

세눈이 고개를 저었다. 1만 년 사는 동안 처음 대하는 종류의 희한 한 인간이다.

"과연 재미있는 인간들인 건 확실하군. 농담은 그쯤 하지……?"

"조금 썰렁했나? 이 동네는 재미있는 게 별로 없어. 그래서 우리끼리라도 잘 놀기로 했지. 우리 세계, 그러니까 285라고 했던가? 그 동네에서는 아무도 남을 웃기려 하지 않았지. 그러지 않아도 세상 자체가 우스웠으니까. 농담은 이쯤 하고…… 돌아갈 수 있는 방법이나 알려줘."

산이 눈을 빛냈다.

"돌아가고 싶은가?"

"미치도록……!"

"이 세계의 진실을 알고 싶지 않나?"

"진실이라……? 진실을 알면 뭐가 달라지지?"

"내가 보았던 우수한 인간들은 대체로 그걸 갈구하더군. 때로는 진실을 알기 위해 목숨까지 바치던데? 너희는 아닌가?"

"진실? 그런 건 개나 줘버리라고 해!"

산이 단호하게 거부하자 세눈의 표정이 미묘하게 일그러졌다.

"자네들은 지혜로운 모험가들 아닌가? 절대 진리의 탐구와 숨겨진 진실의 탐색, 그리고 짜릿한 모험. 그중에서도 세상의 '창조자'를 직접 만난다는 것은 모든 시대, 모든 인간들의 꿈이자 목표였을 텐데? 아니라면 이상하군. 왜 그럼 그대들은 이 위험한 곳에 일부러 찾아왔지?"

세눈이 턱수염을 쓰다듬으며 말했다. 씁쓸한 표정을 짓고 있는 사내와 그저 무덤덤한 여자의 얼굴이 보였다. 무척 생소한 표정이다. 이들은 왜 슬퍼 보일까?

"그건 잘난 체하는 먹물들이나 아니면 자기 이름이 목숨보다 중요하다고 생각하는 팔자 좋은 친구들 이야기야. 나같이 평범한 인간은 진실이 쥐새끼 똥만큼도 궁금하지 않아. 지금 내가 이곳에서 확인하고 싶은 정보는 단 하나야."

"그게 뭐지?"

"내가 원래 세계로 돌아갈 수는 있는 처지인지, 아니면 여기서 찌그러져 살아야 하는지 그 단서만이라도 알려줬으면…… 그것도 안 되면 안 되는 이유라도 알려달라고…… 그걸 모르니 아주 미쳐버리겠거든? 이 정도도 허락되지 않는 건가?"

산의 형형한 두 눈은 세눈을 빤히 쳐다보고 있다.

"미안하네. 나는 답을 이야기할 처지가 안 돼."

세눈은 그의 눈을 피했다.

"그러면 이곳을 방문한 용무는 끝이라고 할 수밖에. 이제 간다. 우리를 막을 건가?"

산은 천천히 일어나며 고개를 좌우로 꺾었다.

"일원이 알려줄 수 있을 거야."

세눈이 천천히 일어서며 대답했다.

"그는 언제 오지? 여기서 얼마나 기다려야 되나?"

"정확한 것은 나도 몰라."

"그래? 너무 늦지 않았으면 좋겠어. 또한 여기 사정이 그렇다면 아 피안이라는 곳도 굳이 가봐야 할 필요는 없겠구먼."

"인간들의 시간 기준으로는 조금 오래 기다려야 될 거야. 그런데 그게 원하는 정보 전부인가?"

"물론 하나 더 있지. 꼭 들어주었으면 하는 게 있어."

세눈은 산의 얼굴을 바라보았다. 사내의 표정에는 그가 알았던 인간의 감정 중에 가장 진지한 염원이 그려져 있었다. 반드시 들어줘야 한다는 의무감이 포함된 어떤 것, 매우 강한 감정이었다.

"계속하게."

"사실 진실이니 뭐니 그런 풀 뜯어 먹는 소리보다 매우 현실적인 요구 하나만 들어주면 나는 네가 원하는 대로 그게 뭐든 할 거야. 꼭 들어주겠나?"

"명예가 아니라면, 뭘까? 이 세계에서 부귀와 영광을 원하나?"

세눈이 빙긋 웃었다. 입꼬리가 약간 올라가고 있었다.

"그런 건 필요 없어. 그대가 진짜 용이라면 할 수 있다고 들었어."

"그게 뭐지?" 세눈의 눈이 가늘어졌다.

"약(藥) 좀 얻을 수 있을까? 우리 아가씨가 아프거든. 그것도 많이…… 마감을 늦출 수 있는 약."

* * *

일행은 건물 안으로 들어섰다. 사람들의 눈이 여러 가지 이유로 휙 휙 돌아간다. 신기한 눈, 두려운 눈, 그리고 무언가 추억을 더듬는 아련한 눈. 아치형의 둥근 터널 형태로 길게 이어진 빛의 길은 그만큼 신비로웠다. 10미터도 넘는 높이의 까만 천정에는 보석처럼 반짝이는 것들이 하얀 빛을 내리쏘고 있었다. 빛은 밝았지만 뜨겁지도 않고 눈이 아프지도 않았다. 입구에서 안으로 들어가는 원통 모양의 좌우 복도에는 강철과 유리로 만들어진 거울들이 여러 각도에서 그들을 비추고 있었다. 바닥도 까만 금속 재질인 듯한 바닥에서도 물처럼 검푸른 빛이 넘실거리며 배어난다.

"여기는 요술 궁전일 거야."

에셴의 대원 유렌이 라론을 향해 중얼거렸다. 거울 속에 비치는 자신의 모습을 멍하니 쳐다보며…….

"나는 뭐가 나와도 놀라지 않을 거다."

라론이 조심스럽게 주변을 둘러본다. 그렇지만 표정은 이미 두려움으로 침식되고 있었다.

레인은 입을 꾹 다문 채 산과 비연을 따르고 있었다. 두 사람은 흥미롭다는 표정으로 '현자'라고 불린 노인을 느긋하게 따라갔다. 그렇지만 레인 역시 생소하고 신비로운 안쪽 풍경에 압도되어 생각의 초점을 제대로 잡지 못하고 있었다. 황실의 화려한 양식과 조명에 익숙한 그녀지만 이런 종류의 화려한 실내 정경에는 쉽게 적응하기 어려웠다.

상인 도벨과 도요는 침을 삼켰다. 거의 모든 것들이 처음 보는 것들이다. 저 불빛은 어떻게 벽에 박혀 있는 거지?'

통로를 지나자 중앙 광장이 일행 앞에 펼쳐졌다. 건물 전체를 덮은 천장은 반투명 재질로 되어 있다. 태양전지의 효율과 채광을 같이 고려한 설계다. 이 오각형 건물은 지나칠 정도로 크다. 한 변의 길이만 300미터가 넘는다. 높이는 20층이 넘는데, 마치 계단처럼 각 층이 위로 올라가면서 한 단씩 뒤로 물러서는 구조라서 1층 아래에서도 위층이 보이는 구조다. 건물 가운데에는 섬처럼 분리된 원 모양의 광장이 있었다. 만약에 극장으로 쓴다면 광장 가운데가 메인 공연을 하는 데 적합한 장소일 것이다.

"오각뿔의 피라미드를 뒤집어 놓은 구조군……."

"견적이 많이 나왔겠어요."

산과 비연이 각각 소감을 이야기했다.

일행이 가장자리에 도착하자 마치 카펫이 펼쳐지듯 다섯 개의 다리가 미끄러지면서 가운데 섬과 연결됐다. 직경 60미터의 정도의 광장은 다섯 개의 다리로 바깥쪽 길과 연결되어 있다. 다리는 폭 4미터, 길이 약 10미터 정도로 유리처럼 투명해서 아래쪽이 그대로 보였다. 일행은 다리를 건너기 시작했다. 안타깝게도 이 다리에는 난간이 없었다. 다리 밑에는 무엇이 있을까?

"끄으……."

건이 건너기도 전에 후들거리며 주저앉았다. 그의 시선은 앞에 놓인 다리 밑을 두렵게 쳐다보고 있다.

"흐으…… 이건 정말……."

대범한 기빈도 숨을 크게 들이쉬었다. 레인은 새하얗게 질린 얼굴

로 이를 꽉 악물었다. 사람들은 경이와 경외감으로 할 말을 잃은 상태였다. 아까 낮에 보았던 환상과는 또 다른 충격이었다. 신들이 거하는 곳. 신계(神界)가 이런 모습일까?

현자 세눈은 그들의 모습을 흥미롭게 쳐다보고 있다. 특히 두 남녀의 반응을 유심히 살폈다. 이들은 이 경이로운 작품을 어떤 각도로 볼 것인가? 그들은 일원이 거했던 원판(原版, Root Episode)에서 발췌한 인간들이라고 했다.

투명한 다리 밑으로는 무저갱(無底坑)처럼 끝없이 아래로 펼쳐진 거대한 공동(空洞)이 있다. 공동은 항아리처럼 아래로 내려가며 넓어졌다. 전체적으로 부드러운 빛이 공간을 비추고 있어 모든 것이 환상처럼 보였다. 사람들은 지하에 펼쳐진 기계의 산과 계곡을 보았다. 끝이 보이지 않을 만큼 거대한 기계와 건축물, 조형물들의 공간이 장대하게 펼쳐져 있다. 초고층 빌딩만큼 큰 구조물 사이로 장대한 규모의 컨베이어벨트가 강처럼 여기저기로 흐르고, 골리앗 크레인 같은 구조물과 대구경 포탑들이 곳곳에 빽빽하게 솟아올라 있다. 그 사이로는 날아다니는 무언가가 끊임없이 이송되고 있었다. 그들이 서 있는 60미터짜리 광장은 지하의 바닥에서 거의 1000미터 이상 솟아오른 원뿔형 건축물의 꼭대기라고 할 수 있다.

"굉장한데! 이것도 SF영화의 한 장면 같네?"

산이 중얼거렸다. 그렇지만 감탄과는 달리 그렇게 놀란 표정은 아니다. 그는 성큼성큼 다리 위를 걸으며 아래쪽을 살폈다.

"그러게요. 영화 〈매트릭스〉도 어떤 에피소드의 하나였을까? 혹시 워(?)씨 형제가 용이었을까요?"

비연이 그의 곁에 무릎을 세우고 앉아 가볍게 대꾸한다. 그러면서 어느새 품속에서 피리처럼 생긴 것을 꺼내 아래를 향해 입으로 불고 있었다. 소리는 들리지 않았다. 비연은 손목에 찬 동그란 시계의 스톱워치를 눌러 시간을 측정했다. 산은 막대기를 꺼내 무언가를 측량하고 있었다. 세눈은 인내심을 가지고 둘의 엉뚱한 행동을 가만히 지켜보았다.

―초음파 측정 결과, 깊이는 대략 3킬로미터, 너비는 10킬로미터 정도 되고…… 전체적으로는 타원형의 공간이겠군요. 정말 질릴 정도의 크기입니다. 피안보다 더 큰 것 같은데요?

―무슨 용도인 것 같나?

―지금도 가동되고 있다면 목적이 있다는 건데…… 인간세계와는 연결된 활동이 보이지 않으니 뭔가 시스템을 유지하거나 통제하는 장치인 것도 같고…… 아무튼 조금 더 봐야 할 것 같습니다. 용의 둥지일까요? 아니면, 아피안과 관계가 있을까요?

―글쎄…….

* * *

산과 비연은 세눈과 함께 중앙 광장에서 아래로 내려가고 있었다. 내려가는 통로는 수직으로 왕복하는 엘리베이터로 되어 있다. 산과 비연은 깊게 가라앉은 눈빛으로 투명한 벽을 통해 바깥 풍경을 응시했다. 비연과 산 두 사람은 그들이 원하는 약을 얻기 위한 진단 절차를 밟게 될 것이다. 세눈은 그들의 몸에 대한 진단과 분석을 원했고 두 사람은 동의했다.

처음도 아니니 이 시도는 그들에게도 유익할 것이다.

'모든 시간과 역사가 공존하는 세계…….'

그 시간 다른 일행은 안전하게 건물을 통과하고 있었다. 날이 어두워졌으니 세눈이 붙여준 안내자의 인도에 따라 정해진 건물에서 휴식과 취침을 하게 것이다. 산과 비연이라는 실질적인 리더가 빠진 상태라 못내 불안했지만 현자는 거짓을 말하지 않는다는 선언을 믿고 마음 편하게 기다리기로 했다.

절대무가의 인물들과 상단 사람들은 저마다 깊은 생각에 빠졌다. 그들도 대화의 현장에 있었지만 알아들을 수 있는 이야기는 하나도 없었다. 하나의 위안이 되는 것이 있다면, 이곳에서 자신들이 안전하게 나갈 수 있을 것 같다는 것과 앞으로 제대로 된 모험을 하게 될 것 같다는 것이었다. 어렸을 때부터 꿈꿔 왔던 이 세계의 신비의 한 자락을 쳐다보는 기쁨. 신과 용, 영웅이 있는 세계의 진짜 전설과 신화 속으로 들어가는 설렘이랄까…….

* * *

"감상이 어떤가?" 세눈이 물었다.

"솔직히…… 매우 인상적이라고 고백하지. '신성한 기계의 숲'이라는 이름은 아주 잘 지은 것 같아"

산이 대답했다. 바깥쪽 풍경은 그가 살아오면서 보아왔던 상상력을 시험하고 있었다. 영화 속 우주 함대를 보는 것 같기도 했고 모든 종류의 기계가 살아 움직이는 별천지 같기도 했다.

"세상에는 사람이 모르는 것이 더 많지. 이곳도 그중 하나야."

"기계들이 아주 바쁘네…… 이 한적한 곳에서 뭘 하느라고 저렇게 움직이는 거지? 외부와는 교류가 단절된 것으로 알고 있는데?" 비연이 물었다.

"대단히 중요한 일이지. 이 세계를 지키는 일이라면 이해가 될까? 바로 현자의 존재 이유지."

"현자가 이 세계를 지킨다고?" 비연의 눈이 반짝였다.

"이곳은 일원의 세계를 유지하는 다섯 개의 축 중 하나다. 5000만 년이 넘는 기간 동안 한 번도 멈추지 않았어. 또한 이곳도 끊임없이 진화해왔지. 이곳을 지키고 운영하는 것이 우리 종족의 임무이기도 하지."

"무엇으로부터 이 세계를 지킨다는 거지? 설마 인간은 아닐 테고……?"

"가장 큰 것은 운석과 화산이다. 그 밖에 영역 내 자원을 조절하면서 생물의 개체 수를 조정하거나 돌연변이의 비율도 관장하고…… 특히 인간은 정말 위험한 족속이라서 항상 개체 수를 관리하고 있거든."

"운석과 화산이 그렇게 위험한가?"

산이 고개를 갸웃했다.

"운석이 그렇게 우습게 보이나? 이 우주는 한마디로 운석의 사격장이라고 해도 과언이 아니야. 그것도 기관총 사격장이라고 봐도 돼. 거의 매초마다 이 별 어디엔가 운석이 튀어들어 온다고 생각해봐. 작은 것은 대기권에서 1차로 걸러주지만, 가끔 지름이 수 킬로미터 넘는 것도 날아오지. 그중 하나라도 놓치면 대재앙이야."

"……."

"상상할 수 있겠나? 그것들의 속도는 그대들이 쓰는 총알 속도의 수십 배에 달한다. 그건 일단 대기권에 진입한 후 단 1초 만에 지표면에 충돌하지. 단 1초간의 가속 후 충돌할 때 온도는 6만 도, 태양표면의 10배야. 10미터 두께 강철이 1초 만에 녹아버리지. 우리는 그전에 정확하게 요격해야 돼. 사실은 하늘을 두 어깨로 지탱했다는 아틀라스 거인만큼이나 힘든 일이지."

"그런 운석이 떨어지면 타격이 크긴 크겠네."

세눈이 눈을 가늘게 뜨고 두 사람을 쳐다보았다. 잠시간 침묵이 흘렀다. 세눈이 입을 열었다.

"타격이 꽤 크다라…… 설마 1킬로미터짜리라고 해서 반경 수 킬로미터만 피해를 입는다고 생각하는 건 아니겠지?"

"……."

"직경이 수 킬로미터짜리라고 가정하면, 이 별의 전체 생명 9할이 날아간다. 그러면 운석의 위력에 대해 좀 감이 잡히나?"

두 사람은 꿀꺽 침을 삼켰다. 운석이라는 게 그 정도였던가?

"여기에 운석이 떨어진다면 여기서 1000킬로미터 떨어진 모든 지역에 무려 20미터의 먼지가 쌓일 거야. 행성의 모든 대기에 넘치는 먼지 때문에 적어도 1년 이상 햇빛을 보지 못할 거고. 그리고 혹한의 빙하가 찾아오지. 1할의 생존율도 아주 낙관적인 숫자다. 화산도 위험하기는 마찬가지야. 인간 따위가 어떻게 해볼 대상이 아니지."

"……."

"너희 잘난 인간들은 한 번도 이상하다고 생각하지 않았겠지? 그런 극악한 상황 속에서도 이 행성에서 수억 년 동안 생명이 유지될 수 있다는 것이? 그저 억세게 운이 좋았다고 생각하나? 아직도 그대 인간들이 잘나서 세계를 정복했다고 믿는가? 사실 정복이라는 말도 정말 우습지만."

"용들이 지켜왔다는 건가? 이런 기계의 숲으로⋯⋯."

"이곳뿐만이 아니지. 하늘에도 있고 바다 속에도 있지. 너희들이 매일 보고 있는데도 모르고 있을 뿐."

"달?"

비연이 물었다. 세눈이 빙긋 웃었다.

"운석 요격과 조수 지진 조절을 위한 시스템이라고 보면 될 거야."

"인간에게 존경받을 만하군." 산이 고개를 끄덕였다.

"용은 제작자 일원이 임명한 행성의 시스템 유지보수 담당이라고 보면 돼." 세눈이 말했다.

"용은 인간을 미워하나?" 산이 신중하게 물었다.

"운석만큼이나 위험하다고 판단하고 있지. 인간 종족에 대한 관찰 결과를 말해줄까? 314번째까지 에피소드가 진행되는 동안, 인간은 이 별에 기생하는 최악의 질병이 아닌 적이 한 번도 없었어. 너희들은 우리가 매일마다 목숨을 걸고 지탱해온 모든 균형을 깨버렸고 떼거리로 몰려다니면서 일원이 애써 베푼 모든 종을 조직적으로 말살해왔지."

"⋯⋯."

"인간이 얼마나 무서운 존재인지 아나? 인간이 정착한 지 300년이면 그 일대의 동물종의 평균 8할이 멸종했어. 게다가 행성을 멸망시킬 치명적인 무기는 정말 잘도 만들어내더군. 모든 실험에서 한 번도 예외는 없었어. 그렇게 혼자 발광하다 멸종하면 뭐라고 안 하겠는데, 시스템 자체를 망가뜨리니까 매우 귀찮지."

"그렇게 위험한 인간을 강력하다는 너희 용들은 왜 그냥 놔두었지? 현자를 보내 조절하면 되잖아?" 산이 중얼거렸다.

"일원이 원하지 않았거든. 가엾게도 용은 그를 거역할 수 없었지. 현자를 동원해 인간을 고의로 죽이게 되면 몸속에 설치된 '마감'이 작동하게 되니까. 그건 누구도 풀 수 없어. 일원이 다시 멈춰주는 것 이외에는……."

"그것이 마룡이 일원을 적대하는 이유냐?"

"그것보다 조금 더 사정이 복잡하지만 원인이 인간에게 있음은 확실해. 나 역시 일원의 이야기를 듣고 내 거취를 결정할 생각이거든."

"이곳에 왔었던 사람들은?"

"모두 죽였지. 아무도 나간 사람은 없었다."

세눈이 간단하게 말했다.

"우리는?"

"아마 살아 나간 최초의 인간이 되겠지."

"그건 왜지?"

"나는 현자의 대표로서 그의 강림을 준비해야 되기 때문이다. 또한 너희들은 다른 각성자들과는 달리 매우 부담스럽거든. 사실 정말 궁금하기도 했고."

"정말…… 불친절하네. 좀 알기 쉽게 말해줄 수 없나?"

"미안하네. 더 이야기해줄 수가 없어. 어차피 이곳은 완전히 숨겨질 거야. 나도 이곳을 지킬 수 없게 됐지. 일원이 원하는 걸 준비하려면 나도 할 일이 꽤 많거든."

"그런데 왜 하필 우리였지?"

"너희는 정말 특별하니까. 아주 흥미롭기도 하고. 일원에게나, 일원의 적에게나."

"특별한 표본(標本)이다?" 비연이 웃었다.

"특별한 원형(元型)이지." 세눈이 정정해주었다.

잠시 동안 깊은 침묵이 흘렀다.

"일원과 인간은 어떤 관계지? 그는 인간의 편인가?"

이제 비연의 눈은 암흑처럼 검게 빛나고 있었다.

"인간은 창조자가 완성해야 할 궁극의 작품이라고 하더군. 또한, 『현자의 서』에 따르면 작가와 독자의 관계와 같다고도 했지. 둘 중 하나라도 없으면 서로가 존재할 수 없다는 의미에서 이원일체(二元一體)의 통일체라고 했고…… 또한 '창조는 출판과 같다'라고도 하더군. 의미는 나도 잘 모르겠어. 그대들은 깬 인간들이니 깊게 사유해 보기를 바라네."

"그러면, 여기는 지구인가?" 비연의 목소리는 약간 떨리고 있었다.

"그럴 수도 있고 아닐 수도 있지."

"무슨 소리지?"

"책을 100권 인쇄했다고 하자. 그중 어떤 것이 원본인가?"

"모두 원본이겠지."

"정답이다. 다만, 독자마다 읽는 순서와 방법이 다를 뿐. 그것이 이 세계를 보는 우리의 상식이다. 너희 시대 과학의 특수상대론에서 언급된 내용이지."

* * *

그들은 잊힌 교국에서 열흘을 보냈다. 산과 비연은 대부분의 시간을 세눈과 함께 보냈다. 그들이 서로에게 원하는 것을 얻을 때까지 대화는 멈추지 않을 것이다. 그동안 다른 사람들은 매우 좋은 환경에서 휴식과 정비를 취할 수 있었다.

찬란한 오아시스의 아침이었다. 산과 비연이 이끄는 일행은 세눈과의 거래를 마치고 잊힌 교국을 떠났다. 반대편에는 새로운 길이 그들을 기다리고 있었다. 잊힌 교국에서 서남쪽으로 연결되며 제국으로 이어지는 길. 사람들은 이 길을 '잊힌 교국'과 함께 엮어 '절대금역'이라고 부른다. 이곳에 처음으로 사람의 발걸음 소리가 울리고 있었다.

비연은 뒤를 돌아보았다. 실루오네를 만났을 때와는 달리 그리 기분이 나쁘지 않았다. 앞으로 더 가봐야 하겠지만 두 사람이 이 경로를 택한 것은 괜찮은 판단이었던 것 같다. 예상외로 많은 단서를 얻을 수 있었다. 자신의 몸 상태에 대한 것도 확인할 수 있었고 마룡 실루오네가 결코 알려주지 않았던 사실도 알게 됐다. 아직 현자 세눈에 대한 의심을 거둔 것은 아니지만 이 현자는 마룡 측과는 입장이 다른 것 같았다.

비연은 머리카락을 다듬었다. 최근 들어 조금씩 머리가 빠지고 있다. 무엇을 잘못 건드렸는지 노화의 속도가 장난이 아니다. 아마 실루오네가 자신에게 설치한 마감과 관련이 있을지도 모른다.

세눈은 비연의 마감이 원래 10년짜리로 설정됐다고 진단했다. 그게 2년 전 이야기니 이제 비연의 수명이 8년밖에 남지 않은 셈이다. 그러나 지금 다시 측정해본 결과, 이해할 수 없을 만큼 상황이 달라져 있었다. 비연은 떠나기 전에 세눈과 나눴던 대화를 다시 상기했다.

"사상 첫 번째 사건이라고?"

"마감은 어떤 경우에도 한결같이 진행된다. 그 속도가 변한 사례는 보고된 적이 없어. 그렇지만 네 경우에는 갑자기 마감이 단축되어 버린 거야. 실루오네가 그럴 능력이 있는 것은 아닐 테고…… 분명히 뭔가를 건드린 건데…… 이건 정말 흥미롭군. 어떻게 한 거지?"

세눈이 비연을 바라보았다. 그의 눈빛은 빛나고 있었다. 비연은 고개를 저었다. 비연은 고개를 힐끗 돌려 옆의 사내를 쳐다보았다. 그는 무슨 생각을 하고 있을까?

1년 전으로 기억한다. 자신의 몸에 이상한 증상이 나타나면서부터 그의 태도는 많이 달라졌다. 간혹 하던 고향 이야기를 하지 않게 됐다. 마치 귀환한다는 것 자체를 포기한 것 같았다. 대신 지독할 정도로 자신에게 몰입하기 시작했다. 또한 마룡 실루오네를 만나서 정기 진단을 받고, 첫 번째 약을 받은 이후에는 행동 방식까지 변해갔다. 훨씬 강한 무력(武力)을 가지기 위해 많은 시간을 투입했고 무리할 정도로 몸에 대한 탐색을 시도했다.

실루오네에게 전해 받은 약은 마감과는 관련이 없는 것이었다. 어떤 목적이 있었을 것이다. 아마 자신의 몸을 통해 임상적인 효과를 확인해보려는 목적이겠지…… 하지만 그런 것은 아무래도 상관없다. 그에게 자신의 상태에 대해 이야기한 적은 없었다. 사실은 그녀 자신도 잘 몰랐으니까.

그러나…….

"3년이라고?"

사내가 세눈의 말을 씹듯이 되뇌었다. 그 얼굴에는 표정이 없었다. 비연은 눈을 꾹 감았다.

"그렇다. 뭘 건드렸는지 모르지만 지금 상태에서 더 건드리지 않는다면 그 정도 수명이 남은 거지." 세눈이 대답했다.

"치료약은?"

"없어. 단지 연장은 시킬 수 있지."

"얼마나?"

"2년 정도? 그것도 용에게만 허락된 약을 써야만 하지. 초인들은 강하지만 수명이 짧지, 그들의 마감을 연장시킬 수 있는 존재는 용이거든. 그것도 100년에 딱 한 번. 일원의 놀라운 안배지. 너희들은 특수하기 때문에 현자 나쿤이 계속 공급해줄 거야."

"2년……."

혼자 웅얼거리던 산은 비연의 어깨를 꾹 잡고 돌아섰다. 돌아서는 그의 등 뒤로 스쳐가듯 짤막한 질문이 던져졌다.

"전 세계에 용은 몇이나 되지?"

"글쎄…… 대략 500에서 600 정도?

세눈은 대답을 하면서도 고개를 갸웃한다. 왠지 목 언저리에서 오싹한 찬바람이 도는 느낌이 들었다.

* * *

죽음의 땅. 인간이 기억하는 역사 동안 어떤 존재도 탐사하지 못했던 곳. 동서로 100킬로미터, 남북으로는 약 150킬로미터에 걸쳐 있는 넓은 분지 지역. 이 세계에서 가장 위험한 곳으로 등록된 네 곳 중의 하나. 지금 그 '절대금역'을 초라한 행렬이 돌파하고 있었다.

"1조, 좌로 전진!"

"2조, 우측에서 엄호!"

"3조, 절단!"

"발사!"

거대 갑충이 무너졌다. 갑충이지만 코끼리와 비슷한 크기다. 갑각류답게 천적(天敵)이 없는 곳에서 무한대의 성장을 누리고 있었을 것이다. 놈은 한쪽 다리가 모조리 절단된 채 균형을 잃고 비스듬하게 쓰러져 있다. 이로써 스물다섯 번째 놈이 저세상으로 갔다. 불화살은 여전히 놈의 몸에 박혀 있고 지글지글 타는 냄새가 사방에 진동했다. 나머지 놈들은 다시 숲 속으로 숨어버렸다. 타이어가 타는 듯한 역한 냄새가 났지만 이제는 이런 냄새에 이골이 났는지 얼굴을 찡그리는 사람도 없다.

"끝도 한도 없어…… 이제는 정말 질린다."

"이제 대충 끝난 것 같은데?"

"가지?"

"챙길 건 챙기고…… 이건 새끼발톱이 비쌀 것 같은데……."

* * *

　폭우 속이다. 장대비가 무섭게 내린다. 사람들이 무릎까지 차오르는 탁류를 거슬러 올라간다. 오르막길의 경사가 거의 30도에 가깝다. 모든 사람의 허리에는 자일이 달려 있다. 모두는 암벽 등반용 카라비너, 그리고 리프트와 비슷하게 설계된 장비를 통해 서로 로프로 연결된 상태다. 가끔 우측 절벽에서 머리 위로 흙탕물 벼락이 쏟아진다. 온몸이 흠뻑 젖어 몸의 굴곡이 선명하게 드러났다. 꼴이 마치 비 맞은 생쥐 같다. 탁류를 벗어나자 젖은 진흙 덩어리가 아래로 흘러내렸다. 두 발을 걸으면 한발이 미끄러진다. 옆쪽은 까마득한 절벽이다.

"으흑······."

허약한 사내 하나가 미끄러져 옆으로 휘청거렸다. 절벽으로 굴러 떨어질 찰나, 로프가 팽팽하게 당겨지며 두 사람이 그를 끌어올렸다.

"큰일 날 뻔했습니다!"

순박하게 생긴 대원 하나가 그의 팔을 부축한다.

"조심했는데······ 젠장······ 자네, 고맙군."

건은 시선을 아래로 향한 채 어깨를 머쓱하게 으쓱한다. 대원이 고개를 갸웃한다. 황족이 고마움을 표시하는데도 그는 묘하게 표정을 찡그리고 있다.

"이거, 아무래도 내기에 질 것 같은데······."

* * *

'검은 숲'은 대낮에도 밤같이 어둡다. 울창한 숲인데도 마차가 나갈 만한 길이 있었다. 유일한 길이 검은 숲을 향해 동굴처럼 열려 있다. 검은 숲은 질릴 만큼 크다. 사흘을 걸었는데 아직도 어둡다. 낮인지 밤인지 구별이 가지 않는다. 이 숲은 극히 위험한 곳이다. 너무 위험해서 잠도 제대로 잘 수 없었다. 상상할 수 있는 모든 것이 튀어나왔다.

선두에 있던 이가 멈췄다. 시선은 조심스럽게 앞에 두고 뒤로 수신호를 보냈다.

'전방에 '사슬 뱀' 둘. 길이는 대략 15미터.'

간격을 두고 따라가던 일행 중 넷이 무언가를 신속하게 챙겨 들고 천천히 앞으로 이동했다. 선두에 있던 사람은 빠르게 뒤로 물러난다.

매우 위험한 놈이다. 세로로 갈라진 노란 눈 네 개가 어둠 속에서 천천히 움직인다. 뱀이 근육을 긴장시킨다. 눈은 퇴화되어 보이지 않지만 공기가 전해주는 좋은 소식을 느낄 수 있었다. 무언가 맛있는 것이 다가오고 있다. 냄새는 조금 이상하지만…… 뱀의 온몸을 휘감고 있는 기다란 비늘이 사슬처럼 곤두섰다. 조용하고 은밀하게…… 머리에서 몸통 중간까지 채찍처럼 휘어져 돌아가는 10미터짜리 비늘들은 아주 효율적인 사냥 도구다. 비늘의 강도는 강철만큼이나 단단하고 유연성은 고무만큼이나 훌륭하다.

뱀은 대가리를 곤두세운 채 먹이를 기다렸다. 한 놈은 이미 다른 쪽으로 이동하여 먹잇감의 우회로를 차단했다. 그들은 암수 한 쌍이 붙어 다닌다. 사냥도 이렇게 협력해서 한다.

팟.

그때 강력한 섬광이 번쩍했다. 뱀은 날카로운 비명을 지르며 고개를 홱 돌렸다. 눈을 후벼 파는 듯한 지독한 고통! 놈이 잠시 몸의 통제권을 잃은 사이 한 개의 하얀 칼과 한 개의 창, 그리고 두 개의 회전칼날이 동시에 날았다. 비명을 지르기도 전에 두 개의 목이 동시에 떨어져 나갔다. 어둠 속에서 사람의 목소리가 낮게 울렸다.

"비싸겠다."

"맛있겠다."

"……."

* * *

스무 명 남짓한 사람들이 말과 마차를 가운데에 두고 무릎까지 차는 '검은 물'을 철벅철벅 넘어가며 전진하고 있다. 누가 보면 거지들의 행렬이라고 해도 좋을 만큼 몸은 더럽고 옷도 누더기에 가깝다. 오로지 반짝이는 눈빛과 이따금 하얗게 드러나는 치아만이 이들이 정신 멀쩡한 인간들이라는 것을 증명하고 있었다. 모두 지쳐 있는 듯 보였지만 행동을 보면 꼭 그렇지도 않은 듯했다.

"대체 이 검은 물은 뭐야……." 남자 목소리다.

"글쎄. 무지 기분 나쁘네…… 끈적하고 고약한 냄새도 나고……."

여자 목소리다. 목소리에는 짜증이 잔뜩 묻어 있었다. 그렇지만 의견이 다른 사람도 있었다.

"심봤다!" 남자 목소리다.

"부자 되겠네요." 여자 목소리다.

"그런데 원유 정제 기술은 언제 개발될까?"

"시도해봐야죠. 쓸모가 많을 거예요. 무궁무진한 원료잖아요?"

* * *

"뭘 줍고 있는 거지?"

"글쎄. 저런 건 별로 가치가 없는 보석인데…… 어딘가 쓸 데가 있겠지, 뭐. 저 사람들 하는 일 중에 이유가 없었던 게 있었나?"

"우리도 몇 개 주워둘까?"

"자네나 그리하시게……."

사람들은 두 남녀를 힐끗 쳐다보았지만 곧 자신의 채집 활동에 열을 올렸다. 이곳은 그들이 '보석의 계곡'이라고 이름 붙인 곳이다. 완만하게 내려가는 길을 따라 계곡 상류에서 무려 열흘간이나 내려왔다. 값비싼 보석의 계곡답게 온갖 뱀과 독충들이 그들을 환영했지만 결코 그들의 발길을 돌리게 할 수는 없었다. 사실은 그 길밖에 없었기 때문이지만…… 계곡의 곳곳에서 그들이 발견한 것은 온갖 종류의 보석이었다. 산화알루미늄 계열의 청옥(사파이어), 홍옥(루비), 취옥(에메랄드), 황옥(토파즈), 그리고 성분은 다르지만, 보라색 자수정(아메시스트)의 원석 결정들이 곳곳에 형성되어 있었다. 그것들이 노천에 햇빛에 반사되어 영롱하게 빛나는 모습이 일행의 발길을 잡았다. 사람들의 눈빛은 보석만큼 빛났다.

"옛날에 이곳에서 누가 보석 장사를 했었나 보다……."

"아마 어느 오래된 에피소드 시절에 이곳에 대규모 알루미늄 화학공장이 있었는지도 모르죠. 그곳을 운석이나 용암이 때렸을 거고……."

"그런데 이건……?"

"맞습니다. 다이아몬드 원석이죠. 원석 상태로는 그리 볼품이 없죠. 지구에서도 17세기에서야 브릴리언트 컷 가공법이 나온 이후 보석의 제왕이 됐다는데……."

두 사람의 눈길이 만났다.

"우리…… 이곳에 다시 올 일이 있나?"

"지금…… 농담이시죠?"

"조금…… 챙겨둘 필요가 있겠지?"

"많이…… 그리고 큰 걸로요."

"……."

*　*　*

'신성한 기계의 숲'을 지나다.

…중략…

(한줄 요약: 그 누구도 믿지 않을 거야. 그곳에서 내가 겪고, 보고, 들었던 것을…….)

고원 지대를 지나 초지(草地)를 거쳐 검은 물을 건너 습지를 건너 검은 숲을 거쳐 보석의 계곡을 따라 잿빛 안개 지대를 뚫고 거대한 염호(鹽湖)를 끼고 북쪽에서 절벽 길을 따라 우회하다. 그것은 오로지 한 길로 나아가는 길. 선택의 여지는 없었다. 수천 년 동안 인간의 발길이 닿을 수 없었던 통로.

절대 금역(禁域).

…중략…

기기묘묘한 괴수들, 무시무시한 육식 넝쿨식물, 거대한 곤충, 하늘을 나는 뱀, 양탄자같이 몸을 감싸며 공격해온 식인어, 야광 철갑충, 철갑 비족(飛族), 그리고 덜 떨어진 정령(精靈)들, 설탕연못의 공룡악어, 흡혈박쥐 떼 등등…….

(두줄 요약: 언제나 죽음이 곁에 있었다. 결국…… 부주의했던 무사 하나와 상인 셋을 잃었다. 그러나 여전히 흥분이 가시지 않는 신나는 모험, 누구보다도…… 용감했던 에센의 대원들을 잊지 못할 것이다.)

사흘 동안 계곡을 따라 내려가며 결국 다문 제국의 국경에 이르다. 지금은 에센을 떠난 지 무려 석 달. 거기서 다시 열흘째. 앞으로 다시

한 달을 더 가면 프리고진.

"드디어…… 사람을 구경할 수 있겠구나……."

레인이 중얼거렸다. 그녀는 일기를 덮었다.

눈을 들어 앞을 본다. 계곡 너머 멀리 아스라이 국경의 망루가 보였다. 이제 '살아서' 제국으로 들어갈 수 있다. 레인은 손을 들어 햇빛을 가렸다. 챙이 긴 모자를 썼지만 눈을 찌르는 오후의 햇살을 막는 데는 별 도움이 안 된다. 얼굴은 새까맣게 그을렸고 눈살에는 주름이 잡혔다. 아직도 덥다. 이제 폭염의 계절도 막바지에 접어들며 한풀 꺾였다는데도…… 주변을 둘러보니 다들 몰골이 말이 아니다. 제국을 둘러봐도 이렇게 처절하게 망가진 거지들은 없을 것이다.

레인은 자신의 모습을 상상했다. '사람'과 무척 비슷하게 생겼을 것이다. 문득 입가에 웃음이 감돈다. 다시 건을 찾았다. 어색하지만 이제 제 역할을 하는 것 같다. 사람 냄새도 나는 것 같고…….

'정말 많이 망가졌구나. 건. 그런데, 어떡하지? 이제부터는 너를 많이 미워할 수 없을 것 같네?'

음유시인 세실이 노래한다.

그 고통과 시련은
나약하고 사악한 심성을 녹였고
생사를 넘나드는 도전과 응전은
의지를 칼날처럼 벼렸다
함께 몸으로 부대끼며 울고 웃던
어깨동무 기억은

강하며 배려를 아는 자아(自我)로

인도했구나

초라하고 나약하며 부끄러웠던 가식을

가식과 화장의 껍질을 둘러쌓았던 그대……

그것을 과감하게 벗어버림으로써

왕(王)은 가장 아름다운 것을

볼 수 있는 눈을 열었도다

　레인은 기지개를 켰다. 정말 생각지도 못했던 커다란 모험이 끝나 간다. 왠지 아쉬움이 남는다. 그렇지만 왠지 정말 제대로 된 어른이 됐다는 느낌이다. 몸도 마음도…… 그래도 제국으로 들어가기 전에 씻을 물을 만났으면 하는 소박한 소망을 가져본다. 레인은 손수건을 꺼냈다. 흙탕 자국이 지워지지 않아 얼룩덜룩하고 누런 손수건. 느닷없이 왈칵 쏟아지는 눈물이 그 위를 적셨다.

* * *

　상인 여인 도요는 힐끗거리며 한 사내를 쳐다보고 있었다.

　정말 무서운 사내였다. 지금도 여전히 무섭지만 처음만큼 대하기 어렵지는 않다. 아니, 이젠 너무 친해진 것이 문제라면 문제다. 에센의 짓궂은 사람들도 마찬가지다. 하루하루가 너무 재미있고 유쾌해서 정말 헤어지고 싶지 않다는 생각이 들 정도다. 절대금역의 절대공포도 이들의 듬직함과 유쾌함을 막지는 못했다. 지금은 그 무서운 괴수들이 오히려 등장해주기를 기다릴 정도라니…… 숙부를 따라 불안에 떨며 어쩔 수 없이 따라온 길이었다. 처음에는 숙부의 결정에 전혀 동의할 수 없었다. 프리고진은 원래 상단의 목적지가 아니었다. 왜 숙부는 호위무사들에게 웃돈까지 얹어주면서 목적지를 바꿨을까? 겨우 죽음에서 벗어난 것이 며칠 전인데, 왜 또다시 목숨까지 걸어야 한다는 건지…… 그녀는 그 이유를 전혀 납득할 수 없었다. 지난 한 달은 그녀에게는 평생 처음 겪는 지독한 모험의 시간이었다. 매 순간 죽을 고비를 넘겼고 그때마다 겨우 살아남았다. 그래서 무엇을 얻었을까? 도요는 좌우를 둘러보았다. 어느새 숙부가 곁에 와 있었다.

"이제 위험한 길은 모두 지나간 것 같구나. 고생했다."

도요는 천천히 고개를 돌렸다. 그윽한 미소를 담은 숙부의 얼굴이 보였다.

"우리는 이제 진짜 살아남은 거군요."

"나를 원망했느냐? 도요?"

"사실은…… 그랬습니다. 그렇지만 지금은 오히려 고맙다고 생각하고 있어요. 평생 잊지 못할 것 같아요. 앞으로 살아가면서 어떤 일이 일어난다고 해도 놀라지 않을 것 같습니다."

"나도 그렇다. 상상했던 어떤 것보다도 굉장한 모험이었지. 덕분에 정말 귀한 물건들도 얻을 수 있었고."

"그렇죠. 그리고 좋은 사람도 알게 됐고요."

"이제 내 의도를 알겠느냐?"

"이제 이해할 수 있을 것 같아요. 저런 분들과 인연을 맺어두는 것이 상인으로서 얼마나 중요한지……."

"그래, 사람에 대한 투자야말로 가장 귀한 투자지. 특히 상인으로서 평생 한 번 말을 섞기조차 어려웠을 사람들이다. 이런 기회가 아니면 서로 알 기회가 없겠지. 네가 보기에 저 귀인은 누구라고 생각하느냐?"

도벨이 눈빛으로 레인을 가리켰다.

"최소한 공작가 이상의 여인이라고 보았습니다만?"

"왜 그렇게 생각했지?"

"기품이 심상치 않았습니다. 언뜻 눈에 띄는 장신구도 매우 비싼 것들이더군요."

"그러면 저 남자는?"

도벨의 시선은 건을 향하고 있었다. 그는 들뜬 표정으로 망루를 쳐다보고 있다.

"그 역시 비슷하다고 보았습니다."

"제법이다만……."

"제가 잘못 본 걸까요?"

"아니, 네 경험이 적다는 점을 고려하면 그 정도도 대단하다고 해야겠지. 내 생각을 말해줄까?"

"예."

"아주 고귀한 분이다. 저 레인이라는 분은 아마 황실 사람일 것이다. 저 건이라는 분도 마찬가지일 것이고."

"예?"

도요가 비명을 지르려다 가까스로 입을 틀어막았다.

"틀림없을 거야. 일부러 소박하게 차려 입었지만, 나는 신발들을 살폈다. 다른 것은 바꿔도 신발은 좀처럼 바꾸기 힘들거든. 제조 공방은 제국 최고의 맞춤을 자랑하는 '안성공방'. 재질은 비싼 '알친'의 가죽. 그리고 신발에는 보통 구별하기 위해 뒷굽 안쪽에 가문의 문장을 새기는 법인데…….”

“황실의 문장?”

“그래…… 정확하다.”

“그것 때문에 동행을 결심하셨군요.”

“아니, 황실 인물의 비밀 행차라면 피하는 것이 오히려 상책이지. 황실의 비밀 행사에 가까이 간다는 것은 곧 죽음에 가까이 가는 것과 같으니. 오히려 저쪽 두 분 때문에 결심을 했지.”

도벨의 눈길은 산과 비연을 향해 있었다.

“왠지 모르지만 저 두 사람은 동행을 원하지 않았고 다른 사람은 동행을 원하는 듯이 보였다. 놀라운 무력도 무력이지만, 어떤 대가도 바라지 않고 곤경에 처한 우리를 구하고자 했던 저들의 태도가 정말 인상 깊었지. 이런 사람은 매우 드물겠지? 맞느냐?”

“…….”

도요가 대답 대신 고개를 끄떡인다.

“그리고 왕족 대접을 받는 그 동명가와 기장가의 귀인들이 그의 모욕적인 발언에도 화를 내지 않았다. 오히려 동행을 사정하는 것처럼 보였어. 심지어 저 한선가의 대가 분들도…… 이런 경우는 아주 드물지. 아니…… 거의 있을 수 없는 일이다. 사실 ‘잊힌 교국’과 ‘신성한 기계의 숲’으로 갈 때가 고비였어. 분명히 죽음의 길처럼 보였지. 그렇지만 그때 나는 대원들의 확고한 태도를 보았다. 왠지 뭔가 있을 것이라는 묘한 확신이 생겼다. 저들이 건다면 나도 인생을 걸어 볼 만하다고 생각했지. 도박이었지만 결국 성공한 것 같구나.”

“얻은 물건도 많았고요.”

“그래, 엄청난 수확이지.”

＊＊＊

"이제 위험한 길은 모두 끝난 것 같소. 이제 좀 사람답게 살 수 있 겠네요. 아아! 그동안 꽤 힘들었어……."

기빈이 옆에 털썩 앉으며 말했다. 그의 손에는 방금 잡은 커다란 물고기 서너 마리가 펄떡거리고 있다.

"그러게 왜 사서 이 고생을 하냐고? 고기는 이리 줘!"

산이 물고기를 건네받으며 가볍게 웃어주었다.

물고기는 칼을 쥔 그의 손에서 능숙하게 해체되기 시작했다. 꽤 괜찮은 매운탕 재료다. 산은 입맛을 다셨다. 이런 꿀꿀한 날씨에는 그저 매운탕에 소주가 최고인데…… 근데 여기는 미나리가 없다는 거…….

"재미있으니까요. 아마 안 따라왔으면 무척 후회했을 겁니다. 나 는 그런 꼴 못 보죠."

"술은 좀 남았나?"

"주정(酒精)이 아직 남아 있을 겁니다. 꺼내 올까요?"

"부탁해. 매운탕에 술이 빠지면 섭섭하지."

기빈은 벌떡 일어나 터덜터덜 마차 쪽으로 걸음을 옮겼다.

"고맙군. 이번 여행에서는 여러 번 도움을 받았어. 잊지 않을 거 야."

산이 물고기를 다듬으며 한마디를 툭 던졌다.

"내가 할 말입니다. 앞으로도 좋은 벗이 되기를 바랄 뿐입니다!"

기빈은 돌아보지 않은 채 손을 휘휘 저었다.

* * *

건은 바위에 걸터앉아 잠깐 숨을 돌리고 있었다. 옆에는 돌아다니며 손수 모아온 마른 나무가 수북하다. 그의 눈길은 다른 사람들이 일하는 모습을 향하고 있었다. 이제는 별로 생소하지도 어색하지도 않은 매우 자연스러워진 풍경이다. 아래쪽에는 빨래와 세탁을 하는 조들이 불을 피워놓고 분주하게 옷감과 신발을 말렸다. 중간쯤에는 에센의 대원들이 돌과 나무를 이용하여 몇 개의 식탁을 마련하고 있다. 오늘은 공간이 제법 넓은지 커다란 원형으로 식탁을 짜는 모양이다. 오른쪽 흐르는 물에서는 그물과 낚시로 물고기를 잡는 조와 잡은 고기를 손질하는 사람들의 손길이 분주하다. 이곳 계곡은 정말 물 반, 고기 반이라고 할 만큼 고기가 많았다. 크기도 어른 팔뚝만 한 것들이 태반이다.

오늘은 이 험악하기 이를 데 없었던 여정의 마지막 날이 될 것이다. 바로 코앞 여울만 지나 절벽을 통째로 막고 있는 철문을 넘어가면 바로 다문 제국으로 들어간다. 문득 마음이 설렌다. 건은 심호흡을 해보았다. 그리고 다시 앞에 펼쳐진 정경을 눈에 새기듯 찬찬히 둘러보았다. 쉬는 사람은 아무도 없다. 건은 이마에 송글송글 솟은 땀을 닦았다. 장갑을 벗은 손등에 땀이 한 줄기 흘러내린다. 손을 들어 손가락 사이로 흘러내리는 땀을 쳐다보았다. 약간이지만 손가락과 손바닥에서 굳은살이 만져졌다. 몇 번이나 터지고 아문 흔적이 남아 있다. 입가에는 짭조름한 소금기가 느껴졌다. 문득 땀 흘리며 일하는 것이 부끄러운 것은 아니라는 생각이 들었다. 여기에 있는 사람 누구도 거친 일을 하는 것을 부끄러워하지 않는다. 제 몫의 일을 못했을 때 부끄러워하는 사람은 있어도…….

땀은 지저분하고 추한 것이라고 늘 생각했었다. 황실의 우아한 경험과 완고한 예법에서는 그렇게 배웠다. 땀을 흘리는 일은 천한 것들이나 하는 것이었다. 그러나 일을 정말로 즐기는 희한한 꼴통들과 지내며 건의 생각은 크게 바뀌었다. 하기 싫었지만 하지 않을 수 없는 것. 그것이 건이 원래 알고 있었던 일이었다. 그러나 일에는 '천한 것' 그 이상의 어떤 것이 있다는 것을 알게 됐다. 진정한 가치라는 것…….

건은 지난 여정을 돌이켜 보았다.

'참…… 고약한 사람들이야. 이 원수는 꼭 갚을 거다! 적어도 열 배 이상. 각오하라고…….'

건이 그들과 매우 불편한 동행을 시작했을 때 그의 곁에는 아무도 없었다. 한선가의 대가가 둘이나 있어도 별 도움이 되지는 못했다. 그들은 하인이 아니었다. 자신보다 신분이 더 낮다고도 할 수 없는 대가급 인물들이었다. 그리고 건이 당면한 문제는 무력으로 해결되지 않는 것들이었다. 쉴 새 없이 찾아드는 새로운 상황, 밤낮을 가리지 않는 섬뜩한 위기, 그리고 일상에서 벗어나서 닥치는 곤란한 상황은 언제나 상식 이상의 창의적인 '일'을 요구했다. 그것은 아무리 경험 많은 한선가의 무사라도 해결할 수 없는 범위의 것들이었다.

그러한 상황을 동명가, 기장가의 고귀한 무사들과 상인, 호위무사들도 똑같이 겪었다. 그들은 어떤 상황이 벌어질 때마다 당황하며 어찌할 바를 몰랐다. 해결해야 하는 문제의 수준이 속 편한 유람 때와는 차원이 달랐다. 전인미답(前人未踏)의 신비와 대면하는 일이었고 그들 중 누구도 결과를 예측할 수 없는 일이었다. 예측할 수 없으니 대책을 세울 수도 없었다.

　일행 중 유일하게 침착했던 사람들은 놀랍게도 에센의 대원들이었다. 그들은 신중하게 조사를 했고 토론을 했으며 나름대로 최적이라고 생각하는 결론을 이끌어냈다. 그리고 대책은 곧바로 행동으로 이어졌다. 그들은 눈치를 보지 않았다. 신념을 밀고 나갔다. 그들의 대장은 별다른 지시를 하지 않았다. 그저 묵묵하게 듣고 그들이 하자는 대로 할 뿐이었다. 가끔 몇 가지 조언을 해주는 정도? 간혹 실패도 있었고 치명적인 오판도 있었지만 그들은 결코 대원들을 책망하지 않았다. 일행 중 누군가가 대원의 오만한 행동에 불만을 이야기했을 때…….

　"이거 반갑군. 그럼…… 자네가 해볼래? 아니면 먼저 가보시든가?"

　"네……?"

　"저 대원들이 우리를 골려주려고 일부러 실패했다고 생각하나?"

　"그건 아니지만……."

　"자네는 살아오면서 모든 시도가 단 한 방에 성공했었나 봐? 정말 그렇게 대단한 사람이야?"

　"……."

　"도와줄게 아니라면 그냥 놔두라고. 실패는 대부분 독(毒)이지만, 곧은 의지를 가진 사람에게는 아주 좋은 보약이 되지. 그들이 최선을 다했다면 그걸로 된 거야. 나는 저 사람들이 성공하는 모습을 보고 싶어. 그리고 나는 하나도 급하지 않아. 열 번의 실패로 한 번 성공을 얻을 수 있다면 내게는 수지맞는 장사야. 다음에는 다섯 번 실패에 한 번 성공을 만들 수도 있겠지. 세 번 시도에 한 번 성공이면 성공률이 3할이야. 그때부터는 '거장'이라고 하겠지? 그다음은 뭐라고 생각해?"

"……."

"비로소 즐길 수 있는 거야. 우리 대원들은 그렇게 살아. 죽도록 노력해서 잘 살아보겠다는데 불만 있나?"

다른 사람들은 아주 자연스럽게 에센의 대원들의 행동을 관찰하게 됐다. 그들은 결코 서두르지 않았다. 곤란을 겪기도 했지만 그 상황조차 힘을 합쳐 능숙하게 극복해나갔다. 마차가 부서졌을 때, 말의 다리가 부러졌을 때, 식량을 찾아야 할 때, 중독이 됐을 때, 폭우 속에서 길을 잃었을 때, 늪에 빠졌을 때, 작업을 해야 할 자리를 선정할 때, 위험한 것들을 만났을 때, 위험 시의 신호와 대응 체계 등등……이런 행동들이 동명가와 기장가 무사들의 높은 자존심을 건드렸다. 아울러 마땅히 깨어 있어야 할 고귀한 정신까지 깨웠다.

건 역시 결단을 내려야 했다. 그가 선택할 수 있는 대안은 세 가지였다. 자신의 판단과 확고한 의지로 혼자 어려움을 헤쳐나가는 것. 불행하게도 그것은 자신이 가지고 있는 덕목이 아니었다. 아니면 압도적인 무력으로 제압하여 상대를 부리는 것. 안쓰럽게도 그가 굴복시킬 만큼 만만한 사람은 아무도 없었다. 건은 태어나서 가장 처절한 패배감을 느꼈다. 턱없이 부족한 지혜와 경험, 나약한 의지, 확고한 원칙의 부재가 얼마나 사람을 비참하게 만드는지도 알게 됐다. 타고난 신분이라는 것을 걷어내면 무엇이 남는지도…….

마지막으로 선택할 수 있는 것이 바로 수평적 협력이었다. 협력에는 반드시 대가가 따른다. 건은 많은 것을 원했지만 그가 내놓을 것은 창피할 정도로 없었다. 결국, 빈손을 내밀어 동등한 협력을 구해야 했다. 그러나 대원들은 건의 요청을 받아들였다. 그 스스로도 머쓸할 만큼 뜨거운 환영과 뜻밖의 격려, 기묘한 협력이 시작됐다. 작은 역할이 주어졌고 쉽지 않은 과업들이 진행됐다. 그리고 건은 비로소 '현장' 속에서 진짜 '현장'을 보았다. 팽팽한 긴장감, 숨 가쁘게 흘러가는 상황, 온몸에 흐르는 땀, 옆에 있는 '동료'의 거친 숨결, 굳세게 거머쥔 손에서 전해지는 체온, 위기를 맞이했을 때 터질 듯이 뛰는 심장의 고동 소리, 죽을힘을 다해 일을 만들어가는 자들의 처절한 고함 소리, 그리고 모든 것이 잘 해결됐을 때 찾아들었던 그 놀라운 희열감! 공감! 아무나 껴안고 기뻐하던 그 통쾌하고도 끈적한 느낌. 그것은…… 결코 나쁘지 않은 기분이었다.

그리고 변화가 시작됐다. 한 달이라는 기간은 사람의 마음을 바꾸기에는 짧다. 그러나 변화를 일으키는 데는 충분했다. 매일마다 도전과 응전을 해야 하는 환경에서, 목숨을 걸고 해결해야만 하는 절박함에서, 문제를 해결하며 반드시 믿어야만 할 사람들 속에서, 그리고 그 '동지'들과의 수없이 많은 대화, 대화, 대화 속에서…… 건의 완고하고 비틀린 관념은 폭풍처럼 흔들렸고 가루처럼 부서져 내리고 있었다. 죽음과 매우 가까이 지내면서, 건은 비로소 삶의 '가치'를 보았다. 살아 있다는 것은 '기쁜 것'이었고, '한없이 고마운 것'이었다. 그리고 찬란한 축복이었다. 과거에 자신이 그랬듯 남의 생명은 함부로 가지고 놀아도 될 만한 것이 아니었다.

건은 자신의 일을 하기 위해서는 다른 사람들의 일도 '올바르게' 이해해야 한다는 것을 깨달았다. 그것은 그가 살아오는 동안 전혀 생각해보지 않았던 관점이었다. 그 관점은 다른 사람의 관점에서 자신을 돌이켜 보는 법을 열어주었다. 그리고 모두가 짐작했듯 타인에 대한 '인정'과 '배려'가 소중하다는 것을 배우게 됐다.

어느 날 고된 임무가 끝난 뒤, 술잔이 돌았다. 쓴 싸구려 술이었고, 입에서 입으로 돌아가는 술잔에는 더러운 것들이 잔뜩 묻어 있었다. 그 술은 독했다. 그러나…… 맛있었다. 제법 여러 잔을 마셨다. 그리고 건은 어른이 된 뒤 처음으로 크게 울었다. 그냥 눈물이 하염없이 흘렀다. 아이처럼 소리 내어 울었다. 그것은 슬퍼서도 아파서도 아니었다. 억울해서는 더더욱 아니었다. 묘하게도 '기뻐서'였다. 조건 없이 자신을 믿어주는 사람이 이 세상에 있다는 사실이 그저 기뻤고 신분을 잊고 어울릴 수 있는 탁 트인 마음들이 너무도 흥겨웠다. 그는 태어나서 처음으로 안전하다고, 따뜻하게 보호받는다고 느꼈다. 그런데도 눈물이 터져 나왔다. 건이 평생 처음으로 경험한 사건이었다. 사람들이 '감동'이라고 부르는 것. 그것이 개차반의 인생을 딛고 일어나 훗날 대권을 거머쥐게 될 한 인물의 자서전에 가장 많이 나오는 단어가 될 것임을 건 자신도 모르고 있었을 것이다.

* * *

다문 제국으로 가는 통로는 계곡 전체를 감싸는 거대한 철문으로 막혀 있었다. 자물쇠가 안쪽으로 채워져 있어 계곡에서는 밖으로 나갈 수 없었다. 아마 이 금역에서 튀어나오는 온갖 괴물과 위험한 것들을 막기 위해서 설치했을 것이다. 하늘을 나는 것 이외에는 누구도 통과를 못한다고 믿었겠지만…….

철컹.

한 사람이 철문 위로 넘어오더니, 열쇠도 없이 가볍게 문을 땄다. 그리고 대문을 열어 걸어 들어오는 한 무리의 사람들을 맞이했다. 그들의 몰골은 꽤 깨끗해지려고 노력한 티는 났지만……

"웬 거지들이 저기서 나오는 거야? 문은 어떻게 열었지? 어라? 근데 마차도 있네?"

평소에는 할 일이 없어서 졸던 문지기가 눈을 비비며 멀리서 달려왔다.

이곳은 프리고진에서 약 400킬로미터 떨어진 국경도시 '오둠'이었다. 이렇게 그들은 세상으로 다시 나왔다.

* * *

오둠에 들어온 지 사흘째 되는 날이다. 일행은 큰 여관에서 간편한 옷으로 갈아입은 채 노닥거리고 있었다. 입던 옷과 가져온 옷 중에는 성한 것이 없어서 전부 버리고 완전히 새로 장만해야 했다. 옷가게라는 것은 애초에 없으니 전부 의복공방에서 맞춤 제작을 해야 했고 그래서 최소 닷새는 머무르게 됐다.

그 시간 동안 일행은 자신만의 시간을 즐겼다. 대부분 자신이 겪었던 모험을 결산해보고 앞으로 무엇을 해야 할지를 고민하고 있을 것이다. 모험 자체가 워낙 굉장했고 성과도 엄청났기 때문이다. 다만 오둠에 거주하는 높은 신분 인물들이 줄지어 방문하고 있어서 빨리 떠나고 싶은 마음이 굴뚝같다는 점에서는 모두의 의견이 일치하고 있었다.

이들이 '잊힌 교국'을 거쳐 '사자(死者)의 문'을 역으로 통과해서 왔다는 정보는 대륙 전역으로 빠르게 퍼져갔다. 값진 괴수들을 잡기 위해 군대가 들어가느라 철문이 몇 번 열린 적은 있었지만 그나마도

100년 전 1000명 규모의 군대가 전멸하다시피 하면서부터 입장 자체가 금지됐다. 그 절대금역을 통과한 사람들이 현세에 등장한 것이다. 근래에 없었던 일대 사건이었다. 이름난 제국의 모험가들은 흥분했다. 많은 모험가들이 도전을 결의하고 있다는 소문도 돌았다. 부와 명예가 그들의 눈앞에 아른거리고 있었다.

증거는 충분했다. 일부만 보여준 것이지만 보석의 계곡에서 가져온 온갖 원석들, 기기묘묘한 괴수들을 잡아 말린 가죽과 뼈, 유용한 부품들, 그리고 결정적으로 '신성한 기계의 숲'을 지나면서 획득한 기묘한 장비 중 공개된 일부가 사람들의 눈길을 끌었다.

"세눈…… 쪼잔한 새끼. 준다고 했으면 화끈하게 줘야지…… 겨우…….."

산이 중얼거렸다. 그의 손에서 얻어 온 지포라이터가 반짝이고 있다. 물론 휘발유도 충분히 챙기긴 했다.

"아직도 억울하세요?" 비연이 피식 웃었다.

"뭐 애초부터 기대를 안 했으니, 그런 건 아니지만……."

"잊으세요."

"다음에 다시 찾아갈까?"

"상황 봐서요. 아마 움직이는 기지일 텐데 다른 곳으로 숨겠죠?"

산은 그때의 일을 회상하며 이를 갈았다.

* * *

"폐쇄한다면 어차피 필요 없겠네?" 산이 물었다.

자재 창고처럼 물품과 자료가 정리된 공간이었다. 규모가 할인

점만큼이나 컸다.

"중요한 유물이기 때문에 가져가야지. 하지만 하나 정도는 선물해 주지. 골라보게. 단, 손에 들고 갈 정도의 물품만 허락하네. 나도 전임 용들로부터 수집하느라 꽤 고생했거든……."

세눈이 말했다.

"285 에피소드의 2000년 초에 나온 노트북 컴퓨터를 얻을 수 있을까? 물론 태양전지로도 작동하고, 기본 소프트웨어 빵빵하게 깔린 걸로? 한글판 OS면 더 좋고."

"그걸로 뭘 하게?" 세눈이 눈을 가늘게 뜨고 물었다.

"계산도 하고, 자료 정리도 하고, 분석도 하고……."

"그건 안 돼."

"왜 안 돼?"

"결국 무기 만드는 데 쓸 거 아닌가?"

"그러면 생물과 화학 관련 책을 좀……."

"책은 삭아버려서 없어. CD는 있는데……?"

"컴퓨터가 없으면 소용없잖아?"

"그건 자네 사정이고……."

"……."

한참을 돌아다닌 후 산이 탄식을 했다.

"어쩌…… 순 이런 것들밖에 없나?"

"거의 잡템 수준이군요. 이게 전부는 아닐 텐데…… 결국 용을 잡아야 되는 건가……."

멀리 있던 세눈이 불현듯 귀를 후볐다.

대부분의 물건은 자동차, 자동화 기계, 제어장치 등으로 그들에겐 쓸모없는 것이었고 전자 제품은 전기와 규격 문제로 작동되지 않을 것이다. 그나마 쓸 만한 것들은 작업 공구들이었는데 대부분이 이미 가지고 있는 것이었다. 산은 몇 개의 소총, 저격용 M16과 실탄, 지포 라이터, 기계식 시계, 그리고 플라스틱 저장 용기를 선택했고 비연은 전자식 저울과 다양한 화학물질을 검출할 수 있는 간이 측정 도구들을 골랐다. 대원들과 다른 사람들은 자신이 이해 가능한 물건들을 조용히 골라 챙겼다. 주로 알칼라인 1차 건전지로 작동되는 것들인데, 그들에게는 일회용 마법이 깃든 아이템으로 보였을 것이다.

***

"그래…… 오둠을 출발했다고?"

40대 초반의 사내가 말했다. 그의 책상에는 서류가 여기저기 놓여 있었다.

"절대금역을 통과해서 오둠으로 나왔답니다. 프리고진까지 20일 정도 걸린다고 합니다."

앞에 시립한 사람이 머리를 조아리며 답했다.

"대단하군. 누구도 하지 못했던 일을 해냈어. 기장가와 동명가의 특급무사들도 합류해 있다고? 그들의 목적은 파악이 됐나?"

"가문에 질의한 결과, 가문 차원에서 결정한 바는 없었다고 합니다. 호기심 많은 정보요원들의 독자적인 판단이라고 봐야 할 것이라고 합니다. 그렇지만 그들도 4대 금역 중 하나를 가문의 사람이 통과했다는 사실에 크게 흥분하고 있습니다."

"상인들도 있다고 하던데?"

"피부노 출신의 도벨이라는 자입니다."

"목적은?"

"알려진 바가 없습니다. 마적에게 습격당한 후 안전을 위해 우발적인 동행을 결심한 것으로 보입니다."

"건은 어떻던가?"

"건강하다고 합니다. 별 사고를 낸 것 같지는 않습니다. 그런데……."

"그런데?"

"한선가 세염과 세겸 형제가 직접 나서서 합류한 상태입니다."

"아무래도 금역이니 밀착해서 호위해야 했겠지. 그들을 탓할 일은 아니다."

"불러들일 생각이십니까?"

"아니, 어차피…… 그냥 놔둬라. 어차피 사람 되기는 어려운 놈이지만, 아직은 아니다."

사내가 책상을 손으로 톡톡 두들겼다.

"그대는 어떻게 보나? 레인이 선택한 두 사람을?"

"무상 한영 님의 추천이 있었다고 합니다. 레인 황녀가 그 오지까지 달려갈 정도라면 그 소문에는 설득력이 있습니다."

"그들의 힘으로 금역을 통과했다면 그 지혜와 역량은 이미 현실로 입증된 터…… 그게 레인의 힘이었든 그 두 사람의 능력이었든……."

"황제 폐하의 입장이 미묘하게 됐습니다. 너무 유능해도 문제일 텐데."

"그럴지도…… 아버지의 입장이 묘하게 됐지. 재미있구나."

사내가 껄껄 웃었다. 그는 일어나 뒷짐을 진 채 건물 밖을 응시했다. 그의 눈은 심유(深幽)하게 가라앉아 있었다. 차기 황제를 준비하는 사람. 대라준경이라는 이름을 가진 인물이다.

그들이 온다. 아직은 어떤 영향도 미치지 못할 하찮은 존재들이지만, 그는 묘한 운명의 흐름을 느꼈다. 그것은 바람과 구름을 몰고올 것이다. 세상에서 풍운(風雲)이라고 부르는 것. 아버지의 뜻, 자신의 의지, 그리고 이 세계를 엿보는 기묘한 힘들. 또한 자신의 의지를 벗어난 어떤 징조들…… 그 스스로도 미치도록 궁금했던 것. 과연 레인이 풀어낼 수 있을까?

"재미있겠어……."

4장

탐구
探求

프리고진!

동서로 1만 4000킬로미터, 남북으로는 8500킬로미터에 달하는 최대의 대륙 '우란'의 패권을 장악하고 있는 다문 제국 수도의 이름이다. 인구 600만을 아우르는 거대도시, 그리고 대륙 최대의 문화도시이자 정치와 경제, 교육, 그리고 외교의 중심지. 열여섯 개의 공국과 후국을 거느리고 다섯 개의 왕국을 아우르는 패권 국가의 심장이 위치하고 있는 곳.

그곳으로 한 무리의 행렬이 들어오고 있었다. 지금은 해가 그림자를 길게 드리운 가을날의 오후다. 길가를 오가던 시민들의 눈길들이 한곳으로 모였다. 고관대작이 조약돌만큼이나 많은 곳이지만 그보다 눈길을 끄는 행렬임이 분명했다.

"황녀님을 뵈옵니다."

제국의 제1수문장이 직접 병력을 도열하며 레인의 행렬을 맞이했다. 한없이 정중한 태도다. 레인은 행렬 선두의 마차에서 고개를 살짝

숙였다. 제국의 비서감 제2특별차석. 그 직책은 무섭고도 무겁다. 장
관과 동급인 태신(太臣)의 직급이다. 재상이 아니라 황제의 직속이니
사실상 그 권력은 태신보다 앞선다 할 수 있다. 일행이 하루 거리의
근교 도시에 머물렀을 때부터 이미 국무감 산하의 신료가 미리 대기
하며 레인을 맞이하는 의전을 시작했다. 의전은 일행의 숫자에 맞춰
치밀하게 준비되어 있었다. 산은 그 용의주도함에 혀를 내둘렀다.

　제국의 정보력은 출중하다. 빠르고도 정확하다는 뜻이다. 제국의
핵심 역량은 정보력이다. 이 유별나게 거대하며 오래된 제국의 기초
를 건설한 자들은 모두 정보를 제(制)했던 인물들이었다. 그만큼 황
실은 지혜롭고 뿌리 깊은 지식을 가지고 있다.

"흠! 그럴듯하네." 산이 처음으로 감탄사를 내뱉었다.

"우리…… 지금 환영받고 있는 건가요? 그런데 별로 반갑지는 않네."

눈길들은 어디에나 있었다. 오듐을 출발할 때부터 있던 놈, 그다음 도시에서 합류한 놈, 길거리에서 모른 척 따라오는 놈. 상단에 스며들어 대충 묻어 온 놈…… 3층 건물에서 혹은 2층 건물의 커튼 뒤에서 유리 눈알을 굴리는 놈, 위험한 놈, 무서운 놈, 웃기는 놈, 그리고 헷갈리는 놈…….

비연이 쓴웃음을 지었다. 그리고 산뜻하게 디자인된 여성용 모자를 폭 눌러썼다. 그녀의 예민한 감각은 근처에서 일부러 서성이는 시선들을 세심하게 발라내며 분류하고 있었다. 몸속에서는 누가 시키지 않았는데도 스스로 가속된 감각이 미쳐 날뛴다. 벌써 다음 단계의 벽을 두드리는 감각은 이미 그녀의 잠을 빼앗았고, 이제는 평온한 일상까지 강탈하고 있었다.

'이게 혹시 저주 아닐까…….'

이 희한한 감각은 몸의 안팎을 오가며 폭발적으로 증식해가는 바이러스와도 같았다. 이놈은 시키지 않았는데도 여기저기에서 오만 가지 '느낌'을 끊임없이 배달해온다. 그리고 머릿속에 자리 잡고 바락바락 고함을 지른다. 감각이 물어온 것들은 전혀 단순하지 않았다. 맛, 향, 색, 소리, 간질거림, 온도, 끈적함, 그리고 이름을 붙일 수 없는 무엇, 무엇, 무엇, 무엇이 수도 없이 섞여 있다. 무수한 형태로 표현된 세계의 속성들이다.

비연은 그것들과의 대화에서 인간에게 금지된 차원을 감지했다. 이름을 붙여주기 원하는 것들. 그것은 매초마다 비연의 뇌리 속에서

분해되고 분석되고 정리된다. 그 일은 멈출 수 없다. 멈춰지지 않는다. 이제는 참을 수 있는 한계를 지났다. 거의 미칠 것 같……

　"신경 꺼"

산의 목소리가 조용히 울렸다.

"네……."

그녀의 잡념은 순식간에 진압됐다.

* * *

"드디어 왔구나. 불행한 천재."

한 여자가 흔들의자에 앉아서 아래쪽 풍경을 내다보고 있었다. 그
녀의 손에는 작은 칼이 들려 있다. 30대 초반으로 보이는 성숙하고
도 풍만한 몸매다. 하지만 아마 실제 나이는 더 많을 것이다. 몸매에
비해 가늘고 긴 손가락의 새하얀 피부에 약간 파란 핏줄이 도드라져
보인다. 그녀는 긴 손톱을 다듬으면서도 눈길은 창밖에 고정시켜놓
고 있었다. 선선한 바람이 망사 커튼을 흔들고 있지만 그녀의 시야를
방해할 정도는 아니다.

"진짜 해볼 모양이네. 어리석게도."

곁에 서 있던 사내가 말했다. 덩치가 크고 근육이 잘 발달된 남자
였다.

"아마도 나름 살고자 하는 발악이겠지. 아니면 굉장한 자신이 생
겼거나."

여자의 입술이 달싹거렸다.

"사람을 구하긴 한 모양인데?"

남자는 면도한 턱을 쓰다듬고 있었다.

"북부의 에셴이라던가? 멀리도 갔다 왔군. 기대가 되네. 어떤 재주
꾼을 구했을까?"

"글쎄, 촌구석에서 좋은 게 나오겠어? 있다고 해도 황실의 일은 촌놈의 능력으로는 감당할 수 있는 차원이 아니지."

"그래도 방심은 금물! 상대는 천재다. 그 셈이 얕지가 않아. 게다가 쉬운 길을 놔두고 절대금역을 돌파해버렸다고. 절대금역, 너는 상상이나 해봤나?"

여자의 눈은 깊게 가라앉고 있었다.

"하긴…… 이미 영웅의 명성을 얻어버렸어. 이제 제국에서 레인이라는 이름을 모르는 사람이 없겠지. 황녀의 신분이라는 것 하나만으로도 그 파급 효과는 대단할 거야."

"혹시? 의도한 모험이었을까?"

"설마. 무엇 때문에 그런 무리한 짓을 했을까? 명성을 얻으려고?"

"정말 대단한 자들을 건졌을지도 모르는 거 아냐?"

여자의 손이 잠시 멈췄다.

"글쎄…… 저들이 처음으로 해냈다는 건 인정하겠는데, 이제 많은 모험가들이 금역에 도전할 거야. 어쩌면 소문만큼 대단한 곳은 아닐지도 몰라. 상인, 하급무사 나부랭이들도 별일 없이 지나온 걸 보면 말이지. 시간이 지나면 그 명성도 퇴색되지 않을까?"

"어때? 우리도 한번 찔러볼까? 얼마나 여물었는지……."

"'담'이 주변에 있는 것 같던데?"

팟.

손톱을 다듬던 여자가 잠깐 멈칫했다. 얼굴을 약간 찡그리며 손가락을 들어 올렸다. 칼날이 살짝 스치고 지나간 자리에는 이미 피가 몽클몽클 나오고 있다. 피의 색깔이 자주색이다. 여자는 손가락을 눈 가까이 가져와 한참 응시하더니 혀를 살짝 내밀어 흘러내리는 피를

맛보았다. 그 동작은 기묘할 만큼 느리고 우아하며 장난스럽다. 입술을 오물오물하더니 그대로 삼켜버렸다. 입꼬리에 약간 남은 붉은 기운이 립스틱을 바른 것처럼 자연스럽게 여자의 관능적인 분위기와 어울린다.

"실루오네…… 골치 아픈 도마뱀 새끼……."

여자가 자리를 툭툭 털고 일어났다. 손가락의 상처는 이미 아물고 있었다.

"어떻게 할 거지?"

명문 권세 가문 사명씨(氏)의 자관이라는 이름을 가진 남자가 물었다. 바야라는 이름을 가진 여자는 지금 벗어놓은 재킷을 챙겨 입고 있다. 재킷에는 황실의 외척이자 최고의 권력가문 중하씨(氏)의 문장이 새겨진 피불라가 달려 있다. 바야는 조그만 가방을 들고 또각또각 걸어 나가다 고개만 살짝 돌리며 남기듯 말했다.

"프리고진에 있는 평의원(評議員)을 모두 소집해. 아직 덜떨어진 선수들이 제각기 움직이면 아주 골치 아파. 다 익은 음식에 모래를 뿌리는 짓은 용서 못 하지."

"어디 가려는 거지?"

"건이 돌아왔어. 내가 녀석에게 반드시 들어야 할 이야기가 있을 것 같거든."

"'파순' 선자(善者)는 언제 오시는가?"

"글쎄…… '약'을 구하는 대로 오시겠지……."

"마룡들이 우리에게 협조적이지 않은 건가?"

"마룡으로 변이한 것들은 대가리 수가 아직은 많지 않아. 아무리 마룡이라도 선자들의 마감을 막아주려면 자기 새끼들을 희생시켜야 하니 기분이 무척 나쁘겠지. 그렇지만 현자들이 머리를 쓰는 소수의 장군이라면, 우리 평의원들은 대규모 병력을 부리는 전투요원들이야. 우리가 안정될 때까지 협조해야지 자기들이 별 수 있나?"

"우리는 언제 넥타의 부족에서 벗어날 수 있을까⋯⋯."

"사탄님이 진행하는 인간에 대한 연구가 끝나면 해결될 일이야⋯⋯ 그럼 나는 간다. 차는 잘 마셨어."

자관은 떠나가는 여자의 뒷모습을 물끄러미 쳐다보았다. 자관은 숨을 크게 들이마셨다. 방금 흘렸던 여자의 피 냄새가 연하게 남아 있다. 그 향은 미치도록 달콤하고 매혹적이다.

*　*　*

산과 비연은 느긋하게 저녁 산책을 즐기고 있었다. 황실의 집사들이 뭐든지 알아서 다 해주니 할 일도 없었고⋯⋯ 적어도 이 세계를 지배한다는 제국의 심장에 왔으니 두 사람 입장에서도 궁금한 것도 많을 것이다. 고색창연한 건물들과 화단으로 가득한 정원, 인공호수들이 어울려 시나브로 고궁의 정취를 짙게 풍긴다.

황궁은 정말 거대하다. 전후좌우가 정방형으로 설계됐으며 끝에서 다른 쪽 끝까지는 약 10킬로미터로 도보로는 두 시간이 넘게 걸리는 거리다. 외궁(外宮)과 내궁(內宮), 그리고 황제와 가족이 거처하는 심궁(深宮)으로 구별된다. 황가의 방계와 외척, 중신, 신료들은 외궁에 산다. 내궁에는 제국의 정치와 행정을 아우르는 관청들이 위치한다. 실제 황궁이라고 할 수 있는 심궁은 사방이 1킬로미터 정도로 중국의 자금성과 비슷한 규모다.

돌로 쌓은 바닥에는 벌써 낙엽이 구르고 있었다. 두 사람은 어깨를 마주하며 늦은 산책을 즐기는 중이다. 비연은 팔짱을 낀 채 고개를 슬쩍 옆으로 젖혀 산의 어깨에 기댔다. 21세기 지구에서 흔히 볼 수 있었던 전형적인 남녀의 데이트 같은 모습이다. 물론 그 꼴을 보는 이쪽 동네 사람들 눈초리가 매우 심상치 않다.

"크군."

"넓네요."

"아름답기는 하네……."

"정겹네요."

"기대를 너무 많이 했었나 보다, 쩝."

이것이 가장 화려하다는 이 도시를 바라보는 산과 비연의 솔직한 느낌이었다. 두 사람은 자신들이 얼마나 현란한 세상에서 얼마나 바쁘게 살았는가를 새삼 깨닫는다. 꿈에 그리던 동화 속 황궁일 텐데 그들 눈에는 왜 이토록 아담하고도 소박하게만 보이는가? 동화 속 정경은 허무하게 깨지고 있었다.

산은 주변을 둘러보며 눈을 껌뻑거렸다. 비연은 콧등을 만졌다. 무엇이 잘못됐는가? 이곳 사람들인가? 아니면 자신들인가? 황궁에 대한 환상은 왜 깨졌을까? 꿈은 어느 대목에서 끝났을까? 그들은 대화를 멈췄다. 약속이라도 한 듯 어떤 상념에 잠기기 시작했다. 문득 비연이 작게 중얼거렸다.

"자극이 없어……?"

그들의 머릿속에는 오랫동안 잊혔던 영상들이 영화의 스틸 컷처럼 빠르게 찰칵거리며 흘러가고 있었다. 초고층 빌딩과 현란한 대형 디스플레이의 숲, 그 아래에서 눈이 아프도록 모든 것이 빠르게 돌아갔던 그들의 세상. 매초, 매분, 매시간마다 컴퓨터그래픽이 보여주던 어마어마한 규모의 가공 영상들…… 확실히 그들이 살았던 세상에는 볼거리가 많았고 재미는 넘쳤다. 어쩌면 시스템 자체가 항상 더 큰 자극을 찾아내려고 경쟁해야 했던 사회였는지도 모른다.

"하기야 우리가 살던 세상은 너무 자극이 강했었지. 화려하기도 했고."

"우리 지구는 멸망했던 걸까요?"

비연이 물었다. 갑작스러운 질문이다.

"응?" 산이 되물었다.

"세눈이 말한 285 세계 말이에요. 자멸했다고 했잖아요?"

"그렇게 말하긴 했지. 그럼 우리는 돌아갈 곳이 없는 건가?"

산이 씁쓸하게 말했다. 그 이야기를 듣기는 했지만 덤덤하게 넘어갔다. 비연의 말마따나 전혀 실감이 나지 않아서다. 만약에 사실이라면 이곳으로 소환된 그들이야말로 멸망에서 건져진 행운아가 되어버리는 셈이다. 그렇지만 그들에겐 그것이 더욱 황당한 농담이다. 부서진 세계, 망명자, 무적자(無籍者), 갈 곳 없는 에뜨랑제.

"에피소드별로 시간대가 다르다고도 했으니 희망이 없는 건 아니죠. 영화 〈혹성탈출〉처럼 다시 과거로 가게 될지 누가 알겠어요?"

"그런가? 조금 위로가 되네. 그런데 왜?"

"아뇨…… 자멸이라는 말이 맘에 걸려서…….'

"망할 놈들이 핵전쟁이라도 했겠지."

"그건 아닌 것 같아요. 세눈은 진화의 균형이 깨져서 멸망했다고 했어요. 지난번 리누엘과 가파엘은 봉인이라는 표현을 썼죠.'

"듣긴 했지만 난 잘 모르겠다. 무슨 의미지?"

"저는 혹시 우리처럼 무감각해져서 온갖 자극을 만들어 즐기다가 자멸한 게 아닐까 생각했어요. 환상과 현실을 구별하지 못할 정도로요."

"뭐, 그럴 수도 있겠지. 결국 그 인간들이 너무 심심해서 세상까지 끝장낸 거라는 이야기야? 왜? 혹시 다시 돌아가면 지구를 구해보려고?"

산이 웃었다. 비연도 미소를 지었다.

"그럴 수만 있으면 기꺼이 하겠네요."

"원더우먼처럼?"

"비키니는 사양할게요."

"그럼 뭐로 자극을 줄 건데?"

"글쎄요······ 정치를 해야 할까요?"

"음······."

"왜요?"

"자극이 된다."

둘은 미소 띤 얼굴로 황궁을 바라보았다. 권력으로 가는 길. 하얗고 노랗고 빨간 꽃들이 반듯하게 꾸며진 황궁 돌담길을 따라 끝없이 이어진다. 비연이 말을 이었다.

"마감이라는 것에 대해 생각해봤어요."

산은 걸음을 멈췄다. 비연의 손을 잡고 화단에 걸터앉았다.

"조금 더 이야기해줄래?"

두 사람에게 마감이라는 주제는 극도로 민감하다. 비연에게 남은 기간은 3년. 그러나 아직도 마감이라는 것에 대해 아는 바가 없다. 누구도 가르쳐주지 않았다. 그것이 어떤 상태를 의미하는지도 확실하지 않다. 그러나 헤어지게 된다는 가능성만으로도 그들에게는 최악의 공포다. 마감이란 죽음조차 우습게 여기는 막강한 존재들이 한결같이 벗어나고자 했던 '어떤 것'이었다. 세상의 모든 지식을 가졌다는 용들조차 해석하지 못했던 근원적인 절대공포. 일원이 내린 저주와도 같은 것. 그래서 마룡은 그 족쇄를 풀어보라고 그들에게 숙제를 냈는지도 모른다.

"왜 용들은 왜 마감을 그토록 두려워할까요? 부활할 수 있는데……."

"흠…… 일원이 부활을 시켜주지 않을까 봐 두려워서? 그런 뻔한 답은 아닐 것 같고……."

산은 신중한 얼굴로 이어질 비연의 말을 기다렸다.

"용과 선자에게는 어떤 공통점이 있을까요?"

"글쎄…… 겁나게 센 놈들이라는 거. 임무가 확실하다는 거. 그리고 또 뭐가 있나?"

"아쉬울 게 하나도 없는 자들이라는 거죠."

"아쉬울 게 없다?"

"강력한 권능, 모든 것을 가진, 무한대에 가깝게 보장된 수명, 오직 주어진 임무에 충실하도록 진보를 향한 욕구가 거세된, 그래서 더 이상 소망할 것이 없는 존재죠. 누구와 비슷해 보여요?"

"글쎄…… 대통령 정도?"

"대통령도 뭔가를 소망하죠. 은퇴하고 나서도 영원히 기억되고 싶은 사람이 되고 싶을 거고요."

"날 잡아놓은 노인네?"

"그들은 천국을 소망할 거예요."

"그럼……?"

"저는 옛날 군대의 선임하사가 생각이 났어요. 과거 민원인을 상대했던 하급 공무원도 비슷했죠."

"듣고 보니 그럴듯하네. 진급도 한계가 있고, 열심히 노력해도 알아주는 사람도 없고…… 정년은 보장이 되어 있고…… 그런데 그게 뭐가 문제지?"

"용들의 상태를 이해하는 데 도움이 될 것 같아서요. 그 사람들이 제일 무서워하는 것은…… 무엇일까요?"

비연이 산을 빤히 바라본다.

"상관?"

비연이 고개를 저었다. 산이 얼굴을 약간 찌푸렸다.

"민원?"

비연이 다시 고개를 젓고는 속삭이듯 말했다.

"법(法)일 거예요."

"법? 오히려 그 반대 아니었나?"

산이 고개를 갸웃했다.

"아뇨. 그들은 법을 잘 알아요. 일반인들이 오히려 법을 모르죠. 평생 살면서 법률 문구를 한 번도 읽어보지 않은 사람이 대부분일걸요? 그냥 상식대로 살아가는 거죠."

"그건…… 그렇기는 하네."

"그들은 법을 잘 알기 때문에 피해서 악용하기도 하지만 사실은 정말 무서워하죠. 그래서 일원은 마감이라는 절대계약을 택했을 거예요."

"계약을 위반하면?"

"법을 집행하는 근거가 마련되겠죠."

"재판……?"

"다른 말로 심판이라고 하죠. 죽음 이후에 대한 정보가 차단된 인간에겐 그것이 소설 속 허구지만 이들에게는 현실이 되겠죠. 아주 두려울 만한…….."

"지옥을…… 말하는 거냐?"

산의 목소리가 가라앉았다. 신화 속의 모든 것이 다 존재하는 세계다. 어찌 지옥이라고 없겠는가? 공포는 보다 현실적인 모습으로 다가오고 있었다.

"아뇨…… 지옥이 정말로 있다면 천국도 있을 것이고 연옥도 있겠죠. 저야 지은 죄가 별로 없으니 천국…….."

"거기까지!"

산이 말을 끊었다.

"그런 말은 입에 담지도 마라. 천국은 무슨 빌어먹을 천국!"

비연은 입을 다물었다. 둘 사이에 답답한 침묵이 흘렀다.

"마감을 깰 수 있는 방법이 있을 거야. 우린 찾을 수 있다고. 여태까지 우리가 해온 일 중에 최악이 아닌 게 있었나? 그깟 용 따위……
젠장! 가자고. 아이들 기다리겠다."

산이 툭툭 바지를 털고 일어났다. 그러나 비연은 여전히 앉아 그를 물끄러미 쳐다보고 있었다.

"가자니까? 왜?"

산이 조금 짜증스럽게 말했다. 비연이 약간 당황한 듯한 얼굴로 엉거주춤 일어섰다. 뭔가 말할 듯하다가 입을 다물며…….

"또 왜?"

"아……아뇨. 그냥……."

"싱겁기는……."

비연은 문득 떠오른 생각을 다시 정리해본다.

'그래…… 용에게는 없고 사람에겐 있는 것…… 거기에 답이 있을지도 몰라. 일원이라는 존재가 내가 아는 그 '유일신'과 같다면…….'

땅거미가 짙어지고 있다. 긴 그림자 두 개가 우쭐거리며 걸어간다. 앞쪽에는 노을이 장엄하게 무너지고 있었다. 검은 혼돈이 세상을 먹어버릴 듯 세력을 확장하고 있다. 산이 조용히 말했다. 시선은 앞쪽을 향하고 있다.

"힘내"

"예……."

비연은 산의 옆모습을 힐끗 쳐다보았다. 그녀의 얼굴이 노을에 물들며 약간 붉게 상기되어 보인다. 사내는 이제 우울한 기분이 풀렸는지 푸근하고 넉넉한 미소를 짓고 있었다. 절망을 깨부수는 그들만의 창조의 시간이다.

"손 좀 줘봐."

"예?"

비연이 엉겁결에 손을 내밀었다.

"아니 왼손으로."

"네?"

산은 비연의 손가락이 자신의 손바닥 위로 올라오도록 한 뒤 다른 손을 그 위에 덮었다. 두툼한 사내의 손바닥에 가려 비연의 손은 보이지 않는다. 산은 비연의 눈을 똑바로 쳐다본다. 비연은 그 눈길을 피하지 않았다.

"이제 반지를 만들어야겠다."

"예······?"

"절대반지."

"······."

"사양은 네가 정해라."

"에······ 제원은 원석 15캐럿, 18케이짜리로······."

비연이 떠듬거렸다. 산은 피식 웃어버렸다.

"모든 것을 뛰어넘는 힘. 인간만이 가진 위대한 것!"

비연은 침을 꿀꺽 삼켰다.

"실반지로 하자."

"예······."

이로써······ 지구 시절의 아담과 이브가 맞이했던 최초의 마감 이래······ 이 세계 누구도 풀지 못했던 일원의 마감 시스템에 이방인이 가장 중대한 도전을 시도하고 있었다. 그들이야말로 285 에피소드 '아담의 시대'에서 불려 온 진짜 사람의 원형인지도 모른다. 아니면 훗날 일원이 스스로 현신하기 전에 숨겨놓은 자신만의 퀘스트인지도 모르지. 누가 알겠는가?

* * *

레인 일행은 외궁의 동쪽에 위치한 고급 숙소에 여장을 풀었다. 그곳은 황제를 배알하기 위해 온 수석사신들과 제국에 상주하는 고급 외교관을 위해 건설된 곳이다. 다양한 곳에서 온 다양한 인종들이 외교 활동을 수행하며 사교를 즐기는 곳답게 화려한 건물들이 즐비한

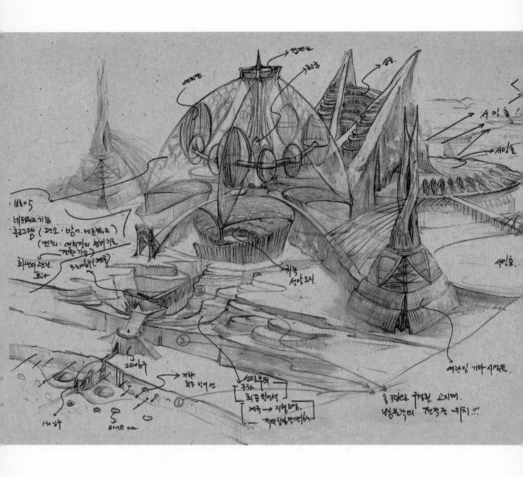

진짜 부자 동네다.

레인은 도착하자마자 정장을 차려입고 황제를 배알하기 위해 궁으로 떠났다. 건 역시 외가에 들러 신고를 해야 되기에 일찌감치 일행과 작별했다. 동명가와 기장가의 인물들은 동창생들 만난다고 이미 도망쳤다. 도벨의 '도하' 상단과 호위무사들은 다음 만남을 기약하며 그들의 프리고진 지부로 떠났다. 에센의 대원들만이 이 화려한 숙소에서 망중한을 즐기고 있었다. 대원들은 놀랍도록 화려한 정원과 커다란 마당을 둘러보며 저 나름대로 이곳에서의 꿈을 그리고 있을 것이다. 그렇지만……

"뭔가 허전해." 유렌이 주위를 둘러보며 한마디를 던졌다.

"담벽은 지나치게 높고……." 라론이 그의 말을 이었다.

"키 큰 나무가 없군." 예킨이 거든다.

"바닥은 모두 큰 돌로 되어 있고……." 카톤이 무릎을 꿇고 땅바닥을 두들겨 본다.

그들답게 이곳에서도 사전 정찰을 하고 있는 것이다. 앞으로 암살자나 자객의 동선은 이들의 눈을 벗어나기 힘들지도 모른다. 그들을 안내하며 따라가던 궁정시비 메린은 고개를 갸웃했다. 그녀가 본 이열 명의 사람은 어떤 사람들과도 달랐다. 솔직히 조금 짜증이 나려고 한다. 또 웬 질문은 그다지도 많은지.

'참 이상한 사람들이야…… 북쪽 지방의 촌사람들이라 들었는데, 정말 온갖 촌티는 다 내고 다니네…….'

메린은 이들이 과연 소문대로 그 위대한 모험의 길을 돌파해왔을까 하는 의심이 들었다.

"어서 가시죠? 식사를 하려면 반드시 세면과 세안을 하고 복장과 예법을 갖춰야 합니다. 시간이 별로 없습니다. 그리고 질문은 이제 그만하시죠?"

메린이 조금 신경질적으로 말했다.

"알겠습니다." 예킨이 대답했다.

"그런데 식당은 어디 있나요?"

"에휴……."

***

레인은 심호흡을 했다. 이곳은 언제나 사람을 긴장시킨다. 가장 가까우면서도 땅끝만큼이나 먼 곳, 불꽃같이 뜨겁고 얼음같이 차가운 곳, 친근하면서도 거북한 곳, 사람을 미치게 하는 곳. 그리고…….

'아버지가 계신 곳, 또한 제국의 황제가 존재하는 곳.'

"들라 하십니다."

수석 총무태신이 알렸다. 레인은 표정을 지웠다. 한 발을 뗀다. 걸음이 무겁다. 아주 무겁다. 벌써 이마에 땀이 송글 맺혔다. 벽에 걸린 무수하게 많은 초상들에서, 보보(步步)마다 마주치는 위대한 황제들의 흉상에서, 높다란 궁륭(穹窿)에 그려진 장대한 전쟁 영웅의 그림들에서 그녀는 따가운 시선을 느낀다.

"오랜만이구나. 꼭 10개월 만인가?" 굵은 목소리가 울렸다.

"폐하께 영광과 홍복이 영원히 같이하시기를! 신(臣) 제2차석 알현드리옵니다."

"편하게 앉거라. 나눌 이야기가 많다."

황제가 높은 옥좌에 앉아 손짓으로 레인을 불렀다. 어느 누구라도 황제의 자리에서는 3미터 이상 떨어져 있어야 한다. 옥좌는 세 개로 된 단 위에 있고 신료들은 가장 낮은 단에서, 태신은 두 번째 단에서, 재상과 황실의 직계 인물은 첫 번째 단에서 황제를 배알한다.

첫 번째 단이라고 해도 황제의 옥좌는 1미터 정도 더 높은 곳에 있어서 반드시 우러러보게 되어 있다. 황제의 뒤에는 휘장이 둘러져 있으며 그 휘장 뒤에는 무엇이 있는지는 아무도 알 수 없다.

"그래 네가 청했던 일은 성과가 있었더냐? 2년을 달라고 했던 것 같은데…….'

"예. 작은 성과가 있었습니다." 레인이 침착하게 말했다.

황제가 고개를 끄떡였다. 속내를 짐작하기 어려운 담담한 표정이었다.

"다행이구나. 이제 일을 시작할 생각이냐?"

"사람을 구했으니, 이제 조직과 절차를 세워야 할 것으로 사료됩니다."

"그래…… 이제 네 이야기를 해보거라. 절대금역을 통과했다지?"

부녀간의 담화는 근 두 시간이나 이어졌다. 배석한 사람은 없었다. 이제 대화는 끝을 향하고 있었다.

"준비는 네가 원하는 대로 될 것이다."

"감사하옵니다."

"이제 가서 쉬거라."

"강녕하시옵소서."

레인은 예를 올리고 뒷걸음으로 대전을 나왔다. 황제는 팔을 고인 채 눈을 감았다. 이 거인의 표정에서는 어떤 희로애락도 읽을 수가 없다. 대전에는 다시 정적이 흘렀다. 가끔 밀랍을 태우는 불꽃에 벌레가 날아들어 타닥거리는 소리만이 울렸을 뿐.

"어찌 보았느냐? 지운." 황제가 눈을 감은 채 중얼거렸다.

"거짓된 진술은 없었습니다." 대답하는 소리는 즉시 들렸다. 어디서 울리는지 방향은 알 수 없다.

"많이 변했지?"

"여유를 느꼈습니다."

"그뿐인가?"

"강해진 것 같습니다."

"그래…… 그런 것 같구나."

황제는 생각에 잠겼다. 잠시 동안의 침묵이 흘렀다.

"어떤 자들인가?"

"출신, 배경 모든 것이 불명한 사람들입니다. 그러나 드러난 능력은 대단히 출중합니다. 또한, 무상의 소개가 있었습니다."

"한영의 소개?"

황제가 비로소 눈을 떴다.

"예……."

"허허…… 이것 참 재미있군. 그 영리하고 까다로운 친구의 소개라……."

"……."

"두고 보자꾸나. 생각보다 재미가 있겠어. 그 외에 내가 알아야 할 사항이 있나?"

"세 개의 가문이 가장 분주합니다. 사명씨, 영무씨, 그리고 중하씨입니다."

"둘째는?"

"2황자, 준경은 한선가를 방문하고 있습니다."

* * *

아침이다.

레인은 자신의 집무실로 출근했다. 황실의 문서를 관리하는 업무의 특성 때문에 그녀의 사무 공간은 매우 넓다. 뒤에는 독립된 서고와 문서함들이, 좌우에는 글을 쓰기 위한 종이와 먹이 색깔별로 정갈하게 수납되어 있는 가구가 배치되어 있다. 가운데에는 넓은 책상과 회의를 주관하기 위한 소박한 원탁이 놓여 있다.

스윽.

원탁 표면을 손가락으로 살짝 밀어보았다. 깨끗하다. 자신이 없는 동안에도 관리되고 있었다는 뜻이다. 결코 그럴 필요가 없었을 텐데도. 휴식용 안락의자에 털썩 앉았다. 허리를 뒤로 쭉 젖히며 몸을 깊숙히 묻었다. 높고도 둥근 천정이 보인다. 아침 햇살이 창가로 스며들며 실내가 제법 밝아지고 있다. 깊게 숨을 들이마셨다. 앞으로 한 시간 후에 비서감이 주관하는 회의가 열릴 것이다. 레인이 가장 싫어하던 회의다.

현재 제국의 비서감(秘書監)은 황제의 막내 동생인 가유가 맡고 있다. 비서감 산하에는 다섯 개의 비서실이 있고, 각각의 실(室)은 차석(次席)이 담당하고 있다. 기업의 종합기획실과 비슷한 구조다. 레인은 제2차석으로써 인사와 재무를 담당하고 있다. 원래는 없던 조직이나 황제의 의지에 의해 만들어진 것이다. 그것도 서열 두 번째로 올리는 바람에 레인은 얼떨결에 자신의 고모, 혹은 언니가 되는 황녀들보다 더 높은 지위에 올랐다. 당연하게도 그들의 질시와 위협을 받게 됐다. 각 비서실 차석들에게는 알게 모르게 협력 관계를 맺은 후원 가문들이 배후에 있다. 그 후원 가문들 입장에서 레인의 등장은 결코 반길 만한 상황은 아니었다.

비서실은 복잡하고도 정교하다. 그들은 황제에게 올라갈 문서를 점검하고 분류하고 그 진위를 판단한다. 각자가 부리는 방대한 조직의 정보망을 동원하여 그 전후좌우의 상황을 종합한다. 그리고 자신의 의견을 적어 황제에게 참고문서로 제공한다. 황제는 그 문서를 참고하여 결정을 내린다. 그러나 황제에게 올라오는 문서는 그들이 올린 것만이 아니다. 다른 비선(秘線)에서도 동일한 사안을 조사하여 올리고 황제는 그것을 교차 점검한다. 따라서 대부분의 거짓과 과장은 대부분 걸러진다. 거짓된 보고를 한 사람은 물론 즉시 척결된다. 그렇지만…….

'세상사가 그렇게 이론적으로 흘러가는 것은 아니지.'

레인은 손가락을 꺾었다.

'이 황실을 지배하는 인맥들은 그 치밀한 감시를 벗어날 만큼 교활하고도 교묘하거든. 비서실을 관장하는 황녀들과 신료들…… 그들은 후원 세력을 위해 사건을 스스로 만들고 정보를 조작해왔지. 나쁜 자들…….'

레인은 머리를 뒤로 젖혔다. 다리를 흔들어본다. 영리한 그녀는 상황을 훨씬 더 심각하게 진단한다.

'다른 비밀 정보 조직들도 오염되어 있다고 봐야 돼. 폐하가 듣게 되는 정보…… 그것조차도 황실 전체가 짜고 치는 도박판에서 만들어진 정보일 가능성이 커. 폐하도 그걸 알고 있기 때문에 나를 임명

했겠지. 비록 쓰고 버려지는 미끼겠지만…….'

레인은 쓴웃음을 지었다. 그러나 이제는 전처럼 가슴이 그리 답답하지 않다. 누구에게도 말할 수 없다는 것, 말해서는 안 된다는 것, 믿을 사람이 하나도 없다는 것. 너무도 똑똑했던 탓에 그 미칠 듯한 답답함과 두려움으로 큰 병까지 얻었다. 하지만 지금은…… 거짓말같이 나았다.

레인의 얼굴에 저절로 미소가 그려진다. 첫 대면, 엉겁결에 내놓아야 했던 속 깊은 고민들, 매우 솔직하고도 거침없이 쏟아졌던 파격적인 진단들. 그 결론은?

황제의 결정이 누군가에 의해 의도적으로 왜곡될 수 있다는 것은 바로 권력이 안전하지 않다는 의미다.

누가 사실을 말하고 있는가? 혹은 누가 사실을 말하지 못하도록 하고 있는가? 만약 그것이 '세력'이라면 황권에 대한 가장 큰 위협일 것이다. 그것이 아들이든, 아니면 다른 세력이든, 어떤 놈이든…….

그래서…… 황제는 사냥을 시작했다.

레인은 자리에서 일어서 문을 힘차게 열고 나갔다. 동시에 200개가 넘는 시선이 그녀에게 한꺼번에 꽂힌다. 그 시선은 여러 가지 의사를 전달했다. 끈적끈적한, 비웃음이 묻어 있는, 안쓰러운, 차가운, 그리고 하나같이 가증스러운…… 그 눈길의 주인은 비서실 제2차석 정보대(情報隊). 바로 그녀의 직속 조직이다. 세 명의 대장이 건성으로 예를 갖췄다. 레인은 차갑게 웃어주는 것으로 반가운 재회의 소감을 대신했다. 대장 놈들의 표정이 조금 굳었던 것 같다.

'쓰레기들······.'

돈과 사람에 관련되는 부분은 가장 어렵고도 강력한 영향력을 가지기 마련이다. 즉 부정과 부패가 서식하기 쉽다. 이제 그 자리를 겨우 24세의 '깨끗하고도 영리한' 황녀가 담당하게 됐으니 이들 모두에게는 답답하고도 무서울 일이다.

레인은 크게 심호흡을 해본다. 이 공간은 그녀를 얼마나 아프게 했는가? 거의 모든 사람이 그녀의 적이었다. 심지어 직할로 소속되어 있는 세 개의 정보조직은 그녀의 가장 큰 적이라고까지 할 수 있었다. 빈틈, 실수, 실언, 오판은 그녀를 파멸로 몰아넣을 좋은 재료가 될 것이다.

문득 두 사람의 얼굴이 떠올랐다. 동시에 찌푸렸던 레인의 표정은 밝아지기 시작했다. 생각만 해도 유쾌해지는 사람들. 죽음의 공포, 좌절의 현장에서도 결코 웃음을 잃지 않았던 사람들. 자신은 지금 그런 사람들과 같이 있다. 지난 1년 동안 모든 것이 변했다. 그중 가장 큰 변화는 바로 레인 자신이었다.

'해볼 만하다는 거지······.'

레인이 비서감실에 도착하자 시종이 문을 열었다. 작전은 이미 진행 중이다. 양쪽 모두······.

* * *

눈길이 차다. 차다 못해 살갗이 시리다. 모두의 시선이 모이는 곳에는 레인이 있었다. 레인의 재등장은 이들에게 보다 큰 충격으로 다가왔으리라. 자유롭게 예산과 인력을 움직일 수 있었던 체제에서 자신의 뜻대로 통제하지 못하는 상황이 생겼을 때 조직의 반발은 상상을 초월하는 법이다. 또한 각 실에 줄을 대고 있었던 모든 세력들은 엉뚱한 사람이 자신의 작업 내용을 들여다보는 상황을 견딜 수 없을 것이다.

"오랜만이구나. 뭘 하러 갔는가 했더니 영웅이 되어 돌아왔더구나?"

머리가 희끗한 초로의 여인이 입을 열었다. 지독한 냉소가 깔린 말투다. 그녀의 이름은 가유. 당금 황제의 친동생이자, 이 황실의 비서감이라는 어마어마한 직책을 가진 권력자다.

"세상을 살필 기회가 됐습니다."

레인이 좌중을 살피며 짤막하게 답했다. 타원형으로 된 탁자에 앉은 다섯 명의 여인이 그녀를 쳐다보고 있었다.

"내일부터 일을 한다고? 그래, 애타게 찾던 사람은 구했나?"

제1차석이자 황실의 가례와 의전을 총괄하는 총무감(總務監)을 맡고 있는 오유가 물었다. 그녀는 레인의 고모다.

"괜찮은 인재를 구한 것 같습니다."

레인이 다시 짤막하게 답했다. 사무적인 어투다.

"글쎄다? 북쪽 깡촌에 무슨 훌륭한 인재가 있었는지 모르겠다만, 잘 놀다 오긴 한 것 같네. 우리는 매일 격무에 시달리고 있었는데? 미안한 표정이라도 지어야 하는 것이 아닐까?"

이번에는 제3차석 류인이 빈정거렸다. 그녀는 감사(監査)와 형사(刑事)를 담당한다. 레인의 배다른 언니지만 직급상 레인의 뒤로 밀린 사람이다.

"아무튼 돌아왔으니 됐다. 그동안 내가 맡아서 하던 일이니 업무

인계를 해야겠지."

비서감 가유가 빙긋 웃으며 작은 서류함을 레인에게 내밀었다. 레인은 서류함 안쪽을 슬쩍 들여다보았다. 그곳에는 얇은 서류철 하나가 달랑 들어 있다. 봐야 할 서류가 이것뿐이라는 것일까?

"그 서류에는 해야 할 업무 절차와 미결된 업무들이 적혀 있다. 자세한 내용은 담당 신료가 설명해줄 거야. 필요한 자료는 내 서고에서 보면 될 거고. 그렇지만 서류의 반출은 허락하지 않겠다. 나도 봐야 할 서류니 궁금하면 와서 내 허락을 받고 열람하도록 해라."

"알겠습니다."

레인은 잠깐 가유를 쳐다보더니 고개를 끄덕이며 순순히 대답했다. 가유의 눈이 잠시 커졌다가 다시 가늘어졌다.

'웃어? 예전 같으면 온갖 논리를 들이대며 항의했을 텐데?'

"행동거지를 조심해야 할 거야. 높은 직책에 있다고 해서 우리들의 의사를 무시하거나 함부로 월권하거나 통제하려고 해서는 아주 곤란해. 아무리 황제 폐하의 신임을 얻고 있다고 해도 일은 혼자 하는 것이 아니잖아?"

제4차석 다인이 싸늘하게 한마디를 보탰다. 그녀는 황실 물자의 보급과 관리를 책임지고 있다. 항상 돈이 필요한 곳이기도 하다.

"영리한 아이라고 했으니 알아서 처신하겠죠. 무슨 뜻인지 모르겠어요? 앞으로 친하게 지냈으면 좋겠다. 가족끼리 다툴 일은 없어야지."

제5차석 영인이 사람 좋은 모습으로 부드럽게 웃었다. 그녀는 황실의 건강과 교육을 책임지고 있다. 그녀 역시 배다른 언니지만 업무 자체가 권력과는 멀어서 별로 부딪칠 일이 없는 사이다.

"새겨듣겠습니다."

레인은 역시 간단하게 대답했다. 그녀의 의연한 태도가 더 이상의 시빗거리를 차단해버렸다. 그것은 다른 황녀들이 기대했던 반응이 아니었다. 그렇게 이날 회합은 간단하게 끝났다. 오랫동안 자리를 비웠으니 서로 용건이 많지 않았다. 사실은 서로 불편함을 느꼈기 때문이리라.

레인은 집무실에 부속된 건물로 다시 걸음을 옮겼다. 그곳에는 자신의 산하로 배속된 세 개 조직이 기다리고 있다. 2차석 사무실까지 이어지는 회랑은 길다. 그녀는 걸음을 옮길 때마다 온몸에 따가운 시선들이 꽂히는 것을 느꼈다.

문득 레인은 걸음을 멈췄다. 제자리에서 천천히 한 바퀴를 돌았다. 그녀의 시선은 자신을 쳐다보는 모든 사람을 한 번씩 훑고 지나갔다. 천천히…… 그리고 담담하게. 그리고 레인은 가만히 읊조렸다.

"나는 돌아왔다."

* * *

"2차석의 얼굴이 조금 나아졌던데? 병이 다 나은 모양이지?"

정보1대장 이토가 말했다. 갈색 머리를 가진 40대 근육질 사내다. 두 발을 꼬아 책상 위에 얹어놓고 몸을 의자 뒤로 젖힌 채 심드렁한 표정으로 천정을 보고 있다.

"조금 더 싸늘해졌더군. 좋은 날은 다 갔네. 그 깐깐한 얼굴을 매일 볼 생각을 하니 속이 뒤틀리는데?"

창가에 앉아 있던 2대장 페이가 가슴을 쓸어내렸다. 30대 후반의 날카로운 인상을 가진 여자다.

"그래도 재미있었잖아?" 이토가 빙긋 웃었다.

"재미는 무슨…… 골치 아파. 머리가 너무 좋아서 둘러대기도 힘들어. 따지고 들어오면 꽤 난감하다고." 페이가 머리를 흔들었다.

"그래도 대놓고 태업(怠業)과 반항을 일삼는 피오보다는 더 사랑받고 있지 않나?"

이토가 제3대장 피오를 슬쩍 쳐다보았다. 피오가 피식 웃었다.

"또 울음을 터뜨리려나?"

"불쌍해 보이기는 했지. 폐하께 엄중한 경고도 당했으니."

"불운한 황녀이기는 해……."

"……."

잠시 동안 침묵이 흘렀다.

"그래도 절대금역을 통과해서 왔다는데?"

피오가 칼을 닦으며 물었다. 그는 40대의 날렵한 몸을 가진 남자다.

"대가들 틈에 껴서 대충 묻어 왔겠지. 영웅은 무슨 개뿔…… 그 에센인가 촌구석에서 둘을 데려왔다는데, 그자들이 대가라는 소문이 있어."

페이가 치렁치렁한 머리를 뒤로 넘기며 말했다.

"그래서……?"

피오가 칼에 머리카락 한 올을 조심스럽게 떨어뜨리며 물었다. 시퍼런 칼날 위에서 머리카락은 그대로 잘려나갔다.

"데려온 놈들이 누구인지는 모르지만 대가는 무슨 놈의 대가. 대가가 왜 그런 깡촌에 있었겠어? 그나저나 일단 다시 오셨으니 또 근사하게 모셔야지. 우리는 자랑스러운 천재, 황궁의 실세, 2차석님의 직속조직 아닌가?" 페이가 웃었다.

"그래, 잘 모셔야지. 여태까지도 우리 잘 해왔잖아?"

이토가 웃으며 대꾸한다. 그 웃음에는 기름기가 가득 묻어 있었다.

그들은 진짜 '실세'를 아는 자들이다. 그리고 그 실세들이 무엇을 원하는지 본능적으로 알고 있었다. 또한 춤추는 운명의 칼날 위에서 제 목숨이 어찌될지 모르는 채 날뛰는 지금의 불안하고 어린 상관을 위해 자신의 목숨까지 걸고는 싶지 않은 자들이다.

＊＊＊

정보1 대장 이토는 입을 벌리고 있었다. 지금 자신의 처지를 믿을 수가 없었다. 이토는 한선가 출신의 잘나가는 특급무사다. 1년 전 새파란 황녀가 차석으로 임명된 후, 그녀의 소속부대로 옮겨간 것도 그에게는 일생에 남을 불행이었는데, 웬 멀쩡한 남녀가 자신의 상관이라고 주장하며 집무실과 건물들을 둘러보고 있다. 사무실 안에 있는 마흔 명에 달하는 요원들의 시선이 그들에게 집중되었다. 그러니까 방금 전…….

"누구?"

"제1 정보대장, 이름이 이토 맞나?"

새파란 여자의 목소리다. 집무실의 문을 밀치고 들어오며 자신의 모습을 위아래로 쑥 훑어보더니 처음 뱉은 말이다.

"이런 무례한 경우가…….

이토의 손은 이미 칼자루에 가 있었다. 그러나 정보를 다루는 조직의 대장답게 눈빛을 날카롭게 빛내며 일단 상대를 살폈다. 복장이 특이하다. 여자인데도 이상하게 생긴 헐렁한 바지를 입었고 목까지 올라오는 단순한 모직 옷 위에 가죽 재킷을 걸쳤다. 얼굴은…….

이토는 인상을 찌푸렸다. 얼굴이 있어야 할 자리에 얼굴 대신 익숙한 문서 한 장이 시야 가득히 들어왔다. 그 문서에는 레인의 서명과 인감이 찍혀 있고 그 아래에 황제의 재가 인(印)이 선명한 황금색으로 빛나고 있었다. 그곳에는 이렇게 적혀 있었다.

이름: 연
직책: 제2차석 직할 참모장
권한: 3개 정보대 상급 지휘권, 2차석 비서실 재정 인사 담당관

"확인했으면 그 칼자루에서 손 떼지?"

종이 뒤에서 낮은 목소리가 흘러나왔다. 이토는 여전히 칼자루에 손을 가져간 채 상대를 노려보고 있었다.

"이게 무슨 장난이야. 나는 어떤 통지도 받지 못했어!"

문서가 천천히 거둬졌다. 그 자리에는 여자의 싱그러운 얼굴이 나타났다. 눈길을 확 끄는 그 얼굴에는 매우 재미있다는 표정이 드러나 있다.

"자네, 꽤 높은 사람인가 봐? 상(上)이 하시는 일이 자네의 허락을 받아야 한다는 거야? 아니면 이곳 황궁에서 감히 황제의 도장을 가지고 장난을 해도 된다고 생각하는 건가? 이거…… 완전히 바보 아닌가?"

"그……."

이토는 입을 꽉 다물었다. 손이 부들부들 떨리고 있었다. 저 문서

는 사실일 것이다. 그렇지만 머리는 인정해도 가슴은 도저히 인정하지 못하고 있었다. 왜 자신이 이런 새파란 여자에게 고개를 숙여야 한단 말인가? 그에게는 정확한 확인이 필요했다.

"레인 황녀를 만나서 확인……."

그러나 이토는 말을 이을 수 없었다. 그의 시야에 여자의 움직임이 언뜻 보였다. 그 동작은 엷은 실루엣을 남기며 진행됐지만 그는 결코 동작의 끝을 볼 수 없었다.

쾅.

왼쪽 허벅지 아래에서 첫 번째 충격이 있었다. 이토의 왼쪽 무릎이 그대로 대리석 바닥으로 내리찍듯이 무너진다.

짝.

거의 동시에 오른쪽 턱이 홱 돌아갔다가 다시 튕기며 정면으로 돌아왔다. 믿을 수 없을 만큼 강한 충격이 머릿속을 뒤흔들었다. 격렬하게 흔들리며 초점이 잡히지 않는 이토의 시선 끝에 자신의 칼이 공중에서 빙글 회전하는 모습이 잡혔다. 그 시퍼런 칼끝이 거침없이 다가오고 있었다. 아주 정확하게…….

"어어……."

칼끝은 벌어진 입속으로 거침없이 들어왔다. 칼끝은 이미 혀 위를 지나 목젖을 향하고 있다. 이토는 태어나서 처음으로 머리가 쭈뼛 서는 공포를 느꼈다. 움직일 수 없었다. 말을 할 수도 없었고 소리를 지를 수도 없었다. 입속을 가득 채우는 더운 피, 시리도록 차디찬 칼날이 천천히 쓸어가는 느낌. 그의 정신은 공황 상태다. 크게 벌려진 입가에는 피가 섞인 침이 흐른다. 아래쪽은 이미 척척하게 젖어가고 있었다.

"레인 황녀를 만나러 간다? 황녀가 네 친구냐? 네놈은 한 번도 '제2차석'의 부하인 적이 없었구나. 그러면 여태 누구를 위해 일했다는 걸까?"

"으으……으……."

이때만큼 이토가 진지하게 대답하고 싶었던 순간은 없었다. 그러나 그의 혀는 결코 움직일 수 없었다. 오로지 정신없이 굴러가는 눈동자와 그 옆에서 새어 나오는 물기만이 필사적으로 주인의 의사를 전하려 노력하고 있을 뿐…… 그러나 여자는 그를 쳐다보고 있지 않았다.

비연은 오연한 눈빛으로 좌중을 쓰윽 살폈다. 캠코더를 돌리듯 시선이 아주 천천히 돌아간다. 이 크나큰 공간에서 움직이는 요원은 아무도 없었다. 거의 완벽한 정적.

비연이 씩 웃었다. 명징한 목소리가 실내에 짤랑 울렸다.

"반갑다. 내 이름은 연, 앞으로 잘 지내보자!"

그리고 그녀는 한마디를 더 보탰다.

"이거, 굉장히 재미있는 곳이네. 제대로 썩어 있어."

* * *

소문은 원래 빠르다. 황실에서의 소문은 훨씬 더 빠르다. 레인이 초빙한 두 사람에 대한 이야기가 모든 조직에 돌고 있었다. 아침에 정보대에서 있었던 일을 점심때는 비서감 산하의 조직 전체가 알게 됐고 저녁 무렵에는 모든 가문의 정보조직과 수뇌부까지 퍼져나갔다.

"아주 개박살이 났다고 하데?"

"마흔세 명 중 서른다섯이 실려 갔다니 말 다했지."

"제1대장은 그 지경이 되도록 뭘 한 거야? 꽤 강한 고수 아니었나?"

"같이 실려 갔거든."

"……."

"지금 우리 2대와 3대는 완전히 비상이 걸린 상태야."

"어떻게 그럴 수 있지? 3차석 산하의 형사(刑士)들은 가만히 있는 건가? 요원들 간의 폭력 행위는 철저하게 금지되어 있잖아?"

"어제는 그 반대였다고. 나도 믿겨지지는 않아."

"뭐?"

"요원들이 제발 형사를 부르지 말아달라고 사정했다는 이야기가 있어."

"그건 또 무슨 말이야?"

"그 '여자'가 조그만 책을 꺼내 펼치더니, 요원들 이름을 일일이 불러 확인했다는군. 그리고 요원들은 자기 이름이 새겨진 쪽지를 얼떨결에 하나씩 건네받았고……."

"그래서?"

"뭘 그래서야? 요원들은 여자가 시키는 대로 굴렀다는 거야. 그것도 아주 착하게…… 형사를 부르지 않는다는 조건으로 신체포기(?) 각서까지 썼어. 그 과정에서 서른다섯이 완전히 망가진 거야. 그중에서도 1대장은 아주 심하게 뭉개졌다는데?"

"세상에! 대체 누구야? 그 괴물 여자는?"

"쉿! 조심하라고. 너도 실려 가고 싶나? 그 여자의 정보력은 끔찍해. 이미 이곳 요원들의 강약점을 다 꿰고 있을걸? 이제는 정말 조신하게 행동해야 돼."

"이 생활도 이제 팍팍해지겠네."

"시간이 흐르면 나아지겠지. 여태까지 초기에 의욕 과잉을 보이지 않았던 상사가 있었냐? 이번에는 조금 정도가 심하지만 조만간 자기 처지를 알게 될 거야. 아무튼 소나기가 올 때는 그저 피해 있는게 최고라고⋯⋯."

정보2대와 3대에는 초비상이 걸렸다. 때아닌 비상으로 각 마흔 명씩 총 여든 명이 전원 출근한 상태로 근무 장소를 지키고 있었다. 제2정보대장 페이와 3대장 피오는 극도로 긴장해 있었다. 일단 선이 닿는 가문들과 황녀들에게 연락은 해뒀다. 그러나 만약의 사태를 대비해야 한다. 공식적으로 자신들은 제2차석 소속이다. 아무리 배후 세력이 없는 허약한 상사라고 해도 이 조직 안에서 레인의 의지를 막을 수 있는 것은 없다.

지금까지는 교묘하게 태업과 업무 방해를 하면서도 증거를 남기지 않고 나름대로 매우 영리하게 처신했지만 이제 어정쩡한 양다리 걸치기는 불가능하다. 선택을 해야 할 때다. 저쪽과 단절하거나 이곳을 그만두거나. 어떤 선택도 한쪽을 적대하게 되는 결과를 불러온다. 조직의 비애, 비겁한 자의 아픔⋯⋯.

"어떻게 할 거야?"

2대장 페이가 말했다. 그녀의 얼굴은 차갑게 가라앉아 있다.

"너무 호들갑 떨지 마라. 세상 무서운 줄 모르는 촌뜨기가 의욕만 앞세운 거지."

3대장 피오는 팔짱을 낀 채로 정원을 쳐다보고 있다. 그곳에는 스산한 바람이 낙엽을 치우고 있었다. 피오가 말을 이었다.

"오늘쯤 3차석 쪽에서 움직임이 있을 거야. 어제 일은 분명히 크게 문제를 삼을 만한 일이거든. 우리는 의연하게 처신하며 지켜보면 돼. 1년 만에 돌아왔으니 기강을 좀 잡아보겠다는 얄팍한 수겠지.

꽤 과격하고 파격적이긴 하지만."

* * *

그 시간 레인은 비서실 3차석 소속의 수석 형사관(刑事官)을 접견하고 있었다. 그의 이름은 한화, 나이는 50대 초반, 한선가 방계 출신으로 2품에 이른 대가로 알려져 있다. 황실의 암투, 암살, 세력 간 다툼을 다루는 사람답게 냉정한 지혜와 무력을 겸비한 사람이다. 3차석 류인은 황실의 기율과 무력을 관장하는 실세다. 그녀의 배후는 알려져 있지 않았다. 다만 절대무가 한선가와 모종의 관계가 있을 것이라는 추측이 있을 뿐이다. 한선가는 공식적으로 제국의 정치에 관여하지 않는다는 맹약을 준수하고 있지만, 그 가문이 배출한 우수한 인재들의 의견은 가문과 많이 다를지도 모른다.

그런 류인이 사건이 터진 바로 다음 날 2인자인 한화를 레인에게 보냈다. 그만큼 레인이 벌이고 있는 행동에 각별한 관심을 가지고 있다는 의사의 표명이다. 또한 자신을 후원하고 있는 한선가의 누군가가 관심을 가지고 있다는 사실을 전달하는 것이기도 할 것이다. 당연히 레인은 긴장하고 있었다. 예상은 했지만 첫 반응치고는 대단히 거칠고 세다.

"결론은 하극상이라고 보셨다……."

한화가 자리에서 일어서며 중얼거렸다. 그는 얼굴을 약간 찡그렸다. 생각대로 되지 않을 때의 버릇이다.

"하극상은 용서하기 힘든 행동이지요. 그렇지 않나요?"

레인은 그를 쳐다본다. 표정이 담기지 않은 눈빛. 한화는 그 눈길을 피하기보다는 눈을 가늘게 떴다. 그리고 결국 고개를 끄덕이고 만다.

"요원들에 대한 처분은 조직의 장에 달려 있으니 내가 뭐라 드릴 말씀은 없습니다. 그렇지만 3차석께서는 귀한 요원들에게 부당한 체벌이 가해지는 것을 무척 경계하고 계신다는 것을 말씀드립니다. 그들은 엄선된 사람들이고 모두가 각자 유력한 대가문의 사람들입니다. 황상께서도 황실과 귀족의 관계가 이러한 '사소한' 일로 인해 악화되는 것을 원하지 않으실 겁니다."

"그 '좋은 관계'를 유지하기 위해서라면 하극상을 용납하라는 말로 들리는군요. 내 이해가 바른가요?"

레인이 어깨의 솔기를 만지며 침착하게 말했다.

"지나침은 언제나 불필요한 오해와 다툼을 낳는다는 말씀입니다. 잘 아실 텐데요?"

한화는 멈칫했던 발걸음을 다시 옮기며 대꾸했다. 마지막 경고일 것이다. 그의 얼굴에는 짜증이 묻어 있다.

"맞습니다. 내가 많이 지나쳤지요. 작은 용기가 없어서……." 레인이 중얼거렸다.

"무슨……?" 한화가 고개를 갸웃했다.

"이제는 지나치지 않을 겁니다. 결코 피하지도 않을 거고요."

"무슨 의미입니까?"

한화의 얼굴이 차갑게 굳어졌다. 그의 시선 앞에 있는 가녀린 여인은 웃고 있었다. 그것도 아주 환하고도 밝게.

"최악의 경우, 죽기밖에 더하겠어요?"

* * *

2대장 페이와 3대장 피오는 멍청하게 서 있었다. 그들 앞에는 한 사람이 얼쩡거리고 있다. 이번에는 젊은 사내다. 그는 실내로 천천히 들어오더니 말없이 가볍게 손을 들어 인사를 했다. 그리고 같이 서 있었던 두 사람에게 다가오더니 자신의 신분증을 보였다.

이름: 산

직책: 제2차석 수석 지휘관

권한: 3개 정보대 총괄 지휘권

"잘 지내보자고."

사내는 싱긋 웃었다. 자기보다 나이 든 두 사람의 어깨를 툭툭 치고는 다른 요원들 쪽으로 성큼 다가갔다. 요원들은 이미 새로 들어온 존재에 대한 마음의 준비를 하고 있었다. 그들은 제국의 황실 소속 정보 전문가, 그것도 최고의 정보를 다루는 정예 중의 정예들이다. 모두가 귀족이며 최소 자작의 위를 확보해놓은, 앞날이 보장된 진정한 엘리트들이다. 산은 이미 일어서 있는 그들 사이를 여유 있게 걸었다. 요원들은 오한을 느꼈다. 1정보대의 요원들을 개 패듯 두들겨서 황실의원에게 보내버린 사람이다. 정확하게는 그의 동료가 그렇게 했지만, 이들이 느끼기에는 이 사람이나 그 사람이나 다를 것이 없었다. 그만큼 어제 일은 비서실이 생긴 이래 가장 충격적인 사건이었다.

쥐 죽은 듯 조용한 공간에서 산은 뒷짐을 진 상태로 실내를 천천히 살폈다. 사무 공간은 대단히 넓다. 또한 현대식 사무 공간과는 아주 다르다. 각자의 책상과 작업장은 독립된 공간에 있었고, 개인의 작업은 철저하게 독립적으로 진행되고 있었다. 요원들은 남녀 귀족 중 엄선된 인재들이다. 남자가 6할, 여자가 4할 정도의 비율이지만 그래도 남녀평등이라고 주장하는 지구의 어느 나라보다도 월등하게 높은 비율이다.

요원 각자에게는 가문에서 데리고 온 하인이 딸려 있으며 주로 잔심부름을 시키고 있었다. 현장 실무는 요원이 부리는 방대한 하부조직에서 진행된다. 요원 개개인이 중대급 이상 조직의 장인 셈이다. 그 하부조직에는 가문의 식솔들이 포함되어 있으니 황실의 일은 일찌감치 가문에게 노출될 수밖에 없었다. 이곳에서 요원이 하는 일은 하부조직이 모아 온 정보를 다시 점검하고 종합하고 윗선에서 판단을 할 수 있도록 요약하는 일이다.

'정보가 생산되는 곳의 엘리트들이라…….'

이들의 생각이 궁금하다. 이들은 자신의 일을 어떻게 대하고 있을까? 산은 한 요원 앞에 섰다. 20대 후반의 여성이다. 지적인 느낌의 용모지만 어딘지 모르게 오만한 느낌이 든다. 정보를 다루는 사람들만이 가지는 묘한 특권의식 같은 것, 뇌와 근육을 구별하기 어려운 무관들을 대할 때의 그 비웃는 느낌. 그녀는 똑똑하다. 그럴 만한 자격이 있는 사람이다. 산은 그 솔직한 표정에 싱긋 웃는 것으로 대답해주었다.

"귀관의 이름은?"

"가젤입니다. 성은 중하."

가젤은 중하라는 성씨에 강세를 줬다.

"근무 기간은?"

"현재 7년째입니다."

"여기서 무슨 일을 하는가?"

"수집된 정보를 분류하고, 진위를 확인하여 보고하고 있습니다."

"정보라…… 어렵네…… 그런데 정보가 뭐지?"

산은 뒷머리를 벅벅 긁었다. 그러고 나서 손가락을 쳐다보더니 훅 불었다. 잘린 머리카락이 괴상한 분말과 함께 날아간다.

"예?"

가젤은 얼굴을 찡그렸다. 이 무슨 엉뚱한 질문인가? 그렇지만 막상 대답하려니 생각이 정리되지 않았다. 정보가 뭐냐고? 그게 뭐였더라? 사내가 자신을 빤히 쳐다보는 모습이 보인다. 불량한 사내는 피식 웃고 있었다. 자존심이 심하게 상했다.

"질문이 어려웠나? 그러면 다시 묻지. 첩보와 정보는 어떻게 다른가?"

"첩보는 확인되지 않은 '소문'이고 정보는 어느 정도 확인된 '사실'이라고 배웠습니다."

가젤은 얼굴을 찡그린 채 바로 대답했다.

"그러면 귀관이 정보를 수집한다는 것은 오직 확인된 사실만을 수집한다는 뜻인가?"

"아닙니다. 첩보도 포함됩니다. 사실 여부는 따로 확인하고 있습니다."

"귀관이 직접 확인하는가?"

"예하 실무부서에 확인을 시키고 그 결과를 보고받습니다."

산은 고개를 갸웃한다. 그리고 가젤을 빤히 쳐다보고 있다.

"귀관은 그 보고를 신뢰하는가?"

"물론입니다."

"만약 보고 내용과 사실이 다르다면 어떻게 하지? 혹은 누군가 고의로 왜곡했다면 귀관은 어찌하겠나?"

가젤은 산을 물끄러미 쳐다보았다. 그 얼굴에는 수치심에 성난 마음이 함께 담겨 있다.

"그럴 리는 없겠지만 만약에 그렇다면 그자를 엄벌에 처할 것입니다."

산의 입꼬리가 살짝 말려 올라간다.

"그런데…… 이런 경우에는 어떨까? 정보의 양이 너무 많아서 있는 사실조차 모두 말하지 못하는 상황이라면?"

"그야…… 일목요연하게 요약해서 보고하도록 해야겠지요."

"아! 그런 좋은 방법이 있었지. 그런데……?"

산이 잠깐 말을 끊었다. 가젤의 얼굴은 긴장으로 붉게 달아올라 있다. 이 사람…… 무식하게 생긴 것과는 달리 질문이 상당히 날카롭고 까다롭기까지 하다.

"말씀하십시오."

"원래 수집한 정보는 믿을 만한데 그 정보를 요약하는 과정에서 쓰는 사람의 취향에 따라 순서는 바뀔 수도 있겠지? 예를 들면 중요도라든지 우선순위라든지 영향의 평가라든지? 그런 거…….'

"그것은 언제나 있을 수 있는 일입니다."

"그렇다면 요약된 정보에는 펜대 놀리는 사람의 생각이 많이 들어

가겠네?"

"어쩔 수 없다고 생각합니다."

"그렇다면 그 요약 정보로 인해 윗사람 판단이 바뀔 수도 있겠고? 말하자면 그대는 분명히 진실을 말하고 있지만 실제로는 자네가 보여주고 싶은 것만 보여줄 수도 있겠지? 어때? 그럴 가능성은 전혀 없을까?"

"그건⋯⋯."

가젤은 말을 잇지 못했다. 머릿속에서는 인정하지 말아야 한다는 경고가 울리고 있었지만 이미 자신이 진전시킨 논리가 후퇴를 허용하지 않고 있었다. 가젤은 그의 눈을 쳐다본다. 이제는 그 깊이를 짐작할 수 없다. 가젤은 깊은 늪에 빠진 것 같은 위기감을 느꼈다.

"귀관은 스스로 정보를 공정하게 다뤘다고 생각하는가?"

"공정⋯⋯했다고 생각합니다." 가젤은 가까스로 대답했다.

"좋아. 그런데 그 공정이란 것은 어떻게 보증하지?"

"⋯⋯."

"어떤 정보가 있다. 그 정보는 귀관의 가문인 중하씨에게 유리하게도 황제 폐하께 유리하게도 해석될 수 있다고 치자. 또한 한편에 유리한 것은 다른 편에 불리하게 된다고 하자. 이제 그대에게는 선택이 세 가지가 있다. 어느 한편에 유리하게 보고하는 것, 아예 보고하지 않는 것, 그리고 '요약'된 사실만을 늘어놓는 것. 두 번째와 마지막 경우는 그대가 아무런 일도 하지 않는 것이겠지. 귀관은 어떤 것이 공정하다고 생각하나?"

"어떤 것도⋯⋯ 공정하지 않습니다."

"그러면 그 상황에서 귀관은 어떻게 하고 싶은가?"

"……."

가젤은 얼굴을 벌겋게 붉힌 채 몸을 조금씩 떨었다. 거의 울고 싶은 얼굴이다. 가젤은 고개를 저었다. 사내는 고개를 갸웃하고 있었다. 다시 그의 목소리가 나직하게 울렸다.

"진실이 제대로 전달되지 않는 상황을 그대는 무엇이라고 부르는가?"

"……."

"똑똑해 보이는데…… 잘 모르나? 나는 '사기(詐欺)'라고 불렀다. 자존심과 혼까지 팔아치운 쓰레기들이나 하는 짓이지."

"그런……."

"거짓을 알고도 바로잡지 않는 상황을 그대는 무엇이라고 이르는가?"

"……."

"역시 대답하기 어렵나? 나는 '비겁'이라고 불렀다. 봉급을 축내는 버러지들이 하는 짓이지."

끅.

여기저기에서 깊은 신음 소리가 흘러나왔다.

"자네의 봉급은 누가 주는가? 제국인가 아니면 가문인가?"

"제국……입니다."

"그러면 그대가 생산한 정보는 누구의 이익에 공헌하는 것이어야 하나?"

"제국……입니다."

"그래…… 그게 답이다. 그런데 나는 왜 그 말을 듣기가 이토록 어렵다고 느꼈을까?"

가젤은 뭔가를 항변하려다 다시 입술을 황급하게 다물었다. 갑자기 소름이 돋았다. 섬뜩한…….

사내의 분위기가 바뀌고 있었다. 그 느낌은 그녀가 평생 처음 대하는 것이다. 오줌을 지릴 정도로 장엄하고도 웅장한 기백, 뒷골이 멍할 정도로 가파르게 퍼져나가는 패기(覇氣), 실내 공간 전체가 쩌르릉 하고 울리는 듯한 거대한 요동.

쨍.

퍽퍽.

팟, 파파팍.

탁자 위 여기저기에 놓여 있던 유리병이 폭탄처럼 터져 나갔다. 도자기 파편이 사방으로 비산한다. 넓은 실내에 폭풍이 몰아치는 것처럼 서류들이 여기저기 휘날린다. 자욱한 먼지가 아침 햇볕 속에서 미친 듯이 요동친다. 어두운 구석을 밝히던 촛불은 모두 꺼져버려 이제 실내는 어두컴컴했다. 그 어둠 속에서 사내가 뿜어내는 빛이 보였다. 그 환한 오라는 실내에서도 눈이 부실 정도다. 가슴이 울렁거릴 만큼…….

"다시 묻겠다. 정보가 뭐지?"

사내의 목소리가 낮게 울렸다. 그 소리는 모든 사람들의 귓가에 천둥처럼 울렸다. 가젤은 이미 주저앉은 채 벌벌 떨고 있다.

"모……모르겠……습니다."

"정보를 모르는 사람이 정보를 다룬다라…… 개판이군."

산은 천천히 몸을 돌렸다. 페이와 피오의 파랗게 질린 얼굴이 보인다. 여든이 넘는 인원이 입을 꽉 다문 채 그를 응시하고 있었다. 두려움과 공포가 공간 전체에서 진저리를 쳤다.

"잘 들어라. 나는 황제 폐하의 명을 받고 일을 하려는 사람. 그동안 그대들의 활약에 대한 이야기는 많이 들었다."

"……."

"따라서 그대들이 말하는 공정성과 공평함을 내게 기대하지는 말아주길 바란다. 또한 나는 귀관들을 믿지 않는다. 또한 귀관들이 나를 믿지 않기를 기대한다."

산은 한 걸음을 옮겼다. 여기저기서 움찔거리는 모습이 보인다.

"그러므로 나를 설득시켜라. 철저하게 까발려 주마. 어떻게 해서든지 나를 속여라. 그러면 지옥을 보게 해주마. 수단과 방법을 가리지 말고 나를 제거하려고 노력하라. 그래야 제대로 된 싸움이 되지 않겠나?"

산은 한 걸음을 더 옮겼다.

"정보란 무엇인가? 정보란 그대들 마음을 거쳐 쳐다보는 거울과 같다. 그 마음이 맑고 깨끗하다면 더러움을 찾아내 걸러낼 것이요, 그 마음이 흐릿하다면 그 어떤 것도 찾아내지 못할 것이다. 어두운 마음으로는 가까운 곳에서도 아무것도 보지 못할 것이고 밝고 열린 마음으로는 멀리 있는 것도 쉽게 찾아낼 것이다. 마음이 휘어 있다면 곧은 것도 휘어 보일 것이고, 반듯하다면 휜 것을 찾아내게 될 것이다. 그러므로!"

산은 2대장 페인과 3대장 피오를 쳐다보고 씩 웃어주었다.

"나는 귀관들의 마음을 바르게 하는 작업을 먼저 시작할 것이다."

페인과 피오는 서로를 쳐다보았다. 어째서인지 분위기는 차분해졌지만 무언가 오싹한 기분이 들었다. 그의 마지막 말이 이어졌다.

"내가 있던 곳에서는 이 작업을 '얼차려'라고 불렀다."

***

"어떻게 좀 해봐!"

"낸들 대책이 있나?"

"오늘도 꼼짝없이 밤새야 되는 거야? 그런 거야?"

"나는 이틀째야."

"농담하나? 이곳에서 사흘은 평균이야. 닷새째도 수두룩하다고!"

2차석 요원들이 서류 더미 위에서 뼈 빠진 오징어처럼 축 늘어져 있었다. 실내에는 시큼한 땀 냄새가 가득하다. 사무 공간 여기저기 엎어지고 자빠져 있는 요원들의 주변에는 거대한 서류 뭉치들이 처리를 기다리고 있었다. 요원들의 눈가에는 검은 띠가 둘러져 있고 얼굴에는 번들거리는 개기름이 가득하다. 며칠을 감지 못했는지 머리카락은 꼬질꼬질하게 흐트러져 있다. 관복은 형편없이 구겨진 채 여기저기 먹물이 묻어 있어 보기 흉하다.

날이 저물기 시작했다. 마지막 햇살이 창가를 붉게 물들였다.

"저자들은 이제 돌아오는 건가?"

"팔자 좋군…… 젠장."

"에센이라는 북쪽 깡촌에서 데려온 자들이라고 했지?"

"출세했네. 천하의 절대무가 출신들도 오기 힘들다는 이 황궁의 정식 직원이 됐으니……."

"어쩌다 고귀하고 화려했던 이곳이 이렇게 되어버렸나. 이건 개나 소나……."

"쉿! 조심해. 또 '얼차려' 받기 싫으면……."

"힉……."

사내는 고개를 발딱 세우고 주변을 둘러보았다. 그의 얼굴에는 두려움이 실려 있었다.

　"1대 친구에게 들었는데 저 치들도 능력들은 꽤 있는 모양이야. 계산 능력이 엄청나고 정보 해석 능력도 혀를 내두를 정도라고 하더라고. 게다가 연무장에서 저들의 훈련을 지켜본 친구 이야기로는 무력도 상당한 수준이라고 했어. 특급무사도 꽤 있고 약한 자도 최소 1급 무사 정도는 될 거라고 하던데. 저 열 명 모두가 말이야. 놀랍지 않나?"

　"아무튼 차석은 어떻게 알고 땅끝 북쪽에까지 가서 저런 인간들을 구했을까? 그런데 저들은 매일 어디 갔다가 오는 거지?"

　"황궁 현장 곳곳을 둘러보며 무슨 실습을 한다고 하던데? 차석께서 손수 지시를 했다고 했고."

　"대체 뭘 하려는 걸까? 자넨 짐작이 가?"

　"글쎄. 산 수석과 연 참모장이 하는 일 중 우리가 이해할 수 있었던 것이 하나라도 있었냐? 지금 하던 일이나 빨리 끝내자고. 이제 납기(納期)가 5일밖에 안 남았어."

　"죽겠군…… 대체 이걸 언제 다 하냐고!"

　요원들은 평생 처음 지독한 격무에 시달리고 있었다. 지금 일을 대하는 그들의 태도는 마치 전쟁터에서 생사대적을 만나 싸우는 것을 방불케 할 정도로 치열하다. 확실히 그들의 정신은 바뀌고 있었다. 요원들은 황실에서 가장 똑똑한 사람들이다. 그들은 화려한 논리와 수사(修辭)로 치장된 현학적 대화를 즐기고 치열한 토론으로 서로의 지적 능력을 겨루는 일에 익숙한 사람들이다. 그 토론은 치열했지만 알맹이가 없었으며 결론이 나지 않은 채 지루하게 끌고 가는 경우도 많았다. 그리고 언제나 '정치적 타협'으로 끝났다. 줄 것은 주고 받을 것은 받고…… 좋은 게 좋은 거였다.

　그러면서 토론의 목적은 대부분 실종되고 합리적인 것과는 거리가 멀어졌다. 역설적으로 요원들의 일은 정말 재미있는 것이 되어버렸다. 그것은 누구도 책임지지 않는다는 의미에서 정말 '좋은 것'이었다. 그들은 그 속에서 행복했다. 마치 바늘 끝 위에 천사가 얼마나 앉을 수 있는가에 대해 격렬하게 논쟁했던 285 세계 중세의 스콜라 학자들처럼.

　그러나 그들은 지금 혁신적이고도 파격적인 조직 관리 기법을 직접 겪으면서 그 과정이 얼마나 간단명료하고도 일목요연하게 정리될 수 있는지를 깨닫고 있었다.

　얼차려!

　그것은 그들에게 있어 인세에 강림한 지옥이었다. 요원들은 온몸으로 직접 겪으면서 자신들이 대하고 있는 상대가 얼마나 교활한지 또한 얼마나 치밀한지 동시에 집요하고도 무서운 인물인지를 실감하고 있었다. 그들이 당한 정신교육은 수십 가지도 넘었다. 또한 요원들은 그것이 전부가 아니라는 것을 알고 있었다. 그들의 빈약한 상상력은 도전을 받았고 결과는 언제나 '충격과 공포'로 수렴했다.

　"왜 이러십니까?"

　"필요해서다. 정신력은 중요하지."

　"이런 가혹한 훈련은 부당합니다. 우리는 몸이 아니라 머리를 쓰는 사람들입니다."

　"그래? 그럼 머리를 쓰면 되겠네. 자 지금부터 머리를 땅바닥에 살포시 댄다. 됐나?"

"거부합니다. 왜 이래야 하는지 그 이유를 말씀해주십시오."

"이유?"

"이유가 타당하면 따르겠습니다."

"네가 지득(知得)한 황실의 정보는 중요하다. 정말 그런가?"

"그건 경우에 따라……."

"아니라면 네가 이 황실에 있을 이유가 없겠지. 내가 적당한 곳을 소개시켜줄까?"

"아, 아닙니다. 중요합니다. 저는 중요한 정보를 알고 있습니다."

"만약 음모를 꾸미는 무리가 있다고 하자. 놈들은 황실의 내부 사정을 알고 싶어 한다. 네가 아는 정보를 필요로 할까? 만약 필요 없다면……."

"필요로…… 할 것입니다."

"네가 놈들에게 잡히면 어떻게 될까? 황실이 안녕하실까? 위험해질까?"

"위험해질 것입니다."

"너로 인해서다. 그렇지?"

"예……."

"고로 너는 멀쩡하게 존재하는 것 자체가 중대한 임무다. 동의하나?"

"그렇습니다."

"만약 절박한 상황에 처할 경우 너는 어떻게 해야 할까?"

"자결할 것입니다."

"정말 먹물 먹는 놈답구나. 적들은 바보냐?"

"예?"

"닥치고…… 지금 네가 선택해야 할 경우의 수는 세 가지다. 첫째, 잡히기 전에 빠르게 피하는 것. 둘째, 적과 맞서서 제압하는 것. 마지막으로 그도 저도 안 된다면 유혹과 고문을 견딜 만큼 강한 정신력을 갖는 것. 더 보태고 싶은 게 있나?"

"없……습니다."

"셋 중에서 머리를 써서 해결되는 종목이 있나?"

"없습니다."

"그럼 굴러!"

* * *

"못 믿겠는데? 확인한 건가?"

"유능한 대원들이 수집한 정보입니다. 정확합니다."

"현장에 갔다 와."

"제가 갑니까?"

"그럼 누가 가나?"

"다른 일이 많습니다. 대원을 다시 보내겠습니다."

"그래서?"

"다시 조사한 결과를 보고 판단하겠습니다."

"자네, 몇 년을 근무했지?"

"이제 10년째입니다."

"현장에 나가 본 적이 있나?"

"몇 번 있습니다."

"몇 번? 현장을 모르고 어떻게 상황을 판단한 거지?"

"그쪽의 책임자를 만나 자세한 이야기를 듣고 판단합니다."

"말만 들으면 판단이 잘 되던가? 그 말을 다 믿나?"

"황실의 권위는 지엄합니다. 감히 거짓을 이야기할 수 없습니다."

"보증할 수 있나?"

"할 수 있습니다."

"눈을 감아봐."

"예?"

"이게 무슨 색이지?"

"눈을 감은 채 그걸 어떻게 압니까?"

"안 봐도 안다며?"

"……."

"눈을 떠라."

"이게 뭐지?"

"모르겠습니다. 처음 보는 것입니다."

"이것은 동명가가 쓰는 무기다. 잘 살펴봐."

"그렇습니까?"

"잘 봤나?"

"예!"

"조사가 끝났지? 이제 묘사해봐. 이 물건의 모양, 색깔, 용도, 얼개, 냄새, 성능, 아울러 이름까지 모조리."

"이건……."

"쳐다보고 만져보고 맡아봐도 못 하나?"

"머릿속에는 떠오르지만 말로 표현하기는 힘듭니다. 이름과 용도는 짐작도 못 하겠습니다."

"말로 할 수 없는 것이 참 많지?"

"예……"

"이제 다시 묻는다. 다른 사람이 전해주는 이야기는 얼마나 신뢰할 수 있는가? 어디서 주워들은 이야기만으로 그 상황을 정말 이해할 수 있는가?"

"……"

"아까, 너는 들은 이야기로도 진실을 보증한다고 했다. 나는 지금부터 그대가 보고한 10년간의 문서를 검토하고 확인하겠다. 괜찮겠지?"

"그건……"

"만약 하나라도 거짓이 드러나면 그대는 파면이다. 동의하나?"

"아니 그런 게 아니고……"

"황실의 명은 지엄하다. 그러므로 전쟁터에 나가서 적에게 네 약점이 뭐냐고 물으면 적은 솔직히 대답해주겠지? 이거 맞는 이야기냐?"

"아, 아닙니다."

"황실로부터 부당하게 이득을 취한 자들에게 너 얼마 먹었냐고 물으면 솔직하게 대답해 줄 것이다. 황실이 대하는 인물은 깨끗하고 고상하니까? 이거 맞나?"

"……"

"그들의 말만을 듣고 위에 그대로 보고했다면, 너와 그들은 한 배에 탄 거야. 그렇지?"

"그건, 말씀이 심하십니다!!"

"두 놈의 이해(利害)가 정확하게 일치하잖아? 보고한 것이 사실이면 다행이겠지만 설령 거짓이라고 밝혀져도 너는 그것을 감춰야겠지. 허위 보고로 네 자신이 다치게 될 테니…… 결국 네가 나서서 그들의 입장을 보호해야 하는 위치가 될 거고. 그 짓이 계속되고 쌓이면 결국 너는 후원자의 노릇까지 해야 되겠지. 그들이 무슨 일을 저질러도 말이지?"

"그렇게……."

"닥치고…… 이제 종합하자. 네게는 다음 네 가지 가능성이 있다. 무능(無能)하거나 무식(無識)하거나 공범(共犯)이거나 직무를 해태(懈怠)했거나. 자, 골라봐. 어느 쪽이 마음에 드나? 각각의 결과는 너도 잘 알 터이고……."

"……."

"네가 싫다니 할 수 없네. 그러면 누구를 대신 보내야 할지는 내가 고민해보도록 하지."

"제가 가겠습니다."

"싫다며? 보내도 네가 편한 사람 이야기만 듣고 올 생각 아닌가?"

"원칙에 입각하여 조사하겠습니다."

"어떻게 믿지?"

"에센의 요원과 동행하겠습니다."

"가봐."

* * *

요원들도 당하기만 하지는 않았다. 거세게 반항하고 거칠게 항의했다. 온몸으로 거부도 했고 심지어 눈물로 호소도 했다. 그러나 그 어느 것도 성공하지 못했다. 논리적으로 이길 수 없었고 물리적으로도 제압할 수 없었으며, 권력과 배경, 금력 그 어느 것도 그들의 의지를 꺾을 수 없었다. 심지어 특기인 정보력에서조차 두 사람을 압도할 수 없었다. 그들이 마지막으로 할 수 있는 것은 가문을 동원하여 윗선에 집단 상소를 하는 것이었다. 그러나 그것은 결코 선택할 수 없는 카드였다. 가문의 사람을 황실 비서실에 심으려고 노력했던 가문들의 상상을 초월하는 노력을 생각하면. 게다가……

"이제는 희망이 없어……"

여자가 말했다. 유유라는 이름을 가진 사명씨의 요원이다. 그녀의 얼굴은 시커멓게 죽어 있다. 그녀의 손에는 가문에서 보내온 서신이 구겨져 있었다. 창백한 손이 조금씩 떨렸다.

"너도 받았구나."

다른 여자가 멍한 얼굴로 중얼거렸다. 도도라는 요원이다. 그녀 역시 이마에 손을 올린 채 고개를 뒤로 젖히고 있었다. 눈물이 귓가로 흘러내리고 있다. 아직도 그녀의 손에서 구겨진 서신의 내용이 비명을 지르고 있었다.

'어떤 경우에도 견디고 버텨라…… 결코 사고 치지 말아라. 무조건 따라가라. 낙오하면 가문의 사람이 아니다……'

"젠장, 여기서 죽으면 송장으로 데려갈 건가?" 유리세가 결국 끅끅거리며 울먹였다.

그들의 옆에는 서류가 자기 키만큼 쌓여 있었다. 누구의 도움 없이 이것들을 스스로 처리하고 분류하고 보고까지 해야 한다. 그중 반 이상은 계산을 필요로 하는 것들이다. 그들은 멍하니 천정을 쳐다보았다. 도무지 엄두가 안 난다. 이렇게 고단하고 천한 작업을 그들 스스로 해본 적은 없었다. 그저 실무자들이 적고 요약한 것을 받아 죽어라 공부하고 발표하는 것이 그들 일이 아니었던가? 그들은 지난 2년간 요원들이 보고한 모든 문서와 조사 자료를 다시 정리하고 있었다. 그것도 기초자료 수준에서 재분류하고 다시 분석해야만 했다. 따라서 '현장 지식'을 필수적으로 알아야 했다. 요원들은 그렇게 정리한 자료를 요약하여 직접 공개설명(브리핑)을 해줄 것을 요구받았다. 그 공개설명으로 그들의 능력이 선명하게 드러나고 재평가받게 될 것이다.

레인은 비서감 가유로부터 업무 인수를 받은 것이 없었다. 받은 것은 겨우 서류 세 장. 내용을 모르고는 일을 할 수 없을 것이다. 레인은 가유의 허락을 받아 관련문서를 열람하는 대신 이 '무식한' 방법을 택했다. 물론 비연이 귀띔한 아이디어 중 하나였다. 그러나 이 작업을 하면서 요원들은 다른 이유로 더욱 긴장하고 있었다. 영민한 그들은 작업을 진행하면서 그렇게 사태가 단순한 것이 아니라는 것을 예감했다.

첫째, 모든 자료의 외부 반출이 금지됐다. 그것은 2차석실뿐 아니라 전 비서실과 황실 직속기구에도 적용됐다. 황제는 이 과격한 방안을 즉시 승인했다.

둘째, 모든 자료는 원래 작성자가 아닌 다른 요원이 재분류하고 다시 정리하도록 하는 방식으로 진행되고 있었다. 그 의미는 명확하다. 과거의 자료는 온전하게 확보됐고 이제 누가 누구의 자료를 다루고 있는지 아무도 모른다. 그동안 왜곡됐던 것, 알아서 덮었던 것들이 모조리 다시 드러날 것이다.

이로써 이 무시무시한 상관은 요원들의 진정한 실력, 성향, 그리고 배후를 함께 파악하게 될 것이다.

모든 요원들은 작업을 진행하며 숨죽이고 있었다. 진행할수록 두 이방인 상관의 영악함과 혀를 내두를 만큼의 치밀함에 치를 떨고 있었다. 그들은 시간을 다룰 줄 알았다. 언제나 일의 양을 시간이 부족할 만큼 할당하여 그들에게 던졌다. 작업 일정은 개별 면담을 통해 철저하게 계산됐고, 일정은 상황에 따라 섬세하게 조정됐다. 따라서 사전 협의와 상호 조작의 여지는 애당초 싹을 없애버렸다. 그렇다고 공개발표라는 일의 성격상 태업을 할 수는 더욱 없었다.

어느덧 지독한 피로와 긴장, 그리고 드러날 '결과'에 대해 상상을 초월하는 공포가 그들을 덮어가기 시작했다. 모든 가문들은 그들의 작업에 신경을 곤두세우고 있을 것이다. 그 결과는 가문의 운명마저 결정할 만큼 가공할 파괴력을 가지게 될 것이 분명했다. 돈과 사람의 흐름이 밝혀진다는 것…… 무슨 의미일까? 바로 드러나지 않는 암중 조직의 인맥과 자금 흐름이 드러날 것이라는 의미 아닌가?

요원이나 각 가문뿐 아니라 황실의 실세 조직들도 바짝 긴장하고 있었다. 그러나 아직은 움직이지 않았다. 사태가 너무 빠르게 흘러간다고 느꼈기 때문이다. 그들에게는 불행하게도 그 정도의 속도감은 산과 비연의 세계에서는 일상적인 것이었다.

* * *

"진짜로 핵심 요원까지 해고시킬 줄은 몰랐어. 레인 차석은 정말로 모두와 싸우겠다는 거야. 황녀는 물론이고, 대가문 귀족 모두와! 혹시 권력 투쟁이 시작된 걸까? 우리는 어떻게 되는 걸까?"

페이 2대장이 속삭였다. 그녀의 깔끔했던 머리는 격무에 헝클어져 있었고 얼굴은 핼쑥하다.

"무사하지는 못하겠지. 최소가 해직일거야. 그제 다섯, 어제 열, 합계 무려 열다섯이 모두 해직되어버렸어. 그들 가문의 대표가 와서 거칠게 항의를 했는데도 황녀는 꿈쩍도 안 했다는 거야."

3대장 피오가 이제는 칼 대신 서류를 넘기며 말했다. 검은 잉크 때문에 손톱에 때가 가득 낀 그의 손가락은 바들바들 떨리고 있다.

"가문의 수장들까지 달려와서 협상을 요구했다고 하더라. 결국 가문이 개입하지 않겠다는 각서까지 썼으니 사실은 항복을 한 거야."

"3차석 류인 황녀가 펄펄 뛰고 있어. 그렇지만 그분도 방법이 없을 거야. 누구도 고발을 하지 않으니 개입할 명분도 없다고."

"비서감께서도 불편을 숨기지 않고 있어. 다른 황녀들도 모든 정보력을 동원해서 레인 황녀의 의도를 캐고 있는 중이야. 그쪽 선에서 내게도 벌써 세 번째 제의가 들어왔어."

페이는 서류를 덮었다. 표정에는 짜증과 신경질이 가득하다.

"하…… 나는 개인적으로 도무지 이해가 안 돼. 레인 황녀는 지금 너무도 많은 적을 만들고 있다고. 대가문들은 결코 레인 황녀를 가만히 두지 않을 거야. 황녀들도 마찬가지고."

"내 말이 그 말이야! 어떻게 머리 좋은 천재라면서, 행동은 거꾸로 가냐고? 그것도 가장 멍청한 길이잖아! 다른 황녀들은 어떻게 해서든 유력 가문들과 좋은 관계를 가지려고 노력하는데…… 그게 정보 수집에도 좋고, 황실에도 더 도움이 되는 걸 모르나? 귀족과의 관계를 돈독하게 하는 것이 폐하께 불충하는 것도 아닐 텐데. 저 혼자만 깨끗할 수 있나? 권력 투쟁에 애꿎은 우리만 죽게 생겼다고! 젠장!"

"이제는 그 상황도 바뀌었어. 여태까지는 요원들이 미리 '만졌던' 정보를 썼기 때문에 레인 차석도 행동이 조심스러웠을 거야. 폐하께 함부로 고했다가는 역풍을 맞을 수 있었으니까. 지난번 사명씨의 배임(背任)에 대해 고했다가 사실과 달라서 크게 곤욕을 치렀잖아? 그런데 지금은 그 사람 같지도 않은 두 인간이 있거든……."

"사람? 절대로 사람은 아닐 거야. 그들은 괴물이야. 틀림없어!"

침묵이 흘렀다. 묵직한 체념이 그 위에 얹혔다.

"우리…… 살아남을 수 있을까?"

"폐하는 2차석 편이지. 어쩌면 우리 판단이 틀렸는지도 몰라…… 쓰고 버리는 패가 아닐지도……."

"아아 후회된다…… 정말……."

페이는 고개를 숙였다. 손등에 눈물방울이 톡톡 떨어졌다. 피오는 입술을 악물었다. 입가에는 발갛게 핏자국이 번지고 있었다.

* * *

"이대로 가만두실 겁니까?"

3차석 류인이 어렵게 입을 뗐다. 이곳에는 비서감 가유와 세 명의 차석들이 배석해 있다. 그들의 표정은 사뭇 진중하고도 심각하다.

"놔두지 않으면? 레인은 조직에 대해 정당한 자기 권한을 행사하고 있다. 잘못이랄 것은 없지."

가유는 찻잔을 입에서 천천히 떼며 말했다. 그녀의 얼굴에는 표정이 없었다.

"유력 가문과 황실 사람들의 탄원과 호소가 빗발치고 있습니다.

더 이상 방치하면 아주 곤란합니다. 예상보다도 정말 심각합니다. 신속히 대책을 세워야 합니다."

"그래서?"

"이제는 다른 일로 불안감이 증폭되고 있습니다. 그들의 행동은 치명적인 파국을 초래할 수 있습니다. 대가문들은 비서감께서 직접 나서서 레인의 행동을 통제해야 한다고 요구하고 있습니다."

"우리도 역시 불안하기는 합니다."

1차석 오유가 신중하게 말했다.

"행동이 놀랍도록 조직적이면서도 빠릅니다. 그들이 오랫동안 준비했었다는 의미겠지요. 지금 비서실 전체에 서류의 외부 반출이 황명으로 금지됐습니다. 폐하의 재가가 난 것으로 보아 폐하는 이미 우리를 불신하고 계신다는 의중으로 보입니다만⋯⋯."

"폐하의 불신임이라면⋯⋯."

오유가 중얼거렸다.

"폐기(廢棄)되는 거지요. 혹은 죽거나"

4차석이 자조적으로 말했다.

"더 충격적인 소식을 알려줄까?"

비서감 가유가 슬쩍 일어서며 빙긋 웃었다. 모두의 시선이 그녀에게 향했다.

"오늘 폐하의 칙명이 하나 더 내려왔다."

"⋯⋯네?"

"자금과 인력의 이동을 수반하는 모든 계획은 2차석 레인의 합의를 받도록 하고 각 비서실 산하 요원들이 부리는 모든 정보조직을 해체하고 단 두 개로 통폐합한다. 조사를 담당하는 조사부와 무력을 관장하는 무력부. 그리고 모든 조사 활동은 조사부와 무력부가 한 조로 움직인다. 그리고 이 두 부서는 레인의 밑으로 둔다. 어때? 무척 재미있지?"

"아……."

모두 입을 떡 벌렸다. 그것이 무엇을 의미하는지 모를 사람들이 아니다.

"세상에…… 비서실의 인사권과 재정권이 완전히 장악됐군요."

"더구나 대가문들이 황실에 깔아둔 사조직(私組織)까지 모조리 황실로 흡수통합되어버렸고……."

"비서실의 요원들은 자신의 정보조직조차 함부로 쓰지 못하게 된 상황이고……."

"조직의 장에 대한 임명권도 날아갔다고 봐야겠네……."

"어떻게 하죠?"

음모와 귀계에 익숙한 황녀들조차 이번에는 얼굴이 새파랗게 질린 채 소리를 질렀다. 그들의 상대는…… 일을 벌이는 개념과 규모 자체가 다르다.

"호들갑 떨지 마라!"

비서감 가유가 일갈했다. 실내는 순식간에 조용해졌다.

그녀는 천천히 서재 쪽으로 걸어갔다. 얼굴이 굳어져 있었다. 그러나 그 속에는 웅장하고 묵직한 패기가 흐르고 있다. 그녀는 언제나 승리자였다. 가장 치열한 귀계가 난무하는 황궁의 암투와 모략, 그리고 무력과 정보력을 골고루 갖추지 않으면 하루도 안전하지 않은 직책이 바로 '비서감'이라는 자리다.

'제법이구나. 레인…… 이제 시작이겠지? 이거 많이 기대되는

데…….'

가유의 입가에는 보일락 말락 한 미소가 스치고 지나갔다. 그녀가 책을 펼치며 중얼거렸다.

"수족을 자르면 어떻게 되나 한번 보도록 할까?"

* * *

"이제 1단계 작업은 끝났다고 봐야 하나요?"

레인이 물었다. 매우 피곤해 보였지만 얼굴은 발갛게 상기되어 있었다.

"뭐 얼추 그렇죠. 이제 겨우 낚싯줄 던진 정도지만 간을 보는 의미는 있을 겁니다."

산은 책장을 넘기며 건성으로 대답한다. 레인은 그가 책상에 앉아 책을 읽는 모습이 참 매력적이라고 생각하다가…… 깜짝 놀란 듯 고개를 힘차게 가로저었다. 책은 저 사내에게 어울리는 소품이 아니다. 자신마저 속으면 안 된다. 레인은 비연에게 시선을 돌렸다.

"2단계는 언제 시작하지요?"

"낚싯줄에 뭐가 걸리는지 확인해야 되겠죠."

비연은 두꺼운 고서들을 조심스럽게 넘기며 대답했다. 레인을 쳐다보지도 않는다.

"제국의 지리와 역사가 그렇게 재미있나요?"

레인은 입술을 쭉 내밀며 불만스럽게 말했다. 이제는 익숙해진 풍경이지만 그래도 직속 상관인데……라고 생각하다가 다시 고개를 저었다. 레인의 입가에는 다시 미소가 고였다.

'세상에 누가 나를 이토록 편안하고도 자유롭게 할 수 있을까……'

"재미있는 내용이 있네요." 비연이 고개를 들며 산을 쳐다본다.

"뭐지?"

"제국 역사상 '아피안'이라는 이름이 딱 세 군데 나오긴 하는데 별 공통점은 없네요."

"세 군데?"

"하나는 제국이 정복한 남쪽 부족의 신화에 나오는 신기한 나무의 이름인데, 양파처럼 껍질을 만들며 두꺼워지고 하룻밤 사이에 10킬로미터 높이까지 자란다고 합니다. 그 나무를 타고 올라가면 하늘로 올라갈 수 있다고 하네요."

"다른 것은?"

"북쪽 혹한 지역의 어부들의 노래에 나오는 전설 속의 '게' 이름이 아피안이라고 합니다. 그 게는 등껍질 넓이만 사방 10킬로미터가 넘는데 얕은 바닷가에서 아주 오랫동안 잠을 자기 때문에 평소에는 섬과 구별하기 어렵다고 합니다. 2500년 전 '용들의 전쟁' 때 한 번 깼다고 하는데, 싸우던 용을 모조리 잡아먹은 후 사라졌다고 전해집니다. 어디선가 다시 잠들었을 거라고 하는데요?"

"킹크랩 먹고 싶다…… 마지막은?"

"점성술사들의 용어입니다. 두 개의 달 중 작고 깨진 달의 다른 이름이 아피안이라고도 한다는군요. 원래는 달이 하나였는데, 진노한 신이 타락한 인류를 멸하고자 끌어들인 운석이라고 합니다. 마지막에 신이 노여움을 풀면서 인간으로 하여금 항상 그날을 기억하도록 경고하는 의미에서 하늘에 달아놓은 것이라고 합니다."

"재미있군. 그 밖에는 없나?"

"찾지 못했습니다."

"최소한 지명은 아니라는 것이군. 연상되는 이미지가 있나?"

"있기는 한데……."

산이 피식 웃었다. 그들의 생각은 아마 같을 것이다. 그들의 준비가 끝나면 반드시 찾아야 할 곳…… 레인은 고개를 갸웃했다. 확실히 두 사람의 대화는 그녀가 이해하기 어렵다.

"오늘 저녁에 제3황후가 주최하는 연회가 있다는 사실은 알고 있겠죠? 나는 두 분이 참석해주셨으면 합니다. 그대들을 보고 싶어 하는 사람들이 아주 많아요."

그들이 이곳에 온 지 1개월이 지나는 어느 늦가을 저녁의 일이다.

* * *

세상은 다양하다. 폭풍 같은 나날을 보내고 있는 황실 비서실의 분위기와는 다른 곳도 있는 법이다.

지금은 오후 늦은 태양이 마지막 온기를 대지에 선사하고 제 몸을 서서히 서산으로 넘길 무렵이다. 한적한 마당에 두 개의 그림자가 길게 드리워 있다. 긴 그림자는 낙엽이 소복하게 쌓인 한적한 돌담길을 천천히 쓰다듬듯 넘어간다.

"보람찬 하루 일을 끝마치고서……."

"사교계 데뷔하는 날에 부르는 노래치고는 참……."

"참?"

"낭만적이라고요……."

"무슨…… 한국적이지. 클래식은 그리스적이고 로맨틱은 로마적이라는 뜻이지."

"풋."

"왜?"

"갑자기 추워졌거든요? 왜 추워졌을까나?"

그들이 지나가는 길 주위에는 잘 가꾸어진 커다란 정원과 조그만 관상용 나무들이 조화롭게 펼쳐져 있다. 돌로 깔끔하게 정비한 길이 심궁에서 내궁을 거쳐 외궁까지 이어진다. 외궁으로 나서면 신료와 귀족들을 기다리는 시종과 마차들로 제법 북적거릴 것이다.

"오늘 파티는 어디에서 한다고 했지?"

"외궁 안에 있는 제2영빈관입니다."

"구조가 복잡한 곳이었지?"

"재미있는 의도가 많이 들어가 있는 설계였죠."

"쓰는 사람에 따라서 말이지."

"누가 선점하느냐에 따라 암살에도 유리하고 지키기에도 유리하죠. 전문가의 솜씨입니다."

"번거롭군."

"즐기세요. 이쪽 사람들 능력을 볼 수 있을 겁니다."

"그나저나 아직도 마음의 준비가 되지 않았나?"

그 말은 지나가는 것처럼 툭 나왔다.

"아직…… 준비가 더 필요해요."

"그런가…….."

사내의 눈길은 저물어가는 석양을 쳐다보고 있다. 거대한 태양이 그의 눈 속에서 무너져 내리고 있다. 아직 강한 햇빛에 눈을 찔렸는지 망막에 옅은 습기가 반짝였다.

* * *

비연의 손길이 산의 목에서 잠깐 멈췄다. 그 손길은 두 줄기의 날렵한 선을 따라 부드럽게 흘러내린다.

"대강 된 것 같네요."

비연이 산의 가슴을 톡톡 치며 방긋 웃는다.

"이거 영…… 불편하네."

산은 이리저리 눈길을 돌려가며 표정을 찡그렸다. 그의 움직임을 따라 그를 쳐다보는 여러 개의 커다란 눈동자가 이리저리 돌아가고 있었다. 그들의 눈에는 너무도 생소한 모습이다.

"꼭 이렇게 해야 되는 거야?" 산이 불만스럽게 툴툴거렸다.

"사교계에 데뷔하는 날인데, 선명한 컨셉이 있어야 한다고요."

비연이 산의 말을 싹 무시하고 돌아섰다. 이미 앞장서서 발을 옮기고 있다. 걸음은 경쾌하면서도 거침이 없다. 산은 멋쩍게 웃었다. 이제 가야 할 시간이다. 시종들이 멀뚱하게 서 있다가 그들을 따라 나섰다. 참 이해하기 어려운 사람들이라고 생각하며…… 깔끔하지만 단순하게 보이는 옷차림은 논외로 하더라도 시종의 도움 없이 황실 정보대의 대장이라는 귀한 신분의 여자가 남자의 옷차림을 돌봐 주는 모습은 결코 쉽게 볼 수 있는 광경이 아니었다.

날은 이미 어둑해져간다. 어스름하게 드리운 땅거미를 밀어내며 영빈관으로 가는 길을 따라 등이 하나둘씩 켜졌다. 중국식 연등보다는 작지만 꽤 세련되게 장식된 등이다. 멀리서 보면 마치 전등이 꽃처럼 켜진 것 같다. 대단히 많은 마차들이 너른 정원 마당에 도착해 있었다. 형형색색의 화려한 옷을 차려입은 고관대작들과 선남선녀들이 하나하나 도착하고 있었다.

마차가 도착했다. 모든 사람들의 눈길이 그 마차에 집중됐다. 새롭게 떠오르는 실세, 절대금역을 통과한 철의 여인. 제2차석 레인의 도착을 알리는 접객 집사의 소리가 짜릉 하고 울렸다. 레인이 마차에서 내렸다. 그리고 그 뒤를 이어 도착한 마차에서 두 사람이 내렸다. 사람들의 눈길은 세 사람의 뒤를 좇고 있었다.

* * *

황궁의 연회는 화려하다.

특히 1년에 두 번씩 열리는 황후들의 연회는 그 규모와 화려함에서 그 어떤 연회도 압도한다. 이번에 개최되는 3황후의 연회도 볼 만할 것이다. 대단히 많은 가문의 사람들이 참석하고 거의 모든 황실의 인물들이 얼굴을 비칠 것이다. 또한 차세대를 이끌어갈 선남선녀들이 제각각 설레는 마음을 안고 연회장을 배회하게 될 것이다.

황제는 보통 다섯에서 여섯의 황후를 둔다. 각 황후들 간에는 계급의 차이가 없다. 이 체제는 이 유별나게 강한 제국을 500년간 건강하게 유지하도록 만든 중요한 정치 시스템이다. 50개가 넘는 거대 가문 간 세력 균형은 '황후 간택'이라는 제도와 관련이 매우 크다. 한 가문에서 황후가 배출됐느냐 아니냐는 가문의 입지 강화에만 그치는 문제가 아니다. 황후를 배출한 가문은 황실의 권력과 정보에 대한 접근성 측면에서 그렇지 못한 가문보다 절대적인 우위를 누린다. 그러나 한 가문이 절대적인 우위에 서는 것은 황제에게 이롭지 못하다. 그래서 황자 시절부터 최소 다섯의 황후까지는 엄정한 황실의 선발 기준에 따라 반드시 선정한다. 이로써 외척 간의 견제와 균형이 달성된다. 만약 지구에서 '폰 노이만 게임'으로 알려진 기법을 구사할 수 있을 만큼 황제가 충분히 영리하다면 외척들은 결코 황제에 대항하지 못할 것이다.

그리고 황제는 언제나 충분히 영리했다. 또한 우둔한 자는 결코 황제가 될 수 없었다. 황후들이 낳은 황자와 황녀들은 모두 평등하게 대접받는다. 그중에서 누가 차기 황제가 될지는 누구도 모른다. 오로지 20세까지 그가 쌓아온 실력과 덕망, 그리고 무력(체력)과 지도력을 가지고 차기 황제가 될 후보를 결정한다. 그 이후로도 10년 이상 제국의 전투에 참전하거나 제후국을 맡아 다스리거나 중요한 신료로서 자신의 지도력을 모든 사람에게 입증해 보여야 한다. 그렇게 엄선된 인물은 절대로 무책임하거나 무능할 수 없었다.

황권을 지지하는 하나의 축은 바로 다수의 외척이다. 정확하게는 외척들이 지원하는 경제력과 인력이다. 황제가 임대한 방대한 영지와 상권은 외척 가문들이 운영한다. 그리고 반대로 황실 경비의 상당 부분은 외척이 출자한 비용으로 충당한다. 황후가 개최하는 대규모 연회, 의식주에 필요한 물자와 인력의 공급, 대규모 행사와 토목 공사 등등…… 이러한 공생 관계는 제국의 부를 헛되이 낭비하지 않고 많은 잉여분을 황제의 몫으로 보존하는 역할을 한다. 또한 외척들이 지나치게 부유하게 되는 것을 방지하는 효과도 있었다.

여태까지는 큰 문제가 없었다. 한선가의 무력과 경찰력, 외척의 경제력, 비서감의 조세(租稅) 장악력과 정보력을 축으로 황권은 점점 강대해졌다. 외척은 서로가 서로를 견제하면서 고만고만한 세력을 유지하고 있었다. 그러나 아마도 지금의 황제는 이 시스템에 뭔가 문제가 생겼다고 느꼈는지도 모른다.

비연은 눈을 깜빡였다. 이제 파티에 참여할 시간이다.

* * *

사람들이 힐끔거린다. 고관과 대작들의 눈초리가 집중된다. 여기저기서 소곤거리는 소리도 들린다. 그 시선들이 향하는 곳에는 언제나 레인이 있었다. 그녀는 오늘 연회에서 가장 주목을 받는 인물이다. 물론 나쁜 의미에서 그렇다. 그녀는 바야흐로 모든 분란을 일으키고 있는 진원이자 모든 가문의 공적이 되어 있다. 그리고 가능성은 적지만 차기 비서감에 가장 근접한 '실세'로서 그녀를 알아둘 정치적 필요도 있을 것이다.

　반면, 그녀 뒤에서 한가롭게 졸졸 따라가는 두 사람의 남녀에 대한 관심은 적었다. 레인이 데리고 온 호위무사장이나 집사장 정도? 모든 황녀에게는 대가급 호위무사장이 그림자처럼 따르고 있다. 황녀의 호위무사장은 '수석'이라는 직책으로 후작에 준하는 대접을 받는다. 그러나 황족과 왕족, 대공이 돌맹이만큼이나 많은 이곳에서는 평민과 다름없는 대우에 만족해야 할 것이다. 물론, 사람들이 두 사람을 쳐다보는 눈초리는 결코 곱지 않다. 다른 사람이 보기에 그들은 천재 레인의 명을 받아 분란을 일으키는 무식한 행동대장, 그 이상도 이하도 아니다. 레인이 숙청되면 같이 죽어야 할 운수 사나운 촌놈 정도?

　─정말 화려한데? 얼마나 넓은지 끝이 안 보여.

　─거울을 사용한 조명효과가 인상적이네요? 불필요한 것도 섞여 있고요…….

　─포라토 시의 식당에서 봤던 것과 같은 종류구나.

　두 사람의 눈길이 연회장의 높은 천정과 벽을 따라 흘렀다.

　─현자, 아니면 신들이 황실까지 침투해 있다는 것이겠죠. 하기야 똑똑하려면 황실의 정보를 계속 업데이트하지 않으면 곤란하겠죠.

　─사각(死角)이 있나?

　─없을 겁니다. 전체적으로 팔각형의 건물입니다. 천정에 세 개, 모서리에 두 개씩 절묘하게 박혀 있군요. 3층 전체를 커버할 수 있습니다.

　─쩝, 기분이 더럽군. 감시망은 어딜 가나 있구먼. 저 몰래카메라 …… 정말 싫다. 현자라는 족속은 정말 정이 안 가.

―설마…… 용과 싸울 생각이세요?

―네 몸 상태 봐서.

―무모합니다.

―그러면 빨리 더 나은 해법을 찾든지? 언제까지 미룰 거냐? 놈들이 약을 끊으면 어쩔 건데?

―조금만 더 시간을 주시지요.

―용용…… 죽겠군…….

―네?

휘황찬란한 촛불 샹들리에가 여덟 개나 드리워진 대연회장이 사람들로 채워지기 시작했다. 황실을 상징하는 붉은 카펫 위에는 눕거나 기댈 수 있는 폭신하고 낮은 소파와 편안한 의자가 널찍하게 배치되어 있다. 가운데는 지름이 30미터 정도 되는 원형 홀이 있어 춤을 추거나 각종 공연을 할 수 있도록 꾸며져 있다. 건물은 가장 낮은 광장을 중심으로 낮은 계단식으로 올라가는 구조인데, 나선형 계단을 따라 2층과 3층이 복잡한 요철을 형성하면서 난간 아래로 내려다볼 수 있거나 안쪽에서 눈에 띄지 않게 대화를 나눌 수 있도록 되어 있다.

오늘 연회를 주관한 3황후는 중앙 광장과 연결되는 단상 위 상석에 편한 자세로 비스듬히 앉아 있다. 양옆으로는 휘장이 드리웠고 시종들이 시립해 있었다. 유력 가문들과 황족들은 각자 배정된 장소에서 시종들의 시중을 받으며 담소를 나누고 있었다. 3황후를 배출한 사명씨의 인물들이 황후의 좌우에 자리를 잡았다.

레인에게 배정된 장소는 중앙 광장에서 꽤 떨어진 뒤쪽이었다. 그 자리는 썰렁하고도 한산하다. 공연을 보려면 발끝을 세워야 겨우 보일 것이다. 후원 세력도 없고, 배경도 없는 자의 초라한 입지를 그대로 드러내는 서글픈 광경이다. 앞쪽에서는 5황후를 배출한 영무씨의 사람들이 북적거리고 있었다. 일부 인물들은 레인의 영역까지 거리낌 없이 들어와 소란스럽게 이야기를 하고 있다. 물론 어떤 양해도 구하지 않았다. 만약 다른 유력 가문이었다면 상상조차 할 수 없는 일이다.

레인의 입꼬리가 살짝 올라간다. 약간의 조소, 약간의 비애, 약간의 자조가 그곳을 스쳐 지나갔다. 여섯 황후의 질시와 견제 속에서 숨소리조차 내지 못하고 이런 자리에 참석할 기회조차 없었던 어머니의 안타까운 처지도 함께.

"여긴 넓고 좋네."

사내의 굵은 목소리가 레인의 끈적한 상념을 두들겨 깨웠다.

"앞에 사람이 참 많죠?"

여자의 청량한 목소리가 뒤를 이었다.

"번식력은 뛰어난 것 같군. 웬 아이들이 이렇게 많아? 시끄럽네."

"설치류가 번식력이 제일 뛰어난 법이죠?"

"새끼 치는 데는 선수들이네…… 쥐새끼 사촌쯤 되려나?"

레인의 입가에 환한 미소가 돌았다. 두 사람의 유쾌한 농담에 머리가 개는 느낌이다.

레인의 시중을 들던 시녀가 의아한 표정으로 고개를 갸웃했다. 그녀의 오래된 기억으로 이 어린 황녀는 모시기가 퍽 까다롭고도 불편했다. 본인의 의사에 관계없이 항상 어떤 사람이 찾아왔고 누군가는 시비를 걸었으며 한 번도 예외 없이 쓸쓸한 눈물로 끝을 맺었다. 그리고 자신에게도 별로 좋은 기억이 없었다. 유쾌해야 할 연회에서조차 항상 불안하고 조마조마했다. 오늘도 다르지 않을 것이다. 늙은 시녀는 종종걸음으로 물러났다. 그녀가 받은 불편한 임무를 수행해야 하기에…….

"가장 바쁜 2차석님이 드디어 납셨구먼."

쇳소리를 내며 한 무리의 사람들이 다가왔다.

"요즘 꽤 시끄럽더군. 너무 설치는 거 아닌가?"

"그러다 크게 다치지."

"실컷 놀다 와서는 뭔가 보여주겠다고 난리를 치는 꼴이 참 가관이지……."

레인은 천천히 일어섰다. 자신은 오빠라고 부르고 사람들은 황자라고 불리는 존재들. 이들과 좋은 추억은 하나도 없었다. 그래도 예의는 갖춰야 할 터.

"오랜만에 뵙습니다." 레인이 고개를 숙여 인사를 했다.

"많이 바빴나 봐? 얼굴 보기 힘들다?"

50대 중반의 사내가 끈적한 웃음을 지으며 고개를 까닥했다. 찬이라는 이름을 가진 네 번째 황자다. 현재 제국의 재무를 담당하는 태신으로 그 직위가 매우 높다. 그의 옆에는 두 명의 부인이 화려한 옷을 입고 레인 일행을 쳐다보고 있다.

"너무 고귀해져서 그렇겠죠. 폐하의 귀여움을 독차지하고 있으니. 우리 같은 변두리야 눈에 들어오겠어요?"

약간 뒤쪽에 있는 40대 인물이 거든다. 그는 청이라는 이름을 가진 황자다. 현재 유력한 위성 후국의 재상을 맡고 있다. 그 역시 두 명의 부인과 함께였다.

레인의 눈길이 그들을 찬찬히 훑었다. 그들 뒤에는 레인보다 나이가 많은 두 명의 황녀가 있었고, 조카 건이 다른 조카들과 함께 머쓱하게 서 있는 모습도 보였다. 왠지 반가운 얼굴이다. 그들은 3황후에게 문안을 가는 도중에 일부러 이곳에 들른 것이다.

"오랫동안 자리를 비웠더니 처리해야 할 일이 많았습니다. 그 탓에 미리 인사드리지 못하는 결례를 범했습니다."

레인이 차분하게 대답했다. 그 모습은 의연하다.

"흠…… 어련하시겠나?"

찬은 레인의 얼굴을 물끄러미 쳐다보며 짤막하게 한마디를 보탰다. 하고 싶은 이야기가 많았지만 레인의 분위기는 이전과 많이 달라져 있었다. 전에는 듬성듬성 날카로운 가시가 돋아 있었다면 지금은 마치 잘 벼려진 칼을 대하는 것 같은 기분이다. 가지고 놀기가 조금 껄끄러워졌다고 할까?

"네가 요즘 벌이는 일로 해서 여기저기 원성이 크다. 나도 요즘 아주 골치 아파. 어설픈 칼질은 상대를 다치게도 하지만 너 자신도 다치게 된다는 걸 명심해야 할 거야. 네 주제를 아직도 모르고 있는 것 같아서 하는 말이다. 천한 것이 권력을 얻으니 가관이지."

청이 얼굴을 찌푸리며 거들었다.

"밖에서 아주 난잡하게 놀았다는 소문도 있던데?"

채인이라는 황녀가 삐죽거렸다. 레인의 배다른 언니로 유력한 대공가에 시집간 사람이다. 그 곁에는 차기 대공이 될 사내가 뭐가 즐거운지 같이 웃고 있었다. 레인은 대답을 생략한 채 묵묵히 서 있었다. 하루 이틀 겪었던 일이 아니니 이런 것도 이제 익숙하다. 별 반응이 없자 사람들의 눈길은 자연스럽게 레인의 뒤쪽으로 향했다. 찬과 청의 눈빛이 묘하게 빛났다. 그들의 눈길은 비연에게 멈춰 있었다.

"호오…… 특이한 느낌의 아이군. 그 깡촌까지 가서 데려왔다는 인재들이냐?"

청이 비연을 위아래로 훑어가며 레인에게 물었다.

"그렇습니다." 레인이 간단하게 대답했다.

"네 이름이 뭐지?"

"연, 제2차석 참모장입니다."

비연이 대답했다. 절도가 있지만 매우 사무적인 대답이다. 표정은 없었다.

"그깟 직책 따위야 알고 싶지 않고, 어디 출신이지?"

"에센 백작령에서 호위무사장을 했습니다."

"아니…… 그런 것 말고 출신 무가나 가문이 있을 거 아냐?"

"무가는 다니지 않았습니다. 가문은 말씀드려도 모를 겁니다."

"허…… 출신도 모르는 사람을 데리고 왔다는 건가? 이 황실에? 저 남자도 같은가?"

"그렇습니다."

뒤에서 웅성거리는 소리가 들렸다.

"비천한 것들 아닌가!"

"저런 것들이 황실 비서실 요원들을 함부로 대했다는 건가? 나 참…… 황실이 어찌 이렇게 난장판이 되어버렸나!"

비연은 레인을 쳐다보았다. 레인은 안쓰러운 표정으로 비연을 보고 있다. 예상했던 일이지만 역시 기분이 더럽다. 과연 저들은 어떻게 반응할까? 자신의 통제 안에 있다고 해도 믿고 맡겨보고 싶었다. 괜히 기대가 되기도 했다. 이번엔 뭘 보여줄까? 또…… 어떤 사고를 쳐줄까……?

'재미…… 응?'

레인은 불현듯 고개를 저었다. 생각의 흐름이 자꾸 이상한 방향으로 나가 버린다.

"일은 마음에 드나?" 찬이 비연에게 물었다.

"아주 마음에 듭니다."

비연의 입가에 옅은 미소가 돌았다. 찬의 눈빛을 피하지 않고 도도하게 마주보며.

"호오…… 그래? 자신이 있다는 건가, 아니면 건방진 건가. 갑자기 출세하니 우쭐해진 건가? 황실은 제국 최고의 인재가 모인 곳이다. 작은 재주만 믿다가는 크게 다칠 텐데? 그래…… 어떤 갸륵한 재주를 가졌을까?"

찬은 턱을 쓰다듬었다. 천재 레인이 선택한 인물이다. 아마 재주가 있기는 있을 것이다. 그리고 이 녀석…… 처음 느껴보는 도발적인 매력이 있다. 뭘 모르고 까부는 모양도 귀엽고.

"임무를 수행하는 데 필요한 만큼은 있다고 생각합니다."

"그래? 그것 참 궁금하군. 이봐, 레인."

찬이 고개를 돌려 레인을 쳐다보았다. 레인이 그를 마주보았다.

"이 친구 재능이 괜찮으면 아직 실무 경험이 없으니 내게 먼저 보내는 게 어떨까? 확실하게 업무를 익히게 해주지. 대신 내가 데리고 있는 아주 유능한 친구를 보내주면 공평하겠지?"

레인은 대답 대신 신중한 표정으로 비연을 쳐다보았다. 항상 이런 식이다. 자신이 인사권을 가지고 있다고 해도 이렇게 교묘하고도 황당한 요구에는 대항하기 힘들다. 상대는 제국 전체를 대상으로 하는 정부의 재무태신이다. 비서감과 동급이라는 이야기다. 그 지위가 대

표하는 묵직한 권위를 고려하면 이러한 공식 제안을 가볍게 처리할
수는 없다. 거절하면 체면이 상했다고 생각할 것이다.

벌써 이번이 세 번째다. 자신이 뽑은 인재를 보내는 대신 항상 쓰
레기들을 받았다. 그러나 이번만은…….

"당사자에게 물어보시지요? 저도 사정을 해서 모셔 온 사람이라
서."

레인이 침착하게 말했다.

"그래? 사정을 해서 모셔 왔으니 나도 사정을 해보라는 건가? 이
거 더욱 욕심이 나는걸…… 이봐. 네 생각은 어떤가? 얼마나 잘났는
지 보고 싶어지는데?"

찬은 비연을 다시 바라본다. 그녀가 가지런한 이를 살짝 드러내고
웃었다. 또 느낌이 달라졌다. 이번에는 이지적이면서도 세련된 느낌
이 든다. 찬은 잠깐 어지러움을 느꼈다. 뒤쪽에 있는 청과 황녀들도
잠시 아득한 기분을 경험했다. 비연은 산을 쳐다본다. 그는 빙긋 웃
고 있었다. 잠시 그들을 쳐다본 후 비연이 침착하게 말했다.

"제가 있던 곳에서는 기회가 있는데도 일터를 떠나지 않게 만드는
세 가지 이유가 있었답니다. 만약에 전하께서 제게 그 세 가지를 알
려주신다면 바로 따르겠습니다."

찬의 입이 잠시 벌어졌다. 감히…… 황자를 시험한다? 촌뜨기라
철이 없는 건가? 찬은 주변을 돌아보았다. 사람들은 조용하다. 찬은
입맛을 다셨다. 상대는 사람을 부리는 지혜를 물었다. 이제 힘으로
꺾으려 하면 자신을 용렬하다 할 것이요, 불량한 태도를 문제 삼으면
문제를 회피한다고 할 것이다. 그런 소문은 좋을 것이 없다. 교묘한
덫에 걸렸다는 느낌에 찬은 약간 불쾌한 표정을 지었다.

"우선 처우가 더 좋으면 되겠지. 맞나?"

"첫째 답으로 적합합니다."

여자가 환하게 웃었다. 찬은 어깨를 으쓱했다.

"허락된 권력이 크면 될 것이다. 그런가?"

"반 정도 맞았다고 해드리지요. 그러나 권력이 큰 장수들과 우두머리들도 곧잘 자리를 옮긴다는 사실도 말씀드려야겠네요."

"큼…… 위험이 적으면 남겠지?"

찬이 의미심장하게 물었다. 레인을 번갈아 바라보며.

"위험을 즐기는 사람도 많습니다. 안타깝게도 전하는 제가 원하는 답을 맞히지 못하셨군요. 저는 따르지 않겠습니다."

비연이 담백하게 웃었다. 찬의 얼굴이 급격하게 붉어지기 시작했다. 목소리가 커졌다.

"고약한 놈이다. 답은 백 가지도 넘을 텐데 오직 네 머릿속에 있는 것만 정답이라고 생각하느냐? 그러면 네가 생각하는 이유는 무엇이냐?"

"전하의 말씀이 맞습니다. 제 머릿속에 있는 것만이 정답입니다. 전적으로 제 선택이기 때문이지요. 제가 살던 곳을 말씀드릴까요? 처우가 좋으면 사람들은 남았습니다. 만약 처우가 나쁜데도 남았다면 그곳에는 배울 가치가 큰 것이 있었기 때문입니다. 만약 처우도 나쁘고, 배울 것도 없는데도 남았다면……? 사실 제겐 그것이 제일 중요합니다만……."

비연은 말을 잠시 끊고 찬의 얼굴을 물끄러미 쳐다본다.

"남았다면?"

"그곳에는 사람 사이에 정과 신뢰가 흐르고, 또한 재미와 보람이 있기 때문이었습니다. 사람들은 박봉에다 심신마저 고단해도 함부로 옮기려 하지 않더군요."

비연의 눈빛이 다시 바뀌고 있었다. 이번에는 엄정하고도 단호하다. 눈이 시릴 정도다.

"그것이 제 선택입니다. 권력이나 안온함은 제 취향과는 맞지 않습니다. 다만, 전하의 후의(厚意)는 깊이 간직하겠습니다."

비연은 고개를 꾸벅 숙였다. 그 옆의 사내가 빙긋 웃는다. 찬은 찰나간 말을 잊었다. 이런 경우는 처음이다. 대부분은 따라오지 못해 안달하는 놈들밖에 없었는데…… 어쨌든 말을 섞어보니 이 여자는 시골뜨기가 아니다. 뺨을 치고 어른다. 한쪽으로 열고 다른 쪽으로 가둔다. 어찌어찌 밀려가다 보니 막다른 골목이다. 게다가 처음부터 대등한 대화 분위기로 가면서 화를 내야 할 타이밍마저 놓쳐버렸다.

그런데…….

'도무지 밉지가 않다. 무슨 조화냐? 이럴 때는 어떻게 대응해야 하는 거야?'

"허허…… 여전히 대단해…… 천하의 재무태신도 꼼짝 못 하는구먼."

다른 목소리가 들렸다. 모인 사람의 이목이 소리가 난 쪽으로 몰렸다. 그곳에는 다시 한 무리의 사람이 올라오고 있었다. 이 무소불위의 황자와 황녀조차 긴장시키는 인물이다.

"무상께서 왜……."

"아아, 저 친구들에게 볼일이 있어서 말이지. 에이…… 고약한 사람들이라니까…….

황제 다음의 권력자라고 불리는 '한영'이 환하게 웃었다. 그는 산과 비연을 쳐다보고 있다. 다른 사람에게는 눈길조차 주지 않았다.

"불렀으면 찾아와야지. 그게 예의 아닌가? 어째 한 달이 지나도록 사람들이……."

그들을 찾은 한영의 첫 마디다.

"영감님은 별로 보고 싶지 않았거든요? 그때 엮이지만 않았어도……."

비연이 퉁명스럽게 대꾸했다.

"쓰레기 치우느라 별로 놀지도 못했고……."

산이 옆에서 툴툴거렸다. 그러나 입가에는 미소를 짓고 있었다. 곁에 있던 레인이 눈을 크게 떴다.

'이 정도로 친밀한 사이였던가?'

그녀의 머리는 지금 맹렬하게 회전하고 있었다. 그동안에 생각하지 못했던 새로운 관점이 보인다. 2년 전부터 지금까지의 사건들이 좌르륵 머릿속에서 흘러간다. 자신을 임명한 황제, 혹독한 시련, 자신을 부추기며 이들에게 보낸 무상, 2황자, 중하씨, 건, 저 두 사람, 그리고 자신…… 어떤 연결고리가 있을 것이라는 예감…….

찬과 청은 서늘한 기분을 느꼈다. 무상은 황제가 절대적으로 신뢰하는 인물이다. '철학자의 검'이라고 불릴 만큼 가공할 일신의 무력과 함께 교지(巧智)가 뛰어나고, 대규모 전쟁에서도 탁월한 전략과 전술로 불패(不敗)를 기록한 인물. 게다가 그의 배경은 한선가다. 단일 세력으로는 누구도 넘볼 수 없는 곳.

'그가 레인의 후원 세력? 그러면 폐하는?'

"무상에게 감히 영감님이라니……."

뒤쪽에서는 다른 사람들이 다른 이유로 술렁거리기 시작했다.

황자와 황녀들은 멍한 얼굴로 앞에서 벌어지는 광경을 쳐다보고 있었다. 여기 있는 누구도 자신들을 신경 쓰지 않는다는 묘한 위화감도 느끼며…….

"그새 또 성취가 있었나 보군."

한영이 산과 비연을 번갈아 쳐다보며 말했다. 그의 예민한 감각은 두 사람에게서 전과는 또 다른 냄새를 감지하고 있었다. 정말 대할수록 알 수 없는 젊은이들이다.

"죽을 고비를 몇 번 넘었더니 그렇게 됐습니다. 영감님도 달라지셨는데요? 많이 젊어지셨네? 좋은 약이라도 드셨나 봅니다."

산이 덤덤하게 받아넘겼다.

"요 근래 몇 가지 재미있는 실험을 해봤지. 그런데 자네는 그걸 어떻게 느끼나?"

"글쎄요…… 그냥 느낌입니다. 전보다는 기운이 조금 더 부드럽군요. 더 깊어지신 것 같고."

"호오…… 그게 보이나?"

한영은 뒷짐을 진 채 여유로운 표정으로 주변을 둘러보았다. 오른쪽에는 황자와 황녀들이 멀뚱한 표정으로 서 있었다. 왼쪽 계단 아래로 계속 사람들이 들어오고 있지만 많은 사람들이 흥미로운 눈으로 이쪽을 지켜보고 있었다. 뒤쪽에서는 한영을 따라온 한선가의 스승들이 호기심 가득한 눈으로 그들을 쳐다보았다. 그중에는 포라토 시에서 만났던 한야와 한준, 그리고 한소운, 한소헌 형제의 얼굴도 보인다. 한선가의 직계로서 왕족 대접을 받는 사람들이다.

"그래 일은 할 만하던가?"

"이제 시작이지요. 틀만 잡아놓은 상태입니다." 비연이 대답했다.

"어떻게 될 것 같은가?"

"글쎄요. 여러 명 다칠 것 같던데요? 숫자의 형태며 흐름이 심상치 않습니다. 여기저기 구멍도 보이고."

"외압은 없었고?"

한영이 황족들을 힐끗 쳐다보며 장난스럽게 물었다. 비연이 작게 웃었다.

"잔챙이들이야 외압이라 할 것도 없었죠. 그렇지만 방금 받은 것이 가장 컸습니다. 들어보시겠습니까?"

"들어본다고?"

한영이 고개를 갸웃했다. 주름진 눈가에 뜻 모를 불안감이 돌고 있었다. 비연은 싱긋 웃더니 허리띠에 달린 조그만 가죽 가방에서 뭔가를 꺼냈다. 그리고 조그맣고 네모난 물건을 꺼내더니 옆으로 볼록 튀어 오른 뭔가를 이리저리 눌렀다. 잠시 후 그 물건에서는 선명한 사람의 목소리가 제법 크게 흘러나왔다.

"……네가 요즘 벌이는 일로 해서 여기저기 원성이 크다. 나도 요즘 아주 골치 아파. 어설픈 칼질은 상대를 다치게도 하지만, 너 자신도 다치게 된다는 걸 명심해야 할 거야. 네 주제를 아직도 모르고 있는 것 같아서 하는 말이다. 천한 것이 권력을 얻으니 가관이지……."

목소리의 주인공인 청의 얼굴은 새하얗게 질려가고 있었다. 장내는 놀랄 만큼 조용하다. 비연은 다음 버튼을 눌렀다.

"밖에서 난잡하게 놀았다는 소문도 있던데……."

"비천한 것들 아닌가? 어쩌다 황실이 이렇게 난장판……."

다른 목소리가 계속해서 흘러나왔다.

"……이 친구 재능이 괜찮으면 아직 실무 경험이 없으니 내게 먼저 보내는 게 어떨까? 확실하게 업무를 익히게 해주지. 대신 내가 데리고 있는 아주 유능한 친구를 보내주면 공평하겠지?"

찬의 얼굴은 시뻘겋게 물들었다. 좌중에 고요한 침묵이 흐르는 가운데 누군가 소곤거리는 소리가 들렸다.

"세상에! 마법일 거야……!"

"어떻게 하지? 내 목소리도 있었어……."

"영혼을 담는 사악한 마법인지도 몰라!"

"폐하께서 아시면 큰일 나는데… 어떻게……."

비연이 좌중을 한 번 둘러보더니 피식 웃으며 기계를 다시 가방에 넣었다. 이제 모든 사람의 시선은 비연의 손끝을 따라갔다. 얼굴에는 미처 숨기지 못한 두려움이 짙게 깔려 있었다. 한영의 눈이 커졌다가 다시 가늘어졌다. 비연이 산을 쳐다본다. 산이 턱을 쓰다듬으며 천천히 한 발 앞으로 성큼 걸어 나왔다. 부드럽지만 엄중한 기세가 서서히 풀려 나오기 시작했다. 찬이 한걸음 뒤로 물러섰다. 무의식중에 한 행동이다.

"어떻게 생각하십니까? 이런 명백한 외압이 자행되는 현실에 대해서…… 이렇게 개떼같이 몰려와서 한 사람을 구석에 몰아넣고 겁박하는 것은 저에게도 무척 신선하군요."

산이 무심한 눈으로 좌중을 둘러보았다. 새파란 침묵의 계면(界面) 위로 침 넘기는 소리의 파장이 번지고 있었다. 산의 목소리가 차분하게 이어진다.

"잠깐 제 눈과 귀를 의심했습니다. 이 우아하고도 고귀한 장소에서 이런 시중잡배 양아치 짓을 구경하게 되리라고는 정말 상상도 못 했다는 말씀이지요. 이제 영감님에게 묻고자 합니다. 황실이 원래 이런 곳인가요? 자존심과 긍지도 던져버린 쓰레기들도 서식할 수 있는 곳?"

그의 목소리는 지나칠 정도로 담담했고 그의 눈길은 정면으로 황족들을 향하고 있었다. 그 대담하고도 거침없는 태도에 황족들은 순간적으로 움찔했다. 마치 지옥에서 솟아오른 시퍼런 얼음 칼날이 확 쓸고 지나간 것 같았다. 가슴이 철렁하고 대항하려는 의지가 완전히 꺾일 만큼 준엄하고도 두려웠다.

레인 역시 의외의 초강수에 입을 떡 벌렸다. 한선가의 스승들과 귀인들도 눈을 부릅뜬 채 산을 응시하고 있다. 노여움이 터지기 앞서 두려움이 그들을 덮었다. 한영이 입맛을 다셨다.

"폐하께서 윤허하신 일을 이 정도로 강하게 비판을 했다면 그만한 자신이 있었겠지. 인사(人事)를 흔드는 것도 역시 중대한 배임이라 할 수 있겠는데? 태신께서는 어떻게 생각하시나?"

한영의 눈은 재무태신 찬을 향하고 있었다. 인자한 표정이지만 서늘한 위엄이 묻어났다. 제국의 무력을 대표하는 인물의 존재감이 묵직하게 내려앉고 있었다.

"농으로 던진 말입니다. 설마 신이 폐하께 반하는 행동을 할 수는 없겠지요."

찬은 침착하게 답했다. 머리를 잘 빗어 넘겨 드러난 이마에 땀이 번들거리고 있었다.

"내 귀에도 핍박하는 것처럼 들리더군. 자네도 감추고 싶은 게 많은가?"

"황실 내부의 일입니다. 무상께서 신경 쓰실 일은 아니지요?"

"흠…… 그런가?"

"별일 아닙니다."

"폐하께서도 그렇게 생각하셨으면 좋겠군."

"시간을 많이 지체했군요. 이만 가보겠습니다."

찬이 애써 수습하며 걸음을 옮겼다. 성큼성큼 걸어서 올 때보다 훨씬 서둘러 멀어져간다. 청과 나머지 황족들도 얼빠진 모습으로 황망하게 그를 따라가고 있다. 뒤를 힐끔힐끔 쳐다보며……

'이제 보니 까다로운 능력자들을 데리고 온 것이군.'

'레인, 이 교활한 년. 전처럼 함부로 굴리면 큰일을 치르겠어……'

'한선가가 뒤를 봐주고 있었다니. 그것도 무상 본인이 직접 챙기는…….'

그들의 뇌리 속에 깊숙하게 박힌 첫인상이었다.

* * *

"이제 더 이상 핍박을 당하지는 않을 겁니다."

비연이 싱긋 웃으며 레인을 향해 말했다.

"정말…… 말씀대로 됐습니다. 두 분은 언제나 저를 놀라게 합니다."

레인은 가슴을 쓸어내렸다. 심장이 아직도 가쁘게 뛰고 있었다.

"앞으로는 더욱 교묘하고 은밀하게 행동할 겁니다. 겨우 시간을 번 정도지요. 그나저나 저 쫀쫀한 태신이 나에게 앙심을 품었을 텐데 이거 직장 생활이 꽤 고단하겠군."

산이 껄껄 웃었다.

"시간 맞춰 온 것 같네. 아무튼 자네들은 정말 재미있어. 그나저나 그것은 무슨 장치였나?"

한영이 껄껄 웃으며 물었다.

"소리를 저장할 수 있는 기계입니다. 우리가 살던 곳에서는 아주 흔한 것이죠. 눈으로 보는 광경을 저장해서 볼 수도 있습니다."

"자네들을 보면 꼭 신화의 세계에서 온 사람들 같아. 세상을 둘러 볼 만큼 본 나도 이해할 수 없는 것들이 너무 많거든. 그래서 자네들을 꼭 만나고 싶었는지도 모르지. 어때? 자네들도 같이 황후를 뵈러 가겠나?"

"사양하겠습니다. 저희 같은 졸개들이야 여기서 찌그러져 있는 게 여러 사람 도와주는 겁니다."

"계약에 황녀에 대한 호위 임무도 있지 않았나?"

"영감님과 같이 가는데 누가 2차석을 건드리겠습니까?"

"글쎄…… 뭐 그렇다면 할 수 없지."

한영이 실쭉 웃었다.

"그런데 그렇게 편하게 될까? 여기 밥값은 꽤 비싸다네."

한영이 돌아서며 툭 던진 말이다. 비연의 눈초리가 조금 치켜 올라 갔다. 왠지 등이 가렵다고 느꼈다. 확실히 저 영감은 만만치 않다. 레인과 한영이 자리를 떠났다. 황실에는 번거로운 의식이 많다. 아마 자기들끼리 서로 인사하는 데도 시간이 꽤 걸릴 것이다. 산과 비연은 천천히 연회장을 거닐어 보기로 했다.

* * *

"저들은 누구입니까?"

한선가 스승 한교가 따라가며 조심스럽게 물었다. 그는 3품에 이른 대가다. 다른 사람들도 한영을 쳐다보고 있었다. 눈에는 호기심이 가득하다.

"어떤 사람이라고 보았느냐?" 한영이 되물었다.

"재주는 제법 있는 것 같지만 매우 무례하더군요. 무상께 어찌 그런 막말을……."

"나는 괜찮은데?"

"무슨 일이 있으셨습니까? 무상께 짐이 된다면 가문에서 방법을 찾을 수 있을 겁니다."

"멍청한 놈…… 내가 약점을 잡히기라도 했다는 말투로구나."

"예?"

"그들은 무례하지 않다."

"저는 잘…… 모르겠습니다."

"스스로 주권(主權)을 확립한 개인(個人)이기 때문이지. 자기 자신 위에 어떤 권위도 인정하지 않는 곳에서 온 사람들이다. 스스로가 왕이고 스스로가 황제인데 누구에게 굴복하겠느냐?"

"저들은 국가의 권위도 인정하지 않는다는 말씀입니까?"

"인정하지. 단, 개인이나 국가는 동등하기 때문에 서로 계약을 함으로써 서로에게 책임을 진다고도 했지. 그 기본 계약을 '헌법(憲法)'이라고 부른다고 하더군. 그 법에 의해 합의된 것이 아니면 개인을 구속할 수 있는 것은 아무것도 없다고 했다."

"어렵군요…… 그렇다고 해도 이곳에 온 이상 여기 법을 따라야 하지 않겠습니까?"

"무슨 법? 황제가 내린 칙령 중에 사람의 태도까지 규정한 것이 있더냐? 황가의 시시콜콜한 의례는 빼놓기로 하고. 결국 이곳의 법이란 것도 전부 권력을 가진 자들의 개인적인 의지 아니더냐? 그러면 네게 다시 물어볼까? 이곳 권력자의 의지는 무엇으로 뒷받침되지?"

"흠…… 무력과 자금력 아니겠습니까?"

"둘 중 하나만 있어도 되겠지?"

"그렇게 생각합니다."

"그렇다면 그들은 그럴 만한 실력이 있다. 그러니 우리 기준을 함부로 강요하는 일이 없도록 해라. 나는 그들과 다툼이 생기는 것을 원하지 않아. 그런 자는 내가 먼저 혼내 줄 거야."

"저들은 강합니까?"

"강하다. 정말 대단하지."

"저보다 강합니까?"

한영이 한교를 물끄러미 쳐다보았다. 3품 대가라…… 다른 스승들도 그의 입을 쳐다보고 있었다. 한영의 입술이 조금 찌그러졌다. 역시 천생 무인들이다. 레인 역시 호기심에 가득한 눈으로 한영을 쳐다보고 있었다. 한영은 귀를 후볐다.

"혼자라면 몰라도 둘이 같이 움직인다면 나도 승부를 장담할 수 없을 거야. 참고가 되겠나?"

"설마!"

"그런!"

"말도 안……!"

한교는 말을 멈춘 채 숨을 죽였다. 여기저기서 신음이 터져 나왔다.

"저 두 사람은 내가 청한 사람들이다. 아마 많은 도움이 될 거야."

"언제 저들을 알게 되셨습니까?"

"벌써 2년 전 일이다. 저 두 사람과 에센의 일을 진행하면서 한 달 동안 같이 지낼 기회가 있었지. 정말 많은 것을 물었고 많은 것을 들었다."

"그러셨군요."

"그래도 도무지 정체를 모르겠더구나. 어떻게 된 친구들인지…… 지혜는 한선가의 스승에게도 뒤지지 않는 것 같고 지식은 온갖 세상만사의 이치를 꿰뚫고 있었다. 무력은 더 가관이었지. 저기 소운과 소헌이 열 번을 겨뤄서 한 번도 이기지 못했으니까 그 수준을 짐작할 수 있을 거야."

한영은 한소운과 한소헌 형제를 쳐다보았다. 그들이 고개를 끄덕였다.

"그러면 저들이 선무대가……라는 말씀입니까?" 한교가 떠듬거렸다.

"그래…… 기장가, 동명가는 물론 우리 한선가의 기예까지 구사하고 있었다. 허탈했지. 그 밖에 무벌 계열의 정령술, 화공술, 복화술 등 셀 수도 없어……."

"세상에! 그럼 괴물 아닙니까? 어떻게 그런 일이 가능할 수가!"

"더 놀라운 것은 그들에게는 스승이 없다는 것이다. 모두가 두 사람이 궁구해서 이룬 일들이지. 이게 뭘 의미하는지 짐작이 되나?"

"창도자(創道者)!"

"그래, 인간이 각성할 수 있는 모든 길을 찾아가는 사람이다. 우리는 전인(全人)의 탄생을 보고 있는지도 몰라. 바로 우리 한선가가 추구하는 길이 아니더냐? 아니, 나 자신이 도달하고 싶은 건지도 모르지.”

“우리의 적이 될 가능성은 없는지요?”

“모르지. 사람의 일이란 알 수 없으니. 그러나 확실한 것은 밝고 유쾌한 사람들이라는 것이다. 존엄과 긍지를 일부러 건드리지 않는 한 적이 될 가능성은 없을 것이다.”

“예.”

“그리고 영감님이라고 불러주는 게 나는 마음에 들어. 훨씬 친근하잖아? 부디 내 즐거움을 방해하지 마라.”

“예…….”

곁에서 대화를 듣던 레인은 가슴을 쓸어내렸다. 강하다고 짐작은 했었지만 처음으로 공식적인 실력 평가를 들은 셈이다. 또한 한영과 그들과의 관계 역시 생각보다 훨씬 단단하다는 느낌을 받았다. 왠지 안심이 되었다. 적어도 그녀가 아는 스승 한영은 정말 까다롭고 지혜로운 사람이었으니…….

* * *

두 사람은 천천히 연회장을 둘러보고 있었다. 황후를 직접 배알할 깜냥이 안 되는 고급 귀족들의 대화 소리로 주변은 시끄럽다. 소문은 무성했지만 실제로 그들의 얼굴을 알아보는 사람은 거의 없었다. 사무 공간과 황실 도서관, 에센 대원들의 연무장만 왕복하는 것이 이곳에서 그들의 일상이었으니.

“뭐 별거 없네. 사람들만 바글바글하고.”

“그러게요. 황실 최대의 잔치라고 해서 기대했는데. 이건 뭐…….”

산과 비연이 각각 자신의 감상을 중얼거렸다.

"그래도 재미있는 친구들이 꽤 끼어 있네."

"초콜릿 향 나는 '것'들이요?"

"생각보다 많아."

산의 눈빛이 가라앉고 있다.

─평의원급은 되겠는데요? 제법 강합니다.

─그 선자인가 하는 놈들에게 보낸 똘마니들이라고 했지? 사람을 재료로 만든 것들.

─혈귀 계열이라고 했습니다. 낮에도 돌아다니죠. 대가급 무력을 갖췄다고 했는데…….

─불쾌하네…… 왜 저런 것들이 여기에 있는 거야?

─리누엘이 말한 것처럼, 이 황실도 오염이 된 걸까요?

─가능성이 큰 것 같다. 놈들이 일없이 여기까지 오지는 않았을 거야. 황실과 귀족 사회까지 오염시켰다면 권력에도 관심이 있다는 건데…… 놈들의 생태에 대해 조사된 게 있나?

─그쪽은 전혀 알려진 바가 없습니다.

─권력이라…… 인간의 권력으로 대체 뭘 하려 하는 걸까? 권력을 가장 필요로 하는 일이 뭐지?

비연이 잠시 생각하더니 대답했다.

─대규모 공사겠지요. 전통사회에서 토목, 건설은 강력한 정치권력을 가져야만 가능하죠. 사람과 자금을 장기간 동원하려면…….

─이거…… 냄새가 고약한데? 놈들에 관해서 조사 좀 해줄래? 아무래도 레인의 임무와 관련이 있을 것 같은 불길한 예감이 드네…… 재수 없으면 선자 계열과도 부딪쳐야 할지도 몰라. 빌어먹을…….

-알겠습니다.

　-현자도 있을까?

　-아직 별 느낌은 못 받았습니다. 혹시 또 모르죠. 현자는 사람과 구별하기가 아주 까다로우니.

　-현자는 사람을 죽이는 것이 금지되어 있다고 했는데, 선자 계열은 어떻지?

　-모르죠. 선자는 원래 제작자가 심판의 날을 위해 만든 자신의'화산'이라고 했으니 살인에 대한 금제는 없을 것 같은데요.

　-선자 쪽이 훨씬 위험한 놈들이라고 봐야 맞겠군. 이 혈귀 놈들도 사람의 형상을 갖췄고, 누군가 이지(理智)와 감정을 조종하고 있는 종류일 거야. 아마 전염성도 있을 것이고. 악성 바이러스 같은 것……

　-이로써 우리가 아는 세 가지 계열이 모두 등장한 셈이군요. 신(神)-사도(司徒)-사제(司祭), 초인(선자)-평의원-혈귀, 용-현자, 그리고 인간 각성자들…… 이건 무슨 전략 시뮬레이션 게임도 아니고…… 종족전쟁이라도 하는 건지……?

　-용이 변이한 마룡도 포함시켜야 될걸? 마룡 실루오네 같은 놈. 지금 생각해보니 그놈은 용인데도 살인에 대한 금제가 없었던 것 같아. 인간을 가지고 실험을 진행하고 있었으니까. 그쪽 계열은 따로 생각해야 할 거야. 지금까지 밝혀진 확실한 우리의 적이기도 하고.

　-황실 일에서 선자가 배후에 있다면, 부딪칠 겁니까?

　-적인지 아닌지는 아직 확실하지 않아. 괜히 미리 적으로 간주할 필요는 없지. 그렇지만 만약 그들이 우리를 불러온 놈과 관련이 있다면 당연히 싸울 수밖에…… 그러나 만약 일원 쪽이라면 모든 판단은 원점으로 돌려야 돼. 우리를 선자들에게 팔아넘긴 셈이니까. 그때는

일원에게 직접 따져봐야지. 어차피 이 바닥에 당분간 눌러 살기로 한 이상 일부러 찾아다니며 싸울 필요는 없지 않겠어?

—그때까지 살아 있으면…….

—무슨 소리야? 마감을 풀어야지! 언제까지 미룰 거냐?

—프로세스는 검증되지 않았습니다. 저는 '당신'이 안전하다는 확신이 들 때까지는 안 할 겁니다.

—…….

—또한 제 마감이 풀리는 순간부터 모든 마룡과 선자들의 마감도 풀 수 있다고 봐야 할 거예요. 바로 그때부터 우리에 대한 사냥이 시작될 겁니다. 저라면 그렇게 할 겁니다. 우리는 가장 중요한 표본이라고 했거든요. 이 정도 준비 상태로는 우리 둘 다 죽음보다 더 지독한 꼴을 당하게 된다고요.

—언제는 우리가 확실한 것만 했냐?

—기다리세요. 아직 시간이 있지 않나요?

—내 참…….

산이 씩씩거렸다. 비연은 천정을 쳐다보고 있었다.

위쪽에서는 샹들리에 촛불이 흐느적거린다. 아래쪽에는 인간 군상들이 흐느적거리고 있었다.

***

연찬에 이어 공연이 시작됐다. 제국에서 최고라고 하는 온갖 재주꾼들이 입장한다. 모든 사람의 눈과 귀가 광장으로 집중된다. 가장 재미있는 구경거리이자 여흥이다. 레인은 뒤쪽 열에서 까치발을 하고 서서 공연을 구경하고 있었다. 그렇지만 세상만사, 별종은 어디에 가나 한둘은 있는 법이다. 산은 하품을 한 뒤 눈물이 반쯤 찬 눈으로 바닥을 내려다보았다. 비연은 게슴츠레하게 겨우 뜬 눈으로 이리저리 둘러보고 있다. 그들 자리는 썰렁하다. 주위는 차라리 황량한 느낌이다. 아까 한영이 보여준 시위 덕택에 앞에서 얼쩡거리던 영무씨의 떨거지들은 자기 영역으로 돌아가 버렸다.

비연이 손짓하여 시녀를 불렀다. 어린 시녀가 총알같이 달려온다.

"네가 여기 책임자냐?"

"아닙니다. 저쪽에 계신 시녀장님께서 이쪽 구역을 담당하고 계십니다."

비연의 눈가에 약간 주름이 생겼다.

"비서실의 수석 참모장이 높나? 아니면 시녀장이 높나?"

"그……야 수석 참모장님이 훨씬 높습니다."

"그러면 앞의 말은 이렇게 바꿔봐. '저쪽에 있는 시녀장이 이쪽 구역을 담당하고 있습니다'라고. 네가 그 사람을 멋대로 높이는 말을 나까지 들어야 할 이유는 없지 않겠니?"

"명……심하겠습니다."

분위기를 눈치챈 시녀는 벌벌 떨었다.

"여기서 일한 지 얼마나 됐지?"

"이제 3개월 됩니다."

"누가 너를 이곳에 배정했지?"

"시녀장입니다."

"겨우 3개월짜리를 2차석의 시녀로 배정했다? 다른 비서실 차석들은 어떤 사람이 배정됐나?"

"부관급 시녀장으로 알고 있습니다."

"시녀장을 불러와."

"예?"

"두 번 말하게 하지 마라. 나 지금 화가 나려고 하거든? 네 심장이 백 번 뛸 만큼의 시간을 준다. 어서 가봐."

"알……겠습니다."

시녀는 빠르게 멀어져갔다.

"부르셨습니까?"

시녀장이 시큰둥한 목소리로 비연을 내려다보았다. 50대의 노회한 여자다. 한 손에 점검판을 대충 들고 다른 손으로는 앞치마를 만지작거리고 있다. 약한 짜증이 얼굴에 묻어 있었다. 정말 바쁜데 웬 듣도 보도 못 한…….

"죽고 싶나?"

"예?"

"내가 배운 황실의 예의와는 많이 다르네? 그거 새로운 예절인가?"

"무슨 말씀이신지……."

"이거…… 점점 더 가관이네. 높은 사람들만을 상대하니 뵈는 게 없는 모양이지?"

"무슨 말씀을……?"

시녀장은 갑자기 싸늘한 한기를 느꼈다. 이어 머리 끝에서 폭풍처럼 울리는 경고 소리가 그제야 들렸다. 황망히 자세를 바르게 하고 공손하게 섰다. 이제 보니 상대는 그 유명한 제2차석 레인에게 배속된 두 인물 중 하나다. 시녀가 눈을 굴렸다. 비록 '어떤' 황녀의 지시가 있었다고 하지만 문제를 삼으면 결국 다치는 건 자신이다. 시녀장은 눈을 크게 떴다. 여자는 입술 대신 손가락을 움직이고 있었다. 시녀의 눈길은 비연의 손가락이 가리키는 곳을 천천히 따라갔다. 비연의 손이 멈췄다.

"누가 보이지?"

"2차석님이 보입니다."

"편안해 보이나?"

"아……닙니다."

"네 임무가 뭐지?"

"귀인을 편하게 모시는 것입니다."

"그러면 지금은 네 임무에 실패하고 있는 것이겠네. 내 이해가 맞나?"

"그건 시녀가……."

"그 3개월짜리? 그 아이가 뭘 안다고 생각하지?"

"일손이 딸려서……."

"일손이 딸린다…… 그게 2차석을 상대로 적당한 이유라고 생각하나? 그 말…… 진심이야?"

비연이 허허롭게 웃었다. 그러나 주변 공기는 새파랗게 얼어붙고 있었다.

"그건 아니……."

"이거…… 네가 꾸민 짓인가?"

"예?"

시녀장은 이제 오들오들 떨고 있었다. 칼도 없고 아무것도 없는데 그저 쳐다만 보고 있는데도 목에는 시퍼렇게 날 선 칼이 파고드는 섬뜩한 느낌이다. 실제로 뜨끈한 피가 목을 거쳐 가슴으로 자작하게 흘러내리고 있다. 시녀장은 엄청난 공포로 기절할 것 같았다.

"네 짓이라면 네 목을 마저 치겠다. 요점만 대답해. 맞아? 아니 야?"

"죄송합니다. 저는 다만 시키는 대로……."

"누가 시켰지?"

"살려주십시오."

"여태까지 이렇게 괴롭혔나? 음료도, 다과도, 하다못해 다른 사람들처럼 편하게 관람할 수 있는 보조 탁자도 제공할 수 없나? 그에 관해 말이 나오면 말귀 못 알아듣는 시녀를 희생양으로 삼겠지? 맞나? 이…… 비겁하고도 치졸한……."

"흐으으…… 용서를……."

"눈물 흘리면 죽는다."

"흐극……."

"지금부터 딱 10분 주겠다. 모든 조건에서 다른 차석보다 우수하게 만들어라. 10분 후에 보자."

"여유 있는 시녀가 없습니다. 조금만 더 시간을……."

"그건 네 사정이고. 그리고 너는 시녀 아닌가?"

"알겠습니다. 제가 직접 모시겠습니다."

시녀장은 정신없이 뛰었다. 앞으로는 결코 방심하지 않을 것이다. 지금도 소문은 화살 같은 속도로 퍼져가고 있다. 이제 앞으로 레인을 모시는 모든 시녀들은 그녀에 대한 예우를 어떻게 바꾸어야 할지 스스로 고민하게 될 것이다.

공연이 무르익고 있다. 산은 여전히 하품을 참고 있고 비연은 천정을 멀뚱히 쳐다보고 있었다. 저런 서커스 구경이야 뭐⋯⋯ 레인은 높은 의자에 앉아 편안하게 다과를 즐기며 공연을 감상하고 있었다.

* * *

이제 연회는 마무리로 접어들었다. 공연은 오늘의 하이라이트라고 할 수 있는 대목으로 진행되고 있었다. 사명씨에서 엄선한 무사들의 화려한 군무(群舞)와 대무(對武)가 펼쳐졌다. 그것은 3황후에게 바쳐지는 것인 동시에 그 후원 세력인 사명씨의 위세와 힘을 상징적으로 보여주는 것이었다. 군무는 힘과 패기가 넘쳤고 무사들은 초일류 대학 한선가 출신답게 특급 이상의 현란한 기예를 연속적으로 펼쳤다. 정말 볼 만한 공연이었다. 사람들은 환호했고 3황후를 높이 칭송했다. 비록 입에 발린 말일지언정 3황후는 크게 기뻐했을 것이다.

마지막은 사교의 시간이다. 선남선녀가 가장 기다리던 시간이자 모든 가문과 세력들이 고대하던 시간이기도 하다.

"이제부터 사교의 시간을 가지도록 하겠습니다. 장소를 옮겨 즐거운 대화를 나누시길 바랍니다."

진행자의 목소리가 울려 퍼지자 장내의 분위기는 완전히 바뀌기 시작했다. 악단의 음악이 보다 낮고 유혹적인 선율로 바뀐다. 이제 사람과 사람이 만난다. 세력과 세력이 만나고 섞인다. 외교와 탐색이 시작된다. 네 편과 내 편이 갈린다. 고였던 이야기들이 흐른다. 어디에서는 맺어질 것이고 어딘가는 끊길 것이다. 그렇게 새로운 관계와 체계가 만들어진다. 이것이 연회의 진정한 목적이기도 했다. 단순히 퍼먹고 놀자고 그 막대한 돈을 들여 잔치를 여는 멍청한 정치가는 없다. 어느 시대에나, 어느 체제에서나 연회는 가장 중요한 목적을 가진 '정치 외교적 행사'다.

여기저기 이합집산이 시작되고 있었다. 자신이 원했던 사람을 찾아 자신을 원하는 사람을 찾아 발길을 옮긴다. 대연회장은 이런 목적에 적합하지 않은 장소다. 모두가 일어나 2층과 3층, 난간 쪽에 마련된 적당한 장소로 이동했다. 더 은밀한 대화를 원하는 사람들은 발코니와 밀실을 찾을 것이다. 그렇게 썰물 빠지듯 연회장의 사람들은 빠르게 흩어지기 시작했다.

물론 드물지만 밖으로 겉돌면서 썰렁한 집안도 있기는 하다.

"우리 '왕따' 맞지?"

산이 말했다. 계단식 의자에 엉덩이를 걸친 채 마른 육포를 우물거리며…….

"이왕이면 '고결한 고독'이라고 부르죠?"

비연이 대꾸했다. 표정이 조금 익살스럽다.

"셋이서 술이나 드십시다."

레인이 멋쩍게 웃었다. 예전 같으면 자괴감과 모멸감으로 벌써 숙소로 돌아갔을 것이다. 그러나 지난 1년간 겪었던 극한의 경험은 그녀의 마음을 담대하게 넓혔다. 이 정도 불편함은 고민해야 할 목록에 끼지도 못했다. 오히려 이런 일탈(逸脫)을 즐기게 됐는지도 모른다.

이들과 함께 여행하면서 얼마나 창피하고도 험한 꼴을 많이 겪었는가! 황녀의 권위는 개뿔…… 볼일도 같이 봤고 먹도 같이 감았다. 망가질 때 같이 망가졌다. 매사가 그랬다. 처음이 어려웠지 그다음에는 정말 쉬웠다. 묘한 동질감과 은밀한 해방감, 그리고 온갖 기성관념과 속박들을 스스로 부수어버린 후에 손에 거머쥘 수 있었던 무한한 자유…… 오래된 권위를 버리니 새로운 권위가 찾아왔다. 그리하여 그녀는 권력이 생산해준 부하들이 아니라 신뢰가 선물한 진정한 동지들을 얻었다.

"우리 식대로 놀지 뭐……."

비연이 시녀를 불러 이것저것 시킨다.

"충분한 술과 다과를 가져다주겠나? 그리고……."

시녀들이 움직였다. 그들의 행동은 이제 빠르고도 효율적이다. 시녀들은 본능적으로 이들이 무언가 다르다는 것을 느꼈다. 정말 무섭고도 까다롭다. 그러나 바삐 움직이는 시녀들의 표정에는 다른 것도 섞여 있다. 막상 모셔보니 이들에게는 무엇인가가 더 있었다. 이 황실에서는 전혀 느낄 수가 없었던 것. 묘한 여유와 약간의 농담, 그 속으로 흐르는 따듯함, 숨겨진 배려. 말로 표현하기는 힘들었지만.

찾아갈 곳도 없고 찾아올 사람도 없는 세 사람은 그 자리에서 움직이지 않기로 했다. 사람들이 떠나고 악단도 떠나고 중앙 광장을 밝혔던 샹들리에 불이 서서히 꺼져갔다. 바깥 홀로 연결되는 여덟 개의 문이 차례로 닫혔다. 광장은 갑자기 어두워졌다. 모두가 빠져나간 자리에는 소파 대신 꽤 정갈한 술자리가 즉석에서 둥글게 마련됐다. 자그마한 원탁 가운데에 밀랍으로 꾸민 예쁜 등불이 켜지고 비연의 손길에 의해 조그만 고깔 장식이 만들어졌다. 간단한 음식과 과실주가 놓였다. 시녀장이 동원한 네 명의 시녀들이 그들 옆에 조용히 시립해 있었다. 비연이 시녀장을 손짓으로 불렀다.

"저쪽에 여기와 비슷한 모양으로 자리 하나 더 만들어주지? 그리고 칸막이가 필요한데……."

"알겠습니다."

한동안 시간이 흐른 뒤 비연이 다시 물었다.

"다 됐나?"

"예, 여기도 같은 음식과 술을 준비합니까?"

"그래, 그게 좋겠지."

"예?"

"자네들이 쉴 자리니까. 다리 아프지 않아? 저 '3개월'은 거의 쓰러질 것 같은데?"

"예?"

시녀장이 멍하게 서서 비연을 쳐다보고 있었다.

"그리고 이제부터 이쪽은 신경 안 써도 되니까. 칸막이 치고 앉든지 누워 있든지 다들 편히 쉬게 하라고. 뒤처리를 하려면 오늘 밤 쉬기는 어려울 거야. 그리고 여기 있는 사람이 부르기 전에는 어떤 일도 하지 마라. 이것은 부탁이 아니라 명령이다. 이제 가봐. 수고했어."

"예…… 예……."

"그럴듯한데? 일류 레스토랑을 전세 낸 기분이야."

산이 활짝 웃으며 입을 열었다.

"너무 넓다는 느낌은 있지만, 그런대로 쓸 만한데요."

"괜히 연말 분위기가 생각나네?"

밖에서는 악단이 다시 연주하는 가락이 은은하게 들려온다. 술자리는 한국식으로 진행됐다. 술잔이 몇 순배 돌고 나니 모두의 얼굴이 약간 벌겋게 달아올랐다. 레인은 밝게 웃었다. 이렇게 홀가분하다니. 가슴에서 무거운 것을 치운 것처럼 너무 홀가분하다.

* * *

"저기서 뭐 하는 거지?"

귀족 사내가 말했다. 3층에서 안쪽 광장으로 튀어나온 난간의 창을 통해 아래를 내려다보고 있었다. 아래에는 어둠 속에서 등불을 켜둔 두 개의 탁자와 이야기를 나누는 세 사람의 모습이 보인다.

"글쎄, 어쩔 수 없었겠죠. 나와 봐야 아무도 상대를 안 해줄 것이고 딱히 찾아갈 만한 곳도 없을 테고. 한두 번 겪는 일인가요?"

대화를 나누던 여자가 아래를 힐끔 쳐다본다.

"그래도, 전에는 곧장 숙소로 향하더니 지금은 부하가 생겼다고 서로를 위로하는 모양인데?"

"이번에는 시비 거는 사람이 없는 것 같네요."

"아까 들은 이야기로는 레인 2차석의 배후가 한선가라고 하더라고."

"나도 그 이야기는 들었는데, 별로 신빙성은 없는 이야기였어요."

"왜?"

"저 수석 정보대장과, 참모장이라는 자들이 한선가 출신이 아니랍니다. 무슨 의미인지 아시죠? 남자는 무식해 보이고 여자는 얼굴만 반반한 게 아주 재수 없게 생겼죠."

"호오……."

"단지 무상과 약간의 친분 관계가 있는 것 같다고 하더군요. 무상께서는 워낙 특이한 친구가 많으시잖아요? 다들 그중에 하나라고 보던데요?"

"듣고 보니 그렇겠군. 그분이야 원래 정파에 관여하지 않는 걸로 유명하시지."

사내는 다시 아래를 바라보더니 다른 화제로 돌렸다. 여자도 술잔을 홀짝이며 그들만의 은밀한 이야기로 빠져들었다. 2층과 3층에서는 많은 귀족 선남선녀들이 모여 앉아 즐겁게 대화를 나누고 있다. 아마도 많은 사람들이 이 사내처럼 담화를 나누면서 아래를 내려다보고 있을 것이다. 아까 장엄하게 펼쳐졌던 무사들의 인상적인 공연이 화제에 가장 많이 오르고 있을 것이고.

* * *

"어때?"

초콜릿과 비슷한 자줏빛 음료를 탐닉하고 있던 40대 여자가 물었다. 벗어놓은 화려한 장식의 옷으로 보아 대귀족 가문의 여자일 것이다.

"모호해. 확실한 건 아주 제대로 된 꼴통들이라는 거지."

남자 둘 중 하나가 몽롱하고 나른한 목소리로 답했다. 거칠고 상스러운 말투와는 달리 외모는 40대의 중후한 귀족 남성이다. 그들 이외에도 남녀 여럿이 한 커다란 밀실 여기저기에서 서로 엉켜가며 몸으로 이야기를 나누고 있었다. 미로처럼 공간이 분리된 각 방 안에는 달콤한 초콜릿 냄새가 은은하게 채워지고 있다.

"쟤들은 얼마나 강할까?" 남자가 아래쪽을 쳐다본다.

"아마도 세겠지? 선자들께서 특별한 관심을 가진 아이들이라는데. 윽…… 살살해."

"제2차석 쪽이랬지? 우리 일을 들여다보게 될까?"

"두고 봐야지. 저들이 어떤 걸 찾느냐에 따라서."

"미리 손발을 잘라놓을 필요가 있을까?"

"아서라. 평의회 위원장 바야의 경고를 못 들었나? 한선가 쪽 일이 정리되지 않으면 우리는 벌집을 건드리는 거라고. 특히 대가라는 새끼들은 아주 골치 아프거든. 중하씨는 완전히 넘어왔지만 영무씨, 사명씨 쪽도 아직은 안전하지 않아. 좀 더 다져야 한다고."

"3황후, 사명씨 쪽은 오늘부로 넘어온다고 봐야 하지 않나?"

"자관이 오늘 작업 들어간다고 했으니 잘되겠지."

"이로써…… 다섯 황후 중 셋이 장악되는 건가?"

"조금 있으면 비서실도 몇 개 떨어질 거야. 이미 황녀들은 판단력을 잃어버렸어."

"레인이 변수야."

"당분간 놔둬…… 황제는 의심하고 있지만 결코 증거를 찾을 수는 없을 거야."

"지금 이 잡듯 뒤지고 있잖아. 드러날지도 몰라."

"불가능해. 그 복잡한 걸 어떻게 한 그림으로 맞춘다는 거지? 일을 벌인 우리조차도 전체 그림은 모르는데?"

"……."

"도시 건설은 잘되고 있다던가?"

"100개 중 일차로 30개의 건설이 끝나 가고 내년 초면 분양이 될 거라는데?"

"아아…… 빨리 지어졌으면 좋겠어. 그나저나 사냥은 언제까지 금지시킬 거지? 요즘…… 넥타는 보급량도 적어졌고 농도도 묽어져서 참기가 힘들어. 오늘이 딱 좋은 날인데."

"워워…… 참으라고. 사탄 선자의 허락 없이는 안 되는 거 알잖아?"

"무슨 상관이야. 우리는 파순 선자의 평의원들이잖아. 사탄은 왜 우리를 통제하는 거지?"

"파순께서 사탄님의 요구에 동의하셨어. 네가 거역할 수 있나?"

"젠장……."

* * *

"참…… 두 분은 알 수가 없다……고요."

레인이 말했다. 술기운이 얼근하게 올라오는지 약간 혀가 꼬였다.

"나도 나를 몰라요."

비연이 실룩 웃었다. 그녀의 얼굴도 약간 발그레하다.

"미안합……니다. 나는 두 분에게 이 지옥 같은 곳에서 가장 위험한 일을 하라고 요구하는데…… 나는 챙겨줄 게 아무것도 없어요…… 아무것도 약속해줄 수도…… 없네요."

레인의 눈에는 어느덧 눈물이 그렁그렁 고여 있었다. 진심으로 미안했다. 이 세계에서 황실의 주요 인물과 적이 된다는 것은 곧 죽음의 길이다. 대형 가문들과 적이 되는 것은 곧 끝도 없는 형극의 길이다. 사방에서 칼이 날아들 것이다. 살아도 평생을 불안하게 살 것이고, 그 후손과 가족까지도 결코 안전할 수 없다. 다른 영악한 친구들은 그런 권력의 속성을 잘 알았다. 그래서 어떻게든 적을 만들지 않으려 노력하는 것이 보였다. 제국에 인재는 많다. 그러나 이런 희생을 감수하며 자신에게, 그리고 황제에게 헌신할 인재는 이 세상에 없었다. 황실에는 없었고 대가문에는 더욱 없었고 한선가에도 없었다.

"우리에게 이야기하지 않은 게 있습니까?" 산이 물었다.

"아니요. 그럴 리가…….."

"그러면 미안해할 필요도, 미안할 이유도 없습니다. 레인님은 우리의 선택이 어리석다고 생각하셨나 봅니다?"

산의 굵은 음성이 울렸다. 레인은 산을 쳐다본다. 불빛에 비친 모습이 흐릿하다. 레인은 고개를 저었다.

"아뇨…… 두 분은 나보다 현명하시니…… 어리석지 않겠지요. 그래도 나는 미안합……니다. 위험한 것은 사실이고 이건 진심이거든요……."

"글쎄요. 우리가 우리를 따라온 에센 대원들에게 미안해할 것 같습니까? 천만의 말씀입니다. 만약 그랬다면 같이 오지도 않았을 겁니다. 우리는 길을 보여줬고 이 모험에 깔린 잠재 위험을 모두 알렸습니다. 그리고 그들의 선택을 존중했습니다. 이쯤 되면 누가 누구에게 미안해한다는 게 웃기는 일이 되지요. 같이 결정했는데 누가 누구에게 미안해해야 한다는 걸까요?"

산이 퉁명스럽게 말했다.

"그러면 고맙다고 표현을 바꿀게요."

"레인은 이 싸움에서 승리하실 거죠? 승리하는데 무슨 문제가 있나요?"

비연이 턱을 고인 채 레인을 바라보았다.

"아니…… 문제가 없죠. 우리는 승리할 겁니다. 반드시!"

레인이 작은 주먹을 꼭 쥐며 말했다.

"그러면 아무 문제가 없는 겁니다. 이거 알고 보니 미안해해야 할 일이 아니라, 함께 있어서 기뻐해야 할 일이군요."

"기뻐해야 할 일이라…… 함께 있어……."

레인은 반쯤 감긴 눈으로 입맛을 다셨다. 기분이 묘해졌다. 그러나 그녀의 눈은 점점 커지고 있었다. 두 사람은 약속이라도 한 듯 자리에서 일어났다.

"오늘, 찢기고 상처받은 작은 영혼을 위해 우리라도 위로연을 보여주는 게 어때요? 장소도 좋고 분위기도 죽이는데?"

비연이 먼저 말을 던졌다. 그 목소리는 작지만 경쾌하게 울려 퍼졌다. 그것은 잠든 공간의 모든 것을 깨우며 거침없이 짓쳐나가는 파문 같은 것, 벽을 넘어선 공간에서도 짜르릉 하고 멀리 퍼져나가는 힘.

"헌정(獻呈)인가? 주제는?"

산이 앞으로 크게 걸음을 떼며 물었다. 목소리가 장중하고도 또렷하게 퍼져간다. 그 소리는 바깥의 모든 사람들에게까지 들릴 것이다. 마치 바로 곁에서 말하는 것처럼 친절하게.

"고귀한 친구에게 보내는 솔직한 '위로', 그리고 '응원'이라고 하죠."

비연은 벌써 계단을 빠르게 내려가고 있다.

"수준은?"

산 역시 벌써 맞은편으로 빠르게 이동하고 있었다.

"3황후보다는 더 위로 보내시죠. 쓰는 김에 까짓 거……."

"감도(感度)는?"

"오랜만에 5단계의 끝까지 가볼까요?"

"좋군…… 제대로 놀아보자고."

레인은 눈을 크게 떴다. 갑자기 가슴이 쿵쿵 뛴다. 급격하게 바뀐

기운으로 인해 네 명의 시녀가 튕기듯 뛰어 나왔다. 밖에 나온 그들은 눈을 크게 떴다. 입은 점점 크게 벌어지고 있었다.

바깥쪽의 음악이 갑자기 멈췄다. 웅성거림도 멎었다. 반이층 (mezzanine), 2층, 높은 3층까지 모든 공간에서 아래를 내려다보는 사람의 시선들로 빽빽하게 채워졌다. 그중에는 황후의 눈도 있었고 한 선가 스승의 눈도 있었으며 영웅과 미인을 갈구하는 선남선녀의 눈도 있었다. 아래에서는 바야흐로 공연이 막 시작되고 있었다. 그들이 이 세계 태어나 전혀 상상할 수 없었던 방식과 규모로……

* * *

공연은 캄캄한 어둠 속에서 작은 빛으로 시작됐다. 처음에는 어둠 속에서 자그마한 두 개의 빛이 찰칵거리듯 깜박거렸다. 빛의 점멸 속도는 느렸다. 한 번 반짝이곤 긴 어둠 속에 금세 숨어버렸다. 위치는 바닥에서 10미터 위, 천정으로부터 10미터 아래다. 그 빛이 생길 때마다 천정의 궁륭 장식이 언뜻언뜻 보였다.

탁탁, 타타타타타타.

왼쪽에서 소리가 뒤따라 나섰다. 멀리서 딱딱한 캐스터네츠를 두드리는 듯한 소리다. 그 소리도 아주 작았다. 그러나 모든 사람의 주목을 끌 만큼 매우 또렷했다. 사람들은 신경을 곤두세우며 소리가 나는 곳을 쳐다보았다. 그러나 긴 간격으로 점멸하는 희미한 빛의 뒤에는 오히려 심연 같은 어둠만 있을 뿐 아무것도 보이지 않는다.

또로롱, 또로롱.

이어 오른쪽에서 청량한 금속음이 작게 울렸다. 건반악기 첼레스타가 내는 듯한 소리다. 사람들의 시선이 오른쪽으로 향했다. 역시 아무것도 볼 수 없었다.

퐁퐁, 팡팡팡팡.

천정에서 작은북을 살짝 두드리는 소리가 나기 시작한다. 모두가 고개를 위쪽으로 향했다. 그 소리는 마치 아득하게 먼 천국에서 들려오는 것 같았다.

딱딱, 따따따딱.

마룻바닥을 두드리는 소리가 울렸다. 탭댄스를 출 때 발끝에서 나는 소리와 비슷하다. 마치 천정에서 울리는 소리에 지상에서 화답하는 모양새다.

둥둥, 두두두두.

이제 묵직한 큰북 소리가 먼 뒤쪽에서 아스라이 울린다. 군대가 말을 짓쳐 달려오는 느낌이다. 이윽고 두 개의 빛이 점멸하는 속도가 점점 빨라지기 시작했다. 그 속도에 비례하여 밝기는 점점 밝아졌다. 하얀 빛은 검은 공간을 가로질러 서치라이트처럼 여기저기를 마구 달렸다. 어느 순간, 빛이 사방으로 터지면서 빠르게 퍼져갔다. 사방에서 울리는 타악기 소리는 점점 커져가고 타격 속도도 급격하게 빨라져간다. 아스라이 멀리서 들리던 소리들이 점점 가까이 다가오고 있었다. 천둥이 치는 소리, 폭풍이 풍경(風磬)을 흔드는 소리, 빗방울이 나뭇가지를 흔드는 소리, 군대가 말달리는 소리. 모든 소리가 한꺼번에 합쳐지며 모든 공간에서 장중하게 울려 퍼져간다.

거대한 연회장 전체가 들뜨기 시작한다. 번개가 치는 것처럼 번쩍번쩍거리는 가운데, 웅장한 타악기의 향연이 펼쳐졌다. 폭발하듯 빠르게 터져 나오는 타격 소리, 짧게 끊어 치는 고음 소리, 가슴이 울렁거릴 만큼 묵직한 큰북 소리가 거침없이 터져 나왔다. 소리가 끝없이 커져갔다. 여린 고막이 비명을 지를 정도로 장대한 소리. 그 소리는 황후가 동원한 대형악단의 모든 악기들이 한꺼번에 내는 소리보다도 컸다.

현란하게 점멸하는 빛의 폭주 속에서 드디어 사람의 실루엣이 언뜻언뜻 드러나기 시작한다. 두 사람이다. 아니 자세히 보면 네 사람이다. 여덟 사람. 열여섯? 정지 영상처럼 수십 명의 사람들이 허공에서 현란하게 움직이는 모습이 보였다.

레인은 심호흡을 하고 있었다. 술이 확 깨는 느낌이다. 아직 무엇을 보여주려는 것인지 확실하지 않다. 그러나 그 묵직하고도 현란한 두드림만으로도 가슴이 방망이질 친다. 숨이 막힐 듯한 타격들의 속도감이 마치 모든 것을 폭풍으로 휘감으며 한없이 위로 올려 보내는 느낌이다.

쨍.

이윽고 얇은 유리가 한꺼번에 깨지는 듯한 청아한 소리가 짧게 울렸다. 동시에 모든 빛이 꺼졌다. 가슴이 터질 만큼 벅차게 울렸던 소리들도 거짓말같이 순식간에 멈춰버렸다.

레인은 눈을 크게 떴다. 잡소리를 완벽하게 진압하고 묵직한 침묵이 찾아왔다. 그 깜깜한 공간을 밀어내며 까만 허공에 무언가가 새겨지기 시작했다. 하얗게 백열하는 번개가 좌에서 우로 흘러간다. 검은 공간을 배경으로 커다란 형상이 서서히 만들어진다. 레인은 숨을 멈췄다. 위쪽에서 보는 사람들도 숨을 죽였다. 그 번개 형상은 선명한 글자를 만들어내고 있었다. 글자는 이제 문장으로 이어지고 있었다.

굴복하지 않는!

쿵.

묵직한 북소리가 큼직하게 한 번 울렸다. 글자가 서서히 없어지면서 바로 다음 글자가 새겨진다. 이번에는 핏빛같이 정열적인 선홍색이다.

위대한 영혼을 위하여!

아!

여기저기서 억눌린 탄성이 터져 나왔다. 글자가 허공에 흩뿌리듯 지워지며 크나큰 실내는 서서히 밝아진다. 그 중앙에는 두 사람이 새하얀 빛을 뿌리며 허공에 우뚝 '서' 있었다. 황후의 서커스 따위와는 차원이 다른 기예다. 화려한 오프닝은 그렇게 끝났다.

"으으…… 저거 저거……."

"몸에서 빛이 나와……."

"공중에 떠 있어……!"

숨 막히는 침묵 속에서 여기저기 작은 신음소리가 저절로 삐져나왔다. 규모와 연출에서 차원이 다른 것, 매우 세련된 것. 바로 대가의 기예가 처음부터 펼쳐지는 현장이다. 사람들은 말을 잊었다. 대가들은 숨쉬기를 잠시 잊었다. 누가 저들을 비천한 시골 출신의 무사라고 했더라?

"한선가 3품 대가의 기예……!"

그들은 공중에서 뒷짐을 진 상태로 광장을 한 바퀴 돌았다. 마치

평지를 거니는 듯 여유롭고도 자연스럽다. 두 사람의 시선은 관중들을 오연하게 혹은 부드럽게 쓸고 지나간다. 입장이 바뀌어 있었다. 그들은 관중을 초대하지 않았지만 관중은 관람을 원하고 있다. 두려움과 기대감을 품은 채. 그러나 두 사람은 관중의 시선을 외면하는 것으로 그 요청을 간단하게 무시했다. 그들의 메시지는 명확하다. 너희들을 위해 광대 짓을 하려고 하는 것이 아니다. 이것은 우리 둘이 좋아서 하는 놀이다. 기대에 신경도 안 쓸 것이고 안 봐도 상관없다는 뜻이다.

이윽고 두 사람의 몸에서 환한 빛이 퍼져나갔다. 빛은 다양한 색으로 천천히 갈라져 나가며 주변을 황홀하게 물들였다. 머리 위에는 푸르고 노란빛의 오로라가 천정까지 치솟으며 일렁거린다. 어느덧 무지갯빛의 은은한 장막이 원통처럼 두 사람을 감싸며 돌고 있었다. 그렇게 단 한 사람을 위한 무대가 꾸며졌다.

산과 비연은 레인 쪽으로 몸을 돌렸다. 시선과 시선이 다시 만났다. 비연은 손바닥을 위로 하여 아래에서 위로 살짝 올리듯 손짓했다. 레인이 일어나기를 재촉하는 듯하다.

"이 공연은 오직 그대만을 위한 것. 감상할 준비가 됐나요?"

산의 목소리가 정중하게 울렸다. 그 소리는 마치 마이크로폰을 쓴 것처럼 자연스럽게 공연장 전체로 넓게 퍼져나갔다.

레인은 천천히 일어섰다. 두 사람의 몸에서 빛줄기 하나가 생겨나더니 각각 레인을 비춘다. 빛이 겹쳐지는 효과로 레인의 얼굴은 모두에게 찬연하게 드러났다. 가냘프지만 위엄이 넘치는 모습이다. 마치 황후와도 같은 위엄이다. 모든 사람의 이목이 레인의 얼굴에 집중됐다. 성스러울 만큼 찬란한 모습!

"고맙습니다."

레인은 짧게 말했다. 할 말은 너무 많았지만, 그녀는 이들을 잘 안다. 허공에 발을 딛고 떠 있는 두 사람이 손을 가슴에 대고 허리를 반쯤 굽혀 예를 취한다. 레인 역시 허리를 굽혀 같은 예를 취한다. 아마 서로를 존중하는 최고의 경의의 표현일 것이다.

경악할 만한 침묵이 흘렀다. 3층 난간에 기대어 아래를 내려다보고 있던 3황후의 표정은 표독스럽게 일그러졌다. 자신의 잔치에서 벌어지고 있는 희한한 광경이다. 청춘들 노는 모양이 가관이다. 그것보다도 자존심에 심한 상처를 입었다. 그러나 자신조차 턱이 덜덜 떨릴 만큼 환상적이고 충격적인 광경이었다. 가히 넋이 나갈 정도다. 그녀도 평생 처음 보는 공연이 될 것임을 예감한다. 그러나 그런 자신의 기대감이 너무나도 싫었다.

황후는 주변을 찬찬히 돌아보았다. 정파를 떠나 모든 사람이 침묵하고 있었다. 입을 벌린 채 넋이 빠진 표정들이 속속들이 그녀의 눈 속으로 치고 들어온다. 그것은 개인적인 호오(好惡)를 떠나 아주 솔직한 표정이었다. 가슴속에서 거품처럼 무언가가 치밀어 오른다. 박탈감, 부러움, 끔찍한 질투. 그러면서도 자신이 판을 이미 걷어버린 마당에서 이루어지는 막간 놀이는 그들에게 허락된 것이라는 사실에 더욱 놀란다. 자신이 뭐라고 할 수 있는 상황도 아닌 것이 분노의 농도를 깊게 키우고 있었다.

사내가 허공에서 발을 굴렀다.

쿵.

10미터의 허공을 사이에 두고도 마루에서 소리가 울렸다. 빛줄기 사이로 마룻바닥에서 뽀얀 먼지가 피어올랐다. 비연이 두 손을 들었다. 가느다란 손끝에서 노란 빛이 봉오리처럼 생겨났다. 활짝 펼쳐진 손가락을 따라 색색의 증기가 구름처럼 피어올랐다. 손가락이 움직일 때마다 천정에서는 퍼커션을 두들기는 듯한 소리가 명랑하게 호응한다. 그렇게 그들만의 소박한 공연이 시작됐다. 현란한 멜로디는 없다. 쓸 만한 악기도 없다. 그러나 오히려 단순한 울림들이 위대하다. 작은 함성들이 모이고 반복되고 어울리면 그 어떤 장대한 드라마가 나올지 상상할 수 없다. 위대한 바흐가 그랬고 천재 모짜르트가 그랬고 드럼의 귀재 존 보넘이 그랬다.

두 사람이 허공에서 움직여간다. 대가만이 할 수 있는 기예들이 속속 펼쳐져 나왔다. 처음에는 간단한 수직 이동, 수평 이동, 회전, 가속 운동이 펼쳐졌다. 공간의 제약에서 자유를 얻은 존재만이 누리는 우아한 유영. 매우 아름다운 몸짓이다. 때론 새처럼, 때로는 물고기처럼 두 사람은 공간을 천천히 돌아다녔다. 거대한 수족관에서 물고기가 노니는 것 같다. 두 사람의 몸에서 흘러나오는 옅은 빛들은 암흑의 공간 속에서 서로 어울리고 섞여가며 아름다운 빛무리를 남기고 있었다. 사람들은 숨을 삼켰다.

이윽고 분위기가 바뀌기 시작한다. 유연한 움직임이 각진 움직임으로 급격하게 변화한다. 순간 가속, 순간 정지, 불연속적으로 팍팍 꺾이는 방향 전환…… 그들의 움직임은 점점 빨라지고 현란해졌다. 급기야 갑자기 사라졌다가 다른 곳에서 나타나는 묘기까지 보여주었다. 곳곳에서 탄성이 터져 나왔다. 특히 그 동작의 의미를 아는 자들, 대가라고 불리는 사람들은 자신의 입에서 저절로 튀어나오려는 신음을 틀어막았다.

두 사람은 각각 막대기를 꺼내 들었다. 막대기는 누가 봐도 급조한 것이다. 시녀들이 청소 도구로 쓰는 아주 볼품없는 것. 그래서 우스울까? 하지만 웃는 사람은 아무도 없었다. 비연이 두 손으로 막대를 허공으로 치켜들었다. 반대로 산은 아래로 늘어뜨리고 있다. 두 사람의 막대에서 점점 빛이 새어 나왔다. 곧 시퍼렇게 벼린 강철 칼날처럼 차갑게 빛나기 시작했다. 비연이 먼저 움직인다. 손목의 움직임과 함께 막대가 허공에서 호쾌한 선을 그렸다. 오로지 둘이서 수천 번이나 반복했던 것. 산은 호응하듯 수직으로 솟아오르며 간결한 동작으로 마주쳤다.

꽈광.

하늘과 땅의 만남. 두 개의 막대가 부딪쳤다. 나무 막대끼리 부딪칠 때 결코 기대할 수 없는 굉음이 모든 공간에 쩌르릉 울렸다. 동시에 눈을 질끈 감아야 할 만큼 하얀 빛이 번쩍거리며 터져 나갔다. 이어 폭발적인 검무(劍舞)의 향연이 시작됐다.

한영은 눈을 비볐다. 곁에 서 있는 한교는 이마에서 끊임없이 흘러내리는 땀을 닦고 있었다. 사명씨를 위해 검무를 추었던 특급무사들은 넋을 상실한 채 다리를 후들거리고 있었다. 황녀와 귀족들은 아예 주저앉은 채 연신 침을 삼키고 있다. 황후는 울고 있었다. 나약한 자들의 가슴으로는 도저히 감당하기 어려운 일대 장관이 그들 앞에서 펼쳐지고 있었다. 까만 공간인데도 눈이 부셨다. 이 공간에는 모든 것을 제압하는 자들의 결의와 광기가 넘쳐흐르고 있다. 거친 패기와 장엄한 기백이 넘실거렸다. 막대와 막대가 만나고 부딪치고 어울리는 가운데 작렬하는 빛과 그 빛이 만드는 궤적들이 빽빽한 선을 그리며 현란하게 공간을 삼켜갔다.

닫힌 실내 공간에서 서로 공명하며 울려대는 굉음과 함께 폭풍 같은 회오리가 관객석까지 거침없이 휘몰아쳐 왔다. 온갖 먼지와 쓰레기가 날아다니고 옷과 머리카락이 세차게 휘날렸다. 이것이 의도된 것이라면 아마 제대로 된 위력시위일 것이다.

그리고 춤이 멈췄다. 현란했던 어울림이 사라지고 새까만 어둠이 다시 찾아왔다. 사람들은 비로소 땀을 닦아가며 거친 호흡을 골랐다. 눈길은 여전히 그들을 좇고 있었다. 두 사람은 허공에서 천천히 내려와 바닥을 딛고 섰다. 이제는 한결 부드러운 빛이 두 사람을 은은하게 둘러싸고 있다. 혹시 지쳤을까? 끝일까?

그러나 장내는 여전히 조용하다. 공연은 끝나지 않았다. 아까 그 장엄하고 묵직한 공연을 한 사람과 동일한 사람들이라고는 믿지 못할 풍경이 펼쳐지고 있었다. 이제 그들 방식대로 놀기로 한 것 같다. 남녀는 서로 어울리며 춤을 추기 시작했다. 누가 뭐래도 '젊은 그들'답게 양념을 뺀 아주 솔직한 몸짓. 레인은 환한 미소를 지었다. 모험을 같이하며 정말 많이 본 광경이었다. 술기운이 다시 얼근하게 살아나고 있다. 영문을 모르는 관중은 여전히 무시당하는 중이다.

세련된 춤은 아니다. 오히려 술 취한 사람처럼 이리저리 흔들거리는 듯한 몸짓이다. 그러나 그 동작이 가져오는 효과는 그렇지 않았다. 관중들은 이제야 처음 어둠 속에서 들었던 소리들의 의문을 풀 수 있었다. 비록 여전히 그 원리는 이해할 수는 없다고 해도…….

비연은 손바닥을 활짝 펴며 팔을 뻗었다. 한 손은 위로, 한 손은 아래로 향한다. 피아노를 치듯 열 개의 손가락이 현란하게 움직였다. 그에 대응하여 천정과 바닥에서 소리가 울렸다. 공연장 전체가 마치 악기라도 된 듯했다. 이번에는 경쾌한 스텝을 밟으며 양손을 옆으로 벌렸다. 오른쪽의 금속 촛대가 첼레스타처럼 청량하게 울렸고 왼쪽의 가구들에서 딱딱 소리를 냈다. 산은 비연과 장단을 맞추며 바닥을 발로 쿵쿵 두들겼다. 벽 전체에서 아까 울렸던 북소리가 웅장하게 다시 퍼지고 있었다. 손짓마다 걸음마다 각각 다른 소리가 들렸다. 그 소리의 강약이 절묘하게 어울리며 리듬감 있게 출렁거린다. 그 리듬에는 묘하게도 신명을 불러일으키는 힘이 있었다.

이 합주에는 몇 가지 비밀이 숨어 있었다. 비록 전문적인 연주를 배운 적이 없었지만 그들은 선무대가로 각성하면서 광대한 영역에 걸쳐 파동의 스펙트럼을 시험해왔다. 어떤 소리가 어떤 감정을 건드리는지를 알게 됐고 7헤르츠의 저주파가 사람의 고유 주파수라는 것도 알았다. 그렇게 개척한 기예가 '통신의 능'이었으며 이어서 '탐색의 능', '최면과 환각의 능', 그리고 '공명의 술'로 소리와 관련된 기예를 끊임없이 확장하고 다듬었다. 지금 그들은 무엇을 보여주고 있는 것일까?

두 가지 반응이 일어나고 있었다. 일반 사람들은 분명한 감동을 느꼈다. 그러나 또 다른 존재들은 생지옥을 경험하고 있었다. 그들은 '대가'라고 불리는 '사람'들과 초콜릿 냄새를 풍기는 종족들이었다. 그들이 감지하는 또 다른 음(音)은 차원이 다른 어떤 것이다. 각성한 이들에게만 느껴지는 특별한 음파.

"무서운 자들…… 이건 경고였나?"

류인의 수석 지휘관 한화는 침을 꿀꺽 삼켰다. 그는 이들이 보여준 마지막 공연을 즐기지 못했다. 한화는 거칠게 입을 닦았다. 피비린내가 났다. 파리해진 입술 끝에서 핏물이 자작하게 배어 나오고 있다. 다른 밀실에서는 '그것'들이 귀를 감싼 채 웅크리고 있었다. 갑자기 닥쳐온 어떤 치명적인 공명(共鳴) 주파수에 무방비로 얻어맞은 채 하나같이 숨을 헐떡이고 있었다.

"이대로…… 죽을 것 같다고! 저 새끼들을…… 어떻게 좀 해봐!"

한 놈이 가슴을 쥐어뜯으며 울부짖었다.

"이거 경고 아냐? 언제라도 싸그리 죽일 수 있다는!"

"이것도 믿어야 하는가? '음공(音功)'이라니!"

한영이 숨을 크게 들이쉬며 중얼거렸다. 한선가의 스승들은 저린 가슴을 쓰다듬으며 깊게 침묵했다. 불쾌감을 넘어서 공포감이 찾아왔다.

음공(音功)!

이처럼 닫힌 공간에서는 그 적을 찾기 어렵다는 전설적인 몰살 기예다. 공간을 격해 상대의 고유 주파수를 찾아내고 그것을 몸에서 발진(發振)해 상대를 공명시켜 파괴해 들어가는 대공간 기예. 이 기예를 터득한 자는 음파를 스스로 만들어 발산하고, 반사파를 예민하게 감지한다. 반사파를 통해 그 물성을 섬세하게 분석한다. 상대의 고유 주파수를 찾아낸 후, 자신의 몸에서 그 주파수를 새롭게 발진시켜 다시 사방으로 쏘아 보낸다. 상대의 몸은 순간적인 공명을 일으키며 크게 흔들릴 것이다. 몸이 미쳐 날뛰는 방어 불능의 상태. 그 주파수가 가청(可聽) 영역이라면 아마 벼락 소리가 들렸을 것이다. 만약 가청 영역이 아니라면 소리도 없는데 몸이 벌벌 떨릴 것이다. 그 파장에 만약 대가의 기운까지 실어 나른다면? 그것은 몸의 분해! 곧 대량 몰살을 의미한다.

두 사람이 오늘 시연한 것은 바로 그것이었다. 약한 사람은 가슴이 뛸 것이고, 강한 사람은 가슴이 터질 것이다. 한영은 쓴웃음을 지었다.

'오만한 자들에 대한 명확한 경고였겠지. 문제는…….'

한영은 장내를 침착하게 둘러보며 중요한 인물들의 표정을 살폈다.

'왜 하필 지금! 저런 극한 기예를 드러내 보였느냐인데…… 이번에는 뭘 노린 것이냐?'

한영은 저들이 얼마나 엉뚱한 사람들인지 알고 있다. 그리고 엉뚱한 행동들이 만들어낸 마술 같은 결과들도 경험했다. 한영은 예감하고 있었다. 지금의 행동은 철저하게 기획된 작업이라는 것. 그것도 모든 황족과 귀족을 대상으로 하는 거대한 스케일의 무엇이었다.

한영은 눈을 크게 떴다. 두 사람의 어설픈 춤도 같이 멈췄다. 흥겨운 가락도 끝났다. 이제 공연의 끝이다.

쿵.

사내가 거침없이 발을 굴렀다. 여자는 손을 들어 올렸다. 장중하고도 묵직한 소리와 함께 바닥의 모든 것이 위쪽으로 솟아올랐다. 귀족들이 버린 것들, 음식물, 종이, 천…… 온갖 쓰레기들이 한꺼번에 들

떠 오른다. 그 아수라장에서 찬연한 빛 두 줄기가 공간 전체를 갈랐다. 사람들은 거대한 연회장이 우수수 부서져 나가는 것 같은 섬뜩한 환상을 보았다. 쓰레기들이 먼지같이 부서지며 허공을 난무했다. 그뿐얀 먼지 위로 벼락이 흐르며 마지막 두 문장이 공간에 새겨졌다.

정의가 강물같이 흐를 것이다.
쓰레기들은 곧 치워질 것이다!

* * *

공연은 끝났다. 두 사람이 환한 표정으로 레인을 향해 손을 흔들었다. 그렇지만 레인, 제2차석은 고개를 옆으로 저었다. 다시는 그들 앞에서 눈물을 보이지 않겠다고 약속했었다. 그러나 끊임없이 흐르는 이 눈물을 어찌해야 할까?

그녀가 평생 처음 받아보는 헌정이다. 그것도 오롯이 그녀 자신만을 위한 것이다. 누가 무어라고 평하든 감동과 익살, 그리고 굳건한 결의까지 섞여 있는 진정한 위로였고 참된 응원이었다.

'고맙기는 하지만…… 그들은 지금 자신들이 얼마나 엄청난 일을 저질렀는지 알고 있을까? 황후를 포함한 황궁의 모든 사람들이 지켜보는 가운데 이 얼마나 대담하고도 무모한 행동이란 말인가!'

레인은 고개를 들었다. 그들답게 무모한 일을 저질렀지만 값진 헌정에는 의당 진솔한 답례가 있어야겠지.

짝짝짝.

그녀는 당당하게 박수를 쳤다. 그녀가 지금 해줄 수 있는 모든 것

이다. 그들은 이것으로 만족할 것이다. 3황후의 눈이 시퍼렇게 살아
있는 한, 그를 지지하는 가문의 칼이 녹슬지 않는 한, 누구도 박수를
쳐줄 수 없는 자리에서 레인은 지금 홀로 박수를 친다. 그러나…….

짝짝짝.

3층에서 호응하듯 박수 소리가 울렸다. 단 한 사람이 치는데도 웅
장하게 실내를 진동시킨다. 모든 사람들의 눈이 그쪽으로 돌아간다.
한영! 바로 그 사람이다. 뒤이어 한선가의 스승들도 박수를 치기 시
작한다. 2층 한쪽에서 또 다른 박수 소리가 터져 나왔다. 누구인가?
유리찬, 4황후, 유리씨를 대표하는 대공이다. 다른 한쪽에서도 박수
가 시작된다. 제영씨, 제국의 대장군을 배출한 가문이다. 이윽고 여
기저기에서 간헐적인 박수 소리가 나온다. 엉거주춤 눈치를 보고 있
는 사람들과는 다른 성향의 사람들이다.

"역시……."

비연이 위쪽을 흘깃 보더니 싱긋 웃는다. 의미심장한 웃음이다. 비
연과 산은 천천히 레인을 향해 걸어갔다. 그들 앞에 시녀장과 시녀들
이 시립했다. 자신들의 처지에서 표현할 수 있는 최상급의 경의와 소
망을 담고서.

"왜 웃어?"

"박수를 받았잖아요?"

"큼, 그래도 썰렁하다. 꽤 신경 썼는데."

"이 박수는 의미가 크다고요."

"무슨 의미?"

"의도된 파격(破格)과 과감한 도전(挑戰)은 항상 동지를 만드는 법
이거든요."

"용감한 사람들이네. 3황후의 정적(政敵)들일까?"

"포함되어 있겠죠. 그리고 우리가 벌이고 있는 일에 호의적인 관심을 보이는 사람들입니다. 황실에 뭔가 문제가 있다고 느끼고는 있지만 증거가 없어서 함부로 나서지 못했던 사람들. 아마도 억눌린 충신 그룹일겁니다."

"호오…… 앞으로 일하는 데 꽤 도움이 되겠네."

"이제 피아가 선명하게 드러나겠죠. 그들은 레인 황녀의 취약한 입지 때문에 선뜻 나서지 못했을 겁니다. 이제 레인이 과업을 밀고 갈 만큼 괜찮은 배경과 무력이 있음을 확인시켜주었으니 해볼 만하다고 느끼고 있겠죠. 3품의 무력이면 충분하리라 보았습니다."

"저쪽의 반격도 만만치 않을 텐데?"

"우리야 어차피 이미 공공의 적입니다. 뭘 저질러도 더 위험해질 것도 없는 처지죠? 그러나 이제부터 암중에 숨은 놈들은 지금 박수 친 사람들에게 더욱 신경 써야 될 겁니다. 박수를 친 사람들은 사실상 2차석에게 공개적인 지지를 보낸 겁니다. 이제야 전선(戰線)이 명확하게 드러난 거죠. 일단 드러난 이상 놈들은 빠르게 움직이게 되어 있습니다. 그동안 눈치를 보고 있는 중도파와 양다리 족들도 입장을 정리해야 할 겁니다. 그런데 생각보다 꽤 많네요. 다행인데?"

"혹시…… 너 이거 처음부터 예상한 거냐? 그럼 그동안 춤 연습도……."

"노코멘트……."

비연이 한 걸음 앞서 나갔다. 산은 피식 웃어버렸다. 그런데 괜히 등이 써늘하다.

'여자가 더 무서워…….'

* * *

"허…… 대단한 실력과 배짱이야. 레인 황녀가 엄청난 사람을 구했어. 천재라 하더니…… 과연!"

머리가 희끗하고 풍채가 좋은 노인이 말했다. 한영에 이어 가장 먼저 흔쾌하게 박수를 쳤던 대공 유리찬이라는 사람이다. 4황후를 배출한 유리씨 가문의 권력자다. 그는 아래층으로 성큼성큼 걸어갔다. 그의 뒤에는 가문의 사람들과 무사들이 따르고 있다.

"대가라는 소문이 사실이었군요."

그의 수석장군이자 한선가 출신의 무관 한융이 거들었다. 그 역시 3품에 이른 대가다. 그의 얼굴은 벌겋게 상기됐고 목소리는 조금 떨리고 있었다.

"나도 놀랐네. 대가들은 기예를 드러내지 않는다고 했는데 막상 보니 믿기 어려울 만큼 엄청난 초인들이었어."

"아니요. 대가라도 저 정도는 아닙니다." 한융이 고개를 설레설레 저었다.

"그 이상이라는 말인가?"

"적어도 3품은 넘어간 사람들입니다. 게다가 선무대가라니! 이건 정말……."

"자네와 비교하면?"

"솔직히 저로서도 저들 하나를 감당할 수 없겠습니다. 어떻게 저토록 젊은 나이에…… 우리 한선가의 대천재라는 한정도 이제 선무 2품을 넘어간 수준인데."

"그 정도인가?" 유리찬은 눈을 크게 떴다.

"보여준 것만 해서 그렇습니다. 문제는 저게 다가 아닌 것 같다는 것이지요."

"한정은 오늘 오지 않았나?"

"여행 중이라고 들었습니다. 이 자리에 있었다면 아마 가장 충격을 받았을 겁니다."

"저들이 레인 황녀를 호위한다면 누가 건드릴 수 있을까?"

"절대무가를 배후에 두지 않는다면 아주 어렵습니다. 적어도 4품 이상을 보내야 겨우 대적이 될 겁니다. 그렇지만 아시다시피 3품은 왕국의 대장군, 4품은 황실군부의 원수(元帥)급입니다. 4품은 전 세계를 통틀어도 스물이 넘지 않습니다. 과연 어느 세력이 그런 사람을 고용할 수 있을까요?"

"불가능하다는 이야기인가?"

"무력으로는 제압할 수 없습니다. 오히려 방어를 걱정해야 할 겁니다."

"결국은 지혜와 명분 싸움에서 승패가 갈린다는 이야기군. 상대는 천재 레인이고…… 경험은 없지만 시간이 갈수록 상대하기가 힘들어지겠지. 곤란해질 세력들이 꽤 많겠어."

"의도한 것일까요? 이 장소와 시간이 심상치 않습니다."

"그럴까……? 흠, 그러고 보니 의도된 무력시위를 한다면 이번만큼 좋은 기회도 없겠군. 이거 점입가경이군. 전략적인 머리도 있다는 건가?"

"그렇겠지요."

"어쨌든 나도 많이 부끄러워야 할 일이야. 저 젊은 친구들도 저렇게 목숨 걸고 뭔가를 하는데……."

유리찬은 주변을 스윽 둘러보더니 말을 이었다.

"오늘을 기점으로 세력 판도가 바뀌게 될 수도 있겠구먼. 사람들이 움직이고 있어."

문득 유리찬의 눈에 뒤에서 따라오는 딸아이가 들어왔다.

"'센'…… 총명하고 예쁜 아이지. 올해 스물이던가?"

* * *

파장으로 텅 비었던 대연회장에 때 아닌 사람들이 몰려들고 있었다. 마치 레인이 그곳에 있었다는 것을 처음 알았다는 듯이…… 시녀들은 갑자기 다시 들어오는 사람들 때문에 등을 밝히고 좌석을 정리하느라 분주하게 움직였다.

레인은 새로운 상황 전개에 잠깐 당황했다. 우두커니 서서 사람들이 다시 들어오는 모습을 멍하게 쳐다보다가 두 사람에게 눈길을 돌렸다. 저 둘은 지금 무슨 생각을 하고 있을까? 비연이 눈을 찡긋하는 모습이 보였다. 영리한 레인은 바로 그 의미를 알아차렸다.

"차석이 대공을 뵙습니다." 레인이 밝게 웃으며 먼저 인사했다.

"이거, 오셨다는 이야기는 들었는데, 인사를 못했소."

대공 유리찬이 머쓱하게 웃으며 고개를 끄덕였다. 유리씨 가문은 전통적으로 황제를 지지하는 충신 가문이다. 그렇지만 두 사람은 업무상 교류할 일이 없었다. 그나마 멀리서 레인의 처지를 안타깝게 지켜보던 사람 중 하나다. 지금 그가 직접 나서서 레인에게 손을 내밀고 있다. 이 만남의 정치적 의미를 모를 레인이 아니다.

"제가 미욱하여 먼저 인사를 못 드렸습니다. 이렇게 일부러 찾아주시니 오히려 부끄럽습니다. 앞으로 잘 부탁드립니다."

"오늘은 이 사람이 느낀 바가 아주 많았답니다. 같은 황실의 사람인데 참 부끄러웠소. 혹시 내 도움이 필요하면 언제든지 말씀하세요. 같이 상의하면 아무래도 더 좋은 결과가 나지 않겠습니까?"

"고맙습니다. 정말 큰 도움이 될 겁니다." 레인이 빙그레 웃었다.

유리찬은 고개를 돌려 산과 비연을 쳐다보았다. 그는 눈을 조금 더 크게 떴다. 비연은 공연 때문에 간이(?) 드레스를 벗은 상태였다. 그 모습은 본의 아니게 거의 모든 사람들의 눈길을 끌고 있었다. 사실은 항상 전투를 대비해야 하는 팔자 때문에 안쪽에 챙겨 입었던 평소 복장이다. 몸에 착 달라붙는 반바지와 종아리까지 감싼 얇은 알칸 가죽제 타이즈와 각반, 그리고 굽이 없는 운동화 차림. 물론 이 시대에는 찾아볼 수 없는 파격적인 복식이다. 아까 공연을 보지 못했다면 그 괴악(怪惡)한 차림에 눈을 찌푸리는 사람이 많았을 것이다. 지금은? 공연으로 익숙해진 새로운 시각이 관점을 바꿨다. 대신 여인의 몸에서 과감하게 흐르는 탄탄한 곡선의 미(美)를 솔직하게 감상하는 중이다.

"저 사람들을 소개시켜주시겠습니까?"

레인이 두 사람을 불렀다.

"반갑습니다. 산입니다."

"연이라고 합니다."

"유리찬이라고 하오. 제국의 통상 정책을 담당하고 있지. 두 분의 환상적인 공연 잘 보았습니다. 앞으로 잘 지내보십시다."

유리찬은 인사하며 산을 쳐다본다. 가까이서 보니 눈빛이 형형하고 잘생겼다.

"그런데 아까 공연과 관련하여, 매우 궁금한 점이 있어서 꼭 물어보고 싶은데…… 괜찮겠소?"

"말씀하시지요."

"주제가 상생-준비-갈등-해결이라고 보았는데…… 내가 맞게 본 거요?"

유리찬이 산을 빤히 쳐다본다. 산의 눈이 조금 커졌다. 조금 생각하더니 천천히 입을 열었다.

"갈등보다는 갈망이, 해결보다는 해체가 더 적합할 듯 싶습니다."

유리찬은 산을 한참 쳐다보더니 고개를 끄덕였다.

"과연……."

그들의 대화를 듣고 있던 사람들이 고개를 갸웃했다. 공연에도 무슨 주제가 있다는 것일까? 방금 전의 공연이 다시 뇌리에서 돌아가고 있을 것이다. 무언가 그림이 맞춰지면서 사람들의 표정은 점점 무거워졌다. 저 이야기가 사실이라면 치밀한 기획을 거쳐 준비된 것이다. 그렇다면 이들은 일부러 자신들을 불러 모은 것이다.

레인은 유리찬 이외에도 많은 사람들을 접견했다. 그들 역시 힘이 있는 사람들이지만 정보가 없거나, 권력이 움직이는 축과는 거리를 두던 가문들이다. 이곳까지 온 것 그 자체만으로도 대단한 용기를 필요로 하는 일이다. 그들 역시 황실의 이상한 기류를 감각적으로 느끼고 있었다. 그렇지만 그것이 무엇인지 알 수는 없었다.

확실한 것은 황제의 뜻이 레인 황녀를 통해 모든 세력에게 표출되고 있다는 것이었다. 그것은 황실 내의 차기 권력 투쟁이 시작되고 있다는 신호일 수도 있었다. 황제는 비서감과 비서실 전체를 불신하고 있는 것 같다. 모두들 몸을 극도로 사렸다. 그리고 은밀하게 조사에 나섰다. 그러나 그들이 알아낸 것은 없었다.

이 상황이 의미하는 바는 명확했다. 진짜 위기가 오고 있는 것이다. 아주 은밀하게…… 그들은 적과 아군을 구별할 수 없었다. 레인은 황제의 미끼인가 아니면 진짜 의지인가? 그들은 어떤 것도 확신할 수 없는 상태에서 불안하게 고립되어 있었다. 그때 두 사람이 보여준 무력은 레인에 대한 불안감을 한꺼번에 날려버렸으리라. 이제 귀족들이 두 사람을 대하는 사람들의 태도는 아까와 확연하게 달라졌다. 두 사람에게 하대를 하는 이는 이제 없다. 오히려 그들의 기묘한 차림과 파격적 언행 하나하나가 색다른 주목을 받고 있다. 스타란 그런 것이다.

많은 사람들이 기꺼이 손을 내밀었다. 연회장은 원래 그런 목적에 맞는 곳이다. 이제 한 장소에서 두 곳의 서로 다른 연회가 확연하게 구별됐다. 비연이 위를 처다보며 빙긋 웃었다.

'이로써, 피아(彼我)가 구분됐다. 1단계 낚시 끝.'

5장
개혁
改革

계절은 이제 늦가을을 지나 본격적인 겨울로 접어들고 있다. 아침 저녁으로 바람이 차지만, 그렇기에 사람들은 서로의 체온을 찾고 서로 부비며 더욱 가까워지려고 할 것이다.

오랜만의 휴일인데 구름이 제법 긴 날씨다. 두 사람은 새벽 운동을 마치고 산등성이를 내려오고 있었다. 온통 갈색으로 물들어 가는 산하가 눈앞에 펼쳐진다. 아침 서리가 채 가시지 않은 잎들은 놀랍도록 붉다. 둘은 마른 풀잎 위에 앉아 아래를 바라보고 있었다. 새벽녘 일출 경관을 감상하기에 좋은 곳이다.

"아직도 이쪽 단풍은 참 곱네요."

"곱지……."

"곧 추워지겠군요. 눈도 올 거고."

"겨울이니까."

"피, 재미없어요. 무드도 없고."

"포기해. 성격이 원래 그런 걸 어떡하냐?"

"원래 성격이란 건 원래 없다고요. 좀 더 부드러워지실 필요가 있어요."

"그렇기는 해."

"……"

산의 눈길은 갈색의 바탕에서 점점 붉은빛으로 물들어가는 산등성이로 향하고 있었다. 제법 차가운 바람이 뺨을 스쳐 지나갔다. 어느새 땀이 식어 추위가 느껴진다. 옷깃을 깊게 여몄다. 새벽녘의 구름이 잔뜩 낀 하늘이 무거워 보인다. 이런 날은 왠지 마음이 스산하다. 그래도 산 아래 펼쳐진 풍경은 장관이다. 눈길이 가는 곳까지 광대한 영역에 걸쳐 황궁의 고풍스러운 건물들이 보인다. 마치 장난감이나 진짜 동화 속에 나오는 궁궐 같다. 왕자와 공주가 산다는 곳. 황궁의 스카이라인이 옅은 아침 안개에 싸여 신비롭게 보인다. 아침 준비를 하는지 여기저기 굴뚝에서 연기가 피어오르는 모습도 왠지 정겹다.

"무슨 생각 하세요?"

"아무것도……"

"고향 생각하세요?"

"글쎄…… 비슷하겠지. 이런 날엔……"

비연은 말없이 붉은 잎을 하나 땄다. 그 동네 단풍잎과 비슷하다. 잎자루를 손가락으로 잡고 빙글빙글 돌려본다. 그녀 역시 깊은 상념에 잠겼다. 그 세계에서 있었던 일. 좋은 추억이나 대단하게 간직해야 할 사연도 그리 많지 않건만, 왠지 가슴이 싸하고 시리다. 그곳은 항상 복잡했고 바빴다. 그렇다고 사람답게 산 것 같지도 않은데 말이다.

"어느 쪽이 좋으세요?"

"응?"

"이곳, 그리고 그곳……?"

"글쎄……."

산은 잠시 당황해서 대답을 머뭇거렸다. 글쎄 어느 쪽이더라? 가지 않겠다고 했는데 그래서 결정했다고 생각했는데 막상 대답은 입속에서만 맴돈다. 그의 눈동자는 작게 흔들렸다. 이봐, 강산씨? 정말 돌아가고 싶지 않은 거야? 정말? 진짜? 내면에서 자신의 귀환을 설득하는 것들이 머릿속에 좍 펼쳐진다. 그동안 생존하는 데 밀려 억눌러 왔던 것들. 죽을 만큼 사랑했던 수, 예쁜 영, 가슴 시린 추억의 장면, 부모님, 친구들 그리고 자신이 목숨을 걸면서 지켜야 했던 어떤 가치들…… 문득 가슴이 저리고 아프다. 정말 돌아가고 싶다. 방법만 있다면! 여기에서 이렇게 시간을 죽일 때가 아니라고!

또 한편에서는 다른 쪽의 생각이 안개처럼 밀고 들어온다. 그래서 뭐? 돌아가서 뭘 할 건데? 그때 그 시간으로 다시 돌아간다면 뭐가 달라지지? 아득바득 살다가 한평생 그럭저럭 가는 거? 시계태엽처럼 꽉꽉 짜인 일정에 빈틈없이 맞물려 돌아가며, 결국 머리 허예질 때까지 튀지 않고 사는 거? 쥐꼬리만 한 군인 봉급에, 동료들과 허리끈 풀고 앉아 삼겹살에 소주 한 잔 입에 털어 넣는 재미? 귀소본능? 집착? 산은 고개를 저었다. 돌아간다고 해도 이미 예전의 강산이 아니다. 그 사실에 대해선 자신이 더 잘 안다. 혹시 자신이 없어도 그런대로 잘 먹고 잘 살고 있는 사람들을 본다면 무슨 생각이 들까? 예전으로 돌아간다고 해도 그때부터는 어떤 삶을 기대해야 되지? 자신은 이렇게 바뀌었는데? 수없이 많은 것들을 죽였고 지금도 닥치는 대로 죽여대고 있고…… 그곳에서도 그러지 않게 되리라는 보장이 있나?

그렇다면 돌이킬 수 없을 만큼 끔찍한 상황이 되겠지. 그곳에도 여전히 그 망할 일원은 있을 것이며 용도 있을 것이다. 물론 아무도 믿지 않겠지만, 크크…… 그곳 세계의 규칙은 이곳과 다를 것이다. 그렇다면 대체 어떤 종류의 행복을 찾을 수 있을까? 엄청난 초능력을 가진 슈퍼스타가 되어 세계를 구할 영웅 놀이 하는 것? 소위 285번째 에피소드의 시나리오를 통째로 바꿀 인류의 구원자로 등극한다? 글쎄…… 과연 영화처럼 재미있을까? 여기서 해보니 전혀 재미가 없던데? 또한 일원은 그렇게 자신의 작품을 망치도록 놔둘까? 그쪽 세계의 균형이 깨지는데?

결국…… 각이 보이지 않는다. 그래서 더욱 억울한 거다. 무엇을 선택해도 찝찝한 상태. 그가 제작자를 만나고 싶어 하는 진짜 이유였다. 결코 돌아가고 싶어서 그런 건 아니거든?

산은 고개를 돌려 옆을 본다. 그곳에는 이미 삶의 전부가 되어버린 친구가 자신을 빤히 쳐다보고 있다. 이제 저 녀석 없이 살아가는 상황을 상상할 수 있을까? 어쩌면…… 이곳에서의 삶은 이 친구에 대한 헌신이 전부였는지도 모른다. 그것은 숨 쉬는 목적이었고 살아가는 이유였고 지금도 살아 있어야 하는 가장 큰 이유다. 저 친구도 그럴까?

"저는 안 가요……."

비연이 작게 속삭이듯 말했다. 입에서 하얀 김이 나온다.

"왜?"

"상상할 수가 없으니까요."

목소리가 약간 갈라져 있었다.

"무슨 상상?"

"그곳에 가면 당신이 없을 테니까요…… 최소한 내 곁에는 없겠죠. 그러면 제 모든 상상은 분절(分節)된 채 어떤 의미도 없어지겠죠. 지난번 공연을 같이 하면서 비로소 알게 됐답니다. 내가 왜 그토록 기뻐하고 있는지……."

"상상이 분절된다……?"

산은 턱을 고인 채 아래쪽 풍경을 쳐다본다. 둘은 한참을 그렇게 말없이 아래쪽을 응시하고 있었다.

정말 그랬다. 그것은 마치 재즈 공연과도 같았다. 악보가 없는데도 그다음에 무엇을 연주해야 할지를 알았다. 상대를 믿고 그냥 던지면 상대는 놀라울 만큼 어울리는 걸 만들어 다시 던져준다. 그것은 황홀한 '어울림'이었다. 과거가 아니라 미래를 믿고 자신을 던지는 것, 상대를 믿고 맡겨버리는 것. 그렇게 두 사람의 삶은 씨줄과 날줄처럼 엮여 있었다.

바람에 흩어지며 듬성듬성 깔린 구름을 비집고 붉은 태양이 언뜻 언뜻 햇살을 쏟아내기 시작한다. 햇살 하나가 구름을 뚫고 산의 얼굴을 비췄다. 산의 얼굴은 벌겋게 물들어 있다. 그 얼굴에 환한 미소가 번졌다.

"박자가 무너지겠지. 장단도 안 맞을 거야."

"신명도 안 나겠죠."

"다음 스토리가 안 떠오를지도 몰라."

"엔딩도 못 볼 거고요."

"엔딩은 봐야겠지? 100년이 걸려도?"

"꼭 보고 싶습니다."

"같이……."

"같이……."

산의 두툼한 손바닥이 비연의 어깨를 꾹 잡았다. 비연의 어깨가 좁혀진다. 입가에서 하얀 김이 잠시 흘러나왔다가 사라졌다. 구름을 뚫고 솟아오른 태양이 따사롭게 그들의 굳은 어깨 위로 내리쬐고 있었다.

* * *

"오랜만이야? 방문이 조금 늦어서 미안한데?"

산이 환하게 웃으며 앞에 나타난 사내와 악수를 한다.

"생각보다 많이 까다롭더군요. 공방 쪽 친구들이 고생을 많이 했습니다."

새덤이 빙그레 웃으며 두 사람을 맞이한다. 프리고진에 미리 와서 여러 가지 준비 작업을 하느라 바빴을 것이다.

"어디 작품들을 볼까?"

비연이 대원이 가지고 온 기계를 이리저리 살피더니 손가락으로 툭툭 쳐본다.

탁탁, 타타타. 경쾌한 소리가 울렸다.

"흠 아주 괜찮은데?"

비연은 종이를 뽑아 들고 새겨진 글자를 유심하게 쳐다보았다. 처음 만든 기계치고는 성능이 꽤 괜찮다. 잉크도 번지지 않았고 글자가 어색하지도 않다.

"괜찮습니까?" 새덤이 조심스럽게 물었다.

"언제나 느끼지만 야벌의 실력은 참 대단해. 속도만 조금 개선하면 될 것 같은데?"

"다행입니다."

"일단 열 대 정도 부탁하지. 한 달 정도면 될까?"

"모든 부품이 마련됐으니 열흘이라도 충분합니다."

"타자기는 된 것 같고…… 다음은?"

철필로 쓴 박판에 잉크를 써서 롤러로 밀자, 원본과 똑같은 글씨와 그림이 여러 장 나왔다.

"등사기와 잉크도 이 정도면 괜찮다. 쓸 만해." 산이 만족스럽게 말했다.

요원이 작은 대야에 물을 가득 붓고 기계를 설치했다. 기계 위쪽 구멍에 물을 붓고 손잡이를 위아래로 여러 번 돌리자 대야에 있는 물이 기계를 통해 흘러나왔다.

"흠…… 이 펌프도 성능이 아주 괜찮군. 이것도 열 대 정도 더 만들어주지?"

"알겠습니다."

"산판(算板)도 잘 만들어진 것 같고…… 다음은?"

"칼, 가위, 저울, 사무용 소모품들도 이만하면 훌륭해. 다음은?"

"드릴은 쓸 만한데 배터리 수명이 문제군……."

"시약(試藥)들도 이만하면 훌륭해. 종류별로 부탁하네."

"분무기가 괜찮기는 한데 휴대하기에는 좀 크군. 좀 작게 부탁하네."

이것저것 장비 점검을 끝낸 뒤 세 사람은 건물 뒤쪽에 마련된 밀실로 들어갔다.

"마하임 벌주는 건강하신가?" 산이 물었다.

"아버지야 뭐 항상 그렇지요. 에센에서 손해를 많이 봤다고 두 분께 원성이 대단하십니다."

"글쎄……."

비연이 찻잔을 입에서 잠깐 떼며 빙긋 웃었다.

"자네도 그렇게 생각하나?"

"한선가와의 중개무역권을 포기할까요? 하고 다시 물었더니 그냥 조용해지셨습니다."

새덤이 환하게 웃으며 대답한다. 모두가 밝게 웃었다.

"이쪽 일은 너무 크게 벌이신 게 아닌가 걱정됩니다."

새덤이 표정을 고치며 신중하게 말했다.

"의뢰가 많아?"

"많은 정도가 아니라 폭주하고 있습니다. 창업 이래 최대의 호황이라니까요."

"인기 순위는?"

"레인 황녀, 비연 참모장, 산 수석, 2차석의 요원들, 에센의 대원들 그리고 재미있게도……."

새덤이 말을 멈춘 채 빙글빙글 웃었다. 눈은 비연을 향하고 있었다.

"보나마나 3차석 류인과 4차석 다인의 요원들도 포함되어 있겠지?"

비연이 피식 웃었다.

"역시……."

새덤이 비연을 보며 눈을 크게 뜬다.

"꼬리를 자르거나 뒤집어씌우려면 제일 만만하잖아? 나라면 그럴 것 같은데?"

"청부 살인 의뢰자가 누군지 짐작하셨습니까?"

"대강은. 그렇지만 확실치 않아. 좀 알아낸 게 있나?"

"아뇨. 우리도 의뢰자가 누군지 알 수 없었습니다. 전부 익명의 대리인이었습니다."

"의뢰 후 아마도 누군가에게 죽임을 당했겠지."

"정확합니다. 항상 꼬리가 잘렸죠."

"그 정도야 기본이겠지. 문제는 야벌에게만 의뢰를 했냐는 건데……."

"청부집단 흑벌(黑閥)은 이미 움직이고 있습니다. 유벌(流閥)에게도 의뢰가 들어갔느냐가 관건인데…… 그건 최악의 경우겠죠."

"흑벌과 유벌? 어떤 곳이지?"

"흑벌은 야벌과 남북을 반분하는 대표적인 정보집단입니다. 야벌이 주로 고급 추적술과 암기술 등 간자(間者)들을 양성하는 곳이라면, 흑벌은 청부 살인 쪽이 더 강합니다."

"흠…… 유벌이라는 곳은? 그렇게 위험한가?"

"움직이기만 한다면…… 가장 위험하지요. 유벌은 묘한 재주를 가진 기인(奇人)들의 집단으로 알려져 있습니다. 미술, 음악, 광대, 술사 등등 온갖 분야에 걸쳐 존재한다고 들었습니다. 한 분야의 거장이라고 불리는 인물들도 다수 포함되어 있다고 하는데, 돈을 받고 필요한 재주를 빌려주기도 합니다."

"야벌도 유벌에게 의뢰를 한 적이 있나?"

"물론 있었습니다. 우리도 일을 하다 보면 아주 골치 아픈 경우가 생기기 마련이니까요. 큰돈이 들어서 문제지……."

"만나게 해줄 수 있나?"

"흑벌은 어려워도 유벌은 가능합니다."

"고맙군……."

"그런데, 에센의 대원들은 괜찮겠습니까? 우리 아이들이 지켜보고는 있지만 위태위태해서……."

"그 정도면 충분할 거라고 보네. 그냥 놔둬. 아주 위급할 때 한 번쯤 도와주면 돼."

"흠…… 깊은 뜻이 있겠지요?"

"자유가 그들을 기쁘게 일하게 만들고 있거든. 가장 신나는 시기에 초 치면 싫지 않겠어?"

"이제 뭘 하시려고 합니까?"

"제국과 제국에 딸린 후국, 공국 전체에서 벌어지는 토목, 건설 사업을 조사해주면 좋겠는데?"

"그건 어렵지 않습니다."

"노예 시장에서 정기적으로 노예를 사들이는 주요 고객 명단도. 특히 제후들 중심으로……."

"그건 조금 시간이 걸리겠는데요. 그 바닥은 무척 복잡하기도 하지만 아주 위험합니다. 가장 이권이 높은 데다가 온갖 지저분한 것들이 꼬여 있어서……."

"그래서 그대에게 부탁하는 것 아닌가. 얼마쯤 걸릴까?"

"적어도 100일은 주셔야 할 겁니다. 노예상들은 모두가 엄청난 거상들이고 군부, 거대 용병단들과 연결이 되어 있어서 접근이 아주 힘들지요. 특히 절대무가 기장가가 관련되어 있습니다."

"30일로 줄여봐."

"불가능합니다."

"기장가의 사람이 협력해주기로 했거든?"

"기빈?" 새덤이 산을 쳐다보았다.

"그래."

"그렇다면 해보겠습니다."

"부탁하지."

그들은 오랫동안 서로 머리를 맞대고 여러 가지 일들에 대해 이야기를 나누었다. 마치 오랜 친구 같은 분위기였다.

* * *

"어떻게 됐어요?"

여자가 물었다. 여자 뒤에서 300개의 눈동자가 똑같은 질문을 퍼붓고 있다. 그들은 2차석 정보대의 요원들이다. 지금 그들이 기다리던 대답을 가진 여자 요원이 막 들어온 순간이다. 그러나 그들의 눈동자는 불안으로 떨리고 있었다.

여자 요원 가젤은 침울한 표정을 짓고 들어왔다. 그녀는 동료들의 표정을 한 번 훑어보았다. 온갖 표정들이 그녀의 시선을 맞이하고 있었다. 일부 요원들은 벌써 울먹이려 하고 있다.

"휴가는……."

이윽고 가젤이 입을 열었다. 여기저기에서 침을 삼키는 소리가 들렸다. 그녀가 씩 웃었다.

"허락됐습니다."

와 하는 소리와 함께 갑자기 터져 나갈 것 같은 함성이 울렸다. 울음소리도 함께 들렸다.

"무려 4개월 만이야. 우리도 집에 가는 거라고……."

"좋아하기는 아직 이르잖아. 처분이 어떻게 될지……."

누군가 조심스럽게 말했다. 아직은 불안한 표정이다.

"그리고!"

가젤이 높은음자리 수준으로 높은 목소리로 다시 말했다. 요원들의 웅성거림은 점차 줄어들었다.

"휴가 기간은 3일이 아니라 10일입니다."

요원들이 다시 술렁거렸다. 불안이 뒷머리를 잡고 있었다. 그들이 아는 한 새로운 상관에게는 공짜가 없었다. 그들은 이어질 말을 기다렸다.

"4일은 개인행동을 해도 되지만, 나머지 6일은 반드시 5인 1조로 움직여야 합니다. 각 조장에게는 과제가 하나씩 주어질 것입니다."

가젤의 말이 이어졌다.

"과제를 수행할지 말지는 여러분의 선택이며, 30개조가 경쟁하게 될 것입니다. 수행 결과에 따라 포상을 하시겠다고 합니다. 이제 차석님의 말씀을 듣고 조별로 해산하시기 바랍니다."

레인이 문을 열고 천천히 걸어 나와 그들 앞에 섰다. 그 뒤에 산과 비연이 배석했다.

요원들은 박수를 쳤다. 약간의 불안감은 남아 있었지만, 그들의 표정은 어떤 기대감을 숨기지 않았다. 묘한 사실은 그들이 레인과 두 사람을 대하는 태도가 공포에서 약간의 존경으로 바뀌어 있다는 것이었다. 허례와 허식을 증오하게 하고 사소한 것에 감동하게 만드는 정신교육의 덕택일지도 모른다. 그들은 정말 감격하고 있었다. 아마도 그들 생애에서 가장 길었던 나날들이었다. 가장 고통스럽고 피가 마르는 기간. 그들은 하루 평균 네 시간을 잤고 평균 여섯 시간을 학습해야 했다. 또한 네 시간을 토론해야 했으며 평균 여덟 시간을 일해야 했었다.

요원들의 뇌리에는 지난 4개월 동안 있었던 일들이 주마등처럼 흘러가고 있었다.

첫 번째 과제 발표.

1개월의 시한이 주어졌다. 과제는 5인 1조로 총 30개조가 사흘에 걸쳐 발표했다. 황실의 재정과 인사와 관련된 사항이었고, 조별로 할당된 주제는 각각 달랐다.

"6개월 동안 2만 7000장의 종이를 사용했다면 1개월 소요량은 4500장 아닌가?"

비연이 물었다.

"그게……." 요원이 대답을 못하고 한참 동안 서류를 넘겼다.

"그런데 왜 월 1만 3000장이 청구됐을까? 현재 남은 재고는 얼마지?"

"그게…… 당시 기록에는 1만 장 정도 있었습니다."

"당시 기록? 재고 조사를 안 한 건가? 나는 현재 재고를 묻고 있다."

"다시 알아보겠습니다."

비연은 에센 출신 요원이 조사한 자료를 넘겼다.

"조사 일자로부터 3개월이 지난 현재 재고는 5300장이다. 네가 보고한 평균 소요량으로 계산하면 최소 5만 장이 빈다. 그 물량은 대체 어디로 간 거지? 또 그렇게 많은 재고가 있는데도 왜 또 산 거지?"

"……."

"그동안 뭘 조사한 거냐? 5만 장이면 금액으로 얼마지?"

"10장에 1통보이고…… 5000통보입니다."

"자네 1년 봉급은?"

"400통보입니다."

"자네가 12년간 벌어야 될 돈이 증발했네?"

"……."

"공사 가격은 적정하다고 보는가? 결정 기준은?"

"잘 모르겠습니다."

"모르는 것이 적당한 답이라고 생각하는가? 황실의 자산이 줄줄 새고 있는데도? 총 투입된 비용은 450통보. 황실이 지급한 가격은 2000통보고. 이게 합리적인 지출이라고 생각하나?"

"……."

"황실의 식량 매입 가격은 시중의 가격과 같은가?"

"잘…… 모르겠습니다."

"황실의 매입 가격이 두 배가량 비싸다. 그 원인을 아는가?"

"……."

"계절에 따라 가격은 같은가?"

"그것도……."

"겨울 가격이 여름보다 비싸다. 왜 그렇지?"

"……."

"황실보다 우선적으로 공급하는 곳이 있었겠지?"

"……."

"누가 공급하지?"

"중하씨입니다."

"독점인가?"

"그렇습니다."

"중하씨가 황실에 기부하는 금액과 비교했을 때 그 가문이 취하는 이득의 양이 적절하다고 생각하나?"

"……."

요원은 연신 흘러내리는 땀을 닦았다. 송곳 같은 질문. 누구도 입 밖으로는 낼 수 없었던 금기가 깨지고 있다.

"다음은 황실 공사비 항목에 관한 질문이다"

"……."

마지막 요원의 발표가 끝났을 때 거대한 발표장에는 숨소리조차 들리지 않았다.

"자네가 검토한 종전 보고서에 대한 종합 의견은?"

"많이 부실하다고 생각합니다."

"부실? 왜곡이 아니고?"

"……."

"귀관이라면 어떻게 개선하겠는가?"

"……."

요원들은 생애 처음으로 엄청난 충격을 받았다. 가문의 충격은 그 보다 더했다. 거대 유력가문에서 참관했던 사람들은 고개를 설레설 레 저었다.

레인 황녀와 비연 참모장은 공포 그 자체였다. 그들은 레인이 왜 천재인지를 실감하고 있었다. 그러나 그들을 더욱 놀라게 한 것은 비 연이라는 참모장이었다. 그녀는 무시무시한 통찰력을 발휘했으며 어떤 정치적 타협도 허락하지 않았다. 그녀의 질문은 항상 핵심을 짚었으며 어설픈 논리는 용서되지 않았다. 둘러대기와 핑계는 반드시 공개적으로 모욕당했다. 모호한 용어는 반드시 뜻을 정의하고 넘어가야 했다. 정보요원들은 거의 예외 없이 자질을 의심받았으며 평가는 최악에서 헤맸다. 그녀의 논리를 반박할 수 있는 요원은 단 한 명도 없었다. 그러나 모든 사람들을 극도로 긴장시켰던 진짜 이유는 단하나였다. 원래의 보고서와 재조사된 보고서 내용이 어떻게 다른가, 그 차이점에 관한 진실게임. 바로 이 공개발표의 목적이었다.

비연은 그 내용이 원본과 어떻게 다른지를 공개적으로 드러냈다. 허위 보고는 사형까지도 당할 수 있는 중범죄다. 원 보고자의 숨겨진 의도가 점점 드러나기 시작했다. 그러나 무슨 이유에서인지 보고자의 이름은 결코 밝혀지지 않았다. 신(新), 구(舊) 두 개의 보고서를 익명의 상태를 유지한 채 하나로 묶었을 뿐이다. 비연은 보고서 표지에 사안에 대한 의문점과 해결해야 할 추가 과제들을 메모로 적었다. 그렇게 처리된 보고서들은 또 다른 조에게 새로운 과제로 넘겨졌다.

그런 행동들이 요원들을 더욱 불안하게 했다. 그것은 모든 의문점이 제대로 해결되지 않는 한 그들이 빠져나갈 길은 없을 것이라는 신호였다. 요원들에게 그 신호는 사형을 확정하는 선고와 비슷하게 들렸다.

첫 번째 발표 이후 요원들은 스스로의 자질에 대해 처절한 반성을 해야 했다. 무능력은 곧 해고의 사유가 된다. 레인의 요청과 가문들의 동의에 따라 색다른 교육이 시작됐다. 이때부터 에센의 요원들이 합류했다.

학습은 괴상한 기계를 다루는 일부터 시작됐다. 하나는 '타자기'라

는 기계였고, 다른 하나는 '등사기'라는 도구였다. 또한 산판(算板)이
라는 계산 도구를 받았다. 요원들은 하루 여섯 시간 동안 에센 요원
들의 도움을 받아가며 그 사용법과 계산법을 익혔다. 에센의 요원들
은 모두가 그것을 잘 다뤘다. 그 결과는 숙련된 황실 요원들이 느끼
기에도 놀라운 것이었다. 업무의 효율과 생산성은 극적으로 올라갔
다. 필경사(筆耕士)의 필사본을 기다리지 않아도 됐고, 같은 문서를
순식간에 복사해 공유할 수 있었다. 산판을 다루게 되면서 셈의 속도
가 거의 열 배 이상 빨라졌다. 만약 익숙해진다면 백 배도 가능할 것
이다.

한 달 뒤에 이어진 두 번째 발표.

일을 대하는 요원들의 태도는 완전히 달라져 있었다. 첫 번째 발표
를 겪은 요원들은 이제 자신들이 보고의 정확성을 갖추는 것 이외에
는 어떤 대책도 세울 수 없다는 사실을 알았다.

"차이가 없었다고?" 비연이 물었다.

"같았습니다. 실제로 측정한 것입니다." 요원이 대답했다.

"저울을 검사해봤나? 검사할 때의 저울과 창고에 보관할 때 저울
에는 차이가 없었나?"

"그건⋯⋯."

"창고의 저울 눈금이 달랐다. 검사할 때보다 훨씬 적게 들어갔지.
누가 저울을 바꿨을까?"

"그건, 모르⋯⋯겠습니다."

"다시 원인을 분석하라."

그러나 두 번째 발표회는 더욱 참담했다. 요원들은 어린아이 취급
을 받았다. 1차 발표에서 '무엇=사실'을 물었다면, 2차에서는 '왜=원

인'을 물었다. 여태까지 요원들은 '본질'에 관한 문제를 고민해본 적이 별로 없었다. 그 때문에 원인과 결과를 연결시키는 데 엄청난 고통을 느꼈다. 왜 그렇지? 왜 커졌지? 왜 했지? 왜? 왜? 왜?

비연의 질문은 분명히 단순 계산 능력 이상의 어떤 것을 요구하고 있었다. 통시적 안목과 문제의 본질을 통찰하는 능력, 사건의 단면을 해석하고 흐름을 예측하는 방법론. 그리고 그 능력과 안목은 전혀 상상할 수 없었던 방법으로 그들에게 주어졌다.

이번에는 비연이 직접 나서서 교육을 시작했다. 요원들은 방법론을 배웠다. 숫자를 다루고 해석하는 새로운 방법이었다. 상황을 숫자로 표시하는 법, 원인과 결과를 대응시키는 법, 그것을 통해 상황의 흐름과 단면을 읽게 해주는 마법과도 같은 방법이었다. 매우 복잡하고도 지루한 과정으로 숫자가 배열됐다. 그러나 그 숫자가 다른 표에서 같이 사용되면 통일적이고 일관적인 체계를 드러냈다. 그것은 285 에피소드 시절 인류 역사상 최대의 발명품이라고까지 꼽혔던 '복식부기(複式簿記)'의 과정이었다. 그것이 이 세계에서 재현되고 있었다.

세 번째 공개발표.

요원들은 한 달 동안 원리를 공부하고 실습하는 데 매달렸다. 아주 어설프고 조잡한 형태지만 자료가 통일된 체계로 다시 정리됐다. 모든 조의 자료는 드디어 우아한 통일성을 가지게 됐다. 일단 통일할 수 있도록 모든 자료의 모양이 만들어지면 그것들을 종합하는 것은 아주 쉬울 것이다. 이로써 누구도 보지 못하리라 여겼던 '구멍'들이 여기저기 선명하게 드러나기 시작했다. 아직 그 표를 해석할 수 있는 능력은 비연만이 가지고 있었다. 복잡한 체계 속에서 누군가 숨겨둔 문제가 드러났다. 정교한 가설과 검증이 필요하겠지만 이제 남은 것은 시간의 문제였다.

"소름이 끼치는군……."

발표에 참관했던 재무태신 산하의 신료가 고개를 설레설레 흔들었다. 그 뒤에는 핼쑥한 얼굴로 발표장을 나오는 유력 가문의 인물들이 있었다.

"저렇게 놓고 보니 정말 많은 허점이 있었어."

"저 빈 숫자란 결국 횡령의 규모겠지? 휴…… 엄청나군."

"이제 조작은 꿈도 못 꾸게 될 거야."

"한차례 피바람이 불 것 같아……."

요원들은 말을 아꼈다. 몸과 마음이 지칠 만큼 지쳤다. 그러나 머릿속에는 목을 스쳐가는 칼춤 소리가 울리고 있었다.

"이제는 꿈도 꾸지 못할 거야." 누군가 말했다.

"우린 어떻게 되는 걸까?" 다른 누군가가 물었다.

"죽거나 최소한 파면이겠지……." 누군가는 울고 있었다.

정보가 이렇게 모두에게 공유됐던 사례는 없었다. 정보 왜곡의 방법과 실상이 실제 사례를 통해 적나라하게 공개되고 나서야 사람들은 정보가 어떤 방식으로 오용될 수 있는지를 비로소 알게 됐다. 그리고 그 정보가 황실에 얼마나 큰 해악을 끼칠 수 있는지도 정확하게 알았다. 가히 소름이 끼칠 정도였다. 아마 다시는 정보를 가지고 장난질하지 못하리라.

발표는 끝났다. 모두들 처분을 기다렸다. 그렇지만 그들에게 날아온 소식은 난데없는 휴가 계획이었다. 지금 요원들 모두는 여전히 불안한 표정으로 상관의 입을 쳐다보고 있었다.

"모두들 수고했어. 마지막으로 이것들의 처리 문제가 남아 있는데……."

레인은 최초 보고서 묶음 중 한 뭉치를 집어 들었다. 요원들은 다시 긴장했다. 자신들의 목줄기를 쥐고 있는 것이다. 거짓과 왜곡으로 점철된 증거들…… 아마도 평생 족쇄가 될 물건들…… 요원들은 침을 삼켰다. 분위기는 갑자기 암울해지고 있었다.

"부탁합니다."

갑자기 레인은 뒤를 돌아보며 말했다. 요원들은 눈을 둥그렇게 떴다. 한 쌍의 칼이 날았다. 그들의 눈앞에서 지금 그 서류 뭉치가 먼지처럼 부서지며 휘날리고 있었다. 마치 눈송이처럼 하얗게…… 보고서의 파편들이 바닥에 소복하게 쌓여간다.

"나는 누가 뭘 썼는지 기억하고 있지 않다. 앞으로도 기억하고 싶지 않고. 마침 바깥에도 눈이 오는구나. 잘들 쉬도록 해. 열흘 뒤에

웃는 낯으로 보자고!"

레인이 뒤돌아서서 다시 걸어 들어갔다. 산과 비연도 머리를 긁적이며 손을 흔든다.

"잘 썰어놨다. 잘 먹고 잘 살아라! 앞으로는 이런 쓰레기 만들지 말고……."

요원들은 말을 잊은 채 망연하게 그들이 들어간 문을 쳐다보았다. 바깥에는 하얀 눈이 소복하게 쌓이며 세상의 거친 흔적을 지우고 있었다.

* * *

"그래…… 그렇게 되는 것이었군."

노인은 턱수염을 쓰다듬었다. 눈을 살짝 감고 있는데 입술 끝이 약간 올라가 있었다. 이 거인이 이런 표정을 짓는 것은 정말 드문 일이다. 그가 얼마나 흥미로워하고 있지를 드러내는 표정이다.

"그래서 문서를 모두 없애버렸다고? 허허…… 통쾌하군. 그래 비서감은 반응이 어떻더냐? 저한테 빌린 특급문서를 그렇게 함부로 없애버렸으니……."

"의외로 조용합니다. 보고를 듣고는 그저 고개만 끄덕였다고 했습니다."

"그래…… 그 녀석도 만만치 않겠지. 그 정도 심계도 없으면 오히려 곤란할 터…… 다른 가문들의 반응은 어떻다 하더냐?"

"3차석 류인 황녀가 문서 훼손의 죄를 묻고자 혼자 움직이고 있을 뿐, 권세 가문들의 움직임도 놀랄 만큼 조용합니다."

노인이 껄껄 웃었다.

"그럴 게야. 증거가 없어졌으니 오히려 안도하고 있겠지. 레인은 그것을 읽었고 역이용한 것이야. 게다가 모든 요원들을 일거에 자신의 수족으로 만들어버렸군. 그래…… 그렇지. 충성은 그렇게 만드는 법이다. 제 몸에 먼저 칼을 맞을 각오가 없으면 목숨을 걸어줄 심복은 결코 생기지 않아."

"족쇄가 풀려서 오히려 악용당할 우려가 있지 않겠습니까?"

50대 사내가 조심스럽게 물었다. 상대는 지적인 대화를 즐기는 사람이다. 이런 질문은 환영을 받는다.

"눈치야 보겠지. 어차피 열에 둘만이 진정한 심복이 되는 법이다. 나머지는 이해득실에 따라 움직인다. 그러나 일단 심복이 생기면 조직은 그런대로 돌아가게 되어 있어. 그게 정치야. 그렇지만, 내가 보기에 이번에는 적어도 열에 넷은 레인을 따를 것이다."

"그것은 왜 그렇습니까?"

"두려움과 고마움이 동시에 베풀어졌기 때문이다."

"……."

"두려움은 그 마음을 흩어지지 않게 묶을 것이고 고마움은 그 몸을 기꺼이 움직이게 하지. 그래서 어정쩡하게 베푸는 것보다 충성도가 훨씬 높다. 이번에 최소 셋 이상은 반드시 레인에게 넘어간다. 그러면 된 거야. 셋은 정치를 할 수 있는 숫자다. 왜 그런지 알겠느냐?"

"잘…… 모르겠습니다." 사내가 고개를 숙였다. 어설픈 대답은 득보다 실이 많다.

"충성이라는 것은 추구하는 목표가 명확하다. 가치가 아주 뚜렷하기 때문이지. 그러나 반대라는 것은 목표가 흩어져 있다. 반대하는 이유는 언제나 제각각이니까. 따라서 하나로도 능히 둘을 제압할 수 있다."

"예."

"셋 중 하나가 확고한 내 편이면 하나만 제압해도 나머지는 반드시 따라오게 되어 있지. 충성을 경쟁해야 하니까. 그러나 넷 중 하나는 어렵다. 둘이 뭉치면 다른 둘은 반드시 반대로 뭉친다. 그것은 정치 본능이지. 협상이 되거든? 레인은 그걸 아는 것 같다. 어리지만 대단한 아이야. 이해가 되느냐?"

"조금 알 것 같습니다." 사내의 표정에는 변화가 없었다.

"그리고 이번 일로 레인은 더 큰 정치적 효과를 얻게 될 거야. 그게 뭔지 알겠나?"

"가문들의 간섭이 적어지겠지요."

"잘 봤다. 그러나 그 이상일 거야. 이제 레인이 거느린 조직의 정보는 절대로 밖으로 새지 않겠지. 요원들은 자기 가문에게조차 감히 이야기할 수 없을 거야. 항상 공개석상에서 투명하게 이야기가 될 테니. 레인의 의도를 모르는 가문들의 두려움은 더욱 커지겠지. 비서감과 다른 차석들도 이제는 뭘 조작할 엄두를 못 내겠지."

"그렇겠습니다."

"참…… 재미있군. 재미있어. 어찌 그런 생각을 했을까? 이제 너라면 어찌하겠느냐?"

사내는 노인을 쳐다보았다. 얼굴을 함부로 쳐다볼 수 없으니 그의 손끝을 바라본다. 표정에는 여전히 변화가 없었으나 눈가가 가늘게 떨리는 것까지 막을 수는 없었다.

"피바람이 불겠군요."

"그렇겠지. 이번에는 아주 클 거야. 각오는 되어 있느냐? 고개를 들어라."

사내가 얼굴을 들었다. 노인의 근엄한 얼굴이 자신을 쳐다보고 있다. 이 거인의 눈빛은 깊고도 무거워서 눈을 마주치기가 두렵다.

"되어 있습니다." 사내가 무거운 목소리로 낮게 말했다.

"그래……."

노인은 몸을 뒤로 슬쩍 젖히며 눈을 감았다.

"가보거라."

"강녕하소서, 폐하."

대라준경은 깊게 허리를 숙이고 뒷걸음으로 물러난다. 제2황자이자 차기 황권에 가장 접근한 인물, 그리고 제국의 돈과 인재를 오로지한다는 중하씨를 처가로 둔 사내다. 4개월마다 한 번씩 황제를 알현할 때마다 등줄기가 서늘할 만큼 어렵고도 무섭다. 황제는 언제나 자신을 살핀다. 그는 모든 것을 알고 있다. 그리고 끊임없이 확인한다. 후계자들의 그릇을…… 황제의 후계자를 결정하는 것은 그만큼 신중해야 하는 일이다. 인사의 실패는 제국의 실패이며 재앙의 시작이라는 것을 누구보다 잘 아는 사람이다.

대라준경은 레인이 차기 황제의 비서감이 될지 모른다고 예감했다. 그리고 그 어린 동생과 관계 설정을 어찌해야 하는지 고민하기 시작했다. 준경은 고개를 좌우로 꺾었다. 그의 뇌리에는 내놓다시피 했던 아들 건의 놀라운 변화와 그 녀석이 한선가로 재입학하며 내뱉듯 던진 말이 스치고 지나갔다.

"결코 적대하지 마십시오. 그들에게는 사람을 미치게 하는 마력이 있었습니다. 저는 새로운 세계를 보았습니다."

* * *

대라준경이 물러간 후 한참 눈을 감고 있던 황제가 중얼거렸다.

"그 아이가 데려온 젊은 인재들이 대단했다지?"

"3황후 연회 이후 모든 가문과 황실의 뜨거운 주목을 받고 있습니다."

위치를 알 수 없는 곳에서 대답이 들려왔다.

"레인을 노리던 놈들은?"

"모두 잠적했습니다. 아무리 뛰어난 암살자라도 음공을 쓰는 대가의 감각을 벗어나기는 어렵습니다. 아무래도 그런 경고가 포함된 공연이 아니었나 싶습니다."

"음공이라…… 자네와 같은 기예인가?"

"예."

"자네와 비교해서는 어떤가?"

"짐작하기 어렵습니다. 비슷한 정도라고 보고 있습니다."

"그 정도라…… 그러고 보니 레인은 황제와 같은 급의 호위를 둔 셈이군."

황제는 껄껄 웃더니 다시 생각에 잠겼다.

"둘이 부부라고 했나?"

"예."

짧게 대답이 나왔다. 또 다시 깊은 침묵이 흘렀다.

"업무 능력은 어떻다 하던가?"

"둘 다 최상급입니다. 사내는 지휘 통솔력, 조직 장악력, 판단력 면에서 발군입니다. 여자는 정보력, 계산 능력, 해석 능력, 기타 도구를 다루는 능력이 황실의 특급 인재보다 우수합니다. 현재 모든 가문의 인재들을 추렸다는 정보대 요원들이 거의 모든 분야에서 압도당하고 있는 상태입니다."

"흠…… 문무를 겸전한 인재들이라. 출신은 아직도 불명인가?"

"북쪽 에센이라는 지방에서 처음 드러났을 뿐, 그 이전의 자료는 없습니다. 먼 나라에서 바람에 휩쓸려 왔다고 했지만 그도 그들의 말일 뿐 정확하지 않습니다."

"인품은?"

"관대하고 호방하지만 행동이 괴이하고 언행이 특이하다고 합니다. 공무 이외에는 예절과 격식을 싫어하고 복식도 스스로 만들어 입고 있습니다. 황실의 규칙은 그런대로 잘 따르고 있지만 사고방식은 매우 독특합니다."

"이상할 것도 없지. 각성자 중에 그런 기인들은 많지 않나? 사람이 각성하면 보이고 들리는 것이 아주 다르다고 들었다. 자네도 그렇지? 한영도 다를 바 없는 괴짜고."

"그렇습니다. 다만……."

"다만?"

"영향력이 만만치 않습니다."

"영향력이라…… 어떤?"

"특히 젊은 귀족들을 중심으로 그들의 행동이나 복식과 행동을 흉내 내는 사람들이 늘어가고 있습니다. 귀족들의 연회에서는 이미 복잡한 장식이나 불편한 의상이 사라지고 간단하고 단순한 차림이 유행하고 있습니다."

"허허…… 젊은이들이 보기에 괜찮았던 모양이지? 황후들이 긴장하겠군. 그런 유행은 황후와 황녀들이 주도하지 않았었나?"

"제가 보기에도 잘 어울린다고 느꼈습니다."

"그래…… 들을수록 흥미로워. 언젠가 한번 만나게 해줘야지?"

"아직 안심할 수 없습니다. 그들은 3품 대가에 이른 능력자들입니다. 너무 위험합니다."

황제는 더 말하는 대신 천정을 쳐다보며 눈은 가늘게 뜬다. 이곳이 마치 거대한 감옥 같다고 느낀다. 깜박거리는 등불 아래 황제의 그림자가 약간 흔들렸다.

"비서감, 비서실장들은 혼인을 못 하지?" 황제가 뜬금없이 물었다.

"그렇습니다. 그들은 황실의 정보를 너무 많이 알고 있습니다."

"상대에게 배후 연고(緣故)가 없다면 괜찮겠지…… 오히려 황녀들의 난잡한 짓을 방치해두는 지금보다는 훨씬 나을 터……."

"그건……."

침묵 속에 있던 사내는 입을 다물었다. 상대는 법 위에 군림하는 최상위 결정권자다.

* * *

"위험해. 너무 위험해."

여자가 얼굴을 찡그렸다. 창밖에서 거친 겨울바람이 몰아쳤다. 그녀는 사탄이라는 이름을 가진 선자다. 추운 겨울인데도 창문을 열어놓은 채 하늘거리는 하얀 옷 하나만을 걸친 상태였다.

"두 사람이 연회장에서 평의원을 발견했을 것이라고 보십니까?"

남자가 찻잔을 입에서 떼며 물었다. 그는 용의 분신이라는 현자다.

현자 중에서도 나쿤이라는 이름을 가진 최고위 존재.

"가능성이 커요. 그들은 285 에피소드의 각성 단계에서 온 사람들입니다. 무관이면서도 회계와 재무에 익숙하고, 그걸 해석할 수 있는 능력도 가지고 있었어요. 게다가 다른 곳도 아니고 황궁이라니……아주 공교롭습니다. 마치 누가 일부러 그곳으로 인도한 것 같다는 생각도 듭니다. 일원이 개입한 것일까? 그럴 리는 없을 텐데……."

여자는 입술을 잘근잘근 깨물고 있었다. 얼굴은 인자한 듯하지만 그 눈빛은 한없이 검고도 깊다.

"만약 발견했다면 앞으로 황실과 거대 가문에 심어놓은 모든 평의원들의 활동이 크게 위축되겠군요."

"지난 50년간의 대계가 자칫 위험해질 수도 있어요."

"그 정도입니까?"

나쿤이 놀란 얼굴로 물었다. 사탄은 고개를 끄덕였다.

"지난 50년간의 노력 끝에 평의원과 그 종자들의 개체 수가 크게 늘었어요. 느는 만큼 문제도 커져가고 있습니다. 도시를 건설하지 못하면 넥타의 원활한 공급은 어렵습니다. 제약(製藥) 공장을 세우지 못하면 자외선이 왕성한 낮에는 활동이 크게 위축됩니다. 이미 지금 공급 수준으로도 평의원들은 물론이고 종자들도 더 이상 참기 어려울 정도까지 와 있습니다. 이 상황에서 평의원들이 폭주하거나 함부로 '사냥'을 감행한다면 사태는 걷잡을 수 없게 됩니다. 아직 때가 아닙니다."

"아직 통제가 어렵다는 말씀인가요?"

"아주 강하지만 그만큼 불안정한 상태입니다. 그 아이들은 쉽게 흥분합니다. 게다가 아직 약점이 많아요. 만에 하나 인간 각성자에게 잡히면 약점이 분석될 수 있습니다. 특히 종족의 냄새를 구별할 수 있는 고급 능력자라면 몰살의 위기까지 맞이할 수 있습니다. 이미······."

사탄은 말을 멈추고 입술을 꾹 다물었다. 그녀의 눈길은 여전히 바깥쪽을 향하고 있었다.

"발견됐다는 말씀인가요?"

나쿤이 눈을 크게 뜨고 사탄을 쳐다본다. 사탄은 신중하게 고개를 저었다. 아직은 확신할 수 없다. 3황후 연회장에서 있었던 사건은 그녀에게도 경악을 안겨주었다. 두 놈이 펼친 음공은 분명히 인간 대가들을 겨냥한 것이었다. 평의원들도 대가의 몸을 썼으니 같이 괴로워하는 것은 당연하다. 그렇지만 그녀는 미묘한 차이를 느꼈다. 무언가를 찬찬히 쓸고 지나가는 느낌. 그것은 '탐색'의 신호와 매우 닮았다. 그 사실이 지금도 계속 신경을 건드린다. 놈들은 평의원을 감지했는가? 혹시 그 달콤한 냄새를 느낄 능력이 있는가? 이런 불확실성이 싫다. 사탄은 문득 짜증을 느꼈다.

"어쨌든 종자 하나라도 그 두 놈에게 잡히면 모든 것은 수포로 돌아갑니다. 이제 선택은 두 가지입니다. 수단과 방법을 가리지 않고 그들의 작업을 막거나, 아니면 아깝지만 현 단계에서 그들을 제거하거나······ 그나저나 마감을 해체하는 과제는 여전히 제자리입니까? 언제까지 계속하실 건가요? 더 이상 진전이 없다면서요?"

사탄이 긴 머리카락을 뒤로 묶었다. 흐트러진 머리카락이 팬히 짜증 났다. 나쿤 역시 표정을 많이 찡그렸다. 평의원들이 혈귀로 변이시킬 '인간 재료'를 충분하게 공급해주지 않으면 큰 문제가 된다. 마룡이 낳은 현자의 개체 수는 아직 충분하지 않았다. 사탄의 말대로 넥타의 생산량을 늘리지 않으면 강력한 군대를 마련한다는 그들의 계획은 제대로 진행되지 못할 것이다. 나쿤 자신은 제작자가 오기 전까지는 아직 변이해서는 안 된다. 아직 세계가 마룡의 존재를 알아서는 곤란하다. 그들의 군대는 아직 마련되지 못했고 인간 각성자들은 충분히 위협적이다.

"그놈의 마감만 풀 수 있으면 모든 것이 끝나는데……."

사탄은 입술을 잘근잘근 씹었다. 자신과 선자들의 몸속에 흐르는 계약의 시계, 마감. 뜻하지 않게 부활하면서 일원과의 계약은 이미 깨졌다. 마룡이 주는 약에 의존하며 살아가는 지금의 처지에 새삼 분노가 치민다.

나쿤은 사탄을 바라보며 고개를 저었다. 명백한 반대의 표시다. 그의 목소리가 묵직하게 울렸다.

"조금 더 기다려보시지요? 그동안 몇 가지 의미 있는 진보가 있었습니다. 지금은 마지막 단계에서 맴돌고 있지만 곧 돌파구가 열릴 것이라고 기대하고 있습니다. 우리에게 필요한 것은 인내입니다."

"저들의 상태는 어떻지요?"

"지난 1개월간은 전혀 진전이 없었습니다. 그러나 뭔가 비정상적인 부분이 보입니다. 어디선가 막혀서 헤매는 듯 보이지만, 막상 주기와 유형을 보면 의미심장한 규칙이 나타납니다. 그것이 무엇인지는 아직 매우 모호합니다."

"1년 내 풀 가능성은 있을까요?" 사탄이 말을 끊고 질문했다.

"3할의 가능성을 보고 있습니다."

"3할? 그러면 가능성이 매우 큰 것 아닌가요?"

사탄은 눈을 크게 떴다. 명백한 불신의 표현이다.

"모든 경우의 수를 고려하면 그렇습니다. 만약 가능성 높은 경우로 압축하면 5할까지도 보고 있습니다."

사탄은 잠시 벌어진 입을 닫았다. 눈이 갑자기 시퍼렇게 빛나기 시작했다. 나쿤은 그 찰나의 기세에 깜짝 움찔하는 자신의 몸에 오히려 놀란다. 이 존재는……?

"저들이 그 정도인데…… 그런데도 아직 뭔지를 모르시겠다? 세상의 모든 지식을 갖췄다는 현자께서?"

사탄이 신경질적으로 말했다. 그녀는 혼돈보다 질서를 원한다. 불확실성은 싫다. 일원의 코드는 혼돈이다. 그 혼돈에서 질서가 나왔다. 그녀는 반듯한 질서를 대표한다. 논리에 맞지 않은 것은 견디지를 못한다. 모든 악마가 그렇듯이.

"자료가 부족합니다. 분명히 두 사람이 교감하는 '어떤' 상태와 관계가 있습니다. 특히 두 사람이 함께 가속한 상태에서 뭔가를 조절했을 때 마감의 속도가 현저하게 변하는 모습인데 문제는 워낙 변수가 많다는 겁니다. 거의 무한대에 가까운 조합이 나오고 있어요. 인간 실험체 수백을 해석기(解析機, emulator)로 썼는데도 아직 해석이 쉽지 않습니다."

"각성자가 아닌 일반 실험체는 오차가 클 텐데?"

"그래서 그들 원형(原型)이 필요하다는 겁니다. 그것도 실험실이 아니라 실제 현장에서 얻는 자료입니다. 이런 기회는 만 년을 사는 용들도 얻기 어렵습니다."

"5할의 가능성은 무슨 근거로 산정한 거죠?"

"그동안 쌓인 자료에서 몇 가지 재미있는 계열을 추출했습니다. 우리는 놈들이 고의로 넣은 것일 가능성이 크다고 해석했습니다."

"스스로 잡음을 발생시켜 우리를 교란시켰을 가능성이 있다는 이야긴가요?"

"아주 영리한 자들이기 때문에 우리의 의도를 의심하고 있을 겁니다. 아직은 추측일 뿐입니다. 더 자료를 모으며 지켜봐야 합니다. 그 의도된 잡음들을 제거하면 경우의 수는 크게 줄어들 수 있습니다. 그리고 마감 이외에도 의외의 성과가 많았습니다."

"또 있나요? 그것 참…… 재미있겠군요. 세상의 지혜를 탐식하는 자여!"

사탄의 표정은 여전히 싸늘하다.

"현자가 각성하는 길을 열 가지 이상으로 넓혀놓았습니다. 사실을 더 말해볼까요? 이들의 실험 자료를 얻기 전까지만 해도 현자의 능력은 세 가지가 한계였습니다. 이건…… 일원을 해부하는 것이 아닌가 하고 흥분이 될 정도입니다. 이래도 그들을 제거하겠습니까? 그들은 선자께서 평가하는 것보단 훨씬 희귀한 표본입니다."

나쿤은 준엄한 얼굴로 사탄을 쳐다본다.

"그 정도……입니까?"

이번에는 사탄도 고개를 천천히 끄덕였다. 자신도 모르는 것이 바로 '가속의 길'이다. 일원의 화신이라고 해서 일원이 베푼 모든 능력을 가지고 있지는 않다. 그래서 그녀는 마감된 선자들을 다시 모았고 그들과 자신이 각성한 길을 참조하여 평의원을 만들었다. 그들이 자신에게 모자란 것을 보충해줄 수 있을 것이다. 그러나 만약 그 모든 것이 망가지더라도 스스로에게 일원과 대적할 힘이 생길 수만 있다면 그것은 아주 괜찮은 거래다. 아울러 마감의 구속을 없앤 자유까지 얻는다면?

"하나 더 있습니다. 어쩌면 오늘 가장 중요한 이야기일 겁니다."

나쿤은 목소리를 낮췄다.

"……."

"'그'가 자신이 올 시기를 알려왔습니다."

나쿤은 손가락 한 개를 펴 보였다.

아 하는 탄성과 함께 사탄은 잠깐 비칠거렸다. 예상하고는 있었지만 막상 들으니 정신이 아득하다.

"100년…… 그렇게 빨리……."

그날은 더 이상의 대화를 할 수 없었다. 사탄은 시간을 원했고 나쿤은 다른 대책을 원했다. 그 대책은 매우 고통스러운 것이 될 가능성이 크다는 것만을 예감하며…….

* * *

한겨울의 삭풍이 매섭다. 무시무시한 강추위가 산하를 꽁꽁 얼려버렸고 이제 생명까지 얼리고자 총 공격을 가하는 중이었다.

황궁은 밝은 곳이다. 그러나 그 밝음을 만들기 위해서는 어둠도 같이 두어야 하는 법이다. 고귀한 자들이 결코 만지지 않는 것을 누군가 만질 것이고 우아한 자들이 버린 것을 누군가는 치워야 할 것이다. 황궁에서 반 시간 떨어진 곳에 대단히 큰 마을이 들어서 있다. 무려 5000명 이상을 수용할 수 있는 소도시 규모의 마을. 이곳 주민의 신분은 평민이다. 황궁에서 시녀와 시종이라고 불리는 사람들이다. 그들은 황궁의 동선(動線)을 알고 비밀을 알고 황실의 대화를 항상 듣고 있는 사람들이다. 그래서 그들의 거주지는 바깥과 격리되어 있다. 시녀와 시종의 일을 그만둔 사람은 이곳과 인접한 다른 곳으로 다시 격리된다. 그곳에서 다시 5년을 지난 후에야 바깥세상과 접촉할 수 있다. 황실의 비밀을 보호하기 위한 제도적 장치다.

시녀와 시종은 황궁의 모든 허드렛일과 지저분한 일을 하는 사람들이다. 그들은 세상과 분리되어 있으며 단체로 생활한다. 혼인을 하더라도 이 마을에서 살아야 한다. 황궁에서 반드시 필요한 사람들이지만 소모품 취급을 받으며 이름조차 기억되지 않는 존재이기도 하다. 그러나 세상이 모르는 이면(裏面)은 항상 있는 법이다. 또한 그 이면을 볼 수 있는 사람이야말로 이들에게 가장 무서운 사람이 될 것이다.

저녁나절 매서운 바람을 정면으로 맞이하며, 그곳으로 아주 색다른 사람들이 삼삼오오 들어오고 있었다. 번(番)을 서지 않아 퇴근한 시종과 시녀들이 고개를 갸웃하며 그들을 유심히 쳐다보았다. 그러면서도 그들은 경계심을 늦추지 않았다. 500년 전 이 마을이 생긴 이래 처음 당하는 괴이한 사건이 일어나려 하고 있다.

"더럽게 춥네…… 따뜻한 남쪽 나라가 왜 이래?"

에센의 용사 유렌이 투덜거렸다. 두터운 가죽 코트 안에 겹겹이 껴입고 있는데도 춥다.

"말투 참 우아하다. 이래 봬도 여기도 황궁이란다. 북쪽 출신이 이정도도 못 견디나?"

다른 에센 출신 요원 지한이 한마디 거들었다. 그들은 특임조라는 급조된 조로 배속됐다. 특임조는 제2차석 산하 정보대와는 별도로 움직이지만 언제부턴가 팔자에 없는 조교 노릇을 하면서 기존 요원들과 같이 움직이게 됐다. 그들 뒤로는 150명의 정보대원들이 조별로 움직이고 있었다. 각기 하나씩 과제를 들고서…….

"짐작이 가나? 대체 왜 이런 곳에서 하룻밤을 자라는 것인지?"

"다섯 사람에게 준비된 세 가지 질문을 하고 세 사람의 집을 방문하여 각각 식사를 청할 것이며 그중 한집에서 자라.

그러고 나서 그 대가로 자신의 이름이 새겨진 뭔가를 선물하라. 이거 참 재미있네…… 노는 것도 아니고 무슨 의미일까?"

"글쎄 낸들 아나? 그분들 의중은 아직 짐작도 못 하겠어. 하다 보면 겨우 알게 되니…… 나도 내가 답답해. 가끔은 바보가 된 것 같다고."

"나는 생각이 달라. 저기 에센의 친구들을 보라고. 3년 전까지만 해도 글을 읽지 못했던 사람들이라고 생각할 수 있을까? 판단력과 계산 능력은 우리에게 결코 뒤지지 않아. 내가 보기엔 이건 다른 학습인 것 같아. 그분들 말대로 이왕 해야 할 거라면 잘해보자고."

"그래, 깜짝 놀랄 상품도 있다고 하니 우리가 질 수야 없지."

시녀들과 시종들은 바짝 긴장하고 있었다. 알고 보니 근래 황궁을 뒤집어 놓고 있는 그 유명한 제2차석 산하의 요원들이다. 모든 소문의 진원지이고, 모든 화제의 중심에 있는 조직. 그들이 가장 두려워하면서도 이제는 가장 좋아하게 된 사람들이 있는 곳.

"대세는 서비스라고……."

비연이 중얼거렸다. 난롯가에서 뜨개질을 하다 문득 멈춘 채…….

"응?"

산은 꼬박 졸다가 덜 떨어진 눈으로 두리번거렸다. 그렇게 그들의 겨울밤은 하릴없이 지나가고 있었다.

* * *

　시녀와 시종들은 어찌할 바를 모르고 있었다. 지금 이 특별한 마을 여기저기에서 일어나고 있는 일이다. 나이 많은 시종장도 난감한 얼굴로 방문자들을 맞이했다. 이 광대한 지역을 지키는 수석 보궁장(保宮長)의 삼엄한 검문을 통과한 인물들이니, 뭐라고 항변할 입장은 못 된다. 시종장과 시녀장의 표정은 긴장되어 있다. 한편 표정 곳곳에는 솔직한 호기심도 드러나 있었다. 아무나 들어올 수 없는 마을. 그래서 외부인과의 접촉은 모두를 위험하게 만든다. 그곳을 이렇게 괴상한 일행이 방문했으니 일단은 신기할 것이다.

　시종 조직은 외부인의 면담을 거부할 권리가 있다. 황제의 재가 없이는 황후나 황녀도 그들의 권리를 함부로 침해할 수 없다. 원래라면 저 사람들도 안전하게 거부할 것이다. 그렇지만 이번에는 상황이 조금 미묘했다. 상대는 일반 귀족이 아니라 같은 밥을 먹는 황실 소속이다. 항상 얼굴을 맞대고 사는 인간들이라는 뜻이다. 하기야 평생 가도 제대로 된 대화 한마디도 나눌 일이 없기는 하다. 하지만 매일 보는 처지에 귀족의 신분이라며 일을 가지고 이것저것 까탈을 부리면 일상이 괴로워진다. 자신들은 평민, 잘 봐줘야 중인이고 황궁 계급 체계에서는 절대적인 약자이기 때문이다. 그래서 추운 날 일부러 온 이들에게 너무 야박하게 대하기도 어렵다.

　"정말 죄송합니다만, 이 저녁에 어떤 용무이신지?"

　당직 시녀장이 조심스럽게 물었다. 50대의 노련한 사람이지만 그녀의 목소리는 떨리고 있었다. 그녀 앞의 열댓 명의 고귀한 남녀 귀족들도 역시 벌벌 떨며 서 있다. 물론 그들은 추위에 떠는 것이다.

"음…… 그……."

"뭐라 말을 좀 해봐!"

"내가 하나?"

"조장이잖아?"

"내가? 무슨 소리야? 뽑은 적 없잖아?"

"뽑았어."

"언제?"

"방금."

"왜 나야?"

라론은 눈을 동그랗게 뜨고 상대를 쳐다보았다. 그는 진지한 얼굴로 침착하게 대답했다.

"넌 몰라도 돼."

"……."

라론은 뒤를 돌아보았다. 눈을 동그랗게 뜬 채 자기 자신을 손가락으로 가리키며…… 그의 기대와는 달리 요원들은 고개를 크게 끄덕이고 있었다. 아주 환하고 해맑은 표정으로 손까지 흔들고 있었다. 라론은 벙긋 웃었다. 괜히 기분이 좋아졌다. 어깨가 으쓱하다.

'피할 이유가 있나? 뭐 별거 아니었잖아? 알고 보니 황실도 똥오줌 가리는 사람 사는 곳이더라고. 이 정도야 뭐……'

황실 최초의 상인 출신 요원, 에셴의 라론이 앞에 씩씩하게 앞으로 나섰다. 그 역시 대장들 하는 짓을 보고 듣고 때론 깨져가며 배운 바가 많다. 그의 신조 중 하나는 때려죽여도 스스로 몸을 뒤로 빼거나 임무를 회피하지 않는다는 것. 그것은 자신에게도 정말 불쾌한 일이니까. 그의 뒤에서 초롱초롱한 눈망울들이 그가 하는 모양을 지켜보고 있다. 이번 일은 윽박지르거나 강제로 해서는 절대로 성공하지 못한다. 가뜩이나 목과 허리가 뻣뻣한 귀족들, 그중에서도 가장 긍지와 자부심이 강한 황실 정보대 요원들로서는 가장 생소하고도 어려운 일이다. 따라서 라론은 이 팀의 희망이다.

"아! 당직 시녀장이십니까? 아! 날씨가 참 춥습니다. 그렇죠?"

라론이 모자를 벗어 가슴에 댄 채 웃으며 말했다. 표정은 밝고 말투는 시원시원하고도 친절하다.

"그렇……습니다. 요즘 들어 무척 추워졌지요."

시녀장이 엉겹결에 대답했다. 느닷없는 날씨 이야기에 뜬금없는 존댓말이 튀어나오고 짧고 쉬운 대답을 구하는 의문문 마무리의 3단 연타다. 대답을 안 할 수가 없다. 그래서 그녀가 준비했을 거부 말씀의 선언 시점은 살포시 뒤로 밀려버렸다.

"달빛이 아름다운 밤입니다. 오늘은 바람도 세네요? 기거하시는 곳은 따뜻한가요?"

라론은 몸을 부르르 떨더니 옷깃을 여미며 다시 물었다. 그는 정말 추워 보였다. 동정심이 약간 들 정도로.

"예…… 따뜻하기는 한데……."

"그런데 시녀장님 성함이?"

"샤렌……."

"아! 샤렌 시녀장님이셨군요. 아름다운 용모에 아주 어울리는 이름인 것 같습니다. 그런데…… 오늘밤은 유난히 더 추운 것 같습니다."

"그렇네요……."

"나는 제2차석님의 정보대에서 근무하는 라론 요원이라고 합니다. 우리는 휴가 기간 동안 산 수석대장과 연 참모장이 낸 그 '빌어먹을' 숙제들을 해야 되기 때문에 이 추운 날 여기까지 왔답니다. 남들은 휴가라고 집안에서 탱탱 노는데…… 우리 요원들은 참 불쌍하죠?"

"예, 그렇기는 하지만……."

샤렌이 머뭇거렸다. 라론의 말이 그냥 이어졌다.

"그 두 분은 마지막 날에 숙제 검사를 한다고 닷새 뒤에 이곳을 방문할 계획이라고 합니다. 그때는 안 추웠으면 좋겠는데. 역시…… 추운 날씨에 밖에 오래 있으면 감기도 들고…… 참 못할 짓입니다. 그렇죠?"

샤렌이 결국 손으로 입을 가리며 웃음을 참았다. 이 인간은 죽어도 들여보내 달라는 이야기를 꺼내지 않을 것이다. 사실은…… 뜨끈한 방에 있다가 엉겁결에 대충 옷 하나 걸치고 밖에 나와 있는 자신이 훨씬 더 춥다. 이래서야…… 이렇게 장기전으로 가면 무조건 지게 되어 있다. 샤렌은 라론을 힐끗 쳐다본다. 치밀하고도 치사한 자식…….

"잠시 안으로 들어오시지요."

"그 말씀을 기다렸습니다."

라론이 활짝 웃었다. 그가 뒤를 돌아보며 손을 흔들었다. 요원들이 우르르 몰려들었다. 시녀장 샤렌은 시녀 하나를 불렀다. 일단 사람을 들였으면 이곳 절차에 따라 책임을 수행해야 한다. 시녀는 그들의 대화에 배석할 참관인을 부르러 갔다. 누구도 비밀스러운 이야기는 하지 못할 것이다.

안으로 들어온 라론은 말없이 고개만을 돌려 건물의 이모저모를 살폈다. 갑작스러운 소란 때문에 평상복 차림으로 여기저기 모여든 시녀들이 불안한 표정으로 그의 행동을 좇는다. 중국 북경의 전통가 옥 사합원(四合院)처럼 중앙에 자그마한 정원이 있고, 각 네 방향으로 열 명씩, 총 40명이 공동으로 사는 구조다. 물론 철저한 금남(禁 男), 혹은 금녀(禁女)의 구역이다.

샤렌 시녀장은 요원들을 모두 안쪽 응접실로 안내했다. 처음에는 절대로 들여보내서는 안 된다고 생각했지만, 수석대장 '산'과 참모장 '비연'의 이름이 언급되자 바로 생각을 바꿨다. 시녀들의 세계에서 그 사람들은 매우 유명하다. 일단 들어버린 이상 그 이름이 던져준 무게와 유혹은 무시할 수 없게 됐다. 샤렌은 무엇보다 자신에게 쏟아 질 시녀들의 원망을 감당할 자신이 없었다.

이 바닥에서 '그들'에 대한 평가는 극단으로 갈린다. 나이 든 시녀 장와 시종장들은 소극적인 반대자들이다. 그들은 두 사람의 영향력 을 두려워했다. 두 사람의 파격적인 행동들이 황실에 잠재적인 해악 을 끼칠 것이며 기강을 무너뜨리고 훈련된 시녀들에게조차 방종하 고도 불온한 기풍과 태도를 전염시킨다고 경계한다.

반면, 다른 한쪽은 극히 직접적이며 매우 우호적이다. 그들은 대 부분 젊은 연령층이다. 우호적이라……? 그것도 아주 완곡한 표현이 다. 솔직하게 표현하면 가히 광기에 가까운 열광이다. 두 사람은 일 과 시간에는 모든 시녀들의 눈과 귀를 집중시켰다. 퇴근 후에도 시녀 들의 모든 화제는 이들로부터 나오고 끝난다고 해도 절대 과장이 아 니다. 시녀들은 그들의 소소한 일상은 물론, 활극 같은 사건들에 열 중한다. 드라마나 영화의 슈퍼스타를 대하는 태도와 아주 닮았다. 하 기야 시녀장 자신이 봐도 두 사람은 정말 재미있다. 그들이 온 이후

이 따분하고 답답한 황실에서 유쾌한 사건 사고가 매일마다 터진다. 익숙한 것들은 도전을 받았고 실속 없는 귀족들의 권위는 무참할 정도로 까발려졌다. 그것도 실제 상황이다. 가끔은 가슴이 벌렁거릴 만큼 시원 통쾌한 일도 터진다. 그들과 관련된 일이라면 그 싫어하던 뒤치다꺼리를 하겠다는 시종과 시녀들이 줄을 섰다. 그곳에는 생생한 현장 드라마가 있기 때문이다.

시녀들과 시종들은 황궁 요소요소에 깔려 있다. 여기저기에서 상황이 전개되는 모습이 거의 실시간으로 수집된다. 그리고 입담이 좋은 사람을 통해 생중계된다. 누구는 어떻게 깨지고 어떤 귀족이 이렇게 당했고 어떤 고귀한 황족이 무슨 부탁을 했고…… 그래서 어떻게 됐고…… 이곳 숙소에서 벌어지는 그 수다와 입담 속에서 무료했던 그네들의 일상이 얼마나 신선한 자극을 받았을까?

그러나 찬성하든 반대하든 두 그룹이 공통적으로 합의를 본 것이 있었다.

'그들 앞에서는 기본과 원칙을 반드시 지킬 것. 약속은 반드시 이행할 것. 불편부당(不偏不黨)한 격(格)을 갖출 것. 상호 존중과 배려를 할 것…….'

하반은 지금 2차석 비서실 요원들의 이야기를 신중하게 듣고 있다. 옆에는 그들을 맞이한 샤렌이 배석했다. 하반은 이곳 전체의 사감(舍監)을 맡고 있는 사람이다. 작은 도시의 시장과도 같은 격(格)이다. 대화 도중 간간히 터지는 유쾌한 이야기를 들으며 그녀도 웃었지만 눈빛은 점차 깊게 가라앉고 있었다.

'이거 가관이군. 점점…….'

세상 사람들은 모른다. 심지어 대부분의 황실 사람들도 모른다. 그러나 그 하찮은 시녀들과 시종들의 세계에는 세상에 결코 알려지지 않을 특별한 능력이 존재한다. 사람들은 그것을 '눈치'라고도 했고, 개과(科) 동물이 가진 예민한 후각(嗅覺)이라고 했다. 그러나 사실은 그 이상의 감(感)과 평(評)의 능력이다. 그것은 권력이 흐르는 방향과 사소한 표정 변화에서 의도를 읽어내는 힘, 조직의 체온을 재는 능력, 그리고 거미줄같이 얽힌 정보망과 신경망을 통해 대책을 공유하는 능력이다. 그들 하나하나는 먼지처럼 하찮지만 황실 어디에나 존재한다. 그들의 서비스를 필요로 하지 않는 공간은 없다. 그들은 엄연히 문서 해독 능력과 작성 능력을 가지고 있는 '지식인'이다. 또한 사람의 표정에서 그 심리까지 읽어내며 다리 달린 모든 것들의 행동과 동선을 초단위로 확인할 수 있는 대단히 능동적인 존재다.

그러나 과연 그뿐일까? 먹을 것(맛), 입는 것(스타일), 실내의 조도, 온도와 습도(분위기), 그리고 그들의 걸음 속도에 비례하는 서비스 속도를 조절할 수 있다. 그들이 원한다면 의도된 조작을 통해 이 거대한 황실 네트워크의 분위기를 원하는 대로 잡아갈 수도 있을 것이다. 만약 '누군가'가 원한다면 그의 의지를 마음대로 집어넣을 수도 있겠지…….

그것은 USN(Ubiquitous Sensor Network)의 원리와 매우 닮아 있다. 하지만 이 조직이 생긴 이래 500년간 진화하는 과정에서 누구도 그들에게 관심을 두지 않았다. 그런데 지금 역사상 최초로 관심을 보이는 사람이 생긴 것 같다. 샤렌의 입에는 옅은 미소가 고였다. 생전 처음 겪는 묘한 자극이다. 그녀가 보기에 상대는 '초청'을 하고 있었다.

'정말 기가 막히는군. 어디까지 가보고 싶은 건가? 천재 레인 황녀, 그리고 그 능력의 끝을 짐작할 수 없다는 비연 참모장님……?'

* * *

시녀장과 시종장들은 2차석 비서실 요원들의 과제를 돕기로 합의를 봤다. 무려 150명에 달하는 사람들이 들고 온 과제가 그들의 눈앞에서 펼쳐졌다.

요원들은 각 숙사에 머물 것이다. 세끼를 돌아가면서 시녀, 시종들과 같이 식사를 할 것이며 준비된 세 가지 질문지를 돌려서 다섯 사람에게 답을 받을 것이다. 그리고 하룻밤을 같이 자며 같이 수다를 떨어야 할 것이다.

이 과제는 시녀장과 시종장의 흥미를 끌었다. 질문은 공개적이고 명확하다. 그러나 의도는 숨겨져 있었다. 어쨌든 이 작업은 호기심 많은 시녀들과 시종들을 끌어들여 복잡한 퍼즐 놀이에 참여하는 맛을 보여줄 것이다.

"재미는 있겠어……." 하반은 턱을 쓰다듬었다.

그들이 가져온 요청서에는 레인 황녀의 재가가 있었다. 대표 시녀장과 시종장은 아주 미묘한 정치적 판단을 해야 했다. 이것이 과연 레인 황녀의 독단적인 일인가? 아니면 황제의 암묵적인 승인하에 이루어지는 일인가? 공식적으로 레인 황녀는 모든 일을 황제의 명을 받아 진행하고 있는 것으로 알려져 있다. 그녀가 황제의 사람임은 이미 명확하게 드러나 있다. 그러나 이번 경우, 황제의 직접적인 재가가 없기 때문에 100퍼센트 확신할 수는 없다. 만약 레인 황녀에게 다른 의도가 있다면? 그것은 황제가 위험에 노출된다는 뜻이다. 따라서 자신들은 이들의 요청을 거부하는 것이 안전하다.

그러나 사감 하반과 샤렌은 그들의 오래된 감을 믿기로 했다. 그들의 본능이 심하게 꿈틀거렸다. 가끔은 확인 없이 일을 해야 할 때가 있다. 시커먼 암흑 속에서 피아(彼我)를 가려야 할 때, 혹은 고귀한 손에 피가 묻어서는 안 될 때…… 지금이 바로 그런 때일지도 모른다. 이 조직에도 정화(淨化)가 필요할지 모른다. 요원들, 혹은 이 요원들을 보낸 사람들은 조심스럽게 의사를 타진하고 있는 것이다.

숙제는 서로가 배석한 상태에서 투명하게 진행될 것이다. 시녀장과 시종장은 조사할 문제라고 하는 것들을 살폈다. 그중에서 혹시 문제가 생길 만한 것들은 추려서 없애고자 한 것이다. 그러나 설문지를 본 그들의 표정은 미묘하게 변했다. 세 가지의 질문지는 각각 다음과 같은 문항을 담고 있었다.

[설문 유형 1]

1. 인적 사항
- 이름, 소속, 근무 기간, 취미, 특기, 봉급 등…….
2. 개인 일반 사항
- 가장 가보고 싶은 곳 세 군데
- 가장 먹고 싶은 음식 이름
- 가장 재미있었던 이야기
- 가장 존경하는 사람
- 좋아하는 색 세 가지
- 가장 영험이 있다고 생각하는 신이 있다면?
- 결혼을 한다면 가장 이상적인 배우자의 성격
- 자식에게 가르치고 싶은 기술 세 가지

3. 황궁 생활에 대하여

- 가장 도움이 되는 지식
- 익히고 싶은 기술
- 가장 밥맛인 상사/귀족의 유형은?

문제될 것은 없었다. 특별한 비밀도 없었고, 왜 이런 질문을 하는지 우스울 정도로 간단했다. 그렇지만 시녀장과 시종장은 왠지 모를 흥미를 느꼈다. 짧게는 10년 길게는 30년간 같이 지내왔음에도 불구하고 부하들의 성향에 대해 아는 것이 별로 없다는 사실도 비로소 깨닫는다. 아울러 이런 자료가 모아지면 어떤 효용이 있을지 궁금했다. 또한 이 모든 것을 모아서 종합하면 그들의 조직 운영 방법에서 어떤 그림들이 드러날지에 대해서도 알고 싶었다.

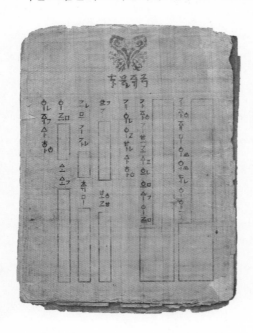

그렇게 숙제는 우호적으로 진행되기 시작했다. 요원들은 숙제를 진행하면서 왜 이 일을 하는지 어렴풋하게나마 감을 잡아가고 있었다. 아주 색다른 관점이, 그리고 매우 설레는 경험이 모두에게 다가오고 있었다. 고귀한 신분의 인물들은 꿈에도 몰랐고 앞으로도 알 가능성이 없을 그런 삶의 속살을 슬쩍 들여다보게 되리라는 것.

요원들은 항상 곁에 존재했지만 그 존재를 애써 무시해왔던 그 시녀들과 같은 밥상에서 같이 식사를 했다. 또한 밤늦게까지 그들과 소소하고 일상적인 대화도 나눴다. 그것은 정말 유쾌하고도 놀라운 경험이었다. 그리고 그들이 알고 있었던 황궁과는 전혀 다른 사실들이 여기저기서 튀어 나왔다. 시녀들도 처음에는 무척 경계했지만 에센의 유쾌한 요원들 덕택에 긴장을 풀 수 있었다. 그들만의 은밀한 공간에서 이루어지는 일이라는 점도 마음을 안정시켰다. 그리고 계급장 떼고 이야기하자는 괴상한 분위기가 그들을 놀랍도록 흥분시켰다. 대화 분위기는 훨씬 자유로웠고, 각자 자신의 이야기를 평소의 수다처럼 풀어낼 수 있었다. 서먹서먹하리라던 예상과는 달리 이야기는 모두에게 흥미로웠으며 밤늦도록 끝이 나지 않았다.

아주 초보적인 단계지만 두 그룹은 서로의 이야기를 경청하려 노력했다. 이따금 폭소가 터져 나왔고, 그들의 애환, 그들의 이야기, 소소한 사건 사고들에 대한 나름대로의 고민들이 가감 없이 진솔하게 흘러나왔다. 그리고 해결 방안에 대해 서로 고민하고 공감하는 분위기가 저절로 만들어졌다. 그들은 몰랐지만 끈끈하고 솔직한 인간관계가 형성되고 있는 중이었다. 요원들은 이 황실을 유지하기 위해 움직이는 방대한 하부 논리들을 처음으로 접했다. 이 행사는 귀족과 시녀, 시종 두 쪽 모두에게 신선한 경험을 안겨주었다. 둘 다 평생 처음으로 상대와 '대화'와 '소통'이라는 것을 하고 있다는 사실 자체에 흥분했다. 이 경험들은 앞으로 일상적인 생활에서 서로를 이해하고, 도우려는 방향으로 진화되어 나아갈 것이다. 이로써 그들 간의 벽이 무너질 계기가 마련되어가고 있었다.

"이것…… 별거는 아니지만 기념으로 받아요."

"무엇?"

요원들은 떠나기 전, 자신들이 휴가 기간에 준비한 선물을 풀었다. 그것들은 대장들의 요구에 따라 매우 값싸고도 단순한 것들이었다. 목도리, 털장갑, 손수건, 작은 메모장 등등…… 그러나 선물에는 요원들의 이름이 자필로 수놓여 있거나 새겨져 있었다. 누가 누구에게 준 것인지 명확했기 때문에 또한 위에서 아래로 흐른 것이기 때문에 뇌물과는 전혀 성격이 다른 물건이다.

이름이 새겨진 기념품…… 그 의미는 가볍지 않다. 선물을 받아 든 시녀들과 시종들은 눈물을 닦았고, 코를 훌쩍거렸다. 값은 전혀 문제가 되지 않았다. 황실에 들어와 평생 처음으로 '윗사람'에게 받은 따뜻한 '마음'이었다는 것. 아마 평생 기념해야 할 사건이었는지도 모른다.

시녀들은 밖으로 나와 요원들을 배웅했다. 추운 날씨지만 누구도 춥다고 생각하지 않았다. 하룻밤을 같이 지낸 사이란 그런 것이다. 세수하지 않은 부스스한 얼굴을 보여준다는 것. 그것이 때론 어떤 권위보다도 쉽게 사람을 움직일 수 있다.

이로써, 산과 비연은 예상했지만 다른 이들은 누구도 예상하지 못했던 두 개의 네트워크 간의 인간적인 유대감이 만들어지기 시작했다. 이로써 5000명으로 이루어진 황실의 거대 하부 네트워크를 움직이기 위한 공정의 첫 단추가 끼워지고 있었다.

"이것들이 밥값을 해야 되는데…… 2단계가 잘 마무리되어야 우리도 여유가 생길 텐데. 쩝…….” 비연이 중얼거렸다.

“내일은 어디 가기로 하지 않았나?” 산이 물었다.

“한선가에 가기로 했어요. 같이 가실래요?”

“싫다. 강의는 내 취향이 아니거든? 내일은 흑벌 아이들과 놀아줘야 할 것 같아. 이제 묵혀둔 숙제를 할 때가 된 것 같아서.”

“조심하세요.”

“맡겨둬.”

* * *

한 달 전.

“너희 중에는 이중첩자로 활약하는 요원도 있을 거야.”

산이 천천히 요원들 사이로 걸으며 말했다. 눈길은 바닥을 응시하고 있었고 그냥 지나가다 던진 듯한 말투다. 그러나 실내는 쥐 죽은 듯 조용해졌다. 요원들의 눈과 귀는 산에게 집중되고 있다.

“동료와 상관을 위험에 빠뜨리게 하는 자들이 있으면 매우 곤란하겠지…….”

말을 이으면서 산의 눈길은 150명의 요원들을 찬찬히 쓸어간다. 모두 의아한 눈빛이다.

“흑벌은 야벌과 함께 꽤나 방대하고 영리한 조직이라고 들었다. 각계 각처 요소요소에 정보원을 심어놓았겠지. 이곳 요원 중에도 약점을 잡혔거나 매수된 자가 꽤 많을 거야. 좋은 게 좋은 거 아니겠냐 하면서.”

“…….”

"여러분 앞에는 내가 나누어준 종이가 있을 것이다. 지금부터 흑벌과 야벌에 대해 아는 것, 조사된 것, 주워들은 것을 적도록. 필요하면 지금부터 조사를 해도 좋다. 위치, 조직, 사람, 접선 방법 등등 어떤 사소한 것이라도 빼먹지 마라. 제출 기한은 사흘. 반드시 자필로 적고 서명하도록."

요원들은 서로를 쳐다보았다. 모두가 어리둥절한 얼굴이다. 많은 요원들의 표정에는 두려움보다는 황당하다는 느낌이 더욱 강하다. 이게 무슨 일이래? 뭘 적는다고?

산은 바깥으로 나가면서 한마디를 더 보탰다.

"노파심에서 이야기하는데, 요원들끼리 베끼거나, 서로 상의하는 일이 없도록 해. 그렇다면, 나는 그를 첩자로 간주할 것이다. 또한 무성의하게 작성하거나 허위가 섞여 들어갈 경우도 마찬가지다. 아무래도 켕기는 것이 있다는 거겠지?"

산이 떠난 후 요원들은 크게 웅성거렸다. 이게 무슨 일이냐고 성토하는 요원도 있었다. 그러나 크게 반발할 수 없었다. 엄중한 사안이다. 누구도 의심받을 짓을 하고 싶어 하지 않았다.

25일 전.

요원들의 급작스러운 조사 활동은 흑벌의 움직임을 크게 위축시켰다. 흑벌과 야벌이라는 양대 청부조직에 대한 이야기가 사방천지에서 가장 뜨거운 화제였다. 무려 150명과 그 하부조직들이 돌아다니며 온갖 사실들을 묻고 취재하며 다녔으니…….

요원들이 다시 모였다. 과제를 제출한 이후 처음 소집되는 자리다. 그들은 극도로 긴장해 있었다. 그들 앞에는 다시 한 장의 종이가 놓여 있다.

산은 무거운 얼굴로 입을 열었다.

"황실 요원들 중 이중첩자라 의심이 가는 사람들을 모두 적도록. 무기명으로 할 것이며 반드시 타자기로 칠 것. 내일까지 접어서 가져와라. 내가 직접 걷도록 하겠다."

그리고 산은 나가 버렸다. 요원들은 서로가 서로를 쳐다보았다. 그들의 표정은 까맣게 죽어 있었다.

20일 전.

"자료가 마음에 안 들어. 다시 처음부터 시작한다. 너희들이 뭔가 잘못 생각한 모양인데 나는 반드시 끝을 본다. 대충 넘어갈 일은 아니지. 이번에는 이틀을 주도록 하겠다. 내용과 형식은 첫 번째와 같다. 역시 자필로 쓰고 반드시 서명을 하도록."

요원들의 표정은 극명하게 갈리고 있었다. 또다시 찾아온 두려움이다. 흑벌과 야벌에 연관되지 않은 요원은 거의 없다. 황궁의 권력 투쟁과 귀족 간 세력 쟁패, 이 모든 것들은 실시간으로 정보를 필요로 한다. 이 시대에 고급 정보를 얻는 방법은 두 가지다. 하나는 거래, 다른 하나는 테러다. 다른 말로 고문과 협박.

어느 시대에나 음험한 거래는 법치(法治)에 호소하지 않는다. 은밀하고도 치명적인 폭력이 훨씬 효과적이다. 이 대목에서 흑벌과 야벌의 존재 이유가 생긴다. 그들은 고급 정보를 원하고 귀족들은 자신만의 비밀스러운 정보조직을 원한다. 서로 섞이고 공생한다. 이제 너무 흔해서 누가 누구의 첩자인지 아무도 모르게 된다. 황실도 예외는 아니다. 손대기 어려운 일, 접근하기 어려운 일, 비밀리에 처리해야 할 일, 골치 아픈 일은 이 집단들을 통한다. 필요악이라 부르는 것. 황실의 정보요원들은 사실상 흑벌과 야벌로 대표되는 정보 도매상, 혹은 살인 청부 집단의 최대 고객이다. 문제는 고객의 위치를 넘어 그들에게 매수된 자도 분명히 있다는 것. 그래서 황실의 정보를 넘겼다면? 그래서 암살할 인물의 습관과 일정표가 건네졌다면?

전문 감정사를 입회시켜 처음 제출한 자료와 새로 제출한 자료가 비교됐다. 누구도 복사본을 만들 수 없었기 때문에 첫째와 둘째 자료 간의 차이를 분석하면 진실과 거짓이 '조금은' 드러나게 될 것이다.

15일 전.

"다시 반복한다. 요원들 중 의심이 가는 자를 모두 적도록. 이번에도 무기명이다. 타자 문서로 제출하도록"

동일한 과제가 세 번째 반복됐다. 요원들은 고개를 깊이 숙였다. 그들도 감을 잡아갔다. 인물이 압축되고 있었다. 150개의 조직들이 돌아다니며 온 도시를 쑤셔놓은 덕택에 흑벌과 특별한 관계에 있는 요원들의 행동이 눈에 띄게 불안해졌다. 초조함은 실수를 낳는 법이다. 야벌과 관계있는 자들의 명단이 이미 확보됐다는 은밀한 소문이 돌았다.

10일 전.

"모든 활동을 중단하라. 조사는 끝났다. 마지막으로 자수할 기회를 준다. 자기 이름을 적어 내도록. 기한은 오늘, 그리고 '지금'이다. 적어 낸 사람에 한하여 이번까지는 모든 것을 용서하기로 한다. 명단은 공개하지 않을 것이며 관련 자료와 증거도 모두 소각할 것이다. 믿어도 좋아."

요원들은 새카맣게 탄 입술에 침을 발랐다. 산의 마지막 선언이 요원들의 귓가에 울렸다.

"자수하지 않은 용자(勇者)는 내일 공개될 것이다. 2차석 암살 계획을 방조했거나 사주한 죄니 꽤나 볼 만할 거야. 간첩은 즉시 처결될 것이고, 그가 속한 가문은 역모를 물어 멸문시키게 될 것이다. 자수도 싫고 불안하면 오늘 도망쳐라. 나는 쓰레기는 추적하지 않는다. 그럼 내일 보자고."

목소리는 작았지만 울림은 천둥소리보다 더 컸다.

9일 전.

마흔일곱 명의 이중첩자가 색출됐다. 모두 자수를 했고 산은 각각의 사람과 6일간에 걸쳐 은밀한 면담 시간을 가졌다. 약속대로 모든 자료는 소각됐다. 산은 그들 각각과 함께 술을 마셨다. 이제 그들은 황실을 위한 진정한 요원이자 산의 눈과 귀가 될 것이다. 약점을 잡힌 그들의 가문 역시 몸을 바짝 사려야 할 것이고……

이로써 황실의 정보조직은 뼛속까지 정화됐다. 이제부터는 안전하게 쓸 수 있을 것이다.

3일 전.

요원들의 진술에 따라 흑벌의 실체와 주요 거점, 주요 인물에 대한 프로파일이 만들어졌다.

"준비는 끝났다."

산은 주먹을 우두둑 꺾었다. 옆에서 비연이 박수를 쳤다.

* * *

후고트 후작은 컴컴한 실내에서 턱을 고인 채 바깥을 응시했다. 등 뒤에는 벽난로가 탁탁거리며 타고 있다.

그의 저택 집무실은 대단히 크다. 천정이 높고 구조는 복잡하다.

좌우 옆쪽으로는 청동 기사 입상들이 호위하듯 서 있다. 중앙에는 일부러 치워놨는지 커다란 빈 공간 위에 붉은 카펫만이 깔려 있었다. 실내에는 좌우로 각각 열 명이 넘는 사람들이 누군가를 기다리며 자연스럽게 서 있다. 표정에 여유는 있었지만 모두 무장을 단단하게 갖춘 상태다. 후작의 좌우에는 네 명의 호위가 아무 표정 없이 무료한 얼굴로 앞쪽을 주시했다. 후작 역시 나른한 표정으로 앉아 콧수염을 만지작거리고 있다.

문이 열렸다. 모든 눈길이 그쪽으로 향했다. 아침 햇살을 등지고 사내 하나가 천천히 걸어 들어오고 있었다. 몸만 들여보냈는지 비무장 상태다. 사내는 손가락이 드러난 장갑을 끼고 있는데 한 손은 주머니에 푹 집어넣고 다른 손으로는 턱을 쓰다듬고 있었다. 그는 미술관을 산책하듯 두리번거리며 가운데 앉아 있는 후작을 향해 천천히 걸어왔다. 무심한 눈길로 천정을 한 번 쳐다보더니 좌우에 서 있는 인물들을 성의 없게 스윽 훑었다. 오만하게 앉아 있는 후작에게는 눈길을 주는 둥 마는 둥 했지만 그 옆에 도열해 있는 네 사람에게는 하나하나 눈길을 맞췄다.

"손님으로 왔으면 먼저 주인에게 인사를 하는 게 바른 예의 아닐까?"

왼쪽에 서 있던 날렵한 복장의 여자가 말을 던졌다. 그녀는 빙글빙글 미소를 짓고 있었다.

"손님 대접을 해줘야 인사할 마음이 생기겠지? 고객이 우선이야. 그런 건 못 배웠나?"

사내가 피식 웃으며 대꾸했다.

"용케 잘 찾았네?"

"황실의 정보력도 쓸 만하더군. 그런데 먼저 연락도 하고 왔는데, 여기 분위기는 참 더럽네?"

"말조심해라. 여기서 함부로 나대면 매우 다친다."

"이 집구석에는 개새끼만 키우나? 개소리가 매우 시끄럽군……."

사내가 바닥을 발끝으로 툭툭 차며 한마디를 툭 던졌다. 그는 말을 건 상대에게 눈길은 돌리지도 않은 채 바닥만을 응시하고 있었다. 여자의 얼굴은 표독스럽게 변했고 사람들의 손끝이 점점 칼자루로 향하기 시작했다.

"듣던 대로 배짱은 두둑한 자구나. 혹시 대가라고 여기에서도 거들먹거리면 곤란해. 우리 손에 골로 간 대가 놈도 꽤 많거든. 이곳을 알고도 단신으로 찾아온 용기만은 가상하다고 여겨주지. 우리는 넋놓고 당한 야벌과는 달라."

이번에는 오른쪽의 사내가 웃으며 말했다. 손에는 동명가의 총포 무기를 빙빙 돌리고 있었다.

"호오…… 야벌 소식도 들었나?"

"이 바닥에서는 꽤 유명한 이야기지. 덕분에 벌주 마하임의 평판도 많이 떨어졌어. 혼자 영리한 척하더니 그렇게 쉽게 망가졌잖아?"

"흑벌은 다를라나? 조사를 해보니 너희도 별거 없던데? 어쨌든 기대를 해보도록 하지."

"급한 용무가 있어서 왔을 테니 이야기는 들어주도록 하지. 그래 무슨 일로 나를 보자고 했나? 요즘 권세가 하늘을 찌르는 황실 수석 대장님? 그동안 우리 흑벌을 그렇게 흔들어낸 이유도 듣고 싶고…… 혹시 일찍 죽고 싶나?"

가운데 앉아 있던 후고트 후작이 입을 열었다. 산은 고개를 좌우로 꺾었다.

"미안한데, 너희들에게는 볼일이 없어. 그보다…… 이 집 주인 좀 나오라고 하지? 그렇게 쥐새끼처럼 숨어 있어서야 어디 대화가 되겠 나? 추운 날 일부러 알리고 찾아왔는데 개떼들만 버글버글하게 풀어 놨으니 이거 너무하는 거 아냐?"

후고트 후작의 표정이 미묘하게 변했다. 여유 있게 미소 짓던 얼굴 이 굳어졌다.

"어떻게 알았지?"

산은 빙긋 웃었다.

"그냥 찔러봤어."

"이런……."

"아무래도 너 따위가 '깜'은 아닌 것 같았거든. 구린 놈치고 떳떳 하게 제 얼굴 드러내는 놈도 못 봤고…… 사실 이런 건 별로 재미있 는 이야기가 아니지."

후작은 의자에 등을 기댔다.

"맞아. 출신도 모르는 뜨내기 따위가 함부로 볼 수 있는 분이 아니 지. 자! 이제 어떻게 할 거냐? 우리에게 용건을 이야기하든지 아니면 그대로 돌아가서 조신하게 사는 게 어때? 황실과 불편한 사이가 되 는 건 꽤 골치 아프거든. 지금 정도가 딱 좋아."

"불친절하기는…… 의뢰를 하나 하려고 하는데…… 자네가 받아 주겠나?"

"의뢰? 말해봐."

"사람 하나를 사라지게 해줬으면 좋겠는데?"

"호오…… 우리는 비싼데 돈은 있나?"

"쉬운 일이야. 그러니까 싸게 해줬으면 해. 너희들 실력이면 대략 100통보 정도면 되지 않을까 하는데……."

"농담하나? 최소가 1000통보거든?"

"비싸네. 까짓 거 주도록 하지. 나도 월급은 많아."

"누구지?"

"사명씨 사람이야. 그리고 여자지. 어때 쉽겠지?"

후고트 후작은 얼굴을 굳혔다. 입술이 부들부들 떨리고 있다. 산이 한마디 더 보탰다.

"이름은 '지하'라고 하더군. 해보겠나?"

꽝.

커다란 소리와 함께 의자 손잡이 한쪽이 깨져 나갔다. 모든 무사들이 한꺼번에 칼과 무기를 꺼내 들었다.

"개새끼, 대체 무슨 수작이냐?" 후작이 이를 갈았다.

"내 의뢰에 무슨 문제가 있나?"

산이 고개를 천천히 들었다. 그의 눈빛이 맹수처럼 빛나고 있었다. 후작이 천천히 일어섰다.

"쏴버려"

꽝.

왼쪽에서 이미 무기를 겨냥하던 사내가 방아쇠를 주저 없이 당겼다. 목표는 사내의 머리. 산은 고개를 미리 살짝 기울여 총알을 흘려버렸다. 이어 미끄러지듯 앞으로 쑥 나아가며 몸을 슬쩍 후작 쪽으로 들이밀었다. 동시에 왼손바닥으로 후작의 정강이를 누르듯 툭 쳤다. 그 동작은 후작이 피하기에 너무 빨랐고 자연스러웠다. 후작의 몸이 오른쪽으로 휘청거리며 무너졌다. 산은 부드럽게 몸을 틀며 후작의 멱살을 잡아 자신의 앞쪽으로 감아 돌렸다.

타타타타타타타.

최초의 총소리가 터짐과 거의 동시에 콩 볶는 듯한 소리가 양쪽 천정에서 울렸다.

쉿쉿쉿.

독이 발려 있는 짧은 화살이 좌우에서 한꺼번에 날았다.

펑.

캡슐이 터지며 노란 연기가 피어올랐다. 신경가스 종류일 것이다.

쐐애액.

사방에서 네 개의 쇠그물이 날았다. 안쪽에 뾰족하게 굽은 수백 개의 갈고리를 달아 강화한 놈이다. 일단 걸리면 떼어낼 수 없다. 대가급 무사 네 놈이 뒤로 빠르게 물러서며 다음 공격을 준비했다. 다른 놈들은 마스크를 꺼내 입과 코를 덮었다. 첫 번째 사격은 산이 붙잡고 휘돌리던 후작의 등에 적중했다. 후작의 등은 그대로 찢기고 터져 나갔다. 찢긴 옷 사이로 촘촘한 철사 그물로 짠 갑옷이 드러난다. 그 위로 독이 발린 화살이 투투툭 튕겨 나갔다. 이미 전투 준비를 하고 있었다는 의미다.

산은 침착하게 주변을 살피며 후작을 옆으로 던져버렸다. 이어 발을 구르며 손을 앞으로 죽 뻗었다. 허공에서 펼쳐지며 들어오는 첫 번째 쇠그물의 한쪽 끝이 산의 손에 잡혔다. 산은 쇠그물을 머리 위쪽에서 휘휘 돌렸다. 덮쳐오던 다른 세 개의 쇠그물이 회전에 밀려 툭툭 옆으로 튕겨 나갔다.

타타타타, 쉿쉿쉿.

산의 손에서 쇠그물이 반대로 날아갔다. 쐐액 공기를 가르는 소리가 시끄럽다. 그물은 뒤쪽에서 원격무기를 쏘아대는 놈들을 향해 쫙 펼쳐진 상태로 원반처럼 팽팽 돌면서 덮쳐갔다. 좌악 하는 소리와 함께 쇠그물은 다섯 놈의 몸을 휘감더니 그대로 허리 위쪽을 뜯어내며 지나갔다. 의외의 사태에 놈들은 입을 떡 벌렸다. 그러나 놀랄 여유도 없었다. 산의 몸이 흐릿해지는가 싶더니 좌측으로 튀어 갔다. 좌측의 무사들이 잠깐 움찔했지만 전문가답게 칼을 빠르게 돌렸다. 시퍼런 칼날이 사방에서 번쩍거렸다.

산은 몸을 비스듬히 휘어 칼날을 피했고 동시에 주먹을 날렸다. 짓쳐들어오던 첫 번째 놈의 어깨가 바스러진다. 동시에 오른발로 놈의 무릎을 밟아 부러뜨리고 그대로 몸을 비틀며 다음 놈의 머리에 왼쪽 발등을 작렬시켰다. 그리고 숨 돌릴 새도 없이 바닥을 다시 박차며 공중에서 몸을 비틀었다. 앞쪽 대오가 무너졌다.

그렇게 산의 맨손 전투가 시작됐다. 전투가 시작되자 산의 온몸은 이미 치명적인 무기로 변해 있었다. 손끝, 팔목, 팔꿈치, 무릎, 발끝이 현란하게 움직였다. 눈에 보이지도 않을 만큼 빠른 속도. 좌에서 우로, 천정에서 바닥으로 자유롭게 넘나드는 광범위한 공간 장악. 산의 손끝에 걸리는 족족 뭔가 터져 나가고 무너져 나갔다. 칼이 부러져 날아가고 팔이 꺾이고 머리가 깨졌다. 그렇게 흑벌 무사들은 썩은 짚단처럼 바닥으로 무너지고 있었다.

갑자기 산이 동작을 멈췄다. 이미 그의 주변에 두 발로 서 있는 사람은 없었다. 보통 사람의 속도로 딱 두 호흡에 이루어진 일이다. 반은 다른 세계로 보냈고 반은 이 세계에서 숨만 쉬게 될 것이다. 이제 남은 것은 후작 옆에 있던 네 사람. 아마 진정한 흑벌의 강자들일 것이다. 산은 우뚝 선 채 흐트러진 머리를 툭툭 털었다. 그냥 준비운동

정도를 끝낸 표정이다.

"항상 느끼는 거지만, 너희들은 상상력이 참 부족해. 어째 그렇게 우리 아가씨 예상을 벗어나는 상큼한 계획이 하나도 없냐?"

그의 앞에는 후작 옆에 서 있었던 네 명이 서성거리고 있다. 흑벌의 강자들이다. 그들의 얼굴은 하나같이 굳어져 있다.

"상처 하나 입히지 못했다는 건가⋯⋯." 누군가 신음처럼 중얼거렸다.

미리 연락받은 뒤 사흘 동안 애써서 준비했다. 그것도 자기 집 안마당에서 대가를 사냥하는 전문가들이 설계했던 작전이다. 그래도 불안해서 문 앞에서 무장해제까지 시켰다. 그런데도⋯⋯ 너무 손쉽게 무너져버렸다. 단 한 번의 관찰과 단 한 번의 연속동작으로. 그저 등골이 시큼하다. 산이 한 걸음 앞으로 발을 옮겼다.

"음⋯⋯."

네 놈은 신음을 흘리며 뒷걸음을 쳤다. 전투 본능. 흑벌의 기예는 대부분 암살과 청부에 적합한 원격 기예다. 이렇게 근접전으로 치고 들어오면 절대적으로 불리하다.

"진짜 원하는 게 뭐냐!"

오른쪽에 있던 사내가 으르렁거렸다. 간도라는 이름을 가진 흑벌 서열 3위의 대가다. 별명은 '백면(百面)의 간도', 특이하게도 팔꿈치와 어깨가 트여 있는 옷을 입고 있다. 아마 변신을 하는 놈일 것이다.

"말했잖아? 의뢰."

"벌집을 건드릴 건가? 후회할 텐데?"

"이미 죽이겠다고 총질까지 한 놈이 무슨⋯⋯ 어차피 목을 내놓고 하는 일이야. 몰랐나?"

"벌주의 목숨을 원하는 건 흑벌을 말살시키겠다는 거냐?"

"남의 목숨을 노렸으면 너희들 목숨도 내놓은 것 아닌가? 뭘 새삼스럽게?"

"미친……."

잠깐의 침묵 속에 네 사람이 서로에게 눈짓을 했다. 좌측에 있던 여자가 미끄러지듯 옆으로 나갔다. 그녀의 손에는 얇은 채찍이 들려 있다. 세 남자도 간격을 벌려가며 각자 전투를 준비했다. 키가 작고 마른 놈은 묘한 장갑을 끼고 있고 두툼하게 차려 입은 놈은 바깥쪽으로 불룩 튀어나온 특이한 부츠를 신고 있었다.

여자, 모아레가 용수철이 튕기듯 먼저 튀어나왔다. 별명은 '사선(死線)의 모아레'. 움직임과 동시에 손을 앞으로 죽 뻗었다. 채찍이 다섯 줄기로 쫙 뻗으며 산을 감싸 들어온다. 상하좌우 그리고 중앙, 피할 방향은 없다. 마치 먹이를 향해 입을 쫙 벌린 듯한 모습이다. 채찍 양쪽에는 톱날 같은 날이 서 있다. 가속된 감각으로 조종하는 모아레의 기예는 채찍의 궤적에 닿는 모든 것을 정교하게 썰어버릴 것이다. 다른 두 놈은 좌우로 이동하며 산의 뒤쪽을 점해간다. 작은 놈의 장갑에서 검은 바늘이 튀어나왔다. 바늘은 상대의 동선을 예측하며 정교하게 발사된다. 덩치의 부츠에서는 구슬이 날았다. 구슬이 바닥에 깨지며 끈적하고 미끄러운 액체가 흘러나왔다. 윤활제가 포함된 강산(强酸)일 것이다. 상대의 발의 중심을 흔들고 정신교란 효과를 노리는 기예다. 대장인 간도는 양팔을 크게 벌리며 하늘로 도약했다. 죽죽 늘어나는 팔은 마치 칼날처럼 경화된 상태다.

대가 네 사람의 연합 공격이다. 가속 단계가 높고 까다로운 적을 상대할 때 사용하는 전형적인 방법으로 여태까지 실패한 적이 없다.

산은 양 손을 자연스럽게 펼쳤다. 좌우 양쪽으로 치고 들어오는 모아레의 얇은 채찍이 그의 손에 잡혔다. 모아레가 빙긋 웃는다. 채찍의 칼날이 산의 손으로 파고 들어간다.

빠직.

눈이 부실 정도의 하얀 스파크가 튀었다. 채찍을 든 모아레의 몸이 푸르르 떨린다. 몇백만 볼트 전격의 짜릿함에 고개가 뒤로 젖혀졌다. 모아레는 자신의 채찍을 놓아버렸다. 찰나의 순간, 전투의 흐름을 놓쳤다. 모아레의 몽롱한 시야에 사내의 손바닥이 크게 보였다. 배 쪽에서는 바람 소리가 들렸다.

펑.

모아레는 목이 뒤로 홱 꺾이는 느낌을 받았다. 몸이 새우처럼 굽어진 채 뒤로 튕겨 나갔다. 그녀는 벽난로를 부수며 그대로 불길 속으로 빨려들어 갔다. 끔찍한 비명 소리가 지옥에서 울리는 것처럼 아득하게 들려왔다.

쾅.

산은 발을 들어 바닥을 세게 굴렀다. 바닥이 얼음 깨지듯 산산이 부서지고 산의 몸은 그 반동으로 위쪽으로 튀어 올랐다. 독이 섞인 윤활제는 별 효과가 없을 것이다. 이때 간도의 양쪽 손이 칼날처럼 휘어들어 온다. 산은 권투의 잽 동작처럼 손등으로 툭 밀어내는 것으로 오른쪽 공격을 간단하게 흘렸다. 이어 왼쪽에서 치고 들어오는 팔을 잡아 그대로 돌렸다. 산의 표정이 묘하게 변했다. 칼처럼 단단하게 벼려진 간도의 팔이 갑자기 고무처럼 부드러워졌다. 이어 뱀처럼 산의 팔을 칭칭 감아들어 온다. 이어 놈의 손바닥에서 침처럼 생긴 날카로운 돌기가 촘촘하게 솟아나왔다. 거의 동시에 돌기에서 바늘이 나오며 무언가가 팔뚝 속으로 쑥 흘러들어 왔다. 주사를 맞는 것 같은 기분이다. 산이 고개를 갸웃한다.

간도의 얼굴에 약한 웃음기가 보였다. 산은 간도의 팔을 잡아 그대로 앞으로 당겼다. 팔은 고무처럼 죽 늘어난다. 그것은 간도의 특기인 신체 연화(軟化)와 경화(硬化) 기예. 몸의 형태와 골격을 마음대로 바꾼다. 간도를 변장과 암습의 천재로 만든 바로 그 기예다. 산은 얼굴을 찡그리며 다시 팔을 잡아 3단계 가속에서 허용하는 최대 가속도로 잡아당겼다. 대응할 수 있는 속도를 넘기며 간도의 팔은 더 연화(軟化)되기도 전에 어깨부터 그대로 뜯겨 나갔다. 간도는 한쪽 팔을 포기하고 급하게 뒤로 물러섰다. 지혈은 했지만 얼굴이 일그러졌다. 2품에서도 여유가 있던 속도였는데…… 손해가 막심하다. 하지만 조금 있으면 놈은 죽는다.

"공기폭탄? 별 지저분한 기술을 익혔군. 이런 곳에서 심장마비로 죽으면 꽤 억울할 거야?"

이미 다른 놈을 따돌리고 위쪽 천정 근처로 몸을 피한 산이 꿍얼거렸다. 바닥에서 집어 든 화살을 자신의 어깨 아래 팔뚝에 그대로 꽂아 넣었다. 화살을 빼자 툭 소리가 나며 가두어두었던 공기가 피와 함께 배출됐다. 산은 손을 쥐락 펴락 해보더니 만족스러운 표정을 지었다. 그의 손안에서는 뜯긴 간도의 팔이 축 늘어진 상태로 아직도 피를 뚝뚝 흘리고 있었다.

"이제 두 놈 남았나? 정말 다 죽기를 원하는 거냐?"

산은 천정에 걸터앉아 아래를 내려다보았다. 아래쪽에서는 간도가 팔을 잃은 한쪽 어깨를 잡고 천정을 올려다보고 있다. 다른 두 대가는 자신의 무기를 만지작거리며 망연한 표정으로 서로를 쳐다보았다. 네 사람의 대가가 전력을 다한 공세였다. 방심 따위는 없었다. 그 결과는? 허탈하다. 불과 첫 번째 격돌에서 하나는 불 속에서 구워지고 있고 하나는 팔 하나를 잃어버렸다.

이제 전투 능력이 남아 있는 것은 두 사람뿐이다. 상대는 여전히 멀쩡하다. 그들은 상대의 격(格)을 읽었다. 적당하게 잔인한, 결코 주저하지 않는, 치밀하고도 과감한, 그리고 놀랍도록 강하고도 유연한 자. 저런 자가 둘이라니…… 승산은 한 톨도 없어 보였다. 그나마 상대의 말투에서 협상의 여지를 읽을 수 있었다.

"우리가 어떻게 해주기를 원하나?"

쓰러져 있던 후고트 후작이 끙끙거리며 일어나 말했다. 갑옷 덕에 살았지만, 충격과 신경가스의 영향으로 거동이 아주 불편해 보였다.

"글쎄, 나도 흑벌 같은 지저분한 집단과 원수지는 것은 별로 원하지 않았지. 매우 귀찮거든. 너희들은 몇 가지 약속만 해주면 되는 거였어. 문제는 누가 그 약속을 보증하고 실행할 수 있느냐였는데……."

"벌주를 만나기를 원하나?"

"그렇게 하기로 하고 왔던 것 아닌가? 약속은 너희가 깼지. 그래서 나는 매우 불쾌해. 약속을 해놓고 이렇게 뒤통수치는 놈들을 어떻게 믿겠나? 이거 너희 벌주의 생각이었나?"

"……."

"최소한 벌주의 묵인하에 진행됐겠지? 그렇다면 이미 이야기는 끝난 것 아닐까?"

"흑벌과 전면전을 벌일 생각이냐? 그게 가능하다고 보나?"

"지금 그걸 고민 중이다. 쳐부숴도 의미가 없을 것 같거든. 어떻게 해줄까? 깔끔하게 대가리만 쳐줘?"

후작은 침을 삼켰다.

"우리는 여태까지 황실과 잘 지내왔다. 왜 하필?"

"잘? 정말 몰라서 묻는 거냐?"

산의 눈길이 서늘해졌다. 후작은 순간적으로 움찔한다.

"2차석 관련 일은…… 포기하겠다."

"아니, 포기하지 마."

"무슨……?"

"네놈들은 못 믿겠으니까. 적당한 건수라도 잡아야 싸그리 잡아 없앨 수 있거든. 뚜껑을 까보니 벌주를 포함해서 워낙 훌륭하신 귀족 분들이 회원으로 있더군. 맞나?"

"……"

"그런데 솔직히 내겐 증거가 없다는 말이지. 확실한 증거가 필요해. 잔챙이 열심히 잘라봐야 진짜 뿌리가 여전히 남아 있으면 문제가 되겠지? 그런데……."

산은 말을 잠깐 멈추고 어깨에서 흐르는 피를 닦아냈다.

"우리의 명단을 가지고…… 있나?" 후작의 목소리는 크게 떨리고 있었다.

"어느 정도는. 왜 의심돼? 지금 확인해줘?"

"……"

"만약에 2차석을 노린다면 내가 제일 기뻐할 거야. 그때는 황명을 앞세워 사명씨고 중하씨고 영무씨고 모조리 씨를 말려버릴 거다. 또한 황명에 상관없이 내 손으로 흑벌에서 완장차고 있는 놈들과 그 가족은 물론 집안에 있는 개새끼까지 죄다 죽여버릴 것이다. 내 반드시 약속하지."

후작은 숨을 멈췄다. 산의 눈은 번개가 치는 것처럼 번쩍거리고 있었다.

"벌주에게 전하도록 하겠다. 오늘은 이 정도로 끝내 주겠나?"

"이거…… 착각하지 않았으면 좋겠는데? 네게 선택권이 있다고 믿는 건가? 이 자리에서?"

산이 큭큭 웃었다. 곧이어 몸을 던져 바닥으로 가뿐하게 내려오더니 성큼성큼 후작에게 다가갔다. 그의 눈은 후작의 눈 가까이에서 멈췄다. 대가 두 사람은 긴장한 채 다시 전투 자세를 취했다.

"그 무기 꺼내면…… 네놈들을 아예 가루를 만들어버릴 거다. 그냥 거기 찌그러져 있도록 하지?"

산의 건조한 목소리가 흘렀다. 두 놈의 대가는 다리를 약간 굽힌 채 엉거주춤 서 있다.

"잘 들어…… 이게 마지막 기회야."

산은 후작의 눈을 바라보았다. 후작은 뒷걸음치며 손으로 입을 막은 채 비명이 터져 나오는 것을 참고 있다.

"오늘 헛걸음을 한 데다, 이렇게 뒤통수까지 맞고 보니 꼭지가 돌거든. 너희 잔챙이들과 협상은 의미가 없겠어. 그냥 전해. 너희 흑벌 서열 1, 2, 3이 직접 나를 방문하라고. 딱 사흘 준다."

"그런……."

"만약 오지 않는다면, 황실 정보대의 모든 힘을 동원할 생각이야. 그리고 한선가와 야벌이 네놈들을 사냥하게 될 거야. 그 뒤엔 야벌이 너희 조직을 접수하게 될 거다. 협상은 꿈도 꾸지 마라. 이건 통보니까. 아 물론, 그전에 뭔가 알아서 발악을 해주면 더 좋고. 즐거운 마음으로 기다리지."

"알겠……다. 그렇게 전하지." 후작은 땀을 줄줄 흘리고 있었다.

"나는 간다. 사흘 뒤 보자고."

* * *

흑벌이 뒤집혔다. 조직이 생긴 이래 최대의 위기다.

그간 황실과는 공생 관계였고, '좋은' 관계였다. 권력의 세습을 보장하지 않은 체제에서 후계자 간 다툼과 알력은 모든 세력의 최대 관심사가 된다. 그들을 후원하는 대가문과 공국도 마찬가지다. 이기기 위해 필요한 것은 정보와 무력, 그리고 자금이다. 그렇게 매일 지독한 정보전과 함께 전략 전술적 행동이 펼쳐지는 곳이 황실이다. 그 부분에서 흑벌과 야벌이라는 암중조직에 대한 수요가 생긴다.

고객들은 기꺼이 자신의 정보를 흑벌에게 제공했다. 그것은 야벌에게도 마찬가지였다. 그들이 가진 정보는 어느덧 마약과도 같이 황실의 요소요소에 시녀에서 고위급 요인들까지 대부분 옭아맬 정도까지 쌓여 있었다. 그리하여 누구도 흑벌 자체를 없애겠다는 생각을 가지지 못했다. 생각을 하는 순간 사신(死神)의 숨결을 옆에 두고 지내야 하기 때문이다.

그런 면에서 레인은 매우 손쉬운 먹이였다. 혼자는 잘났지만 지켜줄 세력이 없었다. 레인과 협상을 해보고 여의치 않으면 기회 봐서 '처리'할 예정이었다. 레인의 죽음을 원하는 귀인들은 차고도 넘쳤다. 그러나 의외의 인물이 갑작스럽게 등장하면서 상황이 미묘하게 꼬였다. 그들은 초기부터 자신이 대단한 강자임을 세상에 알렸다. 그러나 보다 은밀하고 신중해졌을 뿐 결과에 대해 의심하는 사람은 없었다. 그렇지만 상황은 계속 완전히 다르게 전개됐다. 두 사람의 행동은 전혀 예측할 수 없었고 모든 일은 이 '전문가'들의 상상력을 훌쩍 넘긴 규모와 놀라운 속도로 진행됐다.

어어, 하는 사이에 황실 정보대는 장악됐다. 모든 정보는 순식간에 통제됐다. 숨 돌릴 사이도 없이 진행된 황실 정화 작업은 모든 정보 세력의 활동을 극도로 위축시켰다. 그리고 어제 수석대장의 돌발적인 선제공격으로 허를 찔렀다. 사상 최악의 상황이다. 상대는 훨씬 교활하다.

"칩시다!"

"놈들에게 시간을 줘서는 안 됩니다!"

강경파가 전면전을 주장했다. 상대가 아무리 강해도 침투, 암살에는 장사가 없다. 필요하다면 신비조직 유벌(流閥)과 합작을 통해서라도 그 두 연놈을 죽여야 한다는 것.

"어떻게?"

"뒷감당을 할 수 없습니다!"

온건파의 의견은 달랐다. 레인은 이미 실세다. 그녀의 미래는 누구도 모른다. 황제와는 감히 적대할 수 없다. 만약 레인이 차기 비서감이라도 된다면 아주 곤란하다. 생존을 위해 그들과 공존을 도모해야 한다는 것이다.

의견이 팽팽하게 갈렸다. 그러나 노련한 정보조직답게 그들은 모든 상황을 종합하고 분석을 거듭했다. 다수의 의견은 온건파로 기울고 있었다. 역시 수석대장과 참모장이 가장 커다란 난관이었다.

"여자도 사내에 준하는 능력자입니다. 둘 다 음공을 구사하는 괴물이기도 하지요."

"결국 은밀하게 접근하는 것은 불가능하다는 것이군."

"원격무기는?"

"그것도 어렵습니다."

"왜지?"

"바로 앞에서 저격한 총알도 피할 정도의 회피 기동 능력을 보였습니다."

"제길……."

벌주, 지하는 눈을 감았다. 짜증이 가득한 얼굴이다. 이지적인 외모와 탄탄한 몸매의 그녀는 아직 30대 초반으로 보인다. 그러나 실제 나이는 50대. 가문은 사명씨. 대학은 동명가를 택했고 40대에 각성하여 이제 3품에 이른 대가다. 혼인을 하지 않은 채 친가 사명씨에 무력을 제공하고 있다. 그러나 그녀가 흑벌의 벌주라는 사실은 사명씨 내에서도 극소수만이 아는 비밀이다.

"레인의 실각 가능성은?"

"황제와 한선가가 배후입니다. 지금 정치 공작을 시도하기에는 너무 때가 좋지 않습니다."

"적의 상황은?"

"알 수 없습니다. 정보대 요원들과 접촉이 불가능합니다."

"시종 조직은?"

"역시 연락이 끊겼습니다. 15일 전 모두 교체된 것으로 확인됐습니다."

"140명 모두 말인가?"

"그렇습니다."

"미치겠군……."

지하는 짜증스럽게 신음을 뱉었다.

"완벽하게 걸렸어. 10년을 공들였는데…… 황실에 심어둔 조직이 이렇게 쉽게 궤멸될 수도 있나?"

이제 난상토론은 결론을 요구하고 있었다. 시간은 없고 할 일은 많았다.

"만약 전면전을 치른다면 승산은 얼마라고 보나?"

지하가 물었다. 그녀의 곁에는 흑벌의 참모 아숨이라는 40대의 사내가 기다리고 있었다. 계산이 빠른 자다.

"5할 정도라고 봅니다만……."

"반반? 그 정도까지 보나? 우리 피해는?"

"전력의 8할 이상 손실, 3대 거대 가문에 심어둔 사업 기반이 모두 노출될 것입니다. 우리 모두의 인물 정보 역시……."

"재기 가능성은?"

"야벌이 개입한다면……."

"전혀 없다는 이야기군……."

지하는 손가락을 꺾었다.

"그가 원하는 게 무엇 같은가?"

"짐작하기가 좀 어렵습니다. 표면적으로는 레인 황녀에 대한 안전 보장을 요구하는 것 같습니다만……."

50대 사내, 쿠리안이 대답했다. 실질적으로 흑벌의 대외전략을 총괄하는 자다.

"표면적으로는?"

"그것만 가지고는 이렇게 일을 무리하게 벌이지는 않았을 겁니다.

다른 방법도 많았을 텐데요."

"그렇겠지. 더 큰 목적이 있다는 건데…… 그게 뭘까?"

"놈은 야벌과 긴밀한 관계를 가져왔습니다. 흑벌을 야벌에 흡수시키려는 의도일지도 모릅니다. 물론 최악의 가정입니다만……."

"으음……."

여기저기에서 신음 소리가 튀어나왔다. 모두가 마음속으로 품고 있었지만, 감히 밖으로 내기는 힘든 말이었다. 그건 정말 최악이니까. 지하가 피식 웃었다.

"그건 우리 수뇌부가 직접 가서 항복문서에 도장 찍으라는 이야기인데…… 그래서 놈들에게 뭐가 좋아지는데?"

"예?"

"최악의 경우가 전면전이다. 그때는 놈이나 우리나 다 죽는 거지. 그것은 가뜩이나 황제의 명을 수행하느라 갈 길 바쁜 놈들의 입장에서 선택할 만한 카드는 아닐 거야."

"……."

"그렇다고 항복을 요구한다? 항복한 뒤 우리를 통제할 수 있겠나? 우리가 자발적으로 해산해주지 않는 한, 전면전보다 더욱 많은 시간과 비용을 소모해야 할걸? 야벌과 합친다? 야벌은 어떻게 먹고살게 할 건데? 그 조직도 만만치 않아."

"그러면……?"

지하는 손등으로 입술을 닦았다. 결단을 내릴 때의 버릇이다.

"느꼈겠지만 상대는 정말 영리한 놈이다. 여태까지 놈들의 행태를 봐왔지? 자신들이 직접 나선 적은 거의 없어. 항상 주변을 먼저 침묵시켜왔다. 그리고 예기치 못한 행동으로 중심을 완전히 흔들어놓았어. 그다음 핵심에 쳐들어가 간단하게 상대의 목을 틀어쥐었지. 아주 깔끔한 솜씨였어. 뭐가 생각나냐?"

"치밀하고 경제적이죠. 우리와 동류(同類)의 인간들입니다."

지하가 비로소 빙긋 웃었다. 뭔가 정리가 되는 느낌이다.

"그래, 그런 놈이 움직였다면 이미 준비가 끝났다는 거다. 우리가 뭘 하든 결과는 바뀌지 않겠지. 게다가 황제가 뒤를 받치고 있다. 황실조직까지 쓸 수 있다는 뜻이지. 놈도 노리는 게 있다는 거야. 그게 뭘까?"

"협상이 될 거라는 말씀입니까?"

"여하튼 가보자. 놈은 일부러 혼자 찾아왔어. 내 생각이 맞는다면 우리에게 결코 손해가 되는 거래는 아냐. 어쨌든 대단한 놈이라는 건 인정해야겠어. 여태까지 흑벌을 이 정도로 궁지에 몰아넣은 자는 없었어."

* * *

비연은 앞에 책을 수북이 쌓아놓고 머리를 파묻고 있었다. 산이 물었다.

"조사할 게 아직도 많아?"

"황궁의 문서들은 대충 훑었는데, 아피안에 관한 사항은 아직 오리무중입니다. 이 정도로 마무리를 지어야 할 것 같네요. 아마 있다면 극비문서일 가능성이 클 겁니다."

"황제와 그 측근만 알고 있다는 거?"

"그렇겠죠. 우리도 1급 이상은 열람이 불가능하니까요."

"레인은 아는 게 없던가?"

"한영에게 들을 것 이외에는 별다른 게 없었죠."

"한영은?"

비연이 홋 하고 웃었다. 산도 미소를 짓는다.

"그 너구리에게 뭘 기대하겠어요? 분명히 뭔가 또 거래를 하자고 할걸요? 스스로 말을 꺼내기 전까지는 절대로 묻지 않을 겁니다. 저도 자존심이 있지……."

"그래. 나도 이젠 별로 궁금하지도 않아."

"지도 말인데요."

비연이 두루마리를 꺼내 펼치며 화제를 돌렸다. 보다 현실적인 문제다.

"지도?"

"제국의 강역(疆域)에 관한 사항까지는 어느 정도 상세하게 적혀 있어 유용한데, 그 이상의 영역에 대해서는 아주 조잡합니다. 도법(圖法)과 척도도 엉성해서 믿을 수가 없어요. 특히 경도(經度)체계가 확립되지 않은 데다 시간 보정이 되지 않아서 동서의 거리는 전혀 믿을 수가 없고요."

"새로 만들자는 이야기야?"

"그래야 할 것 같습니다. 이 세계에서 살아가기 위해서 인문지리는 가장 필수적인 지식이니까요. 아무래도 실지 탐사와 실측이 필요할 듯합니다. 문제는…… 우리가 없는 동안 레인 황녀의 안전인데."

"만들면 되지 뭐…… 막강한 권력 됐다 언제 쓸래?"

언제나 말은 쉽게 하는 산이다. 비연은 작게 한숨을 쉬더니 산을 바라본다. 산은 슬며시 고개를 돌렸다. 벽난로를 쳐다보며 손가락을 두둑 꺾는다. 요즘 생긴 버릇이다. 언제나 느끼지만 그녀의 눈동자는 너무 맑다. 그러나 차츰 피로가 쌓여가는 모습에 산은 커다란 두려움을 느꼈다. 그들에게 주어진 시간은 빠르게 가고 있는데 준비는 생각만큼 빠르게 진행되지 않는다.

'시한부 인생이면 차라리 마음이라도 편할 거다. 죽지도 살지도 못하면서 영원히 실험을 당하는 몸…… 그게 영생 지옥이 아니면 뭐가 지옥이냐고?'

그들은 평범한 삶을 강탈당했다. 세상에서 가장 막강하다는 존재들이 걸어놓은 제약들, 끝없는 공포와 절망, 그리고 치명적인 유혹들. 그들은 그 모든 것을 거부해왔고 지금도 여전히 싸우고 있다. 무엇을 위하여?

'우리 자신의 자유와 존엄을 지키기 위하여…….'

산은 새삼 전의를 가다듬었다. 머릿속으로 작전 계획과 그 진도를 다시 점검해본다. 그들은 왜 하필 이곳 황실에 와 있는가? 단순한 관광이 아니다. 오로지 숙제를 풀기 위해서다. 이곳에야말로 원하는 것이 있을 것이라고 믿었다. 이 세계의 핵심에만 존재하는 것. 그것은 정보와 힘…… 그리고 권력이다.

비연이 작전 계획을 세웠다.

작전명 '에뜨랑제', 이방인. 혹은 고급 용병이라는 뜻. 그것이 벌써 2년 전 이야기다.

첫 단계로 비연은 한선가의 한영과 협력 가능성을 타진했다. 협력의 대가는 두 사람이 보유한 기예와 그 발현 과정에 대한 비범한 지식. 한영은 검증을 원했고, 그들은 1년간 에센에서 그들의 능력을 확인해줬다.

그리고 2단계가 시작됐다. 한영은 레인을 설득해 보냈고, 두 사람은 여러 가지 방법으로 레인의 그릇을 쟀다. 그 강단과 포부, 신뢰. 지금까지의 결과는 비교적 만족스럽다. 2단계 작전을 무사히 달성한 셈이다.

지금은 3단계 작전이 진행 중이다.

'황실의 힘을 빌려 이 세계의 모든 것을 단기간에 탐색한다. 적의 실체와 능력을 명확하게 파악한다. 유사시 절대무가를 동원할 만큼 협력 체계를 구축한다. 암중 첩보세력을 장악한다. 그리고……'

그들의 준비 공정은 이제 막바지를 향해 힘겹게 나아가고 있었다.

"흑벌은 해결될 것 같고, 문제는 그 유벌(流閥)이라는 놈들인데, 뭐 좀 알아낸 것 있나?"

"무(武)가 아닌 다른 방면에서 대가의 경지를 개척한 사람들입니다. 미술가, 음악가 등 예술가들도 있고 목수, 대장장이도 있고 약사, 의사, 측량사까지 그 범위가 대단히 넓습니다."

"그 친구들, 완전 꼴통들이라면서?"

"전문가들의 특징이겠죠. 그중 일부만 유벌에 속해 있고 그 조직도 철저한 점조직이라서 실체 파악이 쉽지 않습니다. 특히 수뇌부는 접촉 자체가 어려워요. 확실하지 않지만 아마 연관이 있다면……"

"뭐지?"

"신들과 연관이 있지 않을까 생각해봤습니다."

"신?"

"따지고 보면 신이야말로 전문가 중의 전문가라고 할 수 있어요. 정보 그 자체니까요. 음악의 신, 사냥의 신, 대장장이의 신 등등. 이런 신들이 전문가들을 그냥 놔두지는 않을 겁니다."

"유벌이 신의 하부 조직이다? 혹은 하수인?"

"신전이 있으니 그건 아닐 겁니다. 경쟁이든 협력이든 어떤 형태로든 관계를 맺고 있겠죠. 그쪽을 뒤져보면 뭔가 나올 것 같은데……."

"신도 세력을 키우고 있다는 건가?"

"신전의 수가 기하급수적으로 늘고 있어요. 자신의 군대를 모으고 있다는 증거죠. 겪어봤지만 사도와 사제는 신도들의 정신을 통제하는 능력자들입니다."

"신도 자기들 나라를 세우려고 하는 건가?"

"비슷할 겁니다. 그런데 이곳 신의 사업은 복을 빌게 하는 기복(祈福)신앙과는 거리가 있어요. 오히려 직접적인 정신 통제와 기술 교육을 병행하면서 신도를 확보합니다. 문제는 전문성인데…… 유벌은 전문가들이니 아마 강사 집단이 됐을 가능성도 있겠죠. 이토록 언론이 통제되어 있다면……."

"신이라. 지난번 카미제 일도 있었고 어차피 본격적으로 붙어봐야겠지. 신은 우리의 뭐지? 적인가 아군인가?"

"아군으로 끌어들여야 합니다. 그들은 모든 종류의 통신을 장악하고 있어요. 우리가 가장 필요로 하는 것들 아닌가요?"

"대가는?"

"상당하겠죠."

"휴…… 그래 공짜는 없더라. 이번엔 또 뭘 줘야 되는 거냐?"

"우리가 가진 거야 몸……이겠죠."

"염병……."

산이 한숨을 내쉰다.

"신도 세력을 원하고 있습니다. 확실한 건, 아무리 막강한 권능을 가진 존재라도 '인간의 모습'을 통하지 않고는 이 세계에서 자신의 뜻을 이룰 방법은 없다는 겁니다. 따라서 우리는 그 인간의 힘으로 대적해야 합니다. 인간의 힘이라면 승산은 있어요."

"그다음은?"

"그다음은 균형을 만들어야 합니다."

"균형?"

"세력 균형입니다. 용, 마룡, 신, 선자…… 그리고 인간. 그 틈에서 우리는 살아남는 거죠."

산은 잠깐 숨을 멈췄다.

"가능해?"

"그거야…… 불가능하죠."

산이 비연을 물끄러미 바라본다. 그녀는 진지하다. 산은 씩 웃어주는 것으로 진지한 대화의 마무리를 지었다.

"밥 먹자."

* * *

"평의원 한 놈을 수집했다며?" 산이 물었다.

"재수가 좋았죠. 야벌의 협력이 컸습니다." 비연이 싱긋 웃었다.

"그래, 심문을 해봤고? 잘 불던가?"

"넥타를 던져줬더니 의외로 순순히 불더군요."

"뭐 좀 알아낸 거 있나?"

"이제 어느 정도 우리가 처한 상황을 정리할 수 있을 것 같습니다.

전체적인 판이 그려지던데요?"

"요약해주겠나?"

비연은 잠시 눈을 감았다. 작전 브리핑을 앞두고 생각을 정리하는 듯한 모습이다. 사실은 이쯤에서 한 번 정리하고 넘어가야 할 일이다. 그것이 어떻게 가능할까?

산이 질문을 하고 비연은 자신의 판단을 이야기한다. 그들이 선호하는 대화법이다.

"현자는?"

"세눈의 정보에 의하면 현자는 용이 세계에 내보낸 이동체라고 했습니다. 현자의 임무는 세계의 정보를 수집하고 균형을 잡는 것입니다. 그래서 인간의 지나친 확장을 원하지 않습니다. 그러나 그들은 마감의 제약 때문에 인간을 직접 죽일 수는 없습니다. 주로 환경 등 거시적인 조정을 하죠."

"실루오네는 그렇지 않잖아? 마룡은 어떻게 다른가?"

"마룡은 일원의 세계에서 독립을 선언한 놈들입니다. 마룡 측 현자들은 인간을 죽일 수 있겠죠. 그러나 이놈들은 온전한 생명으로 살아가기에는 아직 불완전한 상태라고 여겨집니다. 그래서 마스터로부터 넥타와 넥타를 제조할 수 있는 방법을 제공받았던 것 같고, 이제는 직접 생산할 수 있는 단계에 접어든 것으로 판단됩니다. 현재용들 중 마룡으로 변이한 용이 절반이 넘는다고 했죠. 엄청나게 번식하고 있다고도 했고요. 인간에게 가장 치명적인 놈입니다."

"선자는?"

"선자들 역시 일원의 화신이었지만 어떤 이유인지는 몰라도 마감에서 부활했고 일원의 세계에서 독립한 놈들입니다. 악마의 이름을 가진 놈들입니다. 한때 일원의 명을 받아 세계를 심판했던 존재들로서 개개인의 전투력은 가장 강하다고 했습니다. 아마 개성이 강하고 독자 행동을 선호할 겁니다."

"평의원은?"

"인간을 변이시킨 혈귀들입니다. 평의원은 그중에서도 대가의 가속 단계를 실현한 고위 간부라고 할 수 있습니다. 황궁에서 봤던 초콜릿 냄새가 나는 놈들이죠. 놈들은 선자들이 조직한 군대라고 합니다."

"마룡과 선자와의 관계는?"

"일원을 공동의 적으로 삼고 있기 때문에 선자와 마룡은 동맹 관계라고 합니다. 선자들은 마감 연장을 위해 마룡으로부터 약을 정기적으로 제공받아야만 합니다. 우리랑 처지가 비슷하죠. 서로 공생하는 관계라고도 볼 수 있습니다."

"인간은?"

"이 세계의 무력은 3대 절대무가와 그 아래 13대 무가가 제공하고 있습니다. 그들 출신이 군대의 주요 지휘관이기도 하고요. 지구와는 달리 각성자들이 많아 곳곳에 출몰하는 괴수와 이종족의 침입을 억제하고 있습니다. 고급 각성자들의 전투력은 일반 현자를 견제할 수 있을 정도이고, 평의원들이 가장 경계하고 있다고 하더군요."

"인간의 포지션은?"

"마룡의 주적은 일원이지만 인간에게는 마룡과 선자가 가장 치명적인 위협이라고 할 수 있습니다."

"왜지?"

"넥타의 원료가 되니까요."

"인간에게도 천적이 등장했네?"

"그렇죠. 불행하게도…….."

"그럼 우리는?"

"이방인이죠."

"이방인?"

"이 세계에 속해 있지 않으면서 오직 살아남기만을 원하는, 없어져도 이 세계와는 전혀 상관없는 존재. 그렇지만 인간의 적에게 가장 치명적인 뭔가를 개발해줘야 살아남을 수 있는 모순 덩어리……, 바이러스 보균자."

"이방인…….."

"그래서 아직 답을 낼 수가 없어요. 저는 이 세계 인간들이 좋아지려고 하거든요. 심판의 날이 정말 온다면, 우린 그들에게 무엇이었다고 이야기해야 할까요?"

"네 생각은 어떻지?"

비연은 답을 주지 않았다. 산은 생각에 잠겼다. 문득 비연이 입을 열었다. 누구에게 묻는지 목소리가 향하는 곳은 허공이다.

"신조차 탐내는 이 권능과 감각, 사고방식…….."

산이 고개를 돌려 비연을 바라본다.

"우리가 정말 사람일까요?

산이 간단하게 대답했다.

"밥 먹자고……!"

* * *

비연은 멍하게 하루를 보냈다. 앓고 있는 것 같은 느낌이다. 몸도 마음도…… 머릿속에서는 뭔가가 끊임없이 뱅뱅 돌고 있었지만, 생각은 잘 이어지지 않았다.

주제는 '사람이 뭐길래?', 부제는 '그래서 어쩌라고?'

이 철 지난 철학 숙제에는 답이 없다. 아니, 답이 너무 많다. 그래도 비연은 이 문제를 풀지 않으면 진도가 나갈 수 없다고 예감한다. 마치 몸살에 걸린 것 같다. 비연은 힐끗 고개를 돌려 산을 쳐다보았다. 입가에 미묘한 미소가 그려진다. 그는 완연한 봄기운이 들고 있는 창가에서 밝은 햇살을 온몸에 받으며…… 입을 약간 벌리고…… 꼬박꼬박 졸고 있었다. 무책임하게 화두를 툭 던져놓고. 한 대 때려줄까…….

산은 이렇게 말했다.

"사람은 완전한 존재야. 만약 네가 나에게서 사람이 아닌 요소를 하나라도 발견한다면 네가 내 엄마 해라."

"아마 사람만이 완전한 세트를 가지고 있는지도 몰라. 그러니까 신이고 용이고 우리에게 뭔가 알아내고 싶은 거 아냐?"

"일원이 진짜 사람을 맨 마지막으로 창조했다면 아마 자신의 모든 것을 담았을 거야. 자신의 작품을 진정으로 사랑하고 감상하기 원했다면 말이지."

열세 살이었던가? 사춘기 때 '인생'이니 '자존심'이니 하는 시답잖은 주제로 '사색'이라는 걸 처음 시작했다. 고등학교를 졸업하고, 대학을 갔다. 그렇게 초등학교부터 대학까지 무려 16년을 줄기차게 무언가를 배웠다. 정말 많이도 배웠다. 그렇게 어마어마한 시간과 돈과 노력을 투자하여 구입한 그 상품의 이름은 '지식'이라고 했다. 그 지식을 머릿속에 마구 우겨 넣었다. 그게 뭔지도 몰랐다. 그때는…….

지식의 목적은 단 하나였다. 시험을 잘 보는 것. 그곳에서의 지식은 비싼 소모품이었다. 진학과 취직에 쓰고 버리는 것. 그것은 아직도 머릿속 창고 어딘가에 처박혀 있겠지만 살면서 쓸 일은 별로 없을 것 같다. 지식을 섭취하는 곳은 사막만큼이나 건조했고 그것의 맛은 막대기를 씹어 먹는 것만큼이나 무미했다.

그때의 공부는 그 자체가 '고통'과 동기 동창이었다. 오히려 죄지은 것처럼 몰래 읽었던 맹랑한 소설들과 스스로도 시간낭비라고 여겼던 게임에서만 은밀한 재미를 느꼈다. 그렇게 꿈을 제대로 학살(虐殺)한 학창 시절이 지나갔다. 나이가 들어 조직 생활을 하면서…… 상황은 바뀌었다. 이제부터는 살아가야 할 세계를 자신만의 시각으로 봐야 했다. 그것은 어른이 됐다는 의미였다. 어른은 자기 삶에 대해 책임을 진다. 규칙을 어기지 않는 한, 누구도 남이 살아가는 방식에 대해 간섭하지 않는다. 마찬가지로 누구도 내가 살아가는 방식과 생각에 딴죽을 걸지 못한다. 설령 부모라 해도, 그 무서웠던 고등학교 호랑이 선생이라고 하더라도…….

한마디로 무한대의 자유가 주어졌다. 내 세계는 내 것이다. 내가 만든다. 신난다. 그런데? 응? 생존의 문제가 발목을 잡았다. 먹고살려면 새로운 지식을 얻어야 했고 새로운 규칙에 적응해야 했다. 그러나 그 지식은 훨씬 어려웠고, 어른들 세계의 규칙은 끔찍할 정도로 엄격했다. 하기야 어른이 됐으니 지식을 포기한다고 해서 누구도 뭐라고 하지는 않는다. 다만 그곳을 떠나야 할 뿐. 어른 세계의 규칙은 그래서 더 무서웠다. 그때부터 인생은 거친 바다였고 피도 눈물도 없는 살벌한 정글처럼 보였다. 인간의 존엄? 자유? 내 존엄도 못 챙기고 있는데 무슨 배부른 소리냐? 생계가 해결되기 전까지는 자유란 물건너간 거다. 그게 현실이다. 엄혹하지?

그렇지만 비연은 잘 적응해왔다. 군대라는 가장 살벌한 곳에서 어려운 임무도 썩 잘해냈다. 야전에서 찬이슬 맞아가며, 사무실에서 날밤을 패가며 거친 인간들과 부딪쳐 가며 그렇게 치열하게 살았다. 썰렁한 개그처럼 들리겠지만, 바쁠수록 눈에는 생기가 돌았고 생각이 늘었고 행동의 자유도도 늘었다. 그런대로 보람도 있었고 만족스러운 삶이었다. 그렇지만 언제부터인지 갈증이 싹텄다. 그 갈증은 점점 커져갔다.

'나는 제대로 살고 있는 건가? 이게 세상의 다야? 혹시 더 좋은 기회, 더 좋은 삶이 있는데 혹시 '몰라서' 못 하고 있는 것이 아닐까? 그냥 제대해버릴까?'

어느 날 갑자기 미칠 듯이 공부가 하고 싶어졌다. 세상을 알고 싶었다. 놀라운 일이지? 약 먹었나 봐? 공부가 하고 싶다니?

정말 공부를 했다. 평생 처음 '좋아서' 하는 공부였다. 머리가 커진 다음이라 그 어렵던 공부라는 게 생각보다 쉬웠다. 그러나 흥미로운 초보 단계가 넘어가자 점점 어렵고 지겨워졌다. 머리도 죽을 만큼 쑤셨다. 분명히 한글로 쓰여 있는데도 모르는 단어 천지였고 이해할 수 없는 용어와 논리가 너무도 많았다. 가슴이 멍했다. 왜 이리 어려워야만 하지? TV를 보는 것은 쉬웠는데 TV를 이해하는 것은 어려웠다. 시계는 흔했지만 시계의 제작 원리는 어려웠다.

더욱 난감했던 점은 '모든 분야'가 다 그렇다는 것이었다. 머리보다 몸을 더 써야 하는 체육, 요리, 음악, 춤, 미술, 심지어 노가다 건설 현장도 전문적으로 들여다보면 만만한 것은 '하나도' 없었다.

사실은…… 감성으로 이야기하는 작업들이 훨씬 더 어려웠다. 알면 알수록 지식의 부족을 느꼈고 잘하려 할수록 요구되는 지식의 수준은 한없이 깊어졌다. 인간과 시대에 대한 깊은 이해가 필요했고 심오한 본질을 통찰해야만 일정 수준 이상의 표현이 가능했다. 빛, 소리, 색, 패턴, 흐름, 효율, 심리, 운동, 트렌드, 역사, 미학…… 이것들은 세계가 인간과 소통하기 위해 자신을 드러낸 '단어'와 '문장'의 모습이다. 이로써 충분한가? 충분하지 않았다. 그것들은 암호만큼이나 해독이 어려웠다.

왜 어려웠을까? 단어는 익숙했지만, 그것이 표상하는 것을 머릿속에 제대로 그릴 수가 없었기 때문이다. 구상(具象)을 넘어선 추상(抽象). 그것은 바로 상상력의 영역, 기호와 상징의 영토였다. 고도의 상상력과 정신적 연산이 필요한 것들. 학창 시절에 제대로 학살당한 지식의 본 모습들…….

거장(巨匠)이라는 사람들이 있다. 그러나 그들의 작품 중 쉽게 이해할 수 있는 것은 아무것도 없었다. 누구 탓이지? 오만한 작가 탓? 그래도 사실(fact)은 솔직히 인정하자. 그들은 명품(名品)과 명연(名演)을 만들어내고 있으며 '어떤 분명한 차이'로 전 세계를 감동시키고 있었다. 수많은 사람이 실제로 감동하고 있다. 대체 내가 못 보고 있었던 것은 뭐지?

모든 분야에는 전문가가 있고 거장이 있고 거인이 있었다. 그리고 그들 작업의 가치를 알아보는 '고객'들이 있었다. 그리고 또한 그들 거장들은 거의 예외 없이 '인생'에 대해 이야기하고 있었다. 웃기지 않나? 기술도 아니고 지식도 아니고 경륜도 아니고 바로 '인생'에 대해서 말이다. 결국 인생은 상상력의 영토에서만 완성되는 종류였던 것이다.

비연은 손가락을 꺾었다.

'그런 것들이 바로 곁에 있었지. 눈길을 돌리면 볼 수 있고 손만 뻗으면 잡을 수 있었어. 그런데도 나는 전혀 몰랐던 거야. 그 무시무시하게 '집적된' 가치를…….

항상 들었던 음악들…… 듣다가 질리면 가차 없이 꺼버렸던 값싸고도 하찮은 콘텐츠…… 그러나 그 음악을 작곡한 사람은 거장이다. 적어도 세상 모든 사람의 귀에 배달될 정도로 설득력이 있다는 것이니까. 그 음악을 연주한 사람들은 어떨까? 나름 최고의 뮤지션이겠지. 그 악기를 만든 사람들은? 거장이 만든 걸 썼겠지. 그 음향을 녹음한 사람들? 그 바닥 프로들이겠지. 그 기계를 만든 사람들? 명장들이겠지. 그 기계의 원리를 고안한 사람들은? 천재일 거야. 그 기계의 부품들은…… 연주한 장소는?'

비연은 숨을 길게 내쉬어 보았다.

'결국 내가 하찮게 흘려들었던 음악이란 당대 최고의 기예들이 종합되어야 비로소 가능했던 것이었어. 최고라고 자부하는 인간들의 경험과 지식과 지혜와 감각이 켜켜이 누적된 것. 그것을 가장 아름다운 상상력으로 종합해내고, 혼신의 열(熱)과 정(情)을 쏟아부어 공연해내는 것. 그런 음악들이 수백만 곡도 넘었지. 이름 붙이기조차 겁나는 어떤 어마어마한 정신의 정화(精華)들. 어찌 음악뿐이랴?'

비연의 추론은 계속됐다. 산이 던진 화두는 정말 단순하지 않았다.

'이곳의 신이란 바로 이런 것들을 감상하는 존재다. 인간의 정신을 농축시키고 그 고양된 정신을 그러모아 자아를 확장하는 생명…… 신의 생계 사업은 그런 인간을 생산하고 확대하는 것이겠지.

그렇다면 지구에서 우리는 어땠을까? 신이 그토록 누리고 싶은 모든 것을 이미 공기처럼 하찮게 여기며 누려왔던 존재가 아닌가? 그러면…… 대체 신(神)은 아(我)와 구별되는가? 우리는 그런 존재였던 거야? 그래서 이곳의 디테가 그토록 촌스럽고 우습게 보였던 것일까? 285란 그런 세계였었나? 철족(鐵族) 에피소드란 게…… 바로 신이 살던 동네라는 거야?'

비연은 눈을 감았다.

사유는 끝없이 이어졌다. 꿈인지, 생시인지 모르는…….

그리스와 로마에 놀러 갔다가 추방된 신들에 대해서…….

조로아스터가 만났던 선악(善惡) 양면(兩面)의 신…….

힌두에서 등장했던 수천억의 신들, 그리고 무량겁에 이르는 시간에 대해서…….

7억의 부처와 그들을 낳은 준제보살(인간)에 대해서…….

중생을 각성시키고자 스스로 신이 된 인도의 성자…….

혼돈을 깨고 태극의 질서를 수립한 중국 신화의 반고…….

신들의 황혼을 준비하는 오딘과 그의 적들…….

자신의 형상으로 인간을 만들었다는 어떤 유일신…….

'빛과 말씀'이었지만 결국 인간의 모습으로 와서 참혹하게 마감을 당한 어떤 구세주에 대해서…….

그리고 빠질 수 없는 것. 285 세계의 현대물리학이 토해놓은 새로운 신화들!

1. 빛의 속도는 광속이며 그 속도는 어떤 상대적 운동 상태에도 변하지 않는 절대량이다. -맥스웰 방정식.

2. 광속에서는 공간 길이는 0에 수렴하고, 시간은 정지된다. -아인

슈타인 특수상대론

3. A의 B에 대한 운동은 B의 A에 대한 운동과 물리적으로 동일하다. -마하(Mach)의 원리.

4. 1+2+3 그러면? 빛(=신)은 정지해 있는가? 무엇에 대해서? 시공간에 대해서?

5. 자연은 모든 것을 동시에 드러내지 않는다. 오직 인간이 보고 싶은 것만을 발췌해서 세상에 놓는다. 뿐만 아니라 관측 행위 자체가 물질의 상태를 바꿀 수 있다. 실체는 관측과 분리될 수 없다. -양자물리학 불확정성 원리/슈뢰딩거의 고양이.

6. 공리들이 서로 모순이 없다는 걸 증명할 수 없다. 수학이라는 체계는 불완전하니까…… -괴델 불완전성 정리.

7. 그 수학이라는 언어로 기술한 세계 역시 불완전하겠지? -수학의 위기, 세계의 위기.

신이 전자파 기반의 생명이라면 시공간을 넘나드는 것은 당연할 것이다. 그것은 이미 만들어진 필름을 넘기는 것과 같을 테니까. 플랑크 상수로 뚝뚝 끊긴 불연속의 세계.

예언은 물리적으로 가능할 것 같다……

……그러므로 인간의 관측은 신의 상태를 바꿀 수 있다…….

자신을 소외시켜 자신을 관찰하는 유일한 종족은 인간이다.

재귀적 프로그래밍 기법(Recursive Programming)…….

피보나치(Pibonacci) 수열…….

아마도 창조의 원리일 것이다.

고로 인간의 상태는 인간 자신에 의해 변한다.

인간은 결코 완전해질 수 없다…….

그러므로…… 인간은 영원히 진화한다.

각성은 진화다.

각성은 퇴화다.

엔트로피의 역전(逆傳)이 시작…….

'인간은 모든 신의 집합이다.

인간은 모든 것의 처음이자 마지막이다.

창조라는 행위는 반드시 목적이 있다.

누가 창조자의 고객인가?

창조자는 대체 뭘 만들고 싶었을까?

모든 창조 행위의 목적은 감상(관찰)이다…….

선량한 감상자들을 만드는 것…….

인간은 곧 일원…….'

비연은 혼곤한 꿈을 꾼다. 산은 얕게 코를 골고 있었다. 봄볕이 다사로운 온기를 뿌리며 대지의 생명을 깨우고 있다. 위대한 봄은 두 사람의 지친 영혼 속에도 찾아오고 있을 것이다. 그 속에서 희미한 답이 보였는지도 모른다.

* * *

유난히 추웠던 겨울이 지나갔다. 살짝 열어놓은 창문으로 제법 훈훈한 바람이 흘러들어 왔다. 마른 풀 냄새와 흙냄새…… 촉촉하게 젖은 대지에서 생명을 유혹하는 기운이 피어오른다. 조금 있으면 대지는 푸르게 단장하고 약동하는 생명들이 새로운 순환을 시작할 것이다.

그러나 황실과 황실이 지배하는 인간 세상은 다른 격동을 예고하고 있었다. 아무도 이야기하지 않았지만 누구나 느끼고 있었다. 사람들이 수군거리는 가쁜 숨결에서, 바쁘게 지나가는 걸음들에서, 산 너머에서 끊임없이 솟아오르는 봉화에서, 예전보다 자주 번쩍거리는 대형 첨탑의 장거리 신호용 거울에서…… 익숙한 것과는 전혀 다른 것들이 그들의 삶에 점점 가까이 다가오고 있다는 것을.

세계의 기운은 선명하게 바뀌고 있었다. 그것은 사람이 의도한 것일 수도 있고 운명처럼 흘러가는 것일 수도 있다. 작은 물방울이 모여 흐름을 만들고, 그 흐름이 합쳐지며 물줄기가 된다. 여러 개의 물줄기는 제 나름대로 흘러가지만 어디에선가는 거대한 강물로 합쳐질 것이고 이 대하의 도도한 흐름은 또 하나의 역사적 장면을 만들 것이다.

그동안 여러 가지 크고 작은 사건들이 있었다. 하나하나는 그저 새로울 것도 없는 일상에서 일어날 법한 것들이다. 그렇지만 그것들이 종합됐을 때 어떤 그림이 그려질지는 아직 누구도 모른다. 아무도 이해해주지 않는 새로운 세계에서 오로지 자신만의 노력으로 정말 치열하게 사는 이방인의 힘겨운 노력들도…….

첫 번째 사건은 흑벌에 관한 것이었다.

흑벌의 벌주 지하와 고위 간부들이 산 수석대장을 찾아왔다. 그리고 거의 한나절 동안 이야기를 나눈 후 돌아갔다. 그들 간에 어떤 합의가 있었다는 사실이 은밀하게 퍼졌다. 그러나 그날 밤 사명씨 가문을 대표하는 큰 어른이 산과 비연을 다시 찾아왔다는 사실은 누구도 몰랐다. 그는 산이 전해준 것에 크게 만족했을 것이다.

두 번째는 시종과 시녀들에 관한 것이다.

시녀와 시종들이 대폭 자리를 바꿨다. 황실이 생긴 이래 가장 큰 폭의 인사 이동이었다. 이 일은 표면적으로는 총시종장과 총시녀장의 지휘하에 이루어졌다. 수천 명의 시녀와 시종들이 자리를 옮겼다. 그간 해왔던 업무의 전문성과 누구를 모셨느냐에 무관하게 그들은 일을 바꿔야 했다. 황실의 황후, 황자들을 누구도 불만을 이야기하지 않았다. 시종이 바뀌면 가장 불편할 사람들인데도…… 그렇다면 과연 누구의 의지였을까?

세 번째는 최종 황실 감사 보고서에 관련된 것이다.

레인의 2차석실의 주도하에 황실 전반의 재무와 인사 관련 감사 결과가 작성됐으며 10일 뒤 황제에게 보고될 예정이다. 그 보고 형식도 종전과 같은 독대 형식이 아니라, 공개적인 발표 형식으로 이루어진다고 했다. 보고서의 내용은 극비로 처리되고 있으며 비서감 가유조차 사전에 볼 수 없었다고 알려졌다. 이 때문에 보고서의 내용에 관심이 많은 대가문과 황자, 황녀들이 촉각을 곤두세우고 있는 중이다.

네 번째는 한선가와 관련된 것이다.

산과 비연 두 사람이 교수로 초빙됐고, 3개월짜리 강의가 개설됐다. 이것은 자존심 강한 한선가에서는 매우 이례적인 일이다. 그들이 가르쳐야 할 과목은 정보학과 실전무학(實戰武學)이다. 그들의 첫 강의는 원활하게 진행되지 못했다고 한다. 수업을 듣고자 하는 학도들이 너무 적었기 때문이었다. 이틀 뒤 열린 두 번째 강의 역시 원활하게 진행할 수 없었다. 이번에는 너무 많은 스승과 학도들이 밀려 수용할 장소가 없었기 때문이었다. 무상(武相) 한영이 그 수업의 학생이었다는 사실이 알려진 이후의 일이다.

다섯 번째는 동명가와 기장가에 관련된 것이다.

양대 절대무가의 고위급 인물들이 2차석 레인과 두 사람을 방문했다. 동명가에서는 전날 에셴에서 만났던 대가 동예의 인솔하에 이곳 프리고진까지 모험에 동행했던 특급요원 동하와 동영이 다시 찾아왔다. 그들은 매우 많은 장비와 물건들을 가져왔는데 그것이 무엇인지 아는 사람은 없었다. 기장가 역시 3품 대가 기훈이 이끄는 20여 명의 대표단이 2차석실을 찾았다. 그중에는 기빈과 기영도 포함되어 있었다. 그들은 두툼한 서류를 가지고 왔으며 레인, 산, 비연과 밤늦게까지 회의를 한 후 숙소로 돌아갔다. 지금도 동명가와 기장가의 인물들은 프리고진에 머물고 있으며 분주하게 움직이고 있었다.

여섯 번째는 레인이 만났던 다양한 사람들에 관한 것이다.

레인은 황실의 인사와 재무를 관장하고 있기 때문에 매우 넓은 범위의 인물들과 접촉했다. 근래에 레인은 군과 관련된 인물, 제국의 속국과 영지 동맹국에서 파견한 외교관, 그리고 전국 규모의 상단 주인들과 만났다. 그중에는 절대금역을 함께 통과했던 도하 상단의 도벨과 도요가 포함되어 있었다. 상계의 인물 중 레인이 가장 믿고 일을 맡길 수 있는 사람이다. 물론, 황실의 모든 물품과 서비스를 독점하고 있는 대가문들은 의심의 눈길을 보내고 있다.

마지막으로 일곱 번째는 황제가 황실에 내린 '공식 권고'에 관한 것이다.

내용은 황실의 내규에 관한 것이었지만, 그 의미를 아는 사람은 한

정되어 있었다. 황실은 어리둥절한 상태에서 살짝 들뜨기 시작해 있었다. 시종과 시녀들이 바뀐 사건과 동시에 이루진 조치라서 그 배경에 관심이 쏠리고 있다.

그 밖에…… 문예림(文藝林)에서 레인을 포함한 세 사람을 초청하는 사건이 있었다. 지금 산과 비연이 멀뚱하게 쳐다보고 있는 광경은 바로 그 문예림에서 벌어지고 있는 행사의 모습이었다.

* * *

"여기나 거기나, 먹물들의 행사란……."

산이 머리를 긁적이며 중얼거렸다.

"……."

"'문학의 밤'쯤 되는 행사인가 본데……?"

"……."

"자네는 왜 말이 없나? 어디 불편해?"

"그냥…… 익숙하지 않아서요."

비연은 꿍한 얼굴로 레인을 힐끗힐끗 쳐다보았다. 눈에 뜨일 만큼 불편해 보이는 표정이다. 그들은 어느 권문귀족 집안의 연회장 입구에서 안내를 기다리고 있었다. 레인은 작게 한숨을 쉬며 조용하게 앞을 바라보고 있었다. 두 사람 사이의 기류가 심상치 않다. 처음 보는 광경이다. 그러나 레인에게는 이해가 가는 상황이기도 하다.

레인은 산을 힐끗 쳐다보았다. 어느 때부터인지 가슴에 깊숙하게 품고 있었지만, 결코 드러나지 않아야 할 것들이 꿈틀거리고 있다.

'봄이라서 그래…….'

자신에게는 죽을 때까지 금지됐던 것, 운명이라고 여겼던 것. 그런데 갑자기 그 금기가 풀려버렸다. 그것도 오늘 아침에 있었던 일이다. 황제의 '공식 권고'가 황실 전체에 돌았다. 황제는 제국의 수장이며 황실의 큰 어른이다. 그의 권고는 황실에서 가장 강한 권위를 가진 문서다. 이번에 돌린 문서는 황녀들의 거취에 관한 것이다.

비서실에 소속된 황녀들의 행실에 관한 사항
비서실장의 혼인 금지에 관한 황실 내칙의 변경
혼사의 조건과 절차에 관한 사항
혼인 후 황실 비밀 유지에 관한 규칙

요컨대, 혼인이 금지되어 있던 비서실 황녀들의 금제가 풀린 것이다. 이제 본인의 의사와 배우자의 서약, 그리고 황제의 지명과 수락에 의해 결혼할 수 있음을 선포한 것이다. 표면적인 이유는 황녀들의 난잡한 생활에 대한 황제의 공식 경고였지만 다른 정치적인 이유가 포함되어 있을 것이다.

"휴……." 레인은 작게 한숨을 쉬었다.

황제의 결정에는 결코 단순한 것이 없다. 황제가 내건 배우자의 조건과 절차를 찬찬히 살펴보면 누구를 염두에 두었는지 선명하게 드러난다. 레인이 그걸 모를 리가 없었다. 처음에는 난감했다. 이 숙제는 결코 풀 수 없을 것이다. 그러나…….

'풀고 싶다…….'

스스로에게 건 최면이 깨진 느낌이었다. 무성(無性)에 가까웠던 몸에 갑자기 여성(女性)이 찾아왔다. 속에 꾹꾹 눌러 숨겼던 것들이 스멀스멀 기어 올라온다. 얼굴이 따끈하게 붉어질 정도다. 그녀가 끊임 없이 선망해왔던 것들도 봄바람과 함께 떠오르고 있었다. 언젠가부 터 오직 한 사람을 좇던 시선도 이제는 보다 선명한 색채를 담을 것 이다.

오늘은 어제와 너무 달랐다.

* * *

봄기운이 무르익어 가는 저녁이다. 레인과 두 사람은 시종의 안내 를 받아가며 천천히 입장했다. 고급 카페와도 같이 고풍스러운 인테 리어가 돋보이는 커다란 홀이다. 이곳에서는 이미 쉰 명의 젊은 귀족 남녀들이 삼삼오오 모여 앉아 다과와 음료를 제공받으며 열띤 토론 을 벌이고 있다. 이 자리에 참여한 사람들의 면면은 심상치 않았다. 사교의 장답게 그들의 차림은 매우 화려하지만 난잡하지 않고, 매우 편안해 보인다.

문예림(文藝林).

당대 최고의 지성을 가진 젊은 귀족들의 모임이다. 17세기 프랑스 에서 성행했던 살롱(salon)을 떠올리게 하는 형태인데, 주로 문인과 예인 들이 중심이 되어 토론과 비평 위주로 활발한 사교 활동을 전 개하고 있다. 문예림의 구성원들은 매우 특별하다. 지적인 성취가 높 고 문화와 예술을 즐기는 젊은이들 중에서도 까다로운 심사를 거쳐 회원으로 영입한다. 그들은 장소를 바꿔 모임을 가지면서 생각을 교 환하고 고난도의 대화를 즐긴다. 이 시대 자체는 무관(武官)을 훨씬 존중하고 무력을 중시하는 체제이지만, 이곳 프리고진에서는 이런 문인 중심의 모임도 드물지 않다. 귀족으로서 마땅히 갖춰야 할 교양과 식견을 갖추기 위해서는 피나는 노력이 필요한 법이다. 그만큼 이들의 자존심도 하늘을 찌른다.

사회가 복잡해지고 행정이 전문화될수록 칼보다는 펜이 대접받기 마련이다. 무관이 체제를 무력으로 지키는 역할을 한다면 이들은 여론을 주도하고 사상을 발전시키는 존재다. 그런 측면에서 보면 문예림은 이 세계에서 가장 세련된 인간들의 모임이라고 해도 과언이 아니다. 이러한 자유로움이 이곳 황도 프리고진을 강력하게 만드는 또하나의 동력인지도 모른다.

"이런 분위기는 처음이시겠죠?"

깔끔하게 차려입은 여자가 산에게 말을 걸었다. 세련된 몸가짐과 도도하면서도 자연스럽게 흐르는 기품은 그녀가 대단한 귀족가의 여식이라는 것을 보여준다. 그 곁에는 다른 귀족가 여자들이 흥미로운 눈으로 산을 쳐다보고 있었다.

"뭐…… 그렇기는 합니다. 워낙 학문과는 별로 친하게 지내지 않은지라."

산이 어색하게 웃으며 마주 인사를 했다. 비연은 조금 차가운 얼굴로 뒤로 한걸음 물러선 채 먼 곳을 바라보고 있다.

"오늘 두 분에게 기대가 큽니다. 많은 이야기를 나누었으면 해요. 두 분을 만나고 싶어 하는 사람이 많답니다."

지금 두 사람은 문예림을 후원하는 한 귀족의 저택에서 사교를 강요받고 있었다. 무관이라 할 수 있는 산과 비연이 레인과 같이 초청을 받은 것은 매우 이례적인 일이다. 문인들과 예인들은 본능적으로 무관을 매우 꺼린다. 비록 무관이 사회적으로 높은 대접을 받고는 있지만 그들은 거칠고 예의가 없다. 대화를 하고 토론을 하기에는 아주 불편하고 어렵기 때문이다. 무관들의 언어는 말이 아니라 몸이다. 그래서 거의 초청하지 않는 것이 보통이다. 서로 난처하기 때문이다. 그렇지만 산과 비연의 독특함은 이들의 흥미를 끌었다. 정보대의 요원들 중 많은 사람이 문예원의 회원이기 때문이다. 그렇게 고도의 지적 소양을 가진 사람들을 지식과 지혜로 제압하고 있다는 두 사람이 어떤 사람인지 매우 궁금했을 것이다. 나름 호승심도 있었을 것이고…….

앞에 있는 여자가 그들을 초청한 사람이다. 제국의 유력 가문인 유리씨의 재녀 유리센. 금년 나이 22세로 바로 3황후 공연에서 우호적인 박수를 보냈던 유리찬 대공의 재능 있는 딸이다. 그녀는 대단히 아름다웠다. 어지간해서는 놀라지 않는 산도 눈을 크게 뜰 정도다. 그녀의 옆에서 세 명의 여인과 두 사람의 사내가 인사를 했다.

"어디 가나?" 그때 산이 눈을 둥그렇게 뜨고 비연을 바라본다.

"글쎄…… 갈 곳이 없을까요? 좋은 남자들 만나러 가요. 대장님도 좋은 시간 보내세요." 비연이 싱긋 웃으며 또각또각 걸어서 다른 자리로 옮겨 갔다.

"녀석이…… 싱겁기는. 근데 대체 왜 저러지? 오늘이 그날도 아니잖아……."

산은 고개를 저었다. 오랜 시간 함께 있어도 알 수 없는 것이 사람의 마음이다. 레인은 산이 있는 탁자에서 같이 이야기할 모양이다. 탁자 맞은편에서 이미 자리를 잡고 앉아 있다.

"오늘 토론의 주제는……."

유리센이 말을 꺼냈다. 원탁 가운데에서 예쁘게 장식된 초가 타오르고 있다. 여섯 명의 선남선녀가 눈을 초롱초롱 빛내며 앉아 있었다.

"난감하군…… 내가 왜 여기 있어야 하는 거야?" 산이 작게 한숨을 쉬었다.

* * *

유리셴은 좌중을 둘러보았다. 그녀는 조금 긴장하고 있었다. 비연이라는 여자에 대해서는 충분히 들었다. 천재 레인과 견주어도 뒤지지 않을 정도라고 했다. 반면 남자 쪽에 대해서는 이야기가 엇갈렸다. 전형적인 무관이며 생각보다 행동이 앞서는 사람이라는 평가가 지배적이다. 그러나 일부 사람은 그가 생각이 깊은 사람일지도 모른다고 평가했다.

유리셴은 오늘 행사를 적극 추진했던 아버지 유리찬의 당부를 떠올렸다.

"기백과 지혜를 겸비한 사람이다. 네가 확인해야 할 것은 그의 포부와 뜻이다."

토론을 시작하기 전 유리셴은 이곳의 전통과 순서에 대해 설명했다. 처음 참여하는 산에게는 다소 미안한 표정이었지만, 유리셴의 입가에는 얄궂은 미소가 그려졌다.

'기대해보죠. 정말 소문만큼인지…….'

'환장하겠군…….'

산은 입을 꾹 다물었다. 그의 얼굴은 조금 굳어 있었다. 이런 일에 초연한 그였지만 자신을 곤경으로 몰아가며 즐기고 있는 느낌을 받았다. 그렇다고 물러서자니 판이 여의치가 않다. 산은 레인을 바라본다. 기대로 가득한 시선이 따갑다.

'도움이 안 되는구먼……'

문예원의 오랜 전통에 따라 첫 번째 유희가 시작됐다. 그것은 시(詩)를 연작(連作)하는 놀이다.

산은 숨을 깊게 삼켰다. 이런 종류의 지적 유희야말로 무관들이 이 모임을 기피하게 만든 주범이기도 하다. 여섯 번째 사람이 시를 마무리 짓는 방식이다. 쉬워 보여도 자구(字句)의 숫자와 음운까지 맞춰야 한다. 문제는 산이 마지막 사람이라는 것. 마무리가 제일 어려운 법이다. 유리센이 시제(詩題)를 냈다.

사춘(思春, 봄을 생각하다).

첫 번째 여인이 낭랑한 목소리로 첫 구절을 읊었다. 무척 익숙한 듯 거침이 없었다.

"다사로운 바람결에 얼어 있던 세상이 녹아내리고."

다음 사람으로 이어진다.

"향기로운 꽃 내음에 뭉쳐 있던 설움이 풀려 흐르네."

이번에는 레인이 받았다

"굳은 몸을 일깨워 발걸음을 문밖으로 재촉하는데."

또 다음 사람에게 넘어간다.

"다친 맘에 붙들려 한 걸음도 밖으로 떼지 못했네."

그다음 사람.

"몸에는 벌써 봄이 왔으되 마음은 아직 겨울이라."

이제 산의 차례다. 여섯 사람의 눈이 그에게 집중됐다. 그 눈길이 사뭇 뜨겁다. 그러나 산은 자신을 쳐다보는 여섯 사람을 천천히 쳐다보기만 할 뿐 어떤 말도 하지 않았다. 사람들의 얼굴에 실망감이 언뜻 스쳐간다. 그 속에는 어떤 묘한 우월감이 조금은 섞여 있었다. 유리센은 고개를 끄덕인다. 이런 고난도 유희는 훈련된 문인이 아니면 힘들다. 산의 표정이 미묘하게 변했다. 어떤 서늘함, 혹은…… 사람들은 자신의 표정을 빠르게 수습했다.

"처음은 다 그래요. 실망하시지 말……."

유리센이 급하게 말을 꺼내려다 그대로 침을 삼키며 멈췄다. 산이 유리센을 바라보며 자기 입술에 손가락을 대고 있었다. 그는 씁쓸한 표정으로 입을 열었다.

"미안하지만 나는 그대들의 아름다운 작업에 더 붙일 글월을 찾을 수 없을 것 같군요. 그렇지만……."

산은 손가락으로 탁자 언저리를 톡톡 건드리고 있었다.

"봄맞이에 대한 내 생각은 말씀드릴 수 있겠지요. 비록 여러분들만큼 세련되게 음운을 맞춰 읊지는 못하겠지만 괜찮다면 들어보시겠습니까?"

사람들은 고개를 조용히 고개를 끄덕였다. 상대의 자존심이 매우 상했다는 것을 짐작하며. 그러나 기대는 일, 우려는 아홉…… 레인의 표정이 안타깝게 변한다.

산은 탁자를 계속 두드렸다. 마치 노래하기 전에 박자를 맞추는 것 같다.

봄은 잔인한 계절이지
뿌릴 씨앗은 있어도 거둘 양식은 없다지

산등성이, 개울가, 노란 들녘을 헤매며
풀뿌리, 나무뿌리 모두 캐어 먹어도
아이들 주린 배는 채울 수 없거든

첫 번째 소절이 끝난 듯 산은 호흡을 골랐다. 탁자 위의 시간이 갑자기 멈췄다. 반면에 탁자를 두드리는 소리는 조금 빨라진다.

봄은 잔혹한 계절이야
굶주린 고을의 백성은 군대를 모으지
칼을 갈고 말을 몰고 창을 거머쥐고
이웃의, 형제의 목숨을 거두고 먹을 것을 빼앗지
화창한 그대의 꽃밭을 가꿀 사람은 이제 없을 거야

사람들은 동작을 멈추고 호흡을 죽였다. 산의 목소리가 아주 낮아졌다. 마치 속삭이는 것 같다.

봄은 가장 추운 계절이기도 해
장작마저 빼앗긴 횅한 방구석
차가운 방에서 새우잠을 자고
무거운 몸을 끌어 들녘에 나가거든
땅 겉은 따뜻해도 땅속은 시리고 굳어
손바닥은 벗겨지고 손등은 터지고
손가락엔 피가 나지
따뜻한 손을 곱게 가꾼 시인들은 아마 모를 거야

꿀꺽, 누군가 침을 삼켰다. 박자는 점점 더 느려진다.

봄은 절망을 심는 계절일지도 몰라
들녘을 까맣게 태우는 불길 속에서
아이를 팔고 부모를 묻고 연인을 보내고
그래도 나는 살아보겠다고 몸부림치지
열을 거둬 아홉을 빼앗겨도
다시 아홉을 빼앗겨도……
그래도 씨는 봄에 뿌려야 하는 거야
마음 따위는 움직이지 않아도 상관없겠지

다시 손가락이 빨라지며 경쾌하게 마무리로 들어간다.

그래도 그래도 누군가는 봄을 노래해
찬란한 희망과 고귀한 생명을 향해서
힘차게 전진하겠지
오늘도 봄바람 속에 소중한 연인을 그리며
뜨거운 여름을 기다리며, 풍요로운 가을을 기대하며
그렇게 봄에는 봄을 잊고 살아가는 거야
그래서 나는 봄을 미워하지는 않아
내 인생의 봄은 그렇게 보내고 싶거든

손가락이 멈췄다. 산의 독백 같은 낭송이 끝났다. 쥐 죽은 듯 조용한 가운데 여섯 쌍의 눈동자는 초점을 잃은 눈으로 탁자 위 산의 손끝만을 쳐다보고 있었다. 입을 벌린 사람도 있었고…… 레인은 손바닥으로 입을 가리고 있었다. 왠지 앞이 뿌옇게 보였다.

유리센의 입술이 조금 비틀렸다. 무언가 말을 해야 되는데 도무지 문장이 구성되지 않는다. 그녀는 섬세하며 냉정한 비평가다. 그러나 지금은 어떤 말도 할 수 없다고 느꼈다.

'형식도 없고 운율도 없다. 언어는 천박하고 문장은 아름답지 않다. 그렇지만…… 대체 뭐지? 이 처절하고도 강력한 울림은…….'

반면, 레인은 눈을 감아버렸다. 봄날의 백성들…… 그녀가 여행하며 황제의 대지에서 처음 보았던 비참한 존재들. 그 위에 에센에서 보았던 아름다운 풍경이 겹쳐졌다. 레인의 머릿속에 벼락이 쳤다. 준열(峻烈)한 질책과 경고…….

'한심하구나! 레인! 운율이나 맞추고 아름다운 대구를 찾느라 머리를 싸매고 있는 이 문약(文弱)함이란! 봄을 맞이하며 찾아냈다는 것이 겨우…….'

눈을 떴다. 몰래 사내를 훔쳐본다. 자기도 모르게 입을 스윽 닦았다.

'그는 정말 마지막 구절이 생각나지 않았을까?'

레인은 사람들을 바라보았다. 원형 탁자에 앉아 있는 사람들의 표정은 약간 경직되어 있다. 머리로 이해해도 몸으로는 느낄 수 없는 사람들. 귀족에게는 심하게 불편하고도 불온한 주제다. 어색한 침묵이 찰나간 흘렀다. 레인은 산을 위해 무언가를 해야 한다고 생각했다. 그러나 개입할 수 없었다. 이미 유리센이 자리에서 일어나 있었다. 유리센은 고개를 약간 숙이는 것으로 양해를 구했다.

"파격적인 발상과 형식이네요. 잘 감상했습니다. 그리고 혹시……

오늘의 행사 과정에서 불편함을 끼쳐드렸다면 미리 사과를 드립니다."

그녀가 겨우 찾아낼 수 있었던 최선의 말이었다. 상대를 화나지 않게 하고 자신의 자존심도 지키는 타협. 지식인 유리센의 대응을 바라보는 레인의 가슴이 더욱 답답해졌다. 문득 '먹물'이라는 단어가 떠올랐다. 어찌 이리 상황 판단을 못 하는가!

산이 빙그레 웃었다.

"아뇨, 재미있습니다. 내게 미안할 일이 있었나요?"

"원래 문예림의 분위기가 새로운 분들께 호의적이지는 않습니다. 논쟁을 하면서 익숙해지는 걸 선호하지요."

"난 상관없습니다. 그대들이 보고 느끼셨듯 나는 무식한 군인이고 문예에 대해 아는 바가 적습니다. 신경 쓰지 마시고 원래 방식대로 진행하시기를 바랍니다. 어차피 그대들이 짜 맞춘 놀이마당 아닌가요? 제게 많은 걸 바라셨나요?"

"그런 뜻은 아니고……."

유리센의 말은 이어지지 못했다. 산의 명랑하지만 단호한 음성이 먼저였다.

"어쨌든 오늘은 여기까지 왔으니 그대들 뜻대로 놀아주도록 하지요. 솔직히 말하면 무척 불편하군요. 그래도 이렇게 망신을 주려고 굳이 부른 것은 아니라고 믿겠습니다. 만약 그대들에게 검을 주고 무사들과 공개 대련을 시키면 지금의 나와 같은 기분을 느낄까요?"

"그런……."

유리센은 조금 당황하고 있었다. 여태까지 이런 반응을 보인 초청자는 없었다. 이렇게 직설적인 반응은 그녀가 원했던 것이 아니었다.

레인은 쓴웃음을 지었다. 무언가가 그를 자극한 것 같다. 레인은 편안하게 등을 의자에 기댔다.

그녀는 이 사내를 잘 안다.

'신의 군대를 무력으로 제압했으며 현자와 지혜를 겨뤘고 지금은 제국의 천재를 형편없는 바보로 만들고 있는 존재…….'

그런 그를 지금 누군가가 시험하려고 한다. 반면, 다른 사람들은 의자에서 등을 뗐다. 그들도 바보가 아니니 상대가 단순한 무관이 아니라는 것을 진작 느꼈을 것이다. 산이 말했다.

"어쨌든 토론은 나도 좋아하니 즐거운 대화가 될 수 있도록 노력하지요."

유리센은 잠시 숨을 골랐다. 약간은 놀란 마음이었다. 형식은 괴악하지만 짧은 시간에 수미일관(首尾一貫)하게 뜻이 이어지는 시를 지었다. 놀라운 재능이다. 그녀는 다음 순서로 넘어가기 전에 산의 표정을 살폈다.

'대체…… 저 너그러운 여유는 어디에서 연유하는가?'

한편, 산은 다른 탁자 쪽 사람들이 이야기하는 모양을 물끄러미 바라보고 있었다.

'뭐 대학 동아리에서 애들 세미나하는 것과 비슷하네. 표현에 멋이 지나치게 들어가 있어서 조금 느끼하지만…… 자식들, 참…… 그때가 좋을 때다.'

복잡다단한 지구의 21세기를 살았던 산이 문예림의 토론 모습을 보며 내린 강평이었다.

유리센은 탁자에 앉아 있는 멤버들을 쳐다보았다. 여자 넷에 남자 둘, 그중 한 사람은 레인 황녀이고 나머지는 유력 가문의 사람들이다. 레인을 제외하고는 자신이 선정한 인물들이다. 초청한 토론 상대가 지식이 약한 무관인 만큼 화제가 풍부하고 성격이 원만한 사람으로 택했다. 하지만 이들 역시 매우 자존심 강한 지식인들이다. 비합리적이거나 논리적 허점을 드러낼 경우 언제라도 상대를 궁지에 몰아넣을 수 있는 토론의 고수들이다.

유리센은 토론의 주제를 꺼냈다. 황실 정보대장이라는 직책에 적합하다고 생각한 주제다.

사건을 판단함에 있어 지식과 경험, 무엇이 더 본질에 접근할 수 있게 하는가?

문인의 토론은 무인의 전투와 같다. 상대의 논리적 허점을 파고들어 얄팍한 술수를 무산시킨다. 그 싸움은 무사들만큼 치열하다. 훨씬 교활하고 집요하며 때로는 정신까지 파괴한다.

유리센이 준비된 첫 질문을 던졌다.

"사건의 진실을 판단할 때 지식과 경험, 어떤 것을 중시하나요? 왜 그렇게 생각하시죠?"

"둘 다 중요합니다." 산이 짤막하게 답했다.

"네?"

유리센은 잠깐 멍하게 서 있었다. 참가자들은 눈을 크게 떴다. 처음부터 대화가 꼬인다. 레인만이 큭큭 웃고 있었다.

"그러면 질문을 다시 하지요. 둘 중에서 하나만 선택하라면 어느 쪽을 택할 것입니까?"

유리센도 만만한 여자는 아니다. 얼굴은 약간 붉어졌지만 굴하지 않고 다시 질문했다.

"둘 다 선택하지 않을 것이오. 어차피 판단을 못 할 테니."

산이 다시 짤막하게 답했다. 표정이 진지하다. 장난기는 없다.

"그러면 지식과 경험 모두 필요 없다는 말씀인가요?"

유리센이 굳은 목소리로 말했다. 조금 열이 받은 듯하다.

"반대요. 둘 다 필요하지요."

레인은 턱을 고인 채 느긋하게 두 사람의 '결투'를 바라보고 있었다. 두 사람과 대화를 나눴던 추억이 새록새록 떠올랐다.

'저 어눌함에 속아서 여럿 망가졌지⋯⋯.'

"중요성은 다르겠지요?" 유리센이 물었다.

"참, 난감하네. 문제가 틀렸는데 답을 내놓으라고 하니. 나보고 어쩌란 이야기요?"

"문제가 틀렸다고요?"

유리센의 얼굴이 더욱 붉어졌다. 다른 사람들은 흥미로운 눈으로 둘의 논쟁을 지켜보고 있다. 산이 다시 물었다.

"이런 건 어떨까요? 숨을 쉬는 것과 밥을 먹는 것, 어느 것이 생명을 유지하는 데 더 중요하지요? 둘 중 하나만 선택해야 한다면?"

"제 생각엔 논점을 흐리는 걸로 보이는데요?"

유리센이 쏘아붙였다.

"내 생각엔 별 차이 없는 질문이오." 산이 덤덤하게 받아 넘긴다.

유리센은 얼굴을 붉힌 채 산을 빤히 쳐다보았다. 어찌 이리 얄미운가? 문득 이 사내에게 끌려가고 있다는 불길한 느낌이 들었다.

"숨을 멈추면 곧 죽어버릴 테니 숨을 쉬는 것이 더 중요하겠죠."

"결국 죽는 것은 마찬가지인데 중요성에 차이가 있군요. 쫄쫄 굶

다가 서서히 죽으면 조금 더 행복할까요?"

유리셴의 아름다운 얼굴은 더욱 붉어졌다. 스스로도 만족스러운 답이 아니었다. 사내가 그 상처를 툭툭 건드렸다. 그는 여기서 그칠 마음이 없는 것 같다.

"그러면 이런 건 어때요? 맛을 내는 데 재료가 중요합니까? 아니면 요리법이 중요합니까?"

"끙……."

이번에는 유리셴도 함부로 대답할 수 없었다. 요리법은 재료에 많은 부분 의존한다. 그러나 상대는 바로 '맛'을 물었다. 이것은 답이 없다. 둘 다 동일하게 중요하다. 인정하면 사내가 이기는 거다. 유리셴은 입술을 꼭 깨물었다. 머리가 맹렬하게 돌아가고 있다.

'어쩌다 이렇게 됐지? 이건 제대로 된 토론이 아니라고!'

다른 사람들은 토론에 참여할 생각이 없는지 아예 팔짱을 긴 채 헛웃음을 삼키며 두 사람의 공방을 지켜보고 있다. 이런 식의 막 나가는 토론은 처음이다. 처음에 기대했던 대로 사내의 말에 품위 있는 전문용어나 우아한 표현은 하나도 없었다. 그러나 그들 역시 사내의 간단하고도 촌스러운 질문들에 대답할 자신이 없었다. 오히려 사내의 비유가 꽤 날카롭다고는 생각까지 들었다.

"지식과 경험이 겨우 재료와 요리법과 같다고 주장하시는 건가요? 지나친 단순화의 오류가 아닐까요?"

이제 유리셴은 식식거리고 있었다.

"다를 게 있소? 어차피 둘 중 하나만 가지고는 판단에 도움이 안 되거든. 그럼 다시 묻지요. '판단'의 품질은 무엇으로 측정합니까?"

"그야 정확성이겠죠."

"만약 판단이 부정확하다면 아예 판단하지 않은 것과 차이가 뭐지요?"

"그래서 지식이 중요한 것 아닌가요? '경험'만으로는 정확한 결론에 도달할 수 없어요."

"맞는 이야기입니다. 그런데, 그 '지식'만으로는 정확한 검증이 어렵지. 마찬가지 아닌가요?"

"그러나 지식은 이미 경험한 것에서 그릇된 것을 걸러내고 참된 것을 찾아낸 것입니다. 그 작업을 통해 사건의 본질을 찾아내고 그 인과를 명확하게 알 수 있습니다. 세계를 움직이는 법칙을 알면 우리는 정확한 판단을 내릴 수 있어요. 그 올바른 지식을 찾기 위해 우리는 학문을 하고 있는 것입니다. 설마 학문을 하는 모든 사람들이 그대보다 어리석다고 생각하시는 건 아니겠죠?"

유리센은 도도한 얼굴로 산을 쳐다보았다. 그녀가 이야기하고자 하는 논지의 핵심이 벌써 나와 버렸다. 매끄러운 논리와 세련된 용어로 뜻을 밝혔지만 토론을 빨리 끝내고 싶다는 약간 조급한 마음까지 드러내고 말았다. 산은 대답 대신 빙긋 웃었다.

'참 여기나 거기나…… 아카데미의 먹물들이란.'

어쨌든 유리센은 이 이상한 토론을 자신이 원하는 궤도에 올리는 데 성공한 듯했다. 이것도 전투라면 전투다. 산의 입맛이 썼다. 이곳을 방문한 목적을 떠올려 본다. 이들에게 얻어야 할 것은 여론(輿論)이다. 그것도 우호적인…… 앞으로 일을 하면서 반드시 만나게 될 문관들이다. 그들은 명분과 논리를 지배한다. 어떤 면에서는 칼보다 훨씬 무서운 것이다. 권력은 칼을 지배하지만 논리와 명분은 그 권력을 움직인다.

어릴 적부터 체질적으로 논리 싸움은 질색이었다. 가까운 주먹을 놔두고 왜 멀리 돌아간다는 말인가? 그렇지만 무식하다는 소리를 듣기 싫어서 사고 훈련은 꽤 많이 했다. 자신만의 '요점'을 전달하는 화법도 연습했다. 덕분에 사건의 핵심을 파악하는 능력을 키웠고 정곡으로 바로 찔러가는 방법론도 터득했다. 거칠고 복잡다단한 지휘 현장에서는 이런 언어가 통한다. 간결하게, 적시에, 그리고 경제적으로.

산은 고개를 좌우로 꺾었다. 이곳 인간들에게 지혜로 밀리기는 싫었다.

'예의는 지켜준다. 그러나 겨우 글자 따위를 통해 세상을 보는 인간들에게 위대한 현장을 다스리는 인간이 밀릴 수야 없겠지. 자존심은 지켜야 할 터.'

산이 물었다.

"주사위 놀이를 해보셨소?"

"예? 그거야 물론……."

"던질 때 나오는 눈을 예측할 수 있습니까?"

"그건…… 예측할 수 없습니다."

"질서가 없겠지요?"

"설마 세상 모든 일이 도박과 같다는 말을 하려고 하는 것은 아니겠죠?"

"전 별로 차이가 없다고 봅니다만."

유리셴이 웃었다. 그녀는 이젠 타이르듯 낮게 말했다.

"큰 차이가 있어요. 대장님 생각대로라면 세상에는 혼란만이 가득하겠지요. 무질서해 보여도 자세히 보면 세상에는 반드시 질서가 있습니다. 봄이 가면 여름이 오고 가을 다음에는 겨울이 옵니다. 움직이는 것은 방향이 있고 정지해 있는 것은 그 자리를 지키고 있습니다. 이 모든 것은 숨겨진 질서가 세상을 지배하고 있다는 증거입니다. 당신의 주사위 논리라면 이 세상에는 법칙도 진리도 없다는 건가요?"

유리센은 자신 있게 말했다. 그러면서도 표정은 점점 차가워졌다. 이것으로 상대의 액면을 보았다고 생각했다.

'더 이상의 대화는 무의미한 것이 아닐까? 주사위를 반론으로 들고 나온 것은 나름대로 준비를 했다는 것이다. 그러나 사례가 너무 졸렬하다. 뭐, 무사라는 점을 고려하면 그 정도 준비도 대단한 수준이기는 하지만.'

"이제 결론을……."

유리센은 마무리를 시도했다. 그러나 그녀는 사내의 이야기가 끝이 아니라 이제 시작이라는 것을 몰랐다. 다른 사람들도 흥미를 잃은 듯 의자 등받이에 몸을 묻었다. 그러나 레인만은 여전히 눈을 반짝이고 있었다.

"주사위를 던져 1의 눈이 나올 가능성은 얼마지요?"

산이 다시 물었다. 유리센은 사내의 눈을 쳐다보았다. 그는 나름 진지하다. 유리센은 작게 한숨을 쉬었다. 이제 숫자 놀음까지 해야 하나. 그래, 그것도 좋다. 끝까지 최선을 다하겠다는데…….

"여섯 번에 한 번 정도 되겠죠."

"모든 눈이 다 그렇게 평등하게 나오겠지요?"

"그렇습니다."

"나오는 숫자에 질서는 없습니다. 맞나요?"

"동의합니다."

"그러면 주사위를 두 개 던지면 어떨까요? 어떤 숫자가 가장 많이 나올까요?"

계산을 요하는 문제다. 유리센은 고운 얼굴을 약간 찡그렸다. 점점 짜증이 난다.

"음…… 7이 가장 많이 나오겠군요."

한참을 끼적거린 뒤 유리센이 답을 냈다. 산 역시 뭔가를 적더니 고개를 저었다.

"그런가요? 나는 1이 제일 많이 나오던데?"

"무슨 소리죠? 서른여섯 번 중 7이 여섯 번 나오는데…"

"서른여섯 번 중 1이 열 번 나옵니다."

산이 침착하게 말했다.

"저와 지금 농담하시는 건가요? 주사위 두 개인데 1이 어떻게 나온다는 거죠?"

유리센이 정색을 했다. 얼굴에는 약간의 노여움이 끓어오르고 있다. 다른 참가자들의 얼굴도 굳었다. 레인 역시 눈을 동그랗게 뜨고 산을 쳐다보았다. 이번에는 명백하게 그가 유리센을 놀리는 것으로 보였다.

"글쎄요. 왜 화를 내지요? 그대는 두 개의 주사위의 합(合)을 이야기했고 나는 차(差)를 이야기한 것뿐인데?"

산은 유리센을 똑바로 쳐다보고 말했다. 그가 계산한 쪽지를 건네며…….

"그런……!"

유리센은 산이 적어놓은 것을 물끄러미 바라보았다. 계산에는 틀림이 없었다. 확실히 차를 취하면 1이 가장 많이 나왔다. 그렇다면

이 사내는 무엇을 말하고 싶었던 걸까? 갑자기 등 뒤에서 소름이 돋는 것을 느꼈다. 레인이 허리를 세웠다. 다른 사람들도 무언가 다르다고 느끼고 있었다.

"이제 볼까요? 똑같은 현상에 대해 모든 정보는 동일하게 공개됐는데도 두 가지 해석이 나와 버렸군요. 어느 것이 정확한 해석일까요?"

산이 빙긋 웃었다.

"둘…… 다겠죠." 유리센이 대답했다. 목소리에 자신감이 없었다.

"만약 곱하기에 관심이 있거나, 나누기에 관심이 있는 사람이 보았다면 완전히 다른 결과가 나올 수도 있을 거고요?"

"그……렇겠지요."

"그 해석들 역시 틀렸다고는 말하기는 곤란하겠지요?"

"음…….'

"그러면 사람들이 동일한 사건을 동일한 장소에서 동일한 정보량으로 경험했어도 관심이 다르다면 사람의 머릿수만큼이나 다른 판단이 가능하겠군요? 그리고 그 접근들은 모두 동등하고요…… 그런가요?"

"궤변이에요! 판정 기준에 규칙이 없는 것이 말이 되나요? 객관과 주관은 분명히 달라요. 그게 합이건 차건 기준을 먼저 결정해야 해요. 판단은 객관적이어야 합니다."

유리센이 소리를 꽥 질렀다.

"어떻게?"

산의 간단한 질문이 나갔다. 그는 이제 웃고 있었다. 카운터펀치. 마무리쯤 되겠다. 반면, 유리센은 우는 표정이 됐다.

"그건……."

유리센은 말을 잇지 못했다. 그녀의 표정에는 당혹과 분노, 그리고 놀람이 골고루 섞여 있었다. 그녀는 바보가 아니다. 자신이 던진 말은 분명한 억지다.

'사람의 관심, 취향, 가치관의 기준을 미리 결정하라고 할 수는 없다. 선악(善惡)의 기준도 오로지 그 시대를 지배하는 도덕률과 법률일 뿐이 아닌가? 그것들조차 외부로 드러난 아주 작은 것에 불과하다. 더욱이 그 기준조차도 일종의 합의이기 때문에 상황이 바뀌면 항상 변할 수 있다. 즉, 객관적일 수 없다.'

레인은 눈을 깜짝였다. 그녀의 비상한 머리도 같이 돌아갔다.

'토론의 여왕, 유리센…… 아주 난감하겠군. 개인의 다양한 선택이 지식으로 해석될 수 있을까? 산 님은 단 비유 몇 마디로 논리의 급소를 찔렀어…… 정말…… 정말 대단한 사람.'

다시 사내의 목소리가 울렸다. 유리센은 불안하게 그를 쳐다본다. 이제는 그의 모습이 달라 보인다.

"불행하게도 주사위가 두 개로 넘어가니 이제 사건들도 평등하지 않게 됐군요?"

"무슨…… 뜻인가요?"

유리센은 다시 긴장한 얼굴로 산의 다음 말을 기다린다. 이제는 학생의 입장이 된 태도다. 본인은 깨닫지 못하고 있지만.

"많이 나오는 숫자가 생기고 적게 나오는 숫자가 생겼습니다. 무슨 뜻일까요?"

"경향(傾向)?"

"그렇습니다. 어떤 경향이 생겨버렸죠. 덧셈을 기준으로 했을 때

주사위가 하나였을 때는 평등하던 것이 둘이 되니 7이 가장 많아졌습니다. 셋을 던지면 10과 11이 가장 많이 나오지요. 9와 12는 그 다음으로 많이 나옵니다. 이렇게 가장 자주 나오는 숫자를 중심으로 점점 줄어드는 모양이 됩니다. 만약에 주사위 숫자가 많아지면 어떤 일이 일어날까요?"

"글쎄요…… 어떤 특정한 숫자들이 자주 나오겠죠."

유리센은 자신 없는 목소리로 답했다. 산이 고개를 끄덕였다.

"다시 정리해볼까요? 주사위는 원래 무질서합니다. 그런데 갑자기 질서가 생긴 거네요? 누군가 힘을 써서 그 숫자 주위로 밀거나 당기는 것처럼?"

유리센의 얼굴이 하얗게 변했다.

"그런…… 아아! 말도 안 돼! 질서라니!"

유리센은 황급하게 입을 가렸다. 세계는 무질서하게 보이지만 본질은 질서를 따른다는 그녀의 논리가 갑자기 무너지기 시작했다. 사내는 마무리를 지었다.

"이건 어떨까요? 사람들이 의도하지 않고 움직였는데도 어떤 질서가 생길 수도 있겠지요? 사회의 질서란 그렇게 던져놓은 사건 중 가장 많이 나오는 숫자를 중심으로 형성된 것이 아닐까요? 그 규칙을 지식이라고 불렀을 가능성은 없을까요? 이 생각이 많이 황당한가요?"

"……"

산은 탁자 주위를 천천히 둘러보았다. 모두 숨을 죽인 채 그의 입을 쳐다보고 있었다. 그의 메시지는 명확하다.

사람들의 행동은 무의식적으로 일어날 수 있다. 이런 무작위 행동은 지식만으로 예측이 불가능하다. 그러나 그것들이 집단적으로 만드는 어떤 경향은 질서를 만들 수 있으며 그 질서는 바로 지식을 형성한다. 그것들은 사람들의 '관심'에 의해 다양하게 해석될 수 있고 사람의 관심이 없다면 해석도 존재하지 않는다.

"이제 내가 다시 물어보겠습니다. 그대들은 사건을 판단할 때 지식이 더 중요한가요 아니면 경험이 중요한가요?"

레인은 고개를 끄덕였다. 유리센이 깊게 숨을 내쉬었다.

"둘 다 중요합니다."

산이 빙긋 웃었다.

"어쨌든 우리는 합의에 이른 것이군요. 맞습니까?"

"그런 것 같습니다. 정말 새로운 관점을 배웠습니다. 학문의 한 분야로 연구해보고 싶을 정도로……."

유리센은 검은 머리를 뒤로 젖혔다. 열띤 토론으로 얼굴이 발그레하게 상기되어 있었다. 가슴이 흥분으로 울렁거린다. 비록 졌지만 정말 '깨는' 경험이었다.

"내가 살던 곳에서는 일반적인 상식이랍니다. 통계학이라고도 하고 조금 어려운 통계역학이라는 분야도 있지요. 우리는 항상 그렇게 비합리적인 것들도 수용하며 살아왔지요."

산이 껄껄 웃었다.

그 후로도 그들은 유쾌한 대화를 나눴다. 토론 전과 달라진 것은 그들의 말투가 산을 닮아가고 있었다는 것이다. 그 이후 결코 어려운 용어를 쓰는 사람은 없었다. 술은 향기로웠고 여인은 아름다웠다. 그래서 산은 행복했다.

같은 시각, 한 무리의 또 다른 그룹이 무참하게 박살 나고 있었다.

그들은 비연을 초청한 그룹이었다.

그렇게 봄날 '문학의 밤'은 정겹게 흘러갔다.

* * *

감사 보고서 발표 5일 전.

황실이 술렁거리고 있었다. 그동안 극비로 취급되던 보고서의 요약본을 돌려볼 수 있게 됐다. 요약본은 비서감 산하의 실장, 황후, 그리고 문상(文相), 무상(武相) 등 재상과 태신(太臣)급 이상의 중신에게 배포됐다. 그것을 보고 일부는 안도했고 일부는 여전히 긴장한 상태로 논의를 계속했다.

비서감 가유는 깊숙한 의자에 몸을 묻고 턱을 고인 채 앞을 응시하고 있었다. 표정은 평소처럼 근엄하지만 오늘은 더욱 가라앉은 느낌이다.

흑벌은 손을 뗐다고 하고…… 유벌은 움직임이 없다. 그리고 사명 씨는 모종의 타협을 봤다.

'그런데도…… 공개된 보고서의 내용에는 별게 없었다. 무슨 의미일까? 발견을 못 한 건가? 아니면 덮자는 건가? 무슨 생각이냐? 레인.'

가유는 눈을 감았다. 봄바람이 따뜻하다. 문득 나른한 느낌이 온몸에 퍼져간다.

'폐하를 모신 지 벌써 20년이 지났지?

이제 쉴 수 있을까?'

그녀의 입가에는 보일락 말락 한 엷은 미소가 떠오르고 있었다.

＊＊＊

감사 보고서 발표 3일 전.

3차석 류인은 이야기를 듣고 있었다. 그녀의 앞에는 세 사람이 앉아 있다. 3차석실 수석대장 한화, 같은 한선가의 3품 대가 한부, 그리고 제국 행정을 관할하는 문상 산하의 법무관 주앙이라는 인물이다. 레인의 감사 결과에 따라 실제로 뒤처리를 하는 것은 류인의 몫이다. 죄질에 따라 처벌의 수위를 결정해야 하며 그 정치적인 영향까지도 고민해야 한다. 이러한 일에는 엄청난 부담이 따른다. 형량에 따라 혹독한 역풍을 맞을 수도 있다. 류인은 황제 앞에서 자신의 의견을 피력하기 위해 지금 사전 준비를 하고 있는 중이다.

"황실의 재무, 인사 비리에 대한 감사 결과라고 했지만 들여다보면 소문보다 그렇게 대단한 것 같지는 않군요. 실망인데요? 그동안 벌인 일에 비해 초라하다는 생각까지 들 정도입니다."

한부가 문서를 읽어본 후 소감을 말했다.

"내가 봐도 비서감이 4년마다 실시했던 정기 감사와 큰 차이는 없어 보입니다. 전체적으로 두루뭉술하게 처리했어요. 구체적인 비리를 찾아냈다기보다는 운영 방식의 비효율을 더 크게 문제 삼았군요."

한화도 자신의 의견을 밝혔다.

"황실 물자의 조달을 책임지고 있는 다인 4차석이 크게 다칠 것이라고 생각했었는데, 몇 가지 관리상의 착오 이외에는 찾아낸 것이 없고…… 사실이 정말 이렇다면 황제께서도 레인 2차석에게 무척 실망하시겠군요."

주앙이 거들었다.

"나는 잘 모르겠습니다. 레인도 그렇지만 그 두 사람도 결코 간단한 사람들이 아닙니다. 무척 영리하죠. 뭔가 다른 셈이 있을 것 같은데…… 그게 뭔지를 도무지 모르겠군요."

류인이 중얼거렸다. 이번 결과는 그녀로서도 의외였다. 언니와 고모들에게 칼을 갈던 모습은 어디로 갔나?

"시종과 시녀를 모두 바꾼 것은 어떻습니까? 이번 감사 결과와 관련이 있다고 보십니까?"

류인이 조심스럽게 물었다. 그 인사 명령의 의도는 그녀도 전혀 알 수 없었다. 공식적으로는 총시종장과 총시녀장의 주도하에 이루어진 일이다. 그들이야말로 신분은 낮지만 황제가 가장 신임하는 인물들이다. 류인도 레인 산하의 비서실 요원 150명이 한 달 전 시종들의 거처를 방문했다는 것 정도는 알고 있다. 그러나 은밀한 내사를 통해서도 그 이상 어떤 연결고리를 찾아낼 수 없었다. 모든 활동은 공개되어 있었으니 더 조사할 것도 없었다.

"그 사람들은 위에서 시키는 대로 하는 사람들입니다. 큰 연관을 찾기는 어렵습니다. 폐하의 의지라고 봐야겠지요."

주앙이 고개를 저었다.

"그것 참, 할 일이 줄어서 좋기는 하지만 도무지……."

류인은 고개를 들어 먼 하늘을 쳐다보았다. 하늘은 청명하고 구름은 여유롭다. 류인의 날카로운 눈매도 조금은 부드러워져 있었다.

* * *

감사 보고서 발표 이틀 전.

"이 보고서대로라면 별 문제 없이 지나갈 것 같네."

평의원 바야는 보고서 필사본을 툭 던졌다. 그녀는 황실을 제외한 제국의 재무와 인사를 장악하고 있는 국무태신 중하씨의 일원이자 차기 황제를 노리는 대라준경의 셋째 아내다.

"생각보다 똑똑하지는 않았던 모양이지? 우리가 너무 과민했어."

사내 자관이 웃었다. 3황후를 배출한 사명씨의 2인자로서 황후의 실질적인 연락책을 맡고 있는 사람이다.

"애초부터 세심하게 분산시켜 진행한 일들이다. 아무리 천재라도 그 짧은 기간에 찾아내기는 어려웠을 거야. 결국 우리 예상대로 된 거지 뭐."

"아무튼 중요한 고비는 넘겼다고 보고…… 이제 도시 건설 사업과 노예 조달은 예상대로 진척되는 건가?"

"글쎄…… 그동안 황실의 재원을 빼돌려 가져다 썼지만 앞으로는 쉽지는 않을 것 같다는 생각이 들어. 사탄께서 무슨 대책을 세우겠지."

"그나저나 평의원들 불만이 커져서 문제는 문제인데 아주 불안정해. 그 아래 종자들은 말할 것도 없고."

자관이 바야를 빤히 쳐다보며 말했다. 바야는 찻잔을 들어 입술을 적셨다.

"그래, 곪을 만큼 곪었지. 이제 이쪽 일도 위험할 것 같지 않으니 슬슬 대책을 세워보자고."

"생각해둔 게 있어?"

"영지 간 분쟁 지역이 꽤 있었지?"

"흠…… 글쎄, 일곱 군데 정도?"

"출장을 보내. 티 나지 않게 조를 편성해서. 분쟁 조정관 정도로 명분을 만들면 될 거야. 이제 군대 문제도 손을 대야 할 테니까. 현장 감각도 익히게 해야지."

"그거…… 아주 좋은 생각인데? 당장 계획을 세워보도록 하지."

자관이 밝게 웃었다.

그들에게도 봄날은 여유로운 얼굴로 다가오고 있었다.

* * *

감사 보고서 발표 하루 전.

툭.

황제는 서류를 덮었다. 골똘하게 들여다보느라 피로했는지 안경을 벗고 눈을 비볐다. 서류는 두 가지였다. 하나는 얇은 요약본이고 하나는 두툼한 완성본이다. 황제의 시선은 앞을 향하고 있었지만 초점은 어디에도 맺혀 있지 않았다. 그의 차가운 시선은 내면 깊숙한 곳보다 더욱 안쪽을 향해 침잠하고 있었다. 그 속에는 불길이 피어오르고 있다. 지독한 실망감, 배신감, 노여움, 고독감, 그리고 착잡함이 모두 버무려져 있는…… 그러나 이 거인은 입술을 꾹 다문 채 태산 같은 평정을 유지하고 있었다. 기묘한 긴장감이 감정의 폭발을 효과적으로 진압하고 있다. 그것은 어떤 종류의 신념이었다. 평생 음모와 정쟁(政爭)을 겪어오면서 사람을 쉽게 믿지 않았던 이 거인에게는 무척이나 생소한 것.

황제는 눈길을 돌려 완성본 서류를 응시했다. 이미 배포된 서류다. 배포된 것들과의 유일한 차이라면 황제에게 상소하는 문서답게 펼첬을 때 왼쪽에는 보고 내용이 있고 오른쪽에는 메모나 황제가 손수 기록을 할 수 있는 빈 간지(間紙)가 있다는 것? 또한 매우 화려한 표지를 앞뒤로 장식했다는 것 정도?

아무리 비밀을 요하는 문서라도 황제 앞에 오려면 지켜야 할 절차가 있다. 혹시나 있을지 모를 독이나 기타 위험 요소를 제거하는 것은 필수다. 이 문서도 황제에게 올라오기 전에 누군가의 꼼꼼한 보안 점검을 거쳤을 것이다. 황제가 열람한 뒤에는 서지관(書誌官)이 등급에 따라 보관하게 된다. 결국 황제가 열람할 비밀문서라도 미리 알 놈은 다 알게 되어 있다는 것이다. 애당초 황실에 비밀이란 없는 것과 마찬가지다. 그리고 황제는 그 사실을 너무도 잘 안다.

황제는 동그란 기구를 만지작거렸다.

'안경이라고 했나?'

제국을 지배하는 황제인 그도 처음 보는 신기한 물건이다. 노인의 시력을 좋게 해준다고 레인이 가져온 것이다. 황실 호위 담당자의 엄밀한 조사를 거친 다음에야 비로소 사용할 수 있었다. 써보니 꽤 괜찮다. 작은 글씨도 크고 선명하게 보였다.

아울러…… 이 안경은, 맨눈으로는 결코 볼 수 없었을 어떤 기묘한 색깔의 글자들을 너무도 선명하게 드러내 주었다.

알칸의 뼈로 고급스럽게 세공된 안경테를 만지작거리며 황제는 물끄러미 자신의 손끝을 바라본다. 아직도 그 손끝은 부들부들 떨리고 있었다. 보고서의 오른쪽 빈 공간, 원래는 자신이 적어야 할 공간에 빼곡하게 '찍혀' 있던 보고자의 '의견'이 다시 머릿속을 채웠다. 그 문장은 더없이 건조하고 담담했지만 황제는 그것을 읽으면서 내면에서 부르짖는 통곡 소리를 들었다.

무려 3할의 황실 재산이 횡령됐고…….

열에 둘이 암중의 세력에게 잠식됐으며…….

황후…… 황손…… 일부 황녀들이 바뀌었고…….

이제는 전쟁의 징후까지…….

보고자는 결국 이런 결론을 내렸다.

정황은 존재하지만 축적된 자료가 부족하여 확증으로 걸어내기는 어렵습니다.

권신, 가문들은 아직 필요악이며…….

시녀와 시종 조직은 적어도 3할이 오염되어 있으며…….

지금은 인내하며 다음 단계를 준비할 때…….

그들은 더욱 즐거워해야 할 것입니다…….

따라서 이번에는 그대로 덮는 것이 현명할 것입니다…….

그러나 이번 공개보고 이후로 더 이상 나빠지지는 않을 것입니다…….

황제는 눈을 감았다. 분노를 참느라 꾹 다문 턱이 아팠다.

* * *

감사 보고서 발표 당일 오전.

발표는 공개적으로 진행됐다. 커다란 강당과도 같은 홀에 황제가 참석한 가운데 황실의 인물들과 태신급 이상 중신들이 좌우로 배치된 책상에 앉아 정면을 바라보고 있다. 그들의 시선 끝에는 발표자의 모습이 있었다. 발표자는 비서실 2차석 레인이다. 옆에는 그녀를 보조하는 요원 둘이 서 있다. 산과 비연은 황제와 요인의 경호 등 여러 가지 일 때문에 오늘 발표에서 빠졌다. 레인의 곁에는 가로 3미터, 세로 2미터의 커다란 차트가 준비되어 있었다. 그 옆에는 모든 사람들의 이해를 도와주는 시각적 도구들이 설치되어 있다. 차트는 한 장씩 넘길 수 있도록 설계됐다. 지구의 21세기를 살았던 군 장교라면 장성 앞에서의 작전 브리핑을 떠올릴 것이고, 기업의 간부라면 세련된 프레젠테이션을 기대할 것이다.

사람들의 눈은 반짝반짝 빛나고 있었다. 그 속에는 호기심과 우려도 짙게 섞여 있다. 이렇게 파격적인 형식의 발표는 그들로서도 처음이다. 여태까지는 황제에게 직접 상소하고 황제가 중신들을 불러 의견을 물어보는 식이었다. 그리고 그들의 의견을 종합하여 결정을 내려왔다. 그러나 이번에는 아주 다르다. 중신과 황제가 같은 입장에서 보고 듣는다. 또한 보고자는 준비된 이야기를 마칠 때까지 멈추지 않는다. 어떻게 황제는 이런 오만불손한 방식을 승인했을까? 누구도 공개된 자리에서 중대한 사안에 대해 이토록 마음대로 이야기할 수 있는 권리를 얻은 적은 없었다. 그러나 참석자들을 놀라게 하는 것은 이것 말고도 많았다. 제국의 통상태신 유리찬은 입술을 깨물었다.

'이건 자살 행위나 마찬가지야. 레인 황녀는 왜 이런 방식을 택했을까⋯⋯.'

유리찬은 회의장을 천천히 둘러보았다. 황제를 포함해서 가장 까다로운 사람이 모두 모인 자리다.

'사전에 보고서까지 미리 돌렸으니 칼날 같은 질문들이 들어가겠지. 여기서 만약 하나라도 실수하면 망신 정도가 아니라, 그대로 정치적 파멸로 갈 수도 있다. 대체 왜 이런 모험을……?'

황녀들과 비서감의 얼굴에도 은근한 기대감이 번지고 있었다. 막상 상황을 보니 이번만큼은 레인이 절대적인 악수(惡手)를 둔 것으로 보였다.

비서감 가유는 편안한 표정을 짓고 있었다. 이 장소에 참석한 인물 중 보고에 관한 한 최고수가 바로 그녀다. 그녀는 오랜만에 흥분을 느꼈다. 아니면 뜻 모를 기대감 정도 될까. 그녀의 시선은 레인의 행동에 고정되어 있었다. 저 아이가 실수를 한다고?

'글쎄……'

가유의 입가에 작은 반원이 그려졌다.

황제를 상대로 하는 보고는 가장 무섭고도 신나는 일이다. 잘못된 보고는 목숨까지 위협한다. 그러나 모두가 꿈꾸는 일이기도 하다. 성공한 보고는 입신양명의 지름길이기 때문이다. 그래서 관료 사회에서 '보고 능력'은 꽃 중의 꽃이다. 글로 상황을 보여주고 상대의 시선을 고정시켜 결론까지 신나게 몰고 가는 일. 그러나 황제 입장에서는 보고와 상소란 골치 아프고 짜증스러운 일이다. 황제까지 올라오는 사안치고 중요하지 않은 것이 없고 시급하지 않은 것도 없다. 그래서 가급적 결정을 내리지 않거나 책임을 미루고 싶어 한다.

바로 그렇기 때문에 황제가 뭔가를 결정하도록 하려면 거의 예술적인 경지에 도달한 글을 써야 한다. 이곳에 참석한 중신들과 관료들은 바로 그런 훈련을 거쳐 승리한 사람들이다.

지금 레인은 그들 앞에서 공개보고를 시작하려 하고 있다.

'실패한 보고자는 영원히 다시 보고할 기회를 가질 수 없지. 황실은 인재가 차고도 넘치는 곳이거든. 왜 이런 모험을 했는지 지켜볼까?'

가유는 천천히 일어섰다. 제국의 황제가 입장하고 있었다.

* * *

레인은 호흡을 골랐다.

이제 떨림이 멈췄다. 과연 실전이란 무서운 것이다. 실전은 현장이다. 진짜 현실은 현실 이상으로 노력한 자에게도 두려움을 주는 법이다. 실패할지도 모른다는 가소로운 두려움 따위는 없다. 다만 기대하는 수준만큼 성공하지 못할지도 모른다는 두려움은 있다. 산과 비연으로 인해 천재라는 자부심이 허망하게 부서진 후 정말 수십 번을 연습했다. 이 방법도 두 사람이 제안하고 자신이 직접 선택한 것이다. 이 자리에 서게 된 지금도 후회는 없었다.

"지금부터 발표를 시작하도록 하겠습니다."

레인의 짤막한 한마디가 울렸다. 모든 사람의 시선이 그녀의 입에 꽂혔다. 드디어 발표가 시작됐다. 제국의 개혁의 시작을 알리는 역사적인 명장면치고는 매우 소박한 광경이다.

"오늘 발표 주제는……."

레인의 지시에 따라 두 사람의 요원이 막대기를 들어서 차트를 넘겼다.

"황실의 재산과 인재 관리 현황과 문제점, 그리고 향후 개선 방향에 관한 사항입니다."

큼지막한 제목이 눈에 확 들어온다. 제목의 아래에는 민화 비슷한 그림이 그려져 있는데 고양이가 쥐를 쫓는 모습을 재미있게 형상화한 것이었다. 불경한 그림에 분노한 일부 중신들은 얼굴을 찌푸렸다. 그러나 황제는 미소를 지었다.

레인은 슬쩍 안도한다. 비연과의 대화가 저절로 떠오른다.

'왜 그렇게 딱딱해요? 보는 나까지 얼어버리겠네. 지금 무슨 인형극해요?'

'예?'

'그렇게 자신감이 없으면 누가 일을 맡기겠어요? 그냥 말만 전달한다고 끝나는 게 아니잖아요?'

'뭐가 문제라는 거죠……?'

'왜 글자만으로 설득하려고 하죠? 다른 건 언제 쓸 건가요?'

'다른 거?'

'모든 것을 동원하세요. 설득이란 상대의 마음을 움직이는 전쟁이라고요! 표, 그림, 배치, 소리, 온도, 습도까지 모두 장악하세요. 목표는 호감! 좋은 호응을 얻어내지 못하면 진도를 나갈 수 없어요!'

별로 좋은 기억은 아니다. 그렇지만 비연에 대한 묘한 경쟁의식까지 겹쳐서 정말 엄청나게 노력했다.

요원들이 차트 한 장을 더 넘겼다. 이번에는 목차가 나왔다.

"보고 순서는 다음과 같습니다……."

레인은 진행하면서 사람들의 표정을 살폈다.

과연…… 이 형식은 특별하고 강력하다. 사람들은 놀라울 정도로 차트에 집중하고 있었다. 이 한 장을 작성하기 위해 쏟아부었던 노력들이 머릿속을 지나간다.

'목차는 한 장짜리 간단한 문서입니다. 없어도 상관없어요. 그러나 보고의 대가라면 이 간단한 목차에 2할의 힘을 쏟고 4할의 승부를 본다고 합니다.

목차는 사람들에게 이야기의 전체 구조를 파악하고 다음에 어떤 이야기가 전개될지 감을 잡게 해주거든요. 명심하세요. 흐름을 장악하려면 목차를 먼저 장악해야 한다는 것을……'

레인은 발표하는 동안 목석처럼 서 있는 것이 아니라, 차트 좌우의 공간을 여유롭게 걸어다녔다. 전체를, 모두를 설득하는 방식. 그 방식은 필연적으로 공연의 형식을 띠게 되어 있다. 청중의 눈길은 마술같이 그녀의 동작을 따라간다. 완전히 새로운 발표 방식인데도 그들은 벌써 적응하고 있었다.

다음 장으로 넘어갔다. 그곳에는 깔끔하게 정리된 도표와 색상을 활용한 문장, 전체적으로 요약된 설명 자료가 다양한 기호와 함께 실려 있었다. 청중들은 숨을 죽였다.

'결정권자를 위한 요약(Executive Summary)'

복잡다단한 모든 이야기를 단 한 장에 담는다. 모든 상황이 요약되어 있고 가장 중요한 문제가 드러나 있으며 중요한 결론이 나와 있다.

지켜보던 가유는 숨을 작게 내쉬었다. 노련한 그녀는 그 의미를 금방 알아챘다.

'아주 경제적이군. 저런 방법은 황제의 시간을 절약하게 해줄 것이다. 뒷부분을 보여주지 않아도 보여준 것과 동일한 효과가 있을 것이고, 그런데 요점과 결론만 적어놓고 대책이 제시되어 있지 않다? 흠…… 무슨 뜻이냐?'

레인은 황제를 바라보았다. 이 한 장에서 승부가 갈린다. 현명한 자는 긴장할 것이며 어리석은 자는 긴장을 풀 것이다. 중신들은 황제를 힐끗 쳐다본다. 황제는 팔짱을 낀 채 어떤 표정도 보이지 않았다. 이윽고 황제는 레인을 바라보며 고개를 끄떡였다. 그녀의 이야기를 듣고 싶다는 뜻이다. 그것은 매우 좋은 소식이다.

레인은 이제 간략하게 요약된 내용을 설명하기 시작했다. 손에 든 긴 지시봉이 차트의 글자를 하나씩 짚어간다. 요점이 근거와 함께 침착하게 풀려나간다. 어투는 담담하고도 매우 건조하다. 결코 미사여구를 넣지 않는다. 속도는 약간 빠르게 경쾌한 느낌으로…… 그 와중에서도 레인은 다시 비연의 주장을 떠올렸다.

논리는 다리와 같다. 사람을 건너게 해주는 것이야말로 다리의 역할이다. 다리의 본질? 견고하게 버티는 것이 다리의 본질이다. 그러므로…… 논리는 미사여구로 꾸미는 것이 아니다. 논리는 향기로운 술과도 같다. 적당한 속도로 술잔을 돌려라. 그러면 상대가 알아서 춤을 출 것이다. 그렇지만 자기 논리에 스스로 먼저 취해버리면 그때는 약도 없다.

"그러므로 현재 황실의 재정과 인사 문제는 크지 않다고 판단됩니다. 그러나 방금 지적한 사항들을 방치할 경우, 향후 크게 악화될 가능성이 크다고 보고 있습니다. 이에 따라 저는 현재의 황실의 인사와 재무관리 체계를 근본적으로 바꿔야 한다는 결론을 내렸습니다."

레인은 자신이 내린 결론을 말했다. 중신들의 눈길은 황제에게 집중되어 있었다. 레인의 마지막 어투는 날카롭고도 단호했다. 황제 앞에서 흔히 들을 수 있는 어투는 아니다. 황제는 고개를 크게 끄덕였다.

"대책은?"

황제는 단 하나만을 물었다. 그다음으로 넘어가도 좋다는 신호다. 그러나 레인은 그 이상을 원했다.

"자세한 상황 분석과 근거가 준비되어 있습니다만…… 보고를 생략해도 되겠습니까?"

레인은 차트의 태그(tag)가 나와 있는 두꺼운 부분까지 손에 쥐며 황제에게 물었다.

"중신들이 미리 보았던 부분인가?"

"그렇습니다."

"그러면 다들 알고 있다는 이야기겠지. 어디…… 그대들 중 2차석과 다른 의견이 있는 사람이 있는가?"

황제가 심드렁한 표정으로 중신을 향해 물었다. 그의 시선이 비서감과 문상, 무상을 거쳐 태신을 향해 돌아갔다. 잠시 동안의 침묵이 흘렀다.

"이견이 있으면 지금 말하라."

아무도 나서지 않았다. 황제는 레인에게 다시 말을 건넸다.

"반대는 없는 듯하구나. 자세한 보고는 생략하지. 이제 잠시 쉬고 대책 부분을 논하도록 하자."

"명을 받듭니다."

레인이 빙긋 웃으며 황제에게 예의를 갖췄다.

유리찬은 고개를 저절로 끄덕이며 무릎을 쳤다. 소리까지 지르고 싶었다. 그렇지만 노련한 그는 신중하게 중신들을 둘러보았다. 큰 동요는 없었다. 물 흘러가는 듯한 자연스러움. 그 흐름을 타고 간단하게 유도된 결론. 대책을 뺀 것은 아마 의도적인 장치였을 것이다. 과연 황제는 모든 사람이 지켜보는 가운데 대책을 물었다. 이 행동은 레인이 보고한 '현황 진단'에 대해 황제가 직접 신뢰를 실어주는 것이 되어버렸다. 그들도 모르는 사이에 1단계 합의가 완료된 것이다. 레인은 다시 비연의 작전 계획을 떠올린다.

'대책은 뒤로 돌리세요.'

'왜죠?'

'대책은 이해관계가 얽혀 있어서 논란의 여지가 많아요. 잘못하면 귀족들의 개싸움에 말려들 수 있어요.'

'그러면?'

'귀족들이 대응할 시간을 빼앗아야겠죠? 대책은 폐하에게 넘기세요. 아주 자연스럽게.'

'어떻게?'

'황제와 눈을 맞춘 후 한 박자 쉬면 나오게 되어 있어요.'

레인은 허탈한 웃음을 삼켰다. 정말 그렇게 되어버렸다. 그 누구도 함부로 반대할 수 없을 것이다. 레인은 숨을 작게 내쉬었다. 그다음은 대책 부분이다. 온갖 탐욕이 만나는 곳. 이 대책 부분은 사전에 공개되지 않았다. 이제 토론이 시작될 것이다. 그리고 이 토론은 레인이 원하는 방향으로 끌려가게 될 것이다. 유리센이 끌려갔듯.

치열하고도 긴 토론이 끝났다. 레인은 땀을 닦았다. 결과는 만족스럽다. 이제 드디어 개혁 잔치가 시작될 것이다. 은밀하고도 치밀하게, 집요하고 지혜롭게. 모든 것이 끝난 뒤, 모두가 퇴장한 후에도 레인은 나가지 않고 차트를 가만히 응시했다. 두 사람의 모습이 글자

속에 투영되며 자신을 쳐다보고 있는 느낌이 들었다. 두 사람에게 얼굴이 벌게지도록 혼나가며 이 희한한 보고 기술을 익혀야 했던 자신의 모습도……. 문득 의문이 생겼다.

'그들은…… 누구지? 혹시 자신이 누구인지 잊어버린 신들이 아닐까?'

(4권으로 이어집니다)

초판 1쇄 인쇄 2014년 7월 11일
초판 1쇄 발행 2014년 7월 18일

지은이 임허규
펴낸이 김선식

경영총괄 김은영
마케팅총괄 최창규
책임편집 서유미 **디자인** 디자인규규, 문성미 **크로스교정** 박여영, 백상웅
콘텐츠개발2팀장 김현정 **콘텐츠개발2팀** 박여영, 백상웅, 문성미, 서유미
마케팅팀 이주화, 이상혁, 도건홍, 박현미, 백미숙 **홍보팀** 윤병선, 반여진, 이소연
경영관리팀 송현주, 권송이, 윤이경, 김민아, 한선미

펴낸곳 다산북스 **출판등록** 2005년 12월 23일 제313-2005-00277호
주소 경기도 파주시 회동길 37-14 3, 4층
전화 02-702-1724(기획편집) 02-6217-1726(마케팅) 02-704-1724(경영관리)
팩스 02-703-2219 **이메일** dasanbooks@dasanbooks.com
홈페이지 www.dasanbooks.com **블로그** blog.naver.com/dasan_books
종이 월드페이퍼(주) **출력·인쇄** 스크린 **후가공** 이지앤비 특허 제10-1081185호

ISBN 979-11-306-0339-1 (04810)
       979-11-306-0336-0 (세트)

다산북스(DASANBOOKS)는 독자 여러분의 책에 관한 아이디어와 원고 투고를 기쁜 마음으로 기다리고 있습니다.
책 출간을 원하는 아이디어가 있으신 분은 이메일 dasanbooks@dasanbooks.com 또는 다산북스 홈페이지 '투고원고'란으로
간단한 개요와 취지, 연락처 등을 보내주세요. 머뭇거리지 말고 문을 두드리세요.